HEYNE BÜCHER



SCIENCE FICTION

Herausgegeben
von Wolfgang Jeschke

Von Gregory Benford erschien in der Reihe
HEYNE SCIENCE FICTION & FANTASY:

*Der Artefakt* · 06/4363
*Cosm* · 06/6356
*Der Aufstieg der Foundation* · 06/8301
*Das Rennen zum Mars* · (in Vorb.)
*Fresser* · (in Vorb.)

Contact-Zyklus
(auch Galaktischer Zyklus):

*Im Meer der Nacht* · 06/3770; auch ➶ 06/7027
*Durchs Meer der Sonnen* · 06/4237; auch ➶ 06/7028
*Himmelsfluss* · 06/4694; auch ➶ 06/7029
*Lichtgezeiten* · 06/4761; auch ➶ 06/7030
*Im Herzen der Galaxis* · 06/5990
*In leuchtender Unendlichkeit* · 06/5991

SCIENCE FICTION WARP 7 zum Kennenlernen

herausgegeben von
WOLFGANG JESCHKE

GREGORY BENFORD

# HIMMELSFLUSS

CONTACT-ZYKLUS

DRITTER ROMAN

Bearbeitete Neuausgabe

WILHELM HEYNE VERLAG
MÜNCHEN

HEYNE SCIENCE FICTION & FANTASY
Band 06/7029

Titel der amerikanischen Originalausgabe
GREAT SKY RIVER
Deutsche Übersetzung von Winfried Petri
Das Umschlagbild ist von Angus McKie

*Umwelthinweis:*
Dieses Buch wurde auf chlor- und
säurefreiem Papier gedruckt

Redaktion: Wolfgang Jeschke

http://www.heyne.de
Taschenbuchneuausgabe 6/2001
Printed in Germany 4/2001
Umschlaggestaltung: Nele Schütz Design, München
Technische Betreuung: M. Spinola
Satz: Schaber Satz- und Datentechnik, Wels
Druck und Bindung: Nørhaven, Dänemark

ISBN 3-453-18770-9

*Für Lou Aronica und David Brin,*
*den zwei Rittern von Sevagram*

# INHALT

# PROLOG

# DIE KALAMITÄT

Killeen ging durch die weitläufigen Ruinen. – Trotz Erschöpfung bewegte er sich weiter durch einen Verhau aus zertrümmertem Stahl, eingestürzten Decken, Mauerwerk, Steinen und demolierten Einrichtungsgegenständen.

Sein Atem rasselte, als er nach seinem Vater rief: »Abraham!«

Ein kalter, brummender Wind riß den Namen fort. Rauch quoll aus knisternden Feuern und zog an ihm vorbei. Die Luft schien zitternd dahinzuströmen.

Von hier aus breitete sich die Zitadelle den breiten, buckligen Hügel hinab aus. Komplizierte Straßenzüge waren jetzt zu Haufen aus Steinen und Schlacke zusammengestürzt. Mit vor Erschöpfung steifen Beinen und vor Rauch und Kummer brennenden Augen machte er eine Pause oberhalb einer Fläche voll Schutt aus weißem Marmor – den Skulpturtrümmern einer Kuppel, die vormals ein Kilometer über das Arboretum der Zitadelle aufgeragt hatte. Stätten, an denen er gelaufen war und gespielt hatte, geliebt und gelacht…

»Abraham!« Er hatte den Namen seines Vaters nur selten ausgesprochen; und jetzt erschien er ihm merkwürdig fremd. Er keuchte und hustete. Der scharfe Rauch biß ihn in die Kehle.

Die unteren Bollwerke der Zitadelle brannten lichterloh. Die Mechanos waren dort zuerst eingedrungen. Schwarzer Qualm hing über den größeren Stadtteilen – dem Breiten Rasen, dem Grünen Markt und der

Rast der Drei Damen. Ruß bedeckte die ausgezackten Mauerreste.

Weiter entfernt waren von hohen Türmen die Spitzen wegrasiert. Ihre Stümpfe streckten Medusenhäupter aus Stahlträgern in die Luft. Die wechselnde Brise trug das Krachen zusammenbrechender Mauern heran.

Aber der Wind trug kein Stöhnen und keine Schreie herbei. Die Zitadelle lag schweigend da. Die Mechanos hatten alles getötet oder verschleppt und nur Leichen hinterlassen.

Killeen wandte sich der Flanke des Hügels zu. Das war seine alte Nachbarschaft. Heruntergefallene Steinblöcke und verkrümmte Stahlkonstruktionen konnten die Wege und Korridore nicht ganz unkenntlich machen, die ihm als Knaben vertraut gewesen waren.

Da lag ein Mann, dessen hervorgequollene Augen zum geschundenen Himmel aufblickten.

Dort lag eine Frau, durch einen heruntergefallenen Balken in zwei Teile gespalten.

Killeen hatte sie beide gekannt. Freunde, entfernte Verwandte der Bishop-Sippe. Er berührte ihr kaltes Fleisch und ging weiter.

Er war mit den Überlebenden der Bishop-Sippe geflohen. Sie hatten rasch die entfernte Bergkette erreicht; und erst dann hatte er gesehen, daß sein Vater nicht dabei war. So war er zur Zitadelle zurückgekehrt, mit motorisierten Beinlingen, damit es schneller ging. Wie schlanke Maschinenkolben trugen ihn seine Beine zu den zerstörten Verteidigungsmauern, ehe überhaupt jemand in der Sippe seine Abwesenheit bemerkte.

Abraham hatte auf den äußeren Schanzen gekämpft. Als die Mechanos diese durchstoßen hatten, waren die Krieger dort wild davongeeilt. Die Mechanos strömten herein. Killeen war sich sicher, daß er über den Kommunikations-Sprechfunk die Stimme seines Vaters gehört hätte. Aber dann hatte die Schlacht alle in einem hitzigen Wirbel von Tod und Panik überschwemmt.

– Killeen! –

Er hielt an. Cermo der Langsame rief über Komm. Killeen antwortete: »Laß mich in Ruhe!«

– Beeil dich! Keine Zeit mehr! Da sind schon einige Mechanos im Anrücken. –

»Ich hole euch ein.«

– Lauf! Es eilt. –

Killeen schüttelte den Kopf und antwortete nicht. Mit einem Fingerschnippen schaltete er das Kommunikationsnetz aus.

Er kletterte über Steintrümmer nach oben. Selbst mit seiner motorisierten Ausrüstung war es mühsam, die steilen Wände der Ruinen zu erklimmen. Obwohl die Mechanos klaffende Breschen geschlagen hatten, hatten die massiven Bollwerke noch einige Zeit gehalten. Aber unter den unablässigen heftigen Stößen hatten schließlich sogar die schweren Fundamente nachgegeben.

Er schritt unter einem Bogen durch, der erstaunlicherweise überlebt hatte. Er wußte, was vor ihm lag, konnte sich aber nicht zurückhalten.

Sie war in der gleichen Position. Der Hitzestrahl hatte seine Frau erwischt, als er sie trug. Ihre linke Seite war schaurig verbrannt.

»Veronica.«

Er bückte sich und schaute in ihre offenen grauen Augen. Diese starrten in eine für immer entschwundene Welt.

Er versuchte, sie sanft zu schließen; aber die steifen Lider wollten sich nicht bewegen, als ob die Frau den letzten Blick auf die einst geliebte Zitadelle nicht lassen könnte. Ihre blassen Lippen waren leicht geöffnet in dem halben Lächeln, das sie immer zeigte, ehe sie redete. Aber ihre Haut war kalt und hart, als ob sie jetzt die unnachgiebige Festigkeit des Bodens angenommen hätte.

Killeen erhob sich wieder. Er fühlte ihre Augen im Rücken, als er sich zwang weiterzugehen.

Er kletterte über Schutthaufen, die früher Wohnungen, Werkstätten und elegante Arkaden gewesen waren. In der Zentralbibliothek züngelten Flammen.

Die öffentlichen Parks waren sein Lieblingsplatz gewesen, eine üppige Fülle frischen Grüns in der dürren Zitadelle. Jetzt waren sie versengt und qualmten.

Als er an dem zerstörten Senatsgebäude vorbeikam, ächzten dessen Alabastergalerien, erzitterten und stürzten langsam ein.

Erschöpft ging er weiter, aber es gab keine Spur von Mechanos. »Abraham!«

Rings um ihn lagen die verwüsteten Reste seiner Kindheit. Hier in der Werkstatt seines Vaters hatte er gelernt, die Unterstützung der Maschinen bei Schwerarbeit zu nutzen. Dort, unter einem gewölbten Vordach, hatte er eine spröde und scheue Veronica kennengelernt.

»Abraham!«

Nichts. Niemand Wahrscheinlich lag sein Leichnam unter zusammengefallenen Festungsmauern.

Aber er hatte noch nicht den ganzen weitläufigen Komplex durchstreift, den die Menschen im Laufe von Generationen erbaut hatten. Es bestand immer noch eine Chance.

– Killeen! –

Diesmal war es nicht Cermo. Fannys Stimme drang scharf und sicher zu ihm durch, obwohl er das Kommgerät ausgeschaltet hatte.

– Zieh dich zurück! Es gibt nichts, was wir jetzt hier tun könnten. –

»Aber… die Zitadelle…«

– Die ist weg Vergiß sie! –

»Mein Vater…«

– Wir müssen uns beeilen. –

»Es könnte sein…«

– Nein. Wir sind uns sicher. Niemand ist hier am Leben geblieben. –

»Aber…«

– Los jetzt! Ich habe fünf Frauen, die das Krishna-Tor im Schußfeld haben. Komm dort heraus; und dann werden wir uns in Richtung auf Rolos Paß aufmachen. –

»Abraham…«

– Hörst du mich? Beeil dich! –

Killeen wandte sich zu einem letzten Blick um. Dies war für ihn die ganze Welt gewesen, als er ein Knabe war. Die Zitadelle hatte die warme Umarmung der Menschheit real und ermutigend gemacht. Sie hatte entschlossen einem feindlichen Universum draußen widerstanden, stark, aber auch geschickt. Ihre schlanken Türme hatten wie Kandiszucker geschimmert. Wenn er nach kurzen Beutezügen in die Zitadelle zurückkehrte, hatte sein Herz immer frohlockt, wenn er die stolzen Türme aufragen sah. Viele Stunden lang war er durch die labyrinthischen Korridore der Zitadelle gewandert und hatte die eleganten Maßwerke bewundert, die die hohen Deckengewölbe schmückten. Die Zitadelle war immer riesig weit gewesen und doch warm. Jede sorgfältig gestaltete Nische atmete den Geist der gemeinsamen menschlichen Vergangenheit.

Er blickte scharf zurück dahin, wo Veronicas Leichnam lag. Es war keine Zeit, sie zu bestatten. Die Welt gehörte jetzt den Lebenden – fieberhafter Flucht und matter Trauer.

Killeen zwang sich, ein paar Schritte von ihr fort zu tun in Richtung auf das Krishna-Tor. Noch einen Schritt…

Die zertrümmerten Mauern wichen zurück. Es war schwer, den Weg zu finden. Vor ihm wirbelten Dunst und Rauch. »Abraham!« rief er noch einmal in die leere Stille.

Die hohen Spinnengewebe der Fußwege der Zitadelle lagen jetzt zerstückelt im Staub, verstreut über die Innenhöfe. In dumpfer Benommenheit überquerte er den alten, vertrauten Boden. Krater gähnten, wo er einst herumgerannt war und gelacht hatte.

Am Rande der rauchenden Ruinen schaute er zurück. »Abraham!« Er lauschte und hörte nichts. Dann kam aus der Ferne ein schnelles Summen von Mechano-Sendungen. Der rauhe Klang ließ ihn zusammenzucken. Er machte kehrt und lief los. Lief ohne Hoffnung. Ließ seine Beine den Weg finden. Beißender Staub trübte seine Augen.

Ein Ruck.

Scharfes, blendendes Licht.

»He, komm schon! Wach auf!«

Killeen hustete. Er blinzelte in das grelle Licht gelber Lampen. »Oh! Was…?«

»Los, du mußt aufstehen! Fanny sagt das.«

»Ach… sachte…«

Cermo runzelte die Stirn. »Hast du wieder geträumt?«

»Ich… die Zitadelle…«

Cermo nickte. »Das hatte ich befürchtet.«

»Veronica… habe sie gefunden.«

»Na schön. Schau, du solltest nicht mehr daran denken. Sie war eine gute Frau und eine wundervolle Gattin. Aber du mußt dich jetzt von ihr lösen.«

»Ich…« Killeens Stimme war von dem Rufen nach seinem Vater heiser. Oder war es von dem Alkohol, den er am vorigen Abend hinuntergeschluckt hatte?

Jetzt war es früher Morgen. Er fühlte sich noch steif

vom nächtlichen Schlaf. Wenn er hochblickte, konnte er den breiten Schatten von Mechanomaschinen erkennen. Sie hatten ihn für die Nacht in einen Trog gebettet, wie er sich erinnerte. Um ihn herum erwachte die Bishop-Sippe.

»Los!« drängte Cermo. »Es tut mir leid, daß ich den Stecker so schnell herausgezogen habe. Aber jetzt mußt du aufstehen. Wir rücken ab.«

»Wie... wieso?«

»Ledroff hat einen Snout erspäht, der auf uns zu kommt. Er meint, daß er in diesem Trog nach Vorräten suchen will.«

»Oh...« Killeen schüttelte den Kopf. Von seinen Schläfen bis zu der klammen Stirn zog sich ein Schmerz hin. Eine Perle von nächtlichem Schweiß tropfte ihm von der Nase, als er sich aufsetzte.

Cermo sagte unwirsch: »Du solltest lieber einige Zeit auf Reizmittel verzichten. Die machen schlechte Träume.«

»Na ja.« Killeen nickte und langte nach seinen Stiefeln. Die waren das, was man als erstes anzog und als letztes ablegte.

»Es ist immerhin schon Jahre her«, sagte Cermo freundlich. »Zeit, es auf sich beruhen zu lassen.«

Killeen runzelte die Stirn. »Jahre...?«

»Gewiß.« Cermo sah ihn einen Moment deutlich beunruhigt an. »Die Kalamität ist schon sechs Jahre her.«

»Sechs...«

»Schau, wir alle mögen das Zeug, um ab und zu etwas aufgemuntert zu werden. Aber nicht, wenn es einen in die schlimmen Zeiten zurückführt.«

»Da hast du wohl recht.«

Cermo klopfte Killeen auf die Schulter. »Nun beeil dich! Gleich brechen wir auf.«

Killeen nickte. Cermo der Langsame ging los, um andere zu wecken. Seine große Gestalt glitt rasch zwischen den Schatten der Bottiche und Maschinen der Aliens hindurch.

Killeen zog an seinen Stiefeln, aber sein Geist weilte noch unter den Erinnerungen. Seine schmutzigen Kleider, die abgetragenen Stiefel, die Schwielen und Flekken auf den Händen... – all das sprach davon, was seit dem Fall der Zitadelle geschehen war, seit der Kalamität.

Er stand langsam auf und fühlte, wie seine durchgefrorenen Muskeln sich reckten und protestierten.

Die Zitadelle war dahin.

Veronica.

Abraham.

Ihm war nur noch Toby, sein Sohn, geblieben. Nur ein Fragment der Bishop-Sippe.*

Und schließlich lag vor ihm jetzt die endlose Aussicht auf Flucht und Rast und wieder Flucht.

---

* Die Sippen (families) sind nach Schachfiguren benannt: Bishop = Läufer, Rook = Turm, Pawn = Bauer usw. – *Anm. d. Übers.*

# ERSTER TEIL

# DER LANGE RÜCKZUG

# 1. KAPITEL

Irgend etwas war hinter ihnen her. – Die Sippe hatte gerade unter einem blaß jadefarbenen Himmel einen messerscharfen Grat überklettert. Killeens Stoßfänger winselten, als ihn seine gleichmäßigen Sprünge den Abhang hinunterführten.

Der rote Boden war zerklüftet und löchrig. Die von Traktoren hinterlassenen Kreuz- und Querrillen waren in der ausgedörrten Erde noch scharf. Es hatte so wenig geregnet, daß die Spuren gut hundert Jahre alt sein konnten.

Im Tal erstreckte sich ein schwarzgemusterter Fabrikkomplex. Killeen eilte über die polierten Ebenholzkuppeln und scheuchte dabei Kulis mit seinem Schatten fort, die ihren dumpfen Ärger durch lautes Klappern ausdrückten.

Killeen bemerkte sie kaum. Er beobachtete spitze Signale, die auf seiner rechten Netzhaut flackerten.

Da: Ein rasches Aufblitzen von Grün, ziemlich weit hinten.

Es kam und ging, aber immer an einer anderen Stelle. Schon wieder. Weit hinten.

Es folgte ihnen jedenfalls nicht direkt. Kein typisches Verhalten für einen Marodeur. Geschickt.

Er blinzelte und bekam die andere Darstellung. Die Sippe war auf seiner Geländekarte ein Gewimmel blauer Flecke. Es freute ihn, daß sie eine recht ordentliche schiefe Dreiecksformation bildete. Cermo der Langsame stellte wie immer das Schlußlicht.

Killeen sah einen braunen blinkenden Punkt im

Scheitel der Abbildung auf ihn gerichtet. Das galt ihm.

Er zog eine Grimasse. Dies war das erste Mal, daß er so anvisiert wurde, und das war ihm etwas rätselhaft. Er hatte versucht abzuwinken, als Fanny ihn an die Frontlinie befahl. Da gab es erfahrenere Leute – Ledroff, Jocelyn, Cermo. Er hätte viel eher hinten bleiben sollen. Fanny erteilte ihm dauernd solche Aufträge; und obwohl er ohne Widerspruch alle ihre Befehle ausführte, hatte ihn das doch von Anfang an nervös gemacht.

Fanny wußte mehr als alle anderen und konnte Tricks von Marodeuren durchschauen. Sie hätte jetzt hier sein sollen. Aber sie trieb ihn weiter vorwärts.

Nun noch dies. Er fiel mit zusammengekniffenen Augen zu Boden und landete auf einer löchrigen Polyaluminium-Platte von der altmodischen Art, die die Mechanos für einen längst vergessenen Zweck gebraucht hatten. Dichte Staubwolken stiegen in dem warmen Wind auf und strömten schmutziggrau gegen seine gepolsterten Stiefel aus gehärtetem Karbon. Mechanogerümpel war auf dem Boden verstreut, ihm so geläufig, daß er es kaum zur Kenntnis nahm.

»Habe hinten einen Scharfschützen entdeckt«, meldete er Fanny.

– Ein Snout? –

»Keineswegs«, antwortete Killeen rasch, um seine Nervosität zu verbergen. »Wenn das derselbe alte Snout wäre, der uns seit Tagen nachspürt, hätte ich das laut herausposaunt.«

– Was ist es denn? –

»Keine Ahnung. Sieht mal groß und mal klein aus.«

Killeen wußte nicht, wie seine Netzhautabtastung funktionierte und hatte nur eine vage Vorstellung von Radarimpulsen. Er wußte aber, daß Dinge nicht abwechselnd groß und klein erscheinen sollten. Gewohnheit sagt mehr als Analyse.

– Ist das Gerät kaputt? –

»Weiß nicht. Die Lichtblitze sind in Ordnung«, sagte Killeen zögernd. Wollte Fanny ihn auf den Arm nehmen? Er wußte nicht, was ihm weniger gefiel – etwas, das auf diese neue Art über sie kommen konnte, oder daß seine Ausrüstung zusammengebrochen war.

Fanny seufzte. Sie war für ihn rechts hinten ein fast unsichtbarer Fleck, drahtig und flink. Er hörte, wie sie mit den Zähnen knirschte, wie sie es immer zu tun pflegte, wenn sie eine Entscheidung zu treffen hatte.

»Was nun?« stieß er ungeduldig hervor. Es lag jetzt an ihr. Sie war Captain der Sippe und hatte ein langes Leben an Erlebnissen und Erfahrungen hinter sich, jene Art von Gehirnschmalz, die wichtiger als alles sonst war, wenn man es mit Marodeur-Mechanos zu tun hatte.

Sie war schon während der ganzen Zeit, da die Bishops umhergezogen waren, Captain gewesen. Sie kannte die Tricks von Flucht und Verfolgung, von Beute machen und stehlen, von Finte und Angriff. Und durch schreckliche Jahre hatte sie die Sippe beisammen gehalten.

– Kommt es näher? –

»Sieht so aus. Bewegt sich rasch hin und her.« Fanny knirschte wieder mit den Zähnen. Killeen konnte sich in Gedanken vorstellen, wie ihre weisen alten Augen sich runzelten, als sie die Lage beurteilte. Ihre warme Präsenz überschwemmte sein Sensorium. Sie war schon so lange und so gut Captain gewesen, daß Killeen sich gar nicht ausdenken konnte, wie die Sippe zuvor ohne sie zurecht gekommen war, als sie in der Zitadelle gelebt hatten.

– Also stoßen wir geballt vor –, sagte sie entschlossen.

Killeen war erleichtert. »Prima!«

– Gib das Zeichen! –

Er zwinkerte. »Willst du das nicht tun?«

– Du bist an der Spitze. Benimm dich auch so! –

»Aber du verstehst mehr von...« Killeen zögerte. Er mochte nicht seine Bedenken zugeben, jedenfalls nicht, wenn Ledroff und andere wahrscheinlich mithörten. Noch weniger erfreute ihn die Aussicht, einen Angriff anführen zu müssen.

»Schau! Ledroff hat das schon einmal gemacht und Jocelyn auch. Ich werde zurückfallen und...«

– Nein. *Du*. –

»Aber ich kann doch nicht...«

– Auf keinen Fall! – Sie war kurz angebunden und bissig. – Gib das Signal! –

Killeen leckte sich die Lippen und zwang sich zur Ruhe. Er sendete über das allgemeine Kommunikationsnetz: – Hallo! Aufgepaßt! Die Faust machen! –

Inzwischen hatten die meisten aus der Sippe die zerklüftete Berglinie überquert. Das würde einige Dekkung geben vor allem, was von hinten kommen könnte. Er paßte auf, wie sie die üblen, von Spalten durchsetzten Hänge hinabquollen. Sie waren wie eine zähe, heruntergleitende Flüssigkeit. Ihre einzelnen Bestätigungsrufe kamen wie leichtes Zirpen von Insekten an.

Killeen war sich keinen Augenblick bewußt, daß die Stimmen, die er hörte, von Radiowellen getragen wurden; denn er hatte sein ganzes Leben in einer Wahrnehmungswelt gebadet, die von der Verbindung akustischer und elektromagnetischer Signale erfüllt war. Deren Unterscheidung würde mehr Kenntnisse erfordern, als er je beherrscht hatte oder beherrschen könnte. Statt dessen hörte er die zusammenkommenden scharfen Stimmen wie Schrotsalven, die lang und weit die heiße Stille des staubigen Spätnachmittags durchdrangen. Obwohl jedes Sippenmitglied in schönen langen Bögen herabglitt, sah es für Killeen so aus, als ob die Sippe in mittlerer Entfernung aufgehängt wäre, so langsam kam sie voran, wie ein Strom dicker Molasse. Sie kamen schwerfällig und langsam näher – dieser erschöpfte und vielleicht einzige Rest der Menschheit: verbissen, in von Heimweh erfüllten Scharen.

Killeen fing Gesprächsfetzen von Ledroff auf. – Warum hat die Kapitänin gerade *ihn*... Der Henker mag wissen, warum er da oben ist... –

»Halt die Schnauze!« rief Killeen.

– Ich konnte ihn mit beiden Händen nicht... –

*»Ruhe!«* zischte er wütend.

Killeen hatte Ledroffs gemurmelte Spöttereien schon früher im Interkomm gehört, aber bisher ignoriert. Warum sollte er es mit dem großen eingebildeten Kerl auf einen Streit ankommen lassen? Aber diesmal konnte er es ihm nicht durchgehen lassen, da es sie in Gefahr brachte.

– Es scheint, daß er auf Gespenster losgeht –, ließ Ledroff sich noch vernehmen, wurde dann aber still.

Killeen wünschte, Captain Fanny hätte sich in die volle Kommlinie eingeschaltet und Ledroff den Mund verboten. Ein einfaches mißbilligendes Schnalzen ihrer Zunge hätte ihn zum Schweigen gebracht.

Die Sippe ging geduckt vor, mit einem durch harte Jahre erworbenen Geschick. Sie schwenkte nach links und begab sich zwischen den Kuppelbauten des Fabrikationskomplexes nach unten.

Mechano-Roboter hielten abrupt an, als die Sippe rasch durch ihre Werkhallen eilte. Die plumpen Maschinen kauerten sich hin und zogen ihre Manipulatoren in verschrammte Aluminiumhüllen zurück. Solche Mechanos hatten keine anderen Verteidigungseinrichtungen. Daher schenkte die Sippe den schildkrötenartigen Gestalten mit schräger Nase keine Beachtung.

Dennoch mußten die Menschen sich beeilen. Sie

wußten, daß diese langsam denkenden Roboter ein Signal aussenden würden, falls sie zu lange verweilten. Es würden Lancer kommen oder noch Schlimmeres geschehen.

Killeen erwog kurz die Möglichkeit, daß das sie verfolgende Ding ein einzelner Lancer wäre, alarmiert durch einen geringfügigen Beutezug, den die Sippe vor ein paar Tagen gemacht hatte. Er musterte die schwachen, flackernden Spuren im Hintergrund.

Nein, nichts, das nach einem Lancer aussah. Sicher etwas Kleineres. Es lieferte fast gar kein Bild. Aber dennoch…

»Jawohl!« rief er. Er tippte sich mit dem Zeigefinger zweimal an die rechte Schläfe und sendete seine Geländedarstellung an die ganze Sippe. »Wir schließen uns zusammen!«

Murrend lösten sie ihre Dreiecksformation eines Bienenschwarms auf und bildeten die traditionellen konzentrischen Ringe, die etwas lückenhaft waren, da die Sippe nur noch 278 Personen zählte. Und davon waren einige quälend langsam – alt oder verwundet nach früheren Gefechten oder Unfällen.

Fanny erkannte das Problem und rief: – Nehmt die Beine in die Hand! –

Die alte Redensart wirkte. Sie fingen jetzt an schneller zu laufen, eine große unausgesprochene Gefahr im Rücken.

Killeen sendete Fanny die letzte Geländeskizze. Sie zeigte hinter ihnen ein Gewimmel blauweißer Spuren.

– Wo ist das? – fragte Fanny.

Killeen mußte einräumen: »Keine Ahnung. Sieht nach irgendeinem Tarnschirm aus.«

– Eine geplante Störung? –

»Glaube nicht. Aber…«

– In einer solchen Situation sind die Geländebilder nicht gut, um die Größe abzuschätzen. Die Geschwindigkeit ist beachtlich. Kein Fabrikroboter bewegt sich so schnell wie ein Marodeur. –

»Das Ding ist mal langsam und mal schnell.«

– Muß ein Marodeur sein. –

»Meinst du, daß wir anhalten und es abwarten sollen?«

Er spürte ihre abwägende Überlegung wie einen kühlen Keil in seinem Sensorium.

– Was ist *deine* Meinung? –

»Nun... Vielleicht kundschaftet es uns bloß aus.«

– Könnte sein. –

Sie ließ sich nichts anmerken. Also fuhr er fort: »Dann wäre es wohl am besten, wenn wir weitermachen und so tun, als ob wir es nicht sehen würden.«

– Solange wir seine Spur nicht verlieren, sicher. –

Killeen fragte sich, was Fanny damit meinte, wollte aber nicht fragen, jedenfalls nicht, wenn Ledroff mithörte. Er sagte vorsichtig: »Es hüpft weiter herum.«

– Ist vielleicht eine technische Neuheit der Mechanos. –

*So?* dachte er. *Wie sollen wir reagieren?* Er zwang sich zu einem ruhigen und zuversichtlichen Ton, als er sagte: »Ich meine, wir sollten nicht erkennen lassen, daß wir es sehen. Wenn es nur seine Instrumente prüft, wird es verschwinden.«

– Und zurückkommen, wenn wir schlafen –, sagte sie trocken.

»So? Unsere Wache wird es wahrnehmen. Aber wenn wir jetzt einen Schuß darauf abgeben, während wir es nicht so gut sehen, wird es sich vielleicht entfernen. Das nächste Mal kommt es mit besserer Mechanotechnik wieder. Und dann werden wir es nicht wahrnehmen, und es macht uns fertig.«

Fanny antwortete lange nicht, und Killeen überlegte, ob er sich zum Narren gemacht hätte. Sie hatte ihn in den technischen Fertigkeiten unterwiesen, und er hatte sich stets ihrer sicheren, fast ungezwungenen Kenntnis der Sippentradition gegenüber unterlegen gefühlt. Sie konnte ein strenger Captain und eine durchtriebene Taktikerin sein, entschlossen und schnell. Und wenn sie gekämpft hatten oder geflohen waren und sich dann wieder um nächtliche Feuer geschart hatten, um ihre Geschichte zu erzählen, dann konnte sie warm und großmütterlich sein. Killeen würde alles tun, um sie nicht zu enttäuschen. Aber er mußte wissen, *was* er tun sollte; und sie gab ihm keine bequemen Antworten.

– Nun ja. Das ist das beste, solange es sich um einen normalen Marodeur handelt. –

Killeen fühlte wegen ihrer Zustimmung einen Anflug von Stolz. Aber ein besorgter Unterton in ihrer Stimme veranlaßte ihn zu der Frage: »Wenn aber nicht?«

– Dann werden wir rennen, und zwar kräftig. –

Sie befanden sich jetzt außerhalb der Vorberge. Die Sippe eilte durch ausgewaschene ebene Flächen.

Fanny fragte keuchend: – Siehst du es noch? –

»Nein.«

– Es müßte inzwischen den Bergrücken erklommen haben. Das gefällt mir nicht. –

»Ob es vielleicht eine Falle ist?« Killeen suchte seine Topographie nach Möglichkeiten ab. Wieder wünschte er sich, daß Jocelyn oder sogar der üble Ledroff diese Aufgabe hätten. Wenn es zu einem Angriff käme, wollte er in der Nähe seines Sohnes sein. Er spähte nach vorn und fand Toby inmitten der vorrückenden Formation der Sippe.

Fanny fiel zurück und musterte den Gebirgsgrat.

Killeen suchte wieder nach dem schwer faßbaren Verfolger. Die Geländeskizze tanzte in seinem Auge mit Lichtbändern.

Noch mehr verschwommene Spuren.

Rechts erschien ein matter blaßblauer Fleck.

Killeen erkannte zu spät, daß es besser gewesen wäre, die Kommlinie zu halten. Hier waren sie exponiert und hatten den Gegner verloren. Er knurrte mißvergnügt und eilte vorwärts.

Sie hatten das breite Tal halbwegs durchquert, als er nach rechts blickte und erst das blinkende, überlagernde Grün sah und dann die entfernte Felsböschung. Das war frisches Gestein, von einem Bergbaumechano freigelegt, mit ausgemeißelten und eingetieften braunen Flanken.

Aber der scharfe Einschnitt war kurz vorher nicht dagewesen. Dessen war Killeen sich sicher.

»Haltet euch an meine Richtungsangabe!« brüllte er die ganze Sippe an. Er peilte eine flache Anhöhe an. »Fanny, du solltest…«

Er hörte ein heftiges Krachen und sah Fanny hinfallen. Dann wurde ihre Stimme schrill in einem Ausbruch jähen Schmerzes.

Killeen wandte sich um und feuerte auf die entfernten ausgezackten Berge, wo halbfertige Blöcke aus rhomboidem Gestein standen.

Treffer. Wahrscheinlich nicht ausreichend, um das Ding zu töten; aber es würde einige Sekunden Gewinn bringen.

Er schrie: »Höchste Eile!«

Nachdem Fanny ausgefallen war, mußte er die Sippe schnell fortschaffen. Er zwinkerte und sah die blauen Flecke der Sippe auf ein zerklüftetes Gelände zueilen, das eine gewisse Deckung bot. Gut! Aber wo war…?

»Toby! Duck dich in dieses Flußbett da! Siehst du?«

Einen Kilometer weit entfernt, zögerte sein Sohn.

»Rechts von dir!«

– und einen Augenblick lang, der ewig über einem quälenden Abgrund zu verweilen schien, war Killeen überzeugt, daß die Ausrüstung seines Sohnes explodiert oder überbeansprucht war, so daß er die Warnung nicht hören konnte. Vielleicht war der Junge auch durch das elektronische Störgeräusch verwirrt. Oder vom Laufen erschöpft. Und so würde er stehen bleiben, während auf der dürren zerfurchten Ebene kein anderes leichtes unbewegliches Ziel vor die Fischaugenlinse des unsichtbaren Marodeurmechanos geriet. Die unentschlossene Starrheit würde seinen Sohn als Ziel empfehlen.

Während dieses Augenblicks erinnerte Killeen sich an eine Zeit, da er mit seinem Vater auf einem Beutezug gewesen war, nur einer kurzen Unternehmung zur Beschaffung benötigter Chipkarten, so daß seine Mutter leicht damit einverstanden gewesen war, daß er mitkam. Und da waren sie zufällig auf einen Marodeur getroffen, als sie eine isolierte, baufällige Feldstation ausplünderten, wo Roboter in dumpfer Knechtschaft schufteten. Killeen hatte einen kleinen Abstecher gemacht, um Hilfsmotoren aus einem verstaubten Lagerschuppen zu klauen; und dabei hatte ihn der Marodeur (ein Rattler, alt, aber voll bewaffnet) gesehen und überrannt. Drei Männer und eine Frau hatten den Rattler zwei Schritte neben dem in panischem Schrecken ausreißenden Toby erwischt und zu Schrott geschossen. Er war so erschrocken gewesen, daß er sich vollgemacht hatte. Aber woran er sich jetzt erinnerte, das war nicht die Peinlichkeit des üblen Geruchs oder die Hänseleien seiner Freunde, sondern der Blick seines Vaters, dessen Augen tödlich weiß in ihren Höhlen brannten. Augen, deren Verzweiflung sich in ihn hineingebohrt hatte. Und Killeen wußte, daß jetzt sein eigenes Gesicht in der Starrheit vorausblickenden Entsetzens fixiert war, als sein Sohn während eines heftigen Herzschlages unabänderlicher verlorener Zeit bewegungslos dastand...

»Toby!«

– Ah… jaaa. –

Die entfernte Gestalt krabbelte eine Böschung hinunter in die fossile Windung einer alten Wasserstraße.

Killeen bekam keine Luft mehr. Er merkte, daß er selbst zu einem perfekten Ziel erstarrt war.

»Duck dich und lauf, Junge!« rief er, während er kehrt machte und von Deckung zu Deckung sprang.

In der stillen Luft fühlte er etwas – *tsssip!* – vorbeisausen. Er sah im rechten Auge orangefarbene Funken sprühen. Das bedeutete, irgend etwas suchte sich einen Weg in sein Inneres. Und zwar *schnell*, viel schneller, als er es je erlebt hatte.

Stechender kalter Schweiß durchfuhr ihn rot und winselnd. Er fiel zu Boden. »Fanny! Wie geht es dir?«

– Ich… aaaah… kann nicht… –

»Dieses Ding, was ist es?«

– Ich habe nicht gesehen… seit Jahren… –

»Was sollen wir tun?«

Ledroff versuchte, sich in den enggebündelten Sprechfunk einzuschalten. Killeen warf ihn fluchend raus.

– G l a u b e n i c h t… w a s d u s i e h s t… –

»Was ist…?«

Sie hustete. Die Verbindung riß ab.

Fanny wußte mehr als jeder andere in der Sippe über die seltenen tödlichen Mechanos. Sie hatte lange gegen sie gekämpft, lange vor Killeens Geburt. Aber Killeen konnte aus ihrer gehemmten Sprechweise entnehmen, daß dies Ding sie schwer getroffen und vielleicht einige Nerven zerstört hatte.

Also war von der braven Alten keine Hilfe zu erwarten.

Killeen blickte zurück auf die zerklüfteten Steinformationen der entfernten Bergwand. Da gab es verkrümmte Flächen, die ausgeschachtet waren für

Zwecke, die Menschen nicht verstehen konnten. Daran dachte er aber gar nicht. Er hatte längst gelernt, sich nicht um das zu kümmern, was man nicht enträtseln konnte. Statt dessen suchte er nach frischen Einschnitten, nach klaren Spuren eines Motormeißels.

Die gab es da nicht.

»Jocelyn!«

Die rauhen Steinflächen wurden matter und flimmerten.

Killeen hatte die verwirrende Empfindung, durch den nackten Fels in eine plötzlich sich materialisierende Stadt aus Bollwerken und soliden Granitmauern zu schauen. Die summte vor roter Energie und schwoll zusehends an.

»Verdammt – was ist das alles?« sagte er leise zu sich.

Die Stadt schimmerte, kristallin und entfernt. Schlichtes Gestein schmolz zu gläsernem Filigranwerk.

Und dann wurde es wieder abgemeißelter Fels.

Jocelyn rief zweifelnd: – Die ganze Bergflanke? –

Killeen grunzte. »Eine Fata Morgana dieser Größe setzt einen kolossalen Mechano voraus.«

– Oder einen von neuartigem Typ –, meinte Jocelyn.

Sie kam von rechts auf ihn zu, gebückt und mit Kompressoren laufend. Hinter ihnen floh die Sippe aus Leibeskräften. Das Japsen und Stöhnen erreichte Killeen nach Maßgabe der Entfernungen. Sie bildeten einen gleichmäßigen Hintergrundchor, als ob sie alle ihn beobachteten und als ob die ganze Sippe gleichzeitig in die Sicherheit eilte und doch immer noch da war, um diese letzte infinitesimale Ergänzung des schon lange verlorenen Kampfes mit den Maschinen mitzuerleben. Killeen empfand sie um sich wie eine schweigende Jury.

Jocelyn rief: – Hast du etwas getroffen? –

Killeen duckte sich hinter einigen alten Stahlträgern, die dick von rotem Rost bedeckt waren. »Scheint so.«

– Etwas Festes? –

»Wohl kaum. Klang so, als ob ein Mechano-Stromkreis getroffen wäre. Das ist alles.«

Noch keine Chance, sich um Fanny zu kümmern. Er hielt sich in gehöriger Entfernung von ihrer zusammengekrümmten Gestalt, da er überzeugt war, daß sie jetzt ein sicheres Ziel darstellen würde.

– Ich rieche es. – Jocelyns Altstimme, die gewöhnlich samtweich war, klang gequält dünn und hoch.

Jetzt, da er sich etwas beruhigt hatte, spürte er es auch. Ein schwerer öliger Geruch. Seine eingebauten Detektoren lieferten ihm anstelle codierter Parameter den Geruch; denn Menschen erinnerten sich besser an Gerüche als an Daten. Aber er konnte das schwere Aroma nicht identifizieren. Er war sicher, daß es ihm noch nie begegnet war.

Ein rasendes hohles *wuuung* wirbelte durch die Luft. Es traf Killeen als ein Klang, der jenseits von allem lag, das das Ohr aufnehmen konnte, eine Mischung aus infra-akustischem Rumoren an den Füßen und einem elektromagnetischen Kreischen, das in der wilden Brise zu hohen, dünnen Frequenzen aufstieg.

Er sagte: »Es will uns blockieren. Muß eine Kombination davon bei Fanny probiert haben, aber bei uns klappt das nicht.«

– Sie hatte eine alte Ausrüstung –, sagte Jocelyn.

»Wahrscheinlich wechselt es jetzt die Tonart«, meinte Killeen. Er atmete schwer und wollte unbedingt etwas tun.

– Hat es auf uns abgesehen. –

»Ja gewiß«, knurrte Killeen. Er versuchte sich zu erinnern. Vor Jahren hatte es einen Mechano gegeben, der das getan hatte. Der strahlte etwas aus, das einem ins *Selbst* drang und das, was man sah, beeinflußte. Es konnte einen glauben machen, daß man eine Landschaft betrachtete, während dies Bild in Wirklichkeit redigiert war unter Auslassung von…

»Mantis«, sagte er plötzlich. »Fanny hat es *Mantis* genannt und mehrmals gesehen.«

Die Mantis projizierte Illusionen besser, als je ein Mechano es getan hatte. Sie konnte Bilder aus der Vergangenheit aufrufen und so rasch in den Kopf eines Menschen stoßen, daß dieser nicht wußte, was real war. Und hinter dem Bild stand die Mantis, die immer näher kam und einen zerbrechen wollte.

– Willst du nicht laufen? – fragte Jocelyn. Sie war ein entfernter Punkt und schon im Rückzug begriffen.

»Nicht mit einem großen grünen Fleck auf dem Rücken.«

Killeen lachte krampfhaft, was in diesem Augenblick leichter war als nachdenken. Er hatte gelernt, die Dinge sofort beim Schopfe zu packen. Alle anderen Gedanken würden ihn nur belasten; und das wirkte hemmend, wenn es auf schnelles Handeln ankam.

Sein Problem war die topographische Ausrüstung, die er als einziger in der Sippe mitschleppte. Er packte sie sich auf den Rücken.

Es gab ein Gerücht, wonach der Topo-Mann als erster dran glauben müßte. Es war nämlich so, daß Jäger-Mechanos – Lancer, Stalker, Rattler – das Gerät als einen hellen grünen Punkt wahrnahmen und darauf zielten. Sie konnten ihre tiefen tutenden Stimmen an dem Zeug abprallen lassen und gewannen dadurch eine Art Richtungsangabe. Und dann tuteten sie lauter und sendeten etwas, das in das Gerät des Topo-Mannes eindrang und danach in seinen Kopf rutschte.

– Was tun also? –

»Schießen!«

Er hörte Jocelyn mürrisch brummen. Sie mochte so etwas nicht. Er übrigens auch nicht. Wenn dieses Mantiswesen nur halb so gut war, wie Fanny gesagt hatte, konnte es den Schuß orten und einen finden, ehe die Abwehr bereit war.

Aber wenn sie die Mantis jetzt nicht töteten, würde sie ihnen nachsetzen. Sich bei Nacht hinter ihren Illusionen verstecken. Sie könnte anrücken und sie in Stücke reißen, ehe man sie noch erblickt hätte.

»Warte! Mir fällt gerade etwas ein, das Fanny gesagt hat.«

– Beeil dich mit deiner Erinnerung! –

Fanny pflegte dadurch zu unterrichten, daß sie Geschichten erzählte. Sie hatte etwas über die Kalamität gesagt, darüber, wie einige Bishops mitten in der schlimmsten Schlacht der Menschheit eine Möglichkeit gefunden hatten, die Vorspiegelungen zu durchdringen.

Er biß vorsichtig probierend die Zähne zusammen – einmal lang, einmal kurz. Dadurch wurde sein Sehvermögen im roten Bereich verstärkt. Blau entschwand. Es blieb ein glühendes, wüstes Land, das in flüssigem Feuer brodelte. Der Himmel war ein leeres Nichts. Über den fernen Berghang schwappten karmesinrote Wärmefluten, als seine Augen das Spektrum hinabglitten.

– Fanny ist verletzt. Wir sollten uns wohl um sie kümmern. –

»Still!«

Er schüttelte heftig den Kopf und starrte fest auf eine Stelle direkt vor sich. Was hatte Fanny gesagt...? »Schalte ruckartig auf Rot um und schau aus den Augenwinkeln!«

Da flackerte etwas. Zwischen den behauenen grauen Steinplatten stand ein gekrümmtes Wesen, mit leuchtenden Würmern geschmückt. Das Bild tauchte im Fels ein und dann wieder auf, nur sichtbar, wenn Killeen den Kopf ruckartig zur Seite drehte.

Die Illusion korrigierte sich rasch, aber nicht perfekt. Für Sekundenbruchteile konnte er röhrenförmige Beine, einen Kopf mit Kapuze und einen langen wulstigen Körper mit vielen stachligen Antennen erkennen.

– Kommst du voran? –

»Mal sehen. Ich...«

Etwas stieß ihm ein Loch ins Auge und drang ein. Er rollte sich blinzelnd zurück und versuchte, dem Hitzestrom zu folgen, der mit glühenden Nadeln durch seinen Körper stieß.

Sein neurales Selbst wurde von Qual überschwemmt, die in ihm wild schäumte und tobte.

Er fühlte/sah alte Gesichter seiner Erinnerung, bleich und hauchdünn. Sie schossen auf ihn zu und dann wieder fort, als ob eine Riesenhand ein Kartenspiel so durchblätterte, daß jedes Blatt immer nur für einen Augenblick voll scharf zu sehen war. Und mit jeder vorbeieilenden Erinnerung kam ein Stich chromblitzenden Schmerzes.

Die Mantis grub in seiner Vergangenheit. Forschte und registrierte.

Killeen stieß einen Wutschrei aus.

Er kämpfte gegen einen harten Klammergriff an.

»Ich... Es ist eingedrungen...« Dann fühlte er, wie der Pfeilwerfer des Schmerzes in seinem rechten Bein von rascher Kälte gepackt wurde. Er merkte, wie das herumschweifende Hitzeding blubberte und abstarb. Es wurde von einer tief verborgenen, spinnenfeinen Falle verschlungen, die von Geistern erdacht war, die es längst nicht mehr gab.

Killeen hatte keine Ahnung, was ihn gerettet hatte. Er kannte seinen Körper nicht besser, als er die Mechanos verstand. So sprang er einfach wieder auf. Er fand sich auf dem Boden eines abbröckelnden Sandhanges, den er in seinen Krämpfen hinabgerutscht war. In seinem Sensorium flimmerte noch das Nachbild des Pfeilwerfers.

Und sein Ortungsgerät war den verräterischen Impulsen zu ihrer Quelle gefolgt.

Er rief: »Jocelyn, ich kann eine Peilung bekommen.«

– Dann fixiere sie rasch, verdammt noch mal! –

»Es bewegt sich!«

In der rubinrot schimmernden Dämmerung machte die Mantis einen Sprung und arbeitete sich zu Killeens ausgebreitetem Körper vor. Er hörte einen Sägeton in tiefem Baß, der ihm das Haar im Nacken sträubte. Wie gelbe Zähne, die Knochen zersägen. Wenn es Fanny nahe kam…

Killeen beobachtete das flackernde Bild der sich bewegenden Mantis, während sein linker Zeigefinger auf einen Punkt an seiner Brust drückte. In seinem linken Auge wuchs ein scharfer Purpurkreis, der den Bereich umgab, wo das Bild der Mantis herein- und hinaussickerte. Er tippte an die rechte Schläfe, und Jocelyn bekam die Peilung.

– Wollen wir's rösten? – rief sie. Sie war ein kleiner Punkt auf der anderen Seite des Tales. Sie würden eine gute Triangulation zur Mantis bekommen.

»Na und ob! Laß uns das Biest in die Luft jagen!«

– Also los! –

Er feuerte. Scharfe Schüsse hallten durch die Stille. Die beiden altmodischen Ladungen klatschten vorn und hinten auf den Mechano. Beine flogen weg, Antennen klirrten zu Boden.

Killeen sah zu, wie das blaugrüne elektrische Leben der Mantis verglomm und ihre Innereien abstarben, als das Zentralhirn sich dadurch am Leben zu halten versuchte, daß es sie opferte. Aber ein mechanischer Schaden läßt sich nicht durch einen schnellen Stromstoß beheben, wie er sich grimmig erinnerte.

Die Mechanos waren auf diese Art oft am leichtesten

verwundbar. Killeen sah es gern, wenn sie hübsch deutlich in Stücke flogen. Das war der wahre Grund dafür, daß er nach Möglichkeit diese Ladungen benutzte.

Er sprang auf und rannte so schnell er konnte zu der noch in langsamer Auflösung begriffenen Mantis. Platzende Kugellager trennten die Beine ab. Der Rumpf rollte auf den Boden. Das Zentralhirn würde darin stecken und versuchen, sich zu retten.

Killeen eilte darauf zu, über Sandboden, der von Mechano-Schrott bedeckt war. Er stieß mit dem Fuß kleine Stücke weg, ohne den Blick von der Mantis zu wenden. Jocelyn trabte von der anderen Seite herbei.

»Könnte eine Höllenmaschine sein«, sagte er.

»Weiß nicht. Habe nie so was Großes gesehen.«

»Das kann man wohl sagen«, murmelte Killeen beeindruckt. Alles in allem war die Mantis länger als zehn Menschen hintereinandergelegt. Er hatte für Masse und Größe von Dingen ein sicheres Gefühl. Unbewußt spürte er, ob etwas zu schwer war, um es einen Tagesmarsch lang zu tragen, oder ob es für eine bestimmte Waffe erreichbar war.

Zahlen strömten in sein linkes Auge und gaben Abmessungen und Masse der Mantis an. Er konnte diese altertümlichen Schnörkel seiner Ahnen nicht lesen und nahm sie kaum zur Kenntnis. Seine inneren, tief eingebetteten Chips und Subsysteme verarbeiteten das alles zu direkten Wahrnehmungen. Diese kamen so natürlich und unauffällig an, wie das Wehen des warmen Windes, der jetzt sein ausgebleichtes schwarzes Haar streifte, wie das leise elektronische Stöhnen der sterbenden Mantis, wie der leichte Drang, in Kürze pinkeln zu müssen.

»Schau!« sagte Jocelyn. In unmittelbarer Nähe hörte er sie nun akustisch. Ihre Stimme zitterte infolge der Anstrengung und nachträglichen Angst. »Das Zentralhirn ist da drin.« Sie zeigte darauf.

Eine kupferne Motorverkleidung versuchte, sich in den Boden einzugraben, und kam damit schnell voran. Jocelyn trat dicht heran und zielte mit einem Scrambler darauf.

Killeen sagte: »Nimm einen Thumper!«

Sie nahm ein mit einer Scheibe bestücktes Rohr und drückte den Auslöser. Die Scheibe machte *rums*, als sie in die brünierte, genietete Haube eindrang. Die Schale schaukelte durch den Aufprall. Stahlblaue Bohrer auf ihrer Unterseite kamen winselnd zur Ruhe.

»Gut!« sagte Killeen. In der Nähe schlurften zwei Kulis davon. Beide hatten auf ihren Seitenpaneelen karierte Markierungen. Er hatte nie gesehen, daß Kulis mit einem hochrangigen Mechano unterwegs waren. »Schieß auf diese beiden!« sagte er und hob seine Waffe.

»Sind bloß Kulis. Vergiß sie!«

»Na schön.« Er rannte zu Fanny. Er hatte deren alteingeführte Weisungen befolgt: Erst das Zentralhirn sichern und dann nach den Verletzten sehen. Aber als er auf die still hingestreckte Gestalt zueilte, sank sein Mut, und er wollte keinen Augenblick verlieren.

Fanny lag mit baumelndem Kopf verkrampft da. Ihr ledriger Mund stand offen und zeigte den gelben Gaumen und Zähne, die durch stundenlanges Feilen geschärft waren. Das runzlige Gesicht starrte leer zum Himmel, und die Augen zeigten ein helles, glasiges Weiß.

»Nein!« Er konnte sich nicht bewegen. Neben ihm kniete Jocelyn sich hin und drückte die Hände oben gegen Fannys Hals.

Killeen sah, daß nichts zitterte. Eine schreckliche Leere erfüllte ihn. Langsam sagte er: »Es hat sie... geblitzt.«

»Nein! So schnell?« Jocelyn blickte mit weiten, fiebrigen Augen zu ihm auf. Sie wünschte, er möge das abstreiten, was sie sehen konnte.

»Die Mantis...« Die Erkenntnis preßte ihr das Herz zusammen. »Sie ist verdammt schnell.«

»Du hast sie aber dennoch getroffen«, sagte Jocelyn.

»Reiner Dusel.«

»Wir haben niemals...«

»Diese hier hat einige neue Tricks auf Lager gehabt.«

Jocelyns Stimme war kläglich: »Aber Fanny! Sie konnte sich doch besser schützen als jeder sonst.«

»Na ja, schon.«

»Sie kannte *alles*.«

»Aber nicht das hier.«

In Fannys halbgeschlossenen und von Angst gemarterten Augen sah Killeen Merkmale, von denen die Sippe seit Monaten verschont geblieben war. Um ihre Augen sickerte blaßgrauer Eiter. Darin bildete sich vor seinen Augen eine Blutblase. Diese platzte und stieß ein ranziges Gas aus.

Die Mantis hatte Fannys Nerven irgendwie abgefragt, ihren Körper, ihr wahres Selbst – und das alles binnen kurzer Augenblicke. Mechanos hätten das noch nie so schnell tun können, noch dazu aus der Entfernung. Bis jetzt mußte ein Mechano-Marodeur einen Menschen mindestens einige Minuten lang festhalten, um ihn auszusaugen.

Das war ein kleiner Vorteil, den die Menschheit über die vagabundierenden plündernden Mechanos hatte; und wenn diese Mantis ein Signal war, so war dieser jetzt verloren.

Killeen bückte sich, um zu schauen. Jocelyn streifte den festen hautengen Gummianzug ab. Fannys Fleisch sah aus, als ob Tausende von feinen Nadeln die verschlungenen Neuronetze durchdrungen hätten, aus denen Fanny bestand, und dabei ihre Geschichte erfahren hätten, die Geschichte, die jedes menschliche Wesen in sich birgt. Die Art ihrer Vergnügungen. Wie sie scharfe Qual empfunden hatte. Wann und warum sie den unzähligen Niederlagen getrotzt hatte, die hinter ihr lagen, eine lange unablässige Folge von Hell und Dunkel und dann wieder Hell, die sie mit festem, sicherem Schritt durchmessen hatte, indem ihr Weg beharrlich durch das Mosaik von Welten und Hoffnungen und ständigem Krieg geführt hatte.

Die Mechanos der Marodeurklasse waren manchmal darauf erpicht. Sie wollten weder Metall noch flüchtige Substanzen oder irgendwelche Vorräte. Nicht einmal die winzigen Chips voller elektrischen Raffinements, welche Menschen oft von niederen Mechanos entwendeten, den Kulis und Luggos und Pickern.

Der totale Tod. Marodeure wollten Information, Daten und das eigentliche Selbst. Bei der Befragung jedes kleinen Winkels von Fanny hatte die Mantis alles ausgesogen, beknabbert und getilgt, was ihre Fanny ausgemacht hatte.

Killeen weinte in hilfloser Wut. Er rannte zu der zertrümmerten Mantis zurück und riß eine Beinverstrebung los.

Schnaufend rammte er das armlange Stück in das Wrack, daß die Fetzen flogen. Ledroff suchte ihn zu erreichen. Er bellte irgend etwas und schaltete dann seine Kommlinie ganz aus.

Er wußte nicht, wie lange das Demolieren und Brüllen dauerte. Es erfüllte ihn und entleerte ihn schließlich gleichermaßen, als seine Wut in die freie Luft entwich.

Als er fertig war, ging er zu Fanny zurück und erhob die Strebe in einem stummen, traurigen Salut.

Das war die schlimmste aller Todesarten. Sie nahm von einem mehr als nur das derzeitige Leben. Weit mehr – sie stahl auch die einstmalige Glorie und allen Schwung. Sie ertränkte das Leben in dem stickigen schwarzen Sirup des Mechanohirns. Sie ruinierte durch Absorbieren und Verneinen, ohne eine Spur davon zu hinterlassen, daß der Dahingegangene einmal wirklich existiert hatte.

Wenn der Geist so zerkaut und verschlungen war, konnte er durch menschliche Tätigkeit nie wieder gerettet werden. Wenn die Mantis sie bloß getötet hätte, dann hätte die Sippe wahrscheinlich irgendein Fragment der echten Fanny bergen können. Aus dem sich abkühlenden Gehirn hätte man ihr Wissen herausziehen können, das von ihrer Persönlichkeit durchtränkt war. Man hätte sie im Geist eines Sippenmitgliedes als einen Aspekt speichern können.

Die Mantis hatte nicht einmal das übrig gelassen.

Der endgültige Tod. Heute abend bei der Beisetzung Fannys würde man dem schlaffen, leeren Körper keine Wahrheit entnehmen können, der so verloren und verfallen vor ihm lag. Die Sippe würde nichts von ihr heimtragen; und so war es, als ob sie nie den endlosen Weg gegangen wäre, der das Schicksal der Menschheit war.

Killeen fing an zu weinen, ohne es zu merken. Er hatte das Tal mit der Familie verlassen, ehe er sich seines tiefen Kummers bewußt wurde, den er mit sich schleppte. Erst jetzt erkannte er, daß Fanny auf diese Weise immer noch am Leben war; aber trotzdem bot es ihm keinen Trost.

## 2. KAPITEL

Aus dem heißen Auge des Fressers zogen sich lange, drohende Schatten in die Weite. Seine harte Strahlung streckte Finger über die vom Fluß durchschnittene Ebene, die bis zu der sich herankämpfenden menschlichen Flut reichten.

Jeder vom Wind benagte Stein warf, obwohl selbst farblos und abgewetzt, einen lebhaften bunten Schatten. Der äußere Ring des Fressers glomm rot, während das innere Stierauge in scharfem Blau strahlte. Als die Scheibe des Fressers im Untergang hinter den Horizont tauchte, zog sie durch die letzte Felszacke einen Schweif vielfarbiger Bänder. Die Sicht war schlecht.

So blieb es eine Weile lang, bis Killeen sich sicher war. Er zwinkerte, ließ seinen Sehbereich durch das Spektrum laufen und erkannte den schimmernden, farngrünen Lichtpunkt.

»Hallo«, rief er, »Ledroff! Schau einmal scharf nach links!«

Die Sippe marschierte weit auseinandergezogen in einer Schlucht, wobei die Mindestabstände ein Kilometer betrugen. Sie mäßigten das Tempo – froh, nach stundenlanger ängstlicher Flucht etwas Ruhe zu haben.

»Was gibt's da?« rief Ledroff.

»Siehst du einen Trog?«

»Nein.«

Killeen atmete langsam und gleichmäßig, damit der bittere Ton seiner Übermüdung nicht zu den anderen drang. Ledroffs Antwort war träge und knapp. Killeen wußte, daß Ledroff, wenn Fanny gesprochen hätte, sich zackig und rasch geäußert haben würde. Nach Sippentradition würde jetzt ein neuer Captain gewählt werden müssen, sobald ein sicheres Lager gefunden wäre. Bis dahin hatte Killeen die Führung und ordnete die Manöver an. Ledroff wußte das, blieb aber dennoch mißmutig.

Sie hatten eine Pause eingelegt, um eine kurze Totenfeier für Fanny abzuhalten, und die Leiche unter einem hastig errichteten Steinhügel beigesetzt. Danach waren sie lange und hart gelaufen. Jetzt konnten sie nicht mehr weiter. Killeen mußte einen geschützten Platz finden.

»Jocelyn, siehst du etwas?«

»Ich… vielleicht.«

»Wo?«

»Ein kleines Ding… könnte eine Täuschung sein…« Ihre Stimme klang erschöpft.

»Kannst du mit mir eine Kreuzpeilung vornehmen?«

»Ich… hier…«

In Killeens rechtem Auge leuchtete ein Bild auf. Jocelyns Einblendung zeigte einen zuckenden Lichtfleck.

Er sagte: »Wir wollen es aufsuchen.«

»Nein«, erklärte Ledroff ernst. »Wir kampieren besser im Freien.«

»Und geben uns damit selbst auf?« fragte Jocelyn erstaunt.

»Nein, das ist sicherer. Mechanos werden nicht merken, daß wir es sind.«

Killeen sagte: »Wir sind zu erschöpft.« Er wußte, daß Ledroff recht gehabt hätte, wenn die Sippe nicht am Ende gewesen wäre. Mechanos konnten einen Menschen meistens nicht ausfindig machen, wenn der Anzug heruntergeschaltet war. Sie spürten Strom, aber nicht Haut.

»Trog? Hast du einen Trog gefunden?« Tobys Stimme klang matt nach dem anstrengenden Marsch.

»Könnte sein«, sagte Killeen. »Wir wollen sehen.«

Ledroff brüllte: »Auf keinen Fall!«

Aber ein Chor zustimmender Stimmen übertönte ihn. Er fing an zu argumentieren. Mit so etwas mußte man rechnen, wenn eine Sippe unterwegs war ohne einen neuen Captain. Aber alle brauchten Ruhe und Zeit zum Nachdenken.

Killeen ignorierte Ledroff und bewegte sich in großen Sprüngen über den nächsten Hügel. Er mußte die Zähne zusammenbeißen, um sich mit Eleganz flüssig zu bewegen. Aber er wußte, daß die Sippe hinter ihm aufpassen würde. Ohne näher darüber nachzudenken war es ihm klar, daß die am Rande des Zusammenbruchs stehenden Leute eine Demonstration der Stärke brauchten, um wieder Zuversicht und Zielstrebigkeit zu gewinnen.

Ledroff kam hinten heran. Killeens Augen erfaßten automatisch Jocelyns Darstellung und nahmen wieder das flackernde schwache Hoffnungszeichen auf. Er erhob sich über verfallene Hügel und erkannte, daß er nur zu weit geraten war, als das Signal nachließ.

»Es liegt unter dem Boden«, sagte er.

»Wo?« fragte Ledroff ungeduldig.

»Unter der alten Fabrik dort.«

In einer Senke befanden sich Schuppen aus abgenutztem Felsmetall. Kulis glucksten und rollten und mühten sich darum ab. Sie waren mit der endlosen Produktion beschäftigt, die den Mechanos ihre anhaltende Herrschaft über die Menschheit verliehen hatte. Solche Schuppen wurden überall da errichtet, wo das Land ein reiches Flöz an von Wetter zusammengetragenen Mineralien bot. Dies hier war eine vernachlässigte Station, weit ab von den Gegenden, wo die Mechanos beschlossen hatten, ihre majestätischen verschlungenen Keramikwohnbauten zu errichten. Aber die endlose Folge solcher Nebenstellen hatte die Welt mit Mechanoleben überflutet. Bald, so dachte Killeen, würde der lange Kampf zwischen den Mechanos und allem übrigen ein Ende finden.

»O nein! Könnte eine Falle sein«, rief Sunyat von weitem. Sie war immer am vorsichtigsten in der Sippe. Killeen ignorierte sie deutlich, genau wie vorhin Ledroff. Das war meistens besser als Reden. »Der Trog ist eingegraben. Kulis haben darauf gebaut.«

»Sind Tröge wirklich *so* alt?« fragte Jocelyn.

»So alt wie die Mechanos. So alt wie die Menschen«, sagte Killeen. Er landete neben einem Kuli und folgte dem halb blinden Ding, als es in die Fabrik rollte. Offenbar veredelten die Mechanos einen Steinextrakt auf keramischer Basis, ohne sich um die große verrostete Tür zu kümmern, die eine ganze Wand ihrer kleinen Welt gebildet hatte.

Die Sippe war sehr schnell bei der Fabrik zusammengeströmt. Sie schlachteten jeden Kuli aus und schwächten sie so weit, daß sie einige tragbare Energiezellen entnahmen, aber immer noch genug übrig ließen, daß die Kulis keine Fehlfunktion verzeichneten. Bei alledem bewegten sie sich mit gewohnter Grazie. Dieser kleine Platz bot keine Gefahren durch Aufsichtsmechanos. Kulis waren nicht wichtig. Die Tatsache, daß die Sippe wie Ratten kleine Stücke aus einer großen Speckseite stahl, machte nichts aus.

Ledroff ging als erster in den Trog, Killeen dahinter. Das war ein großer alter Schuppen voller Aromen, die Killeen in der Luft roch. Die Sippe wickelte den Einzug automatisch ab, indem immer einer vorstieß, während die anderen Deckung boten. Es wurde kein Wort gesprochen. Killeen und Jocelyn krochen vorsichtig zwischen Reihen undichter Bottiche voran. Die Stiefel quatschten in den Pfützen.

Nichts. Es kamen keine Kulis zu ihrer Begrüßung, indem sie sie irrtümlich für Mechanos hielten. Dies bedeutete, daß der Trog nur dürftig gewartet wurde und nur wenige Besucher erwartete. Seine Kulis waren an die Fabrik draußen ausgeliehen worden.

»Außer Tätigkeit«, grunzte Ledroff und setzte sich auf einen eisernen Behälter. Dann fing er an, seinen Anzug abzulegen.

»Das Essen ist gut«, sagte Jocelyn. Sie hatte schon eine Hand in eine Urne mit dickem Sirup gesteckt und leckte sie jetzt mit Genuß ab. Über den ringförmigen Helmkragen flutete langes braunes Haar. Ihr hageres Gesicht entspannte sich in müdem Behagen.

Killeen hörte, wie andere Sippenangehörige die langen Korridore durchstöberten und alle dasselbe meldeten: Niemand zu Hause. Er ging zurück zum Eingang und half, die große Luke aus Molykarbon zu schließen. Das war es. Sie waren jetzt in einem sicheren Hafen, und er konnte sich hinlegen. Die feuchte Stille des Troges hieß ihn willkommen.

Ringsum zog sich die Sippe aus. Er schaute lässig zu. Jocelyn befreite sich mit tiefem Seufzen von ihren plumpen Knieschützern. Die Beinschienen waren vom Schlamm verklebt.

Sie mußte die Klammern mit den Handkanten freimachen. Ihre muskulösen Schenkel bewegten sich in dem gedämpften Licht anmutig, regten aber Killeen nicht zu einer Reaktion an.

Die Sippe legte ihre dicken Gewänder und Aluminiumhüllen ab. Die zum Vorschein kommende Haut war porzellanfarben, schokoladenbraun oder fahl. Das Fleisch zeigte rote Flecken dort, wo die Isolierung gescheuert hatte. Viele hatten rötliche Narben von früheren Operationen. Andere zeigten die blaugeäderten Spuren alter Implantate. Dabei handelte es sich um Ergänzungen aus den Tagen, da die Sippe noch wußte, wie so etwas gemacht wurde. Blanke Stellen sprachen von geheilten Verletzungen. Aber nichts konnte dem erschlaffenden Fleisch und den Geschwülsten entzündeter Organe Einhalt gebieten. Die Sippe trug eine ermüdende Bürde langsam zunehmender biologischer Probleme, denen ohne die, zusammen mit der Zitadelle verlorenen Technologie, nicht beizukommen war.

Jocelyn hatte einen blubbernden Kessel mit Süßhefe gefunden. Killeen aß etwas von dem schaumigen gelben Rahm mit der sturen Entschlossenheit, die sie alle in den Jahren des Umherziehens gelernt hatten. Es war vier Wochen her, daß sie den letzten Trog gefunden hatten. Sie hatten alle von Rucksackrationen gelebt und bitteres Wasser aus wenigen kümmerlichen Bächen geschöpft.

Tröge waren alles, was sie jetzt noch am Leben hielt. Diese dumpfigen, finsteren Plätze waren für die Mechanos der Marodeurklasse geschaffen und natürlich auch für die höheren Mechanos, für die die Menschen keine Namen hatten, da sie niemals die Begegnung mit einem solchen überlebten. Marodeure brauchten ebenso wie Lancer, Snouts, Tromper und Baba Yaggas Bioprodukte. Auf ihren Streifzügen machten sie manchmal bei den aufs Geratewohl verteilten Trögen Halt, um ihre inneren organischen Teile neu zu versorgen.

»Hältst du dies für besser?« fragte Jocelyn ruhig. Sie breitete ihr jetzt gewaschenes Haar aus. Killeen merkte, daß er einige Zeit gedöst hatte.

»Allerdings, sieht anders aus. Hübsch.«

Er war in diesen Tagen nie darauf gekommen, ihr etwas zu sagen. Sie wickelte ihr Haar zu einer Fülle enger Locken auf, die sich von ihrer hohen Stirn her ausbreiteten. Cermo der Langsame kämmte ihr sorgsam die Seitensträhnen vom Wirbel abwärts. Jocelyn hatte Cermos blonden Schopf, der ihm in weißen und gelben Strähnen über die Ohren hing, schon glatt frisiert und gescheitelt. Ein blaues Gummiband hielt die starken Büschel im Nacken fest zusammen.

Killeen hockte nachdenklich da und sah zu, wie Cermo Jocelyn pflegte. Ein von Laufen erfülltes Leben hatte der ganzen Sippe Beine beschert, mit denen man tagelang hingekauert sitzen konnte, jeden Augenblick bereit loszuspringen. Es hatte ihnen auch Schutzhelme beschert, die allerdings das Haar in Unordnung brachten. In den Jahren, da die Menschen in der Zitadelle wohnten, hatte man diejenigen, die zum Beutemachen in die langsam heranrückende Welt der Mechanos hinausgezogen waren, nach der Rückkehr einer zeremoniellen Reinigung unterzogen. Dieses Ritual erweiterte sich von einem bloßen kräftigen Abschrubben zu einem ausgedehnten Bad und Haarpflege. Wer mutig genug war hinauszuziehen, verdiente ein Kennzeichen; und so wurden die Haare zum Merkmal. Bei der Rückkehr wurden sie jedesmal anders geformt und stellten für Männer und Frauen umständliche Schöpfungen dar. Man trug üppige Locken, die mit einem juwelenbesetzten Ring lose zusammengehalten waren, oder zur Seite gescheitelte dicke Strähnen oder zwei schmale Zotteln mit einem leeren Band dazwischen. Diese letztere Frisur hieß ein ›umgekehrter Mohawk‹, obwohl sich niemand mehr erinnern konnte, was dieser Name eigentlich bedeutet hatte.

Killeen liebte sein Haar so gut gepflegt wie sie alle. Es war lang, mit zerzausten Strähnen, die im Nacken unbezähmbare Knoten bildeten. Es würde Geduld erfordern, die Schäden durch den Marsch zu beheben.

Er entschied, daß dies nicht der richtige Moment war, um Jocelyn zu fragen. Er hatte ihr in letzter Zeit wenig Aufmerksamkeit geschenkt und empfand für sie kaum mehr als die schlichte, automatische Bruderschaft, die ihn mit jedem anderen Mitglied der Sippe verband. Sie hatten seit Jahren miteinander geschlafen – unregelmäßig, wie jetzt alles war. Aber vor hundert Tagen hatte die Sippe in einer Vollversammlung beschlossen, die Sexzentren aller Mitglieder abzustumpfen.

Das war eine notwendige und längst überfällige Maßnahme. Killeen hatte auch dafür gestimmt. Sie konnten nicht die sowohl psychische wie physische Energie verzetteln, die Männer und Frauen füreinander aufwandten. Es war ein verzweifelter Schritt gewesen. Sex stellte eine große Bindung dar. Aber Munterkeit und konzentrierte Energie belohnten die Gejagten durch Überleben. Die Sippe hatte das auf die harte Art gelernt.

Zwischen Männern und Frauen bedeutete die transzendente Magie viel mehr als das von Chips kontrollierte Sexzentrum. Das spürte er jedesmal, wenn er mit Jocelyn sprach. Alte Klänge hallten in ihm wider, mancher Druck wurde gelindert.

Aber mit Jocelyn war es nie so, wie es mit Veronica gewesen war. Er wußte inzwischen, daß es auch nie so sein würde. Das war aus seinem Leben entschwunden.

Immerhin konnte er noch die Freuden der Körperpflege genießen. Sie waren ständig unterwegs. Jedes Gepäckstück war eine Belastung, wenn das Überleben auf des Messers Schneide stand. So war das Haar ihr einziger Spiegel des persönlichen Stolzes geblieben. Sie kämmten und tönten sich selbst, dem rauhen Zugriff der Welt zum Trotz. Es bot eine kleine Zuflucht, wenn aus einer übelriechenden verfilzten Masse Schönheit gestaltet wurde.

Die Süßhefe hatte ihre Tätigkeit abgeschlossen. Cermo hatte eine auslösende Prise in Bottiche geschüttet, sobald die Sippe hereinkam. Vor langer Zeit hatten die Mechanos ihre organischen Proteine umgestaltet, so daß deren Helix im umgekehrten Sinne gebaut war, als die Menschen verdauen konnten. Cermos kostbare Substanz – ein schrumpfendes Vermächtnis der Zitadelle – spulte die Helix zurück und machte sie für Menschen verträglich.

Cermo und Killeen öffneten das Auslaßventil an einem großen Bottich und teilten der begierigen Sippe Portionen des Schaumes zu. Um das Ventil mit Gewalt zu öffnen, hatte Killeen die Beinstrebe benutzt, die er von der Mantis mitgenommen hatte. Es war ganz in Ordnung, wenn eine solche Trophäe als Werkzeug für einen Diebstahl diente.

Als Killeen spürte, wie der zuckrige Saft in ihm arbeitete und einen Funken von Interesse in ihm aufkommen ließ, machte er sich wieder auf die Beine, um durch den Trog zu marschieren. Dessen lange, finstere Korridore rochen nach grobem Korn, nach butterartiger Suppe oder reifen Aromen, für die es keine Bezeichnung gab.

Es hätte tausend Jahre währen können, bis ein Crafter oder Stalker hierhergekommen wäre, um Nahrung zu suchen. Aber der Trog summte und arbeitete vor sich hin. Seine Wartungsschautafeln funktionierten noch, und gegliederte Arme öffneten sich, um von einem Mechano ergriffen zu werden. Elektrische Entladungen knisterten und suchten fahrende Maschinen mit unentzifferbaren krachenden Versprechungen erneuerter Energie zu betören. Die abgenutzten oder defekten Mechanos, die sich in einen Trog begaben, wußten vielleicht nur vage, was sie brauchten, oder daß sie überhaupt etwas brauchten. Der Trog lockte sie mit genußvoller Schmierung, mit frischen Einbauteilen und mechanischen Reichtümern, die die Menschen nur gelegentlich anzapfen konnten.

Killeen fand eine große Kaverne, in der blaugrüne Algenfäden herabhingen und sich in dem nach Mandeln riechenden Luftzug bewegten. Trompers mochten die, wie er wußte. Nur ein Daranlecken würde einen erwachsenen Mann binnen Sekunden töten.

In einer Seitenpassage waren Stapel von glitschiger Paste. Es hieß, daß Mechanos diese fetten Brocken äßen. Andere hielten sie für ein Schmiermittel. Killeen riß einige Kisten auf und fluchte leise. Wenn Menschen verhungerten, würde es Mechanos auch so ergehen.

Eine andere Höhle enthielt große bemooste schwarze Platten, wie Snouts sie brauchten, um ihre komplizierten organischen Gelenke zu ersetzen. Killeens Vater hatte ihm alle diese Dinge gezeigt und ihre Funktion gekannt. Aber jetzt konnte die Sippe nur das verwenden, was sie zu tragen vermochte.

»Papa?«

Killeen war alarmiert und sagte schnell leise: »Hallo, halt dich an meine Peilung!«

»Warum?« fragte Tobys elektrische Stimme.

»Los, mach schon!«

Toby flitzte zwischen riesigen dampfenden Bassins durch die schattigen Stellen. Ganz automatisch nutzte er die dunklen Deckungsmöglichkeiten aus, wie es ihn zwölf harte Jahre gelehrt hatten.

Er erreichte seinen Vater und blickte in dem trüben, bernsteinfarbenen Licht zu ihm auf. Sein Gesicht zeigte keine Spuren von Angst. Die dunklen Augen waren für eine Welt endloser neuer Abenteuer geöffnet. »Warum so still?«

»Falls es hier Abwehrmechanos gibt, sollten sie hier tief drin verborgen sein.«

»Toll! Meinst du, die könnte es geben?«

Killeen glaubte das eigentlich nicht; aber alles, was den Jungen zur Vorsicht mahnen konnte, war von Nutzen. »Gewiß, durchaus möglich.«

»Wohl kaum, denke ich«, sagte Toby atemlos. Wie alle Sippenangehörigen betasteten und beklopften sie einander im Dunklen und ließen die Hände sprechen.

Dem Druck menschlichen Fleisches trauten sie mehr als allen anderen Signalen.

»Sie haben Schneidgeräte dabei und schneiden dich in der Finsternis in kleine Stücke.« Killeen knuffte Toby grinsend leicht in die Seite.

»Ich werde *sie* frikassieren.«

»Nee, bestimmt nicht.«

»Doch, bestimmt.«

»Womit denn?«

»Hiermit.«

Toby holte eine Gabel zum Kurzschließen von Starkstrom hervor. Die hatte lange, empfindliche Spitzen, die in jede Öffnung eines Mechanos paßten. Manche meinten, sie wären lebendige organisch-technische Geräte.

»Wo hast du das her?«

Toby grinste schelmisch. Seine hellen Augen tanzten vergnügt, als er die Überraschung seines Vaters bemerkte. »Von einem Schrottplatz.«

»Wo denn?«

»Komm mit!«

Toby fehlte es sehr an Spielgefährten. In den Jahren seit der Kalamität war die Sippe stets gezwungen gewesen zu wandern und hatte nie mehr als ein paar Tage an der gleichen Stelle verbracht. Jedes längere Verweilen und ein von ihnen unbemerkter Alarm hätten Lancer oder noch Schlimmeres auf den Plan rufen können.

Daher hatten die Jungen und Mädchen der Sippe niemals eine Dauer kennengelernt, nie irgendwo pausiert, um eine Spielzeugburg zu bauen oder die Feinheiten selbst erfundener gemeinsamer Spiele zu erleben. Während er in dem Halbdunkel Toby beobachtete, wie er davonstürmte, fragte sich Killeen, ob Toby überhaupt Spiele brauchte. Für ihn war ihre lange Flucht von der Kalamität wie ein Spiel endloser Verfolgung. Das Leben war ein Spiel.

Toby hatte Dutzende Menschen sterben gesehen, konnte das aber mit der sorglosen Haltung der Jugend vor dem Tode abschütteln. Die historische Katastrophe der Sippe war nur noch eine Vergangenheit ohne Gewicht. Und Toby war zu jung, um die Aspekte zu verstehen, obwohl er wußte, daß die Toten noch unter ihnen lebten. Das war sehr offenkundig.

Toby verschwand vor Killeen in einer düsteren Passage; und der mußte sich bücken, um nachzukommen. Der Geruch von schimmelndem Fett stieg ihm in die Nase.

»Hier!« flüsterte Toby.

Killeen überlief ein Schauder, als er in dem Schutthaufen herumstocherte. Achsen, Zahnräder, Stecker, Deckel, Tanks und Teile, die er kannte, aber nicht verstand.

Alles von einem Marodeur-Mechano. Alles neueste Konstruktionen.

Alle zeigten Gebrauchsspuren, funkelten aber noch wie Silber, wo sie vor dem Grus draußen geschützt gewesen waren.

»Gutes Zeug«, sagte Killeen beiläufig.

»Nicht wahr?«

»Hmm. Aber von was sind das Teile?«

»Kann ich das Ding also benutzen?«

Killeen hob gerade einen Kreuzkopf hoch, der groß genug war, um auf einen Stalker zu passen. »Ja, was denn?«

Gereizt sagte Toby: *»Dieses«* und hielt die Stromgabel hoch.

»So, wozu denn?«

»Um Kulis zu töten.«

Killeen sah sich um und studierte die dunklen Pfützen. Falls ein Stalker hier drin wäre, die Sippe durch die Luke kommen gehört und beschlossen hatte abzuwarten, bis seine Zeit gekommen wäre...

»Nun?«

Spekulationen. Und ein mulmiges Gefühl. Das war alles.

Killeen schaute seinen Sohn an und sah darin das offene Testament von allem, was er einmal weiterzugeben hoffte, den zarten Faden seiner Nachwelt. Aber Toby würde kein voller Mensch sein in dieser rauhen Welt, wenn er ihn seiner Kindheit beraubt hätte. Er brauchte ein Gefühl für Sicherheit und Gewißheiten. Und wenn Toby verängstigt wäre, würde er schlecht schlafen und morgen weniger flink sein.

»Komm weiter, wir wollen umkehren und uns an die Nahrungsbottiche ranmachen. Etwas mehr Futter besorgen.«

»Ach...«

»Danach gehen wir hinaus und erwischen vielleicht ein paar Kulis.«

Toby strahlte. Er war in der Sippe das letzte Kind. Mechanos und Unfälle und böse Krankheiten hatten alle anderen dahingerafft. »Toll!«

Killeen ließ den Jungen Verstecken spielen, während dieser auf dem Rückweg voranging. Auf diese Weise konnte Killeen unauffällig nach hinten sichern. Er spürte nichts besonderes. Die Kavernen klangen hohl, leer und lauernd.

Als sie zu den Bottichen kamen, war Toby erschöpft. Killeen fand für ihn einen Klumpen klebrigen Schaums, der nach Leder und Gewürzen roch. Dann ging er zu Ledroff und beschrieb ihm die Mechano-Teile, die sie gefunden hatten.

»So? Ich habe den ganzen Platz kontrolliert«, sagte Ledroff. »Habe es auch von Jake dem Former machen lassen.«

»Die Teile waren nicht alt, sondern modernster Kram.«

»Dann hat ein Mechano sie wohl dagelassen.«

»Der könnte auch zurückkommen.«

»Vielleicht auch nicht.« Ledroff blinzelte Killeen an. Sein üppiger schwarzer Bart reichte ihm bis zu den Augen und verbarg seine Miene; aber die schneidende Stimme war deutlich genug.

»Du wolltest doch, daß wir im Tal Station machten. Weißt du noch?« sagte Killeen ruhig.

»So?«

»Vielleicht hattest du recht.«

Ledroff zuckte entschieden die Achseln. »Jetzt ist es anders.«

Seit sie hier angekommen waren, hatte sich etwas verändert, etwas, das Ledroff mehr Sicherheit verlieh. Killeen schüttelte den Kopf. »Das ist höchst merkwürdig. Warum wurden die Teile liegen gelassen? Gewöhnlich nehmen Kulis sie mit.«

Ledroff grinste und zeigte breite gelbe Zähne. Er blickte auf die anderen Sippenmitglieder, die in Hörweite waren, und fragte mit erhobener Stimme: »Was hat dich so nervös gemacht?«

»Die Mantis heute.«

»Was ist mit der?« fragte Ledroff laut.

»Fanny hat einmal gesagt, daß eine Mantis meist mit anderen zusammenarbeitet.«

»Mit was für anderen?« Ledroffs buschige Brauen senkten sich und ließen die Augen im Schatten verschwinden.

»In dem Tal dort war eine Menge Kulis.«

»In der Nähe der Mantis?« Ledroff zog die Worte lang, als ob er sie genau erwägen würde.

»Freilich! Mindestens zehn Stück...«

»Die können uns nicht jagen«, sagte Ledroff ärgerlich. »Du wirst albern.«

Killeen lächelte grimmig. »Hast du jemals gesehen, wie ein Mechano der Marodeurklasse mit Kulis reist?«

»Mechanos wären mir lästig, aber Kulis nicht wichtig.« Ledroff lachte laut. Die rhythmische Sprache bestätigte Killeens Vermutung. Ledroff zielte auf das Auditorium ab. Aber warum?

»Ein Mechano, der Kulis hat, könnte auch andere Mechanos haben. Stalker oder Lancer.«

»Schön, dann kannst du heute nacht Wache schieben«, sagte Ledroff sanft. »Paß nur hübsch auf!«

Er holte einen Brocken organischer Paste aus dem Gürtel und bot ihn Killeen an. Die Sippenleute in der Nähe nickten, als ob die Sache damit erledigt wäre, und zogen sich zurück, um ihre diversen Mahlzeiten zu verdauen. Killeen hatte nur eine unklare Vorstellung davon, was Ledroff mit solchem Gerede beabsichtigte, entschloß sich aber, es damit sein Bewenden haben zu lassen. Fannys Tod hatte sie alle etwas aus dem Gleichgewicht gebracht.

Killeen nahm die Speise an und aß. Das war eine uralte Geste der Kameradschaft. Ledroff lächelte und ging weg. Toby, der nach Leckereien gesucht hatte, kam an und plumpste bei seinem Vater hin. »Haben wir noch Zeit für mehr von dem klebrigen Zeug?«

»Sicher.«

Toby zögerte einen Augenblick lang. »Das Zeug ist schon in Ordnung. Aber wann finden wir wieder eine Casa?«

»Wir werden morgen anfangen, uns danach umzusehen.«

Toby schien mit dieser stereotypen Antwort zufrieden zu sein und trollte sich davon. Killeen fand etwas Ranziges, das nahrhaft war, obwohl es wie Eisenfeilspäne mit Pappe schmeckte. Der chemische Sensor in seinem Daumennagel versicherte, daß es nicht vergiftet war. Marodeure machten so etwas öfters.

Er knabberte an dem klebrigen Zeug und dachte nach. Er konnte sich nicht entsinnen, wie viele Monate es her war, daß die Sippe in einer Casa Station gemacht hatte. Vielleicht ein Jahr; aber er hatte keine klare Vorstellung davon, was ein Jahr war. Er wußte nur, daß es mehr Monate hatte, als er an beiden Händen abzählen konnte. Um es genau zu erfahren, müßte er einen seiner Aspekte aufrufen. Das mochte er aber nicht tun.

Ungebeten machte sein Arthur-Aspekt sich Killeens Zerstreutheit zunutze und redete. Die kleine, präzise Stimme schien von einer Stelle direkt hinter seinem rechten Ohr zu kommen. Tatsächlich steckte der Chip, der Arthur und noch viel mehr Aspekte enthielt, hoch in Killeens Hals.

Unser letzter Aufenthalt in einer Casa war vor 1,27 Jahren. Natürlich Snowglade-Jahren.

Der Aspekt war gereizt, weil man ihn lange nicht gerufen hatte. Das zeigte sich in der knappen, pedantischen Art seiner Stimme.

Die Sippe benutzt nicht mehr die Woche oder den Monat. Sonst hätte ich mich dieser Ausdrucke bedient. Derart kurze Zeitskalen sind Kunstprodukte eines seßhaften Volkes, das sich dem Ackerbau angepaßt hat. Zu meiner Zeit...

»Fang nicht erst wieder davon an!« platzte Killeen heraus.

Ich wies nur darauf hin, daß ein Jahr jetzt keine Bedeutung mehr hat, da die Mechanos die Jahreszeiten ausgelöscht haben.

»Ich will nichts von den alten Zeiten hören.«

Er zwang den Aspekt wieder in die Gelasse seines

Geistes zurück. Der quakte, als er zusammengepreßt wurde.

Killeen lauschte jetzt immer weniger seinen Aspekten. Er besaß den Arthur-Aspekt erst seit der Kalamität und hatte ihn nur selten befragt. Aspekte hatten in Zeiten gelebt, da die Sippen in Zitadellen oder den noch größeren altertümlichen Bogenbauten lebten. Sie wußten verdammt wenig davon, wie es war, ständig auf der Flucht zu sein. Und selbst dann mochte Killeen nicht ihr Geschwätz darüber, wie großartig alles gewesen wäre. Ganz gleich, wie sie es formulierten. Aspekte machten immer den Eindruck, die Sippe dafür zu tadeln, daß sie so tief gesunken war.

Killeen wollte das nicht hören, und auch nichts über den Angriff der Mantis. Ihre lange Flucht vor ihr hatte seinen Kummer aufgestaut. Aber er spürte den Druck und wußte, daß er sich Luft machen müßte.

Ledroff bewegte sich zwischen hingekauerten Sippenangehörigen und teilte die Nachtwache ein. Bald würde die Ratsversammlung beginnen. Sie würden Fannys Tod erörtern, singen und den nächsten Captain wählen.

Killeen stand auf. Seine Glieder waren von dem angestrengten Laufen steif und schmerzten. Aber er würde seinen Respekt für Fanny durch Tanz zum Ausdruck bringen und die rauhen Abschiedsschreie ausstoßen.

»Das ist gut für so etwas«, murmelte er vor sich hin. Er hatte nicht daran gedacht. Aber jetzt erhaschte seine Nase das kräftige Aroma von Alkoholdampf aus einem Bottich in der Nähe.

Die Tröge produzierten Alkohol als Nebenprodukt ihrer endlosen chemischen Kreisprozesse. Es gab eine alte Geschichte, daß auch Mechanos durch Alkohol in Stimmung kämen. Aber dafür hatte man keine Beweise. Killeen meinte, es gäbe überhaupt keinen Beweis dafür, daß Mechanos je einen Rausch bekämen.

Er mochte Alkohol nicht so sehr wie die Sinneseindrücke, die man in einer Casa bekam. Das ging allen so. Aber Alkohol würde ihn über die nächtliche Pause hinwegbringen. Er brauchte ihn. Sicher. Also folgte er seiner Nase.

# 3. KAPITEL

Killeen erwachte mit einem sagenhaften Kopfschmerz. Ledroffs Stimme dröhnte von irgendwie hoch oben herab.

Killeen wälzte sich herum und wurde sich nebelhaft darüber klar, daß er auf Wache eingeschlafen war.

»Tränentier!« brüllte Ledroff ihn an. »Auf!«

»Ich... was...«

»Halt die Schnauze! Hoch!«

Killeen erhob sich auf alle viere. Jeder Muskel war verkrampft und schmerzte.

Ledroff trat ihm in den Hintern. Killeen kreischte und krabbelte los. Ein dumpf modriger Geruch stieg ihm scharf und beißend in die Nase.

Ledroff packte ihn am Kragen und riß ihn auf die Füße hoch. Killeen stolperte vorwärts, geschubst durch die groben, schwieligen Hände anderer Männer. Seine Beine waren wie Holzstümpfe. Die hohle Kaverne wandte sich unheimlich zur Seite. Frauen heulten und stießen ihn fort. Eine Hand krampfte sich in seine Wange. Ein unterdrückter Fluch fand grellen Widerhall. Die Sippe bildete in dem gedämpften Licht einen murrenden Kreis. Ledroff schleifte Killeen in dessen Zentrum und trat ihm noch einmal in den Hintern.

»Wachvergehen«, sagte Ledroff nur, eine klare Anklage.

»Er war besoffen!« beschuldigte ihn ein Weib.

Jake der Former, dessen Wort in der Sippe Gewicht hatte, sagte mißbilligend: »Man hätte uns überfallen können.«

Ledroff nickte. »Welche Strafe?«

Die Sippe zögerte nicht mit der Antwort.

»Drei volle Rucksäcke!«

»Nein, vier!«

»Mein Thermopack!«

»Meins auch!«

»Laßt ihn meine medizinische Ausrüstung tragen!«

»*Alle* Kanister!«

»Jawohl. Er hat geschlafen. Soll er jetzt torkeln!«

Killeen hielt den Kopf gesenkt. Er versuchte, sich zu erinnern, was geschehen war. Ach, ja – der Alkohol. Er hatte davon einiges zu sich genommen. Dann etwas getanzt. Daran erinnerte er sich seufzend. Dann hatte er noch mehr getrunken...

Die Sippe keifte und ulkte und johlte. Leere Wut und Enttäuschung. Ledroff steuerte ihre Gefühlsausbrüche. Aus Ärger wurde bloße Gereiztheit. Schließlich einigte man sich darauf, daß Killeen zur Strafe zusätzliche Lasten zu tragen hatte: einen Rucksack und die medizinische Ausrüstung. Dadurch wurden zwei ältere Frauen um ein gutes Drittel ihrer Last erleichtert.

»Nimmst du das an?« fragte Ledroff dem Brauche gemäß.

Killeen hustete kräftig. »O ja. Zweimal ja.«

Danach rezitierte er die Reueformel. Die Worte tropften aus seinen geschwollenen Lippen, ohne daß er daran dachte. Auf die alten Sprüche folgte Schweigen.

Ledroff lachte und brach damit die restliche Spannung in dem Kreise. Seine Lippen verzogen sich zu einem undeutbaren Ausdruck. Er machte einen Witz über die Flecke auf Killeens Overall. Die Sippe kicherte. Killeen schaute nicht einmal hin. Er wußte, daß er auf etwas Klebrigem eingeschlafen war. Er begrüßte das Gelächter. Das Ziel eines Scherzes zu sein war nichts im Vergleich damit, daß er dem Alkohol unterlegen und auf Wache eingeschlafen war.

Er schaute nicht auf, um die Augen seines Sohnes zu finden, als Ledroff ihn wegschubste. Er fühlte einen stechenden Schmerz in den Augen, vielleicht von Tränen; aber der tobende Kopfschmerz machte es ihm unmöglich zu weinen. Er hätte sich in seiner Demütigung gern davongeschlichen. Mund und Kehle waren von dem rauhen, malzigen Schnaps ausgetrocknet. Er ging wackelig durch eine aus Bottichen gebildete Gasse, weg von der Sippe, bis er an eine Quelle mit behandeltem Wasser kam. Da hatte jemand eine Zuleitung aufgerissen und einen schäumenden Springbrunnen erzeugt. Er schlürfte etwas davon, zog sich aus und wusch sich in der bitterkalten Dusche. Als er in der wärmenden Luft stand, um sich von der Brise einer klaffenden Luftleitung trocknen zu lassen, erschien Toby aus den finsteren Winkeln einer Schmiedepresse.

»Papa... was...?«

Killeen schaute in das erhobene, vertrauensvolle Gesicht. »Ich... Die Nachtwache... Hat mich wohl umgehauen.«

»Sah wie Schnaps aus«, meinte Toby ironisch.

»Der Alkohol war ein Ausweg.«

»Ich dachte, es war... Ledroff – vielleicht.«

Toby versuchte, ihn zu trösten. Killeen erkannte, daß der direkte Weg der beste war. Oder war Toby vielleicht nicht alt genug, um zu wissen, wie man zugleich etwas reden und doch nichts sagen konnte?

Killeen nickte so langsam, daß sein Kopf nicht allzu sehr schmerzte. Es kam alles zurück. »Ledroff...«

»Nach den Abendliedern«, sagte Toby ganz sachlich, »hat er etwas geredet.«

»Ich entsinne mich...« Ein nebelhafter Eindruck.

»Entschieden, daß wir eine Casa suchen sollten.«

»Großartig. Hat er eine Idee, wo sich eine befindet?«

Toby schüttelte den Kopf. »Er quatscht eine Menge, aber nicht das.«

»Weil er keine Ahnung hat.«

»Aber der Sippe gefielen seine Reden.«

»Waren sie vernünftig?«

Vorsichtig: »Einige.«

»Was habe ich gesagt?«

»Nichts, das wirklich gut angekommen wäre.«

»Oh!« Killeen konnte sich an nichts davon erinnern. »Bekomme ich viel Unterstützung?«

»Etwas. Aber die Chancen stehen besser für Ledroff.«

Killeen schüttelte sich Tropfen aus seinem dichten Haar und wrang es dann mit beiden Händen aus. »Ach? Wieso?«

»Sie haben ihn zum Captain gemacht.«

Killeen zuckte betroffen zusammen. *»Captain?«*

»Jawohl. Die Abstimmung hat stattgefunden. Alle außer dir.«

»Wo war ich?«

Toby zuckte stumm die Achseln, um zu sagen, daß Killeen inzwischen unzurechnungsfähig geworden war.

»Wir haben bessere Leute als Ledroff. Jocelyn etwa...«

»Er spricht gut.« Toby mußte nicht sagen: *besser als du, wenn du betrunken bist.* Killeen wußte, daß die Sippe ihn für gut, aber unzuverlässig hielt, und auch nicht alt genug, um irgendwie Captain zu sein. Selbst wenn Fanny ihn ebenso wie Ledroff und Jocelyn ausgebildet hatte.

Bis jetzt war Killeen auch irgendwie zufrieden gewesen, daß sie so dachten. Dadurch brauchte er sich nicht um Streitereien und Intrigen zu kümmern, mit denen man ihn sonst belästigt hätte. So etwas gab es in jeder Sippe, und über die persönlichen Probleme wurden viele Worte verloren.

»Nun gut, vielleicht hat Ledroff doch noch einige Ideen«, sagte Killeen lahm.

»O ja.«

»Jedenfalls werde ich mich irgendwie um dich kümmern.«

»O ja.«

Er hatte das Gefühl, ihn lenkte etwas von dem vorsichtigen und verwunderten Gesichtsausdruck seines Sohnes ab. Eine kleine Warnung. Er wischte sie fort. Pläne könnte man später machen. Jetzt wollte er zunächst etwas vom Respekt seines Sohnes wiedergewinnen.

»Das glaubst du doch nicht wirklich«, sagte Toby feierlich und vorwurfsvoll.

»Nun, geben wir ihm eine Chance.« Killeen kroch wieder in seinen Overall und kratzte sich dort, wo das Wasser nicht allen Schaum von seiner Haut abgespült hatte.

»Meinst du, daß er irgendwie tüchtig ist?« fragte Toby hartnäckig.

»Nun...« Es gehörte sich nicht, über den Captain Übles zu reden. Jungen verstanden das nicht.

»Papa, du hättest vernünftig zu ihnen sprechen sollen.«

»Schau, mein Sohn! Ich will mich da nicht einmischen. Es reicht, wenn ich mich um dich kümmere.« Killeen setzte sich hin und fing an, seine hydraulischen Stiefel anzuziehen.

»Du hättest es aber wirklich tun können.«

»Na ja... gut...« Killeen fehlten die Worte. Ledroff hatte ihn dumm aussehen lassen, noch ehe er angefangen hatte zu trinken. Daran erinnerte er sich jetzt. Der Mann hatte es auf Unterstützung abgesehen und damit gerechnet, daß er seinen Kummer in Alkohol ertränken würde. Darum hatte Ledroff die Ratsversammlung aufgehalten, bis Killeen richtig im Tran war.

»Ja, ich weiß... Ich hatte ein Problem...«

»Ganz bestimmt.«

»Ich habe mich wohl hinreißen lassen.«

Toby schluckte mühsam. »Das hättest du nicht tun sollen.«

»Gewiß... Es ist bloß...«

»Fanny. Ich weiß.«

»Fanny.« In der vergangenen Nacht hatte ihn dies mit voller Wucht getroffen. Er würde dieses verwitterte Gesicht nie wieder sehen. Nie die mit rauher Stimme ausgesprochenen Scherze hören. Niemals.

Killeen suchte nach einer Möglichkeit, dem Gespräch eine andere Wendung zu geben. »Komm, laß uns nach draußen gehen!« Er legte seinen Helm an und sicherte ihn.

Mißtrauisch: »Warum?«

Er war sich mißmutig im klaren, daß Toby ihn leicht durchschauen konnte, obwohl er nur zwölf Jahre zählte. Das war ein weiteres Anzeichen für seine mangelnde Eignung als Captain. Jedermann konnte vorausahnen, was er tun würde – noch eher als er selbst. »Laß uns die Gegend ansehen, jetzt, da wir nicht mehr so erschöpft sind.«

»Falls Ledroff uns läßt«, sagte Toby sarkastisch.

»Sei nicht so...«

Von hoch oben kam ein leiser hoher Ton.

»Was ist?« fragte Toby.

»Keine Ahnung.«

Toby hörte den Ton nicht. Er öffnete den Mund, um noch etwas zu sagen. Seine Augen waren ernst und entschlossen. Killeen legte ihm eine Hand über den Mund und sendete ein geflüstertes Notsignal an die Sippe.

Da kam etwas heran. Aber nicht auf dem Boden.

Durch die lange hohle Nische hörte Killeen, wie die Sippe verstohlen Waffen bereit machte, über den Fliesenboden schlurfte und in Deckung verschwand. Rasch, ohne zu zögern, fast instinktiv.

Killeen stieß Toby in eine Höhlung unter einem dampfenden Schwefelbottich. Der Junge protestierte, weil er sehen wollte, was geschah. Killeen hielt ihn fest und horchte.

Jeder, der im Infrarot herunterschaute, würde die Bottiche rot strahlen sehen. Dabei wäre es schwierig, Menschen ausfindig zu machen. Für den Augenblick eine passende Zuflucht; aber die Sippe wäre unten festgenagelt. Wenn die da droben sich weit verteilt hätten, wäre jeder Mensch, der herauskäme, ein leichtes bewegliches Ziel.

Killeen aktivierte seine Stiefel und sprang auf den Rand des nächsten Bottichs. Er landete unsicher auf der schmalen Stahlkante und fühlte sein Gleichgewicht schwinden. Er hatte Glück, wenn sein Infrarotbild mit dem Dampf des Bottichs verschmolz. Er schwankte und versuchte nach oben zu blicken. Dabei füllte sich seine Lunge mit beißendem Gas.

Ein leises Klirren zu seiner Rechten.

Er zögerte und bekam es mit der Angst zu tun. Um Balance zu halten, ruderte er wild mit den Armen.

Noch ein Klirren.

Er sprang. In einem Winkel, der mehr durch sein Schwanken bestimmt war als durch seine Absicht.

Er sauste hoch in das Gewölbe empor. Plötzliche Kälte drang in seine Brust, und er fühlte, wie tausend feindliche Augen ihn musterten. Er wußte nicht, daß die gleichmäßige Kurve, die er beschrieb, eine Parabel war, spürte aber sofort, daß er sich zu lange im Scheitel aufhalten würde, zu warm und zu strahlend vor der kalten Decke. Als er an einem breiten Träger vorbeikam, ergriff er ihn deshalb und zog sich auf einen stark verrosteten Schuppen hoch.

Er rollte, verlor den Halt und fiel fast auf die andere Seite. Der Staub von Jahrhunderten stach ihm in die Nase. Das schlummernde Dunkel schien von gelben und elfenbeinfarbenen Blitzen durchsetzt. Killeen ging auf alle viere hinunter und zwinkerte, um seine Augen richtig einzustellen.

Er starrte einem Mechano ins Gesicht. Es war ein dreiäugiger Kuli. Seine Haut war brüniert organiform. Die zum Packen und Zerren geeigneten stumpfen Hände bestanden aus Messing. Er war kein Kämpfer, stürzte aber auf ihn zu. Sein Gesicht näherte sich im Blickfeld rasch.

Killeen riß eine Stoßwaffe aus dem Gürtel und zielte nach vorn. Der Kuli, der keine Ahnung vom Kämpfen hatte und offenbar von irgendeiner höheren Form befehligt wurde, raste darauf los. Die scharfe Spitze spürte den Mechano kommen und stieß seitlich in die weichste Stelle. Killeen hielt die Waffe fest und fühlte, wie die Spitze eindrang, dicht unter einem dünnen keramischen Ventilspalt. Die Spitze traf einen Stromkreis, trat in Funktion; und der Mechano erstarrte jäh.

Aber das war nur ein gewöhnlicher Kuli. Killeen rollte sich nach links, um noch weiter zu sehen. Auf der anderen Seite des Spaltes waren noch mehr Trägerkonstruktionen, die als kräftige schwarze Linien vor grauem Hintergrund erschienen. Irgend etwas rutschte da entlang. Nein – drei. Schimmernde Gestalten, die sich in schnellen kleinen Sprüngen sicher vorwärts bewegten.

Und weiter hinten, in zunehmender moschusgetränkter Finsternis, waren noch weitere zwei. Die hatten Zugklammern, die ihnen auf den Trägern leichtes Vorankommen ermöglichten. Lange Körper mit federnder Gangart. Und zwischen den Trägern schlichen sich kleinere Gestalten durch die Eisenkonstruktionen.

Killeen berührte mit der Zunge auf besondere Weise seinen hintersten Backenzahn und sendete: *Verhaltet euch still. Sie befinden sich oben* – auf einem niederfrequenten Sprechkanal, den er nie verstehen würde, obwohl er ihn sein Leben lang benutzt hatte.

Sein einziger Vorteil war der Körper des Kulis. Er zog eine Pulspistole aus dem Gürtel und lehnte sich mühsam über den leblosen Rumpf. Das nächste Ziel kam in seiner Richtung näher. Vielleicht nur neugierig, aber wahrscheinlich eher nach einem bestimmten Suchplan.

Unten stießen die Bottiche schützende Dämpfe aus. Killeen schaltete kurz auf Infrarot und sah einen flekkigen Dunst, mit hellen Punkten markiert, die Menschen sein könnten. Er wußte, sobald diese Schar von Mechanos den Boden absuchten, würden sie Ziele wählen.

Den ersten erschoß er sofort glatt. Seine vorderen Augen leuchteten blau auf, und dann starb er. Das nächste Ziel wandte sich jetzt ihm zu. Er trat heftig gegen den Körper des Kulis, der ungleichmäßig zu schwanken begann. Dadurch würde er aktiv wirken. Sofort klatschte etwas hinein und löste knisternde blaue Fäden aus.

In Ordnung. Dadurch würden sie merken, daß dieser Mechano tot war und das richtige Ziel anderswo sein mußte. Das reichte. Er trat wieder gegen den Kuli, und der wackelte. Prompt traf ihn ein zweiter Bolzen und riß ein Stück auf seiner anderen Seite fort. Der Kuli polterte zur Seite und fiel hin. Dadurch wurde Killeen exponiert.

Killeen war bereit und schoß rasch auf alles, was er sehen konnte. Schon sprang eine neblig orangenfarbene Illusion in sein rechtes Auge. Er wußte, daß sie ihn blenden würden, wenn sie den richtigen Zugang zu seinem Nervensystem fänden.

Zwei weitere undeutliche Profile schossen auf den Mechano, als er hinfiel. Killeen ortete sie durch ihre kurzen Radioemissionen und nahm an, er hätte sie getroffen. Dann schlug der Mechano mit einem splitternden Krach auf das Deck unten auf, der ihm mächtig in den Ohren dröhnte, da diese ihre Empfindlichkeit gesteigert hatten, ohne daß er darum bemüht gewesen war. Der Krach rief in seinem inneren Ohr Schreie der Überraschung seitens der Sippe hervor.

Rechts flammte eine hellgrüne Salve auf. Ein scharfes Blubbern war die Antwort. Ein verwundeter Mechano stieß ein verklingendes *hurrriii* aus.

Ein rauher Ruf Ich habe ihn erwischt! und weitere Schüsse folgten.

Killeen hörte Bolzen vorbeisausen. Wenn einer träfe, könnte er in seine Schaltsysteme eindringen, sich seiner Nerven bemächtigen oder noch Schlimmeres anrichten. Er schoß auf die Quelle zurück. Er wußte nicht, zu welcher Klasse die Mechanos gehörten, aber sie bewegten sich rasch im Dunkeln und waren keine gewöhnlichen Straßenkehrer. Sie schossen nicht, um zu töten, sondern um zu sondieren und zu unterwerfen.

*Dort! Oben!*

*Kommt an dir vorbei, Jake.*

*Nachspüren. Aufpassen.*

Ein weißer Glanz.

*Jake!*

Die plötzliche Helligkeit blendete Killeen für einen Augenblick. Er senkte den Kopf, während sich seine Systeme anpaßten; und als er wieder aufschaute, gab es im Infrarot weniger Anzeichen für Mechanos.

In seinem inneren Ohr brüllten rauhe Stimmen.

Ledroff gab kühle Befehle.

Jemand zählte die toten Mechanos, aber Killeen achtete nicht darauf. Er suchte nach einer Bewegung zwischen den Bottichen.

Eine finstere Straße herab kam etwas Glattes. Es hatte einen schmalen Kopf wie ein Frettchen und einen gestreckten Leib. Killeen erkannte es als einen Crafter.

Der Crafter glitt zwischen Reparaturmodulen hin und wand sich rasch durch einen Behälter mit Ersatzteilen. Dürre Beine zuckten und fanden Halt.

Ein Crafter war kein Kämpfer oder Plünderer. Aber sie waren geschickt und imstande, Teams von Kulis zu organisieren. Dieser hier würde sich gewöhnlich nicht um eine Schar von Straßenkehrern kümmern, die in seine Raststation geraten waren.

Aber er hatte die Kulis hier oben zur Ablenkung herbeordert, während er unten dahinkroch. Dies bedeutete, daß er sich entweder selbst bedroht fühlte, oder daß er speziell darauf abgestellt war, gegen Menschen zu agieren, auch wenn das nicht seine Hauptaufgabe war.

Und er war nur noch wenige Meter von dem Plätzchen entfernt, wo Toby hockte.

Killeen wußte, daß er den Oberleib des Crafters nicht mit einem Bolzen durchschlagen konnte. Das konnte nur sein Rammspeer.

Er stand auf, bückte sich tief und schätzte die Entfernung. Eine Toby zugestrahlte Nachricht würde den Crafter warnen. Er setzte zum Sprung an, und…

– *wuummm* – wurde von einer Wolke aus Wüstensand, die widerlich nach brennendem Fleisch stank, überschwemmt. Er verlor das Gleichgewicht und fühlte, wie seine Hände und Füße taub wurden.

Er sprang trotzdem.

Der Boden raste auf ihn zu, und er beugte sich vor, ohne etwas anderes tun zu können, als mit den Händen seinen Speer festzuhalten. Wind pfiff. Der Crafter schimmerte metallen in dem schwindenden Licht. Der Rammspeer erwachte zum Leben und drehte den Kopf, als seine feinen Sensoren orteten und schnupperten. Der keramische Glanz des Crafters diente ihm als Ziel.

Killeen traf den Crafter zuerst mit den Stiefeln und kippte nach vorn. Die Speerspitze drang ein. Er fühlte, wie sie suchte und scharf zubiß. Ihn durchfuhr ein heftiger elektrischer Schlag. Der Speer heulte auf und erstarrte.

Killeen lag einige Zeit da und versuchte, seine Sinnesempfindungen zu klären.

Unmittelbar vor dem Sprung in die Tiefe hatte ihn etwas Starkes getroffen. Er hörte entfernte schwache Rufe und versuchte, den Stimmen Namen zuzuordnen. Sie sagten alle etwas über Jake; aber er konnte die Stimmen zunächst nicht entwirren.

Erst als er sich benommen von dem krummen Karbochromrücken des Crafters frei machte, begriff er: Jake der Former war tot. Nicht bloß getötet, sondern endgültig tot. Irgend etwas zwischen den halbdunklen Stahlträgern hatte Jake gefunden, seine Persönlichkeit ausgesogen, und war jetzt verschwunden.

Toby schwamm in sein Blickfeld. Er lehnte ihn gegen die Hülle des Crafters, flößte ihm einen Trunk ein und redete ängstlich auf ihn ein. Killeen murmelte etwas. Seine Stimme war ein rauhes Krächzen. Langsam kam die Welt zurück.

Ledroff sprang von oben herunter und hüpfte zwischen den orangefarben beleuchteten Trägern herum. Er war in blinder Wut. Seine Augen funkelten. Fünf Frauen suchten in dem Gerüst nach den Dingern, die sie angegriffen hatten; aber es war nichts mehr da. Ledroff sah Killeen an den Crafter angelehnt und landete mit von dem Aufprall winselnder Beinhydraulik in der Nähe.

»Was hast du eigentlich gemacht?«

»Habe sie kommen hören. Ging nach oben.« Killeen preßte die Finger an die Augenhöhlen, um wieder auf normales Sehen umzuschalten.

»Du hast zuerst geschossen?«

»Sicher.« Killeen fühlte, wie seine Augen wieder auf normal schnappten. Die Welt sprang ihn an und beruhigte sich danach.

»Ich hatte verboten zu schießen.«

»War keine Zeit zu fragen.«

»Verdammter Idiot! Das hier sind gewöhnliche Mechanos. Sie hätten uns ...«

»Hör auf mit dem Quatsch, Ledroff! Sie wurden gesteuert.«

Ledroff machte ein ungläubiges Gesicht. »Von was?« Killeen klopfte auf den Crafter.

»Dies ist ein Arbeiter«, sagte Ledroff wegwerfend. »Der würde uns nicht jagen.«

»Er tat es aber. Ich könnte mir denken, daß wir ihn überrascht haben, als er in diesem Trog zur Reparatur lag. Toby hat die Teile gefunden, erinnerst du dich?«

»Das Zeug könnte zu jeder Zeit hiergelassen worden sein.«

»Kulis würden die Teile aufgesammelt haben. Der Crafter hat sie fallen lassen und seine Reparatur schnell beendet, als er uns hereinkommen hörte.«

»Hat er seine Kulis mitgenommen?«

»Sieht so aus. Schau dir nur diese Mechanos da oben an! Die sind verändert. Crafters verstehen sich auf so etwas. Er hat uns gehört und sich zurückgezogen. Hat die Lage überdacht. Hat einen kleinen Angriff geplant, während wir uns in der letzten Nacht ausruhten.«

Ledroff meinte mürrisch: »Könnte sein.«

Killeen seufzte: »Muß so gewesen sein.«

Toby mischte sich ein: »So war es wirklich.«

Ledroff lächelte den Jungen an: »Das werde *ich* entscheiden.«

Killeen setzte gerade zu einer scharfen Entgegnung an, als Jocelyn herbeigeeilt kam und sagte: »Captain, wir haben es mit Jake versucht. Konnten nicht einen Fetzen retten.«

Ledroff nickte sachlich. Killeen traf es sehr, als er hörte, daß Ledroff als Captain angesprochen wurde. Er würde jetzt von diesem Mann Befehle entgegennehmen müssen.

Ledroff trug die Bürde der Kapitänschaft mit unbewußter Würde. Er sagte, wie zu sich selbst: »Der Punkt ist, was hat der Crafter gewollt?«

»Uns töten«, sagte der Junge mit erschreckender Einfalt.

»Crafters stellen Dinge her, Toby«, sagte Ledroff. Er entnahm dem ausgebrannten Rumpf einen ausziehbaren Arm und hob ihn hoch. »Sie jagen keine Menschen.«

»Bis jetzt«, sagte Killeen. »Bis jetzt.«

# 4. KAPITEL

Zwei Tote in zwei Tagen. Endgültig tot. Dahingegangen.

Dadurch war die Sippe stärker dezimiert als durch den Verlust von drei oder sogar vier Mitgliedern durch gewöhnlichen Tod. Jahrhunderte hatten sie gelehrt, daß der letzte Todesseufzer des Leibes zwar eine persönliche Tragödie war, daß aber diejenigen, welche die entschwundene Seele liebten, davon nicht so tief getroffen sein mußten.

Wenn Fanny oder Jake hier noch lebendig gewesen wären, hätte man Zeit gehabt. Einige Sippenmitglieder trugen das kleine komplizierte Gerät, das aus dem beinahe Toten vitale Teile entnehmen konnte, indem es rasch und geschickt Fäden des verbrachten Lebens und der Persönlichkeit sammelte.

Aber irgend etwas in dem Gerüst hatte auf Jake die schrecklichste aller Waffen gerichtet. Dem endgültigen Tod war man bisher nur bei Marodeur-Mechanos begegnet.

Das Ding da oben war entkommen. Falls es nur ein Kuli war oder sogar ein zweiter Crafter, bedeutete dies, daß die Mechanos der Flut ihrer Neuerungen eine weitere böse Fähigkeit zugefügt hatten.

Zwei endgültig Tote. Eine so tiefe Wunde machte es der Sippe unmöglich, den Trog noch an diesem Tage zu verlassen. Durch Weisheit hätte man einen gewaltsamen Ausweg gefunden, fort von dieser tückischen Falle; aber Weisheit kommt nur durch Überlegung. Die Sippe trauerte und haßte. Dadurch war ihre Zielstrebigkeit geschwächt.

Voller Rachsucht fiel Killeen über den Crafter her. Er trat Bleche ein und riß Peitschenantennen ab. Die ganze Sippe kam zusammen, und in blinder Wut demontierten sie den Crafter völlig. Sie nahmen die Bauteile und Servogeräte ab, die ihnen als Beute dienlich sein konnten. Sie krochen über den kunstvoll gestalteten Rumpf und plünderten die feinsten Werkstücke aus Fabriken, welche Menschen nie gesehen hatten und auch nie sehen würden.

In ihrer Trauer um Jake den Former rissen Frauen zarte, sorgfältig abgestimmte Komponenten weg, wühlten sich durch wohlgeordnete Kombinationen aus Kupfer und Silikon und stießen beiseite, was sie weder kannten noch gebrauchen konnten. Das war fast alles, denn niemand in der Sippe wußte, wie solche Dinge funktionierten. Der geschickteste bei ihnen konnte nur Bauteile verbinden, in der Hoffnung, das richtige Element zu erkennen. Von Theorie hatten sie wenig und von Verständnis noch weniger. Lange Zeiten der Entbehrung und Flucht hatten das einst so reiche Erbe des Wissens in platte, starre Faustregeln verflacht.

Anstelle von Wissenschaft hatten sie einfache Bilder und Regeln für die Benutzung der farbcodierten Drähte, die unbekannte Dinge beförderten: Volts, Amp, Ohms. Das waren die Namen von Geistern, die irgendwie in den Mechanos lebten und die dem Willen der Menschen unterworfen werden konnten. Sie wußten, daß Ströme wie Wasser flossen und still arbeiteten. Offenbar beherrschten die blanken Kränze aus goldenem Draht und perfekt bearbeiteten Onyxplatten irgendwie diese Ströme. Elektronen waren winzige Biester, die die Bewegungen größerer Viecher antrieben. Das war klar.

In den Tagen der Zitadelle hatte es Männer und Frauen gegeben, die rohe Kenntnisse der Anwendung von Elektrizität besaßen. Die langen Jahre der Flucht hatten sie eliminiert. Und man hatte keine Zeit, um von den Aspekten der Sippe geduldig neu zu lernen.

Die Sippe plünderte voller Rachsucht und riß den Crafter brutal auseinander. Zylinder vergossen Öl auf den Fliesenboden. Lichtleitungen verhedderten sich und brachten Leute zu Fall – aber nur, um platt getreten und in dunkle Winkel geschleudert zu werden.

Killeen ließ seine Wut langsam abklingen. Er hatte Jake den Former sein ganzes Leben lang gekannt, einen ziemlich zurückhaltenden Mann mit traurigen Hundeaugen und einem schmalen, stets erschöpft wirkenden Mund. Er trauerte um ihn. Aber die Begleiterscheinungen des Angriffs gingen ihm nicht aus dem Kopf. Er nahm von der Plünderung Abstand und untersuchte statt dessen wißbegierig die jetzt stillgelegten Innereien des Crafters.

Durch Zufall fand er das eingebaute Zentralgehirn. Ein mattes Aluminiumpaneel sprang ihm plötzlich ins Auge. Killeen blinzelte, aus seiner nachdenklichen Benommenheit herausgerissen. Er wußte, daß ihm nur Augenblicke zur Verfügung standen, um etwas zu unternehmen. Er hatte angenommen, daß der Crafter schon tot wäre; aber die verkrustete Masse da drinnen summte von gedämpfter Energie.

Er hätte Sunyat rufen und sie fragen können, was zu tun wäre. Sie könnte es möglicherweise wissen; aber in jedem Fall würde die Zeit, die sie brauchte, um herzukommen, die Chancen sehr vermindern.

Daher spannte er sich geistig an, machte einige Drehungen und Klopfungen an seinem Schädel und rief seinen Arthur-Aspekt herbei.

Du bist sehr beschäftigt gewesen.

»Arthur? Schau...«

Erkennst du mich vielleicht nicht wieder? Ich glaube, du hast mich im Laufe von etlichen Jahren nur sechsmal herbeigerufen.

»Nun ja.« Verdammt, wenn Arthur jetzt anfing zu meckern, mitten im... »Schau, wie kann ich dies Ding entwaffnen?«

Warum willst du das tun? Ich glaube nicht, daß du es ausloten konntest.

»Keine Widerrede, zum Teufel! *Wie* also?«

Sehr wohl. Siehst du da das gelbe Relais? Zieh es hoch!

In Killeens linkem Auge blinkte eine Einblendung, ein Geisterbild des Relais, wie es aufstieg und sich löste. Er folgte dem Bild.

Nimm jetzt die Zange und kneif die blauen Kabel ab!

Das machte er. Ein ominöses Summen setzte ein.

Rasch – die Federklammer!

Killeen schnitt sie mit einem auf höchste Kraft gestellten Trennbolzen. Das Zentralgehirn rasselte unangenehm, ließ aber nicht erkennen, daß es stürbe. »Ah!« seufzte Killeen.

Sehr befriedigend. Die Mechanos höheren Ranges haben, solange ich sie kenne, immer recht gute Verteidigungsmittel gegen Entwendung ihrer Gedächtnisspeicher besessen.

»Oho.« Er riß Lichtröhren weg, um den Hauptkomplex zu finden.

Wirklich eine einfache evolutionäre Entwicklung. Dieser Crafter will nicht, daß sein Fachwissen von einer konkurrierenden Maschinenklasse gestohlen wird oder von jenen, die einer fremden Stadt dienen. Darum gedachte er, sich selbst zu rösten, ehe er befragt werden könnte.

Killeen hörte mit halbem Ohr die durch seinen Kopf laufende Lektion Arthurs, während er die Leitungen zum Hauptkomplex kappte. Er begriff nie viel von dem, was Arthur sagte; aber wenn er so etwas wie dies hier machte, war es angenehm, einen Aspekt aktiv dabei zu haben, der stets Rat geben konnte. Das Problem war nur, ihn mundtot zu machen. Arthur hatte vor Jahrhunderten gelebt und plapperte endlos über die alten Zeiten. Killeen brachte selten die nötige Geduld für so ein Gerede auf. Aber er mochte den bunten emotionalen Glanz um Arthur – eine kühle distanzierte Sicherheit, die sich in seine Gedanken einschlich.

Immerhin haben wir diesen hier erwischt. Merkwürdig. Wahrscheinlich gibt es eine gewisse Verzögerung, ehe sie Selbstmord begehen. Andernfalls könnte ein plötzliches Ereignis sie glauben machen, es läge ein Angriff vor; und sie würden sich unnötig umbringen. Daher muß diese Verzögerung wohl bedeuten, daß Crafters mehr gegen Unfälle programmiert sind als gegen Angriffe. Ja, ich bin sicher, daß es das ist. Ich...

Killeen kam mit seiner Zange dicht an den Kern heran. Erst spürte er eine Hitzewelle in der Hand. Dann durchfuhr ihn ein schriller Ruck. Der war so laut, daß er ihn nicht als Ton empfand, sondern als eine Gewalt, wie wenn man ihm mit der Faust aufs Ohr geschlagen hätte.

Er taumelte fort. Seine tauben Finger ließen die Zange fallen. Sippenangehörige heulten auf und hielten sich die Ohren zu. Sie torkelten mit wüstem Geschrei von dem Körper des Crafters weg.

Killeen war benommen und holte tief Luft. Seine Sinneszentren waren momentan gelähmt. Er sog den intensiven Geruch von Moschus und Öl und ranzig sauren chemischen Abfallprodukten ein. Durch eine fast stumme graue Welt rief er: »Verdammt! Was ist explodiert?«

Nichts. Das war kein Schall, obwohl ich einräumen muß, daß dein/unser Nervensystem da keine feinen Unterscheidungen treffen kann. Eine notwendige Anpassung, wie ich fürchte, aber eine, die eine gewisse zarte Sensibilität vermissen läßt.

»Was, zum Teufel…«

Lautes Jammergeschrei hallte durch die Kaverne.

Das war ein starkes elektromagnetisches Signal. Ich habe davon einen Tupfer mitgekriegt. Ich nehme an, daß es die typische Signatur der Persönlichkeit des Crafters hat, sein gesammeltes, wenn auch feinbearbeitetes, der Exzesse entkleidetes und gut redigiertes Wissen.

Killeen zwinkerte. »Was… Warum?«

Der Crafter hat an sein Zuhause gefunkt. Sein Erbe gerettet, möchte ich wetten. Jetzt kann er sterben.

Killeen stolperte zu dem Crafterkörper zurück. Sein Kopf dröhnte, die Zunge war belegt, die Augen flimmerten. Er hob die Zange auf und stocherte am Hauptkomplex herum.

»He! Da ist keine Energie mehr.«

Die Toten pflegen ihre Geheimnisse mit sich zu nehmen.

»Alle?«

Alles, was eine konkurrierende Mechano-Zivilisation für nützlich erachten könnte. Daten über sein Territorium oder über diverse Maschinen, denen dieser Crafter begegnet ist. Vielleicht auch Fachwissen, das er gewonnen hat. Und natürlich ein Fragment der Persönlichkeit, die diese Erfahrung in einem derart fortgeschrittenen Mechano hervorgerufen hat.

Killeen bekam von alledem fast nichts mit, machte sich aber nicht die Mühe zu fragen. Eine Frage würde nur noch mehr endloses Geschwätz bewirken. Er konnte Arthurs echte Stimme hören, etwas gouvernantenhaft und penibel, aber schneller, als reale Leute je sprechen konnten. Wenn er einen Aspekt aufrief, saß der ihm im Hinterkopf wie ein Affe auf der Schulter. Er konnte schwatzen und technische Hilfe leisten. Dabei gewann Killeen einen gewissen Begriff vom Charakter der dahinter steckenden Person, als ob sich diese im gleichen Zimmer wie er befände.

»Gibt es etwas, das wir retten können?«

Mal sehen... Versuche es mal mit diesem Stimclat hier!

Killeen hatte keine Ahnung, was ein ›stimclat‹ sein könnte. Arthur merkte das, als er das Wort aussprach, und ließ daher einen tanzenden grünen Fleck neben einem metallenen Flansch erscheinen. Killeen brachte Leitungen an und tat, was Arthurs Simulation ihm sagte. Für einen Augenblick fühlte er eine rasche Erregung von Freude/Schmerz hinter den Ohren.

»Was ist das?«

Ich möchte sagen, etwas von den kürzlichen Erinnerungen des Crafters. Wir könnten darin nach Information graben.

»Ach, ich bin schrecklich müde.«

Tatsächlich war er gelangweilt und verdrossen. Arthur würde das auch wissen; aber irgendwie wollte er doch höflich zu seinem Aspekt bleiben. Schließlich war Arthur doch ein Vorfahr.

Ruh dich dann also aus! Ich werde aus der Mechanosprache übersetzen und dir später die Ergebnisse zeigen.

Killeen ruhte sich nicht aus, obwohl er so zu tun schien. Er beugte sich über ein weiches Kissen aus braunem Organo-Abfall und fischte einen kleinen Speicherchip heraus. Der war alt, hatte Sprünge und Gebrauchsspuren, obwohl das blasse Polylithium als extrem hart galt.

Er hatte seit Tagen darüber nachgedacht. Und besonders gelüstete es ihn in den kühlen Nächten, wenn die Sippe auf kahlem Boden unter dem gestirnten Himmel schlafen mußte. Dann schaute er auf zu den orangefarbenen, grünen und heißblauen Lichtpunkten, die zu Hunderttausenden wie Juwelen in Öl verstreut waren, gerahmt von einer Strahlung, die aus Hüllen von Staub und Gas herrührte. Licht strömte reichlich herab, genug zum Gehen und sogar zum Lesen – falls nur jemand in der Sippe mehr hätte lesen können als einfache Zahlen und ein paar Anweisungen, die auf Mechanos codiert waren.

Dies war die einzige Nacht, die er je erlebt hatte, ein willkommenes Halbdunkel nach dem brennenden doppelten Glanz, den der Fresser und Denix, der Stern ihres eigenen Planeten, erzeugten. Aber auch davor floh er, wenn er konnte. In die Gefilde der alten toten Zeiten.

Er fand einen Stromausgangstecker in einer Büchse für Selbstinstandsetzungen. Die Wände des Kastens waren durch Jahrhunderte gelegentlicher Benutzung seitens durchreisender Mechanos verschrammt und beschmiert. Killeen stöpselte die Extra-Amps ein und befand sich alsbald in einem zarten holographischen Geflecht von Wonne und verwandelter Strahlung.

Es überkam ihn wie eine bebende Serie von Verzükkungen und schimmernden Potentialen. Rubin. Bimmeln. Pfefferscharf. Sanft ansteigend. Kurzatmig.

Für immer in einem summenden Kreisel rotierend... anmutiges Gleiten jenseits aller Zeit oder Tätigkeit... halb schlafend und halb wach... Diese innere Welt füllte seine Lungen mit watteartigem Vergnügen. Brachte ihn immer und immer wieder zu ausgiebiger Ekstase, ließ ihn aber nicht in warmes Vergessen sinken. Süßes Wiederauferstehen...

Grelles Licht. Rohes Geschimpfe.

Killeen zwinkerte. Eine Hand packte seinen Kragen und hob ihn hoch. »Haste nich gehört? Draußen ist ein Transmechano.«

Es war Cermo der Langsame. Sein pockennarbiges Gesicht schwirrte vor der leuchtenden Decke des Troges. Cermo hatte Killeen von der Stromquelle abgeschaltet.

»Ich... war gerade...«

»Ich weiß, was du gemacht hast. Laß dich bloß nicht von Ledroff erwischen!«

Cermo der Langsame ließ los. Killeen fiel wieder in das Moos. Er hatte Lust, sich noch einmal einzustöpseln und ein paar Minuten zu gewinnen, ehe jemand anders kam, ihn zu holen...

Er zwang sich, die Hand vom Kabel zu nehmen. Der da kommen könnte, war vielleicht Toby.

Der Junge hatte seinen Vater schon allzu oft abgeschlafft erwischt.

Langsam, langsam. Killeen legte das Ding weg. Er mußte daran denken, daß Fanny nicht mehr da war. Sie hatte gesagt, daß jeder eine Zuflucht vor der rauhen Welt braucht. Sie hatte ihm manchmal einige Zeit mit dem Ding vergönnt. Und auch Trinken zugelassen.

Jetzt gab es das nicht mehr. Ledroff war anständig und solide, aber unerfahren. Bis jetzt hatte Killeen sich um Toby gekümmert und keine Lust für Sippenangelegenheiten gehabt. Das müßte jetzt anders werden. Aber es wäre hart.

Es erforderte seine ganze verschwommene Konzentration, aufzustehen und die Versuchung abzuwehren. Als er wackelig auf die Füße kam, hörte er, wie Ledroff die noch ruhende oder schlafende Sippe anschrie. Killeen legte eilends seine hydraulischen Stiefel an.

Er ließ die Klammern einschnappen und machte seinen Anzug einsatzbereit. Da meldete sich Arthur mit:

Ich habe diesen Gedächtnisfetzen des Crafters analysiert. Du dürftest ihn recht interessant finden.

»Wieso?«

Schau hin, was für Bilder der Crafter gesammelt hat!

Seine Augen füllten sich mit gelbgrünen Stilleben: Ein Tagebuch über ausgeführte Reparaturen und hergestellte Dinge. Es folgten Nahaufnahmen komplizierter Maschinenteile. Gewirr von Leitungen. Aber in der Ferne gab es als zufälligen, unnötigen Hintergrund Hügel mit grünen Blüten und sogar vom Winde geschüttelten silbergelben Pflanzen, die Killeen wiedererkannte. Bäume.

»Die hier... sind nicht aus den alten Zeiten?«

Nein. Aus den verschlüsselten Daten des Crafters entnehme ich, daß es Gegenwartsbilder sind, von Plätzen, die nur wenige Tagesmärsche von hier entfernt sind.

»Großartig!«

Das Stilleben wurde jäh ausgeschaltet. Arthur spürte, daß jemand kam, noch ehe es der immer noch benommene Killeen konnte. Ledroff ragte vor ihm auf. Sein dichter schwarzer Bart verbarg wie ein Schild seine wahre Miene.

»Was ist großartig? Bist du bereit?«

»O ja… Captain«, zwang sich Killeen zu sagen. Das Wort war schwer herauszubringen. »Schau, ich bearbeitete gerade eine Notiz von dem Crafter.«

Ledroff zuckte die Achseln. »Crafter tun nichts.« Er wandte sich ab.

»O doch! Dieser hier hat doch angegriffen, oder nicht?« Ledroff drehte sich wieder um, die Hände in die Hüften gestemmt. »Er hat sich geirrt.«

»Er hat diese Kulis organisiert und Jake erwischt.«

»So?«

»Ich meine, er ist etwas Neues.«

»Darauf programmiert, uns ausfindig zu machen?«

»Ja, wenn er uns begegnet. Und dann nicht bloß nach einem Marodeur zu rufen und abzuwarten. Er rekrutiert einige Kulis und schlägt zu.«

Ledroff runzelte die Stirn. »Ja, daran habe ich auch gedacht.«

»Ich habe ein Stück seines Gedächtnisspeichers abgeschnitten.«

Ledroff machte ein mißtrauisches Gesicht, als ob Killeen lügen würde. »Du warst doch groggy.«

Killeen antwortete verlegen: »Ich habe mich nur etwas ausgeruht, das ist alles.«

Ledroff war ein großer Mann, schien jetzt aber merkwürdig verunsichert zu sein. Neue Information schätzte er nicht, sondern war eher mißtrauisch. Killeen erkannte, daß der Mann endlich das erreicht hatte, was schon so lange sein Wunsch gewesen war, nämlich die Kapitänswürde. Aber er hatte keine klare Vorstellung, was als nächstes zu tun war. Und er fürchtete, daß diese Tatsache bekannt würde. So lag in seiner Stimme eine leichte Abwehrhaltung: »So?«

»Ich kann etwas davon lesen.«

Brummig: »Dann tu's doch!«

»Habe schon.«

Mißtrauisch: »Na und?«

»Großes grünes Tal. Ein Marsch von drei oder vier Tagen.«

Ledroff machte ein überraschtes Gesicht und strahlte dann vor plötzlicher Erleichterung. Die Sippe hatte seit der Kalamität keine guten Karten oder zuverlässige Richtungsangaben gehabt, nachdem alle Orbitalsatelliten der Menschen vernichtet worden waren. Sie hatten auf ihren Wanderungen nur alte Karten und Geländeaufnahmen zur Verfügung. Es kam nur immer darauf an, die Städte der Mechanos zu vermeiden, wo man sie mit Sicherheit töten würde. Aber das höchst veränderliche Wetter ihrer Welt Snowglade hatte die verbliebenen Karten unzuverlässig gemacht. Sie hatten keine sicheren Richtungsangaben mehr.

Ledroff überlegte laut: »Ein Transmechano ist gerade draußen bei der Fabrik angekommen. Wenn wir ihn umsteuern und seine Routine überspielen könnten...«

»Dieses grüne Land könnte eine tolle Sache sein.«

»Ja, durchaus.« Ledroff wirkte erleichtert.

Killeen lächelte – froh, einmal nicht der Nichtsnutz zu sein, für den Ledroff ihn immer gehalten hatte. »Also los!«

# 5. KAPITEL

Der Trauerfall mit Jake dem Former hatte einige Zeit erfordert; und dann verstärkte sich das Murren der Sippe, als sie sich zum Aufbruch vorbereitete. Stimmen müden Widerspruchs wurden laut. Erschöpfte, von der Sonne gebräunte Gesichter verhärteten sich. Die Augen wurden schmaler. Die Stimmung war mürrisch.

Die Sippe hatte gerade erst begonnen, den Staub der letzten Wochen abzuschütteln. Die Beine schmerzten von dem langen schlurfenden Marschieren. Die Bäuche knurrten nach mehr Suppe aus den Bottichen, nach Proteinzwieback und weichem gesäuertem Brot. Sie lechzten nach der feuchten Illusion von Sicherheit durch den Trog und wollten sie nicht aufgeben.

Ledroff zeigte jetzt einiges Führungstalent. Er hatte etliche Leute davon abgehalten, nach dem Angriff des Crafters den Trog zu demolieren. Solche blindwütige Rache könnte leicht einen Alarm auslösen und einen Marodeur herbeirufen. Ledroff entwaffnete in aller Ruhe die alkoholisierte Schar und setzte sie für nützliche Arbeit ein.

Er duldete auch keine boshaften gehässigen Reden. In den Jahren nach der Kalamität hatte die Sippe gelernt, daß nutzloses Maulaufreißen sorgfältig im Zaum gehalten werden mußte. In einer Krise – gleichgültig, ob sie schnell oder langsam anrückte – war es immer besser zu laufen, anstatt zu reden.

Es mußte jemand auftreten, um das endlose Palaver abzuschneiden, das als Diskussion galt. Ledroff tat das und bediente sich seiner dröhnenden Stimme, um sich durchzusetzen.

Die Sippe begab sich nach und nach an ihre Gerätschaften und überlegte unmutig, wieviel ein jeder aus dem Trog würde mitschleppen müssen. Die Leute trödelten herum, aßen immer noch etwas und benutzten jede Gelegenheit, sich hinzusetzen und an ihren Harnischen, Waffen und sorgfältig gewarteten Stiefeln herumzufummeln. Dann erdröhnte wieder Ledroffs mächtiges Organ und scheuchte sie, daß sie wieder die Montur anlegten und Nahrungsmittel für einen Marsch unbestimmter Dauer einpackten. Killeen nickte. Seine Demütigung wurmte ihn noch sehr; aber er sah ein, was getan werden mußte.

Es gab allerhand zu erledigen. Ledroff wies einige an, ihre Spuren im Trog zu verwischen. Die schlimmste Aufgabe fiel Killeen und Cermo dem Langsamen zu: den Leichnam Jakes zu beseitigen. Es gab keine Stelle, wo man den Körper begraben könnte, ein steif gewordenes, still gelegtes Uhrwerk, dessen Haut von braunen Flecken und weißen Streifen bedeckt war. Als er ihn aufhob, empfand Killeen Jakes Gewicht als massiger und sperriger, als der lebendige Jake gewesen war.

Sie mußten Jake langsam in einen Bottich senken, wo sich das Fleisch in einen rötlichen Schleim auflöste. Es war nicht richtig, Fleisch im Boden zu vergeuden; das wußten und fühlten sie beide sehr wohl. Was in einen Trog kam, könnte eines Tages wieder herauskommen.

Dennoch – zuzusehen, wie Jake verschwamm und ausblutete, wie die geisterbleichen Knochen erst durch papierdünne transparente Haut schimmerten und sie dann durchstießen, wie diese sich dann pergamentartig abschälte...

Killeen war das Herz bis in die Kehle gestiegen.

Seine Hände waren glitschig von Jakes Fußknöcheln. Die scharfen Dämpfe, die von dem wachsartigen Schaum des Bottichs aufstiegen, drangen ihm bis hoch in den Kopf und verschleierten seine Augen, daß sie tränten.

Aber es war Fanny, um die er weinte, nicht Jake.

Die Zeit verrann. Der Geruch wurde schärfer. Schließlich konnte er Jake loslassen. Als ein Fuß in den braunen, verkrusteten Schlamm sank, sagte Killeen zugleich auch Fanny Lebewohl. Dann stampfte er davon.

Er half Toby beim Ankleiden, versiegelte sorgfältig die kritischen Stellen und ließ sich die Details der Checkliste durch den Kopf gehen.

Erst als sie dann in Bewegung waren, fing er wieder an nachzudenken.

Sie kamen durch Täler mit sanften Hängen. Killeen trug seine Straflasten auf dem Rücken. Er sog tief Luft ein, wenn er lange Sprünge machte, und atmete aus, wenn er hart herunterkam.

Er hatte schon vor langer Zeit von seinem Vater gelernt, wie man kräfteschonend nach vorn springen und so vorankommen kann. Bei der geringen Schwerkraft von Snowglade konnten die Menschen mit ihren durch Servomechanik und Spezialausrüstung verstärkten Muskeln riesenhafte Sprünge machen. Die Teile der Anzüge waren von Mechanos entnommen und von Hand den menschlichen Fußgelenken und Schultern angepaßt worden. Gußmetall wurde bei richtiger Bearbeitung wie weiches chromhaltiges Tonmaterial.

Dies war die wichtigste technische Fertigkeit, über die die Sippe noch verfügte. Ohne sie würde sie sicher sterben. Jake der Former hatte sich am besten darauf verstanden. Jocelyn, Cermo und noch einige wenige verstanden sich auf die Kunst des Gestaltens. Das Talent lebte hauptsächlich in den Händen; darum galt es bei der Sippe als eine tradierte Geschicklichkeitsübung. Viele der Aspekte, die in den Hinterköpfen hausten, wußten ebenso viel. Aber bloßes Reden genügte nicht. Aspekte konnten nicht die Muskeln betätigen. Man mußte ein Gefühl dafür haben, sonst würden die Fugen platzen, Kanten würden an den Muskeln scheuern und Servos würden blockieren.

Killeen lauschte mit geteilter Aufmerksamkeit dem Summen und Arbeiten seines Anzugs und ließ seine Sinne über das Land vor sich schweifen. Braunes Buschwerk bedeckte stellenweise die Hügel – ein ausdauerndes und ungeschädigtes Leben, obwohl der gelbliche Boden durch unzählige Spuren von Mechanos zerfurcht war.

»Es scheint feuchter zu werden«, sendete er.

– Siehst du irgendwelche Wasserläufe? – fragte Jocelyn.

»Diese Wasserlöcher hier sehen frisch aus.«

– Bist du sicher, daß die Richtung stimmt? –

»Genau geradeaus.«

Da meldete sich Arthur ungebeten zu Wort:

Ich rechne alle zehn Minuten nach. Wir haben genau den Kurs, den ich für passend halte zu den Daten, die der Crafter trug. Natürlich könnte der Crafter sich geirrt haben oder verwirrt gewesen sein...

»Willst du einen Rückzieher machen?« knurrte Killeen ärgerlich.

Nein. Ich sagte bloß...

Ledroff kam dazwischen: – Kontrollierst du die Route? –

Arthur konnte natürlich nur von Killeen gehört werden. Ledroff hätte daher gar nicht mitbekommen können, was Killeens Aspekt sagte. Vielleicht hatte Killeen aber im Komm etwas gemurmelt. »Jawohl. Siehst du diese grünen Spitzen? So etwas Ähnliches war in einem der Bilder des Crafters.«

– Aha. – Ledroff war nur ein entfernter Fleck; seine Stimme verriet Skepsis. Killeen konnte sich denken, daß es noch lange dauern würde, bis Ledroff sein Alkoholtrinken vergessen würde. Schon jetzt würde der Kapitän dies als ein bequemes Mittel ansehen, Killeen kurz zu halten. Schon favorisierte er Jocelyn, um Killeen nicht hochkommen zu lassen.

»Laß uns in dieser Richtung gehen!«

– Meinetwegen. –

Killeen konnte hören, wie Ledroff die Zähne zusammenbiß, was bedeutete, daß er keine bessere Idee hatte. Ledroff ging mit schlingerndem Gang und warf Staubwolken auf. Dahinter puffte der Transportmechano, den sie requiriert hatten.

Die älteren Sippenangehörigen fuhren auf mit Kupfer verstärkten Flanken des großen Lasters mit, indem sie sich mit Saugplatten an die Aluminiumwände hefteten. Sie baumelten wie Zweige voll Obst hin und her, wenn der Transporter stur über das unebene Gelände polterte. Am fernen Horizont reckten sich stahlgraue Bergmassive empor wie unerreichbare Festungen.

Killeen mochte nicht auf dem Lastwagen dahinrumpeln und hatte die ihm zustehenden Ruhepausen darauf verschenkt. Er war lieber im Freien. Falls zufällig ein Marodeur ihren Weg kreuzte, würde er die Männer und Frauen draußen zuerst sehen. Es schien Killeen nur richtig zu sein, daß er selbst am deutlichsten erkennbar sein würde, während Toby näher beim Transporter marschierte.

Für einen Marodeur würde sein faßgestaltiger Kollege kein Ziel darstellen. Erst bei genauem Hinsehen könnte ein Marodeur merken, daß der wenig intelligente Transporter gekapert und umdirigiert worden war und nicht mehr pflichtgetreu Lasten von der kleinen Fabrik zu einem regionalen Depot beförderte.

– He, Papa! – Toby winkte aus der Ferne.

»Ist es Essenszeit?«

Toby lachte. Das war ein alter Scherz aus der Zeit, da der Junge alle paar Kilometer einen Extra-Imbiß verlangt hatte. Das war in den harten Zeiten nach der Kalamität gewesen. Keiner aus der Sippe war richtig vorbereitet. Keiner hatte damit gerechnet, daß endlose Flucht ihr Schicksal sein würde.

– Nee –, sagte Toby. – Ich bin kein Mastschwein. –

»Was denn sonst?«

– Ich habe es allmählich satt, neben diesem Dickwanst auf dem Laster herzulaufen. –

Keiner in der Sippe hatte mehr eine Spur Fett an sich; aber in ihren Reden wimmelte es von Anspielungen auf Übergewicht, auf Wohlleben und unmäßig ausgebauchte Kleidung. Das war ein schwacher Nachklang aus jener Zeit, da Beleibtheit möglich gewesen war. Die Sippe benutzte solche Ausdrücke mit einer gewissen Sehnsucht, einer leeren Prahlerei, als ob sie die Worte lebendig halten wollte, um die Verheißung zu bewahren, daß man eines Tages wieder ein oder zwei Zentimeter an Taille gewinnen würde.

»Du wirst die fetten Schweine aufsammeln, wenn sie herunterfallen.«

– Wenn das passiert, werden sie glatt platzen. –

»Halt trotzdem immer ein Auge drauf!«

– Ich möchte bei dir draußen sein. –

»Zu gefährlich.«

– Ist es nicht. –

»Ist es doch!«

– Nein, keineswegs! Siehst du das Grünzeug sprießen? –

»Ein feuchter Fleck, das ist alles.«

– Nein! Jeder weiß, daß Mechanos kein Grün mögen. –

»Vielleicht.«

– Sie haben direkt Angst davor. Können in grünem Licht nicht so gut sehen. –

»Wo Grün ist, gibt es Wasser. Das fördert den Rost.«

– Also ist es, wie ich gesagt habe. Laß mich nun mit dir zusammen gehen! –

Die kläglich bittende Note in Tobys Stimme rührte Killeen. Als er den Mund aufmachte, um seinem Sohn zu sagen, daß er sicher bei dem Transporter bleiben solle, kontrollierte er statt dessen die bläuliche Einblendung in seinem rechten Auge. Ein gutes festes Dreieck hob sich von der topographischen Karte des unebenen Geländes ab.

»Na schön. Halt dich zu meiner Linken in Dekkung!«

– Hurra! – Toby sprang zwanzig Meter in die klare Luft hoch und landete auf der Piste. Er jauchzte vor Energie und war Sekunden später neben seinem Vater.

In der Stimme des Sohnes hatte Killeen einen Oberton Veronicas vernommen. Obwohl er Aufzeichnungen von ihr besaß, rief er sie nie aus dem Langzeitchip in der Basis seines Rückgrates ab. Daher konnte die leiseste Spur von ihr ihn bittersüß treffen. Toby war gänzlich ihr Kind. Sie hatten bei seiner Zeugung keine anderen genetischen Komponenten benutzt. Daher war Toby Veronicas ganzes Erbe.

Denn Veronica war in der Kalamität umgekommen und damit endgültig tot.

Damals waren die meisten Mitglieder des Clans gefallen, dahingemetzelt durch den Angriff der Mechanos gegen die Zitadelle. Schon vor Jahrhunderten hatten die Mechanos allmählich Teile von Snowglade für sich beansprucht; und die Menschheit hatte träge zugeschaut. Snowglade war eine kühle, wasserreiche

Welt gewesen mit Winden, die die Feuchtigkeit in großen watteartigen Wolken umsetzten. Mechanos mochten solche Planeten nicht. Darum war die Menschheit hierher gekommen, um auf ihre eigene bescheidene Art zu gedeihen.

Soweit reichte das, was Killeen jemals an Geschichte gehört hatte, obwohl es ihn wenig interessierte. Geschichte bestand aus Erzählungen, und Erzählungen waren eine Art von Lügen oder zumindest nicht viel davon verschieden. Soviel wußte er, und das genügte ihm. Ein praktischer Mann mußte den vor ihm liegenden Augenblick packen, anstatt sich durch verstaubte Erzählungen zu winden.

Die Bishop-Sippe hatte in der Zitadelle in grober, fest gegründeter Pracht gelebt. Killeen erinnerte sich an jene Zeit wie durch einen unpassierbaren finsteren Abgrund, obwohl seit der Kalamität erst sechs Jahre vergangen waren. Alle davor liegenden Jahre waren jetzt in einen einzigen taghellen wundervollen Augenblick komprimiert, erfüllt von Leuten und Ereignissen, die nicht mehr substantiell existierten und weggewischt waren, als hätte es sie nie gegeben.

Seit damals waren die Bishops vorangetrieben nicht so sehr durch eine siegreiche Horde hinter ihnen, sondern vielmehr durch die sich auftürmende Flut verlorener Schlachten, gestellter Hinterhalte und ausgelöster Fallen. Sippenmitglieder wurden zurückgelassen, wenn sie verwundet oder gar endgültig getötet waren, oder sogar bei einer schmählichen Flucht, wenn es galt, den überlebenden Kern der Sippe zu retten und einen dünnen Faden des Erbes am Leben zu halten.

Die Namen waren Punkte auf der Karte – Sawridge, Corinth, Stone Mountain, Riverrun, Big Alice Springs, Pitwallow – und Karten bestanden jetzt nicht mehr aus Papier, sondern waren in den Gedächtnisspeichern der Einzelpersonen aufgezeichnet. So hatte die Sippe während der sechs Jahre der Verfolgung, als Angehörige fielen und von dem Mechanogehirn absorbiert wurden, sogar die Karten eingebüßt, um zu verstehen, wo ihre Vorfahren gestanden und gekämpft hatten und besiegt worden waren. Jetzt waren es nur noch leere Namen, ohne Substanz oder Festigkeit in dem lebenden Boden von Snowglade.

Bei dem Rückzug konnte die Sippe nicht viel tragen. Sie hatte die ausgedruckten Karten und andere Dokumente weggeworfen, die einst ihre Herrschaft über das Land bezeugt hatten. So erstreckte sich eine Spur aus Abfall über Jahre und Kontinente.

Killeens Vater war in der Zitadelle verschwunden, eingegangen ins Chaos. Veronica war getroffen worden, als sie unmittelbar neben Killeen stand. Er hatte ihren Körper mit sich geschleppt und einen Arzt gesucht, der die Verletzung heilen könnte. Erst als er erschöpft in eine schlammige Senkgrube gefallen war, hatte er erkannt, daß ein Schuß sie dahingerafft hatte, als er sie trug. Er war zu benommen und gepeinigt gewesen, das zu bemerken. Ihre Augen waren hervorgequollen, und Eiter tropfte heraus. Endgültig tot.

Vor der Kalamität hatte er zahllose enge Verwandte gekannt. Die Familie schien ungeheuer zahlreich zu sein. Jetzt hatte er nur noch Toby.

– Schau, ein Kuli! – rief Toby. Er zeigte hin und hüpfte davon.

»He!« rief Killeen. »Prüfe das Ding erst!« Er sprang vorwärts und überholte seinen Sohn.

Der Kuli wirkte harmlos. Sein heller Rumpf war frisch poliert. Die stämmigen Arme wühlten zwischen Mechano-Schrott – Verkleidungen, rostigen Gehäusen, abgenutzten grauen Bio-Gelenken.

Killeen kam näher. Der Mechano drehte sich auf seinen leichten Laufflächen. Die griffen zu und stießen auf einen Granitblock. Nach vorn gerichtete Linsen schwenkten, um Killeen zu prüfen. Das Ding hielt einige Zeit inne und schien zu überlegen. Dann wandte es sich uninteressiert ab und machte sich auf den Weg nach unten. Dabei wirbelte es feinen Staub auf, der bei der geringen Schwerkraft wie schimmernder Nebel in der Luft schwebte.

»Scheint in Ordnung zu sein«, sagte Killeen zögernd.

»Kann ich es plündern?« fragte Toby akustisch und landete mit einem Bums auf dem brüchigen Granitfelsen.

»Es ausschlachten? Ich dachte, du hättest genug Servos.«

Toby zuckte die Achseln. Kleine Ersatzteile baumelten ihm klirrend am Gürtel.

»Du siehst aus wie ein wandelnder Schrotthaufen.«

»Ein Bursche braucht eben Reserven«, sagte Toby zu seiner Verteidigung.

»Nicht so viel, daß sie dich hemmen.«

»Ach – laß mich nur! Ich habe Platz.« Toby machte ein Gesicht, als ob er Schmerzen hätte.

*»Nein!«* Killeen war selbst überrascht, daß er das so scharf sagte.

»Aber ich...«

»Nein. Einfach nein. Nun bezieh deine Stellung!«

Toby war nicht für eine militärische Stellung vorgesehen; aber schon dieses Wort erhöhte seine Position. Das gefiel dem Jungen, und er zuckte mit zusammengezogenen Augenbrauen die Achseln. Er hüpfte davon, ohne sich um den Kuli zu kümmern, der den Abhang hinabsprang.

Killeen hatte schon längst gelernt aufzupassen, wenn ihn etwas bedrängte. Er blieb längere Zeit still stehen. Er ließ seine verstärkten Sinne hinausschweifen. Sie erfaßten das langsame Vorrücken der Sippe und den sich zurückziehenden Kuli. Stimmen summten und schwirrten, der ständige akustische Hintergrund der Sippe.

Sie kamen bei dem Abstieg ins Tal gut voran. Der Transportermechano rumpelte durch das Bett eines Sandflusses. Killeen richtete das Augenmerk auf Fowler, einen alten Mann, der sich an dem Mechano angehängt hatte. Er hörte seine Beschwerden – *Wann machen wir halt? Gibt es noch etwas Suppe aus dem Trog? Was, die ist alle? Wir hatten doch ganze Krüge voll davon!* – und er hörte die Steine unter den Laufflächen des Mechanos davonspritzen.

Das Tal lag friedlich da. Mechanoschrott lag da und dort auf den felsigen Hügeln. Einige verrottete Bioteile verstänkerten die Luft. Diese Haufen alten Gerümpels verschandelten ganz Snowglade und waren so gewöhnlich, daß Killeen kaum Notiz von ihnen nahm. In öden Gebieten wie diesem hier machten sich Mechanos nicht die Mühe, rostige Verkleidungen oder gebrochene Achsen für den langen Transport zu Schmelzen und Fabriken aufzusammeln. Im Lauf der Jahrhunderte hatte sich der Abfall angesammelt. Als die Mechanos an den Veränderungen des Klimas auf Snowglade arbeiteten, zog sich das Eis zurück und gab noch älteres Gerümpel frei aus einer Zeit, da Mechanos unbekannte Dinge in den alten kalten Tagen betrieben hatten. Auch diese Relikte verdarben jetzt das Land als rostrote Flecken im Boden.

Inmitten davon kämpften Pflanzen ums Leben. Ein willkommenes Zeichen. Schon seit Stunden hatten sie alle sich erfreut an kleinen Anzeichen von Reife, von sich ausbreitendem Gras, von braungelbem Pflanzenwuchs.

Denix war vor einer Stunde untergegangen, und jetzt lugte der Fresser halb über die gezackten Berge. Die wechselnden Farben verwirrten Killeen und riefen bunte Illusionen hervor.

Die Sippe rückte gleichmäßig vor. Bei jedem Anstieg erhob sich ein allgemeines Gemurmel. Seit Monaten hatten sie einen unmarkierten Treck durch ausgedörrte Täler verfolgt. Nur Tröge waren ihnen zu Hilfe gekommen. Die vor ihnen liegende Hoffnung beschleunigte ihre Schritte.

Killeen hatte kein ungutes Gefühl, aber der Kuli war so merkwürdig, daß er sein Interesse weckte. Er beobachtete seinen Sohn sorgfältig und kontrollierte oft ihren Weg.

Mitten in einer topographischen Überprüfung sagte Arthur:

Ich erfreue mich wieder des Anblicks grüner Vegetation.

Killeen war überrascht. Gewöhnlich war dieser Aspekt distanziert sachlich und ein kühles Element in seinem Geist.

»Gewiß. Ich habe so lange nur Brühe aus dem Trog gekostet.«

Ich habe gezweifelt, daß du dies Zeug essen würdest. Es sind zähe fasrige Gewächse.

»Es muß hier Grundwasser geben.«

Ich habe den Verdacht, daß wir in eine Bruchzone geraten.

Killeen strahlte. »Wirklich? Wird es feuchter werden?«

Vielleicht. Eine solche Bruchzone zieht sich um einen Meteoriteneinsturz hin. Das zertrümmerte Gestein ermöglicht das Aufquellen von Permafrost, der den Bemühungen der Mechanos, den Planeten auszutrocknen, entgangen ist. Bisweilen ist sogar glaziales Eis unter den Wanderdünen verborgen. Meteoriten sind im Wetter von Snowglade das einzige, was die Mechanos nicht in ihre Gewalt gebracht zu haben scheinen. In Anbetracht der Bahn unseres Sterns um den Fresser, die ziemlich elliptisch ist, finde ich es nicht überraschend, daß uns so viele Meteore begegnen. Wir kommen jetzt dem Fresser näher; und eine normale Gaußsche Verteilung der Dichte kleiner Trümmer von Meteoritengröße würde erwarten lassen, daß wir mit exponentiellem Ausmaß getroffen werden.

»Besseres Wetter also?« Manchmal drückte sich der Aspekt für Killeen recht umständlich aus.

Vielleicht wieder. Die Mechanos scheinen die Bahn von IR-246 zu verändern.

»Wie bitte?«

Tut mir leid. Ihr nennt euren Stern Denix. Stimmt's?

»Wir nennen ihn nicht so, sondern das *ist* er.«

Für mich ist dieser Stern die 246ste Infrarotquelle, die in Nähe des galaktischen Zentrums sicher aufgelöst ist. Der Katalog, der angefertigt wurde, als wir uns der besonders gekennzeichneten inneren Zone des Zentrums näherten...

»Schluß mit dem alten Kram! Ich verstehe nicht. Denix ist die *Sonne*. Das bedeutet der Name Denix.«

Nun gut, ihr nennt ihn so. Es ist ein einfacher Stern wie die Millionen, die du siehst, wenn weder Denix noch der Fresser am Himmel stehen. Wie jetzt.

Killeen blickte überrascht auf. Der Fresser versank blutrot hinter scharfen Bergspitzen in Schlaf. Hoch droben erglühten im Dunkel Nadelspitzen in Bernsteinfarbe, hartem Blau und üppigem Grün. Dazwischen zogen sich feine Fäden hin. Er hatte nie gedacht, daß sie wie Denix sein könnten.

»Alle... diese?«

Innerhalb eines Lichtjahres vom Fresser gibt es ungefähr eine Million Sterne. Viele davon sind in die späten Stadien ihrer Entwicklung eingetreten und weisen verschiedene Farben auf. Manche entsenden Ströme aus ihren Chromosphären. Fortgeschrittene...

»Schluß mit dem Geschwätz! Meinst du, daß sie alle *groß* sind?«

Manche sind größer als Denix, der letztlich vom Typ M 1 ist und von deinen Vorvätern nicht wegen seiner Schönheit ausgesucht wurde, sondern weil dieser Planet sich tief in einer Eiszeit befand und somit kein besonderes Interesse für die Mechano-Zivilisationen bot, während andere...

Killeen ließ Arthur seine Vorlesung halten, ohne darauf zu achten. Für ihn war der Himmel plötzlich eine riesige Schale ungeheurer Tiefe. Das da waren weitere *Sonnen*. Sein ganzes Leben seit früher Kindheit, voller Liebe und Last und verlorener Hoffnungen, voller böser Rückschläge – das sah er jetzt mit einem Male zwergenhaft verkleinert, wie kümmerliche Bewegungen auf einer kahlen Fläche unter einem Himmel, der voller Augen war.

## 6. KAPITEL

Sie marschierten die halbe Nacht hindurch. In Snowglade wurde es nie richtig dunkel; denn die Millionen nadelstichgroßer Feuer in der Höhe ließen in gemeinsamer Bemühung den Himmel ständig sanft schimmern. Es gab keine festen Schlagschatten.

Jährlich waren ferne Ballungen und Wirbel von Licht über den Himmel gefegt. Konstellationen glühender Sterne veränderten sich während der Zeitspanne, in der ein Knabe zum Mann wird. Aber Sterne spielten nur eine untergeordnete Rolle in dem an Rubinen reichen und von Stürmen gezausten Himmel.

Killeens Ahnen hatten angepaßte Augen, mit denen sie einen größeren Bereich erfassen konnten, als die normale logarithmische Empfindlichkeit reicht. Er konnte die Sterne als glühende Fackeln sehen und sie dann, wenn er ein Auge anstrengte, in Düsterkeit versinken lassen. Mechanos konnten bei jeder matten Beleuchtung sehen. Darum hatten die Menschen schon vor langer Zeit die Maschinen nachgeahmt und ihre Augen entsprechend umgestaltet.

Toby sendete: – Ein Haufen Mechanos hinter diesem Hügel. –

Killeen wandte sich nach rechts und landete alsbald neben seinem Sohn. »Was für Typen von Mechanos?«

Toby rief aufgeregt: »Ich erkenne darunter drei Fabrikschlepper.«

»Was tun sie?«

»Arbeiten.«

»Bergbau?«

»Sieht eher nach Fabrikation aus.«

»Was stellen sie her?«

»Weiß nicht. Siehst du den Transporter, den sie abladen?«

»Hm. Bündel von…« Killeen brachte seine Augen auf höchste Leistung und suchte das Gelände nach verräterischen Spuren großer Mechanos ab.

»Pflanzen«, sagte Toby erstaunt. »Sie ernten Pflanzen!« Killeen kniff die Augen zusammen, konnte aber immer noch nicht Details erkennen. Er fragte sich, ob seine Augen an Schärfe verloren. Ein Mensch mußte seine Ausrüstung ständig überwachen. Ließ man das einige Zeit schleifen, konnte das sofort tödlich sein. Angelique, eine junge Frau der Bishop-Sippe, konnte eine Art inneres Programm laufen lassen und Augenprobleme ausbügeln. Er brauchte eine gründliche Überprüfung. Diese Störung machte ihm Verdruß.

Er sagte: »So was habe ich noch nie gesehen.«

»Daß Mechanos Pflanzen benutzen?«

»Habe mal welche Bäume fällen sehen, damals, als…« und er hielt inne, *weil das in die Zeit zurückführte, da die Zitadelle Sicherheit bot und sein Vater auf Beute auszog; da die Menschheit noch Wälder und Ernten und all das verlorene Erbe besaß* –, und das war etwas, worüber er mit Toby nicht so beiläufig sprechen konnte –, »als es noch welche gab.«

»Möchte wissen, was sie machen.«

Killeen beobachtete die fünf klotzigen Gebäude, die in einem Seitental beisammenstanden. Zwei Windhosen kamen von den Hügeln herunter. Sie wirbelten dicht an die braunen Ziegelbauten und bildeten Kegel aus feinem Sand.

»Kann ich nicht sagen. Vor langer Zeit haben Mechanos die Erntefrüchte abgeschnitten, welche der Clan zu ziehen suchte, in dem Tal nahe der Zitadelle.

Sie haben aber alles liegen lassen und keinen Gebrauch davon gemacht.«

»Machen wir sie fertig!« sagte Toby fröhlich.

Killeen sah in das hagere Gesicht seines Sohnes, welches gefleckt war von moosbraunen Wucherungen an Stellen, wo der Anzug scheuerte, und wie das jeder ab und zu bekam. Er schlug ihn auf die Schulter und lachte. »Haben wir hier eine Gelegenheit, es den Mechanos heimzuzahlen?«

»Du sagst es!« Auch Toby lachte; und Killeen merkte, daß seine Fröhlichkeit zum Teil davon herrührte, daß der Junge seiner Prahlerei unbekümmert Geltung verschaffen konnte.

Die Sippe würde sich zum Angriff entschließen. Die Jungen liefen natürlich mit den übrigen, weil die Sippe sich bei gefährlichen Unternehmungen nie trennte. Die Menschen scheuten jetzt mehr als alles eine Zersplitterung. Freilich liefen die jüngeren Mitglieder beim Angriff weit hinten. Darum hatte ihr Wort auch wenig Gewicht. Darin lag für Toby noch ein Rest kindlicher Freiheit, den Killeen instinktiv lebendig zu halten bestrebt war. Er wußte, wie bald die Härte der Welt ihn treffen würde, so daß die Jugend zu Ende wäre.

Einige Leute sprangen in flachen Kurven herbei und landeten mit pneumatischem *chuunng*. Ledroff hielt eine Besprechung ab und redete mit zurückgeklapptem Helm. Ein Dutzend Sippenangehörige drängten sich um ihn.

Toby zeigte mit behandschuhter Hand auf Ledroff. »Meinst du, daß er losgehen wird?«

»Weiß nicht«, sagte Killeen.

»Schau doch mal seinen Bart an!«

Das verfilzte schwarze Haar war zusammengekrümmt. Toby kicherte. »Ist in seinem Helmring hängen geblieben.«

Killeen lächelte. »Ich wette, daß ihm das beim Laufen lästig ist.«

Eine alte Tradition gestattete, daß man sich über einen Kapitän in gewissen Grenzen lustig machte; und Killeen hatte ziemlichen Spaß an dem Scherz. Es wurmte ihn immer noch, wie geschickt Ledroff seinen Rang erreicht hatte.

Killeen vermutete, daß Ledroff meinte, der Bart würde ihn älter aussehen lassen. Vielleicht hatte die übelriechende und vom Helm zerdrückte Masse mitgeholfen, daß er Kapitän wurde. Toby sagte: »Ein häßlicher Verhau.«

Aber Killeen meinte: »Gut gegen Sonnenbrand.«

»Wenn *ich* mal einen bekomme, werde ich aufpassen, daß mein Anzug ihn nicht zu fassen kriegt.«

»Nee, das werde ich dann besorgen.« Killeen stubste Toby spielerisch unters Kinn.

Ledroff sendete an alle: – Ist die Lage unverändert? –

Seine Stimme nahm schon einen gewissen Befehlston an.

Es gab kein Anzeichen von Interesse oder geänderter Routine in der entfernten Fabrik. Killeen schaute zu Ledroff hinüber und fragte sich, was der Mann tun würde. Dies könnte die erste ernsthafte Aktion sein, seit er Kapitän geworden war. Der Mann sah müde aus, und seine Augen waren prüfend zugekniffen.

Allgemeines Gebrabbel traf Killeens Sensorium. Er selbst redete nur leise mit Toby. Sie verfolgten die schwachen Profile der Mechanos bei ihrer Tätigkeit. Seit Killeens Besäufnis auf Wache hatte er sich gescheut, laut die Stimme zu erheben.

Ledroff unterbrach ihre zweiseitige Unterhaltung: – Diese Gebäude sehen neu aus. –

Toby sagte ganz sachlich: »Scheint geschmolzener Ton zu sein.«

Killeen war etwas überrascht. Der Junge schnappte überall Information auf.

Ledroff nickte. »Mechanos, die Pflanzen benutzen? Könnten vielleicht etwas herstellen, das für uns nützlich wäre.« Killeen rief Arthur und fragte still: Was meinst du dazu?

Diese Bruchzone ist vielleicht ein Jahrzehnt alt. Da war sicher für Mechanozivilisation genügend Zeit, die hier wachsenden organischen Rohstoffe auszubeuten.

»Laßt uns rangehen!« sagte Jocelyn.

»Jawohl!« rief Cermo und drängte schon nach unten.

Killeen fühlte, wie die Sippe munter wurde. Nach nur einer Nacht in einem Trog fühlten sie sich schon stärker. Waren Jake und Fanny vergessen und die Vorsicht mißachtet? Nein. Die Sippe brauchte nicht besonders dringend Vorräte; aber etwas wühlte sie auf, Verlangen nach einem klaren Sieg und Rache. Sie hatten den Crafter ausgeschlachtet; aber Ledroff hatte nicht erlaubt, daß sie den Trog verwüsteten. Ihr Blut schrie noch nach Vergeltung, und das hier könnte dazu dienen. Es wäre vielleicht die beste Idee, sie loszulassen. Mindestens würde das den verklemmten Mißmut vertreiben.

Ledroff schaute sich um und sah ihre ungeduldig scharrenden Füße und verkniffenen Lippen. Killeen spürte in ihnen die Flut aufsteigen und erkannte, daß man diese entweder benutzen müßte, oder es würde sehr schwer werden, ihnen Einhalt zu gebieten.

Ledroff rief: »Bildet den Stern!«

»Zu Befehl!«

»Ich will in die Frontlinie!«

»Ich bin die Spitze!«

»Hurra, hurra!«

Sie gingen in vier Achsen gegen die Fabriken vor,

um jede Abwehr zu verwirren. Aber nichts trat ihnen entgegen.

Von ihren Schultern knisterten orangefarbene Feuernetze und trafen Kulis. Die Mechanos waren kybernetisch völlig desorientiert.

Die Sippe stürmte durch die Montagehallen über Gestelle keramischer Rohre und Karbonblech-Werkbänke hinab. Sie traten Zwischenwände ein und suchten nach Managermechanos. Killeen und Jocelyn sonderten sich ab und eilten durch eine lange, dicht von Maschinen gefüllte Halle. Geschwindigkeit war die beste Taktik, über die Menschen verfügten. Labormechanos mußten in Sicherheit gewiegt und beruhigt werden. Sie reagierten etwas langsam, sofern sie nicht für Schnellgang alarmiert waren.

Killeen und Jocelyn kamen schnaufend in eine offene Nische. Ein Managermechano rannte auf sie zu und schickte seine Erkennungscodes über die Breitbandkommunikation. Er richtete eine eulenartige Gruppe blanker Linsen auf sie und merkte einen Augenblick zu spät, daß es sich bei ihnen nicht um gewöhnliche Mechanos handelte, die versehentlich dahin geraten waren, wo man sie nicht brauchte. Der Manager drehte sich um und zog sich zurück. Eine Kupferplatte schnappte beiseite, und etwas schob sich heraus und fand Killeen als Ziel...

Killeen sprang zur Seite. Ein Kreischen erschütterte ihn. Er schlug auf den Boden, ehe er merkte, daß das wilde Geräusch ihn elektromagnetisch traf. In seine Nase stieg ein scharfer Geruch.

Jocelyn lachte und hielt sich den Mund zu. »Es hat nur versucht, mit dir zu sprechen. Das ist alles.«

Das Kreischen stammte von Jocelyn, die den Manager mit einem knatternden Mikrowellenlärm röstete. Er war in einer starren komischen Haltung eingefroren. Die Arme in die Seiten gestemmt, während ein einsamer überlebender Sender kläffte: KEINZUTRITT KEINZURITT KEINZUTRITT.

»Stoffe!« rief Jocelyn. Sie schritt über Killeen weg, offenbar überzeugt, daß er unverletzt wäre. Er stand auf und rieb sich eine schmerzende Schulter. Er war gegen eine große, stahlverkleidete Maschine mit enormen Wellenlagern geprallt. Er sah, daß es sich um eine Art von Presse handelte. Am entgegengesetzten Ende wurden Fasern eingeführt. Wirbelnde Zylinder zupften und woben und mischten saure Chemikalien bei – und am anderen Ende kamen glänzende Bahnen bernsteingoldener fester Gewebe heraus.

Jocelyn riß davon staunend etwas ab. Er überließ sie ihrer Beute und fand Ledroff nahebei. Killeen schaltete sich in die Kommunikation ein. Die Sippe drängte herein und erstattete Bericht.

Die Aufseher waren betäubt. Keine höheren Mechanos im Komplex.

Die Fabriken waren sicher. Viele dringend benötigte Servos gefunden.

Die Aufseher hatten kein Notsignal ausgestrahlt. Soweit man überhaupt etwas empfangen konnte, meldete der Komplex keinen Überfall.

Die älteren Männer und Frauen waren sicher drinnen. Wachen waren postiert.

Ledroff lauschte und nickte. Er grinste und entblößte dabei braune Zahnstummel. Sein erster Einsatz als Kapitän war gutgegangen.

Killeen suchte Toby und fand ihn, wie er an einem Managermechano herumbastelte. »Ich habe einen Kuli erledigt«, sagte er. Er bedauerte sichtlich, kein größeres Ziel gefunden zu haben. Killeen zeigte ihm jetzt, wie man den Manager auf seinen Rotoren in wilde Drehung versetzen konnte. Toby lachte und überwand seinen Kummer. Er war von dem verrückten Mechano so besessen, daß er vergaß, sich den Mund zuzuhalten. In der Zitadelle hätte das als unhöflich gegolten, da es symbolisch das innere Selbst freigab. Killeen wollte ihn daran erinnern, dachte dann aber doch, daß für Manieren später noch Zeit wäre, wenn überhaupt jemals.

Ledroff ordnete an, die Kulis cybernetisch freizugeben und wieder an die Arbeit gehen zu lassen. Auf diese Weise konnte die Sippe besser erkennen, was hier geschah. Killeen sah zu, wie die langsamen, aber kräftigen Mechanos weitermachten. Sie ignorierten die Menschen, da ihre Aufseher keine Zeit gehabt hatten, einen gegenteiligen Befehl auszusenden. Auf ihren Gehäusen waren Symbole, die nur Managermechanos lesen konnten. Kein Mensch hatte sie je entziffert.

Der eine hatte dieselbe schraffierte Aluminiumverkleidung, wie er sie schon einmal gesehen hatte. Das war eine Neuheit bei der Gestaltung von Kulis. Die Montage von Mechanos war ihm höchst gleichgültig. Er konnte ebensowenig einen Getriebekasten mit Hilfe von Schraubenschlüsseln öffnen, wie er die Biochips in seinem Kopf umprogrammieren konnte. Aber wichtig war es, gewöhnliche Kulis von den höher stehenden Mechanos zu unterscheiden.

Gewöhnlich fand ein kosmetisches Merkmal seinen Weg von den geschickteren Mechanos hinab zu den Kulis; aber dies schraffierte Aluminium, das zuerst bei Kulis auftauchte, hatte offenbar einen besonderen Zweck. Die Kulis, die bei dem Angriff auf den Trog geholfen hatten, trugen keine besonderen Markierungen. Jede Veränderung konnte aber Gefahr bedeuten.

Nachdem die Fabriken sicher waren, fiel die Sippe über die aufgehäuften Schätze her. Gute Stoffe waren eine Rarität. Sie sprachen auf elektrische Kontaktbefehle an und rissen auf, wenn ein stromführender Fingernagel sie streifte.

Ein Dutzend Leute der Sippe riefen Aspekte auf und begannen mit den alten Fertigkeiten, frische Kleidungsstücke zuzuschneiden und anzupassen. Gelächter ertönte längs der immer noch spinnenden Maschinerie. Die Sippe liebte harte Arbeit, wenn sie klare Ergebnisse zeitigte. Neue Hemden, Anzüge und Beinkleider, die man unter den Kampfanzügen tragen konnte, hoben die allgemeine Stimmung.

Killeen streifte mit Toby umher und schaute sich um. »Sieh mal!« sagte der Junge und wies auf einen großen Haufen der büscheligen Pflanzen mit trockenen Blättern. Kulis entluden kleine Karren, die die geernteten Stämme und Zweige anlieferten. »Wie machen sie *daraus* solche Stoffe?«

»Irgendein Knowhow der Mechanos.«

Killeen zuckte die Achseln. Er hatte es schon längst aufgegeben herauszufinden, wie Mechanos ihre routinemäßigen Wunder bewirkten. Aber Toby war jung und glaubte, er könnte alles verstehen in einer Welt, die schon längst menschliches Verstehen überschritten hatte.

»Diese Blätter haben ja Blattläuse!«

Ungebeten meldete sich die kühle präzise Stimme Arthurs in Killeens Hinterkopf:

> Die haben eine Schicht aus Borsilikon, um die Pflanze vor dem Ultraviolett des Fressers zu schützen. Sie fängt die harten Protonen ab und verwandelt sie durch einen Photonen-Prozeß in nützliche...

»Schnauze!« knurrte Killeen, und Arthur verstummte. Dabei hinterließ er ein leichtes Zittern, eine quälende Note in Arthurs Sensorium.

»Was ist?«

»Habe gerade das Kauderwelsch eines Aspektes abgeschaltet.«

Toby befingerte die zähen glasigen Blätter. »Na so was!«

»Könnte vielleicht sein…« Killeen hatte eine Idee, die ihm nicht gefiel.

»Meinst du, sie könnten von Mechanos gemacht sein?«

Killeen nickte und verzog nachdenklich den Mund. »Wäre möglich. Sieht sehr komisch aus.«

»Wenn sie sie benutzen, pflanzen sie sie vielleicht auch an?«

»Nie so was gehört.«

»Sehen gar nicht wie Pflanzen aus.«

Toby war sich nicht darüber klar, was das bedeuten konnte. Killeen sagte beiläufig: »Such doch mal nach welchen! Sieh zu, ob die Kulis Samen besitzen!«

»Jawoll!« Toby freute sich, auf eigene Faust losgeschickt zu werden. Er schlenderte durch eine Reihe von Kulis, die sechseckige Behälter aus Plastikbronze trugen. Sie gehörten zu der am wenigsten intelligenten Art und registrierten Toby nur als ein vorübergehendes Hindernis, ein Detail, das zeitweilig ihre Route verdeckte und dann verschwand, ohne daß sie von draußen Intelligenz herbeirufen mußten, um es zu identifizieren. Größere Probleme würden natürlich den Managermechanos gemeldet werden.

Dies bedeutete, wie Killeen wußte, daß der ganze Komplex allmählich abgeschaltet werden würde, wenn die Kulis auf Schwierigkeiten trafen, die Manager zu Hilfe riefen, und keine bekamen. Das würde schließlich zu einem Notruf an die Zentralstädte führen.

Durch so etwas wurden Überfälle immer behindert. Die wahre Kunst dabei war, abzuschätzen, wieviel Zeit man hatte, ehe irgendein Manager mittleren Ranges auftauchte. Auch die konnte man durch Mikrowellen rösten; aber es war lange her, daß Killeen erlebt hatte, wie einer auf einen Notruf reagiert hätte. Die Mechanos wurden schlauer. Oder widmeten sie ihrem Ungezieferproblem nur etwas mehr Aufmerksamkeit?

Seit Jahren hatte die Sippe so gelebt, als Nomaden, die isolierte Fabriken der Mechanos überfielen, sich verkrochen, wo sie konnten, und durch eine zunehmend verwüstete Gegend schweiften. Die kahl gewordenen Hügel boten keine Deckung vor dem niederschmetternden Gleißen des Fressers. Was sie an Nahrung erbeuten und tragen konnten, waren kompakte, transportierbare Würfel – ›Batzen‹ –, die den Muskeln Kraft spendeten, aber die Zunge verbrannten. Einige in der Sippe wußten noch, wie man aus den Vorräten der Tröge Batzen herstellte; und mehrmals hatte das Schicksal der ganzen Sippe von diesem sauren braunen Zeug abgehangen. So war man lange schlimme Zeiten hindurch zwischen verfallenen Canyons gewandert, angetrieben nur durch Batzen und abgestandene Wasserpfützen, die aus Erdrutschen sickerten, welche Mechanos ausgelöst hatten.

Killeen erinnerte sich daran, als er sich durch schattige Gänge unter polternden Maschinen seinen Weg bahnte. Er hielt Ausschau nach Ledroff, aber der Komplex war sehr ausgedehnt, voller Gewölbe mit endlosen Produktionsvorrichtungen. Er sah sich in Muße neugierig um.

Die fremdartigen schimmernden Maschinen erzeugten nicht nur Spezialstoffe. Aus unentwegt rotierenden Bändern und Pressen kamen grobe Fasertücher heraus. Killeen befühlte einige davon und versuchte, sie zu zerreißen. Vergeblich. Es gab auch kleine steinharte Dinger mit Anschlußstellen und Zapfen, die er nicht verstand. Im ganzen zählte er ein Dutzend oder mehr komplizierte Sachen, die die Fabrik ausstieß. Manche ohne jede Bedeutung für sie. Nur die Spezialstoffe konnten den Menschen irgendwie nützlich sein. Und nahegelegene Lagerhäuser waren vollgestopft mit noch mehr unverständlichen Dingen, gut verpackt und für den Versand etikettiert.

Killeens Interesse war rein praktischer Natur. Er staunte nicht mehr über das, was die unablässige Mechano-Produktion hervorbringen konnte. Ein so üppiger Reichtum, wie er jetzt hervorsprudelte, erschien ihm ebenso unvermeidlich, wie die reiche organische Welt seinen fernen Ahnen vorgekommen war. Es war einfach ein ständiges Merkmal der Dinge, wie sie waren, und somit ganz natürlich.

Seine Welt war schlicht geteilt. Er lebte, so gut er konnte, unter Dingen, die grün, weich und biegsam waren, die begrenzten Nutzen boten und aus denen die Menschheit einstmals hervorgegangen war. Aber Nahrung kam hauptsächlich aus den Bottichen der Tröge oder den seltenen feuchten Gewölben der uralten, von Menschen hergestellten Casas. Reste der einst reichen Ökosphäre von Snowglade gediehen an einzelnen Stellen, zumeist Grasland und Flächen mit wüstenfesten Kletterpflanzen. So etwas wuchs nur an abgelegenen Plätzen, außerhalb der Städte und Wege der Mechanos.

Andererseits lag über dem größten Teil des Planeten eine dunstige Grenze. Die Mechanos drängten gegen die schrumpfenden grünen Oasen. Snowglade war jetzt zumeist offene, unfruchtbare Wüste. Rundum waren keramisch gestaltete Wohnbauten verteilt. Killeen hatte einmal einen solchen gesehen, als die Sippe über einen Gebirgskamm geriet und sechs Mitglieder als Preis dafür einbüßte. Das war ein glänzender Turmbau gewesen, der von elektromagnetischem Geschwätz knisterte. Seine tiefe, sonore Stimme hatte ungeheuer drohend durch Killeens Sensorium gehallt.

Killeen akzeptierte als schlichte Tatsache, daß diese fernen und gefürchteten Zonen eine ganz natürliche Form des Fortschritts von Intelligenz waren. Die brummenden und rotierenden Vorgänge um ihn waren nicht bemerkenswert und lagen auf der Hand. Kein Mensch zweifelte daran; denn sie hatten ein jahrhundertealtes Erbe in sich, wonach Mechanos die Sippen in jeder Weise bedrängt hatten. Einst war Snowglade eine kühle Welt voller Grün gewesen. Jetzt nahm die Dürre zu, und schon die Luft entzog den Kehlen der Menschen Feuchtigkeit. Und all das hatten wohl die Mechanos angerichtet.

Höchstwahrscheinlich haben sie es getan.

Killeen war benommen durch das unablässige Dröhnen von Mechanoarbeiten ringsum. Arthurs Eindringen kam ihm zunächst wie ein vager eigener Gedanke vor. »Was bedeutet das?«

Die Mechano-Zivilisation hat sich vor Jahrhunderten daran gemacht, die Ökologie von Snowglade zu verändern. Sie funktionieren nicht gut in der warmen, feuchten Welt, die der Planet einst war.

»Was war daran so schlimm?«

Feuchtigkeit und Wärme erzeugen schnell Rost. Snowglade besaß früher alpine Wälder und große Graslandschaften, die sich von Horizont zu Horizont erstreckten. Die Mechanos kamen, um zu sehen, ob der Planet für ihre Projekte geeignet wäre; und sie schienen sich positiv entschieden zu haben, obwohl er natürlich etwas brauchen würde, was sie wohl als Verbesserung bezeichnet hätten.

Killeen blieb neben einem Ding aus Karbonglas stehen, das etwas mahlte, das aussah wie große verchromte Schwammkugeln. »Woher weißt du das?«

Ich bin dort gewesen. Wir haben sie erst als einfache Kundschafter kennengelernt. Die Clans hatten ihre Zitadellen errichtet...

»Es gab mehr als eine?«

Arthurs gemächliche Stimme setzte einen Moment vor Überraschung aus:

Ach ja, das hätte ich fast vergessen. Du bist noch jung. Früher hatten wir *prächtige* Sachen. Als wir nach Snowglade kamen, machten wir uns keine Illusion darüber, vor Mechanoleben sicher zu sein. Aber wir konnten nicht gut einen ganzen Planeten erfassen, Schutz bieten für alle...

»Fahr nur fort!« Killeen hatte nie von etwas gehört, das wirklich von Menschenhand stammte außer der Zitadelle. Sonst gab es nur Dinge, die Erzeugnissen der Mechanos nachgebildet oder ihnen direkt gestohlen waren. Der Aspekt redete oft über Sachen, von denen Killeen wußte, daß es sie nicht gab, und die er daher für Lügen oder Phantastereien hielt, die nur seine Aufmerksamkeit fesseln sollten. Der Kontrast der gegenwärtigen Verhältnisse zu solchen Erzählungen aus der Vergangenheit hatte bewirkt, daß die Sippe nur selten ihre Aspekte zu Rate zog.

Die Mechanos sind uns nicht direkt feindselig entgegengetreten. Manche Leute hatten den Eindruck, daß sie kaum Notiz von uns nahmen oder uns für lokale Lebensformen ohne reale Bedeutung hielten. Ich glaube, die Geschichte hat diese Ansicht bestätigt, mit traurigen Konsequenzen für uns alle. Auf jeden Fall...

Hier spürte Arthur offenbar Killeens Ungeduld. Seine Sprechweise beschleunigte sich, bis die Bilder und Gedanken in hellblauen Klumpen explodierten, in lebhaften Bildern ohne Erläuterung. Arthurs Erinnerungen überfielen Killeen:

Zunächst bemerkten wir, daß die Winter härter wurden und es weniger regnete. Unsere Ernteerträge schwanden. Wir mußten umfangreiche Züchtungen und genetische Veränderungen vornehmen, um die Pflanzen gegen die verzerrten Jahreszeiten abzuhärten.

»Ihr kapiertet das Wetter?« Killeen war beeindruckt. Er wollte, er könnte verhindern, daß Arthur das merkte. Aber das ging natürlich nicht. Er spürte die erfreute Aura des Aspektes.

Nun ja, wir glaubten es jedenfalls zu verstehen. Erst allmählich begannen wir zu erkennen, daß die Mechanos absichtlich Wolken aus Gas und Staub in die Planetenbahn Snowglades einführten. Sie benutzten sogar feingemahlene Asteroiden. Dadurch entstanden die Staubstürme, die wir für eine vorübergehende meteorologische Erscheinung hielten. In Wirklichkeit waren sie aber die Ursache dieses Wetters. Der Staub überdeckte unsere Äquatorgebiete. Irgendwie gelang es den Mechanos, einen großen Teil des Eises der Pole verdampfen zu lassen. Dadurch gewann Snowglade ein trockneres und kühleres Klima, durch Prozesse, die ich nicht einmal ahnen kann. Offenbar hatten die Mechanos diese Art von Planetenumformung schon früher praktiziert; und sie verstanden sich gut auf die Tausende kleiner Nebeneffekte, die man dabei in Rechnung stellen muß. Es war eine Glanzleistung von schrecklicher Stärke, die aber so allmählich ausgeführt wurde, daß uns die fundamentale Veränderung erst nach Jahrhunderten klar wurde. Inzwischen waren unsere Ernten verkommen, und wir fristeten unsere Existenz in den Zitadellen, wobei wir von Jahr zu Jahr mehr anbauten und weniger ernteten. Wir waren arglos und meinten, die Mechanos hatten uns nicht entdeckt oder würden uns zumindest ignorieren. Was für Narren wir doch waren!

Killeen hob eine der verchromten Kugeln auf und warf sie auf den Boden. Sie zersprang in tausend feine aufgerollte Fasern, die in dem grellen Licht funkelten. Er konzentrierte sich auf Arthurs schnelles Gerede. Solch altes Wissen hatte er stets ignoriert und gemeint, Fanny würde ihnen schon mitteilen, worauf es ankäme. Ledroff war, wie er wußte, ebenso unwissend. Er sagte: »Die Bruchzonen gibt es noch immer.«

Wir waren so blöde, die Bedeutung der Bruchzonen erst gar nicht zu erkennen. Snowglade zieht eine fast kreisförmige Bahn um Denix. Denix selbst schwingt in einer länglichen Ellipse um den Fresser. Unsere ganze Zeit auf Snowglade hat sich in dem warmen mittleren Abschnitt seiner Bahn abgespielt – nach der Eiszeit, aber ehe Denix sich dem Fresser nähert. Hier:

In Killeens linkes Auge sprang ein dreifarbiges und dreidimensionales Diagramm. Ein eisblauer Punkt kreiste um einen flammend roten Globus. Dann wurde der Maßstab geändert, und der Globus zog eine gekrümmte Bahn um einen Wirbel heißer Farben – den Fresser. Am Rande erschienen Zahlen und Wörter, die Killeen nicht lesen konnte.

»O ja!« Killeen suchte nach Worten, um etwas zu sagen. »Hübsch.«

Ich stelle so komplizierte Lernhilfen nicht her, damit du sie künstlerisch bewertest.

Arthurs Stimme war ernst und gekränkt. Killeen schloß gehorsam sein linkes Auge. Das Diagramm dehnte sich und zeigte Snowglade als gefleckte trokkene Scheibe. Sandflächen verschmolzen mit grauen, gerippten Tafelbergen.

Das Bild lief im Zeitraffertempo ab. Jahrhunderte flimmerten vorbei. Wolken lösten sich auf. Wüsten nagten an den Hängen felsiger Bergketten.

Das ist es, was sie getan haben, um das Klima herbeizuführen, was die Mechanos mögen. Und dann...

In Killeens rechtem Ohr piepsten drei Töne. Ein Ruf zum Sammeln. »Na ja, ich muß dann wohl hingehen«, sagte Killeen erleichtert.

In sein rechtes Auge sprang eine zweidimensionale Karte, die ihn zu Ledroff führte.

# 7. KAPITEL

Killeen konnte, als er näher kam, sehen, daß Ledroff eine Versammlung abhielt. Fünf Personen saßen auf einer großen Messingglasmaschine am Ende eines Montageschuppens mit Blechdach.

»... da wir die Manager schnell stillgelegt haben, wird es wahrscheinlich keinen Alarm geben, keine nach außen gehenden Rufe, nichts«, sagte Ledroff, als Killeen auf einer polierten Brüstung herunterkam.

»Hmmm«, meinte Jocelyn zweifelnd, während sie sich eine lose Strähne ihres glänzenden Haares um den Daumen wickelte. »Gewiß, wir haben einige Tage ungehindert vorwärts kommen können. Aber jetzt?«

»Unsere Aktion war gut. Optimal«, entgegnete Ledroff.

Killeen hielt das für eine hübsche Routine, sagte aber nichts. Sollte der neue Captain nur krähen.

Cermo der Langsame blinzelte wie eine Eule. »Könnten eine Pause gebrauchen.«

Killeen fragte: »Um was geht es?«

Ledroff machte eine dramatische Pause und stülpte seinen Helm auf einen Hebel in der Nähe. Er saß oben auf der klotzigen, mit Aluminiumkanten versehenen pyramidenförmigen Maschine. Rings um ihn ragten Kontrollhebel auf. »Wir diskutieren, ob wir uns hier verstecken sollen«, sagte er zu denen unten.

Killeen knurrte: »Wir könnten noch einen oder zwei Schritte weiter tun.«

»Ich glaube, daß wir immer noch erschöpft sind«, sagte Ledroff ruhig. »Bisher sind keine höheren Mechanos in einer stillgelegten Fabrik früher als nach drei oder vier Tagen zur Kontrolle aufgetaucht. Und wir brauchen diese Ruhepause wirklich.«

Jocelyn sagte: »Die Mantis könnte einige Marodeure auf unsere Spur angesetzt haben.«

Ledroff nickte. Sein üppiger Bart bauschte sich dabei unterm Kinn. Killeen sah, daß er unter seinem kurzgeschnittenen Haar frisch rasiert war. Die glänzende nußbraune Haut war straff und blank. Er achtete jetzt mehr auf sein Äußeres. »Ja, im freien Gelände. Aber hierher schauen sie nicht.«

»Wer sagt das?« fragte Killeen und kletterte auf einen Träger der großen Maschine. Von da konnte er den ganzen Komplex überblicken. Kulis drehten immer noch stumm ihre Runden. Ein ständiges Summen durchzog das Areal. Zwischen den beständigen, zweckmäßigen Wegen der Mechanos ging die Sippe ihre eigenen Wege und nahm alles mit, was sie finden konnte.

Ledroff faßte Killeen ins Auge. »Ich sage es. Das ist der Brauch. Nach einem Angriff ruht sich die Sippe aus.«

Cermo der Langsame nickte. Seine Augen leuchteten freundlich und warm. »Wir brauchen Zeit und müssen uns umsehen. Vielleicht finden wir noch mehr Servos oder sogar Stimjacks.«

Jocelyn lachte. »Cermo, in einer Fabrik gibt es keine.«

Cermo zuckte die Achseln. »Mag sein. Muß erst sehen.«

Irgend etwas in mittlerer Entfernung fiel Killeen ins Auge. Zuerst begriff er nicht.

Ledroff lächelte. »Du bist also dafür? Dann werden wir es uns in der großen Fabrik bequem machen, bis...«

»Warte! Siehst du das?« Killeen zeigte hin.

Jocelyn blinzelte. »Kuli. Na und?«

»Je so einen gesehen?«

Cermo sagte langsam: »Vielleicht einmal. Bin mir nicht sicher.«

»Ich erinnere mich an einen, irgendwo…«, erklärte Jocelyn.

»Heute etwas früher. Und ich glaube, das war auch in der Nähe, wo die Mantis uns getroffen hat«, sagte Killeen.

Ledroff beobachtete den Kuli, wie er auf Gleisketten näher kam. Er hatte schraffierte Seitenbleche, und obwohl er zu einem Fabrikeingang abschwenkte, starrten seine vorderen Augen auf die Messingglaspyramide, bis er verschwand.

»Ich halte ihn für einen Kundschafter«, sagte Killeen.

Ledroff meinte: »Könnte an jeder Stelle andere Kulis geben.«

»Vielleicht auch nicht«, sagte Jocelyn entschieden.

»Neue Art von Kuli«, sagte Cermo. »Vielleicht gibt es sie massenhaft.«

»Erkunder wozu?« fragte Ledroff.

Killeen sagte: »Marodeure.«

»Meines Wissens benutzen Marodeure keine Kundschafter«, meinte Cermo.

»Was also?« fragte Jocelyn sarkastisch. »Bloß weil du es nicht weißt, glaubst du, es gibt so was nicht.«

Cermo fuhr auf: »Fanny hat es gewußt.«

»Stimmt. Aber wir können keinen Fanny-Aspekt fragen«, sagte Jocelyn bitter.

»Die Erfahrung wird es zeigen müssen«, erwiderte Cermo.

»Ihr müßt euren Kopf benutzen«, sagte Jocelyn.

Ledroff erklärte: »Ich meine, wir müssen beides benutzen.«

Killeen machte ein verdrießliches Gesicht und sagte: »Meines Erachtens sollten wir auf Jocelyn hören.«

Jocelyn akzeptierte das mit kurzem Kopfnicken, das eine erhebliche Anspannung verriet. Auch sie hatte Fannys Methoden gelernt, aber auch nicht jene mühsam erworbene Grundregel der alten Frau vergessen, die da lautete: *Voraussehen*. Die Gedanken der Mechanos erkennen, ehe sie die deinen erraten.

Killeen sah in ihren verstohlen funkelnden Augen eine Abneigung gegen Ledroff. Überrascht stellte er fest, daß Jocelyn hatte Captain werden wollen. Er war zu sehr mit sich selbst beschäftigt gewesen, um das zu merken.

Jocelyn ließ nicht locker. »Kulis *könnten* Marodeure Huckepack tragen.« Sie hatte wieder angefangen, ihr Haar um den Finger zu wickeln. Dann glättete sie es wieder sorgfältig und schob sich die Locken hinter die Ohren.

Cermo zuckte die Achseln. »Dieser Kuli hat nichts getragen.«

»Jetzt nicht. Hätte es absetzen können«, sagte Jocelyn.

»Warum?« fragte Ledroff.

»Um zu sehen, was wir machen«, sagte Killeen.

»Fanny hat keine Ahnung davon«, erklärte Ledroff. Und dann, als er hörte, wie lahm das klang, fuhr er fort: »Marodeure sind für Kulis zu schnell. Sie würden die weit hinter sich lassen.«

»Die Mantis könnte langsam sein«, gab Killeen zu bedenken. »Wir haben noch nie gesehen, daß sie sich viel bewegt hätte.«

Ledroff war unzufrieden. Killeen hatte Ledroff auf langen Märschen und in der Schlacht gesehen und kannte ihn als einen vorsichtigen, bedächtigen Mann. Aber jetzt plötzlich als Kapitän suchte Ledroff die Meinungen der anderen abzuwägen und einen allgemeinen Konsens zu finden. Vielleicht war das das Richtige. Aber Killeen fühlte bei Jocelyn und sogar Cermo allmählich eine Verärgerung aufkommen. Ledroff würde die schnell abbauen müssen. Eine Sippe sollte nicht marschieren oder rasten, während sich eine Verstimmung zusammenbraute.

Ledroff ging es jetzt wie jedem Kapitän. Er war dem Gejammer der Sippe ausgesetzt, das ihn umschwirrte. Man bedrängte ihn stets um Ruhe, um den älteren und weniger robusteren Leuten eine Erholungspause zu gewähren. Und ein jeder Kapitän war angesichts des zunehmenden Schadens, den das ständige erzwungene Marschieren verursachte, geneigt, auf jene wohlmeinenden und tatsächlich fast jämmerlichen Stimmen zu hören. Es war ein Zeichen von Güte, die Sippe ihre Schäden und ihre Erschöpfung mildern zu lassen. Aber das war oft nicht klug. Ledroff sagte langsam: »Ich hoffte, daß ihr alle einer Meinung sein würdet.«

»Jocelyn und ich, wir haben jenen Kuli mit der Mantis gesehen. Dessen sind wir uns sicher«, sagte Killeen scharf, teils, um Dampf abzulassen, und teils, um Ledroff zu bedeuten, daß er als Kapitän etwas unternehmen müßte.

»Dein Gedächtnis ist durch Alkohol benebelt«, sagte Ledroff bissig.

»Das ist vorbei.« Killeen merkte, daß er errötete.

Cermo redete ihm zu. »Killeen, du solltest auf unserer Seite stehen. Wir bleiben hier, und du kannst heute abend noch einen Schluck zu dir nehmen.«

Nach einem längeren Wortgefecht, an dem sich die ganze Sippe ergötzte, endete alles friedlich; und Ledroff sagte zu Killeen: »Du könntest recht haben. Laßt uns diesen Komplex räumen.«

Killeen nickte, grinste und klopfte ihn auf den Rükken. Zum erstenmal achtete er Ledroff ernstlich als seinen Kapitän.

Als sie dann wieder unterwegs waren, war es für Killeen leichter, mit Ledroff zu sprechen.

– Glaubst du, daß die Mechanos sich jetzt der Bruchzonen bedienen? – fragte Ledroff, während sie dahinkeuchten, mit einer niedrigen Hügelkette zwischen sich.

Toby befand sich zu Killeens Rechter, dicht an der Spitze des vorrückenden Dreiecks. Sie überquerten eine braune Ebene von trockenem Schlamm. Davon ragten riesige Schollen, emporgebogen durch die sengende Glut des Fressers, in die Höhe. Die großen Scheiben aus getrocknetem Ton waren dünner als eine Männerfaust, reichten aber haushoch nach oben. Killeen war es so, als ob er über einen braunen, vom Sturm zerfetzten und plötzlich eingefrorenen See ginge. Er landete auf einer großen Schlammfläche, die wie ein vermodertes Blatt um ihn zerfiel. Er sauste durch die sich auflösende Wolke und plumpste stiefeltief in widerlichen Staub. Er mußte heftig niesen und rief: »Arthur sagt, alles, was wir in dem Komplex gesehen haben, wäre aus Pflanzen hergestellt worden.« Er sprang aus dem Staubloch in klare, dünne und trokkene Luft.

– Und ich habe gesehen, wie einige Kulis Samen aufluden –, kam Toby dazwischen. – Erinnere dich daran! –

Ledroffs Stimme klang besorgt: – Also bewegen sich Mechanos auch in die Bruchzonen? –

»Sieht so aus.«

– Verflucht! Warum können sie nicht in ihren stinkigen Städten bleiben? –

»Arthur vermutet, daß sie ganz Snowglade übernehmen wollen.«

– Ja, einer meiner Aspekte hat das auch gesagt –, sagte Ledroff. – Die verdammten Aspekte machen sich immer Sorgen und schwatzen. Für mehr reicht ihre Zeit nicht. –

Killeen grunzte zustimmend. »Vielleicht bereiten die

Mechanos sich gerade darauf vor, wenn der Fresser näher kommt.«

– Näher? Wird er aber im Himmel bleiben? – fragte Toby.

»Denkst du an die Kreise und Kurven, die ich gezeichnet habe?« fragte ihn Killeen.

– Zum Teil. – Der Junge war nicht an eine innere Welt projizierter Bilder, Linien und Kurven gewöhnt, die in der Luft schwebten, an Kaskaden einst sinnvoller Daten, die von Vorfahren überkommen waren, welche nie gedacht hatten, daß ihre Nachkommen sie für unsinnig halten könnten. Toby zog den Zugriff des Realen vor.

»Arthur sagt, daß sich die Dinge verändern. Der Fresser wird größer werden.«

– So? –

»Auch die Mechanos verändern sich.«

Toby lachte höhnisch. – Ach, Arthur ist ein alter Stinker. –

Killeen kicherte. Sollte der Junge nur einige Zeit so bleiben. Das wäre kein Schaden.

Seit dem Verlassen der geplünderten Fabrik hatte er stets seinem Sohn die von Arthur empfangene Information mitgeteilt. Es war besser, das in einfachen Ausdrücken wiederzugeben, als Toby mit der gestelzten Sprache des Aspekts zu konfrontieren. Das würde noch früh genug kommen.

Killeen wollte nicht, daß Toby schon einen Aspekt trüge, obwohl er in einem Alter war, wo die Sippe dies gestatten würde. Aspekte waren für einen jungen Geist recht anstrengend. In den alten Tagen der Zitadelle hätte die Sippe gewartet, bis Toby volljährig wäre. Jetzt trug jeder Erwachsene die maximale Last an Aspekten. Diese lebenden Präsenzen hielten für sie Verbindung zur Vergangenheit und machten sie zu Erben einer großen Rasse anstelle einer verwilderten, fliehenden Bande. So eröffneten sich ihnen vergangenes Wissen und handwerkliches Geschick. Kontinuität mit den stolzeren Tagen der Menschheit war besonders bedeutsam, da nur wenige Sippenmitglieder die Zeit hatten, von den Aspekten und Gesichtern zu lernen, während sie auf der Flucht waren.

Ledroff kam keuchend heran. – Wenn wir wüßten, was sie tun, warum... aaah! –

Der wortlose knirschende Laut, der von Ledroff kam, brauchte Killeen nicht gedeutet zu werden. Die Sippe hatte nie erfahren, warum die Mechanos die Zitadelle plötzlich zerstörten, genau so wie in früheren Zeiten der Clan nie geahnt hatte, was die Mechanos mit Snowglade vorhatten.

Alle Versuche, die höheren Niveaus der Mechanos zu erreichen, zu sprechen, zu verhandeln, waren fehlgeschlagen. Nur wenige Leute verstanden es, mit Mechanos sich in einer rohen Weise zu verständigen. Moase, eine alte Frau, die jetzt auf dem Transportermechano saß, hatte als Mädchen einige Übersetzungen geschafft. Die Sippe hatte schon lange keine Gelegenheit mehr gehabt, ihre Fähigkeit zu benutzen. Sie waren zu sehr von der einfachen Aufgabe in Anspruch genommen zu laufen, zu essen und wieder zu laufen.

Killeen hatte eine ältere Präsenz, ein Gesicht namens Bud, der vor langer Zeit ein Meisterübersetzer gewesen war. Aber er hatte ihn nie dafür benutzt, sondern sich nur für einfache Aufgaben auf den alten Ingenieur verlassen. Jetzt rief er das Gesicht auf und fragte: »Weißt du irgend etwas über Wetteränderungen?«

Die Antwort von Buds Gesicht kam in einzelnen Brocken, da Gesichter nur begrenzte Teilstücke der ursprünglichen Personalität besaßen.

**1. In meiner Zeit wärmer.**
**2. Ich übersetzte einst für Crafter.**

**3. Crafter sagt, Snowglade wird kühler.**
**4. Muß wieder übersetzen?**

»Nein, tut mir leid«, antwortete Killeen freundlich, gerührt durch die klägliche kleine Stimme, die sich da meldete. Er hatte Bud schon lange nicht mehr aufgerufen. Es war schwer, selbst ein einfaches Gesicht zu entlassen und auf der Hut zu sein, während man unterwegs war.

Er dachte über Buds Frage nach. Er rief Arthur und erhielt eine schnelle Zusammenfassung über alte Methoden, mit Mechanos zu reden. Vieles davon war unverständlich.

Als die Menschen aus den blühenden Bogenbauten vertrieben worden waren, hatten sie versucht, ihr Geschick im Plündern bei den Städten der Mechanos auszunutzen. Sie griffen in Scharen entfernte Städte an und ließen die beste Beute draußen in Nähe einer Enclave der Mechanos zurück. Wenn das regelmäßig geschah, verlockten solche Friedensgaben die Nachbarenclave, ihre Angriffe auf die menschlichen Zitadellen einzustellen. Diese Politik funktionierte einige Zeit. Die Menschen hielten ihre Zitadellen, die kleiner und weniger ansehnlich waren als die großen Bogenbauten, für sicher.

Einige Sippenzitadellen verließen sich darauf und spezialisierten sich auf Gespräche mit Gesandten der Mechanos und das Arrangieren von Handelsbeziehungen. Am besten war darin die King-Sippe gewesen; aber auch deren erfahrene Übersetzer wurden bisweilen verraten und ermordet. Es war ein riskantes Leben gewesen.

**1. Ich würde es doch wieder tun.**
**2. Laß mich arbeiten.**

Killeen hatte irgendwie den Eindruck, daß er diesmal seine Haut riskierte. Bud bekam das mit und zog sich eingeschüchtert zurück. Aspekte und Gesichter hatten eine merkwürdige Distanz von den Konsequenzen ihrer Ratschläge, da sie Killeens Kummer oder Mühsal nicht spürten. Aber sie würden mit ihm sterben, wenn es dazu käme.

Ein bissiger und vergrämter Aspekt tauchte auf. Killeen knirschte mit den Zähnen.

*Den sündhaften Handel mit Mechanos hat das verdiente Schicksal ereilt. Kompromiß mit Leblosem ist unmöglich. Das hat euch doch gewiß die Geschichte gelehrt!*

Der Aspekt namens Nialdi stieß durch Killeens Sensorium wie ein gelber Blitz, indem er seine jahrelange Frustration abreagierte. Nialdi war wirklich uralt. Er stammte aus den Zeiten, da die Menschheit sich mühelos über die gemäßigten Zonen von Snowglade ausgebreitet hatte. Er war ein berühmter Priester der Religion jener Tage gewesen.

»Ich versuche darüber nachzudenken, wie ich unseren Hintern retten kann, du alter Bastard!« platzte Killeen heraus. Er griff mental nach dem Aspekt, aber der entglitt ihm und zerflatterte wie eine Schar wütender orangefarbener Vögel.

*Du lehnst das Wort ab? Hat dich die wilde Mechanofurie nicht wenigstens gelehrt, daß wir uns nicht halten können? Durch mich spricht der Gral!*

»Verzieh dich wieder!« brüllte Killeen. Er schnappte nach flüchtigen Fäden Nialdis, der ihn immer noch mit religiösem Jargon bombardierte, während er durch sein Sensorium flatterte. Killeen war so darauf bedacht, den Aspekt zu bändigen, daß er hinfiel.

Seine gewölbte Gesichtsscheibe wurde zurückgestoßen, und er bekam Sand in den Mund. Fluchend stand er auf.

– Kannst du deine Aspekte nicht im Zaume halten? – sendete Ledroff spöttisch.

– Der Mann hat Füße wie Felsen –, höhnte Jocelyn.

Killeen drängte Nialdi wütend in einen entfernten Winkel seines Geistes und sperrte sein Summen durch einen abgeschlossenen Spalt aus. Aspekte waren für alle Leute in der Sippe immer schwerer zu kontrollieren. Das war ein weiterer Grund, Toby nicht damit zu belasten, dachte er mürrisch.

Sie verließen die schlammige Ebene und erklommen eine ausgewaschene Kammlinie. Denix und der Fresser warfen ihre grellen, getrennten Strahlen auf das Land. Buschwerk warf vereinzelte Schatten. Sie stießen weiter in die Bruchzone vor. Die Betten von Wasserläufen waren feucht, als ob es in den letzten Tagen geregnet hätte. Gelegentliche Haufenwolken stiegen auf und wurden von schnellen Winden dahingetrieben. Große, fächerartige Flächen mit glatten Kieseln und Sand kündeten von Gießbächen, die einst von den Hügeln herabgestürzt waren.

Die Sippe war gut ausgeschwärmt. Selbst wenn ein Flieger der Mechanos sie ortete und eine Bombe oder Luftmine fallen ließ, konnten nur wenige Personen sich in Reichweite befinden.

»Killeen, schau nach links!« rief Ledroff. »Siehst du etwas?«

Die Gegend zur Linken wurde hell und deutlich, als Killeen auf einem verrosteten Maschinenrumpf landete. Das war ein Crawler gewesen. Von veralteter Konstruktion und nützlicher Metallteile entkleidet, rasselte er wie eine einsame Trommel, während Killeen den fernen Horizont musterte.

»Scheinen Mechanos zu sein, nur...«

»Was sagt deine Fernsonde?«

»Mechanometall, sicher eine ganze Menge davon. Aber ich wittere keine Mechanogedanken.«

Killeens Sensoren hatten eine ganze Bibliothek typischer Mechanosignaturen, und sie prüften jetzt die schwachen, nicht abgeschirmten Emissionsausbrüche voraus. Killeen hätte eine graphische Darstellung mechanoartiger Signale weder lesen noch verstehen können. Die Daten strömten wie zähe Gerüche auf ihn ein, garniert mit scharfen Komponenten.

»Könnten sie dich erschnuppern?«

Killeen sagte ärgerlich: »Ich kann den Furz eines Mechanos schneller bemerken als jeder andere.« Das stimmte nicht. Cermo der Langsame hatte eine bessere Nase. Aber diesem großen Kerl mangelte es an Urteilsvermögen und Schnelligkeit.

Widerwillig rief Killeen Arthur und bat um Hilfe.

Du fragst, ob Mechanos sich so verbergen können? Nein, ich bezweifle, daß sie ihre Sendungen voll abschirmen können. Ebenso wenig entgehen sie völlig den Sensoren, die wir haben.

»Bist du sicher?«

Ich möchte dich nur daran erinnern, daß ich an der Entwicklung dieser Verfahren beteiligt war.

»Wenn wir so viele in Ortungsdistanz kommen lassen...«

Ich versichere dir...

Toby rief: – Papa, ich höre Sprechen. –

»Welcher Art?«

– Irgendwelche seltsamen Stimmen, die ich nicht kenne. –

Ledroff sendete: – Könnte ein Trick der Mechanos sein. –

Killeen war verwirrt. Sein Instinkt sagte *Lauf!* und er bückte sich automatisch, um den festen Sitz seiner Stiefel zu prüfen. Die behandschuhten Finger glitten über blanke Fiberverschlüsse. Er wandte den Kopf. Eine kleine Verschiebung im Sensorium lieferte ihm ein leichtes Gezwitscher von Reden. Er erstarrte. Sich überschneidende, verstümmelte menschliche Reden:

– Sie kommen. –

– Ich sage, wir gehen jetzt nach rechts. –

– Kontrolliere links. Anzeichen von Umzingelung? –

– Könnten auch Kulis sein. –

– Nee. Zu hohe Schritte. –

– Ich rieche viel Mechanometall darin. Stinkt mächtig. –

Toby rief: – Das sind Menschen! –

Und da waren sie, eine kleine Schar, die sich über das tief zerklüftete Gelände kämpfte. Killeens Mund bildete ein ungläubiges O.

Eine Stimme aus der Ferne fragte: – Welche Sippe? Welche Sippe? –

Ledroff antwortete: – Bishop. Sechs Jahre von der Zitadelle. –

Eine weibliche Stimme antwortete: – Wir sind Rooks. –

– Wir haben hier Verwandte von euch. –

– Vettern und Onkel und Tanten! –

Stiefel gruben sich in alten Sand, und die zwei Dreieckformationen eilten in der Ebene aufeinander zu. Man rannte durcheinander und brüllte. Fragen nach verlorenen Verwandten kreischten in das Sensorium, und rauhe Antworten folgten. Wirbelnde Beine an den Höhepunkten mächtiger Sprünge. Dann trafen die vordersten Reihen zusammen, und Männer und Frauen stürzten sich in die Arme. Hinter verkratzten Helmen waren halbvergessene Gesichter, Leute, die eben noch verblaßte Bilder aus einem herrlichen Leben waren, das es nicht mehr gab. Die Gesichter zeigten Furchen und braune, schorfige Narben, vernähte Einschnitte und sogar leere Augenhöhlen, wo keine Ersatzteile gefunden werden konnten. Die Münder wiesen verdorbene graue Zahnstummel auf und von Blut gesäumte Lippen. Die Leute krächzten und riefen sich zu, obwohl die meisten von ihnen nur wenige der Gesichter kannten, die da auftauchten. In der Zitadelle waren Tausende gewesen. Sie waren so lange in ihrer engen verklumpten Gesellschaft marschiert, und ihre Erinnerungen waren durch eine solche Last täglichen Terrors überlastet, daß ein jedes Gesicht eine plötzliche, unbestreitbare und leibhaftige Wiedervergegenwärtigung der gemeinsamen Rasse bedeutete. Verlorene Freunde fielen sich in die Arme. Rufe hallten durch die Luft. Mit einemmal sahen sie sich als weit mehr denn eine verstreute Schar gehetzter Kreaturen: Mit ihrem Freudengeschrei feierten sie die Menschheit als solche.

Toby entdeckte sofort einen Jungen und zwei Mädchen, die noch vor der vordersten Reihe der heranlaufenden Männer ankamen. Sie umarmten sich, plapperten, machten Freudensprünge und rangelten sogar miteinander in ihrer blinden Begeisterung, während ringsum die zwei Sippen zusammentrafen, zwei lange getrennte Ströme, die sich vereinigten in einer Flut von Leibern, Geschrei und Tränen.

Killeen fand einen Mann, den er gekannt und mit dem zusammen er auf den Feldern gearbeitet hatte: Sanhakan, mit dichten Brauen und immer noch gut rasiert, dessen Augen in einem Netz sonnengebräunter Runzeln tanzten. Sanhakan klopfte ihm auf den Rükken, fluchte und riß Killeen in einem bärenhaften Zugriff vom Boden hoch. Beide lachten wild, sahen sich durch beschlagene Helme an, wie um sich zu vergewissern, daß der andere wirklich existierte und kein Fiebertraum war. Sie warfen die Helme ab, wie alle es ringsum taten, und küßten sich ungläubig zur Begrüßung. Nur Berührung war jetzt zuverlässig, der menschliche Druck warmen, scharf riechenden Fleisches. Killeen atmete den ranzigen Geruch Sanhakans ein. Dann das etwas mehr moschusartige Aroma einer Frau, die sich plötzlich an seiner Seite befand und ihm die vollen Lippen entgegenstreckte. Ein andere Frau, alt, verschrumpelt und infolge Anstrengung salzig riechend, mit weißem Haar und undefinierbar lieblich. Mit Klapsen und Umarmungen bahnte Killeen sich einen Weg durch das Gedränge von Leibern, die ihn in ihrer überschäumenden Freude bedrängten. Gesichter mit Krätze und Falten. Seufzen. Er kam zu einem alten Mann mit fast geschlossenen Schlitzaugen, dessen Zähne aber in strahlender Jugend blitzten. Killeen nahm ihn in den Arm, ohne hören zu können, was der Mann in dem allgemeinen Geschrei rief. Dann wurde Killeen von eifrigen Händen an den nächsten weitergereicht.

Als er sich von dem Alten abwandte, hörte er ein plötzliches *peng*, das ihm vom unteren Rückgrat bis zum Kopfe drang. Ein roter Schleier behinderte die Sicht. Etwas traf ihn an der Nase. Blutgeschmack drang in den Mund, den er überrascht ableckte. Seine Zunge kratzte auf Sand. Mit einemmal konnte er wieder klar sehen und merkte, daß er auf dem Gesicht lag. Er bewegte die bleischweren Muskeln und rollte herum. Dicht bei ihm lag der alte Mann mit abgespreizten Armen und Beinen. Die Zunge ragte heraus, und das Gesicht hatte einen gewissen Zug, der Killeen erschauern ließ. Es war derselbe Ausdruck, den Fanny gehabt hatte.

Er stemmte sich mühsam auf einen Ellbogen hoch. Die anhaltenden Stimmen, die ihn umgaben, hatten jetzt einen hohen und scharfen Ton. Leiber sanken um. Killeen versuchte, die Grenze seines Sensoriums nach außen zu verlagern, um herauszufinden, was geschah. Die Wahrnehmung war neblig und gedämpft, wie in Staub schwimmend. Er erhob sich auf die Knie und sah, daß einige Leute hingestreckt dalagen. Andere flohen. Manche waren starr vor Schock.

*Toby.*

Killeen fuhr jäher Schmerz durch die Arme. Er tastete um sich.

Und sah seinen Sohn unsicher hochtaumeln, nur ein kleines Stück entfernt.

»Toby! Nimm hinter irgend etwas Deckung!«

Toby erblickte ihn. »In welcher Richtung?«

»Komm her!«

Auf wackligen Füßen taumelte Killeen auf eine Gruppe von freiliegenden gezackten Felsblöcken zu.

»Komm… hierher!« Sie ließen sich beide erschöpft hinter den größten Stein fallen. Erst dann wurde Killeen klar, daß er gar nicht wußte, aus welcher Richtung der Angriff erfolgte.

Toby starrte blaß auf die laufenden Gestalten. »Was…?«

»Das ist die Mantis«, sagte Killeen.

# 8. KAPITEL

Zweiundzwanzig Leichen. Seine Subsysteme zählten sie automatisch, während er die Berge in der Ferne sorgfältig durchmusterte.

Zweiundzwanzig, alle hingestreckt wie leere Säcke. Endgültig tot.

Sie waren von etwas getroffen worden, das aus großer Entfernung bemerkenswert genau schoß. Dafür war Größe erforderlich, um eine gute Triangulation zu bekommen.

Etwas Großes sollte leicht ausfindig zu machen sein. Selbst bei ihrer Aufregung hätten sie es ankommen sehen. Aber Killeen fand nichts Auffälliges, kein Gekräusel sandfarbenen Lichtes.

Die Mantis.

Killeen hörte/fühlte ein leises, hohes, kaltes *skreee*. Er duckte sich automatisch. Ein vorbeiziehendes Randfeld. Die Mantis konnte hinter ihm und auch sonstwo sein.

Toby lag mit gerade ausgestreckten Beinen da. Er stieß sich mit beiden Händen ab und rollte sich ein Stück auf die Flanke des Felsens. Er zog eine Grimasse und verlor fast das Gleichgewicht.

Killeen ergriff seinen Arm. »Komm schon!« Und sie sprangen geduckt zur nächsten Rinne.

Im Laufen hatte Killeen eine Empfindung.

Leises Gemurmel von elektroakustischem Geräusch. Wie der Suchstrahl eines Marodeurs.

Knistern und Gestank.

Ein harter Stoß in den Rücken.

*Skreee.*

Toby japste gequält. »Was war… was…«

»Ist über unsere Köpfe gegangen. Wir haben den Nachhall erwischt.«

Killeen erinnerte sich an wirre, glühende Erschütterungen wie diese. Sie kamen, wenn man sich in der zweiten Schleife der Emission befand, wo seitlich gerichtete Wellen durch Interferenz eine kleine, rasch laufende Spitze bildeten. Killeens Vater hatte ihm das einmal erklärt; und alles, woran er sich erinnern konnte, um dem zu begegnen, war, alle Sinne außer dem optischen auszuschalten und sich taub zu machen.

Killeen blockierte Ton, Geruch, Gefühl – und befand sich plötzlich in einer schweigenden, stummen Welt. Dann dämpfte er sein Sehvermögen. Der Welt wurde die Farbe entzogen.

Während dieser ganzen Zeit trug er Toby halb und strebte ungeschickt voran.

Er bemühte sich, das Gleichgewicht zu bewahren. Seine Füße tönten wie matte Trommeln.

Er nahm Toby fest in die Arme, um ihn vor unbekannten Vektoren zu schützen.

*Skreee…*

Sie krachten in die Rinne und endeten in einem wirren Haufen. Überall auf der zersprungenen Felsplatte lagen Leiber. Killeen und Toby keuchten und paßten auf. Killeen ließ seine Sinne wieder voll aktiv werden.

Die Sippen kämpften trotzig. Manche rissen die Waffen hoch und feuerten eine brummende elektrische Salve, ohne zu zielen. Wenn der Kopf nicht entblößt war, kam man schlecht in ein Sensorium. Aber sie hatten natürlich keinen rechten Begriff davon, was die Mantis unternehmen könnte. Und diesmal hatte sie sie sauber zusammengetrieben in der Klemme.

Killeen berührte sanft Tobys Knie. »Spürst du das?«

»Ah… ahhh… es ist in Ordnung.«

»Bist du sicher?«

»Muß mich im Vorbeiflug angekratzt haben.«

»Wie ist das?« Er bog das Knie ein wenig.

»Alles in O... Au!«

»Laß es ausruhen! Wird schon wieder werden.«

»Ahhh...«

»Wie schlimm ist es?«

Toby rollte die Augen und erblaßte. Killeen packte ihn voller Angst. »Toby!«

Im Innern des Jungen tobte ein Kampf durch eingefügtes Metall und verstärktes Gehirn und Teile, für die Killeen keinen Namen wußte. Die Fäuste verkrampften sich in ohnmächtiger Verzweiflung. Das Gesicht verzerrte sich maßlos.

»Toby!«

»Ahhh...« Ein langer Seufzer. Tobys Beine strampelten.

»Lieg still!«

»Ich... nicht...«

So ging das immer. Komplexe Anfälle verliefen schneller, als menschliche Gedanken folgen konnten. Man wurde zum Zuschauer der eigenen, fieberhaft beschleunigten inneren Zonen. Man erlebte Kunstgriffe der Vergangenheit.

Die Lippen des Jungen bewegten sich stumm. Sie wurden rot. Die innere Schlacht ebbte ab.

Toby schnaufte und hustete. Zu Killeens Erstaunen setzte er sich auf und grub mit den Handschuhen im grauen Sand. Er flüsterte: »Wir haben es... noch?«

»Nein, leg dich wieder hin!«

Tobys grüne Augen wurden klar: »Laß mich...«

»Nein, du bist gerade...«

»Laß mich schießen!« verlangte Toby mit bereits kräftigerer Stimme.

»Halt dich unten! Ich weiß nicht, wo es jetzt ist.«

»Ich habe in dieser Richtung etwas gehört.« Toby zeigte unsicher auf einen entfernten Bergrutsch. So tief in der Spalte steckend konnten sie nur das am höchsten befindliche Geröll davon sehen.

»Wie hat es geklungen?«

»Als die Leute hinfielen«, sagte Toby traurig, »hörte ich Metall zerreißen. Richtig laut. Mein Bein wollte sich nicht bewegen; und ich fiel hin und hörte wieder dies Geräusch, das von da drüben kam.«

Killeen spürte die Schreie der beiden Sippen wie einen Nebelstrom, der die blutenden Menschen verschmolz. Die Verwundeten stöhnten. Eine Frau rief mit schwacher, von Panik erfüllter Stimme: *Alex Alex Alex.*

Einige riefen nach Befehlen und suchten jammernd ihren Kapitän. Ledroff forderte zwecklos Erwiderung des Feuers; aber niemand schien recht zu wissen, was passiert war und wohin man blicken mußte.

Sie alle waren in der Ebene in Erdlöchern verteilt und nicht imstande zu manövrieren. Die Sippen würden fast ohne Deckung herauskriechen müssen. Aber die Mantis konnte die höhere Stellung halten und ihnen folgen.

Killeen zog einen langen Faden aus seinem Rucksack und hakte ihn in eine stählerne Öse an seiner Hemdmanschette. Das war ein Spürrohr, das ihm sein Vater gegeben hatte. Die Oberfläche war verschrammt und vergilbt. Er stöpselte es in seiner Schläfe ein.

Toby fragte schwach: »Was machst…?«

»Ich sehe mich um.«

Killeen schloß die Augen, und das Spürrohr übernahm. Er sah/hörte schnelle Brocken seiner Umgebung. Dann streckte er den Arm über die steinige Kante und suchte den fernen Horizont ab. Regelmäßig kniff er sich in die Hand, um den ankommenden Datenstrom zu durchmischen. Dadurch würde er Täuschungen leichter erkennen.

»Bekommst du etwas?« fragte hinter ihm eine tiefe Frauenstimme.

»Nein. Laß mich nur machen!«

»Wenn ich es finde, schieße ich.«

»Nein, *ich* werde schießen, wenn ich es finde.«

Er öffnete die Augen nicht. Die zerfallenen Berghänge in der Ferne hüpften und schmolzen und blitzten durch ein überlastetes Blickfeld. Er kroch etwas die Böschung hinauf, um einen flacheren Winkel zu bekommen, und suchte dann unten am Bergrutschgelände weiter.

Etwas Metallisches kam flüsternd an ihm vorbei und verschwand mit nervösem Klappern. Vielleicht ein Weitschuß. Er spähte weiter durch die Filter in seinem rechten Auge und wollte schon aufgeben, als er sah, wie sich etwas bewegte.

Es war in einem Augenblick verschwunden, aber er holte es zurück. Ein langgestreckter Körper. Dreibeinig. Ruckartig schwenkende Antennen.

Killeen stöpselte aus und rollte die Böschung hinunter. Warmer Sand drang ihm in den Nacken und Anzug. »Okay. Laß uns sehen…«

Neben Toby kniete die Frau und umklammerte das Fußgelenk des Jungen. Sie hatte verblaßte graue Feststoffkleidung an. Die hing an einem Exoskelett, das sie wie eine vielfingrige Faust umklammerte. Er hatte dergleichen schon gesehen, aber nie so subtil konstruiert. Die Rippen des Exoskeletts umgaben ihren langen, dünnen Rumpf und verliefen zu den Beinen hinab als sich kreuzende Spirale. Am Hals verschmälerten sich die schwarzen Finger der Rippen zu biegsamen Fasern, die sich im Nacken kringelten. Sie zuckten leicht, als sie zu ihm aufblickte. Die blaugrauen Augen waren auf gleicher Höhe und kritisch.

»…sehen, was du hast«, beendete er den Satz und vermerkte ihren abgewetzten, mit zerlumptem Gerät vollgestopften Rucksack, das blanke schwarze Exoskelett und lockiges, mit einer Nadel gerafftes ebenholzschwarzes Haar.

»Das siehst du jetzt.« Bei diesen Worten schickte sie zwei Signale. Eine knochige Hand zog aus dem vollen Rucksack einen dünnen Stab aus gepreßtem Kunststoff. Und sie zeigte ihm ein wölfisches Grinsen, hart und drahtig.

»Ich...« – er zeigte unsicher über seine Schulter – »...habe dies gefunden. Was ist es?«

»Vogel«, sagte sie knapp.

Toby beobachtete sie ruhig mit einem unsicheren Lächeln, als ob ihre Berührung ihn beruhigt hätte. Killeen nahm an, daß der Junge die Nachwehen spürte, eine Sinneserregung, die in das Bein zurückflutete und die Muskeln erschlaffen ließ.

Sie steckte den Stab in einen blanken Zylinder, der zu ihren Füßen lag. Killeen identifizierte die Stücke als ausgeschlachtete Marodeurteile, die geschickt zu einer Waffe zusammengefügt waren, wie er sie noch nie gesehen hatte. Als sie sie aufhob, bog sich das Exoskelett, summte und korrigierte eine momentane Gleichgewichtsstörung in ihren Beinen.

»Du willst doch sicher nicht...«

Die Augen blitzten kühn. »Ich kann.«

»Okay.«

Sie bewegte sich geduckt ein Stück die braune Sandsteinböschung empor. Sie kroch steif vorwärts. Das Exoskelett scheuerte an Steinen, wenn es sich streckte. Die blanken schwarzen Rippen verhinderten, daß ihre eigentlichen Rippen mit den Steinbrocken in Berührung kamen. Sie schob den Stab vor sich her, in dessen Ende der in Kupfer gehüllte schwere Zylinder steckte. Mit der rechten Hand zog sie einen Griff heraus und visierte hindurch. Sie hatte zwei Steckdosen an den Augen, die wie Schönheitspflästerchen außen neben den dunkel umrandeten Augenhöhlen saßen. Beide paßten in die Fassungen auf dem oberen Dübel des Stocks.

Killeen übermittelte ihr wortlos sein kurzfristig gespeichertes Bild der Mantis. In dem Bild war ein Vermerk WEITE 2,3275 ZONE KM; aber er wußte nicht, was das bedeutete.

Sie nickte leicht mit geschlossenen Augen und schoß.

Der Kupfervogel schien von seiner Stange wegzuwirbeln und dann zu gleiten. Er beschleunigte rasch, und ehe Killeen aufstehen konnte, hörte er ein gedämpftes *krump.*

Aus seinem Sensorium verschwand ein leiser Ton. Er erkannte, daß er die ganze Zeit seit dem Überfall im Suchfächer der Mantis gewesen war und dessen anhaltendes Eindringen gespürt hatte.

Die Frau stand langsam und unter Schmerzen auf.

»Eine verdammt feine Waffe hast du da.«

Ihre dunklen Augen unter den schweren Lidern funkelten matt: »Getötet.«

Mit erleichtertem Seufzer sagte er: »Ja. Ganz gewiß.«

Die Mantis war ein Schrotthaufen am Fuß der Geröllhalde. Einige Teile waren aus schweren Stahlnieten gerissen und zwischen Felsblöcke geschleudert worden.

Killeen sagte langsam: »Könnte sein, daß dieselbe uns vor ein paar Tagen beschossen hat.«

Die Frau hob eine schmale, kohlschwarze Braue. »Wer denn?«

»Mantis. Aber wir haben das Zentralgehirn zermanscht.«

»Bestimmt?«

»Ich habe es ja gesehen.«

Sie surrte und klapperte beim Gehen. Das Exoskelett verlieh ihr eine eigenartige steife Anmut. Ihr Gesicht verlief schräg zu einem spitzen Kinn, das von einem roten Ausschlag bedeckt war. Killeen kam sie vor wie ein Gitter. Sogar ihre Knochen waren eine Art Kalkstäbe in einer Maschine. Aber irgend etwas zupfte an ihm, als die kühlen graublauen Augen sein Gesicht musterten.

»Dies Ding hier...« – er stieß auf ein genietetes stählernes Ellipsoid – »hielt ich für das Zentralhirn.«

Sie drehte den Kopf schnell in kurzen Rucken, als ob sie von jedem Stück der zertrümmerten Mantis Aufnahmen machte und sie abspeicherte.

Bohrer drehten sich an der Basis des zentralen, von Glas umhüllten Ellipsoids der Mantis. Das Ding versuchte, sich in eine sandige Stelle einzugraben, die es gefunden hatte. Killeen drückte seinen Scrambler gegen den Eingangslappen des Ellipsoids und schoß. Das Ding zuckte und hielt inne.

»Jetzt versteckt es sich«, sagte sie und rannte erstaunlich schnell zurück zu dem entfernten Loch, in dem noch die Sippen hockten. Killeen folgte ihr verständnislos. Er fühlte sich zunehmend erschöpft, als er die ausgebleichte Ebene überquerte.

Toby hatte sich nicht bewegt, probierte aber sein Bein aus, indem er es gegen den Boden stieß, um das Gefühl zurückzubringen. »He, habt ihr es erwischt?«

Killeen nickte. »Muß noch eines von diesen...«

»Paß auf!« rief die Frau.

Killeen blickte suchend über das Wrack der Mantis. Hinten kamen viele Kulis über den Berg. Sie blieben oft einige Zeit stehen. Alle hatten schraffierte Seitenbleche, ganz ähnlich wie der, den Killeen damals im Komplex gesehen hatte.

»Verflucht!«

Der erste Kuli, der unten ankam, traf auf ein Stück der Mantis, hob es an Bord und befestigte es sicher auf dem Gepäckträger.

»Die sammeln ein«, sagte die Frau.

»Was denn?«

Sie sagte nichts. Schweigend schauten sie zu. Killeen half Toby auf den Rand des Loches. Ein paar Leute mehr stießen zu ihnen. Da gab es Dutzende von Teilen der Mantis, und die Kulis beschäftigten sich sorgfältig mit jedem einzelnen.

Killeen beobachtete die Kulis mit Augen, die gegen den vereinten Glanz von Denix und dem Fresser zusammengekniffen waren. Zu spät erkannte er jetzt, daß die Mantis sich des Vorteils der Blendung durch zwei Sterne bedient hatte. Obwohl die Menschen ihr Sehvermögen im Laufe von Jahrhunderten verbessert hatten, konnten sie doch weder im Dunkeln noch bei strahlender Helligkeit so gut sehen wie die Mechanos. Gegenüber den Illusionen der Mantis waren sie blind.

Und die Mantis hatte sie erwischt, als sie am wenigsten beschützt waren, ganz frei und menschlich verwundbar. Killeen biß die Zähne zusammen, als ob er an dieser Tatsache zu kauen hätte.

Er hatte keine Lust, zurück auf die Ebene zu gehen und zu sehen, wer gefallen war. Er hatte in den letzten Tagen zu viel davon erlebt. Das Sensorium übermittelte flatternde Impressionen von Klagegeschrei und Entsetzen.

Dafür würde später Zeit sein. Er sah, wie zwei Kulis zusammenkamen und gegenseitig ihre Lasten auf eine kahle Felsplatte legten. Sie würde eine für ihre Ansprüche recht brauchbare Werkbank abgeben. Der eine Kuli schob eine Anzahl spitzer Werkzeuge heraus und fing an, ein klumpiges, halb ruiniertes Stück der Mantis auseinanderzunehmen.

»Die reparieren es«, sagte Toby erstaunt.

»Schon mal gesehen?« fragte die Frau.

»Nee, so was nie«, antwortete Killeen. »Aber das Zentralhirn…«

»Nicht nur *ein* Hirn.«

»Warum?«

»Leichter zu heilen.«

Toby mischte sich ein: »Auch leichter wieder zu beleben.«

»Allerdings.« Die Frau schürzte die Lippen, als ob sie eine ihr unangenehme Möglichkeit erwägen würde.

»Sieht aus, als ob die eine Möglichkeit gefunden hätten, den Geist auf verschiedene Teile der Mantis zu verteilen.«

»Der eine blöd, aber viele klug?« fragte sie zurückhaltend.

Killeen verstand, was sie meinte. Wenn Intelligenz aus vielen verstreuten Teilen dargestellt werden konnte, die alle auf geringerer Höhe standen, aber jeder einen lebenswichtigen Beitrag leistete für das, was von einem viel intelligenteren Mechano verlangt wurde…

»Vielleicht. Dann erscheinen die Kulis und reparieren es. Ersetzen möglicherweise auch eines der kleineren Gehirne, wenn es tot ist.«

»Und dann erwacht es wieder. Denkt. Jagt.« Ihr ebenholzschwarzes Haar war in blau schimmernde Locken gewickelt und bildete ein Webmuster, fast wie wenn man ein Festgewebe aus der Nähe betrachtet.

»Eine neue Art von Marodeur?« fragte Killeen.

Die Frau hob ihre buschigen Augenbrauen und sagte nichts. »Wir können es nicht töten?« fragte Toby und humpelte herum, um sein Bein zu prüfen.

»Nicht, sofern du nicht das Ganze abwürgst«, sagte Killeen und überlegte. Er schätzte ab ohne Zahlen, nur nach dem Gefühl seiner Erinnerung. Antworten sprangen ihm in den Kopf, und er mußte sich unentwegt fragen, ob sie von Arthur kamen oder einem anderen technischen Aspekt, den er in sich trug. Er sagte bloß zuversichtlich: »Wir haben wohl kaum genug Munition. Vielleicht könnte man jedes Pfund dieser Mantis gebrauchen.«

Toby sagte: »Ich will dabei helfen.«

Die Frau murrte: »Zu viel.«

Killeen pflichtete bei. »Wenn wir es erledigen, werden wir den größten Teil unserer Bewaffnung aufbrauchen.«

»Gefährlich.«

Killeen sah sie fragend an und merkte, daß sie keine unmittelbare Bedrohung meinte, sondern die Gefahr, welche Marodeure wie dieser darstellten. Eine neue Art von Mechanos.

Toby krabbelte fort und suchte nach Waffen, sein Bein funktionierte wie eine steife Stange, aber gut genug, um ihn zu tragen. Die Frau sagte nichts, sondern sah nur zu, wie die Kulis Einzelteile zusammentrugen. Ihr Atem war so leise, daß er das Exoskelett nicht krümmte. Vom Alter weich gemachtes Festgewebe umgab eng ihren Körper. Sie war mager, aber ihre geschmeidigen Kurven hoben sich von der unvermeidlichen Starre ihres panzerartigen Exoskeletts ab, so daß sie wie eine Gefangene in einem schwarzen Käfig wirkte. Killeen fragte sich, woher sie die Energie nahm. Dann bemerkte er, daß ihr Hemd am Rücken geöffnet war. Das mußte sie gemacht haben, als sie von der Mantis wegsprang. Photovoltaische Augen drehten sich, wenn sie sich bewegte. Sie starrten unentwegt in die ultraviolette Strahlung des Fressers.

Das alles betrieb eine Hülle, die ihre Muskelkraft auf das Niveau der anderen brachte. Bei ihr hatte die genetische Manipulation für größere Stärke versagt. Ihr Stoffwechsel verarbeitete Nahrung wenig wirksam zu Energie. Sie brauchte diese gerippte Schale, um mit dem Rest der Sippe Schritt zu halten. Die Regeln waren streng. Wer hinfiel, starb.

Er fragte: »Sollten wir es ausschlachten?«

»Das müssen wir.«

»Ich werde Ledroff und noch einige andere holen.

Diese Kulis benehmen sich auch ziemlich drollig. Wir sollten sie besser aus der Distanz ausschalten. Nicht bloß abtrennen.«

»Das ist eine Frage der Zeit.«

»Was? Ich meine, ehe sie alle Teile haben...«

»Nein. Erst werden wir trauern.«

Er nickte. Es war besser gewesen, hier zu stehen und über die Mantis nachzudenken, als hinzugehen und die Freunde verwundet oder tot oder sogar endgültig tot zu finden. Aber er mußte es tun.

»Du bist...?«

»Shibo.«

»Rook-Sippe?«

»Nein, Knight-Sippe.«

»Dann ist das hier nicht deine Sippe?«

»Ich habe sie getroffen. Meine Sippe gibt es nicht mehr.«

Ihre Augen sahen ihn unverwandt an. Sie war nicht aus seiner Zitadelle gekommen; denn dort hatte es keine Knights gegeben. Also waren die anderen Zitadellen auch zerstört worden.

Killeen hatte gemeint, daß sein Verlust dem jeder anderen Person gleichkäme. Aber diese Frau hatte ihre gesamte Verwandtschaft verloren und mußte auch noch mit ihrem schwachen Körper zurechtkommen. Er hatte ihr unzählige Fragen zu stellen, aber ihr trauriger und nachdenklicher Blick löschte alle Gedanken vor der Ungeheuerlichkeit dessen aus, was er unausgesprochen besagte.

»Gehen wir! Die Sippen werden Hilfe brauchen.«

Er half ihr, aus dem Loch zu klettern und sich durch die kahle Gegend zu bewegen; die von jüngst gefallenen Toten übersät war.

# ZWEITER TEIL

# DIE EINST GRÜNE WELT

# 1. KAPITEL

Er erwachte, wurde aber nicht lebendig. Er hörte und sah nichts.

Killeen konnte sich nur nach einer schwachen Wahrnehmung von Temperaturunterschieden orientieren. Er lag auf dem Bauch und fühlte, wie von dem feuchten Boden eine leichte Kälte in ihn kroch. Es war, als ob der Boden selbst ihn von unten her schlüge, langsam und methodisch, durch seinen Kampfanzug in Hoden und Hüften vordringend und dann über die Brust und in die Schultern kriechend. Seine Arme waren gekreuzt, und die Stirn ruhte auf ihnen. Von der Nase kroch ihm die Kälte in die Schleimhäute. In seinen Augen bewirkte ihr scharfer Biß Spritzer rosiger Hitze.

Er wandte den Kopf. Nichts zu sehen, nichts zu hören. Die Hitzefetzen verschwanden. Wie zur Antwort peitschten ihn kreuzweise Empfindungen bitterer Kälte. Er fühlte, wie frische warme Wellen seine noch taube Haut bewegten. Flüchtige Spuren lähmender Kälte fuhren ihm über das Gesicht. Thermische Kämpfe vermischten beides zu wirbelnden Knoten, die er als nadelscharfe Blitze empfand. Zu seiner Überraschung löste sich der Strom nicht in feine Fäden von Warm und Kalt auf, sondern statt dessen in das, was er schon die ganze Zeit gewesen war, nämlich Stimmen. Es waren die winzigen, vermischten Stimmen seiner Aspekte.

*Der Gral wird jetzt kein leisetreterisches Stillhalten dulden, Arthur. Wir müssen diese Leute zwingen, sich zu bewegen, und zwar ganz schnell.*

**1. Mußte in Deckung gehen.**
**2. Mantis – keine Ahnung.**
**3. Kann diese Verluste nicht ertragen.**

Natürlich fühle ich mich ebenso wie ihr anderen bedroht durch die sorglose Art, mit der sie Gelegenheiten vertan haben. Sie hätten dem Weg folgen sollen, den wir zurück zu jenem Platz gewiesen haben – wie hieß er doch gleich? – Lost Mother Ridge war sein Name. Dann hätten wir fast sicher eine Casa erreicht. Ich erinnere mich deutlich an eine Casa dort in der Nähe. Nialdi, deine Erinnerung an die großen alten Zeiten ist besser als meine. Wie hieß diese Casa noch?

*Es war Oasis Godstone. Ich habe die Stelle selbst gesegnet bei der Weihe für unsere Sache.*

Ach ja, ein entzückendes Ereignis. Da bin ich sicher. Es gab so viele Casas in jenen schönen Jahrhunderten, als wir zwischen den Zitadellen Wegstationen eingerichtet hatten. Welcher Reichtum! Wir reisten, ohne daß uns die Angst auf den Fersen saß. Wir hatten es nie nötig, Wasser oder Vorräte mitzunehmen; denn wir wußten, daß uns alles nach einem kurzen Marsch zur Verfügungen stand, in Casas oder Zitadellen, wo...

**1. Bleib beim Thema.**

Sehr wohl, Bud. Du brauchst nicht schnippisch zu sein. So wie ich es sehe, nach den noch vorhandenen Karten, könnten wir unsere Schritte zurücklenken und nach Oasis Godstone suchen. Da die Karten lückenhaft und veraltet sind, kann ich natürlich nicht sicher sein, aber meine Berechnungen...

*Sie haben noch viel mehr getrogen, Arthur, durch Mißachtung der Worte unserer Kameradschaft. Der uns seit den ersten Tagen hier – nein, schon von der Vorsehung, die uns vor undenklichen Äonen kund getan wurde – gnädig erteilte Befehl zeigt eindeutig, daß dieses Herumziehen in einer vom Mechanos geschaffenen Wüste ein falscher Weg ist zu der letztlichen Auferstehung von uns allen. Meine halbtoten Brüder, wenn wir in Kraft und Fülle durchs Land gehen wollen, müssen wir uns zusammenreißen.*

Ich finde dein Herumkommandieren kränkend, Nialdi. Ich achte dein medizinisches Geschick und bestreite es nicht, aber...

*Ich bin für die Sippe ebenso sehr ein geistlicher Führer. Ich bin als Aspekt konserviert wegen meines Sinnes für Moral, nicht bloß...*

1. **Mit der Faust auf den Tisch hauen ist nicht dasselbe wie Weisheit.**
2. **Bleib bei dem, was wir jetzt tun können.**

*Was wir tun müssen, mein liebes verkümmertes Gesicht, ist exakte Führung. Diese zerstörte Einöde, in der wir so demütig liegen, ist ein Greuel! Unsere dezimierte Sippe trägt immer noch unseren ehrenvollen Namen und ist immer noch fähig, die Höhen zu erreichen, welche die Menschheit einst innehatte...*

1. **Wie gehen wir?**
2. **Jeder Ort besser als dieser.**
3. **Vielleicht Schiff bauen.**
4. **Vor 269 Jahren Lastschiff verloren.**

Du greifst zu weit vor, Bud. Ich bin mir durchaus bewußt der Mechano - Greuel, die daraus resultierten, daß wir das letzte der Sternenschiffe verloren, die uns zu diesem Nest gargantuanischer…

*Mechano-Teufel! Benutze kein anderes hübsches Wort dafür, Arthur! Das sind ruchlose…*

1. **Schwer Schiff bauen.**
2. **Müssen erst Zitadelle machen.**
3. **Niemand kennt Schiffskunst jetzt.**
4. **Nicht so schnell sprechen ihr beiden.**
5. **Ihr wißt, bin nur ein Gesicht.**

All dies zog in einem flockigen, von Hitze durchsetzten Nebel vorüber. Killeen lag bewegungslos da.

Irgendwo in seinem Innern waren Fühlen und Wollen getrennt. Drähte suchten wieder zusammenzufinden. Die Hitze ausströmenden Stimmen vermischten sich mit eisigem Zittern in seinem Trommelfell. Ihr Streit hallte wider in schwebenden thermischen Glokkentönen – aufgewühlt, schweifend, unzusammenhängend.

Er nahm sich zusammen und erkämpfte sich wieder sein Sehvermögen. Ein Quadrat in seinem linken Auge füllte sich mit dämmerungsgrauer Strahlung und der verschwommenen grauen Kante eines Steins.

Er fühlte die Stimmen schrumpfen. Sie redeten jetzt noch schneller. Sein stumpfes, halb blindes Sensorium übersetzte ihre Reden in abnehmende thermische Codes. Rauhe Spritzer sprühten ihm heiß und kalt geräuschvoll über Brust und Hals. Arthur, Nialdi und Bud wollten nicht in ihre engen Zellen zurück und riefen ihm zu:

*Bußfertiger, der du Wort und Weisheit unserer Vorväter ins Vergessen stößt! Wage nicht…*

Ich glaube, du selbst könntest aus dieser Diskussion Nutzen ziehen, Killeen. Ich räume dir voll ein, daß du aufstehen und sehen mußt, was geschieht. Aber ich meine, du wirst vieles von dem, was wir sagen, der Situation, mit der beide Sippen jetzt konfrontiert sind, angemessen finden. Wir müssen eine Strategie entwickeln, die sich gründet auf sorgfältige Beurteilung von Möglichkeiten und Risiken, einschließlich...

1. **Höre Killeen. Ich kann für dich kalkulieren.**
2. **Du gibst mir Zeit, ich könnte diese Mantis zerlegen.**
3. **Sehen, wie sie funktioniert.**

Er wischte sie weg und quetschte sie in ihre Schlupfwinkel.

In seine Augen sprangen eckige Blöcke aus Licht. Seine Blindheit verflog. Die Außenwelt stürmte auf ihn ein. Er wandte den Kopf und sah, wie sich die dürre Ebene erhob und verdrehte. Die Sippe schlief. Der Fresser war ein verschwommener violetter Wirbel, der über einer fernen Bergspitze hockte.

Als die Aspekte seinen Wahrnehmung verarbeitenden Raum freigaben, nahm er den staubigen Geruch der Savanne wahr, gemischt mit menschlicher Ausdünstung. Seine Ohren knackten und ließen das Flüstern des Windes ein.

Aspekte brauchten immer wieder einige Zeit, um die Welt direkt zu sehen, nicht bloß als Relikte. Dadurch wurde verhindert, daß sie zu trockenen, leeren Gebilden wurden, die nur träge antworteten wie ein altes Bibliotheksbuch. Wenn Killeen wach war, bekamen sie, hinter seinem Bewußtsein sitzend, Schnipsel der Welt mit. Wenn er schlief, konnten sie seine Augenlider anheben und Anblicke erhaschen, die ihnen ein erfreuliches Stück Erlebnis lieferten. Aber solche dünne Suppe war alles, was sie bekamen. Sie lauschten durch die Trommelfelle und genossen sein Sensorium, wobei sie ihm auch den Dienst erwiesen, ihn im Tiefschlaf zu isolieren.

Aspekte sehnten sich nach dem Ansturm von Wahrnehmung; denn das war alles, was sie jetzt noch vom Leben erfuhren. Als Killeen aufwachte, konnte er die Dinge nicht überstürzen. Er mußte sie sich langsam zurückziehen lassen, wobei sie betrübt nach und nach Teile seines Sensoriums aufgaben, während sie sich in ihre finsteren Chipspeicherzellen zurückbegaben.

In dieser letzten Nacht hatte Killeen zwei Aspekte herausgelassen, Arthur und Nialdi. Die waren seine stärksten und brauchten am meisten frische Luft.

Bud, das Gesicht eines vor Jahrhunderten von einem Snout getöteten Ingenieurs, war trotz seiner Beschränkungen eine machtvolle Präsenz.

Gesichter waren partielle Aufzeichnungen der Toten. Ein von Sauerstoff abgeschnittenes Gehirn, oder dessen Nervensystem durch Tod schwer geschädigt war, konnte nicht zu einem vollen Aspekt gemacht werden. Es war viel schwieriger, Persönlichkeit aus einem Geist herauszuziehen, der ins Dunkel abglitt. Die Sippe rettete nur die Erfahrung und Geschicklichkeit des Toten.

Ein solches aufgezeichnetes Gesicht lieferte eine trübe Aura der ursprünglichen Person, zurechtgestutzt und langsam denkend. Bud war ein guter Übersetzer von Mechanozeichen gewesen. Er hatte sogar einige Mechanosprachen beherrscht – damals, als die Menschen mit abtrünnigen Mechanos Kontakte hatten. Killeen war über die Langsamkeit des Gesichts ungeduldig geworden. Bud war eigentlich noch nicht einmal ein Gesicht, sondern gehörte zu der niedrigsten Kategorie, den Analogs. Aber trotzdem erwies er sich als nützlich, um einen Eingang in einen Mechano zu finden oder die geheimnisvollen Zeichen auf Mechanoteilen zu entziffern.

Killeen stand auf. Seine Muskeln waren verspannt. Aus den Schrecken von gestern waren Schmerzen des heutigen Morgens geworden. Er zwinkerte mit dem linken Auge und rief die Topographie der Bishopsippe auf. Tobys orangefarbenes Symbol besagte, daß er noch schlief, auf halber Höhe einer schützenden Schlucht. Gut. Der Junge brauchte seine Ruhe.

Killeen ging steif zu einer entfernten Sippengruppe. Sie hatten sich für die Nacht alle weit verteilt. Die beiden Sippen waren über einen Berghang und ein Tal hin ausgebreitet, eine gute Wegstunde von dem Gerippe der zerstörten Mantis entfernt. Jeder Mechano der Marodeurklasse würde höchstens auf wenige Leute treffen und den Rest alarmieren. Killeen schaltete im Gehen seine Funktionen ein und hatte damit wieder sein volles Sensorium zur Verfügung. Wenn sie unter freiem Himmel schliefen, bestand ihre beste Verteidigung darin, daß sie alle Bordsysteme ausschalteten, die die Mechanos aufspüren könnten. Als Killeen um einen vom Wind abgeschliffenen Felsblock bog, fühlte er das beruhigende *ping* seiner Fähigkeiten wiederkehren.

Er erschrak, als sich aus einer unglaublich engen Spalte eine Gestalt herauswand. Es war Shibo.

»Wie bist du da hineingekommen?«

»Zusammenrollen. Sicherer.« Ihre Augen waren vom Weinen gerötet, aber ihr Gesicht ließ keine Erinnerung daran erkennen.

»Irgendwelche Schwierigkeiten in der letzten Nacht?«

»Nein.«

»Hat die Wache etwas gesehen?«

»Nein.«

Killeen wollte zu ihr sprechen, aber sein Geist war

leer und wirbelte. Ihre einsilbigen Antworten waren keine Hilfe.

»Wenn ich aufwache, habe ich immer Angst, daß ich nicht meine ganze Ausrüstung aufnehmen kann und laufen muß.«

»Ja.«

»Habe es aber immer noch geschafft.«

»Ja.«

»Ist dir schon einmal über Nacht etwas kaputtgegangen?«

»Ja.«

»Repariert?«

»Hat das Gesicht besorgt.«

Selbst ohne ein extra *Uh-hmmm* als Hilfe fand er es schwierig fortzufahren. Aber irgend etwas an ihr veranlaßte ihn, nach weiteren Gesprächsthemen zu suchen. Ihre kunstvolle Waffe verriet Fähigkeiten, die der Bishop-Sippe fremd waren. Und ihre kühle, in sich gefestigte Sicherheit war aufregend.

Er zeigte auf sein linkes Auge. »Wieviel zählst du?«

Shibo blinzelte, wobei ein Auge distanziert ihr Sippenregister prüfte, und sagte danach: »Siebenundachtzig.«

Aus der dazwischenliegenden Pause merkte er, daß sie sich auf einen Aspekt oder ein Sub-Ich stützte, um die Zahl zu bekommen, genauso, wie er es machte. »Die Bishops sind auf eins sechs sechs an Zahl reduziert. Wir haben gestern zwölf verloren.«

»Rook-Sippe sechsundzwanzig.«

Er unterbrach, während Arthur für ihn rechnete. »Achtunddreißig im ganzen verloren. Verdammt!«

»Zusammen jetzt zwei fünf drei.«

»Ja – schlimm. Und von zwei fünf drei arbeiten vielleicht einhundert. Der Rest ist verletzt oder alt oder minderjährig wie Toby.«

Sie nickte und sagte: »Gut. Kinder.«

Killeen begriff, was sie meinte. »Ja. Wenigstens die Rooks haben Kinder. Bei uns wurden seit der Kalamität neun Babies geboren. Zwei waren Totgeburten. Der Rest war schwach oder verkrüppelt oder starb auf dem Marsch.«

Sie gingen kurze Zeit schweigend dahin. Auf dem Marsch mit irgendwelchen Mängeln geboren zu werden, bedeutete, daß die Mütter sie getötet hatten. Killeen wollte ihr Gespräch nicht so enden lassen. Er atmete etwas tiefer wegen der Anstrengung, mit ihr mitzukommen. Sie bewegte sich mit schnellem, wirksamem Spreizen kräftiger Beine. Ihr Exoskelett summte wie ein seltsames mechanisches Schoßtier.

Er versuchte es noch einmal. »Ich wundere mich, daß die Mantis gestern gar keine Kinder getötet hat.«

Während die Bishops außer Toby alle Kinder verloren hatten, waren bei den Rooks durch Glück oder intuitives Geschick einige vor den Marodeuren verschont geblieben. Aber auch sie hatten keine Babies.

»Kleineres Ziel.«

»Glaube nicht, daß es das ist.«

»Rätsel.« Shibo schüttelte den Kopf vor dieser weiterhin unergründlichen Eigenart der Mechanos. Die Mantis hatte die Ältesten beider Sippen endgültig getötet. Manche sagten, daß die Älteren zuerst gestorben wären; und dann hätte sich die Mantis durch die Menge der vereinten und noch jubelnden Sippen hindurchgearbeitet und die Menschen niedergemacht, als ob sie ihr Alter spürte. Moase, die betagte Frau, welche sich am besten auf die Übersetzung von Mechanos verstand, war gefallen.

Es hatte so ausgesehen, als ob die Mantis leichte junge Ziele ausgelassen hätte, selbst wenn sie dicht bei den letzten Opfern standen. Killeen bezweifelte, daß ein solches Schießen möglich war in dem Gewimmel jäh erschreckter und sich zerstreuender Menschen.

Aber es war leichter, sich das Überleben der Kinder als großen glücklichen Zufall vorzustellen, statt als eine zusätzliche beunruhigende Eigenschaft der Mantis.

Sie erreichten die zusammengedrängten Mitglieder beider Sippen. Die saßen ruhig da nach der alten Regel, daß niemand stand, sofern man sich ausruhen konnte. Killeen fühlte, wie sich seine Fußmuskeln spannten, in denen noch die Kühle der Nacht steckte.

Gemäß Nialdis Anweisung hatte er auf Schädel und Rückgrat gedrückt, um die Anstrengung zu beherrschen. Aber die alten Methoden konnten den ganzen Schaden nicht beheben.

Ledroff und ein Mitglied der Rooks führten ein unzusammenhängendes Gespräch; aber Killeen konnte seine Aufmerksamkeit nicht von dem Steinhaufen wenden, an dessen Basis sie zusammengekommen waren. Noch in der Abenddämmerung hatte er geholfen, Steine zu besorgen und hinzurollen. Die vierseitige Pyramide erhob sich über den Talboden. Rauhe Kanten ragten vor. »Schlechte Arbeit«, brummte er vor sich hin.

»Nein. Gut.« flüsterte Shibo als Antwort.

Die Seitenflächen hätten flacher sein müssen, und die Kanten an den Ecken fehlten; aber Killeen fühlte sich durch ihre Worte erwärmt. Er hatte in letzter Zeit wenig Lob bekommen. Und er empfand einigen Stolz darüber, bis in die halbe Nacht gearbeitet zu haben. Er und die fünf anderen waren immer noch stark genug gewesen. Die Sippen hatten sich die Arbeit geteilt, die endgültig Toten zu schleppen, was viele erschöpfte. Nachdem Ledroff einen Halt in diesem Tal angeordnet hatte, jammerten einige, daß es zu spät wäre. Sie waren zu müde, das Richtige zu tun. Killeen, Cermo und einige Rooks hatten den Kopf geschüttelt, stumm angesichts solcher Schlappheit; und sie hatten getan, was sie für richtig hielten.

Die Pyramide ruhte auf den endgültig Toten und umhüllte sie schützend. Kein gewöhnlicher Mechano würde, wenn er vorbeikäme, eine Grabstätte der Menschen zerstören. Diese Regel war seit Jahrhunderten überliefert worden. Es war der letzte Rest einer Zeit, als zwischen den menschlichen Bogenbauten und den Maschinen ein mürrisches Gleichgewicht geherrscht hatte.

Die Toten würden ungestört ruhen. Killeen war erschöpft und sog jeden Atemzug ein, als ob es eine Schwerarbeit wäre. Aber er war stolz darauf, sich an die alten Regeln gehalten zu haben. Ihn erreichte ein mattes, versunkenes Bild von einer viel größeren Pyramide, die sich aus braunem Sand in einen blaßblauen Himmel erhob. Die zu ihr emporblickenden Menschen wirkten daneben wie Zwerge. Sogar die behauenen Steinblöcke, aus denen sie erbaut war, waren mehr als mannshoch. Er hatte das schon einmal gesehen. Dies Bild war bei ähnlichen solchen Bestattungen flüchtig vor seinen Augen erschienen, aus irgendeinem tiefen Aspekt ungewollt aufsteigend. Er wußte nicht, wo diese riesige Pyramide gestanden hatte, majestätisch in ihrem schweigenden und ewigen Tadel dessen, was die Menschheit in ihr zu Fall gebracht hatte.

»Killeen?«

Ledroffs Stimme verriet leichten Ärger. Killeen merkte, daß sein Name schon einmal gerufen worden war und er nicht geantwortet hatte.

»Ja, was ist?«

»Die Mantis. Wie lange meinst du, wird es dauern, bis sie von Kulis wieder zusammengesetzt ist?«

»Nie, hoffe ich. Ich denke, wir haben sie total erledigt.«

»Ist das auch deine Meinung, Shibo?« fragte Ledroff.

Sie schüttelte den Kopf. »Kenne diese Mechanotechnik nicht.«

Ledroff war enttäuscht, daß ihm niemand klare Antworten geben konnte.

Killeen sagte: »Wir haben nicht jede Komponente ausgeschaltet. Nicht genug Munition.«

Ein Mann namens Fornax beugte sich vor. Der Rook-Captain war am Vortag getötet worden, und dieser Mann schien die natürliche Nachfolge anzutreten. Er war zermürbt und hager, mit einem gequälten Gesichtsausdruck, als ob er schon zu viel gesehen hätte, das ihm nicht gefiel, und noch mehr zu sehen erwartete. Lange Falten liefen ihm von den Augen herab wie Flüsse, die von Runzeln auf seinen Wangen gespeist wurden. »Diese Mantis, ist die nur zufällig aufgetaucht?«

Ledroff sagte: »Könnte sein. Wir hatten es schon mit einer anderen zu tun.«

»Mit derselben Mantis«, sagte Killeen.

Fornax machte ein ungläubiges Gesicht. »Bestimmt?«

»Ich habe von der ersten ein Stück Bein entnommen. Diese hier hatte ein mit Draht besponnenes Bein.«

»Könnte Zufall sein«, sagte Ledroff.

»Verdammt merkwürdig dann«, sagte Killeen abschließend.

Fornax sagte: »Wir haben nie eine Mantis gesehen. Ich habe durch meine Mutter von etwas ähnlichem gehört.«

Shibo murmelte: »Mantis tötete Knight.«

Fornax war überrascht. »Du sagtest, Stalker, Lancer und Rattler hätten es getan. Sie hatten euch Knights doch umzingelt, nicht wahr?«

Shibo sagte unbewegt: »Mantis führte sie. Mantis nahm uns bei Flucht.«

Ledroff fragte: »Du meinst, Mantis hätte die Gruppe der Marodeure angeführt?«

Shibo nickte schweigend.

Killeen fragte: »Wie bist du entkommen?«

»In Felsen kriechen.«

Killeen erinnerte sich an ihren Schlafplatz. »Wann war das?«

Sie machte eine Pause und befragte einen Aspekt. »Sechs Jahre, ungefähr.«

Er warf ihr einen respektvollen Blick zu. Sie hatte jahrelang ganz allein auf sich gestellt gelebt. »Dann ist die Zitadelle der Knights etwa um die gleiche Zeit gefallen wie die unsere. Wir nennen das die Kalamität.«

Fornax nickte. Seine Augen trübten sich. »Die unsere auch. Wir haben den Marodeuren zwei Tage lang Widerstand geleistet. Dann zertrümmerten sie unsere Mauern und vertrieben uns.«

Killeen sagte: »Wir haben drei Tage durchgehalten. Manche sagen, sie hätten in der Ferne etwas Großes gesehen, so groß wie die Mantis.«

Fornax seufzte. »Man kann sich da leicht irren. Es gab damals wilde Gerüchte. Warum ist die Mantis überhaupt hier gewesen? Eine Menge von Stangen und Platten. Sieht nicht sehr nach einer Kampfmaschine aus.«

»Mantis schnell«, sagte Shibo.

Ledroff sagte: »Ich meine, es ist schließlich gut gegangen. Hat Fanny in einem ungünstigen Moment erwischt. Killeen hat sie aber mit einem einzigen Schuß getötet.«

»Ich habe Glück gehabt, nicht die Mantis.«

Ledroff zuckte die Achseln. »Sie ist gerade dann losgesprungen, als wir abgelenkt waren. Sippentreffen.«

Shibo schüttelte wieder auf langsame, traurige Art den Kopf, sagte aber wieder nichts. Fornax betrachtete sie eingehend, als ob sie eine Rivalin wäre. Killeen wußte aber, daß das nicht in Betracht kam, denn so gut auch Shibo von den jetzt entschwundenen Knights sein mochte, sie konnte nie Captain der Rooks werden.

Also mußte Fornax noch Dinge lernen, von denen er nie gehört hatte, obwohl Shibo schon eine ganze Zeit mit den Rooks zusammen gewesen war.

Das überraschte Killeen nicht. Sie sagte fast nur das Nötigste. Killeen hatte von Cermo gehört, daß sie allein gelebt hatte im Schatten einer Mechanofabrik, als die Rooks in der Nähe vorbeikamen. Die akzeptierten sie, aber die Gebräuche der Knights waren anders gewesen. Sie aß und marschierte und verkehrte sexuell auf ihre eigene Weise. Tatsächlich kam sie keinem Rook näher. Das fühlte Fornax.

Killeen sagte: »Mantis hat Gehirne in allen ihren Teilen. Darum haben wir so viele herausgestöpselt, wie wir konnten.«

Ledroff sagte: »Ich bin sicher, daß wir noch nie einen solchen Mechano gesehen haben. Aber diesmal haben wir ihn erwischt.«

Shibo schüttelte den Kopf: »Mantis ersetzen.«

Fornax verzog mißbilligend das Gesicht. »Mit was? Wir haben ihre Teile auf dem Boden zurückgelassen.«

»Irgendwas könnte Teile von ihr tragen«, sagte Killeen sanft. »Vielleicht sogar Mechanogehirne.«

»Leichter, eine andere Mantis zu schicken«, entgegnete Fornax.

Killeen antwortete: »Nicht, wenn sie speziell angefertigt wurde.«

»Für was?« fragte Fornax.

»Uns zu jagen.«

Fornax klatschte sich lachend auf die Knie. »Alle Marodeure jagen uns.«

»Marodeure erledigen bestimmte Aufgaben und suchen nicht bloß nach uns«, sagte Killeen. »Wenn sie uns sehen, folgen sie uns. Greifen an, wenn es günstig scheint. Nicht imstande, direkt in uns Illusionen zu entsenden wie die Mantis.«

Fornax sog laut die Luft ein und zuckte die Achseln.

»Hör mal, ich weiß, daß du die Mantis zur Strecke gebracht hast.«

»Zweimal«, sagte Killeen.

»Gut. Aber das ist kein Grund, darüber ein großes Geschrei zu machen.«

Killeen ballte die Fäuste und zwang sich, nichts zu sagen. Zwischen einem Rook und einem Bishop konnte es keinen Streit geben.

»Wie konnte sie deiner Meinung nach wissen, daß so viele von uns beisammen waren?« fragte Ledroff, der sich offensichtlich einmischte, um die Wogen zu glätten.

Shibo sagte: »Gemacht.«

»Was?« fragte Fornax.

Sie blickte ihn an mit Augen von perligem Weiß vor einer Haut, die zu einem dunklen, irgendwie durchscheinenden Mahagoni gebräunt war. »Hat gemacht uns zusammentreffen.«

»Unsere beiden Sippen?«

»Ja.«

Fornax erklärte laut: »Nee, keinesfalls! Wir haben vor zwei Tagen einen Baba Yagga gesichtet. Kam diesen Weg, ganz deutlich. Sahen einen Rattler einen entfernten Grat überqueren, im Süden. Reiner Zufall, daß wir in dieses Tal abstiegen und uns von dem Rattler entfernten, ehe wir uns wieder nach Süden wandten. Bloß...«

Dann kapierte er und hielt inne. Es folgte ein langes Schweigen, als Killeen spürte, mit welcher Ungeheuerlichkeit sie konfrontiert waren. Die Mantis benutzte Rattler und Baba Yaggas und alle anderen Marodeure. Dazu gehörte ohne Zweifel auch alles, was sie in dem Trog in die Enge getrieben und Jake endgültig getötet hatte. All das, um die Bishops zu den Rooks zu treiben und im Moment ihrer Begegnung den Tod reiche Ernte halten zu lassen.

Der Verlust von Jake war gering im Vergleich mit der Katastrophe, die sie im Augenblick ihrer menschlichen Verwundbarkeit heimgesucht hatte. Die Freude der Wiedervereinigung und des Wiederanknüpfens menschlicher Beziehungen war es letztlich gewesen, das sie alle menschlich gemacht hatte. Das hatte einen Volltreffer in einem grotesken Augenblick gegeben. Und jetzt trugen die Überlebenden in sich den quälenden Kummer der Erinnerung an diesen Moment des Verschmelzens von Jubel und Terror und auch an diese Vereinigung, die so viel gekostet hatte. Killeen empfand ohne näheres Nachdenken, daß die Mantis von Menschen weit mehr verstand als jeder Mechano bisher. Sie wußte, wie man sie in ihrer Eigenart verwunden konnte, in ihrem dauernden Gemeinschaftsgefühl. Und darum war sie weitaus gefährlicher als jeder tüchtige Lancer oder Barb.

# 2. KAPITEL

Die beiden Sippen beschlossen an diesem Morgen, mit getrennten Captains weiterzumachen. Ein einziger Kapitän würde eine einzige Sippe bedeuten. Es war aber nicht tragbar, eine volle Sippe aus dem Clan einzubüßen. Außerdem würde keine Sippe mit ihrem eigenen formalen Ende einverstanden sein.

Die Gespräche dauerten stundenlang. Ledroff und Jocelyn verhandelten mit den Rooks vor einer Vollversammlung, da diese keinen Kapitän hatten. Sie beachteten alle Titel und Rituale und andere Verfahrensweisen, ohne auch nur eine einzige Phrase oder Geste zu überhasten. Jeder Schritt hatte das gleiche liturgische Gewicht und das gleiche nüchterne, achtsame Detail, wie es seit Jahrhunderten Tradition gewesen war.

Darin lag seltsamer Trost. Den Menschen diente das Drechseln und Polieren von Phrasen als eine Zuflucht vor der rauhen Widerwärtigkeit ihres Lebens. Das Erzählen von Geschichten, die Kunst gewählter Rede – dadurch wurde barock ausgeschmückt, was sonst ganz logischerweise eine einfache, rasche geschäftliche Angelegenheit gewesen wäre. Auch hierdurch genossen sie für kurze Zeit den sanften Rückhalt des umfangreichen menschlichen Erbes, obwohl dies halb vergessen und im Nebel entschwunden war.

In den Zitadellen waren solchen Beratungen vorbereitende Gespräche von einmonatiger Dauer vorausgegangen. Anhörungen wurden eingerahmt durch Zeremonien in hohen, verchromten Gewölben. Jetzt berieten sich die Amtsträger auf dem Boden kauernd, verkratzt und dreckig, um die rohe Pyramide der Toten geschart. Einst hatte jede Sippe nach Tausenden gezählt. In dieser Stammesberatung ließ niemand auch nur ein Wort verlauten, das an die geschrumpfte Zahl erinnerte.

Die Rooks machten Fornax zu ihrem Kapitän. Sie wollten auch die topographische Darstellung der Rooks in sein Sensorium eingeben, wie es Tradition war. Aber die Frau, die sich darauf verstand, war eine weise alte Technikerin gewesen namens Kuiper und war am Tage zuvor gefallen.

Fornax und Ledroff schienen nicht sehr gut miteinander auszukommen. Sie waren sich einig, daß die Sippen marschieren sollte. Es war riskant, in der Nähe des Gerippes der Mantis zu verweilen, selbst nach deren Demontage. Vorbeikommende Marodeure könnten sie vielleicht reparieren. Und es könnte auch mehr als eine Mantis geben.

Killeen fühlte ein leichtes Unbehagen; denn niemand schien den wesentlichen Unterschied zwischen ihr und den anderen Marodeuren erfaßt zu haben, als ob die Clans unwillig wären, jenseits und oberhalb der wohlbekannten Ausplünderer der Menschheit noch ein besonderes Reservat zuzugeben. Obwohl sie von riesigen Mechanostädten wußten, von erstaunlichen Konstruktionen und unergründlichen Unternehmen, war der menschliche Geist irgendwie doch nicht geneigt, den unerreichbaren Höhen, die eine Mantis zu verkörpern schien, einen Namen oder ein Emblem zuzuerkennen.

Noch nie hatte jemand gesehen, daß etwas wie die Mantis den Wohlstand anderer Mechanostädte geplündert oder mit Kulis unterworfen oder attackiert hätte. Sie stammte nicht aus einer Klasse von Arbeitern. Anders als die Marodeure schien sie nichts deutlich zu tun. Sie schien kein anderes Interesse zu haben als die Jagd auf Menschen. Killeens Vater hatte selbst vor einigen Jahren etwas Ähnliches wie die Mantis gesehen und vor seinem Tode davon erzählt. Stammeslegenden sprachen von verschiedenen selten gesehenen Mechanos, die durch Jahrhunderte von verklungenen Beutezügen und schrecklichen Momenten ihr Unwesen trieben, wenn vielbeinige Schattengestalten über einen fernen Horizont krochen. Diese hochrangigen Wesen hinterließen gebrochenes Leben und allgemeinen endgültigen Tod. Aber jetzt vermittelten sie den Sippen eine Tradition ererbten Terrors, zugleich geisterhaft und unbestreitbar, der in den dürren festen Bildern der Erinnerungen von Aspekten ebenso lebte wie in den Gerüchten von Begegnungen, die nur selten ein Mensch überlebt hatte.

Killeen konnte unmöglich glauben, daß all dies der Mantis zuzuschreiben wäre.

Killeens Vater hatte ihm sorgfältig die ganze Litanei von Marodeur-Typen dargelegt. Die Präzision seiner langsamen, wohltönenden Stimme hatte den hohen Preis betont, den das Erlernen jeder Eigenheit die Menschen gekostet hatte und, falls vergessen, sei es auch nur für einen schrecklichen Augenblick, wieder kosten könnte.

Killeen kannte jetzt die Merkmale jedes Marodeurs durch eigene Erfahrung im freien Gelände. Aber noch stärker empfand er sie, wenn er sich erinnerte, wie sein Vater voll Trauer die Stimme gesenkt hatte, als er an seinen Sohn die alten Überlieferungen und Erfahrungen weitergab. »Der Haken bei den Aliens ist halt, daß sie alien sind«, hatte er unzählige Male gesagt. Mit rauhem Kichern pflegte er hinzuzufügen: »Rechne immer mit Überraschungen! Sie reagieren immer dann, wenn du es am wenigsten erwartest, und auf eine

Weise, auf die du dir keinen Reim machen kannst. Eben alien.«

Die allerschrecklichste Tatsache war, daß Marodeure nur beiläufig töteten. Selbst Lancer, die bösartigen und pfeilschnellen kleinäugigen Beschützer von Fabriken, pflegten Menschen nur am Standort der Fabrik anzugreifen.

Nur die Kalamität widersprach dieser Erfahrungsregel. Vielleicht war es angemessen gewesen, daß sein Vater in der Bishop-Zitadelle gefallen war, denn damit endete eine Ära. Killeen hatte das Ende seines Vaters nicht mit angesehen, sondern nur einzelne Worte über die Kommunikation empfangen, während er mit Toby floh. Später hatte er dann die Listen der Dahingeschiedenen gehört. So hatten sich die vielleicht am besten nicht näher bekannten Details mit so vielen anderen Fragen vermischt, die unergründlich im Zwielicht aller Dinge ruhen.

In der frischen Luft des frühen Morgens sammelten sie die Habseligkeiten der Toten ein. Killeen fand einen Beutel aus einem glänzenden Mechanomaterial, das er noch nie gesehen hatte. Er sparte ihm Kilos an Gepäck und haftete fest an Hüfte und Schultern. Jeder Tote trug seine Kompaktnahrung und Wasserflaschen bei sich – bei weitem das Nützlichste der ganzen Hinterlassenschaft.

Killeen stand da und kaute an einem Klumpen zähen Gummis, den der Alte Robert bei sich gehabt hatte. Er sah zu, wie Cermo sich mit einer Garnitur von Schenkelkompressoren aus Karboaluminium ausrüstete, wobei er das Mechanometall so zusammenbog, daß es in seine Stiefelschäfte paßte. Andere trugen improvisierte Stoßdämpfer für die Hüften und doppelwandige Helme. Sie beluden sich mit Gerät, das sie, wie Killeen überzeugt war, nach einer Woche aufgeben würden, weil es zu schwer oder lästig war. Killeen zog es vor, Lebensmittel und Flüssigkeiten zu tragen und die Extras zu vergessen. Er hatte sich schon zweimal beim Fallen die Rippen gebrochen, weil er keine Brustpanzer trug.

Während andere hämmerten und probierten, ruhte Killeen sich aus, nur mit seinem Jackett als Kissen. Er warf belustigte Seitenblicke auf die dicken Bettrollen, die manche mit sich schleppten, um darauf zu schlafen. Er mußte verhindern, daß Toby eine Kocheinrichtung auflud. Das war ein wunderhübsches kleines Ding, von Aliens aus Flexmetall geformt. Es würde mit blauheißer Flamme in Aktion treten. Aber es bedeutete für den Jungen zu viel Gepäcklast, und Killeen hatte auch keine Idee, wo er den Brennstoff dafür finden könnte. Er selbst aß ohnehin nur wenig gekochte Speisen. Marodeure konnten den Geruch um halb Snowglade herum wittern, wie er vermutete.

Langsam rückten die Sippen zusammen, als es auf Mittag zu ging. Ledroff und Fornax befragten ihre Aspekte und diskutierten über die einzuschlagende Route. Killeen hielt sich da heraus. Jocelyn unterstützte stets Ledroffs Ideen und ließ durch andere kleine Zeichen erkennen, daß ihre Beziehungen zu Killeen jetzt höchstens kühl waren. Killeen zuckte darüber die Achseln, obwohl es ihn doch ein wenig verletzte.

Die Sippen waren teilnahmslos. Die emotionale Nachwirkung des Vortages hatte sie nachdenklich und träge gemacht. Auch Killeen spürte etwas davon. Dazu kam sein Kater nach einer kleinen transparenten Phiole aromatischen Fruchtweins, die er bei Hedda, einer Rook-Frau, gefunden hatte. Er hatte den Inhalt mit drei Rooks und Shibo geteilt. Schon ein kleiner Becher dieser bernsteinfarbenen öligen Flüssigkeit verursachte einen bösen Schwips. Er hatte nicht viel zu sich genommen, schämte sich aber doch, daß er sich wieder in den Trunk geflüchtet hatte. Ein zunehmender Kopfschmerz zog ihm über die Stirn und tief in die Augen. Das erinnerte ihn an seine Mühe, auf große Entfernungen Details zu erkennen. Also ging er, Angelique zu suchen.

Sie schien sich über seine Fragen zu freuen und breitete ihre Gerätschaften aus. Killeen hatte es immer gemocht, wenn man an ihm arbeitete, während sich das Camp allmählich belebte. Er entspannte sich in der Sanftheit von Menschlichkeit und der damit verbundenen Gewißheit täglichen Rituals.

Er saß stockstill und bemerkte in der Nähe eine Frau, während Angelique mit dem Weitseher in seinem Nacken beschäftigt war. Er konnte seinen festgeklammerten Kopf nicht drehen, bewegte aber die Augen ein wenig. Die Frau war unnatürlich still. Er rollte die Augen noch weiter. Schon dies veranlaßte Angelique zu knurren und ihn rauh zu beschimpfen. Sie war die letzte der Bishops, die überhaupt etwas von Weitsehern verstand. Sie nahm in seinem Nacken einige Einstellungen vor, klappte den Deckel aus Fleischmetall zu und stieß ihn mit ihrem Werkzeug aus Fiberstoff heftig in die Rippen. Killeen schrie auf.

Angelique sagte kühl: »Nur deine Reflexe kontrollieren. Scheinen in Ordnung zu sein.«

»Wie die Hölle.«

»Nächstes Mal sitz still!« Angelique grinste und ging fort. Ihre verchromten Beinlinge spiegelten scharfes Licht von Denix.

Killeen rieb sich den Nacken und prüfte seine Augen, indem er die Frau in der Nähe optisch nahe heranholte. Sie war eine Rook, jung und mit guten Muskeln. Ihr schwarzes Haar wirbelte ihr wie ein Ebenholzsturm mit gezackten Strähnen in die Luft. Er zoomte in ihre Augen und sah dort schwarzblaue Fäden, verschlungen mit karmesinroten Blutgefäßen. Sie saß steif da; ohne sich zu bewegen. Der Kopf war geneigt, als ob sie einer unsichtbaren Person lauschte.

Sie tat es auch. Ihre Lippen bewegten sich lautlos rasch, als ob sie dem Sturzbach von Aspektgerede, der sie durchtobte, Stimme zu verleihen suchte.

Killeen hatte schon lange niemanden mehr so besessen gesehen, nicht seit dem Rückzug vor der sich anbahnenden Katastrophe von Big Alice Springs. Speichel erschien auf den Lippen der Frau. Ihre linke Hand begann zu zucken. Ein Zwinkern im rechten Auge schien der Hand zu antworten.

Killeen schickte ein Signal an Fornax. Es war seine Aufgabe, sich um seine Leute zu kümmern. Toby kam herübergeschlendert. Sein Gepäck war schon fertig. Er starrte die Frau an. »Reines Affentheater«, meinte er.

»Nenn das nicht so!« sagte Killeen, der die Frau genau beobachtete.

»Sie dreht wirklich durch.«

»Wird in Ordnung kommen.«

»Sieht nicht so aus.«

»So etwas ist zu erwarten.«

»Ich erwarte das nicht.«

»Aspekte sterben, wenn ihre Wirte sterben, das weißt du doch. Sie haben einen Grund, in Panik zu geraten.«

»Was machen sie denn?«

»Wenn sie durchdrehen, fangen sie an, alle zugleich zu reden.« Killeen war es unangenehm, die Aspekte von jemand anderem in Schutz zu nehmen.

Toby starrte mit der schamlosen Faszination der Jugend hin. »Kann sie die nicht abstellen?«

»Nicht, wenn alle zugleich losgehen.«

»Warum rollen ihre Augen so?«

Rund um die Regenbogenhäute zeigte sich das

Weiße. Die Lippen entblößten in einem Krampf gelbe Zähne.

»Verdammt! Wo ist Fornax?«

Killeen berührte das Gesicht der Frau. Es fühlte sich feucht und schwammig an.

»Schau auf ihre Hände!« Toby schien nicht beunruhigt zu sein.

Killeen sah sich um, erblickte keinen Fornax, sondern nur einige Rooks, die herschauten. »Sie nehmen große Happen aus ihrem Sensorium. Dadurch leben sie.«

»Können sie uns sehen?«

Killeen zögerte. Er wollte nicht, daß Toby sich über solche Dinge Gedanken machte bei alledem, was ohnehin schon passiert war. Aber der Junge würde auf jeden Fall Fragen stellen, nachdem er zugesehen hatte. »Nun ja. Wenn Aspekte so weit kommen, überwinden sie die Filter, die wir haben. Sie lassen alles einströmen. Versuchen, möglichst viel von der Welt zu erhaschen, solange sie es können.«

»Verrückt...«

»Aber wenn sie es übertreiben...«

Die Frau sprang auf und fing an, rasend zu tanzen. Sie riß die Stiefel in die Höhe und wirbelte wild mit den Armen. Füße und Hände befanden sich gleichzeitig in der Luft und bildeten seltsame Bogen und Rhythmen. Sie krachte auf den Boden. Die Beine zuckten wie Dreschflegel, und sie tanzte weiter. Sie trat wild gegen Erde und Steine. Mit reiner Gewalt riß sie sich wieder hoch. Die Beine pumpten wild weiter. Ihr ganzer Körper verdrehte sich in absurdem Zeitraffertempo als Kontrapunkt zu jeder Bewegung ihrer Arme und Beine. Schweiß brach überall bei ihr aus, und trotzdem blieb das Gesicht passiv. Sie zwinkerte unablässig, als ob sie das, was sie sah, stroboskopisch in einzelne Bilder zerlegen wollte. Dabei rollten die

Augen noch weiter in den Kopf zurück. Der Mund öffnete sich. Ein leiser, kehliger Gesang ertönte. Die Noten verschwammen zu einem Stöhnen, als sie den Fiebertanz fortsetzte und eine Staubwolke aufwirbelte.

Toby wich betroffen zurück. Seine Mundwinkel waren in Entsetzen und Furcht nach unten gezogen. Killeen stieß ihn noch weiter fort und sprang dann hinter den Rücken der Frau. Sie wand sich und fuhr unentwegt mit dem rasenden Tanz fort. Ihre Hände fuhren auf ihn los. Ihr rechter Fuß traf ihn am Knie mit einem Tritt nach hinten, der ein Teil der rasenden Synkopierung war. Er ging auf alle viere nieder und schaute sich um. Leute liefen auf ihn zu; aber er konnte Fornax nicht sehen. Die Frau kam wieder auf die Beine, allein durch die Kraft ihrer stampfenden Absätze. Sie sprang höher und immer höher und drehte mit den Stiefeln mächtige, übermäßige Pirouetten. Plötzlich stieß sie einen schrillen Schrei aus.

Killeen sprang sie wieder an. Diesmal erwischte er sie, als sie sich gerade anschickte, wieder einen riesigen Sprung zu tun. Er riß eine kleine Kapillarwölbung an ihrer Schulter auf. Mit einem heftigen Ruck rollte er sie sich rückwärts über die Hüfte und setzte sein ganzes Gewicht ein, um sie an der Bewegung zu hindern.

Die Kapillarsteckdose war ein uraltes Merkmal aller Menschen. Sie war direkt in das Erbgut eingeplant, um leichten Zugang zum Gehirn zu ermöglichen. Ihre Benutzung erforderte präzises Werkzeug. Sie zu öffnen erforderte empfindliche Einstellungen. Sie war der wichtigste Zugang zum Körper.

Killeen steckte einen Finger hinein.

Sie heulte auf, brach zusammen und wurde schlaff.

Toby half, sie auf den Boden zu legen. Killeen klappte die Kapillare zu und drückte mit dem Daumen auf die Klappe, als von oben die Stimme Fornax' ertönte.

»Mach das nicht auf! Weißt du nicht – und das ist Ann! Eine von uns!«

»Sehr wohl«, sagte Killeen und stand auf. »Ich werde es nicht aufmachen.«

»Du – du *hast* es ja schon aufgemacht gehabt.« Fornax war entsetzt. Seine blassen Lippen über dem zottigen Bart zogen sich hoch.

»Ich hatte keine Wahl. Sie war von Aspekten besessen.«

»Du hättest...«

»...sie sich selbst verletzen lassen können, einen Muskel zerren, eine Narbe aufreißen. Sicher.«

Fornax sträubte sich. »Das ist eine Angelegenheit der Rook-Sippe!«

Killeen erkannte, daß Fornax ein Prinzipienreiter war, und machte sich danach ein Bild des Mannes. »Sehr wohl. Ich entschuldige mich.«

»Du hast deinen *Finger...*«

»Das bringt sie gewöhnlich zur Ruhe.«

»Du hättest geistigen Schaden anrichten können!« Fornax war immer noch wütend und nicht geneigt, die Sache mit einer einfachen Entschuldigung auf sich beruhen zu lassen. Aber noch während seine Augen zornig blitzten, verzog sich sein Mund in momentanem Nachdenken. Killeen erkannte, daß der Mann seinen Emotionen freien Lauf ließ, bis der Kopf die Herrschaft gewann und bremsend wirkte. Immerhin nicht ideal für einen Captain. Soviel war Killeen auf jeden Fall klar.

»Ihre Aspekte haben soviel Pfeffer; sollen *die* doch ihr Innenleben in Ordnung bringen!« sagte Killeen.

»Nun ja, ich...«

Toby kam dazwischen: »Du bist nicht dagewesen. Hattest wohl zu tun.«

Killeen klopfte ihm auf die Schulter. Er freute sich, wollte aber nicht, daß Fornax den Eindruck bekäme, der Junge wäre ein vorlauter Bursche. »Toby, hier haben die Rooks das Sagen.«

Toby ließ nicht locker: »Aber es…«

Zwischen den beiden Männern verstrich ein langer, gespannter Moment.

»Dank für die Hilfe«, sagte Fornax mürrisch, als er plötzlich merkte, daß andere aufpaßten. »Euch beiden.« Damit nickte er dem Jungen zu.

Killeen berührte als Zeichen der Achtung seine Stirn. Fornax hatte sich schnell zum Guten verändert und zeigte diejenige Art von Selbstbeherrschung, die das Volk von einem Captain erwartete. Er kam zu dem Eindruck, daß Fornax gar nicht so übel wäre. Der bevorstehende Marsch würde eine feinere, bessere Prüfung sein. Er konnte damit rechnen, daß Ledroff und Fornax allmählich zu der Art von Führern heranreifen würden, die die Sippen so dringend benötigten. Keiner von ihnen war Fannys linken Daumen wert – aber wer war das schon?

Sie marschierten hart zwei Tage lang. Auf der freien, in der Sonne gebadeten Ebene lag ihre einzige Sicherheit in Beweglichkeit. Ledroff und Fornax hielten die Sippen getrennt in zwei Keilformationen mit drei Pfadfindern voraus, vier an den Flanken und drei als Nachhut. Marodeure pflegten oft von der hinteren Flanke aus anzugreifen, wobei sie sich als Deckung gern einer Hügelkette bedienten, die die Nachhut gerade überschritten hatte.

Sie bewegten sich einwärts, auf das offenbare Zentrum der Bruchzone zu. Sie verfügten nur über grobe Navigation, und niemand wußte, wie alt dieser Bruch war. Aber als sie in Sprüngen über die Hänge vorrückten, nahm die Wahrscheinlichkeit zu. An die Stelle von Dornengestrüpp trat dickblättriges Gebüsch. Flußbetten boten in nur Spatentiefe feuchten Boden.

Am zweiten Tag in der Mitte des Nachmittags begannen sich die Sippen leicht zu vermischen. Sie tauschten Ermunterung und Information mit der Lässigkeit altgedienter Veteranen aus. Killeen konnte eine langsame Verschmelzung spüren. Vielleicht würde die genetische und historische Basis für die Trennung der Sippen vor der Flut der Notwendigkeit und den geminderten Zahlen weichen. Aber das war nur nebensächlich gegenüber dem selten ausgesprochenen, aber immer empfundenen Dilemma. Sie suchten Zuflucht.

Sie waren ein Volk, das in den Zitadellen geprägt war, inmitten des Komforts einer sicheren Freistatt. Nur die Kühnen, Tapferen und Jungen waren ausgezogen, um bei der Mechanozivilisation Beute zu machen. Jetzt mußte die ganze Sippe ein Nomadenleben führen. Ihre einzigen Herbergen waren die Tröge und die seltenen Casas. Daher klammerten sie sich an die Hoffnung auf eine endgültige Ruhestätte, eine Art von Dauer in einer taumelnden Welt.

Killeen erwog all dies vage, froh, daß sie Captains hatten, die solchen Herausforderungen begegnen mußten. Er fühlte die Präsenz Arthurs hinten in seinem Geist wallen; und es erhob sich die kühle, ironische Stimme:

Es ist dir doch klar, daß die Menschen als Nomaden angefangen haben?

»Noch vor den Zitadellen?«

Weit früher natürlich. Du erinnerst dich doch sicher an das, wovon ich vorhin gesprochen habe?

»Verflucht, ich kann mich nicht an alles erinnern.«

Ich habe dir gesagt, daß ich keine adäquaten Karten dieser Bruchzone besitze. Aber ich bin wirklich betrübt wegen dieser üblen Episode, als du vor zwei Tagen aufgewacht bist. Wir sind ernstlich beunruhigt; und ich vermute, daß es für dich sehr schlimm enden wird.

»Bleib auf deinem Platz! Kein Geplapper. Ich würde sonst ärgerlich werden.«

Laß mich nur noch hinzufügen, daß das Nomadenleben für uns Menschen ganz in Ordnung ist. Zivilisation ist eine relativ junge Erfindung...

»Meinst du Mechano-Zivilisation?«

Nein, *unsere* Zivilisation. Nicht bloß die rohen Formen, die wir in den Zitadellen hatten. Die ursprüngliche menschliche Gesellschaft. Die war riesig und glorreich! Sie haben die Schiffe gebaut, die uns hierher gebracht haben – eine Reise über unvorstellbare Entfernung. Sie kamen, um mit den Stimmen Kontakt aufzunehmen, die sie über Radio hören konnten. Sie...

»Wessen Stimmen?«

Nun, die Sendungen waren offenbar nur etwas, das von einer Gruppe Mechanozivilisation durchsickerte. Sie benutzten einen schwierigen Code, den wir vielleicht mißverstanden haben. Die ursprünglichen Kapitäne kamen, um das zu finden, was die Botschaft verhieß – eine Bibliothek mit allem Wissen der Galaxis. Stell dir das einmal vor – die gesammelten Schriften und Bilder und Lieder, wer weiß, was für einen Reichtum! Die Schiffe der Kapitäne konnten knapp unterhalb der Lichtgeschwindigkeit fahren. Aber auch so dauerte die Reise mehr als siebzigtausend Jahre. Ein solches Opfer...

»Sie kamen, um von *Mechanos* zu lernen?« Für Killeen war das ebenso unbegreiflich, wie wenn man von einem Stein oder der Luft lernen wollte. Mechanos gab es einfach, eine Naturkraft fern jeder Kommunikation.

Nun, zugegeben...

Shibos Ruf erreichte ihn von der anderen Seite eines engen Tales. – Ein Duster! – Das riß ihn aus seinen Träumen.

Die Sippen warfen sich sofort zu Boden und suchten Deckung. Über eine entfernte Mesa schwebte ein vierflügliges Etwas, das in den schrägen blauheißen Strahlen des Fressers wie feines Kupfer schimmerte. Killeen fand, daß es leicht und lässig wirkte. Er hatte seit einiger Zeit so etwas nicht mehr gesehen, aber dies hier machte keinen besonders zielstrebigen Eindruck.

Shibos abgehackte Stimme zeigte, daß sie zu dem gleichen Schluß gekommen war. – Duster leer. Späht. –

»Vielleicht auf dem Rückweg. Überwachend?« Killeen beäugte den schlanken pfeilförmigen Körper. Kein Anzeichen von dem blaßweißen Staub, der gewöhnlich in einem feinen, präzisen Strahl herunterströmte.

– Es hat gesehen. –

»Weiß nicht, ob es uns bemerkt hat. Recht weit entfernt.«

– Es streut keinen Staub aus. Schaut. –

Die Familien lagen lange flach da, während das Vehikel elegante Kurven beschrieb. Killeen erfreute sich an seinen Bewegungen und wartete still und ohne nachzudenken, daß es verschwinden würde. Sie alle hatten schon längst gelernt, Mechanos ohne Widerstand vorbeiziehen zu lassen, falls nicht die Chancen eindeutig zu ihren Gunsten standen. Gegenüber Dustern gab es nie irgendwelche Vorteile.

Als der Duster unter dem Horizont verschwand, setzten sie sich rasch in entgegengesetzter Richtung in Bewegung. Killeen hatte Toby näher herankommen lassen und beobachtete öfter die nahe rechte Flanke. Die Marodeure arbeiteten nie mit Dustern zusammen, soweit man überhaupt wußte; aber seit der Mantis war mit allem zu rechnen.

Darum hörte Killeen den Ton metallischer Todesangst eher als die anderen. Er wehte über sein Sensorium in einem hohen Ton und war dann fort. Killeen signalisierte dem Rest und machte eine Richtungsbestimmung. Die wies auf eine von Buschwerk fast erstickte trockene Schlucht in der Nähe.

Killeen schlüpfte durch Dornengestrüpp und erblickte die Quelle des leisen Schreis auf Mikrowelle. Ein in seine Tätigkeit vertiefter Rattler.

Das Ding hatte eine ganze Gruppe von Legierungskulis aufgebracht, die offenbar eine Produktionsanlage bei einem reichen Erzvorkommen zu errichten suchten. Der Rattler verschlang sie alle. Sein Bauch war schon aufgeheizt. Killeen hörte den tiefen, den Boden erbeben lassenden Baß vibrieren, wenn er sie in leicht transportable Stücke zerschmolz. Der Rattler rülpste aus tiefem Innern, während er verdaute und seine keramischen Rippen sich knackend und ächzend zusammenzogen, wenn er die Kulis in seine Eingeweide zwängte.

In der Nähe qualmten noch zwei brennende große Brocken. Das waren die Managermechanos, die die Arbeitsgruppe beaufsichtigt hatten. Nachdem diese ausgeschaltet waren, konnten die Kulis nur noch ihre entfernte Stadt anblöken. Aber so weit in der Bruchzone würde der Transporter des Rattlers hier sein, um die Beute wegzuschaffen, ehe Hilfe eintraf.

Killeen gab den anderen ein Zeichen zurückzubleiben.

Rattler waren nicht gefährlich, wenn sie mit ihrer Hauptarbeit beschäftigt waren. Einige Marodeure waren Leichenfledderer wie die Scrabbler oder Snout. Man konnte ihnen ziemlich leicht aus dem Wege gehen, wenn man schnell war und Kundschafter aufgestellt hatte. Andere waren Agenten in dem unablässigen Konflikt zwischen verschiedenen Mechanostädten. Die Picker und Rattler und Stalker waren schon lange vor der Zeit von Killeens Vater erschienen, anscheinend als Reaktion auf die unvermeidliche Knappheit an Rohstoffen.

Rattler waren längliche, heimtückische Maschinen, die sich bei der Fortbewegung zusammenzurollen und wieder auszustrecken schienen. Sie machten Mechanos niedrigen Ranges anderer Städte ausfindig und zerlegten sie, um Ersatzteile oder auch nur Metall zu gewinnen. In ihren gelenkigen Gehäusen steckten lange röhrenförmige Schmelzeinrichtungen und Gießereien.

Killeen war vor langer Zeit mit seinem Vater auf einen getroffen. Er versuchte gerade, einige kleinere Mechanos zu verzehren. Die Zitadelle hatte damals Bedarf an großen Ersatzteilen gehabt, von der Art, die Marodeure massenhaft besaßen. Darum hatte ihre Gruppe abgewartet, bis der Rattler voll ausgestreckt war und dalag wie eine vollgestopfte Röhre aus verschrammtem Aluminium und damit angefangen hatte, Metallbarren auszuscheiden.

In diesem verwundbaren Moment waren sie hinuntergestiegen und hatten das Biest sauber erledigt, indem sie Teile abrissen und das Zentralgehirn rösteten. Danach hatten sie auch den Erztransportern des Rattlers einen Hinterhalt gestellt, als diese prompt ankamen.

Das war eine der besten Zeiten gewesen, die er je mit seinem Vater erlebt hatte. Nur sie beide waren um die Flanken der Beute machenden Schar geschlichen. Killeen hatte einen Snout abgeknallt, der eßbare Nahrung für seine organischen Teile bei sich gehabt hatte. Sie hatten sich mit dem klebrigen Zeug vollgestopft.

Im Ganzen waren sie sechs Tage fort gewesen. Als sie am siebenten Tage zurückkamen, erfuhren sie, daß Killeens Mutter während ihrer Abwesenheit gestorben war. Sie hätten nichts tun können. Sie hatte eine der Seuchen eingefangen, die noch aus der Zeit übrig geblieben waren, als die Mechanos versucht hatten, die Menschheit durch mit Biotechnik erzeugte Ansteckungen auszurotten. Jetzt gab es kaum noch Seuchen, weil die Biosphäre zu schwach war, sie lange zu fördern. Aber auch die alten, irgendwo in einem Winkel schlummernden Epidemien konnten mutieren und wieder aktiv werden. Der Todesfall hatte Killeen und seinen Vater einander nähergebracht in den letzten Jahren vor der Kalamität.

Als er auf den schmausenden Rattler starrte, fühlte Killeen in sich den alten Kampf. Sein Blickfeld schrumpfte zu einem rotgeränderten Lichtschein um das mächtige und unsäglich häßliche Ding. Die Piepser der Sippe wurden gedämpft, und die Welt seines Sensoriums entschwand. Scharfe Blitze schossen ihm blauheiß in die Augen. Er balancierte vorwärts geneigt auf den Fußballen, bereit, in blinder Wut loszustürmen, um den mit sich selbst beschäftigten und spuckhäßlichen Rattler in Stücke zu reißen.

Da fühlte er eine Hand auf dem Arm, und Shibo flüsterte: »Still!«

»Ich… habe…«

»Geh!«

»Töte sie alle, die verdammten…«

»Geh jetzt!«

»Ich… bloß…«

Ihre Hand ruhte kühl und stark auf ihm. Er fühlte

seine innere Spannung abebben. Er sah, daß die anderen hinten an der Kante der Schlucht zurückgeblieben waren. Er fühlte ihre Verwunderung darüber, daß er sich so weit hineingewagt hatte.

»Unnötig. Rattler-Transporter kommen gleich.«

»Ich…«

»Einzige Möglichkeit Marodeure schlagen ist sie *lernen.*«

»Aber…«

»Nicht selbst riskieren. An Toby denken.«

»Ich… ja, jawohl.«

Sie überließen den Marodeur seinem Mahl.

# 3. KAPITEL

Sie rückten schnell vor, angetrieben durch die Begegnung mit dem Duster und dem Rattler. Die langsam dichter werdende Vegetation war als unausgesprochene Verheißung eines grünen Geländes erschienen. Erst als sie einige Distanz hinter sich hatten, kehrte diese Gewißheit zurück.

Die Sippen flüsterten untereinander über die milde Feuchtigkeit der Luft, das blaß smaragdgrüne Gras und die verschlungenen braunen Ranken, die aus Spalten und kleinen geschützten Becken herauswuchsen. In dieser Umgebung einen Rattler bei der Arbeit zu finden, störte ihren nicht ausgesprochenen Traum. Es trieb sie schneller auf das Zentrum der Bruchzone zu.

Killeen selbst war nicht so sehr auf Flucht bedacht. Marodeure ärgerten ihn, ohne weiter Angst zu machen. Für ihn waren sie eine ständige Bedrohung, verhaßt, aber natürlich.

Selbst in dem ersten Augenblick, als er den Rattler erblickte, hatte er darin eine schlechthin böse Szene gesehen ohne einen möglichen Helden. Die Kulis, die gefressen wurden, während sie nach ihrem fernen Beschützer schrien, waren für ihn nicht weniger ein alter Feind als der Rattler, der sie verdaute. Und selbst als er von blinder Wut erfüllt war und seine Erinnerungen mächtig wurden, hatte er sich Zeit genommen festzustellen, daß in den Laufflächen des Rattlers Dornenzweige hängen geblieben waren. Für Mechanos war die Fortbewegung hier in dem von Pflanzen verstopften Gelände erschwert. Wieder ein kleiner Vorteil und eine Möglichkeit, daß Bruchzonen die einst grüne Welt wieder beleben würden.

Ledroff befahl ein Lied. Über das gemeinsame Sensorium erklang ein alter Sippenmarsch, in grauer Vorzeit von einem bedeutenden siegreichen Marschall komponiert. Killeen ließ den hämmernden Geist der Musik in sich einströmen. Das Lied der Sippe quoll aus seiner Kehle.

Das war ihm das liebste Vermächtnis, besser als das ständige Gerede der Aspekte. Er liebte besonders diese melodische Kunstform, den Schwung und die wundervolle Harmonik. Vor wie vielen Generationen hatte der Komponist gelebt? Vielleicht war er ein Ururgroßvater. Killeen hätte sich über nähere Verwandtschaft mit ihm gefreut. Arthur versuchte, einige alte Überlieferungen von sich zu geben; aber Killeen war von den kunstvollen Rhythmen zu sehr gebannt, um darauf zu achten.

Er merkte, daß die Leute bei der Musik flotter vorankamen. Ledroff hatte die Marschklänge angeordnet, um sie schneller von dem Rattler fortzubringen und die Furcht zu mildern. Das hatte geklappt.

– Duster! – rief jemand.

Die Musik brach sofort ab.

Killeen war gerade mitten im Sprung. Er glitt einige Zeit weiter, kam auf den Boden und rollte in ein enges Rinnsal. Er schnupperte durch die großen Wellenlängen. »Kein Geruch von Mechanos.«

Er ortete Toby und hörte dann, wie die Menschen Deckung suchten. Mütter und Väter der Rooks riefen jammernd und hysterisch nach ihren Kindern. Panik erfüllte das Sensorium.

Shibo sendete: – Nein. Schau. –

Er betrachtete den Horizont näher und konnte zuerst nicht glauben, was er sah. Hatte Angelique seinen

Weitseher verdorben? Diese Flugobjekte sahen entfernt aus, rochen aber so, als ob sie ganz nahe wären...

Shibo sendete klar und ruhig: – Vögel. –

Überrascht standen die Sippen wieder auf. Sie wischten sich den Schmutz ab und starrten auf das, was da lebhaft flatternd den Himmel erfüllte. Hunderte von Flecken rasten und zwitscherten über dem Buschwerk.

Zunächst sagte niemand etwas. Dann lief ein Freudenschrei durch die Kommunikation. Einige der Jüngeren hatten noch nie etwas in der Luft gesehen, das nicht aus Metall bestand. Sie hatten gedacht, daß nur Mechanos die Luft beherrschten, so wie ihre Emissionen den Dämmerungshimmel mit milchig grauen Flecken erfüllten.

Toby rannte vorweg und rief: »Heißa, heißa!« Die winzigen Repräsentanten organischen Lebens begrüßten ihn aber nicht als Verwandten ihrer Art, sondern stoben überrascht als Wolke empor. Toby blinzelte überrascht.

Killeen lachte. »Mit denen mußt du sanft umgehen.«

Toby runzelte die Stirn. »Mögen sie uns nicht?«

»Angst gehört grundsätzlich zum Leben.«

»Sogar Angst vor Leben?«

»Gerade die.«

»Mechanos sind anders.«

»Mechanos haben Angst vor Mechanos. Denk daran, wie die Kulis da Alarmrufe ausgestoßen haben.«

Toby nickte entschieden. »Mechanos haben auch vor uns Angst.«

Killeen schenkte dem Jungen ein schwaches Lächeln. Er wußte genau, warum der Junge sich mit einer so offenkundig falschen Äußerung Mut machen wollte. »Vielleicht«, antwortete er sanft.

»Doch!« Toby befingerte die Pistole an seinem Koppel und streichelte unbewußt dieses kleine Emblem der Macht.

»Kulis und Manager rufen um Hilfe, wenn sie uns sehen; aber das ist, weil sie uns für feindliche Mechanos halten.«

Tobys Mund verzog sich höhnisch. »Nein!«

»Doch!«

»Wir sind Zweibeiner. Mechanos sind Raupenfahrzeuge.«

»So?«

»So sehen das Mechanos.«

»Unsere Ausrüstung ist aus Mechanometall. Das sehen Kulis. Und weiter nichts.«

»Nein, keineswegs«, sagte Toby energisch. Um diese leichte Kränkung seines Bildes von der Stellung des Menschen zu beenden, ging er wieder in Marschposition. Killeen sah ihn gehen, eine schmale Gestalt, die mit unbewußter Grazie über Gebüsch und Geröll hüpfte.

Toby mußte fühlen, daß die Menschheit mit den Mechanos zumindest auf gleicher Ebene verkehrte, daß es ein Schema von Verlust und Gewinn bei ihrem endlosen Wettlauf gab. Das war eine Möglichkeit, das Gemetzel des vergangenen Tages zu akzeptieren und zu den Akten zu legen. Killeen wollte ihn nicht anlügen, aber er konnte immerhin vermeiden, offen auszusprechen, was der Junge allmählich erkannte: Daß Menschen höchst unwichtig waren, so daß sogar Kulis gar nicht darauf programmiert waren, auf sie zu reagieren. Nur Marodeure hatten Befehle bezüglich menschlicher Lebewesen; und diese lauteten auf Vernichtung. Sogar die schreckliche Mantis hatte keinen hohen Rang in der Mechano-Kultur.

Killeen mußte das Gemetzel innerlich überwinden. Er konnte nicht einfach lange Stunden damit verbringen, daß er sich das Haar zurechtmachte und nachdenklich vor sich hin starrte, wie Menschen wie Jocelyn es machten, indem sie Arabesken schufen, die sich auflösten, sobald man den Helm aufsetzte. Das funktionierte nie.

Killeen empfand Kummer und Sorge als einen schweren, finsteren, stumpfen inneren Druck, undefiniert und unerreichbar. Er sprach selten über solche undeutlichen Behinderungen. Es hatte eine Zeit gegeben, da Jocelyn versucht hatte, seine Launen entsprechend zu behandeln. Das hatte ihm nur ein ungeschicktes und stupides Gefühl gegeben und seine Zunge zu einem stumpfen, ledrigen und verräterischen Instrument gemacht.

Er entschloß sich, diese Frustration durch Aktivität zu überwinden, wie er es früher schon oft getan hatte. Er rief Ledroff zu: »Ich werde links die äußerste Flanke übernehmen.«

»Sehr wohl!« antwortete Ledroff offensichtlich erleichtert.

Jeden Morgen war der Captain das Ziel von Nörgeleien und Gejammer gewesen. Zu der Belastung durch das Gemetzel waren nun auch noch wunde Füße und lahme Muskeln gekommen, was eine gesalzene Brühe von Unzufriedenheit ergab. Jocelyn hatte den ganzen Tag die linke Flanke übernommen und brauchte jemand, der sich um sie kümmerte.

Das Land war hier eben und jung, als ob die plumpen Elemente hier nur geglättet und nicht zerstört hätten. Killeen machte weite Sprünge bis zur Reichweite des Sensoriums der Sippe. Aus dieser Entfernung sah er, daß sie durch regelmäßige Höhen und Senken des Terrains zogen, die etwas von den vorrückenden menschlichen Dreiecken abbogen. Killeen gefiel das nicht recht.

Arthur machte eine zurückhaltende Bemerkung:

In Anbetracht dessen, daß wir uns in einer Bruchzone befinden, ist das nicht überraschend.

Killeen spürte die leichte Gereiztheit des Aspekts darüber, daß er nicht befragt worden war. Aber schließlich ließ er sich nicht zu so etwas zwingen. Er wartete einen Moment lang, und Arthur sagte nichts weiter. Nun ließ Killeen Buds Gesicht voll in Aktion treten.

1. **Bruchzone macht Stoßwellen.**
2. **Breiten sich vom Zentrum aus.**
3. **Drücken Gestein zusammen.**
4. **Hinterläßt Kammlinien.**
5. **Kammlinien krümmen sich um Zentrum.**
6. **Leicht zu sehen.**

Ehe Killeen antworten konnte, sagte Arthur bissig:

Das ist eine Hypothese, gewiß. Und zunächst sieht sie auch als die wahrscheinlichste aus. Ich möchte darauf hinweisen, daß diese Kammlinien durch eine reflektierte Gruppe von Stoßwellen gebildet wurden. Bedenke, daß diese Tundra vor einiger Zeit von den Dusters geschaffen wurde. Darunter liegt das glaziale Eis von Snowglade, das die Duster von der Biosphäre isoliert haben, wodurch unsere Umwelt so trocken geworden ist. Die Stoßwellen haben diese Eisbetten momentan aufgeschmolzen. Dadurch kam es zu Aufwerfungen, die die Kammlinien gebildet haben. Wenn...

1. **Zu kompliziert.**
2. **Verfolge nur die Kurven.**
3. **Sollte grüner werden.**

Killeen schob Bud und Arthur so weit zurück, daß ihr anhaltender Streit ihn nur als schwaches Gemurmel erreichte. Seine Stiefel trieben ihn über die nächste Kammlinie. Ein Gefühl von Freiheit und Abenteuerlust kam in ihm auf. Er sah, daß die nächsten sanften Hügel etwas grüner waren. Von dem Gerede der Aspekte war genug haften geblieben, um sein Interesse anzustacheln. Das Grün war in Nähe der Bergkuppen am tiefsten, als ob sich Eis dort näher unter der Oberfläche befände. An warmen Tagen würde genug davon schmelzen, um tiefe Wurzeln zu versorgen.

An soviel ungefähr konnte er sich aus der Zeit erinnern, in der er sich als Junge mit Ackerbau geplagt hatte. In der Zitadelle hatte er es wie sein Vater vorgezogen, umherzustreifen und zu plündern. Aber die Kunst, Felder mit Schmelzwasser aus Eis zu pflegen, war in ihm haften geblieben und stachelte ihn jetzt an, auf eine üppige Zuflucht zu hoffen.

Er landete neben einem knorrigen Chapparal, um seine Notdurft zu verrichten. Das erforderte einige Vorbereitungen. Er mußte seine Brustriemen, sein Koppel und seine Springgurte ablegen. Die erforderliche Körperhaltung machte ihn verwundbar; aber er zog doch die Einsamkeit vor. Die Annehmlichkeit dieses täglichen Hockens kam zunächst daraus, daß man allein und für den Moment von der Sippe frei war. Zweitens war da die abstrakte Befriedigung, durch seine unverlangten Ausscheidungen grünes Leben zu unterstützen. Drittens war der Akt ein Ventil für sein verschwitztes Ich, seine inneren Blähungen und andere Prozesse, die seine Gedanken nicht mehr beschäftigten als seine cybernetischen Rhythmen, Schutzsicherungen und Sensorien. In einer harten Welt war es, obwohl er es nie zugegeben hätte, ein einfaches und vielsagendes Vergnügen.

Er entspannte sich in elementarem Sinnenspiel, genauso wie er sich dem feuchten Zugriff von Alkohol hingab, wenn er konnte. Als er so hockte und sich erleichterte, sah er plötzlich zu seiner Überraschung eine kleine Maus aus einem Schlingpflanzendickicht herauskommen und ihn anstarren.

Sie war das erste Tier, das Killeen seit Jahren gesehen hatte. Er blinzelte überrascht. Die Maus schaute zu dem Berg von Mensch auf und piepste. Sie schien nicht erschrocken, aber irgendwie verwundert zu sein.

»Weißt du, was ich bin?«

Feuchte Augen studierten ihn lässig.

»Ich mag dich. Siehst du das?«

Winzige Pfoten krümmten sich fluchtbereit.

»Wir haben auch beide die gleichen natürlichen Bedürfnisse, wie du siehst.«

Ein Näschen wurde skeptisch gerümpft.

»Ich bin auch Fleisch und kein Mechano.«

Das kleine, mit Pelz bekleidete Wesen war von Killeens Größe fasziniert und schnaufte hörbar. Sie studierten einander über einen unüberbrückbaren Abgrund hinweg.

Schließlich war er fertig und stand auf. »He, ich habe eine Maus gefunden«, sendete er im allgemeinen Sensorium. Das rief Freudenschreie hervor. Als Killeen sich in seinen Stiefeln entfernte, hielt die Maus ihre hellen und klaren Augen immer noch auf ihn gerichtet.

In dieser Nacht lagerten sie an einer von zwei Hügeln eingeschlossenen Stelle. Ledroff übertrug Killeen die Mitternachtswache, obwohl dies schon das dritte Mal hintereinander war. Ledroff wuchs in seine Kapitänsrolle hinein, behandelte Killeen aber etwas härter als die anderen.

Shibo übernahm mit ihm einen Teil der Wache. Sie beschränkte das Sprechen weiterhin stur auf ein Mindestmaß, damit ihre Sensorien das schwächste Signal aufnehmen konnten. Killeen liebte das schlichte Gefühl ihrer Gesellschaft. Die Nacht war bewölkt, aber stellenweise kamen Sterne durch.

Shibo hatte die nächste Wache, und sie mußten einmal um das Lager gehen, damit er ihr die kleinen Besonderheiten zeigen konnte, die er in der dunklen Ebene erspäht hatte. Es war angenehm, neben ihr zu gehen, auch wenn sie die Zeit in einer fast wortlosen, durch Sensorien hergestellten Gemeinschaft verbrachten. Jedenfalls war das besser, als träge im Lager zu faulenzen.

»Ruhig?«

»Mächtig«, antwortete er.

Ihr breites Lächeln blitzte wie eine weiße Sichel durch das Dunkel. »Müde?«

»Nee. Könnte einen Berg umschmeißen.«

»Hmmm!« murmelte sie in gespielter Bewunderung.

»Gut geschlafen?«

»Harter Boden.«

»Einiges Buschwerk zusammenknüllen, Polster machen.«

»Bestes Polster menschlich.«

Ihre funkelnden Augen erfaßten die schwache Strahlung der Scheibe des Fressers, und er sah, daß sie ihn auf den Arm nehmen wollte. »Männlich oder weiblich?«

»Männlich am besten.«

»Nee. Weiblich am besten. Mehr Fett.«

»Fett? Keine Spur.«

»Du hast mehr als ich.«

»Bin kein Mastschwein.«

»Gerade die richtige Sorte Schwein.«

»Ich liege unter dir nicht flach.«

Das war nicht nur der längste Satz, den er je von ihr gehört hatte, sondern auch der interessanteste. »Das habe ich auch gar nicht von dir erwartet.«

»Gut.« Wieder das rasche, helle Lächeln. Er wußte nicht, was er als Nächstes sagen sollte. Das stets zukkende Sensorium befiel sie und machte ihre Welten akut prickelnd. Aber während er im Sexzentrum nicht hochgestimmt war, irrten die neckischen und hänselnden Seitenblicke schließlich in die Dämmerung ohne ein festes Ziel. Killeen bedauerte das und suchte nach einer Möglichkeit, es ihr zu sagen. Aber da schoß ein Tier aus einem Gebüsch in der Nähe, und sie brauchten einige Zeit, es mit den Augen zu verfolgen und sich zu vergewissern, daß es nichts weiter war. Inzwischen war der Moment vorbei, und er wußte nicht, wie er sie wieder dahin bringen konnte, wo sie gewesen waren. Die Dinge schienen ihm in letzter Zeit so zu entgleiten. Die Welt raste davon, ehe er sie packen konnte.

Während er um eine brüchige Fläche bog, hörte Killeen ein kühles, trockenes Rasseln.

»Was ist das?« Er hatte versucht, Shibo ein oder zwei Worte zu entlocken. Jetzt blieb er mit geneigtem Kopf jäh stehen.

»Singen«, sagte Shibo.

»Noch mehr Sippen?« fragte Killeen hoffnungsvoll. Seit Jahren hatten die Bishops geglaubt, sie wären allein. Jetzt wagte er, sich Wiederholung von Wundern vorzustellen. Toby verbrachte jeden freien Augenblick mit den Kindern, seinen neuen Freunden, und sehnte sich nach mehr.

»Merkwürdig.«

»Kein Gesang«, sagte Killeen nach einer kleinen Weile. »Eine Art von…«

»Nichts Akustisches.«

»Wie eine weit entfernte Stimme«, sagte Killeen. »Aus einem metallenen Munde.«

Sie suchten alle Richtungen ab. Die Augen liefen das Spektrum hinauf und herunter. Alle Sinne waren auf höchste Leistung verstärkt. Nichts.

»Ich wittere keine Mechanos«, bestätigte Shibo.

»Was sagt es?«

»Schon einmal so was gehört. Magnetisch.«

»Was?« Killeen ging in Ultraviolett über und empfing eine schwache Ausstrahlung.

Er spürte, wie sich in seinem Nacken die Haare sträubten. Da hockte etwas in der Nacht.

Aber nichts Materielles.

Er hatte nach herankommenden Gestalten auf dem hügligen Gelände Ausschau gehalten und nicht auf die Luft in der Höhe geachtet. Jetzt sah er über ihnen ganze Fluten leuchtender Schleier wirbeln. Aus einem Brennpunkt irgendwo da oben sprühten verflochtene Linien blauweißen Lichts. Er verstärkte seine Augen noch mehr und pries das handwerkliche Geschick Angeliques.

Die Linien bildeten ein riesiges mattes Netz, das sich über den Himmel spreizte und im Süden verengte. Killeen richtete eine stumme Frage an Arthur.

Du siehst die bipolaren Linien des Magnetfeldes von Snowglade. Das ändert sich im umgekehrten Verhältnis zur dritten Potenz der Entfernung vom Südpol, der jenseits jener Kuppe unter dem Horizont liegt. Aber dieses lokale Muster ist ein anormaler Typ. Ich verstehe es nicht, kann aber spekulieren...

»Antwort!« drängte Shibo.

Sie hörte etwas, das er nicht hörte. Shibos Vorsicht ließ ihn zögern. Das Ding könnte schließlich doch eine Ausgeburt der Mechanos sein.

Er lauschte angespannt. Nachdem er Arthurs kleine zwitschernde Stimme ausgeschaltet hatte, konnte er knapp ein Geklimper hören.

**Ich stemme mich hoch und stürze und schwanke. Hör mich an! Jetzt!**

Killeen warf Shibo einen fragenden Blick zu. Ihr glattes Gesicht zeigte gespannte Aufmerksamkeit.

»Woher bist du?« fragte Killeen über das Sensorium. Mit einiger Anstrengung machte er seine Stimme zu einer Mischung von akustischer und elektrischer Sprache. Er drückte sich die Kehle zusammen wie jemand, der einen Frosch nachmachen will. Der Effekt, übertragen und gefiltert durch verborgene Chips, schickte elektromagnetische Schwingungen in die dünne Luft.

Es folgte eine vom Wind untermalte Stille. Dann:

**Die Stürme heulen dort, wo ich bin. Du bist nur ein vages Geflüster. Du sprichst zu schnell.**

»Ich sagte: Woher bist du?«

Wieder dehnten sich die Augenblicke.

**Ich umkreise den Fresser.**

»Das tun wir auch«, sagte Killeen ärgerlich.

Über sich sah er längs der blauen Feldlinien orangefarbene Tropfen herunterkommen. Arthurs Stimme quakte in seinem Geist und erklärte, daß das Partikel wären, die einwärts zum Pol stürzten und in der Atmosphäre ein zartes Polarlicht hervorriefen.

Diese Spuren ließen ihn die Ungeheuerlichkeit des Phänomens erkennen. Das sprechende Ding hatte die lokalen Feldlinien zu einem magnetischen Kegel verformt, der von einem Punkt hoch oben ausging. Ein zeltartiges Netz fächerte nach allen Seiten aus. Killeen erkannte, daß er und Shibo sich im Mittelpunkt des von ihm markierten Kreises befanden. Also war es kein Zufall. Das Ding wollte speziell zu ihnen sprechen.

**Ich bin langsam. So weit ausgestreckt werde ich müde. Ich wollte ein Wesen namens Killeen erreichen.**

Killeen zwinkerte so überrascht, daß seine Augen in das pompöse Infrarot glitten. »Was? Das bin ich!«

Während der folgenden Sekunden der Stille glaubte er zu hören, wie mehrere schwache ängstliche Stimmen längs der Feldlinien flüsterten, von einer immensen markanten Präsenz ausgehend.

**Ich habe eine Botschaft für dich. Hier.**

Der klingende Ton verschob sich etwas, als ob er etwas rezitierte.

**Versuche nicht, eine Zitadelle zu erbauen. Bleib in Bewegung. Frag nach der *Argo*.**

»Was? Was ist eine *Argo*?«

**Ich überbringe nur diese Botschaft. Ich verstehe ihren Inhalt nicht.**

»Woher kommt sie?«

**Sie kommt von weiter draußen herein. Zum Fresser.**

»Von wem?«

**Ich weiß nicht, welche Art von Ding sie schickt.**

Shibo fragte scharf: »Was bist *du* denn?«

**Ein Geflecht magnetischen Stromes. Manche sagen, nur ein Gewand für Plasmawinde. Ich schwimme**

**in kupfergesäumtem Licht neben dem Mund, der kein Ende kennt. Ich bin in vielpoligen Feldlinien gefangen, elastisch um die wachsende Scheibe des Fressers gewickelt.**

Killeen polterte überrascht heraus: »Wie, zum Teufel, bist du hierher gekommen?«

**Ich war einmal etwas anderes. Ich weiß nicht, was. Vielleicht ein Aspekt. Jetzt bin ich ein sakral gesalbter rotierender Ring aus Plasma und Kraftfeld.**

»Warum?« fragte Killeen.
Flüstern, Murmeln.

**Warum wohl? Was sonst ist einen Blick wert? Ich sage dir, kleiner Killeen: Weder Marmor noch die vergoldeten Monumente von Fürsten werden mich überleben.**

Killeen war sprachlos. »Huh?«

**Ich bin unsterblich. So sagen sie.**

»Sie?« fragte Shibo.

**Die Schöpfer dieses Platzes, dieses zarten Schlosses, das auf turbulenten Winden fliegt, oberhalb der gleißenden Scheibe aus herabfallender trüber Glut.**

Um diese scharf geäußerte Zeile zu betonen, erleuchteten jadekühle Strahlenkronen die elegant gekrümmten Feldlinien. Killeen fragte sich, von wie weit her diese phosphoreszierenden Energiepfeile gekommen sein mochten. Wenn das Ding, das da sprach, der Fresser war, der im fernen Himmel lebte…

»Befindest du dich *in* der Scheibe des Fressers?«

**Was meine verflochtenen Füße angeht – ja. Aber mein Haupt streift die Sterne.**

Sie standen in benommenem Schweigen da. »Bist du menschlich gewesen?« wagte Shibo schließlich zu fragen. Längs der Feldlinien strömte es gelb, altgold, orange, als ob das Wesen seine Ressourcen aufriefe oder riesige staubige Akten magnetischer Erinnerung durchpflügte.

**Auch das weiß ich nicht. Ich war irgendein sterbliches Lebewesen, im Sumpf der Entropie treibend. Das ist sehr lange her. Irgend etwas in mir tönt von fernen fossilen Zeiten.**

Killeen kämpfte mit widerstreitenden Impulsen. Es war etwas Schreckliches um ein Ding von so grotesker Größe. Aber es sprach mit einem dünnen Ton, der an gespannte Kabel erinnerte, das Summen einer Saite. Irgendwie war es menschlich. Und es hatte eine Botschaft für ihn.

»Was ist eine *Argo?*«

**Warte einen Moment, damit ich einen entfernten Teil von mir aufrufe… Ja, hier. Nicht genau *Argo,* sondern *Argos,* ja. Mehr als eine *Argo?* Mein Phasengedächtnis sagt mir, daß *Argos* ›ein früher Rivale Spartas‹ war. Das ist es.**

»Was, zum Teufel, ist Sparta?«

**Eine Stadt.**

»Wo?« fragte Shibo.

Die Feldlinien kräuselten sich. Karmesinrote Flecken schossen darauf herunter.

**Ich habe keine Daten. Hoffnungslos alt, diese Akte. Und was für eine Sprache ihr da braucht! Holprig, roh, die schwerfällige Art eines Schwachkopfs, Sinn in lineare Käfige zu sperren.**

Shibo sagte: »Für uns gut genug.«

**Ohne Zweifel. Um euch Gerechtigkeit widerfahren zu lassen, stelle ich fest, daß ich bei der Durchsicht ihres Vokabulars merkwürdig kunstvolle und sogar fesselnde Ausdrücke finde. *Sagenhaft, sehend, sieghaft.* Was für Worte! Graziös schweben sie am Rande der Bedeutungslosigkeit. Aber *Argos* hat weder Anmut noch Inhalt. Nun genug – ich habe euch nur diese Botschaft überbracht, wie es meine Aufgabe war, und gehe jetzt fort.**

»Warte!« rief Killeen.

Buntscheckige Lichtflecke zogen sich auf den Feldlinien zusammen und verschwanden. Dabei erschienen wieder die gewohnten schwalbenschwanzförmigen Magnetfasern des Planeten, die auf den Südpol wiesen.

Sie schauten lange hin, aber die Präsenz kehrte nicht zurück. Killeen sprach darüber, als sie ihre Runde beendeten. Shibo antwortete in ihrer gewohnten mürrischen einsilbigen Art. Die ganze Episode war unbegreiflich. Allerdings mindestens auch leicht genug, ihr zu gehorchen. Niemand hoffte auf eine neue Zitadelle. Stets in Bewegung zu bleiben, war eine Notwendigkeit und keine Wahlmöglichkeit.

»Was, zum Teufel, ist ein *Argos?*« fragte Killeen Shibo verzweifelt.

»Frage den Aspekt!«

Arthur piepste sofort los:

> Ich vermute, es handelt sich um einen Übermittlungsfehler. *Argos* war eine Stadt im klassischen Griechenland auf der Erde. Seine Rolle im frühen intellektuellen...

Killeen schnitt das ermüdende Geplapper des Aspektes ab und ging neben Shibo weiter. Was das Kraftfeldwesen auch gemeint haben mochte, war jetzt unwichtig, denn die Botschaft war offenkundig alt und ohne Sinn. Killeen entschloß sich, wie bisher weiterzumachen und sich nicht von einem Arsenal verstaubter Daten und kompakter Historie verwirren zu lassen, das ihm die Aspekte immer aufnötigen wollten.

Viele seiner älteren Aspekte spendeten immer weniger Information, wenn sie in die Jahre kamen. Eine Art von Senilität machte sich bemerkbar. Die keckernden Insektenstimmen konnten sich an eine Party vor dreihundert Jahren erinnern, waren aber unsicher bei Mechano-Insignien, die sie in der letzten Woche gesehen hatten. Und die prächtigen Erinnerungen an die Bogenbauten – opulente kristallene Ballsäle von der Größe eines Berges, Buffets, die mit Süßigkeiten überladen waren, transparente, aber doch wärmende Gewänder – erfüllten Killeen mit ärgerlichem und schamvollem Neid.

Die ältesten Aspekte waren die schlimmsten. Sie jammerten unmöglichen Herrlichkeiten nach. Andere Sippenangehörige hatten die gleiche Empfindung. Jocelyn konnte es kaum ertragen, die ihrigen aufzurufen. Die waren ungewöhnlich betagt und schickten ihr Bilder von Reichtum, die sie für falsch halten mußte.

Bilder des Magnetwesens tummelten sich noch in Killeens Geist, vermischt mit Aspektgerede. Er schüttelte den Kopf, um ihn frei zu machen.

Wenn er den Aspekten gehörige Aufmerksamkeit schenkte, würden sie ihn die rauhe Wirklichkeit der Welt vergessen machen, ihre zähe Widerwärtigkeit.

Er trennte sich von Shibo und begab sich wieder ins Lager zurück. Der schlummernde Reichtum der Bruchzone umfing ihn. *So grün*, dachte er. *So grün, grün, grün.*

# 4. KAPITEL

Sie marschierten weiter mit Empfindungen von Grün und Zusammenstreben. Die gewellte Landschaft verlieh ihren Schritten einen sinnlichen Rhythmus. Kleine, quiekende Wesen rannten aus dem Unterholz. Üppiges Blattwerk und aromatische Luft bezauberten sie. Einen ganzen Tag lang erblickten sie kein Anzeichen von Mechanoleben. Es war, als wäre die dürre, tote Welt, welche die Mechanos aus Snowglade gemacht hatten, verschwunden. Aus lange schlummernden Tiefen sickerte alte reiche Feuchtigkeit empor.

Ledroff und Fornax hatten sich bei jeder Ruhepause gestritten. Sie hielten ihre unablässigen Dispute wohl innerhalb von Sippengrenzen, konnten aber ihren scharfen gegenseitigen Mißmut nicht unterdrücken. Sogar das Marschtempo wurde erörtert, scheinbar geklärt und dann wieder in Frage gestellt.

Ledroff mahnte zur Vorsicht. Fornax wollte das Zentrum der Bruchzone rasch erreichen in der Erwartung, dort reichlich natürliche Nahrung zu finden. Fornax führte die Rooks beständig weit vor der vereinbarten zweigliedrigen Formation. Ledroff brüllte Fornax über Komm an und schmiß einmal seinen Helm vor Wut zu Boden. Da Helme für menschliche Handwerkskunst am schwierigsten herzustellen waren und niemand Ersatzteile für die meisten Chips hatte, die dazu gebraucht wurden, war das ein zugleich eindrucksvoller und höchst verrückter Akt.

Sie orientierten sich nach dem Himmel. Beide Sippen hatten schon längst ihre Geräte für globale Navigation eingebüßt. Denix lieferte ihnen einen Sonnenuntergang. Die Nacht war gemildert durch die weitläufigen Lichtschwaden des Fressers am Himmel, die ein schwaches, silbriges Dämmerlicht verbreiteten. Dann machten beide Sippen halt, um zu rasten. Das schien oft der einzige konkrete Punkt zu sein, in dem sie sich einig waren.

Killeen vermied diesmal den allabendlichen Disput, indem er auf Flankenpatrouille ging. Er nahm Toby mit. Sie gingen schweigend dahin und ließen ihr kollektives Sensorium das verborgene Summen von Hügeln und verkrüppelten Bäumen aufspüren. Es war hier schwieriger, den dahinplätschernden Tenor entfernter Mechanobewegungen wahrzunehmen oder deren Ölgeruch zu erschnuppern: Das Leben störte. Sie empfingen eine flotte, zwitschernde Melodie.

»Papa?« Tobys Kehle war rauh nach den anstrengenden Laufsprüngen des Tages.

»Hörst du etwas?«

»Nein. Hier ist nichts. Aber ich habe mir doch Gedanken gemacht.«

»Worüber?«

»Über die Frau vor ein paar Tagen.«

»Die Aspekt-Verrückte?«

»Ja.«

Killeen hatte erwartet, daß Toby darauf zu sprechen kommen würde. »Die meisten sind nicht annähernd so schlimm.«

»Wird sie wieder in Ordnung kommen?«

»Wahrscheinlich. Kann jetzt schon wieder gehen. Ihre Aspekte sind noch etwas gereizt. Wollen sich zum Teil ausleben.«

»Durch wildes Tanzen, wie sie es damals machte? Ist das Leben?«

Toby blieb stehen und wandte sich seinem Vater zu.

Sie standen da – schlank mit straffen Muskeln, ohne Polster und Marschgerät, nur in zerknitterten Sprunganzügen. Ein Keil der breiten Scheibe des Fressers ragte über den Horizont und warf bläuliche Schatten auf Tobys Gesicht, so daß Killeen nur schwer seinen Ausdruck erkennen konnte. Der Mund des Jungen war nach einer Seite verzogen, als ob er Worte enthielte, die schlecht schmeckten.

Killeen sagte: »Sie trägt vielleicht Dutzende von Aspekten. Die alle wollen etwas unternehmen, sie...« Er atmete tief ein, um eine wortlose Empfindung zu beschreiben. Von jammernden Mäusestimmen. Von winzigen, drückenden Händen, die sich innen gegen die Augäpfel preßten. »Die überkommen einen so rasch, daß man nicht mehr unterscheiden kann zwischen dem, was man selber denkt, und dem, was sie sagen.«

»Klingt... gut...«

»Schrecklich.«

Tobys Mund war noch angespannt, die Lippen gerundet. »Nun ja.«

Killeen breitete die Hände aus in einer, wie er hoffte, beiläufigen Geste. »Schau, die Dinge laufen gerade jetzt ziemlich mies. Alle sind nervös. Aspekte sind auch Menschen, denk daran! Nur einigermaßen geschrumpft. Das ist alles.«

»Werden sie auch so sein, wenn sie einmal auf mir reiten?«

»Kein Mensch hat gesagt, daß sie auf dir reiten werden.« Killeen äußerte diese halbe Lüge in der Hoffnung, daß sie den aufkommenden Ärger ablenken würde, den er hinter dem unzufriedenen Mund erkannte. Aber er merkte, daß das nutzlos war.

Die Worte fuhren wie Speicheltropfen aus den plötzlich gelockerten Lippen. »Verdammt, wenn sie das tun werden!«

»Das können sie nicht«, sagte Killeen schnell. »Du bist zu jung.«

»Ich werde das nicht zulassen. Das sage ich dir.«

»Niemand spricht davon, mein Sohn«, versuchte Killeen ihn zu beruhigen.

»Sobald wir uns etabliert haben, werden sie reinkommen. Ich bin dem entsprechenden Alter verdammt nahe.«

»Noch nicht!« Killeen spürte in seiner schnellen Ablehnung seine eigene verborgene Hoffnung, sein Verlangen, die Zeit zurückzudrehen und in seinem Jungen etwas von dem zu erhalten, wie sein eigenes Leben einmal gewesen war.

»Bald.«

»Auf jeden Fall haben wir niemanden, der das machen könnte.« Die Bishop-Frau, die die Übertragung gespeicherter Aspekte durchführen konnte, war vor einigen Tagen der Mantis zum Opfer gefallen.

»Weise Frauen bei den Rooks können das«, sagte Toby unerschüttert; und Killeen sah teilweise, woher das kam.

»Wer denn?«

Alles sprudelte heraus. »Sie heißt Pamela und hat drei Rooks behandelt, als wir da hinten lagerten. Ich habe gesehen, wie sie das machte. Einfach die Schlitze im Nacken aufreißen; und sie werden taub und steif. Dann die Chips einfach hinein; und sie stehen auf, und alles ist anders. Ihre Augen flattern herum, als ob sie noch nie Erde oder Himmel gesehen hätten; und sie sprechen auch auf eine drollige, matte Art. Als ob sie überhaupt nicht mehr dieselben Menschen wären.«

Tobys Gesicht nahm jetzt eine eifrige, fragende Miene an, als ob er eine brennende Frage geäußert hätte. Killeen zog seinen Fiberhandschuh aus und packte Toby an der Schulter. »Das kommt jederzeit vor.

Aspekte müssen zurechtgerückt werden. In ein oder zwei Tagen wird es diesen Rooks wieder gut gehen.«

Tobys Gesicht verzog sich, und die Augen wurden feucht.

»Sie schauten... schauten...«

»Ich weiß, ich weiß.« Einige Zeit sagte keiner etwas. Sie standen beisammen auf einer verwitterten braunen Felsplatte, die Gesichter in buntem Halbschatten.

Killeen nahm seinen Sohn fest bei den Schultern. Er spürte, daß die meisten ihrer Worte vergeudet waren und unvollkommene Emotionen ausdrückten. Viele Dinge kamen heraus, wenn sie eigentlich etwas ganz anderes diskutieren wollten. Dieses Mal merkte Killeen, daß zwischen ihnen eine Trübsal lauerte, die nicht nur von den letzten paar Tagen herrührte, sondern aus Jahren bis hin zurück durch die ganze qualvolle Flucht in einem Korridor der Vernichtung, der von der Kalamität ausging. Und darüber gab es hier nichts zu sagen. Es war ihr Los zu leiden und weiterzumarschieren, aber doch die Achtung vor allem Menschlichen nicht zu vergessen.

Er hustete und räusperte sich, um die Kehle frei zu bekommen. Ehe der Moment in matte Verlegenheit abgleiten konnte, sagte er: »Aspekte sind unsere Art und Weise, genügend Fähigkeiten bei uns zu bewahren. Sonst würden wir...«

»Das *weiß* ich ja alles. Aber ich meine, ich bin...«

Killeen nahm seinen Sohn in den Arm, damit er sich nicht anstrengen mußte, mehr zu sagen. Sie wußten beide, was er fühlte und daß keiner von ihnen etwas dagegen tun konnte. Toby wuchs schnell heran, selbst bei den anhaltenden Eilmärschen. Bald würde jemand das bemerken, und der Kapitän müßte vor der gesamten Sippe erklären, warum Toby keinen Aspekt trug. Es waren viele Aspekte verfügbar, erhalten in Chips, die Ledroff an seiner rechten Hüfte aufbewahrte. Ein jeder konnte der Sippe Zugang zu Information oder handwerklichen Künsten geben, die sie vielleicht bald dringend gebrauchen würden. Und da die Rook-Frau zur Verfügung stand, wäre die Einpflanzung ziemlich einfach.

Killeen wünschte, er könnte Toby sagen, daß er ihnen Einhalt gebieten würde, um die Ausrüstung des Jungen mit einem Aspekt zu verschieben. Aber sie wußten beide, daß sie gehorchen mußten, wenn der Kapitän entschied.

»Schau, ich...«

»Schon gut, Papa«, sagte Toby. Seine tränenreiche Stimme wurde durch den festen Stoff von Killeens Sprunganzug gedämpft. »Ich weiß, ich weiß.«

Nachdem sie den ersten Rundgang um das Lager beendet hatten, schickte Killeen Toby hinein. Der Junge brauchte Schlaf, und Killeen mußte nachdenken.

Einen Aspekt zu tragen war für die Sippe hilfreich, konnte aber auch einen Jungen behindern und mit spröden Verwirrungen bedrängen, indem seine frischen Ideen rebellischen Stimmen ausgesetzt wurden. Die Sippe befand sich in ihrer bisher schlimmsten Lage. Die Leute hatten einige Jahre nach der Kalamität recht gut gelebt und in Casas und Trögen lange Perioden behaglicher Tage verbracht. Damals war reichlich Zeit gewesen, einen Aspekt anzunehmen und die winzigen ungleichartigen Seelen miteinander zu versöhnen.

Aber jetzt stand alles auf der Kippe. Es gab keine sichere Zuflucht. Die Aspekte spürten bei ihnen allen die zunehmende Verzweiflung; sie rochen sie in den hinteren Winkeln des Geistes. Wenn Toby damit ausgerüstet würde und sie bald danach Gewaltmärsche machen müßten oder angegriffen würden...

Bei den nächsten Runden ums Lager schüttelte Killeen öfters heftig den Kopf, wie um ihn frei zu machen. Jedesmal hatte er ihre Lage klar durchdacht und sich vorgestellt, wie Toby einen Aspekt empfing. Das konnte er nicht zulassen. Aber noch stärker war die Verpflichtung, nach dem strengen Sippengesetz zu leben. Er sah, daß er einen Weg zwischen diesen beiden unverrückbaren Wahrheiten würde finden müssen. Das Schicksal des Jungen war wohl unabwendbar.

Am nächsten Tage waren sie flott vorwärtsgekommen, als Killeen seine Entdeckung machte.

Er kam müde über einen Hügel und sah ein zerklüftetes Tal, wo eine breite Steinplatte dem nach oben gerichteten Druck des Grabenbruchs widerstanden hatte. Kleine Rinnsale zogen sich hindurch.

Er rief Jocelyn. »Links eine leichte Passage. Offenes Wasser! Halte dich nahe beim Bergsattel, wenn du herüber kommst!« Er begab sich schnell den Abhang hinunter, über die Talsenke und einen sich verengenden Paß hinauf, der einen schnellen Durchgang versprach. Er trank sich in einem Bach satt. Das Wasser war kalt und von scharfem Aroma. Es biß ihn in die Hände, wenn er es damit in den Mund schöpfte. Als dann die Sippe hinter ihm über der gezackten Kammlinie erschien, zog er weiter.

Als er den steilen Hang halb empor gekommen war, erblickte er die vereinzelte Steinplatte, schräg über den Boden geneigt. Sie mußte von Menschen gemacht sein. Mechanos polierten ihre Steine und bearbeiteten sie mit Lasern. Dies hier war ein gefleckter grauer Granit mit Alabasterbändern, über den schwach ausgeprägte Zeichen verliefen. Die abgewetzten Kanten und entfärbten Vertiefungen der Buchstaben verrieten hohes Alter. Selbst die Zitadelle hatte keine so kunstvoll bearbeiteten und so alten Steine besessen.

Er grübelte darüber nach und rief schließlich Arthur zu Hilfe.

Das ist recht alt. Dessen bin ich sicher. Viel älter als ich. Archaisch. Nicht wie das, was ich je schreiben würde, ob wohl ich in meinem ersten Leben eine Art Schriftgelehrter und Barde gewesen bin.

»Lies es mir vor!«

Ich muß es in passender Form und Stimme wiedergeben:
›Er,
auf dessen Waffe Ruhm geschrieben wurde, als er beim Kampf in den weiten Ländern den ersten Angriff abschlug. Mit seiner Brust zerteilte er die Flut der Feinde – jene schrecklichen, mechanisch-wild und unerbittlich gegen die Gefallenen.
Er,
der im Krieg die sieben Arten lebender Toter durchquerte. Durch seinen Sieg fiel Snowglade der Menschheit zu.
Er,
von dessen heldenhaften Stürmen noch der südliche Ozean duftet.
Er,
dessen große Hingabe die Maschinen durch mächtige Glut verzehrte.
Er: Wie ein erloschenes Feuer in einem großen Wald verläßt er auch jetzt noch nicht seinen Schatz. Snowglade.
Er: Hat wie ermüdet das sichtbare Leben verlassen. Wir geben ihm jetzt eine andere körperliche Form, damit er, der einsame Herrschaft in dieser Welt errungen hat, dort einziehen kann.
Snowglade – durch seinen Arm erobert.
Er: Trägt den Namen Chandra.
Er: Der Menschheit im Namen der Teile fortgeführt hat.
Er: Der das Eis unter den Sippen verteilt hat.

Er: Der als tüchtiger Ahn unter euch marschiert.
Er liegt auch hier.‹

Bis Arthur den langen Singsang beendet hatte, waren auch andere Leute aus der Sippe zu Killeen aufgeschlossen und standen neben ihm. Er hatte Arthur für ihre Sensorien geöffnet. Die leisen, fließenden Rhythmen faszinierten sie.

Obwohl sie die tief in den Stein eingegrabenen Worte nicht lesen konnten, spürten sie das Gewicht der Zeit, das hinter dieser Botschaft stand.

Stumm berührten sie einer nach dem anderen den schrägen Stein. Davor war eine leichte quadratische Vertiefung, unter der, wie Killeen vermutete, der Mann Chandra bestattet war.

Er seufzte und ging mit Toby zusammen weiter den Berg hinauf. Sie sagten nichts. Irgendwie schienen die aus unvorstellbar ferner Zeit stammenden Sätze schwerer auf ihnen zu lasten als das Gemetzel tags zuvor. Wenn Chandra wirklich vormals hierher gekommen war und die Mechanos zurückgetrieben hatte, war er wirklich eine bedeutende Persönlichkeit.

War Chandra ein Aspekt? Killeen konnte darüber nachdenken, wie er wollte – er konnte sich an kein Sippenmitglied erinnern, das einen Aspekt trug, der so hieß oder so mächtig war. Aber wenn Aspekte von Chandra noch lebten und Killeen sich einen solchen einverleiben könnte, dann würde ihn das vielleicht zu einem besseren Sippenmitglied machen oder zu einem besseren Vater …

Er ging dahin, ohne richtig zu sehen. Darum bemerkte Toby es zuerst. »Papa! Siehst du hier? Sieht aus wie ein Bauwerk der Mechanos.«

Im Sensorium hatte es noch niemand bemerkt. Sie redeten über die Chandra-Stele. Stimmen summten und schwirrten – der ständige akustische Hintergrund, worin die Leute ihre Erfahrungen austauschten und sich über die Umgebung äußerten.

Killeen machte wieder ein verdrießliches Gesicht. Sie vermieden Plätze der Mechanos, und dieses merkwürdige Ding da vor ihnen…

Plötzlich sah er, daß es sich sogar um *zwei* Mechanos handelte.

Der eine bewegte sich. Ein Rattler.

Er kam schräg von rechts auf sie zu mit einer raupenartigen Bewegung auf Gleisketten. Killeen hörte die grauen Keramo-Rippen angestrengt rumpeln.

Die Sippe lief schon davon, als der Rattler direkt auf sie zusteuerte. Sie konnten es nicht bis zum Eingang der nächsten Schlucht schaffen. In dem trockenen Flußbett gab es nur äußerst wenig Deckung.

»Haltet euch nach rechts!« rief Ledroff. Die Sippe erkannte seine Absicht und änderte sofort die Richtung. Das Mechanobauwerk würde etwas Deckung bieten.

Es ging um Augenblicke. Drei Rook-Frauen benutzten alle Kraft ihrer Stiefel, um schnell nach vorn zu kommen. Dann legten sie sich hin und gaben Verzögerungsfeuer.

Killeen kam unverzüglich hinzu und schoß in unbequemer Richtung. Es lohnte nicht, genau zu sein. Ihre Schüsse prallten ab und konnten den häßlichen und unerbittlichen Rattler nicht aufhalten.

Alle würden sie es nicht schaffen. »Toby, schneller!« rief er. Er wußte, daß es nutzlos war, wollte aber doch seiner lähmenden Angst Ausdruck verleihen.

Das war der Rattler, den sie schon früher gesehen hatten, dessen war er sich sicher. Er mußte seine halb verzehrte Mahlzeit ausgewürgt haben, um ihnen zu folgen. Noch nie zuvor war ein Rattler so angriffslustig gewesen, ihnen zu folgen.

Langsamer als die anderen, wenn auch nicht weniger ungestüm, lief da eine Gestalt. Die Alte Mary. Sie hatte sich in den letzten Tagen nicht besonders gut gefühlt. Schon war sie zurückgefallen. Killeen hörte ihr mühsames Japsen.

Er wandte sich um. Sie kämpfte sich eine Steigung hoch, und Killeen schoß über sie hinweg, direkt in das blauheiße Maul des Rattlers. Das Ding nahm kaum Notiz von den weggepusteten Antennen und den Dellen in seinem widerspenstigen Gesicht.

Es erwischte die Alte Mary. Die Arme und den schnell aufgerissenen Mund verschluckte es fast nebenbei, ohne das Tempo seines Ansturms zu vermindern.

»Mary!« rief Killeen wütend und enttäuscht. Er wußte, daß der Rattler erst später entdecken würde, daß sie nicht völlig aus Metall bestand. Er erblickte in ihr zweifellos eine Ansammlung metallbeschichteter Wesen und hielt sie für wohlfeile Quellen von Erz. Und da sie nicht die ›Friß-mich-nicht‹-Codierung seiner Heimatstadt trugen, waren sie Freiwild.

Killeen lief mit aller Kraft davon. Der Rattler quälte sich durch ein von Unkraut überwuchertes Flußbett.

An seinem Kopf fuhr ein hohles *shuuuung* durch die Luft. Das war ein akustisches Geschoß, das Infraschallgeräusch zu seinen Füßen mit elektromagnetischen Schreien verschmolz und zu Frequenzen aufstieg, die die Zähne wackeln ließen.

Der Rattler suchte ihn zu verwirren und seine Sensoren zu blockieren. Killeen duckte automatisch den Kopf, obwohl das nicht gut war und alle seine Rezeptoren außer Tätigkeit setzte. Mit Ausnahme seines Weitsehvermögens nahm er nichts mehr wahr.

Toby stolperte voran. Killeen packte ihn an der Schulter und hob ihn auf eine Sandbank.

Noch ein *shuuung* ertönte schwach in seinem gedämpften Geist. Das war sehr stark und erwischte Toby unvorbereitet. Der brach zusammen und schnappte nach Luft. Killeen lud ihn sich auf den Rücken.

Der inzwischen nahe herangekommene Rattler stieß einen heißen neuralen Spieß in Killeens Bein. Die Muskeln zuckten und heulten und wurden dann totenstarr.

Killeen taumelte vorwärts. Vor ihm ragte das Mechano-Bauwerk auf. Es war groß, imposant und viel höher als gewohnt.

Er sollte es nicht mehr bis dahin schaffen.

Er stolperte. »Killeen!« rief jemand.

Unter seinen Füßen rutschte Sand. Der Himmel drehte sich.

Er tastete nach seiner Waffe. Der Rattler würde sofort bei ihm sein. Wenn er sicher, schnell und ruhig schießen könnte...

Dann stürzte die Welt ein. Grelle Töne überfluteten ihn. Das Rumpeln und Rasseln des Rattlers wurde hohl und schwächer. Irgendwer klopfte ihm auf den Rücken.

Tobys Gewicht verschwand. Sein Sensorium wurde von prickelnden Reizen überflutet und von einem befreienden Signal aufgesperrt.

Killeen wandte sich dem Rattler zu. Er sah nur seine Kehrseite, sah massive graue Zylinder stampfen und arbeiten. Er zog sich zurück.

Cermo der Langsame rief: »...wenn du nicht deine Ohren ausgeschaltet hättest, würdest du gehört haben, wie es gebellt hat. Es war richtig wütend.«

»Warum... warum hat es angehalten?«

»Das kleine Ding hier.«

Eine kleine Pyramide ragte aus der Sandsteinplatte, auf der sie standen. Killeen war daran vorbeigelaufen, ohne sie zu bemerken.

Er blinzelte das fein gestaltete Ding an. »Wieso?«

»Keine Ahnung. Muß dem Rattler Befehle erteilt haben.«

Killeen hatte von solchen Dingen gehört, aber nie eines gesehen. Das vierseitige Monument mit verchromten Flächen und kunstvollen Dekorationen mußte den Rattler angewiesen haben, nicht näher zu kommen.

Die Sippe rief ihm vergnügt zu. Toby ging es gut. Shibo strahlte. In Anbetracht des Schreckens von kurz vorher war ihre Freude verständlich, selbst nach dem Verlust der Alten Mary.

In seinem Gesichtsfeld schwammen erschöpfte, aber jubelnde Gesichter. Sie führten ihn zu dem riesigen Mechanobau hinauf. Freunde brachten ihm zu trinken. Kinder klatschten vergnügt in die Hände.

Mechanos durften nicht einen Befehl ignorieren, ein Werk der Mechanos in Ruhe zu lassen. Menschen konnten das. Daher betraten sie frech den Boden der massiven Konstruktion. Die Ebenheit des weiten Platzes wirkte nach dem zerklüfteten Gelände eigenartig.

Killeen runzelte verwirrt die Stirn. Was war an diesem Platz so andersartig?

Gewöhnlich ignorierte er alles, was Mechanos erbauten, sofern er es nicht ausplündern konnte. Aber dies Ding hatte ihm immerhin das Leben gerettet.

Es war breit und hoch. Und von unmöglicher Gestalt.

Über einer mächtigen Marmorplattform saß etwas, das Killeen zunächst für eine Illusion hätte halten mögen. Nur Mechanos erzeugten Luftspiegelungen und Fata Morganas, er war auf der Hut. Aber als er gegen das Ding trat, gab es einen beruhigenden soliden dumpfen Ton von sich.

Es war massiv aus Platten elfenbeinfarbenen Steins gefertigt, schien aber in der Luft zu schweben. Reine Kurven trafen sich in entzückenden, aber irgendwie unvermeidbaren Winkeln. Wände aus weißen Platten ragten auf, als ob sie schwerelos wären. Dann wölbten sie sich zu einer Kuppel, die um so leichter und luftiger zu werden schien, je weiter sich die Rundung erhob. Schließlich, hoch über den zusammengeströmten Sippen, bog sich der steinerne Bau nach innen und bildete eine zum Himmel aufragende Spitze.

Die weiß schimmernden Arabesken aus filigranartigem dünnem Stein interessierten Killeen weniger als die Verzierungen. Er hatte noch nie solche Kunstwerke gesehen.

Rings um ihn wurde lebhaft gefeiert. Die Erlösung, sogar ohne einen Kampf, löste Hochstimmung aus. Cermo der Langsame machte sich an den starken, rohen Fruchtschnaps, der zugleich als rituelle Flüssigkeit und geschätzte Währung bei den Sippen galt.

Ledroff und Fornax entschlossen sich nach einigem Zögern, die Festivitäten weitergehen zu lassen. Es war erst Mittag, aber die Sippen hatten unter Streß gestanden. Ein weiser Kapitän ließ überschüssigen Energien freien Lauf.

Killeen sah, wie sie mit zusammengesteckten Köpfen diese Entscheidung trafen. Sie gefiel ihm nicht, aber er ließ es durchgehen.

Heisere Stimmen begannen zu singen. Hände griffen nach ihm. Zwei Rook-Frauen machten ihm eindeutige Zeichen. Ihre glatte Haut, gebräunt von den doppelten Sonnen, konnte sich nicht mit der geisterhaften Blässe der Steine messen, an denen er vorbei kam. Die Rooks hatten trotz allem, was sie erlitten hatten, ihre Sexzentren nicht desaktiviert. Er murmelte einen Dank, streichelte ihr glänzendes Haar, und ging weiter. Shibo war nicht in der Nähe, wie er feststellte.

Er schaute sich aufmerksam um und ignorierte die hallenden Stimmen. Am Rande der großen quadratischen Marmorplattform standen vier zierliche Türme. Killeen ging zwischen ihnen hindurch und schaute an ihnen empor. Sie standen wie Wachposten an den

Ecken des Monuments, als Wächter gegen alle rohen Kräfte, die die Welt aufbringen könnte.

Er sah, daß jeder Turm in einem kleinen Winkel nach außen geneigt war. Wenn die Türme einmal einstürzten, würden sie nach außen fallen. Ihr Ende würde nicht das riesige, luftige Bauwerk in der Mitte beschädigen.

Auf der Rückseite der letzten Marmormauer befand sich eine einzelne, tiefschwarze Tafel. Sie wirkte wie ein dunkles Auge, das auf ein unwöhnliches Land schaute. In ebenholzschwarzer Schrift stand darüber: *NW.*

Als Killeen näher kam, begann die Tafel zu blinken. Ein rötlicher Schimmer verschleierte kurz ihre Fläche, und in seinen Geist drang eine gleichmäßige beschwörende Stimme, die von vergangenen Herrlichkeiten und tönenden alten Namen kündete.

Killeen empfand die Worte wie kühle kristallene wortlose Sinnpfeile. Als er sie verstand, keuchte er.

Das Ding war unglaublicherweise nicht von Mechanos gemacht. Statt dessen stammte es aus menschlichen Zeiten und war Menschenwerk.

Aber die Mechanos hatten es nicht angerührt.

Killeen hörte eine Weile zu und begriff nichts außer der einzigartigen Tatsache, daß Menschen einstmals Dinge so fein und ordentlich angefertigt hatten wie Mechanos. Weitaus schöner als die Zitadellen. Und sie hatten so gut gearbeitet, daß sogar Maschinen ihrem Werk Tribut und Anerkennung zollten.

Benommen, mit offenen, aber nicht sehenden Augen, hörte er Cermo den Langsamen nicht, bis eine Hand auf seine Schulter schlug.

»Komm! Du hast den ersten Schlag.«

»Was…?«

»Um das hier niederzureißen.«

»Eines von…«

»Jetzt ist die Zeit für den großen Krach da. Kolossal. Wir wollen feiern!«

Schon brachten einige Leute an der Basis eines der schlanken Türme Markierungen an. Cermo der Langsame zog Killeen zu ihnen hin. Es war nicht mehr länger interessant, Mechanofabriken zu zerstören, aber dieser merkwürdige Platz war anders.

Killeen sagte: »Ihr versteht nicht. Das ist kein Bauwerk von Mechanos.«

Cermo kicherte. »Hältst du es etwa für einen Berg, ha?«

»Es ist von Menschen gemacht.«

Cermo lachte.

»Doch, sie machten es. Eine Stimme hier von oben…«

»Er hört Stimmen«, rief Cermo den anderen zu. »Rattler muß ihm ziemlich zugesetzt haben.« Schrilles Pfeifen ertönte als Antwort.

»Die *Menschheit* hat das hier gebaut. Darum ist es so… so wunderschön.«

»Alles Mechanokram.« Cermo ging zum Fuß des Turmes.

»Nein! Vor langer Zeit haben Männer und Frauen wie wir ein solches Werk errichtet. Seht es doch nur an!«

Cermo hatte die anderen auf seiner Seite. Die Gesichter grinsten. Die Leute kicherten und schickten sich an, auf ihre einfältige Art das zu tun, was Männer und Frauen immer gemacht hatten, wenn sie ungeschütztes Mechanowerk fanden.

»Das ist nur noch mehr übles Mechanozeug«, sagte Cermo leicht gereizt. »Wenn du keinen Teil davon haben willst, nehmen wir uns das Ganze.«

Zwei Frauen lachten und gaben Cermo ein Schneidrohr, das seinerzeit von dem Crafter abgerissen worden war. Cermo drückte auf einen Knopf, und ein Summen der Bereitschaft ertönte.

Eine fieberhafte Wut trieb Killeen vorwärts. Cermo

wandte sich halb dem Turm zu und zielte mit dem Schneidstrahl auf eine gelbliche Steinplatte. Die Menge murmelte erwartungsvoll und stieß hohe Freudenschreie aus.

Killeen stieß Cermo kräftig in den Rücken. Der taumelte. Sein Gesicht klatschte gegen den Turm. Killeen trat ihn heftig in die Rippen. Das Schneidgerät polterte auf den Marmor.

»Du...«, brüllte Cermo. Killeen stieß das summende Schneidgerät mit dem Fuß fort.

Cermo holte aus und traf Killeen direkt ins rechte Auge.

Killeen taumelte zurück und versuchte, scharf zu sehen.

Cermo duckte sich und machte einen Ausfall. Killeen brachte ihn zu Fall. Der große Kerl prallte auf eine dicke Steinplatte und stöhnte.

Killeen hielt Ausschau nach Ledroff oder Fornax. Die waren weit entfernt und schienen desinteressiert zu sein. Er brüllte gegen ein Meer wütender Stimmen an: »Laßt das! Es ist unser: Menschlich.«

Eine Frau rief: »Du schützt Mechanoschrott? Ich...«

»Das haben Menschen vor langer Zeit gemacht. Leute, die anders waren als wir.«

Die Frau fletschte ihre grauen Zähne. »Wer sagt das? Dies ist Mechanowerk!«

»Mit euch werde ich mich nicht streiten. Haut ab!«

Schlitzaugen starrten ihn an und erwogen die Aussichten, ihn anzugreifen.

Hände griffen in die Luft, gierig nach dem Gewicht einer Waffe.

Der Wind pfiff zwischen den hohen, hellen Türmen hindurch.

Und der Moment verstrich. Die Menge schob sich mit abgewandtem Blick brummend zur Seite. Sie wollte versuchen, ihre Lustbarkeit fortzusetzen.

Killeen half Cermo dabei, sich aufzusetzen, und brachte ihm Wasser. Cermo war ein heißblütiger Mann, und die Wut war verflogen. Killeen teilte mit ihm etwas starken Branntwein. Der Fall war erledigt, bis auf Cermos angeknackste Rippen und Killeens wundes Auge.

Dann stand er auf und sah zu, wie dünne Cirruswolken über den Himmel liefen, eingerahmt von den Türmen und der zauberhaften großen Kuppel.

Wiederum lauschte er der alten hohlen Stimme und ihrem beschwörenden Singsang. Er achtete wenig auf Ledroff. Fornax sprach kurz zu ihm über den Vorfall.

Toby sah sich einige Zeit die Türme an, und Killeen erzählte ihm, daß sie Menschenwerk seien. Toby machte eine kindliche Grimasse des Erstaunens. Wenige Minuten danach spielte er wieder mit den Rook-Kindern.

Killeen berichtete Shibo. Sie nickte, ohne ein Wort zu sagen. Inzwischen lief um sie die Feier ab.

Die Kapitäne beschlossen, zwischen sich und den Rattler einige Distanz zu legen. Schließlich hatten die Leute ja gegessen und konnten das alte Tempo wieder aufnehmen. Trotz Murren und Beschwerden befahlen sie, den Marsch fortzusetzen.

Killeen schüttelte den Kopf und dämpfte die alte Stimme in sich zu einem schwachen Zirpen. Auch er hätte hier gern eine Weile gerastet. Um die Alte Mary zu betrauern. Um zu feiern und die Demütigung des Rattlers zu genießen.

Als er sein Gepäck aufnahm, machte Killeen ein mürrisches Gesicht. Wenn Mechanos diese menschliche Stätte ehrten, sollten die Menschen das erst recht tun. Dessen war er sich sicher.

»Marsch!« befahl Ledroff. »Nach den Seiten ausschwärmen! Los!«

Sie verließen den Platz, ohne sich umzuschauen.

Arthur war aufgeregt, aber Killeen war nicht gestimmt, näher zuzuhören. Der Aspekt konnte nicht erklären, wie oder warum dieses Monument hierher gekommen war. Arthur kannte aus seiner eigenen Zeit nichts dergleichen. Es schien mit der Stele von Chandra in der Nähe keinen Zusammenhang zu geben. Killeen dämpfte Arthurs Verwunderung und übernahm für den bevorstehenden Tagesmarsch wieder die linke Flanke.

Arthur wiederholte ständig einen Namen. Er dachte darüber nach, um daraus Sinn zu gewinnen. Aber er schien keiner ihm bekannten Sprache anzugehören.

Schließlich gab er es auf. Es war im Lauf der Zeiten verloren und bedeutete nichts, obwohl er den gewichtigen Klang – *Taj Mahal* – auf den Lippen als angenehm empfand.

# 5. KAPITEL

Als Killeen am nächsten Morgen aufstand, schwirrte eine Neuigkeit durch das Lager. Shibo hatte bei ihrer Nachtwache gesehen, wie ein Kuli sie von einem entfernten Berg aus beobachtete. Sie schoß auf ihn; aber ihr Bolzen verfehlte entweder das Ziel oder wurde beunruhigenderweise abgelenkt.

Ledroff und Fornax beschlossen, einen Suchtrupp hinter dem Kuli her auszusenden. Die beiden Kapitäne ließen die Sippen sich in einem auseinanderlaufenden Winkel trennen.

Der Trupp bestand aus sechs Personen, lauter Freiwilligen. Zwei waren Bishop-Männer, die noch erbost waren, weil die Mantis Verwandte von ihnen getötet hatte. Zwei waren Frauen aus der Rook-Sippe, schlank und kantig. Sie trugen ihr Haar kurzgeschnitten und in dicke Knoten gerollt, wodurch sich eine Frisur ergab, die aus einem alten Denkmalsymbol stammte, an dessen Sinn sich niemand mehr erinnerte. Sie waren wie Leithunde, zur Jagd erzogen und von ihrer Leidenschaft zur Verfolgung getrieben. Shibo, obwohl selbst keine Jägerin, war ihre Freundin und beteiligte sich auch freiwillig.

Sie lachten und scherzten mit den beiden Männern und wirkten auf Killeen – der als Sechster teilnahm – nicht anders als andere Frauen, die er kennengelernt hatte. Die Bishop-Sippe hatte keine weiblichen Jäger, obwohl Jocelyn einige entsprechende Qualitäten besaß. Killeen entnahm ihrer Unterhaltung, daß bei den Rooks schon immer eine peinlich genaue Arbeitsteilung geherrscht hatte, so daß Männer und Frauen sich beim Kochen und Jagen, bei Verteidigung und Handwerk, sogar beim Tragen von Lasten und Stoßtruppunternehmen gleichermaßen beteiligten. Die Rook-Frauen ließen durch ihre graugrüne feste Schutzkleidung dicke Muskelpakete an den Schenkeln und Fußknöcheln erkennen. Aber sie bewegten sich leicht und lässig.

Killeen stellte fest, daß sie sich alle einig waren: Die speziellen Kulis konnten zur Mantis führen; und die Mantis überraschend anzugreifen war sehr viel besser als umgekehrt.

Also brachen sie zu einem langen und mühevollen Tage auf. Obwohl Jahrhunderte sie zum Laufen geformt hatten, wußte Killeen, daß er sich mäßigen mußte. Das Alter hatte schon begonnen, an ihm zu nagen. Schmerzen und ständiges Wundsein an Knien und Hüften lehrten ihn, daß er seine Ausdauer übertrieb. Eingepflanzte Sensoren meldeten mikromolekulare Zustände und Bestände. Killeen stellte diese automatisch in Rechnung, ohne die geringste Ahnung zu haben, woher sie kamen.

Shibo sendete – Toby sicher. –

Killeen zwinkerte. »Ist das klar? Aber du hast recht. Ich verlasse ihn nicht gern.«

– Die Mantis scheint es auf Betagte abzusehen. –

»Das sage ich mir auch dauernd. Es ist wohl das Risiko wert, wenn wir die Mantis erwischen.«

– Hoffe ich. Hoffen wir –, sagte sie nachdenklich.

Sie folgten Spuren des Kulis durch eine sumpfige Schlucht. Von den lehmigen Hügeln stürzten Wasserläufe herab. Das Eis in der Tiefe schmolz, und in den Senken quoll Sickerwasser empor, zum Wohle grünen Pflanzenwuchses.

Die Spuren führten auf eine weite Ebene hinaus. Killeen wurde immer ärgerlicher, als sie das Gelände durchsuchten. Er kannte die typische Geschwindigkeit der Kulis und ihre allgemeine Fähigkeit, mit dem Terrain fertig zu werden. Diese Spuren folgten einer sauberen, klugen Strecke zwischen nacktem, von Gletschern abgeschliffenem Gestein und den matschigen Löchern, wo die Gleisketten nicht greifen würden. Dieser Kuli war geschickter als alle, die ihm bisher begegnet waren. Während sie mit Hilfe ihrer Stiefel in langgestreckten Sprüngen über die Fläche setzten, stellten die anderen dasselbe fest.

Eine Rook-Frau sendete – Hier hört die Spur auf. –

– Vom Wind verweht –, meinte Shibo.

Der Boden war ausgetrocknet und hielt einen Eindruck gut fest. Wo der fest gepackte Ton in Sand überging, verschwanden die Gleisspuren. Killeen rannte ein Stück weiter und sagte: »Kann nicht sehen, wo es herausgekommen ist.«

– Umrunde es! – rief die andere Rook-Frau. Sie hatte die Leitung und schien jede Verzögerung bei dem Auffinden ihrer Beute als persönliche Kränkung zu empfinden.

Sie suchten die äußere Grenze der breiten, flachen Senke ab. Nirgendwo führte eine Spur heraus; aber in dem weiten Gebiet gab es nichts, wo sich ein Kuli wirksam hätte verstecken können.

– Abschnittweise suchen! – rief die Rook. Sie teilten das längliche Areal in Stücke auf und schritten es wie ein Gitter ab. Sie schauten unter jeden Busch. Nichts.

Der Fresser und Denix standen beide tief am buckligen Horizont, ehe sie aufgab. Vom Kuli kein Anzeichen. – Es ist mir zuwider zurückzugehen, ohne wenigstens einen gesichtet zu haben –, sagte die Frau.

– Das ist verdammt sinnlos –, sagte ärgerlich ein ermatteter Bishop-Mann. – Wir hätten jeden Transporter kommen sehen, der es aufgenommen hätte. Ein Kuli konnte nirgends hingehen. –

Shibo sagte – Vielleicht durch die Luft. –

– Kulis, die *fliegen?* – knurrte die zweite Rook-Frau. – Nie so was gehört. –

Und ein Bishop ergänzte – Kulis sind zu blöd. Waren es immer, werden es immer sein. –

Auf dem Rückweg mußten sie echt gebirgiges Gelände überwinden. Es war das erste Mal, soweit Killeen sich erinnern konnte, daß er über hohe Pässe ging; denn es war die Taktik der Bishops gewesen, sich an die Täler zu halten und bedeutende Höhen zu meiden. Die Rooks schienen es mehr gewohnt zu sein; und ihr weiblicher Anführer legte einleuchtend dar, daß sie über die Bergsättel steigen müßten, wenn sie die Sippen in der Abenddämmerung erreichen wollten.

Bei dem langen Anstieg dachte Killeen darüber nach, was der Mann gesagt hatte. Die Sippen hatten im Grunde ihrer Gedanken immer diese Gewißheit mitgeschleppt, unkontrolliert und launisch: *Immer gewesen, wird immer sein.*

Aber jetzt schien alles anders zu sein. Killeen wurde plötzlich bewußt, daß sie immer hinter dem Zickzackkurs der Mechanozivilisation zurückblieben. Die Menschen brauchten die Traditionen und Bräuche, die die Sippen zusammenhielten und einst die Clans geeint hatten. Aber Veränderung war jetzt ihre einzige wirksame Waffe – nicht die kümmerlichen und oft unwirksamen Pistolen und Gewehre, die sie trugen. Oder auch erbeuteten: Projektoren, die sie von den gelähmten Rümpfen der Marodeure abmontiert hatten, oder Laser, die sie erzsuchenden Schürfern wie den schwerfälligen Snouts entwendet hatten. Solche Bewaffnung eignete sich für den Tag, aber nicht für den langsamen, stetigen Ablauf dieses endlosen Krieges, der für die eine Seite verzweifelt und für die andere fast nebensächlich war.

Er rief Shibo über die Nahverbindung und fragte, was sie dächte. Ihre selbstzufriedene, zurückhaltende Distanziertheit war allmählich dahingeschmolzen, und Killeen hatte einen Teil seiner Schüchternheit abgelegt. Trotzdem freute er sich, als sie sofort antwortete.

– Müssen Mechanotechnik lernen jedenfalls. –

»Meinst du, besser ausschlachten?«

– Nein, *bauen*. – Ihre Stimme war ruhig und entschlossen.

»Nach Mechanoteilen könnten wir gewiß Mechanowaffen bauen, aber…«

– *Menschen*-Waffen bauen. Nicht nur Mechanos kopieren. –

»Die Menschen *hassen* Mechanos, Shibo. Wollen das nicht lernen. Können es gar nicht.«

Er konnte ihr leises Summen hören, obwohl sie etwas entfernt war. Sie waren ausgeschwärmt, um einen Hinterhalt zu vermeiden. Der Trupp kam schnell voran durch einen rauhen Gebirgspaß. Snowglade war eine so junge Welt, daß die Berge noch keinen Mutterboden hatten. – Mechanos erschweren absichtlich die Verständigung. –

Das alarmierte Killeen. »Meinst du?«

– Sie schützen ihre Technik gegen andere Mechanostädte. Was die stört, stört auch uns. –

»Das klingt dann ja aussichtslos.«

– Nee. Menschliche Technik könnten wir erlernen. Zur Zeit der Bogenbauten haben wir sie gelernt. –

Er wollte nichts davon hören, was für große Dinge es in den alten Zeiten gegeben hatte. Um sie aber weiterreden zu lassen, sagte er: »Meinst du dies Taj-Mahal-Ding, das wir gesehen haben?«

– Allerdings. –

»Wenn Menschen das einmal machen konnten…«

– Können wir es auch wieder –, sagte sie ganz ruhig.

»Deine Waffe da – wie funktioniert sie?«

– Das werde ich dir heute abend zeigen. – Sie schwang das lange, röhrenförmige Gewehr. – Ich habe seine Größe dem menschlichen Gebrauch angepaßt. –

»Verdammt gut!« Killeen war beeindruckt.

Sie erreichten das Lager, als die kleinen verdeckten Feuer angezündet wurden. In dem Geländeeinschnitt, den Fornax für die Rooks ausfindig gemacht hatte, gab es brennbares Buschwerk. Jenseits eines benachbarten Hügels hatten sich die Bishops ausgebreitet. Es wäre beschämend, die Würde separater und verteidigungsfähiger Lagerplätze aufzugeben, so reduziert die Vorräte jeder Sippe auch waren. Daher entzündete eine jede die traditionellen drei Feuer und bedeckte sie mit einem Zelt aus festem Gewebe. Im Infraroten war die Flamme nur zu sichtbar; aber das breite, spitze Zelt würde das Bild für einen Mechanosensor so zerstreuen, daß er es nicht wahrnehmen könnte. Jedenfalls war das die übliche Annahme.

Als Killeen plump in das Lager stapfte und seine Ausrüstung ablegte, wurde ihm jäh bewußt, wie komfortabel die Sippen sich unter ihren bequemen Annahmen betteten. Sie benutzten Daumenregeln, die sie von ihren Großvätern ererbt hatten, die in Kämpfen gefallen waren, welche jetzt nur noch Namen darstellten: Skipjohn's Draw, Stonewall, Grammaw's, Bowleson's Surprise, The Three Rattler One, Chancellorsville. Große Namen, die oft achtungsvoll bei den Feuern fielen. Aber trotzdem wunderte sich Killeen; denn mit jedem Namen war auch eine unsichtbare Verwundbarkeit geerbt worden. Dieser Gedanke beunruhigte ihn, weil er bis jetzt, ohne nachzudenken, gemeint hatte, das Überleben der Sippe läge in ihren Traditionen begründet.

Er speiste mit Toby, Jocelyn und Shibo. Sie alle suchten nach Wurzeln oder Beeren, die sich gut mit der Kompaktnahrung vertrugen, die sie vom letzten Trog mitgebracht hatten. Geprüft auf biologische Verträglichkeit für den Menschen, hatte die nahrhafte Paste, als Brei mit Flußwasser erhitzt, ein herzhaftes Aroma. Sie schafften sie schnell.

Dann trat für die Sippe jene angenehmste Stunde in diesen Tagen ein, eine Zeit entspannter Muskeln und des matten, dumpfen Gefühls, das über den kommenden Schlaf eine zwingende Decke breitete. Nun begannen die Gespräche. Sie liefen um die verhüllten Feuer wie verzaubernde Wirbel und entführten sie ihren wunden Körpern und ständiger Besorgnis. Zwei Rook-Besucher schilderten ihre Flucht und ihre Kämpfe. Rook-Frauen gaben Geschichten weiter über Gerüche und Zeichen, die Mechanos aussandten, und wie man ihre Spuren nach Alter und Absicht deuten könnte, und wie sie manchmal in nahen Quellen und Teichen geschickt auf der Lauer lägen.

Sie alle genossen die Vermischung der Sippen, weil sie eine Flut neuer Geschichten, Späße und Stories bedeutete. Es gab auch einen Hauch von Schwärmerei, obwohl Ledroff diesen mit erhobener Augenbraue und ärgerlicher Miene unterband. Es war besser, es nicht dazu kommen zu lassen. Trotz ihrem Mißgeschick waren die Rooks nicht alle sexuell gedämpft; und die Bishops konnten schwerlich mit Anregungen ihrer ausgedörrten Gelüste antworten. Das könnte zu Mißstimmigkeiten führen.

Erfolg hat viele Stimmen, aber Mißerfolg ist stumm. Es wäre schön gewesen, wenn der Suchtrupp des Tages eine Geschichte zu erzählen gehabt hätte. Killeen brütete über dem Verlust der Spur des Kulis. Er nahm an dem Singen nach dem Abendessen nur nominell teil und hörte sich nur die erste Geschichte an, ehe er sich empfahl.

Cermo sah ihn gehen und folgte ihm mit einer Flasche einfachen, aber starken Branntweins. Killeen fühlte ein rasches heftiges Verlangen danach, langte hin – und zog die Hand zurück. »Ich mag nicht.«

»Ach, komm schon! Ein harter Tag. Etwas Schnaps bringt dich wieder in Ordnung.«

»Haut mich um. Macht mich blöd. Wenn ich erst einmal angefangen habe, saufe ich deinen ganzen Vorrat aus.«

»Nicht eher als ich«, sagte Cermo fröhlich. Killeen sah, daß der Mann schon ziemlich im Tran war.

»Tut mir leid, Cermo«, sagte er freundlich.

Er mußte sich ernsthaft bemühen, davon loszukommen. Er konnte schon den kräftigen Geruch des Branntweins spüren. Aber er wußte, was der anrichten würde und wie es ihm erginge, wenn er so weitermachte.

Es war zu einfach, sich in Trunkenheit zu flüchten. Bis jetzt hatte er noch verdammt Glück gehabt. Es war nichts Schlimmes passiert, wenn er betrunken war oder einen Kater hatte oder in einem Trog in eine elektrische Stimulation geraten war.

Aber bei niemandem währt das Glück ewig.

Er mußte seinen Kopf klar halten, wenn er je hinzulernen wollte. So ging er hinüber, wo Shibo allein dasaß. Ihre hohen Wangenknochen fingen das matte Licht ab und verdunkelten die Augen, so daß sie undeutbar mysteriös wirkten. Als letzte der Knights wäre sie an den Lagerfeuern stets willkommen gewesen. Aber sie ging selten dorthin, sondern zog es vor, an Mechanoteilen herumzubasteln, die sie in einem schwarzen Ranzen mit sich trug.

Killeen verbrachte mit ihr eine Stunde, die ihm aber eher wie ein ganzer Tag vorkam. Er hatte sich noch nie so entmutigt und kümmerlich gefühlt seit den Tagen, da er zum ersten Mal mit seinem Vater auf einfache Beutezüge gegangen war.

Shibo beherrschte nicht nur die Technik der Mechanos, sondern hatte sie verständlich gemacht. Sie konnte für ihre Waffe die Munition selbst herstellen. Sie wußte den Lauf zu justieren. Aus Mechanoschrott hatte sie eine Selbstladevorrichtung gebaut, die sauber in den Gewehrkolben paßte. Der paßte in ihr Exoskelett, so daß sie nur einen Atemzug brauchte, um beim Schießen nachzuladen. Killeen bewunderte, wie geschickt sie ihre Schwäche – die ständig sich bewegenden Rippen des Exoskeletts – zu einem Vorteil gestaltet hatte. Ihre Feuergeschwindigkeit war höher als alles, was Killeen je gesehen hatte.

Wenn sie unterrichtete, sprach sie mehr als sonst. Ihr war schon als Mädchen das Exoskelett verpaßt worden. Eine geschickte Frau hatte es aus Schaum-Polykarbon von Snout-Abfall angefertigt. Killeen vermutete, daß hierdurch Shibos Fähigkeit, Mechano-Wirrwarr in menschliche Ausdrücke zu übertragen, angeregt worden war. Vielleicht hatte ihr dies nach der Kalamität der Knights das Leben gerettet.

Während der Unterweisung zeigte sie keine Blasiertheit oder angeberischen Stolz, sondern nur gespannte Aufmerksamkeit für die jeweilige Aufgabe. Viele in den Sippen mochten keine Mechano-Artefakte und duldeten nur das, was deutlich für menschlichen Gebrauch gestaltet war. An Beinlinge, Stoßdämpfer für die Fußknöchel, Moly-Westen – an so etwas war Killeen gewöhnt. Er mußte bei Shibos Unterricht seine Abneigung überwinden.

Dann wurde er allmählich fasziniert. In ihren Händen nahmen die fremden Objekte eine versöhnliche menschliche Dimension an. Ihr schnelles, scharfes Denken öffnete ihm Wege und verscheuchte Mechano-Mysterien. Als sie sagte: »Gut gemacht. Schlaf jetzt!« bedauerte er, daß die Zeit herum war.

Cermo schnarchte, als Killeen an ihm vorbeikam. Der Mund des großen Kerls klaffte offen zum Himmel.

Killeen fühlte sich trotz seiner Erschöpfung ruhelos,

wollte sich aber nicht den Gestalten um die Lagerfeuer zugesellen. Obwohl ihm der Gestank nach tagelangen Gewaltmärschen nichts ausmachte, erinnerte er sich doch an die alte Regel seiner Mutter: Bade, wenn immer du kannst, denn niemand weiß, wie gut die Marodeure riechen können.

Er fand in der Nähe einen kleinen Bach, der aus einer hornförmigen Gesteinsformation heraussprudelte. Das Wasser betäubte ihn sofort und machte seine Füße schmerzen. Trotzdem blieb er lange qualvolle Minuten darin und genoß das sprühende Geplätscher von mehr Wasser, als er seit dem Trog gesehen hatte.

Danach mußte er eine Weile gehen, um den Blutkreislauf wieder in seine Beine zu bekommen und den dumpfen Schmerz darin abzustellen. Als er so in einiger Entfernung vom Feuerzelt allein unter den Bishops dastand, sah er den Duster kommen, obwohl er fast nackt und ohne Geräte war und nichts dagegen tun konnte.

Der Duster war über ihnen, ehe Killeen, der durch das Gebüsch zu seinen Waffen rannte, mehr tun konnte als laut zu rufen. Bishops strömten aus den Feuerzelten mit ihren geröteten Wänden. Der Duster kam in geringer Höhe aus dem Norden und stieß eine dunkle Wolke hinter sich aus, als er den Horizont streifte. Mit phlegmatischem Schwung kam er summend und brummend näher. Killeen konnte nicht erkennen, ob er sie sich als Ziel vorgenommen hatte; denn er schien nicht langsamer zu werden, während er über die Lager der Rooks und Bishops schwebte. Der schwarze Nebel ballte sich hinter ihm zusammen und fiel dann in anmutigen Wolken herunter, als ob er es nicht eilig hätte, den Boden zu erreichen und mit seiner Arbeit zu beginnen. Killeen sah die Dunkelheit vorrücken und hob von seiner Ausrüstung so viel auf, wie er konnte. Er machte ein paar Schritte, erkannte dann, daß es besser wäre, die Stiefel anzuhaben, und setzte sich deshalb folgerichtig hin und zog die Stiefel an trotz des Pandämoniums, das von der ausschwärmenden Sippe her durch sein Sensorium tobte.

Als er aufstand, lief Toby auf ihn zu, und die Wolke senkte sich wie eine riesige schwarze Hand über die Sippe. Sie kam in dem blau durchschossenen Dämmerlicht des Fressers herunter und traf sich mit horizontalen gelben Strahlenbündeln von Denix. Diesmal waren es keine einfachen Schichten ätzender Chemikalien, die Killeen schon kannte und die seine Mutter getötet hatten. Es war auch kein alkalischer Staub, sondern eher Körner, die in der Luft zu rotieren und zu surren schienen. Toby erreichte Killeen, und der Vater freute sich, daß die uralten und manchmal sogar teuren schlampigen Gewohnheiten eines Jungen von Nutzen waren; denn Toby hatte seine Stiefel anbehalten und seine Marschausrüstung nur halb abgelegt.

Toby nahm sein Koppel auf und schnallte seinen Harnisch an, der einige Waffen trug. Gegen Chemikalien wäre das ein höchst nutzloses totes Gewicht gewesen, weil man in diesem Falle nur gegen die Windrichtung wegrennen konnte. Aber sie waren sich, ohne Atem zum Sprechen zu vergeuden, darin einig, daß die hier herunterkommende Gefahr neuartig war. Die vom Himmel schwebenden Dinger prallten wirksam auf den Boden. Sie waren nicht größer als drei Handbreiten. Eines traf gegen Tobys Bein und riß Nieten heraus. Es wollte seinen Fuß angreifen, aber Toby schoß es in Stücke. Aber dann landeten drei weitere in ihrer Nähe, und noch eines kam auf Killeens Rücken herunter.

Es warf ihn um. Jähes Entsetzen durchfuhr Killeen, als er das Ding anpackte. Er konnte fühlen, wie sich die stumpfen Enden gegen seinen Nacken preßten. Ein

Geruch wie von einer in Verwesung übergegangenen Konservendose drang ihm in die Nase. Seine Hand rutschte über eine glitschige Hülle, und irgend etwas wirbelte gegen seinen Hals. Es verursachte einen stahlkalten Nadelstich, der zu rasendem, heißem Schmerz wurde. Er bekam das Ding zu fassen und rüttelte es auf und ab. Aber es hielt sich fest. Er fand eine Stütze mit der anderen Hand und zog daran. Das Gewicht drückte immer noch auf ihn. Er versuchte, sich herumzurollen, aber die Maschine stemmte sich irgendwie dagegen und hielt weiter fest.

Er hatte seine Handschuhe nicht angezogen; und als er nach den zwei stumpfen Spitzen an seinem Hals griff, berührten seine Finger etwas weißglühend Unerträgliches. Winzige Eismesser kratzten an seinem Gesicht. So, wie es sich anfühlte, versuchte er, sich ein Bild von seiner Gestalt zu machen. Er fand seine Unterlippe und zerrte daran. Aber die gab nicht nach. Er schob beide Hände darunter und wollte energisch zupacken, als das Gewicht plötzlich verschwunden war. Er rollte sich herum. Toby hatte das Ding mit einer Schaufel losgehebelt. Als Killeen aufstand, schleuderte Toby die Schaufel in das plumpe, platte Ding. Es summte und erstarb.

Dann liefen sie los. Die kleinen Maschinen fielen wie Hagel in Zeitlupe herunter. Killeen erinnerte sich einen Augenblick lang – in der Art einer Momentaufnahme, wie sie am Höhepunkt einer Schlacht auftauchen konnte – daran, wie er als Junge bei Schneefall herumgetobt hatte, aus dem dann steinharte große Körner wurden, die ihn in die Zitadelle zurückgescheucht hatten, in der er heulend Zuflucht fand.

Diese Zwergmechanos schienen keine besondere Vorliebe für Menschen zu haben. Diejenigen, die auf der Sippe landeten, versuchten, sich summend hineinzubohren. Drei Leute wurden verletzt, ehe andere die Maschinen wegreißen konnten. Aber die übrigen wandten sich dem Gestein und der Tundra zu, um zu inspizieren und sich einzubohren. Bald stiegen von ihrer Arbeit üble saure Dämpfe auf, die die Bishops noch weiter scheuchten, als es der Angriff vermocht hatte.

Sie fanden sich wieder zusammen und riefen Namen auf, bis jeder Bishop in Reih und Glied stand. Die Maschinen überdeckten das Gelände, und die Sippe trottete zu einer nahe gelegenen, durchfurchten Steigung, ehe sie zurückschaute.

Die gefräßigen Flecken durchwühlten und verarbeiteten einen länglichen Geländestreifen, der sich von den entfernten Hügeln herunterzog. Diesen Korridor hatten die Rooks völlig ausgelassen.

»Verdammt will ich sein, wenn ich je gesehen habe, daß ein Duster so etwas abwirft«, keuchte Killeen.

»Sieht aus, als ob sie das Gestein *fräßen*«, meinte Toby.

– Duster haben versucht, uns zu ersticken, wie ich mich entsinne –, sagte Ledroff übelgelaunt über Komm. – Aber dieser nicht. –

»Sie kämpfen gegen die Tundra«, sagte Shibo. Ihr Gesicht war in sich gekehrt, als sie den sich ausbreitenden Schwarm geräuschvoller Maschinen studierte. Sie stand aufrecht und gefaßt da, alles Gerät an Ort und Stelle. Killeen bemerkte aber einen Kratzer auf ihrer Kleidung, als ob jemand versucht hätte, sich da festzuhalten.

»Wie denn?« fragte Toby.

»Zermahlen sie Steine?« Als Shibo die Achseln zuckte, summte und bog sich ihr Exoskelett. »In Eis verschließen?« Wieder Achselzucken.

Killeen nickte. »Sie versuchen, den Schaden zu beheben, den der Bruch angerichtet hat. Wollen das Grünzeug stoppen.«

Toby fragte erstaunt: »Waren die denn nicht hinter uns her?«

Shibo grinste und schüttelte traurig langsam den Kopf: »Wir sind nicht wichtig.«

»Ich verstehe nicht, wie diese kleinen Biester hier überall funktionieren«, wollte Toby trotzdem wissen.

»Wir auch nicht«, sagte Killeen.

# 6. KAPITEL

Sie hatten durch die fressenden Maschinen einiges Gerät eingebüßt, und zwei Verwundete hatte es gegeben.

Eine saure braune Wolke blähte sich unter dem dahinkriechenden Appetit, der wie eine Heuschreckenflut über den Berg schwappte und zwischen den Felsen des engen Tales zu schmausen begann.

Die Sippen Bishop und Rook verbanden sich und legten zwei Hügelketten zwischen sich und die Horde. Für die Nacht ließen sie sich wieder nieder und schliefen alarmbereit unter freiem Himmel.

Beim ersten Schimmer des morgendlichen Sonnenaufgangs erhoben sie sich und machten sich bereit. Denix und der Fresser erschienen am Horizont, und Denix strahlte in seinem sanften Gelb.

Als Killeen und Toby gerade Batzen frühstückten, bemerkte Killeen die Wolken, die einen Teil der Scheibe des Fressers verdunkelten und ein volles Viertel des Himmels ausfüllten, ohne Sterne durchscheinen zu lassen. Er versuchte, sich diese Gestalten als Umrisse dreidimensionaler Formen vorzustellen, konnte aber nicht verstehen, warum diese Wolken dichter nach unten kamen, als sie sich der Scheibe des Fressers näherten. Arthur fing prompt an, über Staubwolken zu reden, die durch das gegenseitige Reiben feiner Partikel zu der dünnen Akkretionsscheibe gestaltet wurden, aber Killeen konnte dem, was der Aspekt sagte, nur zum Teil folgen.

Dennoch versuchte er es mehr als seit vielen Jahren. Shibos einfache, aber kluge Ratschläge hatten ihm einen Teil der Welt verständlich gemacht. Er fühlte zunehmend eine Überzeugung dahingehend, daß die Sippen, um zu überleben, erfinden und sich verändern müßten.

Trotz der entnervenden Attacke des Dusters hatte er gut geschlafen. Alle Aspekte, die von entschwundener Glorie plapperten, konnten das nicht verhindern. Die Lieder und Geschichten der Sippen kündeten von Leid, aber auch gleichermaßen von Freude.

In alten Zeiten, als die ersten Mechano-Eindringlinge die kristallenen Bogenbauten angegriffen hatten, spielten Kinder in den verfallenen Ruinen sogar dann, wenn neue Bomben unterwegs waren. Liebespaare trafen sich unter Chaos und Zerstörung und genossen ihre Entdeckungen. In belagerten Zitadellen, deren Fall unabwendbar war, wurden in trüben Tavernen romantische Balladen gesungen, und viele lauschten den Späßen der Komiker. Alte Gelehrte arbeiteten ruhig weiter bis zum Tage ihres Todes über der Tätigkeit, der sie ihr Leben geweiht hatten. Soldaten und Beutesammler der Sippen hatten mit Genuß gegessen und getrunken – nur Stunden, ehe sie zu Himmelfahrtskommandos ausrückten. Und er und Veronica hatten die Ankunft von Toby gefeiert, während sich die Bedrohung durch einen Angriff der Marodeure um die Zitadelle geschlossen hatte. Die Menschen verstanden es, den durchdringenden Lichtschein in einer schicksalschweren Nacht zu finden.

Ledroffs Befehl hallte durch den Sprechfunk – Bildet den Keil! –

Killeen nahm eine Position am Rande der rechten Flanke ein. Sie gingen direkt auf das deutliche Zentrum der Bruchzone zu. Das Grün wurde am Morgen stärker und verschaffte Killeen etwas Entspannung. Die wilden Ereignisse der letzten Nacht und der

Flucht entschwanden. Er ließ Toby aus den mittleren Reihen herbeikommen und sich gleich innen bei ihm einordnen, längs der Achse des vorrückenden Pfeils der Sippe. Die Spitze der Rooks hielt eine Hügelbreite weiter rechts mit ihnen gut Schritt.

Sie bewegten sich bergauf, als zwei Dinge zugleich geschahen. Toby rief: – Ja, ich habe etwas gehört –, offenbar als Antwort auf einen Anruf von der linken Flanke.

Killeen fragte: »Was ist das?«

– Da piepsen welche in der Kommunikation. Nicht von uns –, sagte Toby.

»Rooks?«

– Nee. Kamen und gingen. Aber auch keine Mechanos. Die linke Flanke sollte nachsehen. –

In diesem Augenblick, als Killeen den Mund aufmachte, um zu antworten, erblickte er den Kuli. Der sauste nach unten auf eine Geländescharte zu, die ihn über den Berg bringen würde. Er hatte die verräterische Schraffur an der Seite.

Killeen dachte nicht einen Moment nach. Daß er zuvor den Kuli verloren hatte, wurmte ihn; und jetzt rannte er schnell mit voller Kraft seiner Stiefel los. Sein warnender Schrei klang durch das Sensorium – weniger wie der Ruf eines Menschen, als vielmehr wie der Schrei eines verfolgten Tieres.

Seine Stiefel bohrten sich in den Kies und lockeren Boden, als er losstürmte. Seine Sprünge verliefen fast parallel zu dem geneigten Gelände. Undeutlich spürte er, daß Toby hinter ihm nach oben eilte und Shibo mit Abstand folgte. Sogar Cermo der Langsame arbeitete sich von der hinteren Flanke empor, was befehlswidrig war. Cermo verriet keine Trägheit durch Kater und stieß einen Jagdschrei über Komm aus.

Der Kuli verschwand über der Bergkante. Killeen lief, um ihm den Weg abzuschneiden, in der Annahme, daß er bergab Geschwindigkeit gewinnen und nicht einfach den Berg umrunden wollte. Erst als er die Kammhöhe erreichte, kam Killeen der Gedanke, daß der Kuli mit der Mantis zusammen gewesen sein könnte. Von dieser Idee betroffen, ließ er sich von seinem Schwung in einen schützenden, mit weichem Gras bewachsenen Geländebuckel tragen.

Er durchmusterte das vor ihm liegende Tal mit starker Vergrößerung. Es war leer. Durch Filterwechsel und Sichtanpassung versuchte er, projizierte Bilder zu finden.

Nichts. Nur die Gestalt des Kulis, der nach rechts davoneilte.

Diese Richtung würde ihn binnen Minuten der Schützin der Rooks zuführen. Killeen suchte noch einmal das Tal ab. Keine Verzerrung, nicht das geringste Bilderflattern. Keine Mantis, so weit er das beurteilen konnte. Toby kam heraufgestürmt und fiel beinahe über seinen Vater.

»Los, machen wir das Biest fertig!«

»Einen Moment!« Killeen beobachtete genau die fliehende Maschine.

»Derselbe wie gestern?«

»Scheint so.«

»Also los! In einer Minute werden sie hier sein.«

Killeen konnte als blaue Pünktchen auf seiner Netzhaut sehen, wie die Sippe in Schlachtordnung anrückte.

Toby rief: »Die Rooks werden es kriegen!«

Killeen zog seine Waffe und sagte: »Wir wollen es von hier versuchen. Besser aus Deckung heraus schießen, falls...«

Der Kuli kroch seitlich weg, wodurch einige Felsblöcke Killeen die Sicht behinderten. »Verdammt!«

»Komm schon! Wir wollen angreifen.«

»Warte, ich...« Aber Toby war schon aufgesprungen

und rutschte diagonal bergab, um den besten Winkel für den Kuli zu bekommen. »Toby!« Killeen schwang sich auf die gegenüberliegende Felszacke, um Kreuzfeuer geben zu können.

Alle diese Vorsicht für einen Kuli würde ihn später vielleicht albern erscheinen lassen. Dies konnte sehr wohl ein Mantis-Kuli sein. Aber selbst dann waren Kulis dumm und verwundbar.

Und Killeen wollte sich einen aus der Nähe ansehen, ihn zerlegen und Shibos Meinung hören. Sie mußten Mechanotechnik lernen, und zwar rasch.

Aber Killeen erkannte plötzlich, daß Toby binnen Sekunden ohne Deckung sein würde. Schnell gab er einen Feuerstoß auf die Stelle ab, wo der noch außer Sicht befindliche Kuli wahrscheinlich sein könnte. Er erwartete, daß die schweren Salven die Maschine zumindest verwirren würden.

Mit voller Kraft übersprang er mit dröhnenden Stiefeln einige Büsche, um den Weg in einer Schlucht abzukürzen.

Als er schweratmend ins Freie kam, sah er, daß der Kuli aus Tobys Schußlinie in die seine umschwenkte. Seine Gleisketten griffen fest zu, und er schnurrte schnell davon.

Es würde jedenfalls ein klarer Schuß werden. Der Kuli schien durchaus nicht besonders in Panik zu sein. Seine Aluminiumhülle hob sich vor dem grünen Tal dahinter ab. Die Entfernung war annehmbar.

Killeen hob die Waffe und hörte einen Schuß seitens Tobys, der noch keinen so guten Winkel haben konnte und nur Munition verschwendete. Die Einschläge warfen Grasballen hoch, weit entfernt und hoch über dem Kuli. Ein zweiter lag immer noch zu hoch.

Der Kuli blieb stehen und schien sich umzuschauen. Die Kreuzschraffur auf seinen Seitenwänden war deutlich zu erkennen.

Killeen schoß und sah, wie Teile der Verkleidung durch die Luft flogen.

Der Kuli machte eine rasche Bewegung, und ein dunkler Punkt kam schnell den Hang hoch und traf Killeen ins Gesicht.

Es traf ihn direkt ins rechte Auge. Killeen taumelte zurück, und fühlte, wie etwas Schwarzes in ihn eindrang. Eine forschende Kälte kroch ihm durch die Stirn und den linken Arm.

In seinen Augen flatterte blaues Eis. Ein chromharter Blitz stach in seinen linken Ellbogen.

Das Sehvermögen kam zurück. Gerüche. Ein Gebrüll.

Er rollte bergab und versuchte anzuhalten. Steine gruben sich ihm in die Seite, und seine linke Hand wollte sich nicht bewegen. Er trat mit den Füßen gegen einen Felsblock. Das bremste ihn so weit, daß er sich an einem Busch festhalten konnte.

Er schmeckte warmes Blut. Irgendwer rief laut. Bittere Kälte drang ihm in den Nacken und hinunter in die Brust. Ein lautes Gebrüll, zu schnell, um es zu verstehen.

Er rollte sich herum. Starkes Feuer, rasche, harte Schläge in der Stille.

Er benutzte den rechten Arm, um sich hochzustemmen. Er war ziemlich weit gerollt, und der Kuli war auf seiner Seite in der Nähe. Dessen Innereien quollen als graues Knäuel heraus.

Er versuchte, sich auf die linke Seite zu stützen, und schnappte nach Luft, als scharfe gelbe Stacheln in seine Schulter drangen. Es fühlte sich an, als ob etwas Rohes und Grobes an seiner linken Hand nagte.

Es gelang ihm, einen erstickten Schrei auszustoßen. Purpurne Flecken schwammen in der blassen Luft. Unzusammenhängend ertönten Stimmen.

Killeen schaute sich wild um und verlor fast sein unsicheres Gleichgewicht auf dem Abhang.

Shibo kam mit einem hohen Sprung über den Horizont. Sie landete mit gespreizten Beinen, um sich in jede Richtung drehen und so schießen zu können. Die Waffe war bereit.

Killeen rief: »Toby... Ich...«

– Hier drüben. – Shibo zeigte hin.

Summende heiße Mücken schwirrten in seinem Kopf und knabberten an seinen Augen. Er rollte sich mühsam auf die linke Seite. Der Berg drehte sich, kippte und schwankte in wechselnden grünen und gelben Farbtönen. Killeen blinzelte, um wieder deutlich sehen zu können.

Toby lag flach. Die Augen waren starr zum Himmel gerichtet. »Mein Sohn!«

Tobys Augen bewegten sich. Seine Hände tasteten nach seinen verdrehten Beinen. Über Killeens Sensorium kam schwach: »Papa... ich... kann meine Beine... nicht bewegen.«

»Bleib liegen!« brachte Killeen heraus.

Er öffnete den Mund, um etwas zu sagen, aber nichts wollte herauskommen. Der Himmel über ihm war äußerst klar und besagte nichts. Er mußte aufstehen.

Keuchend stemmte er sich mit den Händen hoch. Sein rechter Arm war wie Gummi und wimmerte vor Schmerzen. Der linke Arm war eine gewichtslose Leere.

Er konnte sich nicht aufsetzen. Grunzend rollte er sich etwas hinüber, so daß er den größten Teil der Bergflanke sehen konnte. Der Kuli bewegte sich nicht. Shibo kam herunter und sprang dabei über schiefergraue Felsblöcke. Cermo war hinter ihr. Sie waren alle sehr langsam und blinkten in dem scharfen Licht, das schräg einfiel.

Und die summenden Mücken bissen ihn jetzt in die Augen und wollten nicht aufhören.

# 7. KAPITEL

Die Dämmerung kam mit hohen orangefarbenen Wolkenfetzen.

Killeen hatte ein Gefühl, als ob er auf etwas ähnlich geblähtem Weichen ginge, weil er seine Beine unter sich kaum fühlen konnte. Er war einige Zeit unbewußt marschiert und wußte nur, daß er sich in die neutrale, dunkler werdende Luft voranzwängen mußte. Er fühlte sich mit dem Gedankennebel verschmelzen, der ihn umschwärmte als ein Dunst, durch den er die Details eines langen, nach unten führenden Tales vorbeigleiten sehen konnte. Die Bilder verliefen sich und zuckten. Er erkannte, daß er durch das kühle, sich auflösende Grau ging.

Jemand hatte gesagt, man müßte ihn tragen. Ein Teil von Killeen wollte zustimmen, es sich auf einer Trage bequem zu machen. Aber er wußte, wie unsicher das Gleichgewicht in der Sippe war. Toby mußte getragen werden, weil seine Beine völlig hinüber waren. Selbst bei einem gemäßigten Marsch würden die Träger ermüden. Es war besser, nicht doppelten Anlaß zur Beschwerde zu geben, indem Killeens Gewicht der Last der Sippe noch aufgebürdet würde. Denn das Gesetz der Sippe war klar: Niemand, der dauernd behindert war, wurde auf dem Marsch mitgeschleppt. Man überließ solche Leute – betrübt und mit einer passenden Zeremonie – dem Schicksal, das ihnen beschert sein mochte.

Dies war eine andere Zeit. Killeen wußte das, konnte aber nicht gleich darauf kommen, wie und warum.

Er ging einfach stumpf durch den perligen Nebel seiner eigenen verschwommenen und ruhigen Welt.

Direkt vor ihm schaukelte Toby in einer auf den Schultern hängenden Trage zwischen zwei Männern. Der Junge schlief. Aber auch so konnte Killeen seine Augen unter blassen Lidern rollen und zucken sehen.

Er fragte sich, ob Toby unterhalb der Hüften überhaupt ein Gefühl hätte. Es war schwierig gewesen, ihn zum Sprechen zu bringen, als sie auf der gerundeten Bergflanke nebeneinander lagen. Das Gras war weich genug gewesen, aber Shibo und Cermo hatten ihnen noch Schlafpolster gebracht – ein Luxus, den beide seit Jahren nicht mehr gehabt hatten. Sie hatten so dagelegen, und Toby sagte nicht viel, während die Sippe sich um sie drängte und bemühte.

Killeen hatte sich selbst wie ein Knabe gefühlt. Vor langer Zeit war es so gewesen, als er nahe der Zitadelle in den Feldern gelegen hatte, verträumt und nachdenklich, während er in einen Himmel aufblickte, der sich in endloses Kobaltblau entfaltete. Auch dieser Berghang öffnete sich zum Himmel, als ob er und sein Sohn ihm auf einem Altar geopfert würden. Killeen hatte versucht, sich zu konzentrieren, aber Gesichter und Zeiten flatterten ihm wie Vögel in den Kopf: Sein Vater, der sich mit lässiger Grazie auf die Strebe eines Mechanos stützte nach einem erfolgreichen Überfall und auf eine Weise grinste, die Killeen geheimnisvoll vorkam, bis er Jahre später erkannte, daß es Triumph gewesen war, gedämpft durch noch frische Erinnerungen an viele Niederlagen. Seine Mutter, die in Mechano-Abfall wühlte und sehr erfreut mit einem silbrigen Stoff erschien, wie ihn noch niemand gesehen hatte. Alle Bilder waren vorbeigeflossen wie hinter dickem Glas. Er hatte mit Toby darüber geredet in der unbedenklichen Weise, wie ein Vater fühlt, daß das kleinste Detail der Vergangenheit, wenn man es teilt, diesen Moment im Charakter und der Zukunftsschau des Sohnes bewahrt.

»Achtung jetzt!« sagte Shibo neben ihm. Killeen nickte. »King-Leute kommen.«

»Kings...?«

Dies Wort löste Erinnerungen aus. Die verstreuten Pfeiftöne auf der linken Flanke waren Rufe der King-Sippe gewesen. Während die rechte Flanke den Kuli verfolgte, war die linke auf Ledroffs Befehl zurückgehalten worden, um eine Verteidigungsstellung einzunehmen. Auf diese Weise war das Treffen mit den Kings verzögert worden, bis der Kuli tot war. Die gute Nachricht von den Kings und über sie hatte Killeen erreicht, als er ausgestreckt dalag und sein Sensorium einen schützenden Cocon bildete.

Und da waren nun die Kings vor ihnen.

Ledroff hatte vollen Alarm gegeben. Außenposten bewachten alle Zugänge. Aber diesmal war von der Mantis kein Anzeichen, als die Sippen zusammentrafen.

Die Bishops kamen einen staubigen trockenen Canyon herunter in eine Ebene mit üppigem grünem Leben.

Ein Mann führte die kleine Gruppe an, die ihnen entgegenkam. Er war groß, mit dünnen, schwarzgekleideten Beinen und hageren Armen. Jede seiner Gesten verriet, daß er der Kapitän der King-Sippe war. Sein einem Tomahawk ähnliches Gesicht hatte ihm den Namen gegeben: *Hatchet*. Die Stirn war breit und hoch unter einer feinen Decke aus rotem Haar, das kurzgeschnitten war, um beim Tragen des Helms nicht zu behindern. Über den Ohren lag ein blaues Tuch aus Festgewebe. Von der quadratischen Stirn ragten eine gebogene Nase hervor und schräge Wangenknochen. Ein schmaler, aber kräftiger Mund lag darunter. Hatchets bartloses Gesicht bildete insgesamt einen scharfen dreieckigen Keil.

All dies schwamm in Luftschichten auf Killeen zu, als Hatchet herankam, mit jedem Schritt die Autorität des Kapitäns ausstrahlend. Ringsum begrüßten sich die Sippen. Ledroff geleitete Hatchet und stellte Leute vor. Aber erst als Hatchet ihn direkt ansprach: »Es ist bloß der Arm, nicht wahr?«, nahm Killeen überhaupt etwas wahr.

Er schüttelte den Kopf, nicht als Ablehnung, sondern um zu spüren, was in ihm frei war. Er hob mit großer Anstrengung den linken Arm. »Das ist... alles«, sagte er mit dicken geschwollenen Lippen.

»Ist dies dein Sohn?«

Als Killeen nickte, beugte sich Hatchet hinunter und untersuchte Tobys Augen, die sich immer noch rastlos unter den verschleierten Lidern bewegten. »Hmmm. Könnte wieder werden. Die Beine, nicht wahr?«

»Weiß nicht genau. Sein Atem ist in Ordnung.«

Hatchets Hände bewegten sich sachkundig über Toby. Sie zupften und drückten. »Hat er die Arme bewegt?«

»Etwas. Sagte, er könnte seine Beine nicht fühlen. Ist dann eingeschlafen.«

Hatchet machte eine Handbewegung, ohne auch nur aufzublicken; und die Kolonne ging weiter. »Könnte wieder werden. Habe solche Fälle erlebt. Es war ein Glück, daß der Marodeur nur zum Teil durch sein Sensorium gedrungen ist. Hat seine Arbeit nicht vollendet.«

Hatchets Gesicht musterte Killeen scharf, und etwas in diesem Blick vertrieb den letzten Nebel, in dem er gefangen war. Die Außenwelt überfiel ihn wieder in aller Strenge und mit ihr eine Flut von Wut und Verzweiflung, die ihm vertraut waren, da sie schon die ganze Zeit hinter dem Nebel gelauert hatten. »Es war ein Kuli!« platzte Killeen heraus.

Hatchet runzelte die Stirn. »Kulis können nicht kämpfen.«

»Ein Mantis-Kuli.«

Hatchet knurrte: »Mantis? Was ist das?«

Als Killeen das mühsam mit geschwollenen Lippen erklärte, sagte Hatchet: »Hier ringsum gibt es keine Mantis, von der ich etwas wüßte.«

»Jetzt aber doch.«

Um sie sammelten sich Gruppen aus den Sippen Rook, Bishop und King. Posten bewachten die Berge an der Seite. Die Hundertschaften blieben ausgeschwärmt und kontrollierten alle Zugänge, als sie ruhig in die Ebene abstiegen.

Killeens Worte hatten die King-Leute zu zweifelnden Diskussionen veranlaßt. Er vernahm ihre Einwände durch einen leichten, verzerrenden Dunst.

Shibo kam hinzu und ergänzte: »Kuli hatte Mittelhirn.«

Hatchet wandte sich ihr zu. »Ein Kuli mit einem großen Gehirn? Bist du sicher?«

Shibo beantwortete solche Fragen nie. Sie starrte Hatchet einfach an und ließ ihr Schweigen die Bejahung ausdrücken.

Noch mehr Gemurmel seitens der Kings. Als es aussetzte, sagte Killeen: »Die Mantis-Kulis setzen die Mantis wieder zusammen, wie mir scheint. Das ist schon zweimal passiert.«

Hatchet blinzelte, und sein autoritäres Gehabe minderte sich etwas. »War der Geist der Mantis verstreut?«

Killeen freute sich, daß Hatchet gleich die Antwort erkannt hatte. Ledroff glaubte es immer noch nicht. Auf einen Kapitän, der schlauer war als die übrige Sippe, konnte man sich verlassen. »Als wir das erste Mal die Mantis zur Strecke brachten, hatte sie ein Haupthirn. Das zweite Mal hat sie viele Rooks und Bishops endgültig getötet. Da hatte sie Mittelhirne.«

Hatchet fragte ärgerlich: »In verschiedenen Teilen untergebracht?«

»Allerdings«, sagte Shibo.

»Was habt ihr gemacht?«

»Wir haben alle in die Luft gejagt.«

»Das hätte tödlich sein müssen«, sagte Hatchet.

»War es aber nicht.«

Killeen sagte: »Dieser Kuli ist eine neue Art. Hat uns reingelegt.«

Hatchet und die anderen Kings schauten sich an. Das gefiel ihnen gar nicht. »Ist die Mantis euch gefolgt?«

»Das nehme ich an.« Killeen merkte, daß er vor plötzlicher Ermüdung hin und her schwankte.

Ledroff sagte etwas, dem Killeen nicht folgen konnte, und Hatchet wischte die Bemerkung weg. »Wir gründen hier eine neue Zitadelle, und ich will keine Marodeure anlocken. Und bestimmt nicht dieses Mantis-Ding.«

Killeen blinzelte. Shibo fragte. »Eine Zitadelle?«

Hatchet erhob die Stimme. »Zitadelle King. Wir nennen sie Metropolis.«

Und da war sie. Killeen hatte sich darauf konzentriert, herumzugehen und zu sehen, ob es Toby gut ging. Das Gespräch hatte ihn vollständig beansprucht. Jetzt blickte er nach draußen und sah, daß sich aus der Ebene vor ihnen eine Gruppe brauner Schlammhütten mit einem oder zwei Stockwerken erhob. Hohe Toröffnungen. Offene längliche Fenster ohne Glas.

»Seht ihr die Äcker?« Hatchet und die Kings lächelten aus Stolz darüber, daß die Sippe als erste wieder eine Zitadelle errichtet hatte. »Wir pflanzen in einzelnen Flecken. Dadurch können die Mechanos aus ihren Fliegern kein Muster entdecken.«

Killeen nickte. Die Hütten schienen unter der Stille des Zwielichts verstreut zu sein wie Erde, die von selbst emporgeklettert war und den aufsteigenden Sternen zuwinkte. Ein entferntes undeutliches Geräusch schien über die Luft zu gleiten. Killeen erkannte Vogelrufe, Dutzende fröhlicher Gesänge, die aus den prächtigen Bäumen und hohen Büschen heraustönten. »Die Bruchzone. Ist dies das Zentrum?«

»Allerdings«, sagte Hatchet. »Wir bauen über der inneren Feuchtigkeit des Eises unser wahres, reiches und heiliges Snowglade. Bringen jene Zeiten zurück.«

Ein riesiger Unterschied, dachte Killeen, gegenüber den Festungsmauern und Bollwerken der Bishop-Zitadelle. In jenen Tagen hatten die Menschen ihre Zuversicht in ewigem Stein ausgedrückt. Jetzt benutzten sie Schlamm, der versprach, sich aufzulösen, wenn ihn ein heftiger Regen peitschte.

Arthur meldete sich:

Es ist aber immerhin eine angenehmere menschliche Bleibe.

»Primitiv«, murmelte Killeen so leise, daß nur Arthur es hören konnte.

Beachte die schirmförmigen Bäume und die kleinen Rasenflächen vor jeder Hütte! Sieh dort - ein Teich. Auch von vernünftiger Größe. Ich möchte wetten, daß wir drinnen Teppiche finden werden, die im Grunde Rasen entsprechen. Die Menschen haben sich in einer mosaikartigen Umwelt entwickelt, wo es Bäume als Schutz gab, offenes Wasser und ausgedehnte Wiesen für Futter. Diese neue King-Zitadelle ähnelt unbewußt der alten Savanne. Hatchet hat eine neue Art von Zitadelle geschaffen, die tief unseren Entwicklungsgang widerspiegelt.

Killeen nickte und fragte sich, wie die Kings all das geschafft hatten. Hatchet redete weiter. Er hieß die Bishops und Rooks mit schlichter, direkter Höflichkeit willkommen. Er versicherte, daß später eine volle Zeremonie stattfinden würde, wie es sich bei einem so bedeutenden Ereignis geziemte.

Ledroff erbat das Privileg von Dakhala.* Dies verpflichtete eine Sippe, jedem Menschen Schutz und Obdach zu gewähren, der um sein Leben geflohen war. Es war noch nie für ganze Sippen auf der Flucht angewandt worden, aber Hatchet nickte herzlich und erteilte die formelle Zustimmung. Diese Hilfeleistung nach menschlicher Tradition wurde mit Beifall begrüßt. Hatchet präsentierte ihnen Schalen mit aromatischem Wasser.

Killeen fühlte das Gewicht von Hatchets Worten, die schlichte unerschütterliche Kraft dieses Mannes. Hatchet, Erbauer der neuen Zitadelle.

In Killeens Gedanken keimte eine Hoffnung, daß dieser Mann etwas wußte, das ihm unbekannt war, daß er eine feste Basis für die unglaubliche Hoffnung hatte, die hier in rohem Schlamm Ausdruck gefunden hatte. Schließlich bedeutete eine Zitadelle doch auch, daß nicht mehr in Frage kommen würde, Toby aufzugeben.

Als sie unter den lauten Begrüßungsrufen einzogen, verbannte Killeen jeden Zweifel und ließ sich von der wunderbaren Stimmung tragen. Er konnte vor bleierner Ermattung kaum gehen, schüttelte das aber ab. Er wollte sich vor allem der Zuversicht hingeben.

Einen Tag danach war es anders. Die Klarheit war wiedergekehrt, als Killeen mit einem Hitzeschlag den ganzen Morgen und Nachmittag schlapp dalag. Der pochende Schmerz in seiner linken Seite ließ nach.

---

* arab.: *dachala* = Eintreten – *Anm. d. Übers.*

Aber er konnte den Arm nur ein paar Fingerbreiten hoch heben.

Hatchet und einige andere Kings sagten, die Kulis müßten ganze Sektionen der Sensorien von Toby und ihm entleert haben. Als er unterbrochen wurde, hatte sich der untersuchende Mechanogeist entfernt und dabei die Kontrollzentren von Killeens linkem Arm und alle Nervenbefehlszentren und -integrationen Tobys mitgenommen.

Es waren auch noch weitere Dinge passiert. Als Killeen die ständigen schwachen Stimmen im Hintergrund seines Geistes durchstöberte, fand er, daß ein Gesicht – Rachel – und ein Aspekt – Txach – fehlten. Er hatte sie nie viel benutzt, aber ihr Fehlen hinterließ doch eine leichte Leere.

Es war wieder Dämmerung, als Killeen sich aufmachte, durch die unregelmäßig verlaufenden Straßen von Metropolis zu gehen. Fußwege wanden sich absichtlich krumm durch die Vegetation, um Mechano-Aufklärung aus der Luft zu verhindern. Die Hütten waren weit gestreut, um kein leichtes Ziel zu bieten. Die King-Sippe trug Turbane und kümmerte sich wenig um ihre Frisuren. Sie schienen alle stark motiviert zu sein und waren emsig mit landwirtschaftlichen und handwerklichen Arbeiten beschäftigt. In den zugigen Straßen waren Hunderte zu sehen.

Killeen hatte gehofft, der Spaziergang würde seinen Glauben an Hatchets Traum neu beleben. Als er nun durch staubige Straßen schlurfte, fühlte er stille Bewunderung aufkommen für eine Sippe, die den schlimmsten Heimsuchungen der Marodeure entkommen war und sogar grobe Bauwerke mit dicken Wänden hatte errichten können.

Geröstete Fritata-Kekse schwängerten die Luft mit verheißungsvollem Duft. Die Wände waren schlecht ausgeführt und schlecht ausgerichtet. Obwohl frisch hergestellt, wirkten sie altersschwach. Da war nichts von der Präzision, wie Killeen sie automatisch von Mechanokonstruktionen erwartete. Für ihn waren Gebäude das Werk von Mechanos und aus präzise geformtem Blech und Keramik errichtet. Das einzige ihm bekannte Gegenbeispiel dafür war die Zitadelle, in der er aufgewachsen war – eine majestätische Ansammlung aus Jahrhunderten.

Die Bishop-Zitadelle hatte ineinander geschachtelte Gewölbe aus Stein und Mechanometall besessen, geformt und gegeneinander ausgewogen, um viele Stockwerke übereinander aufzunehmen über breiten Bogen. Die King-Zitadelle beleidigte seine Erinnerung.

Aber er mußte bedenken, das dies wenigstens ein Anfang war. Kritik war nicht am Platze.

Er wußte, daß ihm die eifrige Aktivität und die soliden Mauern Mut machen müßten. Aber er konnte nur an Toby denken. Der Junge konnte jetzt schwach sprechen. Er reagierte auf Killeens leichte Massage überall außer in den Beinen, die bewegungslos waren. Mehr als den körperlichen Schmerz, der abklang, empfand Toby die Besorgnis, die mit jeder Behinderung durch einen Unfall in die Sippe kam.

Er mußte überzeugt werden – nicht durch Killeens Worte, sondern durch die Solidität der Hüttenwände –, daß er sich in einem Heim befand, einer festen Wohnstätte. Daß die Bishop-Sippe nicht würde wegziehen müssen. Daß er nicht aufgegeben werden würde.

Killeen hatte mit ihm gesprochen. Langsam hatte er das Wichtigste begriffen. Danach war Tobys Gesicht in eine stille Ruhe verfallen, und er war eingeschlafen.

Killeens Befürchtungen ließen sich nicht so leicht beruhigen. Er war dahin zurückgegangen, wo, wie er hörte, Hatchet mit Ledroff und Fornax verhandelte. Er ging durch den rohen Zaun, der Captain Hatchets große Hütte mit Pultdach umgab. Die Pfosten des Zaunes waren grob aus Holz von Menschen hergestellt, während die Zwischenräume mit einfachem Mechanometall ausgefüllt waren.

Er fummelte an dem Riegel der Tür und vermißte erst jetzt den Gebrauch seines linken Armes. Beim Gehen hatte er ihn schwenken können wie ein hölzernes Gewicht, das ihm wenigstens nicht in den Weg kam. Bis jetzt hatte er diese Verletzung als reine Krankheit angesehen. Aber als er auf das Gebäude zuging, wurde ihm klar, daß er nicht würde etwas tragen oder kämpfen können wie zuvor. Dies bedeutete, daß er an dieses Metropolis auf eine Weise gebunden sein würde, an die er nie gedacht hatte.

Hatchet geleitete gerade Fornax hinaus, als Killeen ankam. Die Verhandlungen hin und her hatten einen vollen Tag gedauert, wie Killeen wußte. Es ging um Fachwissen, um Aspekte und Gesichter mit seltenen Kenntnissen. Schon kamen Schacherinstinkte auf. Er hatte das gelegentliche Gebrüll volle drei Hütten weit gehört.

Es gab für die Sippen eine geregelte Art des Umgangs miteinander, eine liturgische Richtlinie. Die Bishops und Rooks würden in dieser rohen Zitadelle als Gäste weilen. Für die Gewährung von Nahrung und Unterkunft gab es umständliche Protokolle. Diese erforderten Zeit; aber wichtigere Dinge wie Überleben und Verteidigung waren noch langwieriger. Sobald ein Protokollpunkt erledigt war, hatten die drei Kapitäne einen neuen für ihre scharfen Zungen. Sowohl Fornax wie Ledroff konnten nur über das staunen, was die Kings geleistet hatten. Jeder aufgerichtete Pfahl und jede tönerne Mauer war ein Vorwurf an die anderen Sippen. Die Würde der Bishops und Rooks erforderte, daß sie nicht die leiseste Spur von Neid erkennen ließen; aber trotzdem hatte es eine Prahlerei und sogar offenen Streit gegeben. Killeen war froh, dem allen entgangen zu sein.

Er bat die junge weibliche Wache draußen um Einlaß. Zu seiner Überraschung wurde er sofort hineingeführt.

Hatchet ließ ihn Platz nehmen und gab ihm eine Tasse mit dunklem, starkem und kräftig gewürztem Tee. Killeen trank sie automatisch aus und bat um mehr. Hatchet nickte befriedigt, nahm den Teekessel und schenkte eine größere Tasse von dem Sims hinter sich ein.

»Du hast meinen Geschmack«, sagte Hatchet behaglich. »Magst alles kräftig und reichlich. Stimmt's?«

»Hm.«

»Hast du noch weiter über die Mantis nachgedacht?«

»Etwas.«

»Warum meinst du, daß Gehirne in jenem Kuli waren?«

Killeen schlürfte seinen Tee und blinzelte. »Die Mantis muß es getan haben.«

»Wie kommst du darauf?«

»Wir haben alle Mittelhirne getötet, die sie in ihrem Hauptkörper hatte – damals, als sie so viele Leute umgebracht hatte. Wir ahnten nicht, daß sie auch Kulis mit Mittelhirnen benutzte.«

Hatchets Augen weiteten sich überrascht. »Wirklich?«

»Sicher. Jener Kuli, den wir aufstöberten und der uns angesengt hat – das war kein Zufall.«

Hatchet gab darauf keine Antwort. Statt dessen – anders als Fornax oder Ledroff – saß er einfach da und dachte eine Weile nach, ohne sich bemüßigt zu fühlen, ihr Gespräch in Gang zu halten oder so zu tun, als hätte er alles verstanden. Das gefiel Killeen. Der groß gewachsene Hatchet saß in einem mit braunem Stoff bezogenen Klappsessels dessen verzogene Form sich seinem Körper angepaßt zu haben schien. Er schaukelte nach vorn, legte seine großen Hände auf die Knie und sagte schließlich nachdenklich: »Es verändert sich selbst. Paßt sich an.«

Killeen nickte. »Sieht so aus.«

»Anders als die anderen Marodeure.«

»Na und ob!«

Es war für ihn eine Erleichterung, so seine aufgestauten und unklaren Befürchtungen los zu werden. Schon seit Fanny den endgültigen Tod erlitten hatte, hatte Killeen ein gewisses ungutes Gefühl hinsichtlich der Mantis und dessen, was sie bedeutete. Das Ding war jetzt keine Legende mehr, sondern eine sehr reale, wenn auch unsichtbare, Macht.

Hatchet klatschte in die Hände. Die harten Wände reflektierten und konzentrierten das harte Geräusch. Killeen hatte sich so lange im Freien aufgehalten, daß ihn der laute Ton überraschte und erregte. »Das ist es also? Es verändert sein Aussehen. Als ihr und die Rook-Sippe sich trafen, hat es viele von euch endgültig getötet.«

Killeen runzelte die Stirn. »Na und?«

»Aber jetzt treffen drei Sippen zusammen, und es tut nichts.«

Hatchet hatte es also gemerkt. »Jener Kuli bedeutet, daß es in der Nähe ist.«

Hatchet nickte. »Es weiß von Metropolis. Wenn nicht schon früher, so doch jetzt.«

Killeen gefiel diese Überlegung nicht, aber da er sie selbst früher gehabt hatte, konnte er sich kaum weigern, die Idee zu Ende zu verfolgen. »Warum hat es dann nicht gleich angegriffen?«

Hatchet grübelte. Seine große Unterlippe war nachdenklich vorgeschoben, ohne Rücksicht darauf, wie das aussah. »Vielleicht hat es nicht gewußt, daß wir hier sind. Will uns erst ein wenig beobachten. Oder vielleicht scheut es sich auch, eine feste Stellung anzugreifen. Wir haben hier eine Menge Mechanofallen.«

»Das letzte Mal schien es keine Angst zu haben«, sagte Killeen trocken.

Hatchets Augen zogen sich zusammen. »Was willst du damit sagen?«

»Eigentlich nichts. Nur daß ich mir nicht vorstellen kann, es hielte sich zurück.«

»Andere Marodeure mögen nicht hierher kommen. Warum sollte die Mantis es? Wir sitzen genau in der Mitte der feuchten Bruchzone. Nach Süden zu gibt es sogar Sumpf. Die Gleisketten der Marodeure sinken da ein.«

»Wäre möglich.«

»Warum sonst bleiben sie weg?«

Hatchet wurde jetzt ärgerlich. Killeen versuchte herauszubekommen, warum. Er verstand etwas von Ton und Schlamm, da er zugesehen hatte, wie seine Onkel an der Bishop-Zitadelle Reparaturen vorgenommen hatten. Die neue Zitadelle hier war erst ein paar Jahre alt, nach dem Alter des Verputzes auf den besseren Wänden zu schließen. Er vermutete, daß Hatchet Ledroff und Fornax klarzumachen suchte, daß er der natürliche Anführer aller hier versammelten Sippen wäre, da er schließlich eine funktionierende Zitadelle geschaffen hatte. Und die Marodeure in Schach hielt. Irgendwie hatte Hatchet innerlich die Festigkeit dieser tönernen Mauern und seinen eigenen Zaun aus Metall und Holz einander gleich gesetzt, um die Marodeure draußen zu halten.

Killeen lag eine scharfe Antwort auf Hatchets Frage schon auf der Zunge. Aber dann erkannte er, welche Richtung das Gespräch nehmen würde, daß er aber auch eine andere Wahl hatte. Er konnte Hatchet weiter antreiben und dann zum Schluß grob hinausgehen, oder er konnte von einer anderen Seite aus vorgehen.

Er machte einige Bemerkungen darüber, wie sehr ihn Metropolis beeindruckt hätte und daß alle Leute wohlernährt aussähen. Dann fragte er beiläufig, um Hatchet aus der Reserve zu locken. »Worauf zielt all das deiner Meinung nach ab?« Hatchet rieb sich seine lange, spitze Nase. »Was meinst du?«

»Es ist – na ja – sechs Jahre her, seit die Mechanos alle unsere Zitadellen angegriffen haben.«

»Scheint so.«

»Ja, sicher. Seit dieser ganzen Zeit sind wir auf der Flucht gewesen. Konnten nicht mehr als fünf oder sechs Tage Halt machen. Keine Zeit zum Nachdenken.«

Hatchet zuckte die Achseln. »So?«

»Könnte es nicht gerade das sein?«

»Was?«

»Könnte es nicht sein, daß sie uns hindern wollen nachzudenken? Von unseren Aspekten zu lernen? Warum haben sie überhaupt die Zitadellen zerstört? Bloß weil wir uns an ihren Fabriken vergriffen?«

»Sie hassen uns.« Hatchet sagte das so, als wäre es selbstverständlich.

»Vielleicht. Hat sie jemals einer gefragt?«

Hatchet machte ein mißtrauisches Gesicht. »Wer hätte das gekonnt?«

Killeen konzentrierte sich auf seine eigenen Gedanken, bemerkte aber das leichte Zögern in Hatchets tiefliegenden Augen. Das scharfe Kinn des Mannes fing das sterbende Licht des Unterganges von Denix durch eine Öffnung auf, die als Fenster diente. Hatchet verbarg etwas.

»Kings waren gut in Mechanosprache.«

Hatchet spitzte die Lippen: »Allerdings.«

»Ich dachte, du hättest etwas Informationen aufpikken können seit euerer Kalamität.«

»Wir waren jahrelang auf der Flucht, so wie ihr.«

»Euch ist es sicher besser ergangen als uns«, sagte Killeen, um dem Gespräch die Schärfe zu nehmen. Lieber zurückweichen und aus einer anderen Richtung herangehen.

Hatchet beruhigte sich etwas, sagte aber nichts.

Killeen fuhr zwanglos fort: »Wir hatten jemand zum Übersetzen, eine Frau. Die Mantis hat sie getötet.«

»Ach! Auch wir haben eine Übersetzerin.«

»Erfährt sie viel?«

»Nichts wirklich Nützliches.«

»Ich verstehe.«

Hatchet sagte: »Habt ihr Bishops irgendwelche Aspekte, die übersetzen können?«

»Zeichen lesen und so?«

»Alles mögliche. Fähigkeiten werden immer gebraucht.«

»Nun…« Killeen fragte Arthur und antwortete dann: »Nein, keine Aspekte. Nur eines meiner Gesichter kann es.«

»Einigermaßen brauchbar?«

»Ziemlich.«

Hatchet schien interessiert. »Gut!«

»Diese eure Übersetzerin…«

»Ist derzeit krank.«

Killeen überlegte, was Hatchet ihm verbarg. Es könnte eine reine Privatangelegenheit der Kings sein. Besser das Thema fallen lassen.

Ihm kamen Ideen, und er konnte sich nicht enthalten, sie auszusprechen. »Die wesentliche Frage ist, weshalb sie die Zitadellen angegriffen haben oder angreifen würden.«

Hatchet verzog den Mund, wodurch sein Gesicht in

der mattgoldenen Dämmerung noch länger wirkte. »Vielleicht gereizt.«

»Warum jetzt die Mantis entsenden? Warum einen speziellen Kuli bauen?«

»Um uns ganz fertig zu machen.« Hatchet war zerstreut und besorgt, wollte das aber nicht zeigen.

»Warum all dieser Aufwand? Eine ganz neue Konstruktion. Erst schickt es uns Scheinbilder, und zwar recht gute, die absolut real gewirkt haben. Ich habe früher nie erlebt, daß ein Marodeur etwas annähernd so Gutes gemacht hätte.«

»So?«

»Wir haben das getötet, was wir für sein Haupthirn hielten. Sehr gut. Dann finden wir seine Intelligenz auf Mittelhirne verteilt. Also töten wir diese. Sieht gut aus. Dann treffen wir gestern auf einen Kuli, der ein volles Gehirn hat – *und* Waffen.«

»He, sachte!« sagte Hatchet und lehnte sich nach vorn. Killeen merkte, daß er gebrüllt hatte. Seine rechte Hand war zur Faust geballt. Die linke hing lahm herunter. »Nun, du siehst, daß sie einen großen Aufwand mit der Mantis treiben.«

»Nun ja.« Hatchet sog an seinen Zähnen und blickte in die Ferne. »Eure Leute haben viel gelitten. Mehr als wir. Bedenke, daß wir euch den Platz nicht mißgönnen, auch wenn ihr diese Mantis hergelockt habt.«

»Wir wissen das sehr zu schätzen«, sagte Killeen. Die unausgesprochene Wahrheit war, daß Metropolis nicht in der Lage sein könnte, der Mantis zu widerstehen. Hatchet fürchtete das.

Dennoch hatten die Kings viel Zuversicht. Es waren schon mehrere Leute in Killeens Hütte gekommen und hatten ihn mit Geschichten traktiert, wie sie Angriffe von Marodeuren abgeschmettert hätten. Aber Hatchet begriff, daß die Mantis anders war.

Die Ankunft der anderen Sippe würde vielleicht

nicht einfach die segensreiche Wiedervereinigung der Menschheit sein. Sie könnte ebensosehr das Ende von Metropolis bringen.

War diese Erkenntnis das, was Hatchet verbergen wollte? Nein, da war noch mehr. Hatchet war schnell über das hinweggegangen, was ihre Übersetzerin herausgefunden hatte.

Es hätte keinen Sinn gehabt vorzuschlagen, daß sie auszögen und die Mantis aufspürten. Hatchet würde Metropolis nie seiner Hauptstreitmacht entblößen. Überdies wußte Killeen, daß er selbst keine Empfehlung für die Verfolgung des Dinges war. Sein linker Arm hing als stumme Mahnung schlaff herunter.

Er sprach noch etwas weiter, um ihre Dankbarkeit auszudrücken, obwohl er sicher war, daß Ledroff und Fornax das auch schon getan hatten. Es war nie verkehrt, gute Sitten zwischen Sippen zu pflegen.

Aber er fügte noch hinzu: »Die eigentliche Frage ist aber, warum die Mechanos uns im Staub ausrotten.«

»Sie hassen uns. Ganz einfach!« sagte Hatchet wieder.

Killeen holte tief Luft und sagte entschieden: »Nein!«

»Was denn?«

»Ich glaube, daß sie vor uns Angst haben. Wir beunruhigen sie irgendwie.«

Hatchet lachte seltsam. Dann stand er auf, als Zeichen dafür, daß Killeens Zeit abgelaufen war und daß der Kapitän der Kings zu tun hatte.

## 8. KAPITEL

»Papa?« Toby hatte so lange geschlafen, daß Killeen nicht länger dem Drang widerstehen konnte, ihn sanft zu schütteln, um sich zu vergewissern, daß der Junge nicht in eine abwärts führende neurale Spirale geglitten war.

»Ja, ja, ich bin hier. Geht es dir gut?«

»Ich habe… ein komisches Gefühl.«

»Irgendwelche Schmerzen?«

»Nein. Ich… kann nichts fühlen.«

»Wo?«

»In den Beinen. Nur in den Beinen.«

»Eingeweide in Ordnung?«

»Jawohl.«

»Sicher?«

Unerwarteterweise grinste Toby. »Ich bin ganz sicher. Halte deine Hand hier unten hin! Ich werde hineinpinkeln.«

»Glaubst du, daß du einen Topf treffen könntest?«

»Entweder das, oder ich probiere es mit dem Fenster.«

Killeen fand es schwieriger als erwartet, Toby sich auf der Pritsche hochsetzen zu lassen. Auch Toby schien durch die Anstrengung ernüchtert zu sein. Schatten liefen ihm durch die Augen, und seine Kehle zog sich mit einem inneren Kampf zusammen. Dann war es vorbei und hinterließ keine Spur auf seiner glatten, dünnen Haut.

Er pinkelte mit viel Geräusch lachend in den tönernen Topf.

»Wann werde ich meine Beine wiederbekommen?« fragte Toby, als er sich wieder lang hinlegte.

»Ruh dich ein bißchen aus! Wir werden sehen.«

Killeen hatte versucht, seine Stimme lässig und heiter zu halten, aber Toby hörte darin etwas heraus. »Wie lange?«

»Das wissen sie nicht. Haben nie einen solchen Fall gesehen, wo ein Marodeur unterbrochen wurde, als er dabei war, jemanden endgültig zu töten.«

»Marodeur? Sah wie ein Kuli aus.«

»Nun...«

Tobys Miene verfinsterte sich. »Ein regulärer?« Von einem bloßen Kuli zur Strecke gebracht zu werden...

»Nee. War ein als Kuli verkleideter Marodeur. Die Mantis hat ihn gemacht, nehme ich an.«

Toby freute sich. »Wenigstens hat mich kein verdammter Kuli erwischt.«

»Sondern ein ganz übles Exemplar.«

»Was macht dein Arm?«

»Nicht gut.« Lügen hatte keinen Zweck.

»Kannst du ihn irgendwie benutzen?«

»Nicht einmal, um mir den Hintern zu wischen.«

Killeen fütterte ihn beim Abendessen und führte die Unterhaltung fort, bis es dunkel im Zimmer wurde. Er stellte seinen Rundgang durch Metropolis farbiger dar, als er in Wirklichkeit gewesen war. Toby war darauf versessen, selbst hinauszukommen und alles zu sehen. Killeen versprach, ihn am nächsten Tag auszuführen. Er müßte den Jungen in den Armen tragen oder für irgendeinen Rollstuhl sorgen. Es fiel ihm schwer, seine Stimme so zu beherrschen, daß sie nicht zu viel von seinen Gefühlen verriet. Hatchet und die anderen, die über so etwas Bescheid wußten, sagten, keiner von ihnen sähe ein Möglichkeit, Toby zu heilen.

Sogar Angelique hatte, als sie am Tage zu Besuch gekommen war, traurig den Kopf geschüttelt. Sie wußte, wie man Augen und Geschmacksorgane in Ordnung bringt. Sie konnte in einige andere Chips an der Schädelbasis eingreifen. Aber ganze Körpersysteme lagen jenseits ihrer Möglichkeiten. Niemand hatte auch nur eine Ahnung, wie die funktionierten oder wo ihre neuralen Verbindungen in das Rückgrat liefen. Toby hatte in seinem Rückgrat drei Anzapfpunkte, kleine rötliche sechseckige Knöpfchen. Die Frau, die sie eingesetzt hatte, war in der Bishop-Zitadelle gestorben. Keiner von den Bishops oder Rooks wußte, wie man Verbindungen durch diese Punkte herstellt, oder ob Tobys Schädigung überhaupt durch sie geheilt werden konnte.

Killeen war erleichtert, als Toby in Schlummer sank, während er noch nach interessantem Gesprächsstoff suchte. Er verließ das kleine quadratische Gebäude, um aus den Zisternen der Kings noch mehr Wasser zu holen, und traf unterwegs Shibo.

Ihre Miene drückte ihre Frage aus. Killeen sagte: »Scheint gut, bis auf die Beine.«

»Kopf?«

»Nun, er spricht richtig. Ich werde ihn morgen hinausbringen, um seine Reflexe zu testen.«

Sie blinzelte träge in dem schrägen, trockenen Licht. Ihre Lider bewegten sich wie graue Geister; und er hatte das Gefühl, als könnte er durch sie in die elfenbeinernen Masken ihrer Augen blicken. »Und du?«

»Was, dieser Arm? Ist in Ordnung.«

Sie knetete ihn mit beiden Händen. »Gefühl?«

»Nein, nichts.«

»Heilen?«

Er schüttelte den Kopf und dachte immer noch an Toby. Niemand wußte anscheinend viel darüber, wie man etwas heilen konnte. Sie gingen ohne bestimmtes Ziel zusammen weiter. Es erschien äußerst seltsam, auf einem Weg zu gehen zwischen Formen, die von Menschenhand gebildet waren. Die kleinen, fast beängstigend präzisen Details von Mechanoarbeiten fehlten. An deren Stelle gab es annehmbare Fehler, schiefe Linien, kunstlose Kurven.

»Was sagt Hatchet?«

»Die King-Sippe weiß nicht, ob noch andere Sippen überlebt haben. Wir sind die einzigen, die zu ihnen gefunden haben. Wenn die Bruchzone noch mehr anzieht...«

Er ließ den Gedanken verklingen. Er konnte nicht weit an ferne theoretische Zukunftsmöglichkeiten denken, wenn in seiner Erinnerung Tobys Gesicht auftauchte, blaß, aber immer noch fröhlich.

In den Augen des Jungen war eine Verwunderung über seinen eigenen Körper gewesen, die schnell zu eitler Wut und dann zu Verzweiflung führen könnte. Killeen kannte diesen Zyklus. Er hatte ihn auf dem Marsch mit den Verletzten kennengelernt.

»Hast du mit Hatchet über die Mantis gesprochen?«

Er war immer wieder überrascht, wieviel sie wußte, ohne daß er es ihr gesagt hatte. »Na ja, so lala...«

»Mantis?«

»Sicher, er macht sich Sorge deswegen.«

»Fragt sich, ob Metropolis sicher ist.«

»Jawohl. Ich auch. Ich wundere mich, daß es hier überhaupt Metropolis gibt. Wieso hat die Mantis es in Ruhe gelassen?«

»Ich habe die Verteidigungsanlagen geprüft. Sie sind gut, aber...« Er konnte an ihren hochgezogenen Augenbrauen erkennen, daß sie nicht an diese Erklärung glaubte.

»Ich wünschte, Fanny wäre hier«, sagte er nachdenklich. Dies war seit langem das erste Mal, daß er ihren Namen erwähnt hatte. Die Ereignisse seit ihrem endgültigen Tod hatten im Leben von ihnen allen einen Abgrund geöffnet. Er wünschte, sie hätte einen Aspekt übrig gelassen, den er tragen könnte.

»Fanny?«

»Ja natürlich, ich vergaß, daß du sie nie gekannt hast.«

»Euer Captain?«

»War sie. Der beste, den es je gegeben hat. Sie würde durch diesen Hatchet gehen wie ein heißes Messer durch Butter.« Er liebte diese alte Redensart, obwohl er seit der Zitadelle keine Butter mehr gesehen hatte.

Shibo sagte abrupt: »Hatchet nicht richtig.«

»So? Inwiefern?«

Sie klopfte sich an die Schläfe. »Nicht richtig so.«

Das überraschte Killeen. »Warum denn, meinst du?«

»Seine Begrüßungsrede gehört?«

»Nein. Bin eingeschlafen. Was hat er gesagt?«

»Metropolis größte Stadt aller Zeiten.«

Killeen kicherte. »Diese Dreckhütten?«

»Groß, weil Marodeuren widerstehen können.«

Killeen zog erstaunt die Mundwinkel herunter. »Nicht viele Marodeure kommen so weit in die Bruchzone. Wenn sie merken, daß wir hier sind, werden wir viele von ihnen zu sehen bekommen. Hatchet hat bisher verdammt Glück gehabt.«

»Ja. Dann redete er über wiedervereinigte Sippen.«

»Was?«

»Er will Kapitän sein.«

»Kapitän *aller* Sippen?«

»Nehme ich an. Kings bejubeln ihn die ganze Zeit.« Killeen schüttelte den Kopf. »Dieser Hatchet hat eine Menge geleistet. Das erkenne ich an. Er kann führen. Schau, wie stolz die Kings sind. Aber trotzdem kein weiser Captain.«

»Stimmt.« Leise fügte sie hinzu: »Fanny weise?«

Er lächelte. »Sie pflegte zu sagen: Alte Leute werden nicht weise, sondern bloß vorsichtig.« Er machte eine Pause. »Oder war es mein Vater, der das gesagt hat?«

»Es ist aber nicht immer wahr.«

»Nun ja. Fanny war weise, obwohl sie den heruntergeputzt hätte, der das sagte. Aber Hatchet ist es nicht.«

»Ja.« Mit finsterem Gesicht sah sie warme gelbe Rechtecke vorbeiziehen, die in die engen Hütten führten. Gesang der Sippen wurde von der sanften Brise nach außen getragen.

Metropolis verfügte über eine Postenkette und äußere Verteidigungsanlagen jenseits der nahen Hügelkette. Diese konnten jede Annäherung eines Mechanos erspüren. Damit wurde diese lässige Gleichgültigkeit gegenüber einem nicht abgedeckten Licht verständlich. Killeen hielt das nicht für klug.

Die ausgedehnte Stadt schimmerte in dem aromatischen Dunst des Rauchs von Lagerfeuern. Feuchte Luft umgab sein Gesicht und füllte mit ihrem willkommenen Gewicht seine Lungen. Das war die Würze des Lebens, sich vom Wind tragen lassen und im üppigen Lehm eingraben. Einstmals, so hatte Arthur ihm gesagt, war ganz Snowglade so gewesen.

Er zwang seine Gedanken zurück auf praktische Dinge. »Warum bauen die Mechanos die Mantis jedesmal neu? Nach der Kalamität hätten die Marodeure uns vernichten können, wenn sie gewollt hätten.«

»Versucht. Schnappen uns weg, wenn sie uns begegnen«, sagte Shibo.

»Ja, aber sie haben uns nicht so *gejagt* wie die Mantis.« Killeen ballte die rechte Faust. »Sie lassen uns jahrelang laufen. Haben uns vergessen, mit Ausnahme von Marodeuren, auf die wir zufällig getroffen sind. Das war schon schlimm genug. Jetzt haben sie die Mantis geschickt. Warum bloß?«

Shibo lächelte. »Mach kein brummiges Gesicht! Macht dich alt.«

Er bemerkte, daß sie ihr Haar völlig neu zurechtgemacht hatte. Es schwang sich von ihrem breiten Scheitel in geflochtenen, mit Silber durchsetzten Zöpfen empor. Dann fächerte es in einer gefrorenen schwarzen Fontaine nach außen. Ihre Augen funkelten, und ihr Springanzug war sauber und ausgebürstet.

Bereit für eine Romanze, dachte er. Sie schenkte ihm einen sanften Blick von unten her.

Er war nicht in der Stimmung.

Er konnte sich nicht dazu bringen, ihr zu sagen, daß er gewiß auf eine abstrakte Art und Weise interessiert war, daß ihm aber die Motivation fehlte. Als seine Sippe das Gesetz über Sexzentren erlassen hatte, hatte ihm das wenig ausgemacht. Er pflegte damals mit Jocelyn zu schlafen, aber die süße Erinnerung an Veronica überkam ihn immer wieder. Er hatte alle jene wunderbare Zeit der Jugend hinter sich, wenn das einfache und fast unerwartete Vergnügen des Aktes genügte, ihn in Bann zu halten. Es war klar gewesen, daß Jocelyn nie das würde sein können, was Veronica gewesen war; und das hatte jeder Berührung und Geste einen bitteren Nachgeschmack verliehen.

Er öffnete den Mund, um sich um das Thema herumzudrücken, aber nichts wollte herauskommen. *Verdammt! Als ob ich ein kleines Kind wäre!* Er wollte etwas sagen. Ihm fiel aber nichts recht ein. Da sah er vor sich ein Rohr auf einem Gestell.

Er wußte genau, um was es sich handelte. Es gelang ihm aber, Überraschung zu heucheln. Doch seine Freude war echt.

Die Zitadelle hatte sich dergleichen rühmen können; und er konnte sich nicht vorstellen, wie die King-Sippe es geschafft hatte, die ihren zu retten. Vielleicht hatten sie sie aus den Ruinen ihrer alten Zitadelle geborgen, Jahre nach ihrer Kalamität. Das würde Hatchet ähnlich sehen.

Er schaute durch das alte Visier. Wolken zogen weg und ließen ein schimmerndes Band von Sternenlicht erkennen. Er konnte erkennen, daß dichte Sternströme jenseits der nahen rötlichen Staubstreifen lagen.

Arthur sagte:

Ein willkommener Anblick! Ich habe das schon sehr lange nicht mehr erlebt. Das ist *Mandikini* – ein altes indisches Wort von der sagenhaften Erde. Es bezeichnet die Ebene der Galaxis, die sogenannte Milchstraße. Das indische Wort nennt sie den »großen Himmelsfluß«*, da sie glaubten...

»Komm, schau!« sagte Killeen zu Shibo und schnitt Arthur das Wort ab.

Shibo hatte noch nie ein Elektroteleskop gesehen. Sie schaute brav hindurch, musterte den Dämmerungshimmel und fragte dann nach etwas im Sucherbildschirm.

Killeen sah sich das kleine kristalline Ding an. Eine Kindheitserinnerung kam auf. Er sagte: »Der Kandelaber. Es gibt nur noch einen einzigen.«

»Was ist das?«

»Eine Stadt. Menschliche Stadt! Kamen nicht die Rooks von einem Kandelaber?«

Sie schüttelte verwirrt den Kopf. Killeen sagte: »Wir alle kamen daher vor sehr langer Zeit. Ließen uns hier nieder und besiedelten Snowglade.«

Arthur hatte ihn erst gestern an diese vergessenen Geschichten erinnert. Killeen hatte den Aspekt öfters zu Wort kommen lassen, um mehr über Mechanotechnik zu erfahren. Das hatte er Shibo nicht gesagt, weil er einige praktische Tricks aufzuschnappen hoffte, um sie zu beeindrucken.

---

* Die Milchstraße als Himmelsfluß oder Himmelsstrom ist besonders bei den Chinesen geläufig, aber auch sonst weit verbreitet. Ausführlich hierzu BERNHAM'S CELESTIAL HANDBOOK, S. 1620 ff. – *Anm. d. Übers.*

»Von Sippen erbaut?«

Aus dem inneren Geflüster des Aspekts Nialdi entnahm Killeen eine wichtige Tatsache. Er freute sich, ein Gebiet zu finden, auf dem er wenigstens etwas mehr zu wissen schien als Shibo. »Die Sippen bildeten sich, als die Menschen von den Kandelabern herabstiegen. Sehr lange her.«

»Ein Kandelaber?«

»Nein, drei«, erfuhr er von Nialdi.

»Von *uns* gemacht?«

Ihre Ungläubigkeit drückte auch Killeens unausgesprochenen Gefühle aus. Es war schlechthin unglaublich, daß Menschen es je verstanden hätten, in der tiefen Finsternis Dinge zu gestalten oder gar zu fliegen. Schon das seltsame Monument aus weißem Stein, das sie kürzlich gefunden hatten, erschien als eine unmögliche Leistung.

Aber als er als Junge den Kandelaber zum ersten Male gesehen hatte, war ihm diese Welt sicher und für Menschen faßbar vorgekommen. Jetzt wußte er die Wahrheit.

Killeen fühlte ein zunehmendes Unbehagen aufkommen. Er studierte den Kandelaber noch einmal, seine glitzernde Kristallkonstruktion, die trocken und kühl vor monotoner Schwärze hing. Wirre Emotionen tönten durch sein Sensorium. Es war ein lieblicher, juwelengleicher Ort, der da im Nichts schwebte, eine positive Aussage gegenüber der ewig verneinenden Leere.

Aber in ihm bewirkte das einen jähen Schrei.

Seine Aspekte sendeten erstickte Rufe von freudigem Stolz und verzweifeltem Schmerz. Sie wollten aus ihren Gelassen heraus.

Blubbernde Stimmen überfluteten ihn. Er stöhnte. »Geht es dir gut?«

Killeen merkte, daß sein Gesicht etwas von der Raserei ausdrücken mußte, die heiß in ihm tobte. »Ach ja… Laß mich nur… etwas länger hinschauen…«

Nialdi rief:

*Wie lieblich das ist! Schönheit! Menschenwerk!*

Arthur rief:

Wenn ich nur rechtzeitig den Rat meiner guten Freunde befolgt hätte, hätte ich es weit genug gebracht. Ich wäre an die Reihe gekommen. Ich hätte sicher mindestens ein *befristetes* Kommando zur Besatzung des Drake-Kandelabers erhalten. Und dann – ganz gleich, wie sehr du brüllst, Nialdi, denke nicht, daß ich dich nicht hören kann, auch wenn du deine Beleidigungen verschlüsselst! – wäre ich in dem Kandelaber geblieben. Und wäre noch jetzt dort!

1. **Mechanos haben auch die Kandelaber angegriffen, wie ich hörte.**
2. **Selbst zu meiner Zeit wußte niemand, ob sie funktionierten.**
3. **Keine Signale von ihnen.**
4. **Hängen bloß am Himmel wie Christbaumschmuck.**
5. **Wärest du dort geblieben, wärest du sicher endgültig tot.**

*Du sprichst so gelassen über eine so große Tragödie? Als die teuflischen Horden alles verschlangen, was an lebensspendender Vernunft und Urteilskraft in diesem abscheulichen Abgrund übriggeblieben war?*

Nialdi, du mußt wirklich aufhören, uns weise Lehren zu erteilen. Es ist mir gleich, ob du ein ordinierter Philosoph bist. Mensch, kannst du nicht einfach den Kandelaber anschauen und das genießen? Die Mechanos haben ihn nicht verschlungen. Bedenke, was das bedeuten könnte!

*Arthur, ich sympathisiere mit dir. Niemand wünscht mehr als ich die Rückkehr der Menschheit – aller Lebewesen! – zu unserer ursprünglichen Stätte. Ganz gewiß!*

1. **Dann hör auf, das Maul so aufzureißen.**
2. **Einen Ausweg jetzt hier finden.**
3. **Bei der Sache bleiben.**

Die Ära der Kandelaber hat also natürlich ein tragisches Ende genommen. Wir hatten uns über Maschinen und deren Habsucht getäuscht. Aber das ist kein Grund, gegen deine fieberhaften Alpträume über die Mechanos nachsichtig zu sein. Wir...

*Willst du bestreiten, daß sie die meisten unserer ursprünglichen Schiffe verschlungen haben? Die meisten aus unserer Expedition getötet haben?*

Natürlich. Ich...

*...und später zurückgekommen sind und unsere Werke erneut vernichtet haben? Nur – Gott sei Dank! – diesen einsamen Kandelaber haben sie übrig gelassen. Gnädig...*

Hör auf mit diesem religiösen Unsinn! Damit wirst du mich nicht gewinnen. Niemand wird von deiner...

1. **Seht Killeen an.**
2. **Ich weiß, daß ihr überhitzt seid, aber es bekümmert ihn.**
3. **Er taumelt. Er hat etwas von unseren Gefühlen mitbekommen.**

*Das war dein überhitzter Geist, der das getan hat. Dein blinder, unvernünftiger Haß hat... paß auf! –*

Killeen wußte, daß er einen Aspektensturm erlebte, konnte aber wenig dagegen tun. Er konnte seinen Körper nicht kontrollieren. Es war wie mit der Frau vor ein paar Tagen, deren Aspekte verrückt gespielt hatten.

Er fühlte Silberzähne durch den Schädel nagen.
Summende Hornissen füllten die trübe Luft.
Er fiel auf seinen bleiernen Arm.
Schnee prasselte auf seine Nüstern.
Insekten fraßen an seinen Augen.

# 9. KAPITEL

Am nächsten Morgen gab es etwas, das in den alten Tagen der Zitadellen eine Zusammenkunft der Sippen gewesen wäre. Heute waren es drei hagere, muskulöse Männer mit wilden Bärten, die in Sesseln aus organischem Gewebe in einer dunkelgelben Lehmhütte saßen.

Killeen hatte durch Shibo davon gehört, die sich um ihn kümmerte. Es kam zu ihm in Form einzelner Worte, akustischer Keile, die das massive Schweigen durchbrachen.

Er wußte, daß sie über Dinge brüteten, mit denen sich abzugeben er keine Lust hatte. Manche meinten, sie sollten die Sippen in das integrieren, was sowohl die neue Zitadelle war als auch, was die besonders düsteren Gemüter anging, die letzte schwache Festung der Menschheit. Andere empfanden in reinen Zahlen keine echte Sicherheit. Man sollte sich in die Erde eingraben oder in getrennte Dörfer verteilen oder sogar wieder den Marsch aufnehmen.

Killeen kümmerte das nicht. Seine Welt hatte sich auf wenige zusammenhängende Kräfte eingeengt, die alle an bestimmten Objekten angesiedelt waren.

Tobys Beine.

Shibos verschleierte Augen.

Sein gelähmt baumelnder Arm.

Alles fest und deutlich. Darauf mußte er sich konzentrieren, um sein volles Sensorium zurückzugewinnen.

Seine Aspekte hatten ihn überbeansprucht. Jetzt

hockten sie in den entlegenen rückwärtigen Fächern seines widerhallenden, honigwabenartigen Selbstes.

Er würde gesunden, sicher. Ein oder zwei Tage.

Ein Tag verging, ohne daß er davon viel Notiz nahm außer einem Strahl Denix-Licht, der quer über den Fußboden und zur gegenüberliegenden Wand verlief. Er aß und schien einen Augenblick lang zu schlafen; und dann war der gelbweiße Balken wieder auf dem rohen Lehmboden.

Er saß da und dachte nach.

Falls die Marodeure Metropolis angriffen, würde er für die Verteidigung nicht viel von Nutzen sein. Selbst wenn er genas, wäre er nicht imstande, einen Projektor oder eine Kanone genau einzusetzen. Und wenn Metropolis fiel und es erneut zu einem langen, demütigenden Rückzug käme, würde die Sippe Toby zurücklassen.

Seine stammelnden Aspektstimmen riefen ihn. Ihr dünnes Flüstern ertönte, sobald er ihnen die geringste Chance bot.

Aber sie hatten wenig Nützliches zu sagen. Sie sagten, er müsse die Funktion seines Armes wiedergewinnen. Toby vergessen.

Killeen saß in der engen, feuchtschwülen Hütte mit Lehmfußboden und sah zu, wie Toby schlief. Er wußte, daß Fornax und Hatchet und Ledroff ganz in der Nähe über Dinge sprachen, die für ihn und Toby das Leben selbst bedeuteten. Aber er rührte sich nicht.

Jeder Elternteil, so erkannte er, merkt einmal, daß sein Griff in die Zukunft rutschig ist und letztlich versagen muß. Das kommt mit der Verwitterung durch das Alter. In gewisser Weise waren Kinder die Antwort des Lebens auf Sterblichkeit. Ihre kleine, aber anhaltende Präsenz war eine ständige Erinnerung daran, daß man nicht mehr zur vordersten Generation gehörte. Daß die Geschichte einen Spielzug über dich hinaus zu machen sich anschickte. Daß die Eltern endgültig und zu Recht welken und das Feld räumen müssen, damit die Kinder aufblühen und gedeihen.

Das war natürlich und richtig und verstand sich ohne Diskussion oder auch nur klares Denken. Das fühlte Killeen in der bedrückenden Ruhe der Hütte. Die flüchtigen Geräusche von Metropolis kamen durchs Fenster wie von einem fernen, verschleierten Ort. Das Gemurmel der Aktivitäten war wie eine Stimme, die man hören, aber nie verstehen konnte. Er betrachtete seinen Sohn und wußte, daß er etwas tun mußte. Aber das Scharnier, das ihn in Bewegung setzen würde, wollte nicht nachgeben. Es würde ihn nicht deutlich handeln lassen. Das empfand er als einen verdrießlichen Knoten in seinem Innern.

Es machte ihm nichts aus, selbst das Feld zu räumen. Sein eigenes Leben hatte nicht mehr Gewicht als sein dürftiger Rucksack. Jahre des Todes und ständigen Rückzugs hatten seine Meinung von Wert und Würde der Menschheit nicht gemindert; aber sie hatten ihn durch den willkürlichen und unbekümmerten Lauf der Dinge beeindruckt. Daß er durch einen zufälligen Hieb einer vorbeikommenden Maschine ausgelöscht werden könnte, die weder Schmerz noch Gewissensbisse kannte, das war die zentrale Tatsache der Welt. Aber daß diese Welt jetzt so leicht sein Vermächtnis – Toby – vernichten konnte, das war eine Wahrheit, die er nicht zulassen mochte.

Killeen sah zu, wie sich die Brust seines Sohnes unter den grobgewebten Decken hob und senkte. Eine Fliege summte durch die von der Sonne getroffenen Fenster herein. Sie kreiste umher und inspizierte die kahle Einrichtung der Hütte. Dann ließ sie sich auf Tobys Hand nieder und marschierte emsig darauf herum. Killeen ließ sie gewähren. Sie war lebendig und hatte somit ihre eigenen Rechte. Sein Vater hatte ihm seine Bürde und Verpflichtung gegenüber allen Lebensformen beigebracht, da er deren größter Vertreter sei. Die Menschen sprachen auch für die Reiche niederer Organismen. Sie konnten nicht gegen untergeordnete und weniger wissende Formen vorgehen. Killeen ließ die Fliege gewähren, bis sie sich anschickte, auf Tobys Gesicht zu krabbeln. Da nahm er sie mit der hohlen Hand auf, trug sie zur Fensterbank und entließ sie in eine vorbeiziehende Brise.

Das sich Heben und Senken von Tobys Brust war an sich ein kleines ständiges Wunder.

Er dachte an die Mechanos und die Zitadelle und seinen behinderten Arm, während er die schlichte Majestät des Atmens betrachtete. Er wußte, daß er nachdachte. Aber als ein Mann, der nicht gewohnheitsmäßig seine Gedanken in feste Worte zu prägen pflegte, dachte er nach, ohne auf ein Ergebnis zu drängen. Es kam einfach ein Moment in der stillen Luft, da Killeen erkannte, daß er fühlen würde, was zu tun sei, wenn der Zeitpunkt kam. Dann betrachtete er seinen Sohn noch etwas länger nur wegen des reinen Vergnügens. Ihm kam der Gedanke, daß dies vielleicht die letzte Gelegenheit dazu sein könnte.

Schließlich stand er auf. Er fühlte, wie sich seine Beinmuskeln beschwerten und streckten. Von dem linken Arm fühlte er nichts und erwartete, daß es so bleiben würde. Sein Kopf war benommen, als Aspekte ihre Stimmen erhoben, um ihm stürmisch Rat zu erteilen.

Er machte die Augen zu und unterdrückte die schwachen Stimmen. Er konnte verstehen, daß sie wegen ihrer eigenen Sicherheit besorgt waren. Aber niemand von ihnen hatte etwas zu sagen, woran er nicht schon früher gedacht hatte. Ihr ständiges Gerede reizte ihn mehr als die Fliege.

Er ging zu Hatchets bewehrtem Zaun. Seine unsicheren Schritte wirbelten in dem schwachen Wind Staub auf. Er fand den Zaun noch lächerlicher als zuvor, eine belanglose Geste gegen die unerbittliche Welt. Als er näher kam, brach die Versammlung drinnen ab, und die drei Kapitäne kamen heraus. Jeder trug ein frisch gereinigtes Wams und Hosen und Beinlinge aus Festgewebe. Killeen fiel dunkel ein, daß er auch seine Kleidung hätte reinigen sollen, so wie er auch sein Haar hätte pflegen müssen. Er fuhr mit den Fingern hindurch und merkte, daß er nicht einen kunstvollen Haarschnitt oder Locken hatte, sondern eine vom Sturm zerzauste Flut von Knoten und Zotteln:

Fornax sah ihn zuerst und kicherte. »Besser?«

»Na ja.«

Hatchet beobachtete Killeen aus Schlitzaugen. »Ledroff hier sagt, daß du ein schneller Mann bist, wenn du nicht gerade krank oder betrunken bist.«

»So ist er auch.« Daraufhin lachten alle außer Ledroff.

»Er sagte, du hättest ein Gesicht, das wir brauchen könnten.«

»Wozu?«

Ledroff zeigte das schmale Lächeln von jemandem, der ein Geheimnis preisgibt und das er eine Weile ausspielen möchte. »Ein kleiner Job. Übersetzung.«

»Ich weiß nicht…« Killeen hielt inne.

Ledroff grinste breiter bei Killeens offenkundiger Verwirrung. »Schon mal einen Renny-Mechano gesehen?«

Hatchet hatte den anderen Kapitänen offenbar etwas Wichtiges erzählt. Sie hatten einen gemeinsamen Plan entworfen.

»Habe davon gehört.« Killeen war vorsichtig und hielt seine Stimme ruhig und neutral.

Er hatte nie einen Renegaten gesehen. Das waren

Mechanos, die in irgendwelche Schwierigkeiten mit ihresgleichen geraten waren. Outcasts. Einzelgänger. Sie lebten am Rande der Mechanozivilisation. Es gab nur wenige.

Es hatte in der Vergangenheit sporadisch Zusammenarbeit zwischen Menschen und Renegaten gegeben. Kontakte ergaben sich durch Zufall, wenn ein Renegat verzweifelt war. Verhandeln war schwierig, weil es keine gemeinsame Sprache gab. Die Beziehungen waren selten über einfachen Tauschhandel hinausgegangen. Die meisten Renegaten behandelten die Menschen als Abschaum. Sie wollten nur im äußersten Notfall mit Männern und Frauen Geschäfte machen. Aber Renegaten lebten länger als Menschen. Daher umspannte ihr Kontakt mit Sippen Generationen und war zur Legende geworden.

Bud, sein Gesicht, hatte übersetzt, als die Bishop-Sippe mit zwei Renegaten-Mechanos Geschäfte gemacht hatte. Das war lange vor Killeens Geburt gewesen. Es hatte ein vereinbartes Signal zur Zusammenkunft gegeben. Die beiden Renegaten waren dann ohne Begründung verschwunden.

Im Zeitraum eines Herzschlages zitierte Killeen Bud her und stellte ihm drei schnelle Fragen. Er antwortete:

1. **Die beiden Bishop-Rennies wurden von Marodeuren geschnappt.**
2. **Nehme an, starben den endgültigen Tod.**
3. **Damals kannte ich etwas ihrer Mech-Sprache.**
4. **Aber meistens technisches Zeug.**
5. **Verstand nicht Haufen Mech-Rede.**

»Wir benutzen seit zwei, drei Jahren einen Renny«, sagte Hatchet.

»*So* hat die King-Sippe diese Stadt gebaut«, sagte Ledroff.

Killeen nickte, obwohl er immer noch verblüfft war. Darum auch waren sich die Kings so sicher, daß sie abends offene Feuer brennen lassen konnten! Sie hatten Unterstützung von einem Mechano. Irgendeine Vereinbarung, die Marodeure vom Zentrum der Bruchzone ablenkte. Er fragte: »Was für ein Renny?«

»Ein Crafter«, sagte Hatchet.

»Traut ihr ihm?«

»Wir müssen.«

»Warum?«

»Um Hilfe zu bekommen, zum Teufel!«

»Was für Hilfe?«

»Information. Auch Vorräte.«

»Im Austausch für was?«

Hatchet machte ein mißmutiges Gesicht. »Weiß der hier, wer er ist? Sind alle eure Leute so?« fragte er Ledroff und Fornax.

»Killeen ist ein harter Brocken«, versicherte Ledroff.

»Besser, ihn bei Laune halten, sonst macht er bei nichts mit, was du sagst«, ergänzte Fornax.

Hatchet nickte mit saurer Miene. »Wir haben einige Aufträge für den Renny-Crafter.«

»Welcher Art?«

»Hauptsächlich Sachen stehlen.«

»Von wo?«

»Mechano-Vorratstunnels.«

Killeen sagte nichts. Sein Gesichtsausdruck genügte, um Ledroff zu der Erklärung zu veranlassen: »He, schau, wir haben da so Methoden, Tricks.«

Ledroff sagte tonlos: »Du hast gehört, was wir vereinbart haben. Du solltest besser *gute* Methoden haben. Sonst schicke ich niemand von meinen Leuten.«

Die drei Captains diskutierten etwas und gaben Killeen damit Gelegenheit, Hatchets Gesicht zu studieren. Ihre Worte flogen wie Salven zwischen ihnen hin und her.

Ihm schien, er könnte sehen, daß die ganze innere Härte sich in dem Knoten am Ende des spitzen Kinns konzentriert hatte. Dieser kleine Fleischkloß zitterte, als wäre er nicht mit dem übrigen Gesicht verbunden und könnte alles ausdrücken, was er wollte. Er war ängstlich, klein und nervös, während der Rest von Hatchets Gesicht schlau und zuversichtlich war. Die Strähnen schwarzen Haares auf dem wackelnden Knopf schienen zu leben.

Hatchet war offenkundig der beste Anführer unter den dreien. Killeen würde sich seiner bedienen müssen, ohne es zu sehr deutlich werden zu lassen. Er mußte die Rolle eines Mitgliedes der Bishop-Sippe spielen, das ein legitimes Problem hatte. Damit würde er Hatchet zu den anderen Captains hinlenken können.

Killeen erinnerte sich an Shibos Geste mit dem Finger an der Schläfe. *Hatchet nicht richtig.*

Nun, vielleicht war Hatchet ein verschrobener, aber brillanter Führer. Der Mann war sicher raffiniert. Er beherrschte sein Gesicht gut und ließ es ausdrücken, was er wollte, ohne preiszugeben, was er wirklich dachte. Er konnte ein breites, freundliches Lächeln produzieren und dann langsam ein finsteres Gesicht machen, wenn ihm aufdämmerte, daß sein Freund etwas wollte, das Hatchet aus triftigen Gründen nicht geben konnte.

Aber das Gesicht war nicht vollkommen. Hatchets innere Spannungen zogen in das weiche, runde Kinn. Ein Schweißtropfen bildete sich zwischen dem dunklen Gestrüpp und sickerte nach unten. Dort blieb er hängen und wackelte, während Hatchets Mund arbeitete und harte, kluge Argumente vor den anderen Kapitänen vorbrachte. Der wacklige Tropfen hing an der öligen Haut wie ein verzweifelter Mann an einer Felsleiste. Niemand sonst schien dieses kleine Drama zu bemerken. Killeen unterdrückte ein Lächeln. Kapitäne hatten eine Würde und Position, die jeder aufrechterhalten wissen wollte. Vielleicht sahen sie den Tropfen überhaupt nicht.

Killeen wartete, bis die Captains mit ihrer Diskussion fertig waren und drei oder vier weitere Leute mit kleineren Anliegen gekommen und gegangen waren. Es gab viele delikate Angelegenheiten, die mit Problemen zwischen den Sippen zu tun hatten. Als Gastgeber der einzigen menschlichen Siedlung hatten die Kings die Oberhand. Aber alter menschlicher Brauch gab den anderen Sippen nominell gleichen Status, und das mußte Killeen sich zunutze machen.

In einer Pause fragte er: »Kann dieser Renny-Crafter auch medizinische Reparaturen ausführen?«

Hatchet runzelte die Stirn. »Voriges Jahr hatte ich für Jocelyn etwas in Ordnung bringen lassen müssen. Er kennt einige Subsysteme. Aber du bist nicht…«

»Doch, sicher bin ich.«

Hatchet schaute auf Killeens Arm und dann zu Ledroff. Besser, sich den Bishop-Captain damit befassen zu lassen.

Ledroff sagte: »Nein, Killeen, schau, du hast einen gelähmten Arm. Stimmt. Aber wir können nicht einen jeden zusammenflicken. Geh nur! Übersetze etwas! Du kannst ja schließlich keine Lasten tragen. Erwarte nicht zu viel!«

Killeen nickte. Dies zeigte, daß er seinen Kapitän anerkannte. Aber er stimmte nicht aktiv zu. Hier war noch mehr, und er wollte es herausfinden und benutzen.

Mit beiläufigem Ton fragte er Hatchet: »Warum benutzt ihr nicht euren eigenen Übersetzer?«

Hatchets Gesicht verhärtete sich noch mehr und ließ Schatten unter seinen hohen Wangenknochen hervortreten. »Sie ist krank. Das weißt du.«

»Woran leidet sie?«

»Aspektprobleme.«

»Zum Beispiel?«

»Das ist Sache der King-Sippe.«

»Hat sie von dem Renegaten-Mechano etwas erwischt?«

Hatchet brüllte: »Du vergißt, daß ich ein Kapitän bin!«

Ledroff wollte sich dafür entschuldigen, daß jemand aus seiner Sippe so sprach. Killeen schnitt ihm das Wort ab mit: »Ich will nicht wissen, wer es ist, sondern nur, was nicht stimmt. Ich respektiere die Angelegenheiten der King-Sippe.«

»Der Mann hat irgendwie recht«, sagte Fornax.

»Ich brauche keine Fragen zu beantworten, die die Sippe angehen.« Hatchets Lippen preßten sich zu dünnen blutleeren Strichen zusammen. Sein Gesicht wurde eine Maske diamantener Zurückgezogenheit. Aber sein rundes Kinn ließ endlich den großen Schweißtropfen fallen.

Fornax und Ledroff waren sauer. Sie sahen einander an. Sie beide hatten weniger Macht als Hatchet, aber an dieser Stelle erkannte Killeen, daß sie standhalten konnten.

»Wenn du bei dieser Sache Hilfe wünschst, solltest du besser…«, sagte Ledroff bedeutsam.

Hatchet gefiel das nicht. Er studierte die beiden Kapitäne. Mit offenem, zuversichtlichem Gesicht sagte er murrend: »Sie war irgendwie überlastet. Wenn auch nicht wie die eure. Die sieht okay aus. Sie starrt bloß an die Wand.«

»Was ist passiert?« Killeen ließ nicht locker.

Die beiden anderen Kapitäne rührten sich. Wenn es schlimmer würde, gäbe es mehr Aspektärger. Niemand wußte, was man dagegen tun konnte.

»Ich respektiere deine Probleme«, sagte Killeen ernsthaft. »Ich teile sie. Ich werde natürlich gehen.«

»Was deinen Arm betrifft?« fragte Ledroff. »Ich weiß, daß du ihn brauchst. Aber es sieht so aus, als ob dir kein Renny helfen würde. Tu nur, was man dir gesagt hat, stimmt's? Die Sippe kann dich nicht gehen lassen, wenn Captain Hatchet dir nicht trauen kann. Ich als Kapitän...«

»Ich gehe zu Toby«, sagte Killeen. »Und *mit* Toby.« Er drehte sich um und ging fort, ohne abzuwarten, was sie sagen würden.

Es würde jetzt keine weiteren Verhandlungen geben. Er hatte seine Aussage gemacht, und es war Zeit, still zu sein. Sollte Hatchet nachdenken! Sollten auch Fornax und Ledroff etwas überlegen!

Sie würden schon ankommen. Killeen besaß in seinem Gesicht Bud das entscheidende Ding, das Hatchet benötigte, nämlich die Fähigkeit des Übersetzens.

Sein Arm hing schlaff und tot herunter, während der rechte den Rhythmus seiner Schritte aufnahm.

## DRITTER TEIL

# DIE TRÄUMENDEN WIRBELTIERE

## 1. KAPITEL

Sie mußten einen vollen Tag gehen, um Kontakt zu bekommen.

Hatchet hatte niemanden als Zeugen zugelassen, als er mit dem Renegaten-Mechano Nachrichtenverbindung aufnahm. Die Privaträume eines Kapitäns waren nach alter Zitadellentradition unverletzlich, und Hatchet machte viel Wesens um die Dinge, die er dort hatte. Nachdem er fünfzehn Minuten in der kleinen, mit Stein ausgekleideten Hütte verbracht hatte, kam er lächelnd heraus. Er wirkte stolz und erleichtert und sagte mehreren Leuten seiner Sippe, wie schwierig es gewesen sei, mit dem Renegaten-Mechano alles zu arrangieren, wobei er einen vereinbarten Code benutzt hätte.

Der Renegat hatte, wie Hatchet sagte, keine Möglichkeit, menschliche Sprache zu codieren, und benutzte ein System von Zahlsymbolen. Killeens Bud-Gesicht erklärte, das wäre gut. Die Renegaten, mit denen Bud vor langer Zeit gearbeitet hatte, hatten auch einen reinen Zahlencode benutzt.

Auf kurze Entfernung konnten Renegaten zu den Aspekten im Kopf eines Menschen sprechen und kompliziertere Sätze durch das Sensorium des Wirtes übertragen. Killeen hatte damit keine Erfahrung und vergeudete keine Zeit mit Überlegungen, was in der fernen Vergangenheit so etwas ergeben hätte.

Hatchet bewegte sich mit überraschend graziösen Sprüngen dahin. Er kam rasch voran und war ungeduldig wegen Killeen und Shibo, die Toby in einer

Schlinge trugen. Shibo hatte eine Möglichkeit gefunden, das Ding an ihr Exoskelett zu hängen. Dadurch wurde das Gehen leichter. Hatchet selbst hatte die Aufgabe der Erkundung übernommen und steckte seine Energie in lange Streifzüge zu beiden Seiten der Marschkolonne.

Ihre Gruppe bestand aus zehn Personen. Die Kapitäne hatten sich darauf verständigt, daß die Bande zwischen den Sippen enger würden, wenn von jeder jemand dabei wäre. Hatchet würde führen, wie er es bei allen früheren Beutezügen der Kings getan hatte. Es kamen drei erprobte Kings hinzu und drei Rooks.

Ledroff entsandte Cermo den Langsamen, weil er gut zum Lastentragen war. Killeen hätte Jocelyn vorgezogen. Seine alte Vertrautheit mit ihr war dahin, aber sie war schlau und schnell. Killeen weigerte sich zu gehen, bis Ledroff Shibos Teilnahme genehmigte. Sie hatte eine ruhige, sichere Art, mit Mechanos umzugehen, die er bewunderte. Ohne gefragt zu werden, half sie freiwillig bei Toby mit.

Ledroff schickte sie nicht gern los, aber Killeen lehnte jede andere Person mit einem Kopfschütteln ab. Erst später merkte er, daß Ledroff und Fornax sehr zufrieden sein könnten mit einem Arrangement, das bei einer gefährlichen Unternehmung die aufdringliche Shibo und Killeen einschloß, und dazu den Rivalen, Captain Hatchet.

Keiner der Bishops oder Rooks hatte in dieser Generation mit einem Renegaten zu tun gehabt. Sie waren nervös, ohne es merken lassen zu wollen. Dadurch wurde das Tempo etwas schneller. Killeen und Shibo strengten sich an mitzuhalten. Sie sanken tief in den weichen Lehm der benachbarten Täler ein und keuchten, als Hatchet sie steile, sandige Trockentäler hinaufschickte, um die Strecke abzukürzen.

Sie alle hatten nur leichte Waffen dabei. Hatchet

wünschte minimale Lasten auf dem Marsch, um Schnelligkeit zu gewinnen. Er argumentierte, daß es auf jeden Fall schlauer wäre davonzulaufen als zu kämpfen, wenn sie in Schwierigkeiten geraten sollten.

Toby hielt sich gut. Er schaukelte in der Tragschlinge ohne zu murren, obwohl gelegentliche Krämpfe über sein Gesicht zogen. Killeen kontrollierte ihn alle paar Minuten und versuchte, eine Unterhaltung zu führen, aber der Junge war lethargisch. Er schlief die meiste Zeit, was nur gut war.

Hatchet war auf dem Marsch ein so guter Führer, wie Killeen erwartet hatte. Der Mann wußte, wie man die Stimmung aufrechterhielt. Er ließ sie alle sogar einmal auf sanfte, humorvolle Weise antreten. Das war unterwegs eine Zumutung und doppelt schwer mit Leuten, die sich nicht besonders gut kannten. Hatchet machte daraus einen Wettbewerb, um die besten pointierten Witze jeder Sippe zu ermitteln.

Über einen King-Kameraden sagte Hatchet: »Der ist so ein Fettarsch, daß er einen Schuhlöffel zum Furzen braucht.« Das war der Auslöser, um alle zum Lachen zu bringen, damit sie ihre Hemmungen vergaßen. Killeen erinnerte sich, daß Fanny das gemacht hatte, indem sie alle Sippenmitglieder der Reihe nach hänselte, wenn sie auf dem Marsch waren. Man wartete schon mit Vergnügen darauf, daß sie sich die nächste Person vornehmen würde, weil sie einen unerschöpflichen Fundus an bärtigen Bonmots besaß.

Hatchet war besser als Ledroff oder Fornax; aber irgend etwas bei ihm stieß Killeen ab. Hatchet hatte nicht das felsenfeste Gefühl für Anstand, das Fanny ungewollt ausgestrahlt hatte.

Das Land, durch das sie kamen, wurde trockener, als sie das Zentrum der Bruchzone verließen. Als das Leben spärlicher wurde, war Killeen mehr auf der Hut. Maschinen scheuten von Natur Feuchtigkeit; aber die Fabrik, in die sie kürzlich eingedrungen waren, zeigte, daß die Mechanozivilisationen sich auch in weniger trockene Zonen vorwagten.

»Keine Sorge!« sagte Hatchet, als sie eine Pause machten, um einen leichten Imbiß zu sich zu nehmen. »Der Renny hat mir gesagt, daß es auf dieser Strecke keine Marodeure gibt.«

»Kann er das für dich festlegen?« Killeen war beeindruckt, wollte das aber nicht durch seine Miene zeigen.

»Sicher.« Hatchets eckiges Gesicht hatte hier auf dem Marsch lebhafter gewirkt, mehr in Einklang mit seinem komischen Wackelkinn.

»Wie denn? Ich habe nie von so etwas gehört.«

»Ich denke, er kann Marodeure umprogrammieren. Wenigstens die kleineren.«

»Es muß ein sehr starker Renegat sein.«

»Der beste«, sagte Hatchet mit lässiger Überheblichkeit.

»Operiert er allein?«

Hatchet blinzelte, als ob das eine neue Idee wäre. »Ja. Ich habe ihn nie mit einem anderen Mechano zusammen gesehen.«

Killeen glaubte nicht, daß das viel besagen müßte, da Mechanos mit Hilfe ihrer Sensoren über große Entfernungen kommunizierten. Er ließ es sein. »Wie hast du mit ihm Kontakt aufgenommen?«

»Die Sache ist die, daß er uns gefunden hat. Wir waren über ein Jahr nach der Kalamität auf der Flucht. Er hat uns irgendwie aufgespürt.«

»Hat er vielleicht Zugang zu dem ganzen Kommunikationsnetz der Marodeure?« fragte Killeen. Shibo saß still dabei und beobachtete Hatchet. Ihr Gesicht verriet nichts.

Hatchet sagte: »Keinen ständigen. Sonst würde nicht gelegentlich ein Marodeur nach Metropolis geraten.«

Killeen runzelte die Stirn. Davon hatte er nicht gehört. »Sind welche entkommen?«

»Nicht, daß wir wüßten. Wir erledigen sie gründlich.«

»Also weiß man im Netz der Marodeure noch nicht, daß es Metropolis gibt?«

»Darum kümmert sich der Renny.«

»Das ist riskant.«

Hatchet reckte das Kinn noch weiter vor, während sich seine Miene verhärtete. »Das gehört zu unserer Abmachung. Der Renny versteht sich auf einen besonderen Trick, womit er den geographischen Dienst der Mechanos anzapft. Er übermalt das Bild für uns irgendwie, so daß Metropolis ganz natürlich wirkt.«

»Du nennst ihn ›er‹, nicht wahr?«

Hatchet zwinkerte. »Na ja. Rennies sind beinahe menschlich, irgendwie.«

Shibo sagte: »Nicht gut, so denken.«

»Hör einmal, ich habe Metropolis erbaut«, sagte Hatchet nachdrücklich. »Die Kings sind wieder seßhaft und haben gut zu essen. Besser als herumziehen wie ihr.«

Killeen nickte, konnte sein Unbehagen aber nicht überwinden. Mechanos waren Feinde, da führte kein Weg herum. Jeder Gedanke, der diese Tatsache vergaß, war gefährlich und töricht. Wer wußte, was Renegaten wirklich wollten?

Am Nachmittag war der Marsch anstrengend, weil Hatchet darauf drängte, daß sie den Zielpunkt beim Untergang von Denix erreichten. Sie gingen direkt auf den Hitzepunkt des Fressers zu, und die Sicht wurde schlechter. Toby erwachte nicht aus seinem langen schaukelnden Schlummer, stieß aber leise Geräusche des Unbehagens aus. Killeen konnte nicht sagen, ob das ängstliche Stöhnen und die vom Schlaf gedämpften Seufzer auf echtem Schmerz beruhten oder die

Reste von Alpträumen waren. Ein jeder hatte solche. Bei Erwachsenen waren das oft Aspekte, die ans Leben drängten. Tobys Gesicht verzerrte sich krampfhaft, und die Augen zuckten unter den Lidern. Irgendwie hatten seine Verletzungen ein Wachstum ausgelöst. Sein Haar war schulterlang, und seine Fingernägel ragten wie feine weiße Nadeln hervor.

Shibo war durch die Last ermüdet. Ihr Exoskelett wurde langsamer. Killeen spürte in den Schultern einen wachsenden Schmerz, wo die Tragbänder einschnitten. Er suchte das zu ignorieren, indem er alles andere in der Welt hart, scharf und klar machte – so klar, daß es den Schmerz vertrieb. Das gelang ihm, bis er den Lagerplatz erblickte. Das war eine weite Ebene, flach und nicht von Mechanos angekratzt.

Auf der Ebene gab es nichts. Nicht einmal Mechanoschrott. Sie suchten Deckung unter einer überhängenden Felsplatte, so daß niemand sie vom Himmel aus sehen konnte. Dann warteten sie. Denix wurde beim Herabsinken rötlich, und der übrige Himmel nahm ein kühles Blau an durch den Schimmer des Fressers, der am gegenüberliegenden Horizont erschien. Killeen sah mit Genuß das Lichterspiel auf den wenigen in der Höhe vorbeiziehenden Wolken an. Er hatte in diesen letzten Jahren nicht viele Wolken gesehen. Arthur teilte ihm ungebeten mit, daß die meisten Landflächen jetzt so ausgedörrt waren, daß sie keine Feuchtigkeit mehr in den Himmel abgeben konnten. Er nahm an, daß dies der Grund war, weshalb ein flacher Dunstbalken mit silbrigen Säumen über Metropolis mit seiner aufquellenden Eisschmelze hing. Er kniff die Augen zu und suchte nach dem Kandelaber, als sich das Blau oben vertiefte. Dann kam der Duster über sie.

Killeen erstarrte. Der Duster kam in direktem Gleitflug näher. Seine Unterseite war nahtlos und poliert.

Sie reflektierte das darunter liegende Gelände. Es sah aus, als ob der Duster die Ebene absuchte. Keine Luke öffnete sich, um Gift zu speien. Killeen saß absolut still, bis Hatchet ihm auf die Schulter klopfte und laut sagte: »Nur Ruhe! Das ist unserer.«

Eine King-Frau schaukelte schon auf ihrem Pack und grinste über die Besorgnis, die sie bei den Rooks und Bishops hervorgerufen hatten. Killeen sah, daß die übrigen etwas dämlich schauten, fühlte aber nichts dergleichen. Bloß weil die Kings den Duster als ein bekanntes Objekt behandelten, mit dem sie schon früher zu tun gehabt hatten, hieß das nicht, sie sollten sich so verhalten.

Er und Shibo bildeten die Nachhut. Toby schlief wieder mit offenem Munde und merkwürdig weißem Gesicht. Killeen konnte den festen Pulsschlag an seinem Hals erkennen. Er ließ ihn aber schlafen.

Der Duster stieß ein dünnes, hohes Gekreisch aus, als sie sich auf die Ebene hinaus begaben. Er benutzte keine Räder, sondern schien sich statt dessen in der Luft zu halten auf eine Weise, die Killeen nicht verstand. Als er dann langsamer wurde, sah Killeen vier Dinge wie Kufen herunterklappen. Hinten kam eine dicke Wolke aus braunem Staub heraus. Das Ding kam langsam auf sie zu. Killeen mußte sich zwingen weiterzugehen. Die Kings waren unbekümmert, als der Duster heranrumpelte.

Sie machten eine Show daraus, daß sie einen Renny gewonnen hatten, und wußten, was zu tun war. Killeen war sich darüber klar, daß sie es für töricht hielten, Toby mitzubringen, und daß die Kings den Jungen schon abgeschrieben hatten. Wären sie nicht imstande gewesen, viel medizinische Hilfe von ihrem Renny herauszulocken, dann wäre dieser Haufen vagabundierender und zerlumpter Bishops nicht mitgekommen. Aber sie brauchten einen Übersetzer und würden dieses Mitschleppen dulden, wenn das der Preis dafür war. Hatchets Gesicht hatte das am Vortag gesagt; aber da Höflichkeit zwischen Sippen immer noch etwas bedeutete, hatte er es nicht ausgesprochen.

Der blanke Bauch spaltete sich auf. Eine Rampe polterte in den Staub. Hatchet führte die anderen hinauf. Die Rooks und Bishops kamen zuletzt. Ihre Augen verrieten Panik.

Killeen mußte sich zwingen, die Rampe hinaufzugehen. Der scharfe Geruch aktiver Mechanotätigkeiten alarmierte ihn und ließ seine Sinne zucken.

Sie ließen sich zwischen großen, stumpfen Gehäusen nieder, die aus den Wänden ragten. Innen war es im Duster ziemlich dunkel. Die Gitter von Streben und stupsnasigen Maschinen bildeten einen aufragenden Baldachin. In den Wänden regten sich Lichter. Rote Strahlenbündel fielen auf die erschöpften Gesichter der Sitzenden. Killeen blieb stehen und wachsam. Er fühlte das Deck erzittern. Ein plötzlicher Stoß ließ ihn von einem glatten Aluminiumgehäuse abrutschen, was die anderen zum Lachen brachte. Das war der erste menschliche Laut, der jemals im Innern des Dusters erklungen war. Alle kicherten, als Killeen reumütig nach einem Sitz tastete und sich dann zu einem beunruhigten, aber schweigenden Warten niederließ. Ein summendes Geräusch füllte die Wände und beruhigte sie. Toby schlief.

Killeen musterte die schwelende Dunkelheit. In den Ecken waren Schmutz und Mechanogerümpel. Alles sah alt und abgenutzt aus. Er vermutete, daß der Duster selbst nicht besonders intelligent war, sondern nur ein Werkzeug, dessen sich andere Mechanos bedienten. Ihm fiel ein, daß Toby die kleinen Maschinen, die von Dustern abgeworfen wurden, als ›Himmelskakerlaken‹ bezeichnet hatte – nach einem Insekt, das sie in der Zitadelle geplagt hatte. Er hatte keine Ahnung, ob sie im Innern von Dustern lebten. Falls er in dem aschgrauen Dunkel auf eine träfe, würde er sie ohne weiteres töten, ganz gleich, wie nervös Hatchet war.

Killeen verfolgte die in seinem linken Auge tickende Zeitangabe. Es gelang ihm, nicht daran zu denken, daß er sich in der Luft befand, oder wie tief sie fallen könnten. Es dauerte mehr als eine Stunde, als er merkte, daß sie langsamer wurden. Die anderen fuhren auf, als der Duster die Nase nach unten richtete. Die Landung riß mehrere von ihren Sitzen.

Die Rampe senkte sich auf blassen gelben Zement. Hatchet führte sie hinunter. Sie kamen heraus auf einem weiten Feld aus fleckigem Zement, das sich bis zum Horizont erstreckte. Mechanofabriken markierten die Berge. Sobald Killeen den Boden erreicht hatte, untersuchte er die Hügel mit starker Vergrößerung. Überall wimmelte es von Kulis. Lastwagen wühlten sich geräuschvoll durch steile Straßen und merkwürdig nach oben zu schmaler werdende Türme. Keine Marodeure.

Shibo flüsterte etwas, und Killeen drehte sich um. Er wurde absolut still. Ein Crafter stand neben dem Duster. Er machte etwas mit einer elektrischen Steckdose in der Seite des Dusters. Erteilte ihm Befehle, wie Killeen vermutete.

Aber die *Größe*. Er war volle fünfmal größer als jeder Crafter, den er je gesehen hatte. Die allgemeinen äußeren Merkmale waren noch dieselben, dekorativ und fein ausgeführt. Gekörnte Schichten zusätzlicher Gehäuse wirkten wie Muskeln. Aus Pylonen vorn und hinten ragten konische Auswüchse. Antennen drehten sich nervös, um die Menschen zu beobachten.

»So einen Crafter habe ich noch nie gesehen«, flüsterte er Shibo zu.

»Modifiziert«, antwortete sie leise. »Wenn sie frei werden, verändern sie sich.«

Der Crafter-Renegat hockte auf schweren Laufflächen, die das Gewicht eines bauchigen Rumpfes trugen. Keramische Kurven starrten von eingepaßten Aggregaten. Rüssel, Antennen, Werkzeug, Greifer, Sensoren, Luken, verzerrte, stahlblaue Wülste wie bleiche Wunden.

Er stand bewegungslos da, während sein innerer Alarm mit der nervösen, jagenden Furcht kämpfte. Der Crafter sah gefährlich aus. Sein Sensorium kreischte mit Warnungen vor dem elektromagnetischen Feld, das den Crafter umgab. Überlastete Felder schlossen sich wie Spinnweben um Killeen. Sie sondierten und stießen metallische Filamente in sein Sensorium.

»Killeen!« rief Hatchet. »Übersetze!«

Er mußte sich dazu zwingen, zum Renegaten aufzublicken.

Er wandte sich an Shibo. Ihr Blick verriet ihm im stillen, daß auch sie mit einem Impuls kämpfte davonzulaufen.

Sie lächelten sich unsicher an. Killeen atmete tief aus und entriegelte dann sein inneres Alarmsystem. Sein Sensorium wurde auf stammelnde, beunruhigte Noten gedämpft.

Er und Shibo ließen Toby sorgfältig auf den Zementboden hinab. »Sind wir sicher, wie wir hier stehen?« fragte Killeen Hatchet.

»So sicher es möglich ist. Der Renny hat schon Identifikationscodes ausgesendet, wonach wir ein Arbeitstrupp sind.«

»Aber ein Mechano könnte *sehen* …«

»Würde ihn nicht stören. Hier ringsum ist ein Arbeitsareal. Sie richten sich nur nach dem elektromagnetischen Etikett, wie mir der Renny gesagt hat.«

»Aber könnten wir nicht doch …«

»Mach weiter! Sag ihm, was wir wollen!«

Killeen ging zögernd auf den Crafter zu. In seinen

unteren Einbuchtungen steckten Ballen aus zusammengepreßtem Schlamm und Mechanoschrott. Stellenweise war das Metall glattpoliert und frisch geformt. Dahinter konnte Killeen einen verbeulten Körper sehen – den ursprünglichen Crafter, der gegen die Mechanozivilisation rebelliert hatte, um sich zu retten.

Killeen rief Bud auf. Das Gesicht sagte:

1. **Bereit zu versuchen.**
2. **Kann nicht versprechen alles mitkriegen.**

Killeen studierte aufmerksam den Crafter. Es verging einige Zeit. Unbewußt hielt er seine Hände offen vor die Brust. Das würde beim Herstellen von Kontakt nicht helfen, gab ihm aber das Gefühl der Bereitschaft für alles, was der Crafter tun könnte. Abrupt erinnerte er sich an die Maus, die er vor etlichen Tagen gesehen hatte. Auch sie hatte ihn angestarrt als etwas Riesiges und Unerforschliches. Sie hatte die Pfoten aufgehoben, wie wenn sie das Unberührbare anrühren wollte. Killeen hatte da gehockt, um sich zu erleichtern. Wahrscheinlich hätte die Maus nicht einmal das begriffen.

Killeen suchte unter den vielen Spürsonden des Crafters, konnte aber nicht sagen, welche davon ihn vielleicht beobachtete.

»Versuchst du, ihn zu erreichen?« fragte er Bud. Er hatte Buds nüchterne Präsenz voll in sein Sensorium geschaltet. Auf diese Distanz konnte der Crafter das leicht aus frei vagabundierenden Feldern feststellen.

Killeen spürte, wie etwas Graues und sehr Großes in die neblige Grenze seines Sensoriums glitt. Ein kantiges Gewicht.

1. **Fühle etwas.**
2. **Sprache verändert.**

**3. An viel davon erinnere ich mich nicht.**
**4. Ich versuche zu...**

In seinem Kopf explodierte ein farbiger Bolzen. Er schwoll an und verblaßte während eines Herzschlags und verließ ihn wieder.

**1. Er liest die Liste von dir.**
**2. Billigt.**
**3. Wird das meiste davon heute bekommen.**

»Wann?« fragte Killeen.

Wieder ein tonloser Farbspritzer. Dann rauhes Kratzen, wie Sand in seiner Kehle. Er blinzelte.

**1. Während wir unsere Arbeit tun.**
**2. Will uns mit ihm gehen.**

»Wohin?«

Diesmal zerstreuten sich die Farben in Wellen elfenbeinfarbener Filamente.

**1. Fabrik nahe.**
**2. Wir stehlen einige Dinge.**

Hatchet fragte: »Was sagt er?«

»Will aus einer dieser Fabriken etwas stehlen.«

Hatchet nickte. »Wir sind hier schon früher gewesen.«

Killeen dachte langsam, ohne es auszusprechen: *Ich will medizinische Hilfe für meinen Sohn.* Er mußte jedes Wort visuell darstellen, um sicher zu sein, daß Bud es mitbekam. Das Gesicht war gut in der Auffassung von Sprache, aber unzuverlässig bei interner Aktivität.

Eine Pause. Dann knisterten in ihm die feinen Bernstein-Netze.

**1. Junge hat Aspekte?**

Was macht das für einen Unterschied aus? Es hatte keinen Zweck, ihm etwas extra mitzuteilen.

**1. Ist gut wenn nicht.**
**2. Junge ist junger Mensch?**

»Natürlich«, sagte Killeen gereizt.

Es gab eine Übersetzungsschwierigkeit zwischen Bud und dem Mechano. Der Crafter besaß kein Wort für ›Kinder‹.

*Beeilung!* Die tonlosen blassen Explosionen in seinem Geist stießen gegen die Augenlider.

**1. Junge hat nicht einmal volles menschliches Sensorium?**

»Nein, noch nicht. Ich...«

»Was erzählst du ihm?« fragte Hatchet.

»Laß mich, ich bin...«

»Verdammt! Verlier keine Zeit mit...«

»Hau ab!« Killeen stieß Hatchet mit einer Hand weg, ohne den Kopf zu wenden.

*Noch nicht. Schau, ein Kuli hat ihn mit einer Waffe der Marodeurklasse erwischt. Hat auch meinen linken Arm getroffen, siehst du? Der vollkommen außer Kontrolle ist. Wenn...*

**1. Junge ist dann wie Tier.**
**2. Crafter sagt ist brauchbar.**

Wir sind keine Tiere! Du...

**1. Nein.**
**2. Sagt, ist *wie* Tier.**
**3. Wenn Junge ohne Aspektchips in Kopf.**

*Ich habe um Hilfe gebeten. Ich werde darum feilschen. Wir stehlen für den Crafter. Der heilt meinen Jungen.*

»Killeen! Was ist...?«

**1. Crafter sagt du verstehst nicht.**
**2. Junge muß stehlen helfen.**

Killeen vergaß sich und sagte laut: »Der Junge ist kein Teil davon!«

**1. Junge muß stehlen.**

»Schau, er ist kein Teil der Abmachung«, sagte Killeen wütend. »Wir wollen...«

Hatchet stieß Killeen an. »Verdammt, was machst du...?«

Killeen schubste den Mann mit einer Hand weg und schaute immer noch zum Crafter auf. Er hätte gern gewußt, an welchen Sensor er sich wenden mußte.

Hatchet boxte Killeen in den Magen. Der hakte seinen Stiefel hinter Hatchets Fuß und brachte ihn zu Fall. Dann trat er ihn in die Seite und zog sich zurück. »Shibo!«

Sie schob sich aus dem Nichts zwischen sie, die Hände in einer unauffälligen Weise ausgestreckt. Aber ihre Finger waren steife Schneidwerkzeuge. Ihr Exoskelett brummte. Es würde in einem Nahkampf eine gute Waffe sein.

Hatchet fluchte. Cermo der Langsame rückte näher, um seinen Bishop-Gefährten zu helfen.

Killeen sah, wie Hatchet sich auf Hände und Knie erhob und mit großen Augen die Lage beurteilte. Einen Kapitän zu schlagen, war ein schweres Vergehen. Hatchet hätte die anderen Captains anrufen können, sich mit ihnen beiden zu beschäftigen. Killeen sah, daß Hatchet dies erwog; sah, wie sein Kinn wackelte. Dann entschied er sich dagegen. Das Kinn zuckte hoch, als Hatchet sein Gesicht wieder entspannte, um seine Wut zu bemänteln. »Hast du die Abmachung getroffen?«

»Das habe ich. Der Crafter hat eine verrückte Idee.«

»Höre auf ihn!« Hatchet stand auf und staubte seine Hände ab. Er stand geduckt da. Killeen erkannte, daß die anderen zu ihnen stoßen würden, wenn Hatchet das Zeichen gab.

»Das werde ich. Aber…«

»Hör gut zu!«

»Er redet davon, Toby zu benutzen. Der Junge ist nicht in der Lage…«

»Hör zu!«

»Ich will nicht…«

»Der Renny weiß viel mehr als du«, knurrte Hatchet und dachte nach. Sein Gesicht wurde plötzlich frei. »Ah, richtig.«

Hatchet hatte irgendwie begriffen, was der Crafter meinte. Killeen wollte fragen, wußte aber, daß er der Antwort nicht trauen konnte. Das Gesicht des Mannes war jetzt ausdruckslos.

Killeen atmete langsam aus. Lieber hinhalten. Falls Hatchet eine Möglichkeit fand, Killeen zu umgehen und das, was die Kings wollten, ohne einen Übersetzer zu bekommen, war alle Hoffnung für Toby verloren. »Jawohl… jawohl.«

»Verdammt richtig!« sagte Hatchet streng. »Sprich laut! Ich will alles hören.«

»Jawohl.«

Hatchet nickte unmerklich den anderen Kings zu. Sie entspannten sich etwas.

1. **Will ihr alle kommen.**
2. **Euch zeigen was zu nehmen.**

»Wie lange wird das dauern?«

**1. Kein Maß.**

Killeen flüsterte: »Crafter will es nicht sagen.« Je länger sie hier verweilten, desto größer war die Gefahr. Einige Marodeure könnten sie sehen.

**1. Müssen etwas marschieren.**

»Wie weit von hier?«

**1. Kann die Einheiten nicht verstehen.**
**2. Auch anderes Zeug.**
**3. Ich bekomme nur die Hälfte von dem, was er ausgibt.**
**4. Hält den Jungen für wichtig.**
**5. Wird Transport geben.**

»Gut, wir werden uns auf den Weg machen. Was bekommen wir als Ausgleich dafür?«

**1. Alles auf der Liste.**
**2. Könnt aber mehr kriegen.**

»Warum wird er uns mehr geben, als wir verlangen?«

**1. Hat Job für Jungen.**

*Nein,* dachte Killeen emphatisch. *Sag nein!* Dann sagte er: »Wir werden keine unnötigen Risiken eingehen.«

»He!« sagte Hatchet mürrisch. »Ich werde entscheiden, welches Risiko zu hoch ist.«

**1. Du wirst Arrangement mögen.**
**2. Crafter muß dir zeigen.**
**3. Junge nicht verletzt.**
**4. Er nicht verwundbar.**

Killeen unterdrückte ein wildes Lachen. *Von Mechanos umringt – mit einem sprechend! – und dieser aufgeblähte Schrotthaufen sagt, Toby wäre nicht verwundbar.*

**1. Wunsch dies übersetzen?**

*Nein.* Killeen nahm sich zusammen.

Hatchet sah ihn finster an. Er unterdrückte das Verlangen, den Crafter wegen Toby unter Druck zu setzen. »Mein Führer sagte, wir können später darüber reden.«

**1. Crafter sagt gut.**

»Das ist schon besser«, sagte Hatchet. »Sag ihm, wir werden tun, was er will!«

Killeen atmete nachdenklich tief aus. Er mußte das in Ordnung bringen. *Kannst du meinen Jungen heilen?* »Zeig uns, was zu tun ist!«

**1. Crafter kann uns zu speziellem Ort bringen.**
**2. Er kann Gerät bekommen, um Jungen zu heilen.**
**3. Deinen Arm auch.**

*Zu welchem Preis?*

**1. Wir werden sehen.**
**2. Crafter zeigt.**
**3. Muß erst stehlen, was er will.**

Hatchet rief fröhlich: »Die ganze Gesellschaft! Steigt in den Renny! Wir werden es bald geschafft haben.«

*Wir müssen erfahren, was der Crafter vorhat.*

**1. Du wirst.**
**2. Crafter zeigt.**
**3. Erst stehlen, was er will.**

Als sie die steilen Flanken des eindrucksvollen Mechanos emporstiegen, knurrte Hatchet Killeen an: »Einen Kapitän schlagen, ja? Dafür werde ich deinen Arsch verlangen. Warte, bis wir wieder in Metropolis sind!«

»*Falls* wir zurückkommen«, sagte Killeen mißmutig.

## 2. KAPITEL

Killeen konnte sich nicht an das Gefühl gewöhnen, mit dem Crafter zu fahren. Die Schlepper, auf denen er früher gesessen hatte, waren langsam und bequem gewesen.

Dieser Crafter rollte mit knirschendem Gebrumm und schlingerte heftig, wenn er eine Schlucht durchquerte. Killeen und Shibo hielten Toby in einer gemütlichen Ecke fest, wo die Schaukelei ihm nichts anhaben konnte. Die Beine des Jungen waren steif wie Korkholz und nicht zu gebrauchen. Die menschliche Gesellschaft um sie herum beanspruchte nur wenig Platz in dem zylindrischen Rumpf des Renegaten. Sie hielten sich an den vielen Rohren, Streben und Luftventilen in der keramischen Haut des Crafters fest.

Der Weg führte durch rauhes Gebiet, weil der Crafter Mechanostraßen sorgfältig vermied. Dies war der umfassendste Komplex, den Killeen je gesehen hatte, ein Netz aus gepflasterten Wegen und perfekt kubischen Gebäuden. Der Verkehr lief über blanke, enge Gleise. Auf den steilen Bergflanken rumorten Gießereien und stießen Rauch aus. Durch eine sich zunehmend verstärkende Aktivität bewegte sich der Renegat zielstrebig mit Geschick. Seine Antennen rotierten ständig. Jedesmal, wenn ein Mechano auftauchte, hörte Killeen ein Geblubber. Der Renegat sendete jedem Mechanohirn ein IGNORIERE-MICH-Signal und machte sich unsichtbar.

Killeen konnte sich nicht entspannen. Seine Augen

sprangen von jedem herankommenden Mechano zum nächsten.

»Beruhige dich!« flüsterte Hatchet ihm zu. »Renny weiß, wie er uns durchbringt.«

Killeen beobachtete einen voluminösen Mechano von einer Art, die er noch nie gesehen hatte, der auf einer Schienenbahn in der Nähe dahinraste. Er beschleunigte so schnell, daß er nur noch ein verwaschener Fleck war, als er das Ende des Tales erreichte.

Er fragte: »Wie oft hast du das schon gemacht?«

»Vielleicht dreißig-, vierzigmal.«

»Immer wie diesmal?«

»Meistens. Aber es ist auch immer anders.«

»Inwiefern?«

»Neue Fabrik. Es kommen auch andere Tricks hinzu.«

»Habt ihr beim Rückweg nie die gleiche Stelle erreicht?«

»Nein. Zu riskant.«

»Glaubst du, daß der Renny eine Art Marke setzt, damit sie warten, wenn er zurückkehrt?«

»Könnte sein. Vor allem glaube ich, daß er keine Risiken eingeht. Nicht, wenn er das Zeug, das er haben will, irgendwo anders bekommen kann.«

»Was für ein Zeug?«

»Vermutlich Teile.«

»Ersatzteile?«

»Wahrscheinlich. Es kommt ihm darauf an, am Leben zu bleiben.«

»Hat es schon einmal Schwierigkeiten gegeben? Haben Mechanos angegriffen?«

Hatchets Worte kamen etwas langsamer. »Nicht daß ich wüßte. Manchmal ereignen sich die Dinge recht mechano-schnell.«

Killeen hatte seit der Zitadelle nicht mehr gehört, daß jemand ›mechano-schnell‹ sagte. Auf dem Marsch hatte es keinen Vergleich gegeben zwischen menschlicher Geschwindigkeit und der atemraubenden Schnelligkeit der Marodeure.

»Hat es mal Verletzte gegeben?«

Hatchet zögerte lange mit der Antwort. Er klammerte sich an ein braunes Luftventil neben Killeen, der auf einem Gehäuse hockte. Der Crafter stürzte sich ein starkes Gefälle hinunter. Abfall verstopfte die flachen Gullies. Blaugrünes Folienmaterial flatterte in einer leichten Brise. Es war hier kühler und trockener. Mechanowetter.

»Wir haben zwei verloren«, sagte Hatchet schließlich.

»Wie?«

»Sippenangelegenheit«, sagte Hatchet eisern.

»Auch meine Sippe steht auf dem Spiel. Dadurch wird es auch eine Angelegenheit der Bishops.«

Hatchet gefiel das nicht. Er wußte aber keine Gegenargumente. Sein Mund verzog sich nach einer Seite, als ob er sich an etwas erinnerte, das ihm nicht gefiel. »Manchmal gibt es hier Mechanowachen. Zweimal haben sie uns überfallen, gerade auf halber Strecke. Wir sind gelaufen. Jedesmal haben sie einen erwischt.«

»Wie?«

Hatchet sagte ärgerlich: »Natürlich erschossen.«

»Mit was?«

»Weißt du, ich habe keine Notizen gemacht. Nur versucht zu verhindern, daß mir der Kopf weggepustet wurde.«

»Haben sie mit festen Geschossen operiert?«

Hatchet lächelte eisig. »Tut mir leid, ich habe keines beiseite gebracht, so daß ich es mir aus der Tasche holen und dir zeigen könnte.«

»Nein, ich meine, haben sie Kanonen benutzt wie wir? Oder E-Strahlen? Oder Schneidgeräte?«

Jetzt war Hatchet ärgerlich. Es war nicht so wie kurz vorher, wo er Killeen nichts hatte sagen wollen. Jetzt sah er den Sinn der Fragen nicht ein. »Konnte ich nicht feststellen.«

»Habt ihr die Leichen geborgen?«

»Verdammt – wir sind gerannt!«

»Ich weiß. Ich frage mich nur, ob ihr bloß auf Mechanowächter getroffen seid, oder etwas Schlimmeres.«

»Was denn… Marodeure?«

»Könnte sein. Würdest du dir das ansehen, was hinter dir her ist?«

»Nee.« Hatchets Stolz hatte es lange abgelehnt, von früheren Mißerfolgen zu reden. Aber jetzt sah er einen Sinn in Killeens Interesse, und seine Stimme verlor die mißtrauische Schärfe. »Hat uns irgendwie von unten her aus den Spanten beschossen.«

Killeen nickte. Genau so hatte etwas auf die Bishops geschossen, als sie in dem letzten Trog rasteten. Was immer also die zwei Kings getötet haben mochte, waren keine gewöhnlichen Mechanowächter. Sie hatten die Menschen gejagt. Sie waren aber klein genug, um auf schmale Spanten zu klettern. Dies bedeutete, daß es sich um eine neue Art von Jägermechanos handelte.

»Hast du gesehen, wie deine Leute getroffen wurden?«

»Nee. Habe sie liegen sehen. Keine Spur von ihnen im Sensorium.«

»Vielleicht hast du recht«, sagte Killeen besänftigend, aber nicht so auffällig, daß Hatchet merkte, worauf er hinaus wollte. »Sie waren eben tot.«

»Du meinst, anstatt…«

»Endgültig tot.«

»Ist das ein großer Unterschied?« fragte Hatchet. Eine tiefere Stimmlage deutete an, daß er eine nicht geäußerte Sorge in sich trug. »Jedenfalls haben wir keinen Aspekt von ihnen bekommen. Futsch!«

Killeen konnte sich nicht enthalten, mit einem grausamen Blick zu sagen: »Meinst du, wenn dein Geist von einem Marodeur in Stücke gerissen wird, ist dies dasselbe wie bloß zu sterben?«

Hatchet antwortete nicht sofort. Beide schwiegen, während sie auf einen vorbeiziehenden Hof mit von Öl verschmierten und teilweise demontierten Maschinen blickten. Reihen von Skeletten erstreckten sich bis zu entfernten Bergen, eine graue, beschädigte Armee, die momentan im Kampf angehalten wurde. Jedem Körper fehlten ein Gehäuse oder Laufflächen oder meistens Sensoren. Ihre arroganten Vorsprünge und Ecken hatten Killeen öfter Furcht eingejagt, als er sich erinnern konnte. Jetzt wirkten sie wie leere, verlorene Gesten. Er stellte sich vor, daß der Crafter solche Plätze aufsuchte, um von den rostenden, keinen Widerstand leistenden Toten Teile auszuschlachten.

Schließlich sagte Hatchet: »Mach dir keine Gedanken in der einen oder anderen Richtung! Es gibt Dinge, über die ein Captain nicht nachgrübeln sollte.«

Killeen fühlte sich durch die Bemerkung eingeschüchtert, die schlicht und ohne den prahlerischen Pomp geäußert war, den Hatchet meistens zur Schau stellte. Es gab darauf nichts zu entgegnen.

Er schwang sich fort, indem er sich mit seiner unversehrten Hand an einige Gasrohre klammerte. Sich zu bewegen war härter, als er erwartet hatte. Der rechte Arm wurde schon müde. Er traf Shibo mit Toby im Arm, während die meisten der Gesellschaft auf einer breiten rauhen Decke ruhten. Der Crafter lief jetzt glatt und rasch dahin. Aus seinem Leib kam nur ein trommelndes Geräusch. Die Vibrationen riefen auf Tobys blassem Gesicht weiche Schlafkurven hervor.

Killeen hockte sich hin, um zu reden. Da bremste der Crafter plötzlich. Sie alle kippten nach vorn und hielten sich fest, woran sie nur konnten. Toby wurde wach und griff automatisch nach seinem Vater, als sie beide vorwärts rollten, über eine Mehrzweckluke aus Polymer. Sie fielen einen Meter hinunter. Killeen landete mit einem schmerzenden Aufprall. Aber er hatte sich unter dem Jungen befunden, so daß Toby bloß die Luft wegblieb. Japsend lagen sie beisammen.

Hatchet rief: »Alle weg! Hinein! Schnell jetzt!«

Sie hatten nahe einer Fabrik angehalten. Killeen und Shibo trugen Toby. Die meisten Leute liefen schon die kurze Strecke zu einem Gittertor, das sich rasselnd öffnete, als sie näher kamen. Killeen wollte noch das Gelände mustern, aber Hatchet schrie ihnen zu, sich zu beeilen. Das Gittertor begann sich wie ein langsames Gebiß zu schließen, noch ehe sie hindurch waren.

Hatchet sagte: »Renny mag dies nicht. Schließt die Tore zu schnell. Er sagt, das Schwierigste ist, hinein und heraus zu kommen.«

»Aus seiner Sicht sicher«, sagte Shibo trocken.

Killeen trug Toby in den Schutz eines Stapels von Polyplastikzylindern. Es gefiel ihm nicht, wie Hatchet von dem Crafter als ›Er‹ sprach. Er sah darin ein Symptom, sich Mechanos als menschenähnlich vorzustellen und sich einzubilden, man könnte mit ihnen auf eine für Menschen annehmbare Weise umgehen. Killeens Vater hatte ihm einmal gesagt: *Der Haken bei den Aliens ist halt, daß sie alien sind.* Dies war einer der Gründe, warum die Bishop-Zitadelle mit Renegaten weniger Kontakte gepflegt hatte als die Kings. Killeen wollte über den Crafter keinesfalls so denken wie Hatchet. Darum fragte er nach den Fakten hinter allem, was Hatchet sagte. Fakten waren nützlicher als Meinungen.

Die Gruppe entfernte sich jetzt von dem sich heruntersenkenden Gittertor. Die Füße schlurften in der engen Nische durch schmale Spalten. Killeen hatte sich gebückt, um Toby auf den Boden zu setzen, als in seinem Kopf ein mächtiges *jjjjaaaatttt* explodierte.

Schwache Schreie durchsetzten die summende Stille, die folgte. »Was war...?«

Hatchets Stimme kam wie ein trockenes Kratzen. »Der Crafter. Muß auf einen Mechano geschossen haben.«

Shibo sagte: »Elektromagnetische Tötung.«

Killeen stand unsicher auf und sah, wie der Crafter das geschlossene Gittertor blockierte. Alle seine Antennen und Sensorschnauzen waren in die Fabrik gerichtet. Sie fächerten aus und zappelten rasch und energisch.

Cermo der Langsame rief von weiter drinnen: »Hier ist ein Mechano. Ausgebrannt.«

Hatchet erhob sich hinter einer großen Kiste und kam, um sich das anzusehen. »Der Crafter kann diese kleinen Wachmechanos einzeln abschießen. Ist zu schnell für sie.«

Shibo sagte beunruhigt: »Habe überhaupt keinen Mechanosucher bemerkt.«

Killeen schüttelte den Kopf. Seine Ohren klangen noch nach. »Ich auch nicht.«

Toby sah unbeteiligt aus. Er zeigte auf den Crafter, der sich jetzt zurückzog. »Was wird er tun, während wir drinnen sind?«

Hatchet hatte den Jungen bis jetzt ignoriert. Killeen war überrascht, als er Tobys Frage mit lässiger Freundlichkeit beantwortete. »Er wird mäuschenstill daliegen. Seine Extremitäten einfrieren. Sich tot stellen, als ob man ihn gerade wegen Ersatzteilen ausgeschlachtet hätte.«

»Wie in dem Hof, den wir gesehen haben? Mit allen den alten Mechanos?«

»Das nehme ich an. Nur wird er sich in einem Schuppen verbergen Das habe ich schon einmal gesehen. Ich nehme an, darum legt er auch Wert auf sein so ramponiert aussehendes Äußeres.«

»Täuscht die anderen Mechanos?« fragte Toby.

»Das vermute ich.«

»He, laßt uns sehen, was da drin ist!«

»Du bist jetzt still, Junge. Ruh dich aus!«

Killeen sah zu, wie der Crafter davonrumpelte. Er war immer verblüfft über die Spannkraft der jungen Leute, wie sie das vollkommen Neue und lähmend Gefahrvolle verkraften und einfach damit leben konnten. Er fragte sich, wann er diese unbedenkliche Sicherheit verloren hatte. Irgend etwas hatte sie allmählich abgenutzt – so unmerklich, daß er den Verlust erst erkannte, als es zu spät war.

Der verbrannte Mechanowächter sah merkwürdig aus. Shibo kam näher, als Cermo der Langsame an einem der Seitengehäuse des Mechanos herumschraubte. Es löste sich und fiel mit einem Gepolter zu Boden. Darinnen sah man Gelenke und dicke Lederpolster. Ein öliger Schimmer bedeckte sie.

»Das ist ein Cyborg«, sagte Cermo. »Und eingeölt.«

Shibo trat an eines der Gelenke. Es gab nach, bog sich und nahm seine ursprüngliche Richtung geschmeidig wieder ein. »Organische Bestandteile.«

Hatchet schien nicht überrascht zu sein. »Das habe ich in Fabriken massenhaft gesehen. Hier gibt es nicht viele davon.«

»Laßt uns gehen!« sagte Killeen.

Hatchet machte ein amüsiertes Gesicht. »Ihr habt es sehr eilig, nicht wahr? Wartet, bis die beiden Leute da vorn das Suchgerät einsetzen.«

Der Crafter hatte dem vorangehenden Mann eine Planskizze übermittelt, wohin sie in der Fabrik gehen sollten. Sie war so codiert, daß in ihren Augen ein Signal erschien, wenn sie auf dem richtigen Wege waren. Außerdem war sie sprachenunabhängig. Der Crafter benutzte dafür abgeordnete Kulis, um zu recherchieren und die Karte anzufertigen. Für einen Renegaten war es viel zu gefährlich, sich in ein Vorratslager zu begeben.

Die Gruppe folgte den beiden Führungsmännern durch ein hohes Gewölbe, das in sanftem orangegrünem Licht geschlummert hatte. Keine Mechanos bewegten sich auf den Laufstegen und eingefaßten Balkonen, die sich auf den immensen aufsteigenden Kurven der Wände abzeichneten.

»Nicht viel los«, sagte Shibo.

»Eine alte Fabrik«, sagte Hatchet. »Der Renny schickt uns meistens in solche Plätze. Mechanos dienen sie als Lager.«

»Es war aber doch ein Wächter da«, bemerkte Killeen.

»Geht nur weiter!« rief Hatchet.

Sie rutschten durch finstere Korridore. Tiefschwarze Schatten lagen auf alten, verlassenen Produktionsstraßen. Mit Schwefelkolloiden halb gefüllte Blechtrommeln leckten auf zerbrochenen Regalen. Die beiden anführenden Kings-Männer brachten sie in ein dunkles unterirdisches Labyrinth.

Am Eingang gähnte ein von Entdeckungsgerät eingefaßtes Portal. Killeen erkannte einige der Standardteile, wie er sie von Mechanos losgemacht hatte. Die Gruppe blieb stehen. Einzeln schlüpften sie langsam und vorsichtig durch das Portal. Hatchet erklärte Shibo und Killeen, daß die Detektoren auf Mechano-Niveau eingestellt waren. Sie spürten nicht einfach Metall auf, sondern das elektronische Netz, das jeder Mechano besaß. Die Menschen hatten davon so wenig, daß sie von solchen automatischen Wachhunden nur selten registriert wurden. Dadurch waren sie dem Crafter in erster Linie nützlich.

In den Tunneln hinter dem Portal begann ihre Arbeit. Lange Gestelle mit Modulen säumten die sich kreuzenden Gänge. Der Anführer lokalisierte die Teile, die der Crafter haben wollte. Die Gruppe teilte sich in Teams, um die schweren Stücke herauszutragen. Killeen tat sich mit Shibo zusammen, nachdem sie Toby nahe dem Portal abgesetzt hatten, wo er ihnen bei der Arbeit zuschauen konnte und wo sie gleichzeitig öfters nach ihm sehen konnten.

Killeen empfand die Präsenz der Mechanofabrik als einen kalten Druck in sich einsickern. Sein Wahrnehmungsvermögen war noch intakt, machte aber bei jedem entfernten Flackern oder Zucken oder unerwarteten Geräusch einen Sprung. Die dämmrigen Tunnels ließen das Klappern ihrer Arbeit widerhallen und erzeugten seltsame winselnde Töne. Noch schlimmer war, daß einige kleine Robo-Mechanos in den Tunneln arbeiteten. Als Killeen zum ersten Mal auf einen traf, hätte er ihn beinahe umgebracht.

Shibo packte seine Schießhand und flüsterte: »Sieht uns nicht!« Sie hatte recht. Robos waren langsam beim Sortieren von Bildern und Erkennen von Geweben und zu blöde, um Alarm auszulösen. Sie holten nur Sachen und stapelten sie nach Befehlen einer entfernten, für den Lagerbestand zuständigen Autorität. Trotzdem ging ihr rasselndes, spinnenartiges Gelaufe in den dunklen Tunnels Killeen auf die Nerven.

Der Crafter wünschte Teile sehr unterschiedlicher Größe. Winzige eingelegte Polytronplatten. Grünlich marmorierte photonische Tafeln, nicht größer als eine Hand. Aber auch gerippte Kondensatoren, die nur drei Männer tragen konnten.

Killeen und Shibo trugen die Ersatzteile des Crafters auf dem Rücken hinaus oder manchmal auch zwischen sich gemeinsam, wobei sie eine kurze Strecke trugen und dann anhielten und absetzten, um Arme und Rücken rasten zu lassen.

Die Zeit, die sie ständig schwer arbeiteten, war für beide anstrengend und mit plötzlichen Momenten der Furcht durchsetzt. Der einschläfernde Rhythmus des Schleppens ohne jede mechanische Hilfe betäubte sie. Es gab keine Metallkarren als Hilfe; und Hatchet hatte sowieso jeden Gebrauch davon verboten. Niemand wußte genau, was den Alarm am Portal auslöste. Darum war alles riskant, was über ein Minimum hinausging. Es dauerte mehrere Stunden, bis der Stapel von Ersatzteilen allmählich am Gittertor beisammen war. Der Crafter würde erst wieder erscheinen, wenn die Arbeit getan war. Dadurch wurde seine ungeschützte Lage auf ein Minimum reduziert.

Glücklicherweise war Toby wieder eingeschlafen. Killeen sah jedesmal nach ihm, wenn sie auf ihren Gängen zwischen den Tunnels und der Ausgangshalle vorbeikamen. Schließlich legten er und Shibo eine kurze Pause ein, um in den Tiefen der Gewölbe einige trockene Konzentratriegel zu verzehren. Killeens Kehle war rauh durch das Einatmen der rauchigen Luft und der sauren Dämpfe der Fabrik.

»Macht ihr so etwas öfter?« schnaufte Killeen, als Hatchet an ihnen vorbeikam.

»Immer, wenn der Crafter es wünscht.« Hatchet zog die Augen zusammen. »Hör zu, wir tun, soviel wir nur können. Ohne die Hilfe des Rennies wären wir für die Marodeure als leichtes Freiwild ständig auf der Flucht.«

Killeen nickte stumm, um Atem zu sparen; und da sah er den Mechano herankommen. Das war kein Robo oder Kuli. Er erkannte einen armlangen Rumpf mit einer Garnitur von Werkzeugen vorn, die wie ein Dornengestrüpp gebündelt waren. Es kam auf sie zu durch eine lange Gasse zwischen Regalen mit Vorräten, entweder unachtsam, oder nichts Ungewöhnliches argwöhnend. »Hatchet!« flüsterte Shibo.

Sie alle zückten die Waffen. Hatchet blinzelte, als ob

er noch nie so etwas gesehen hätte. »Ausschwärmen!« flüsterte er.

Der Mechano kam näher. Killeen hörte in seinem Sensorium eine abrupte Reihe merkwürdiger schneller Töne, die sich wie ein Husten anhörten. Eine Stimme, aber keine menschliche. Sie sprach wieder. Knappe Ausrufe, schnell, aber ungezwungen; natürlich, aber seltsam. Keine Worte, nur rasche Luftstöße aus einer engen, rauhen Kehle...

Hatchet sagte verwundert: »Was, zum Teufel...«

Killeens Arthur mischte sich ein:

Bellen! So klingt es, wenn ein Hund von der Erde bellt. Ich habe diesen Rufcode schon lange nicht mehr gehört...

In Killeens Auge sprang das Bild eines pelzigen vierbeinigen Tieres, das über ein grünes Feld hüpfte und einem blauen Ball nachjagte, der einen Abhang hinuntersprang. Der Ton, der in seine Ohren drang, enthielt eine Art Gruß, wie er ihn immer vermißt hatte.

Er sagte: »Dieser Mechano ruft uns.«

Ihr Gespräch hatte ihn angezogen. Shibo war bereits alarmiert und verfolgte die schnelle Gestalt, wie sie an den aufgestapelten Vorräten entlangrannte. Dabei zielte sie auf sie, um gegebenenfalls sofort schießen zu können. Killeen legte ihr eine Hand auf die Schulter. »Nein! Ich glaube, es ist in Ordnung. Das ist etwas...«

Das Gebell wurde lauter und brach dann jäh ab. Eine warme, weiche Frauenstimme sagte deutlich: »Menschenwesen! Ich habe euren Geruch gewittert. Er war so lange verloren!«

Hatchet rief laut: »Beweg dich nicht!«

»Die Stimme eines Menschen hören, heißt ihr gehorchen«, rief der Mechano irgendwo aus den Regalen heraus. »Ich habe doch die richtige Stimme benutzt, nicht wahr?«

»Allerdings«, antwortete Killeen und starrte bei dem matten Licht entfernter Lampen hin. Die stählerne Haut hatte Löcher und Flicken. Die abgenutzte Hülle war überzogen von Schrammen und Nieten. Auf einen Hinweis von Arthur sagte Killeen: »Braver Hund.«

»Ruff! Ruff!... Ich... bin eigentlich kein *Hund*, verstehst du.«

Shibo sagte ironisch: »Das haben wir vermutet.«

Die weibliche Mechanostimme kam aus einem alten akustischen Lautsprecher, der direkt zwischen zwei optischen Sensoren angebracht war. Diese glitzerten und verfolgten Killeen aufmerksam, als er näher kam. Shibo und Hatchet drückten sich wachsam an die Seiten. Shibo machte kurze Zeit einen geistesabwesenden Eindruck. Sie befragte ihre Aspekte. Killeen sah Cermo den Langsamen hinter dem Mechano herumschleichen und schon im voraus grinsen, daß er ihn umpusten würde. Killeen hob warnend die Hand.

»Bellen ist nur ein Mittel, Aufmerksamkeit zu erregen.« Der Mechano hatte jetzt eine volle tönende Stimme. Killeen fragte sich, ob Hunde sprechen könnten.

Natürlich nicht! Der Hund war ein Tier, das vor langer Zeit darauf kam, sich Menschen als – na ja – eine Art von Göttern vorzustellen. Sie hüteten Herden anderer Tiere und bewachten Dinge... Ah! Jetzt sehe ich es. Dies ist eine original von Menschen gemachte Maschine. Oder zumindest enthält sie Elemente einiger Erfindungen, die Menschen gemacht haben müssen.

*Von Menschen hergestellte Mechanos?* Killeen staunte. Die Idee war so verrückt wie die Behauptung, daß Menschen das Taj-Mahal-Gebäude errichteten, das er gesehen hatte.

Shibo sagte: »Das ist dir gelungen.«

»Man sagte mir, ich sollte diese Methode der Annäherung durch Stimme benutzen. Um mich von feindlichen Mechanos zu unterscheiden.« Die Maschine scharrte mit ihren Laufflächen begeistert auf dem rohen Zementboden. Ihr kehliger Alt vibrierte vor Erregung. Unfähig, sich länger zurückzuhalten, ratterte sie bis auf Armlänge an Killeen heran und rief: »Es ist so lange her!«

Killeen fragte beunruhigt: »Wie... wie lange?«

»Das weiß ich nicht. Mein inneres Zeitaufzeichnungssystem ist vor langer Zeit von dem Mechanohirn in diesen Fabriken umgebaut worden. Ich hoffe, ihr versteht, daß ich niemals für diese Wesen hätte arbeiten können, wenn ich eine Möglichkeit gehabt hätte, ihnen zu entfliehen. Ich war völlig loyal gegenüber menschlicher Führung.«

Hatchet kam näher, und die Maschine erblickte ihn. »Oh, noch ein Mensch! So *viele* noch am Leben. Ruff!« Die Stimme nahm einen ehrerbietigen Ton an.

Diese Maschine ist bemerkenswert hundeähnlich. Hör auf diese Unterwürfigkeit! Es muß Hundegedächtnis von den ursprünglichen Expeditionsgewölben weitergegeben worden sein. Dieser antike Fund...

Hatchet fragte: »Was willst du?«

»Ich... hatte nur die Absicht, euch zu dienen, Herr.« Jedes Wort war ein demütiges Gewinsel.

»Wie?«

»Ich... du mußt verstehen. Ich bin ein guter Diener gewesen. Die ganze Zeit über. Ich hielt meine Anweisungen versteckt, wo der Mechanogeist sie nicht finden konnte.«

Hatchet runzelte die Stirn. »Arbeitest du hier?«

»Zu Befehl, Herr! Ich werde geschätzt wegen meiner Fähigkeit, verlorene Teile des allgemeinen Inventars herbeizuschaffen, zu reparieren und ausfindig zu machen.« Er schurrte ängstlich herum, als ob er Hatchet die Hand lecken wollte. »Ich kann auch...«

»Halt's Maul!« sagte Hatchet sichtlich befriedigt. »Was kannst du für uns tun?«

»Nun, ich kann alle Aufträge ausführen, zu denen ich routinemäßig eingewiesen bin, Herr. Aber da gibt es... da gibt es... da gibt es...«

Er steckt in einer Befehlsschleife. Es muß irgendeine Information geben, die er nicht liefern kann, sofern wir ihm nicht das richtige Bezugs- oder Codewort geben.

»Sei still!« sagte Hatchet energisch.

Das Stammeln des Mechanos hörte auf. Er fing an: »Das tut mir schrecklich leid. Ruff! Ich habe anscheinend...«

»Schau«, sagte Killeen, »du kennst doch diese Fabrik, nicht wahr? Gibt es hier andere Mechanos, die für uns gefährlich sind?«

»Ich... Nein, in diesem Teil meiner Arbeitswelt nicht.«

»Wie weit entfernt?«

»Fünf Prantanouf.«

»Was?«

»Ein Maß, das die Mechanos benutzen. Ich... erinnere mich nicht, wie ich das in dieser Sprache ausdrücken kann.« Die weibliche Stimme des Mechanos wurde traurig, winselnd, fast tränenreich. »Ich... Es tut mir leid... Ich...«

»Macht nichts. Wissen sie, daß wir hier sind?«

Der Mechano machte eine Pause, als ob er horchte. »Nein, Herr.«

»Wie hast du uns gefunden?«

»Ich habe Sensoren, die die menschlichen Ausstrahlungen wahrnehmen. Wundervolle Menschengerüche. Sie waren lange begraben von dem Schlamm, den der

Mechanogeist mir aufgeladen hat. Aber sie haben mich doch über eure Anwesenheit unterrichtet.«

Killeen staunte, wie lange eine solche Maschine von Menschenhand unter den fremden Mechanos hatte überleben können. Arthur bemerkte ironisch:

Gerade wegen dieses blinden Gehorsams. Das ist leider genau das, was Menschen von Tieren verlangten, wenn sie die Domestizierung überleben sollten. Wir waren selbst nicht moralisch überlegen, wenn wir die Macht hatten...

Sofort mischte sich die Stimme des Aspekts Nialdi ein:

*Das war die angemessene Rolle von Tieren. Partner und Diener der Menschheit! Du kannst nicht vergleichen...*

Killeen schnitt das zunehmende Gebrabbel von Aspektstimmen in seinem Innern ab.

Der Mechano machte eine Pause. Seine Optik registrierte andere Mitglieder der Gruppe, die näher kamen, als sie das Gespräch hörten. »*Viele* Menschen. Ihr habt also doch überlebt!«

»Hast du in der Zitadelle gearbeitet?« fragte Shibo.

»Jawohl, Madam.« Der Mechano senkte seine Vorderpartie in der steifen Parodie einer Verbeugung. »Zuerst war ich im Kandelaber tätig.«

Killeen blinzelte erstaunt. In seinem Innern plapperte Arthur – eine dünne, aufgeregte Stimme, die er wie eine Fliege wegscheuchte. »Erzähle uns, an was du dich erinnerst, ehe du hierher kamst!«

»Ich arbeitete für die Menschen, die die ersten Bogenbauten schufen. Später dann Zitadellen. Ich habe für die drei Zitadellen der Pawns entworfen und gearbeitet.«

»Wann bist du zu den Mechanos fortgelaufen?« fragte Hatchet grob und mißtrauisch.

»Ich bin nicht fortgelaufen!« Die Maschine klang gekränkt, wie eine Frau, deren Ehre mit einer beiläufigen Bemerkung angetastet wurde. »Ich weiß, daß das einige menschliche Maschinen getan haben. Ich gehörte nicht zu ihnen. Ich wurde gefangengenommen.

»Ko-optiert?« fragte Shibo.

»Meine Stromkreise wurden überwältigt. Neue Imperative direkt in mein Substrat eingetragen.«

Killeen sagte: »Haben sie die Zitadelle erobert?« und beobachtete dabei die Maschine genau. Er hatte niemals von Maschinen gehört, die durch Menschen kontrolliert wurden. Bestimmt hatte die Bishop-Sippe keine solchen zur Zeit der Kalamität.

»O nein. Nein. In jenen Zeiten waren die Mechanos eine kleine Bande. Sie mieden menschliche Zitadellen und deren Feste, alles. Sie fingen mich, als ich... ich... ich...«

Die Stimme des Mechanos rasselte, als er in eine Befehlsschleife geriet. Irgend etwas, das er sagen wollte, war durch ein tieferes Verbot blockiert.

»Stop!« befahl Killeen. Er schenkte der Maschine allmählich Glauben. Sein Arthur-Aspekt meldete sich:

Zu meiner Zeit haben wir die von Menschen gemachten Mechanos ›Manmechs‹ genannt. Die Expedition besaß eine volle Ausrüstung an intelligenten Maschinen und hielt sie gut in Schuß. Wie hätte sonst die erste Generation ins Leben gerufen werden können? Von Menschen geschaffene Roboter vereinigten Sperma und Eier, die von der Erde mitgebracht worden waren. Sie betreuten die Kleinen, zogen die erste Nahrung...

*Das haben sie getan! Doppelt schlimm war dann die perverse und verräterische Tat der Manmechs, sich zu verbünden mit jenen, die die Kandelaber plünderten und uns jetzt bis in jeden Schlupfwinkel verfolgen. Dies Ding, das uns mit Gebell und sanfter Frauenstimme beleidigt, ist ein Feind der gesamten Menschheit. Tötet es! Das ist der einzige…*

Die Mechanozivilisationen haben diesen Manmech gefangen. Man darf ihm nichts vorwerfen, da er keine Wahl hatte. Die Mechanos haben einige seiner Funktionen umgestaltet, aber anscheinend nie seine fundamentale Unterordnung unter menschliche Befehle getilgt.

»Warum haben sie ihn nicht zerlegt und als Rohmaterial genutzt?« fragte Killeen.

*Es kennt uns. Sie haben diesen üblen Verräter behalten, weil er uns wieder verraten kann. Darum will ich, daß du ihn vernichtest. Sofort! Aber…*

Wahrscheinlich erfüllt er irgendeine geheime Funktion in der Mechanogesellschaft. Oder sein Überleben seit den frühen Tagen ist reiner Zufall. Ich rate von jeder übereilten Aktion ab. Es ist blühender Unsinn, was Nialdi da verzapft.

*Ihr setzt alles aufs Spiel, wenn ihr duldet, daß der Verräter…*

Killeen schaltete den Nialdi-Aspekt ab. Dafür hatte er jetzt keine Zeit. Nialdi und Arthur zankten sich weiter. Er ließ sie als wispernde Mäusestimmen hinten in seinem Kopf weiterstreiten, damit sie ihre Spannungen abbauten; aber im übrigen ignorierte er sie.

Die Maschine hustete und bellte dreimal wütend. Dann wurde die Stimme wieder normal. »Es… es tut mir leid. Ich kann diese Information nicht ohne einen Kennwortbefehl geben.«

Hatchet fragte: »Wie haben die Mechanos dich bekommen?«

»Ich konnte nichts dagegen tun. Ich bin mit der Mechanozivilisation gekommen und habe meinen Platz zu Füßen der geliebten Menschheit verloren.« Diese Worte waren düster klagend, halb durch gebrochene Erinnerungen und halb als Flehen um Verständnis.

Die Menschen sahen einander verwirrt an. »Meinst du, daß er die Wahrheit spricht?« fragte Cermo der Langsame Hatchet.

»Schon möglich.«

»Verdammt seltsam, wenn du mich fragst«, sagte Cermo und schüttelte den Kopf.

»Mechanos haben das noch nie versucht«, sagte Shibo. »Dies sieht keinem Mechanotrick ähnlich. Ich habe Vertrauen.«

Killeen stimmte zu. »Ja. Mechanos wollen uns nur töten, aber nicht verwirren.«

Die Kings und Rooks äußerten sich mit Vorbehalt positiv. Die akustischen Sensoren des alten Manmechs wandten sich eifrig jedem Sprecher zu, kleine Polymerschüsseln an seinem länglichen Körper.

Hatchet kaute mit seinen gelben Zähnen an der Oberlippe. Sein dreieckiges Gesicht verriet seine Unsicherheit. Er griff sich unwillkürlich an sein knubbliges Kinn und drückte es etwas, als ob er in sein übriges Gesicht Entschlossenheit prägen wollte. »Okay. Was nun also? Wir sind hier ziemlich fertig. Gehen wir!«

Die Maschine bellte nervös, und dann murmelte die Frauenstimme: »Nicht doch! Du kannst mich nicht hier zurücklassen, Herr. Ich gehöre euch. Der Menschheit.«

Hatchet sagte verlegen: »Weißt du, ich...«

»Aber du mußt.« Die weibliche Stimme wurde verführerisch sanft. »Ich bin euch diese ganze lange Zeit treu gewesen. Und ich muß der Pawn-Zitadelle meine Botschaft überbringen.«

»Die Pawn-Zitadelle ist vernichtet«, sagte Killeen. »Wir sind alles, was von den Sippen der Zitadellen noch übrig ist.«

»Nein! Vernichtet? Aber dann werde ich... ich...«

»Halt's Maul!« sagte Hatchet ärgerlich. »Los, brechen wir auf!« Er ging weg.

»Nein, ich muß folgen. Ihr seid meine...«

»Jawohl, komm nach!« sagte Shibo sanft. »Aber *ruhig*.«

Es gab nur noch einige wenige Punkte auf der Liste des Crafters. Die Gruppe schaffte sie zum Gittertor. Der Crafter kam heran, als sie die letzten Stücke auf den Stapel legten. Plötzlich fing das Gittertor an hochzugehen.

»Los, ran!« rief Hatchet.

Die Leute schleppten eilig die Artikel heraus und luden sie in eine seitliche Nische, die der Crafter aufmachte. Killeen und Shibo mit Cermo beteiligten sich bei dem hektischen Gewühl. Kurz vorher hatten sie noch über die merkwürdige Maschine gescherzt. Als sie jetzt ihren Auftrag zu Ende führten, waren sie bei dem schräg einfallenden blassen Licht von Denix angespannt wachsam.

Killeen und Shibo trugen Toby hinaus, als die letzten Stücke in der Frachtluke verstaut waren. Sie betteten ihn auf einen Absatz in halber Höhe vom Rumpf des Crafters. Sie waren alle erschöpft, und es war mühsam, Toby hochzuheben. Bud beanspruchte Killeens Aufmerksamkeit:

1. **Crafter sagt hochklettern.**
2. **Wir haben eine andere Fabrik.**

Killeen gab das ohne Kommentar an Hatchet weiter. Der fragte: »Wieso?«

»Der Crafter sagt, er hat etwas für uns.« Das war glatt gelogen, da Bud sagte:

**1. Crafter braucht Tobys Hilfe.**

*Unmöglich,* dachte Killeen.

**1. Du wirst sehen, sagt Crafter.**

Killeen sagte: »Kann der Crafter diesen Manmech freigeben? Sagen, daß er diesen Fabrikkomplex verläßt?«

Bud sagte längere Zeit nichts. Dann:

**1. Crafter hat Manmech befreit.**
**2. Zu deinen Gunsten.**
**3. Er sagt, bedenke, er braucht Tobys Hilfe.**

»Wir werden sehen«, sagte Killeen zurückhaltend.

Der Manmech machte sich daran, eine Seitenrampe des Crafters hochzuklettern. Bud sagte eilig:

**1. Crafter wird Manmech nicht befördern.**

»Warum nicht?«

**1. Manmech ist jetzt Freimech.**
**2. Kann Detektoren auslösen.**
**3. Sie abschalten.**

»Ich will ihn bei uns haben.«

**1. Crafter wird sie töten.**

»Nein, nur ein…«

Killeen hörte, daß der Crafter ein durchdringendes Störsignal aussandte, das den Manmech zurückstieß. Er taumelte und stürzte zu Boden.

## 1. Das war eine Warnung.

Der Manmech schrie: »Menschen, verlaßt mich nicht!«

Killeen rief verkniffen: »Keine Wahl. Du bist jetzt frei. Alles Gute!«

Während sie von der Fabrik wegrumpelten, senkte sich das Torgitter. Killeen schaute zurück und fühlte eine gewisse Erleichterung. Sie waren durch die dunklen Tunnels gegangen und hatten überlebt.

Es betrübte ihn zu sehen, wie der Manmech – Hund/Frau – hinter ihnen hertrappelte. Er hätte diese seltsame Kombination gern nach ihrem früheren Leben gefragt. Ein lebendes Wesen war viel faszinierender als die trockenen kleinen Lektionen, die ihm die Aspekte erteilten. Er versuchte zwar, mehr von seinen Aspekten zu lernen; aber ihnen fehlte die ergreifende und hingebungsvolle Aufrichtigkeit.

Er schüttelte den Kopf. Sein Vater hatte ihm einst gesagt, die klügsten Leute wären die, welche, nachdem sie erkannt hatten, daß ihnen keine Wahl blieb, die Sache vergaßen. Er hatte diese Kunst nie beherrscht. Er schaltete sein Komm ab, um nicht mehr das schwächer werdende Jaulen und verlorene Gebell des Manmechs hören zu müssen.

Der Crafter nahm Fahrt auf. Seine Antennen rotierten und summten mit emsiger Energie.

Killeen streckte sich aus, um zu ruhen. In der Nähe stöhnte Toby. Das Nervenkostüm des Jungen wurde allmählich dünn. Killeen schob seinen gefühllosen Arm unter den Hals seines Sohnes, um ihm eine Art Kissen zu bieten. Dann schloß er die Augen. Schlaf überkam ihn. Er kämpfte dagegen an. Er mußte nachdenken. Sich auf den wahren Grund vorbereiten, wegen dessen sie hergekommen waren.

## 3. KAPITEL

Zuerst hielt er es für einen Berg. Dann sah er die Myriaden bearbeiteter Ecken und die glatten schrägen Seitenflächen. Es war ein so großer Komplex, daß er die Landschaft zu sein schien und benachbarte Hügel zwergenhaft erscheinen ließ.

Der Renegaten-Crafter fuhr mit Höchstgeschwindigkeit auf das aufragende Netzwerk zu. Sie querten eine offene Ebene ohne Spalten, mit hartem Boden. Andere Mechanos sausten über Seitenwege. Die Stille war beängstigend. Einige Mechanos schwollen brummend an und schrumpften dann wieder ohne jede erkennbare Bewegung. Killeen konnte dem schnellen Verkehr nicht folgen. Es war wie die Vogelschwärme, die er um Metropolis gesehen hatte; aber alle bewegten sich auf unerbittlich geraden Linien.

Der Crafter wurde nicht langsamer. Seine Antennen schickten kurze Signalstöße in alle Richtungen. Ein Schlepper mit keilförmigem Rücken stieß auf sie herab. Er kam so nahe vorbei, daß Killeen Markierungen auf seinem Rumpf erkennen konnte. Die Luftströmung danach umfing sie mit einem lauten Knall. An der Basis des Berges öffnete sich eine schwarze Tunnelmündung. Killeen blickte nach oben und sah reich verzierte Schieferwände. In halber Höhe der Vorderseite des Berges entfaltete sich eine orangefarbene Detonation. Ehe er sehen konnte, was die Ursache war, verschlang sie der Tunnel.

Selbst jetzt wurde der Renegat nicht langsamer. Sie

rasten durch undurchdringliche Finsternis. Ein warmer Wind streifte sie.

Killeen lag still, fühlte das Brummen vom Impuls des Crafters und wartete. Er hörte, wie Hatchet mit einigen anderen auf einer Geheimverbindung sprach. Er gab Befehle; denn später mischte sich Furcht in sein gedämpftes Murmeln. Alles kam auf eine Überraschung an.

Sie wurden langsamer.

Schwebten in völliger Dunkelheit.

Hielten mit einem Stoß an.

Das Team kletterte hinunter. Killeen bewegte sich nicht, fühlte aber Shibo in der Nähe.

Mit einem Mal wurden sie von oben mit rotem Licht überflutet. Sie befanden sich in einem riesigen Gewölbe. Rechteckige Container nahmen fast das ganze Volumen ein, aufgestapelt in einer verschlungenen Spirale. Killeen konnte keine Mechanos sehen.

»Beeilung!« rief Hatchet ihnen zu. Sie zerstreuten sich zwischen länglichen Kanistern. Unter Killeens Stiefeln klang es wie nach Glas. Toby grunzte und erstickte ein Stöhnen. Killeen sah sich nicht um nach dem, was der Renegat machte.

Sie erreichten eine kleine Öffnung wie ein Astloch. Die meisten von ihnen waren schon hindurch. In der Nähe stand ein verglühender Mechano. Killeen trug Toby in der Schlinge durch die Öffnung, Shibo mit gezogener Pistole vorweg.

Dahinter war ein einfacher quadratischer Raum. Blauweiße Mechanos rasten hindurch. Sie beachteten nicht die kleine Menschenschar, die aus einer kahlen, nicht markierten Wand herauskam. Noch mehr Lagerbestände, vermutete Killeen. Von der Decke erklang ein entferntes Geräusch.

– Jetzt kommt der schwierigste Teil –, sendete Hatchet.

Die Gruppe lief auf einen kleinen Bogen zu, der offenbar einen Eingang darstellte. Beide Seiten waren mit umständlichen Emblemen übersät. Killeen kannte einige Erkennungscodes aus der Zeit, da er mit seinem Vater auf Beute ausgezogen war. Er betrachtete die polierten Polykupferbehälter mit eingelegten Schlangenlinien. Diese eingravierten silbernen Stromkreise waren ihm neu.

Hatchet tastete einige Anweisungen in die Markierungsschaltungen. Es gab da sechseckige Eingabepunkte auf der keramometallischen Wand. Killeen hatte noch nie gesehen, daß jemand sie benutzt hätte.

Hatchet machte nicht einmal eine Pause. Er holte kleine Zylinder aus seinen Schoßtaschen und steckte sie langsam in die Löcher. Er drehte jeden so lange, bis es klickte. Hinter seiner erfolgreichen Tätigkeit schimmerte auch Nervosität auf, wie wenn man den Himmel durch Wolkenlöcher erblickt. Die Leute sahen mit gespannten Mienen zu.

Das quadratische Polymer-Tor des Portals glitt zur Seite. Niemand trat hindurch.

»Soweit geht es«, sagte Hatchet und trat zurück. »Jetzt...«

Schweigen. Scharfe Blicke. Killeen erkannte jetzt, daß es hier gewesen war, wo die Kings ihre zwei Leute verloren hatten.

»Wir brauchen den Jungen«, sagte Hatchet.

»Wieso?« fragte Killeen mit trockener Kehle.

»Er muß da hindurchkriechen. Dann die Schaltungen auf der anderen Seite außer Betrieb setzen.«

»Das kann er nicht. Keine Beine, du weißt doch!«

»Das ist gerade der Trick«, sagte Hatchet. »Er allein kann es machen.«

»Laß doch jemand anders kriechen!«

»Du begreifst nicht. Dein Junge hat keine Aspekte. Darum fehlt ihm eine Menge an Schaltsystemen, die eingepflanzten Chips, all das. Dieses Tor spürt das Zeug.«

»Ist es das, was der Crafter gemeint hatte?« fragte Killeen verdutzt.

»Sicher. Er hat es sofort erkannt.« Hatchets Augen zuckten, belebt von der Möglichkeit. »Wir sind nie imstande gewesen, hier hindurchzukommen. Die Geräte, um Toby zu heilen, befinden sich jenseits dieses Tores. Das Kind hat weniger Schaltsysteme. Die Mechanos haben dieses Tor so eingestellt, daß es sogar Menschen wahrnehmen kann. Wir haben im Vergleich mit einem Mechano so gut wie keine elektromechanischen Implantate; aber dieses Tor sieht auch das kleinste Stück davon.«

»Es hat deine Leute getötet.«

»Allerdings. Schau, es geht nicht nur darum, daß dein Sohn keine Aspekte besitzt«, sagte Hatchet mit ernsthaft besorgter Miene. Er spreizte die Hände in einer um Verständnis heischenden Geste. »Der Renny nimmt an, da die Beine deines Jungen ausgeschaltet sind, gibt es für die Sensoren am Tor noch weniger mit Nerven gekoppeltes Zeug zu entdecken.«

»Du...« Killeen sah die übrigen Leute an. Er hätte Hatchet zu gern auf der Stelle umgebracht und seine Hoden zu Brei getreten. Aber das hätte Toby nicht gerettet.

Verschmitzt und eisig sagte der Captain der Kings: »Willst du, daß ich es dir befehle?«

»Du weißt nicht, ob es funktionieren wird.«

»Renny glaubt, ja. Darum hat er doch am Landeplatz nach dem Jungen gefragt, nicht wahr?«

Killeen nickte.

»Der Crafter riskiert nicht seine kostbaren Schaltungen«, sagte Shibo trocken. Aber sie erkannte die Lage. Sie würde Killeen unterstützen, aber die Entscheidung lag bei ihm. Letztlich kann niemand die Last eines anderen tragen.

Killeen merkte, daß Hatchet ihm absichtlich bisher nichts davon gesagt hatte, da jetzt keine Zeit mehr war, darüber zu diskutieren. »Selbst wenn der Crafter recht hätte, kommt Toby da nicht durch.«

Shibo wollte zustimmen. Aber Hatchet hielt eine Hand hoch, sein Mund war fest gespannt. »Hat doch Arme, nicht wahr? Er kann sich hindurchziehen.«

Killeen stand starr, unfähig, an etwas zu denken. Er mußte dies verhindern. Aber er hatte keine Zeit zum Überlegen und kein Argument gegen einen Kapitän, der das ganze Unternehmen auf diesen Moment hin gelenkt hatte.

Killeen erinnerte sich, daß Hatchet viele solcher Kommandounternehmen hinter sich hatte, vieles wußte und für den Crafter manches geleistet hatte, den er wie ein menschliches Wesen als ›er‹ bezeichnete.

Seit Hatchet gehört hatte, wie Killeen sich laut mit dem Crafter stritt, hatte er begriffen. Und niemandem erzählt. Weil dadurch Probleme gelöst wurden, die er hatte. Weil es eine Möglichkeit eröffnete…

»Was ist da drin?« fragte Killeen.

»Bioteile. Herstellung, Nachschub. Vorräte, alles.«

»Der Crafter braucht sie?«

»Ja. Er wird uns eine Menge geben, wenn wir herausholen, was er benötigt.«

»Ist das soviel wert?«

Hatchet sagte zuversichtlich: »Mit den richtigen Teilen und der richtigen Ausrüstung allerdings. Schau, der Renny kann sich Metallteile ziemlich leicht beschaffen. Biokram ist schwieriger. Mechanos können Bioteile nicht so leicht herstellen. Darum hüten sie sie.«

Arthurs dünne Stimme klang in Killeens Geist:

Ich glaube, die Mechanos bewachen Lager von Bioteilen genau deshalb, um Renegaten Schwierigkeiten zu machen. Bioteile sind schwieriger herzustellen. Um unbefugten Gebrauch zu unterbinden, werden Biofabriken durch so empfindliche Fallen geschützt wie dieses Tor.

**1. Crafter sagt ist großer Komplex.**
**2. Wir können hier Hilfe bekommen.**

Killeen spürte einen schwachen, momentanen Kontakt zwischen seinem Aspekt und dem Crafter. Gut. Sie brauchten einen Führer und…

Hatchet sagte mit Wärme: »Komm schon, Killeen! Der Renny kann manches heilen. Deinen Arm. Tobys Beine. Hast du eine andere Wahl?«

Killeen stand einige Zeit still da, um den Moment nicht verstreichen zu lassen und klarer einen Weg zu schauen…

»Papa?«

Killeen sah Toby an, der in der Nähe dalag, in die Tragschlinge eingewickelt, eine Decke aus Festgewebe über dem blassen, schwachen Gesicht.

»Papa, ich könnte es schon machen. So bin ich zu nichts zu gebrauchen.«

Auf Tobys Gesicht war hartnäckige Ausdauer zu lesen und eine leichte Verzweiflung, die sein Vater noch nie gesehen hatte. Killeen empfand Kälte im Magen. Für die Dauer eines Herzschlags sah er seinen Sohn als eine andere Person, nicht als Prinzip oder Erbteil, sondern eine gesonderte Intelligenz, die jetzt ihren eigenen Weg planen konnte. Toby hatte auf seine Weise ein Zeichen gesetzt, das ihn als Herrn seines Geschicks auswies. Die Überlieferungen der Sippe entließen Killeen jetzt aus seiner ständigen Rolle. Er sah, daß er das freudig erfassen konnte. Aber er konnte sich nicht dazu überwinden.

Shibo sagte ruhig: »Toby richtig.«

Das Team sah den Moment als das, was er war, nämlich den entscheidenden Angelpunkt, wo die Welt eines Kindes in etwas Größeres einschwenken mußte. Der Wechsel würde in einem geheiligten Ritual kommen oder auf dem Schlachtfeld; aber wenn er eingetreten war, ließ sich der entscheidende Moment zwischen Vater und Sohn niemals rückgängig machen.

Killeen nickte. Toby hatte das Recht zum Wagnis. Das Recht zu sterben, wenn er wollte.

Sie schoben den Jungen so nahe heran, wie sie konnten. Die Matrix der Sensoren des Tores war ein gewobener Streifen aus blankem Polystoff, der die Innenseite des Türrahmens vollständig umgab.

Sie summte, als Tobys Hand über die Schwelle griff.

»Mach weiter!« drängte Hatchet.

»Störe ihn nicht!« rief Killeen heftig. »Laß ihn sich seinen Weg ertasten!«

»Das Tor wird nicht lange warten«, sagte Hatchet. »Beeil dich, Junge!«

Toby streckte die zweite Hand aus. Seine tastenden Fingernägel waren lang und blaß. Seine Beine schleppten hinter ihm her, lahm und nutzlos. Unter seinem grünen Wams aus Festgewebe sahen die Beine schon eingeschrumpft und schwammig aus wie von Jahren der Vernachlässigung. Toby bekam einen guten Griff am Torrahmen und zog sich grunzend vorwärts.

»Wie weit muß er es schaffen?« fragte Shibo.

»Nun...« Hatchet leckte sich die Lippen. »Früher hatten wir ein Mädchen. Recht schlimm verletzt. Sie versuchte hindurchzukriechen.«

»Ja und?« fragte Killeen.

»Sie... Ich habe nicht die Zeit genommen... Sie war zum größten Teil hindurch.«

»Verdammt! Wie weit?«

»Sie... ist weiter gekommen als jetzt hier. Aber es hat länger gedauert. Ich...«

Killeen schrie Toby an: »Ziehen!«

Auf dem kalkigen Gesicht des Jungen zeigte sich Schweiß. Stille senkte sich herab. Killeen konnte hören, wie andere den Atem anhielten.

Tobys Finger fühlten nach vorn und fanden einen feinen Spalt im Fußboden. Das war eine Polykachel, deren eine Kante sich ein wenig aufgewölbt hatte. Toby zog sich mit allen Fingern daran langsam vorwärts. Er erreichte eine andere Fliese, bekam drei Finger dahinter und grunzte.

Killeen konnte überhaupt nicht sehen, daß der Junge vorankam. Der harte schwarze Rahmen des Tores schien in seinen Augen anzuschwellen, bis er das ganze Gesichtsfeld ausfüllte. Toby war zur Hälfte darüber hinweg.

Der Junge glitt unendlich langsam vorwärts. Killeen beugte sich so weit vor, wie er konnte, ohne in die Felder des Tores zu geraten. Das Geflüster von Mechanoverkehr im Hintergrund schien zu entschwinden.

Toby kam zentimeterweise voran. Seine Beine schleiften mit leisem Rascheln nach.

Plötzlich klickte das Tor. Es begann ein leises Winseln. »Was ist das?« fuhr Killeen hoch.

»Weiß nicht«, sagte Hatchet. »Voriges Mal, erinnere ich mich nicht...«

»Holt ihn zurück!« rief einer aus dem Team. Killeen wußte nicht, wer es war oder warum sie das sagten, aber die Stimme erschütterte ihn. Er machte einen Schritt und streckte die Hand nach Tobys Füßen aus. Vielleicht konnte er ihn mit einer raschen Bewegung zurückreißen, ehe das Tor die Annäherung der in seinem Kopf eingepflanzten Chips spürte.

Schnell. Eine flotte Bewegung.

Er machte noch einen Schritt. Langte hinunter, um Tobys Fußgelenke zu fassen...

Shibo schlug ihn kräftig auf die Schulter. Er kippte auf die Seite.

Das Tor winselte lauter.

»Verdammt!« Killeen rappelte sich wieder hoch.

»Papa! Laß das!« rief Toby.

»Aber…«

»Ich werde… es… schaffen…«

Der Junge zog sich wieder weiter und klammerte sich an eine Kante, die so winzig war, daß Killeen sie nicht sehen konnte.

Tobys Gesicht war auf die glatte Oberfläche gepreßt, damit er möglichst weit reichen konnte. Aber das bedeutete auch, daß er nicht sehen konnte.

Das Tor klickte.

Tobys Gesicht war mit Schweiß und Schmutz überzogen. Darunter war die Haut tödlich blaß infolge Erschöpfung. Seine Hände griffen nach vorn und bekamen nichts zu fassen. Der glatte Fußboden gab ihm keinen Halt.

»Schau nach links!« rief Shibo leise. »Absatz.«

Toby griff mit der linken Hand hin und fand eine Rille in dem polierten Boden. Er zog sich um die Länge einer Hand weiter.

»Jetzt geradeaus«, sagte Killeen. »Sieht wie eine Leiste aus.«

Finger ergriffen den Rand einer verdeckten Kabelverkleidung. Toby zog. Diesmal brachte er vier Finger einer jeden Hand knapp über die Kante. Nur die Fingerspitzen hatten Halt. Der Junge keuchte und hielt dann den Atem an. Seine Armmuskeln verkrampften sich.

In der Stille hörte Killeen kleine Klopfgeräusche. Die Leute waren absolut ruhig. Er brauchte einen Moment, um zu begreifen, daß die Geräusche von Toby kamen.

Jeder Ton war getrennt und klar. Dann begriff er, um was es sich handelte. Tobys Fingernägel rutschten ab.

Der Junge biß sich auf die Lippe. Blut tröpfelte von seinem Kinn.

Er stieß den Atem aus wie Husten. Irgendwie packten seine Finger die Kante richtig. Er zerrte sich vorwärts.

Noch eine Handlänge. Zwei. Drei. Die Finger tasteten nach vorn.

Das Gewinsel des Tores hörte auf. Absolute Stille senkte sich herab.

Toby erhob sich auf die Ellbogen. Grunzte. Drehte sich um. Stemmte die Ellbogen gegen die kleine Fliesenkante, die ihn so weit gebracht hatte. Bäumte sich auf, krümmte sich zur Seite und – unmöglich! – *rollte*... vorwärts... die Beine übereinandergelegt, von der Hüfte getragen... über die Schwelle des Tores.

Das Tor stieß drei klare, helle Töne aus.

»Das ist das Okay«, sagte Hatchet. Seine Stimme war gepreßt und hoch. »Seht ihr? Ich habe verdammt sicher gewußt, daß es funktionieren würde. Jetzt leg nur noch diese Schalter hier um, Toby!«

Hatchet grinste noch, die Hände in die Hüften gestemmt, als Killeen ihn hart auf die Kinnspitze schlug. Hatchet ging zu Boden mit einer erstaunten und bekümmerten Miene.

Es war ein dumpfiger, muffiger Ort.

Durch Schlitze drangen saure Wolken in eine warme, feuchte Atmosphäre. Fässer blubberten. Kolloide strömten durch transparente Rohre, die nach oben im Dunkeln verschwanden.

Killeen konnte die Decke nicht erkennen. Manchmal ließen die wirbelnden Wolken in der Höhe dunklere Schichten erkennen. Fliegende Mechanos schossen in den Dampf auf seltsam verschlungenen Bahnen.

**1. Geht nach links.**
**2. Crafter will herein.**

Die gleitende graue Intelligenz, die Killeen am Rande seines Sensoriums nagen fühlte, beschleunigte jetzt ihre Rhythmen. Der Crafter kam. Das konnte er fühlen.

Die Gruppe bewegte sich schnell in einem schmalen Gang. Killeen und Shibo hatten Mühe mitzukommen, während Toby in der Tragschlinge zwischen ihnen schaukelte. Killeens Schultern taten auf eine Weise weh, die fast wie eine sich ausbreitende Wärme wirkte. Sie kamen zwischen zwei kolossalen Bottichen durch. Brauner Nebel schwebte hoch über ihnen in der Luft.

Sie erreichten einen neuen Torbogen. Dieser war dreimal so groß wie derjenige, den Toby bezwungen hatte. Hatchet schien diesen Typ zu kennen. Er steckte zwei Zylinderschlüssel in ein Schloß. Das eisenblaue Gittertor glitt auf. Der Crafter befand sich nicht in dem freien Raum dahinter.

»Ist der Crafter dort?« fragte Shibo.

Killeen knabberte an seiner Unterlippe. »Die Richtungsangaben lauteten so. Er will irgend etwas hier drinnen haben. Er kümmert sich keinen Pfifferling um uns, aber besser...«

Plötzlich schoß der Crafter ins Blickfeld. Er bewegte sich so schnell, daß Killeen ihn nur als einen sich jäh ausdehnenden Keil stark glänzenden Metalls sah. Er schoß mit lautem Gerassel durch das Tor. Seine Laufflächen hielten ruckartig bei der Gruppe an.

**1. Macht weiter.**
**2. Geschwindigkeit nötig.**

Killeen machte Hatchet ein Zeichen, und der nickte. Schweigend strömten die Menschen an der Flanke des

Crafters hoch. Killeen hielt Toby auf einem Kotflügel über der Gleiskette fest. Sie hatten kaum Halt gefunden, als der Crafter auch schon mit hoher Beschleunigung startete. Der Renegat passierte einige Mechanos, die keine Notiz zu nehmen schienen, sondern mit ihren acht Armen ruhig weiterarbeiteten.

Sie beschleunigten erneut. Verwaschene Streifen von Licht und Schatten zogen vorbei. Der Crafter fuhr mit klappernden Gleisketten enge Gassen hinauf. Die Menschen hielten sich fest gegen plötzliche Stöße und empfindliche Schwingungen.

Killeen versuchte, Toby höher unterzubringen, aber das war unmöglich. Bisweilen quietschte der Kotflügel, wenn er in einer Kurve an einer Ecke schrammte. Als das zum zweiten Mal passierte, wurde die Hälfte von Tobys Decke aus Festgewebe abgerissen.

»Langsam!« rief Killeen. »Wir werden...«

Der Crafter hielt mit einem Ruck an. Killeen wikkelte Toby in das, was von dem Stoff noch übrig geblieben war. Er sah, daß der Crafter nicht ihretwegen angehalten hatte, denn dies war ein neuer Fertigungskomplex. Türme aus dunkelbraunem Glas ragten empor und drehten sich mit byzantinischer Grazie. In einigen von ihnen tröpfelten Flüssigkeiten, in anderen rauschten sie wie Gebirgsbäche. Die Decke überflutete sie mit hartem ultraviolettem Licht. Killeen sah auf seine Hand und konnte unter der Haut schwarze Venen erkennen.

1. **Vorräte diese Richtung.**
2. **Kommen.**

Der Crafter führte sie.

Der Mechano konnte sich kaum durch eine enge Lücke zwischen zwei durchscheinenden umgekehrten Kegeln quetschen, in denen giftige Flüssigkeiten blubberten. Scharfe braune Gasschwaden drifteten über ihren Köpfen. Dicke Luft hüllte sie ein und griff mit feuchten Fingern unter die Kleidung.

Sie kamen in eine Galerie mit identischen Kokons. Grüne Gehäuse aus Polyaluminium ragten stapelweise in den Dampf auf. Röhren führten in alle Richtungen.

»Halt!« flüsterte Hatchet. Er machte ein Zeichen. Am anderen Ende des Komplexes war ein Mechano bei der Arbeit. Er konnte aus seinem Blickwinkel die dünne Reihe der Menschen nicht erkennen. Der Crafter zog sich in eine Nische zurück.

1. **Das ist kluger Mechano.**
2. **Vielfachprozessor Klasse 3.**
3. **Am besten er spürt uns nicht.**

»Kann der Crafter ihn ausschalten?« fragte Killeen.

1. **Andere merken er gegangen.**
2. **Crafter hier ängstlich.**
3. **Muß schnell sein.**

Killeen gab die Botschaft weiter an Hatchet und fragte dann lautlos: Was tut er, um Toby zu heilen?

1. **Wir gehen speziellen Ort.**
2. **Crafter weiß dort Reparaturen gemacht.**

Er sollte lieber keinen Trick riskieren, dachte Killeen. Eine verschleierte Drohung, obwohl er bezweifelte, daß einer von denen dem Renegaten Schaden zufügen könnte.

1. **Er sagt ist anständig.**
2. **Muß sich aber beeilen.**

Hatchet beriet sich mit seinen Leuten. Die Kings-Leute flüsterten und nickten. Cermo sagte, der Mechano schiene mit seiner Arbeit fast fertig zu sein. Er räumte auf und legte das Werkzeug weg.

Hatchet sagte: »Zu riskant für ein Flankenmanöver.« Alle stimmten zu. Niemand wußte einen Weg.

Sie warteten, daß der Mechano sich entfernte. Killeen und Shibo legten Toby neben einem der Kokons hin. Killeens Nerven hatten bei jeder neuen Ecke, um die sie kamen, geflattert. Sein Sensorium pulsierte von prickelnden Hinweisen. Das Tropfen eines Lecks wurde durch die polierten, reflektierenden Wände verstärkt. Undeutliches Gemurmel kündete von Flüssigkeitsbewegungen unter ihren Stiefeln. Aus einem Bottich strömte pfeifend Dampf.

Killeen lehnte sich gegen einen blanken Bronzekokon. Dieser verwirrende Komplex war viel größer als alles, das sein Vater je beschrieben hatte. Die Bishops hatten nur an der äußersten Kante von etwas geknabbert, das sie nicht verstehen konnten. Hier kam alles auf Verstohlenheit an. Es gäbe keine Hoffnung auf Kampf oder Flucht, wenn man sie erwischte. Er fragte sich beiläufig, ob jemals Menschen eine Möglichkeit gefunden hätten, in einem solchen Labyrinth zu leben. Als Ratten in den Wänden. Als Ungeziefer.

Er fühlte ein Ticken in der Maschinerie hinter sich und wandte sich um. Ein Fenster in dem Kokon hatte auf Durchsichtigkeit geschaltet. Dahinter war eine Masse von etwas, das sich in blaßblauem Licht bewegte. Er war unangenehm berührt. Hebel und Spindeln arbeiteten mit geduldiger Energie unter einem schimmernden feuchten Film. Aber mit dem Winkel und den stämmigen Achslagern war etwas...

Beine. Das waren menschliche Beine!

Sie alle pumpten. Ständig. Unerbittlich.

Die Spindeln hatten Aufnahmelager. Breite Hüftgelenke waren an eine Welle in der rückwärtigen Wand montiert. Schenkel nahmen den Schlag dieser stählernen Welle auf.

Weiter unten waren die sich drehenden Gelenke menschliche Knie. Grüne Kniescheiben bogen sich, wenn die Schenkelmuskeln unter durchsichtiger blaßgelber Haut arbeiteten. Die Beine pumpten durch dünne Unterschenkel. Aber die Fußgelenksehnen verjüngten sich nicht; sondern bei jedem Stoß erschien ein Bein und drückte heftig gegen etwas Grobes und Ledriges.

Er konnte sieben Beine hervortreten und stoßen sehen, jedes in einer anderen Phase des Zyklus. Sie lieferten Schub für den komplizierten braunen Nexus, wo der Fuß hätte sein sollen – eine Kraftübertragung, die Schwungradenergie in eine komplexe Serie modulierter Getriebebewegungen umwandelte.

Pumpen. Schlagen.

Beugen. Drehen. Stoßen.

Ein glatter Belag hielt die pergamentgelbe Haut feucht.

Er wandte sich schweratmend ab.

Er hatte den Eindruck, daß die Arme und Beine wüchsen und die Muskeln sich blähten. Aber wozu?

Er zwang sich, nicht an das zu denken, was er sah. In seinem Geist war nur Raum für Wichtiges.

Sein Sensorium meldete einen gedämpften hohlen Schock. An der Basis des Rückgrats fühlte er eine lockende Wärme. Das Sensorium selbst konnte nichts dagegen tun, sondern versuchte nur, mit klammen Fingern die Bilder in seinem Geist zu beruhigen.

Vergessen reizte dazu, eine nackte Indifferenz als Eisschicht zwischen ihn und die unerbittlich pumpenden Beine zu legen.

Nein.

Er wandte sich ab und kreuzte den schmalen blechernen Laufsteg. Er mußte mehr erfahren.

Seine Finger fanden einen Auslöseknopf, und auch hier erschien ein Fenster.

Beine arbeiten in einem feuchten blauen Raum. Am anderen Ende des Kokons waren die Beine kürzer, als ob sie noch nicht ausgewachsen wären.

Er entfernte sich schweigend von den anderen. Aus einer Leitung tropfte Flüssigkeit aufs Deck. Er kniete sich hin und roch ein süßes Aroma. Nahrung.

Er öffnete ein anderes Fenster. Hier arbeiteten noch mehr geäderte Beine, und er konnte oben noch eine Fertigungszeile sehen.

Arme. Hervorquellende menschliche Arme arbeiteten gegen ein kompliziertes Netz aus Pressen und Nockensteuerungen.

An der Seite verliefen Nahrungsleitungen. Drähte waren in die ledrigen Bizepse und Handgelenke eingehängt. Während er benommen zusah, verschob sich ein Arm, um seine Rhythmen einer anderen Garnitur von Pressen anzupassen. Nach kurzem Verweilen schwenkte er dann wieder graziös zurück und nahm seine frühere Tätigkeit wieder auf.

Sechs Gruppen von Armen arbeiteten unter kränklich blassem Licht.

Bizepse verengten sich zu massigen Deltamuskeln. Diese waren an Schultern mit doppeltem Kugelgelenk in der schwarzen Wand befestigt.

Es gab keine Hände. Die bewegende Energie brauchte keine solche Geschicklichkeit. Impuls strömte mit gezieltem Schwung in das Sperrnetzwerk unten.

»He! Er fährt weiter«, rief Hatchet.

Killeen blieb benommen stehen und gewann dann wieder seine Selbstbeherrschung.

Während er zum Team zurückkehrte, war er für die jähe Unterbrechung dankbar. Schmerzen schossen ihm wie Pfeile durch den Rücken zur Erinnerung an die Anstrengung des Tragens von Toby. Das nahm er nur vage zur Kenntnis. Er machte Shibo kein Zeichen, sondern bückte sich nur und nahm das Ende der Tragschlinge auf.

Vor ihnen polterte der Crafter dahin. Das Team marschierte weiter.

# 4. KAPITEL

Der Crafter fand in der kühlen Stille des kolossalen Komplexes schnell sein Ziel. Ein Verschlag mit getrennten Abteilen beherrschte die gegenüberliegende Wand des hohen Raumes. Dampf strömte aus den emaillierten Schlitzen. Eine Flut perligen Nebels senkte sich von der Wand auf sie herunter, als sie näher kamen.

Dunst fiel wie ein elfenbeinfarbener Wasserfall in Zeitlupe. Killeen fröstelte, und Toby klapperten die Zähne. Der Junge war von seiner Anstrengung erschöpft. Er hustete stoßweise und hatte eine fahle Blässe angenommen. Killeens unversehrter Arm zuckte jetzt protestierend. Er war dankbar für die Gelegenheit, Toby zu Füßen der hohen, endlos unterteilten Wand hinlegen zu können. In regelmäßigen Abständen erstreckten sich gewölbte Öffnungen bis hin zu der wirbelnden Wolkenschicht hoch oben. Er fragte sich, wie selbst ein Mechano so weit hinauflangen könnte, um die oberen Abteile zu öffnen.

1. **Benutzen Greifer-Mechanos.**
2. **Klettern wie Spinnen.**
3. **Aber wir brauchen keine Greifer.**
4. **Vom Crafter gewünschte Teile unten auf Wand.**

Killeen gab dies an Hatchet weiter, wie er es schon während des ganzen Marsches getan hatte. Hatchet hörte sich das an und nickte. Das ganze Team war nervös. Bei jedem plötzlichen Geräusch zuckten die Augen. Bei der geringsten Überraschung griffen die Hände zu den Waffen.

Killeen teilte ihre unruhige Alarmbereitschaft trotz seiner Erschöpfung. Schon daß man überhaupt hierher gekommen war, bedeutete großes Vertrauen in den Crafter. Aber der war unter den Mechanos ein Krimineller und könnte sie nicht retten, wenn etwas wirklich schiefging.

Hatchet organisierte die Arbeit. Killeen gab die Anweisungen des Crafters automatisch weiter. Buds kleine lakonische Stimme war ein silbriger Tenor in seinem Geist inmitten einer starken burgunderroten Welle von Erregung. Er war wie eine Motte, die von tiefen Besorgnissen geschüttelt wurde, die in ihm schwelten, aber keine Stimme finden konnten. Er sprach hölzern steif. Hatchet nickte. Ihm schien die roboterartige Wiedergabe von Buds Mitteilungen sogar zu gefallen.

Killeen fühlte, wie von der gekühlten Wand Kälte in ihn eindrang wie eine langfingrige Hand, die aus den emaillierten Bogen herausstieß und sein Herz umklammerte. Er arbeitete steif, suchte seinen Geist abzuschirmen und dessen endloses Rotieren in einem schwarzen Abgrund anzuhalten. Er ertappte sich dabei, wie er seine Beine anschaute, wenn sie sich bewegten. Er sah völlig erstaunt zu, wie leicht sie funktionierten. Er kam sich vor wie eine Maschine, die nicht weiß, daß sie eine Maschine ist.

Er schüttelte den Kopf, aber nichts wollte ihn klar machen.

»Mach das erste Fach da auf! Siehst du? Ja, das da!« Hatchet gab Cermo dem Langsamen Anweisungen.

Die Leute zogen die Bio-Ersatzteile für den Crafter heraus. Jede Nische enthielt organische Segmente, ausgewachsen und tiefgekühlt. Killeen gab Buds Anweisungen mit neutraler und trockener Stimme weiter. Er sah, wie Toby ihn merkwürdig anschaute, schenkte dem aber keine Beachtung.

Die gewölbten Nischen hatten gerade die richtige Höhe, daß Menschen die Packungen herausziehen und in eine offene Luke in der oberen Verkleidung des Crafters hinunterreichen konnten. Einige Teile erforderten vorsichtige Behandlung. Es waren große Scheiben aus klumpigem, faserigem Zeug wie riesige Nieren.

Vielgliedrige Gelenkeinheiten wie aufgespulter Bronzedraht, die wie Schlangen tanzen und sich verflechten konnten.

Kleine raffinierte Pumpen, die offensichtlich aus Herzen angefertigt waren.

An jeder waren Röhren und kontrollierende Drahtkupplungen angebracht.

Jede pulsierte mit gedämpfter Energie.

Killeen bemühte sich, die meisten Dinge, die die Leute aus den Gewölben heraustrugen, nicht anzuschauen. Aber er stand in halber Höhe auf dem Crafter, als Cermo der Langsame von einer Nische zurückprallte, die er gerade aufgemacht hatte, und schrie: »Nee, nie! Das ist menschlich!«

Es war eines der Beine.

Einspeiseleitungen drückten träge Flüssigkeit durch dicke blaue Venen. Das Bein war größer als die, welche Killeen gesehen hatte. Es hatte kräftige Muskeln und stramme Sehnen. An jedem Ende befanden sich fein geformte Knorpel dort, wo Hüfte und Fuß sein müßten.

Cermo ließ das Bein fallen. Er wich mit aufgerissenen Augen zurück.

Eine der Leitungen an dem Bein riß ab.

Hatchet rannte hinzu und schrie: »Heb es auf! Laß es sich nicht an dir festklammern, sonst gibt es ein Unglück!«

Cermo stand stocksteif da. Hatchet schäumte vor

Wut, packte selbst das Bein und steckte die Einspeiseleitung wieder hinein. Ein kleines Digitalfenster im Knorpel ließ fünf bedeutungslose Symbole aufblitzen. Hatchet ignorierte das und schob das Bein in die oberste Luke. Einige kleinere Mechanos im Innern des Renegaten nahmen den Menschen die Fracht ab.

1. **Crafter will du weißt.**
2. **Er muß menschliche Teile benutzen, ja.**
3. **Manchmal besser als Metallteile.**
4. **Diese Beine können selbst nachwachsen.**
5. **Leicht herzustellen.**
6. **Mechanos brauchen.**
7. **Wirkungsvoll zu gebrauchen.**

Killeen lächelte grimmig. Wollte sich der Crafter entschuldigen? »Wir sind also eine Ressource? Warum töten sie uns dann?«

1. **Crafter sagt Menschen schädigen auch Mechanofabriken.**
2. **Mechanos müssen Menschen kontrollieren.**
3. **Benutzen sie trotzdem in Fabriken.**
4. **Knorpel gut für Stoßdämpfer.**
5. **Nicht alle Menschen benutzt.**

»Das habe ich gesehen.«

Hatchet stand da mit den Händen in die Seiten gestemmt und sah zu, wie das letzte Bioteil des Crafters aus den Nischen kam. Er leckte sich die Lippen. »Das war der beste Beutezug aller Zeiten. Der Renny ist uns viel schuldig.«

»Wußtest du, daß sie menschliche Teile benutzen?« fragte Killeen.

Hatchet sah ihn an, dann wieder fort, und entschloß sich zur Offenheit. »Sicher. Ich war es, der diesen Crafter kennengelernt und den ersten Handel ausgemacht hat. Ich habe das Risiko getragen.«

»Selber?«

»Verdammt richtig. Wir waren am Ende und hatten nichts. Da sah ich diesen Crafter heranhumpeln, alle Gleisketten abgenutzt. Ich glaubte, ihn bezwingen zu können. Aber er kämpfte nicht. Machte in meinem Kopf einige Bilder. Ich hatte meine Übersetzerin dabei, die die Bilder deutete. Auf diese Weise habe ich erfahren, daß es ein Renny war. Habe mein erstes Geschäft abgeschlossen.« Hatchet sagte das ganz ruhig und sachlich, wie ein Mann, den man nicht der Aufschneiderei bezichtigen kann.

»Du hast ihm Bioteile besorgt?«

»Ja. War damals leichter. Mechanos sind inzwischen schlau geworden.«

»Hast du Dinge wie dieses Bein gesehen?«

Hatchet zog die Lippen zusammen und warf Killeen einen abschätzenden Blick zu. »Nun ja. Mußt verstehen, Mechanos haben ihre eigenen Wege. Wir sehen zu, was wir bekommen können. Helfen unseren Leuten. Können die Mechanos nicht ändern.« Schon der bloße Gedanke ließ Hatchet grinsen.

»Du bist sicher, daß dieser Crafter etwas abliefert?«

»Meine Sippe steht mit Rennies in Geschäftsverbindung viel länger als irgendein Bishop«, sagte Hatchet sanft. Er hatte recht. Das wußte Killeen. Sein Vater hatte ihm einmal erzählt, daß die Kings ein Dutzend oder noch mehr Rennies hätten. Das war ihre Spezialität, während die Bishops besser als alle sonst auf Beute zogen und die Pawns besser Getreide züchten konnten. Das war eine Tradition aus ältester Zeit.

Aber die Kings benötigten die Übersetzungshilfe seines Gesichts. Er merkte, daß das Hatchet wurmte. Sie hatten ihre Übersetzer bei diesen Streifzügen auf eine Weise verloren, die Hatchet nicht erörtern wollte.

All dies machte Killeen gegenüber dem King-Captain besonders vorsichtig.

Er ging hin, um zu sehen, ob es Toby gutging. Shibo half bei dem Herunterreichen der letzten Bioteile. Die Gruppe befand sich oben auf dem Crafter.

**1. Weitermachen.**
**2. Crafter nimmt uns mit.**

»Wohin?«

**1. Euch heilen.**
**2. Muß dann gehen. Eilig.**
**3. Aufseher ist im Komplex.**

»Was ist der Aufseher?«

**1. Bild unklar.**
**2. Ist kleiner Mechano.**
**3. Aber viele Teile.**
**4. Sehr klug denke ich.**

Sie stiegen ein und fuhren los. In der riesigen Halle arbeiteten nur wenige Mechanos. Der Crafter fror sie mit Stößen von Mikrowellen ein. Killeens Blicke schweiften durch jede Seitenstraße, die sie passierten.

Hatchet war auf gedämpfte Weise zum Jubeln gestimmt. Er ging unter den Leuten umher, redete ihnen zu und beglückwünschte sie zu ihrer schnellen Arbeit. Der Crafter brummte durch Korridore, die für ihn fast zu eng waren. Seine Laufflächen klapperten, und bei dieser geringeren Geschwindigkeit konnte Killeen sie quietschen und mahlen hören. So klangen Teile, wenn sie fast ausgedient hatten. Als Hatchet vorbeikam, wobei er die Rohre als Haltegriffe benutzte, fragte Killeen ihn, wie alt der Crafter wäre.

»Sehr alt«, sagte Hatchet. »Er rennt schon lange um sein Leben, wie mir scheint.«

»Wie kommst du darauf?«

»Er ist aus sehr altem Material gefertigt. Konstruktionen, die ich noch nie gesehen hatte. Meine Übersetzerin sagte, daß die Mechanozivilisation planmäßig solche Teile auswechselt. Dabei haben sie die Rennies abgeschnitten.«

»Und lassen sie ankommen wie diesen hier und nach Ersatzteilen suchen?«

Hatchet zuckte die Achseln. »Sicher. Wahrscheinlicher ist es noch, daß ein Renny einfach krepiert. Als ich ein Junge war, habe ich mehrere Rennies zusammenbrechen sehen. Irgendwo mittendrin. Marodeur kommt vorbei und fängt ihn leicht.«

Killeen hielt Toby in den Armen gegen die Stöße des Crafters. »Wie ist dieser Crafter zu einem Renegaten geworden?«

»Weiß nicht. Hat vermutlich den Rückruf nicht beantwortet.«

»Rückruf?«

»Wenn Mechanos ausgedient haben, kommt ein Rückruf. Sie melden sich und werden demontiert.«

Killeen runzelte die Stirn. »Auch die tüchtigen?«

»Besonders diese. Ich nehme an, daß tüchtigere Mechanos schneller ersetzt werden, weil die Mechanozivilisation ständig Neukonstruktionen schafft, wodurch sie noch tüchtiger werden. Ständige Veränderungen.«

»Tötet die Mechanozivilisation sie?«

»Scheint so. Genug Grund, den Rückruf nicht zu beantworten, hm? Rennies wollen bloß am Leben bleiben. Ebenso wie du und ich.«

Hatchets Augen traten mit einer Deutlichkeit heraus, die seine steif gehaltene Miene Lügen zu strafen und zu verstecken suchte. Killeen bemerkte den inneren Antrieb, den dieser Mann gebraucht hatte zur

Einspannung des Renny-Erbes seiner Sippe, um ihr das wilde Herumziehen zu ersparen, das alle anderen Sippen nach der Kalamität erfahren hatten. Er war furchtlos gewesen und hatte mit den Renegaten eine gebrechliche Metropolis errungen – alles gegründet auf Vertrauen in die tödlichsten Feinde der Menschheit. Und niemand wußte besser als Hatchet, wie gefährdet Metropolis war. Jede Verpflichtung, die Hatchet nutzen konnte, um ein bißchen zusätzlichen Schutz zu gewinnen, jede auch nur stückweise gebotene Hilfe war das Risiko wert. Killeen achtete, was Hatchet geleistet hatte. Aber irgend etwas in ihm zog ein schiefes Gesicht bei dem Preis.

Der Crafter rumpelte und wurde langsamer.

**1. Reparaturstation.**
**2. Crafter sucht erforderliche Schaltleitungen.**

Die Gruppe stieg aus vor einer gläsernen Wand mit komplexer Maschinerie. Flüssigkeiten sprudelten in durchsichtigen Gittern zwischen gekrümmten metallenen Stellen. Der Crafter streckte sechsfingrige Hände an den Enden dreibeiniger verchromter Arme aus. Diese fanden zweiteilige Kupplungen und führten stählerne Dübel ein. Die langen Arbeitsarme drehten sich. Keramische Ohren auf Karbo-Ärmeln lauschten intensiv. Nach ein paar Minuten ertönten in der Stille drei scharfe Klicks. Die Arbeitsstation war von Neon-Leben erfüllt.

**1. Junge geht voran.**
**2. Steckt Beine in Empfänger.**
**3. Beeilung.**

Shibo und Killeen führten Tobys Beine vorsichtig in eine weiche Aufnahmeöffnung an der Basis der Station ein. Das ging langsam. Der Junge war jetzt voll wach. Seine Schlaffheit verging, als die Station zu summen und brummen begann.

»Ich kann etwas fühlen«, sagte Toby.

»In deinen Beinen?« fragte Killeen, der die Schultern des Jungen über dem grünen Kachelboden hielt.

»Kann's nicht sagen. Irgendwie verschwommen... wie alles vorbei...« Tobys Lider flatterten. »Ahhhh...«

**1. Halt ruhig.**
**2. Crafter sucht nach Code.**
**3. Muß Stationsalarm abstellen.**

»Halt still, Sohn!«

Hatchet rief hinter Killeen: »Sagt der Crafter, wie lange es dauern wird?«

»Nein«, sagte Killeen warnend. Wenn Hatchet ihn unter Druck setzen würde...

Toby zuckte heftig. »Es... tut weh...«

**1. In Stromkreis geschaltet.**
**2. Sucht nach codiertem Fehler.**

Toby zitterte. »Ich... kann... nichts mehr fühlen. Meine Eingeweide. Es kriecht mir im Bauch hoch...«

**1. Muß erst seine Servicesysteme prüfen.**

»Alles wird *kalt*.« Toby fing an zu keuchen. »Papa – weiter oben – meine Arme – so *kalt* – Ich habe Angst – Ich...«

Killeen hielt mit seinem unversehrten Arm Toby noch fester. Er suchte zu verhindern, daß der Junge sich den Wirkungen der Station entwand. Tobys Hände entspannten sich. Killeen sah, wie von Fingerspitzen mit gespaltenen Nägeln rote Farbe ausging.

Hinter ihm sagte Hatchet: »Was stimmt da nicht? Hör zu, das funktioniert nicht – das ist es. Klar? Die Zeit vergeht und...«

»Sei still!« fuhr Shibo ihn an. Sie hielt Tobys Beine. Killeen ignorierte sie. Er versuchte, von Bud mehr Information zu bekommen, aber sein Gesicht wollte nicht antworten.

Toby erschlaffte. Seine Augen rollten nach oben, und das Weiße wurde sichtbar.

»Verdammt!« flüsterte Killeen sich zu. Er massierte die Haut des Jungen. Sie war geisterhaft blaß.

**1. Subsysteme aktiviert.**
**2. Korrekturen.**
**3. Stillhalten.**

Toby atmete plötzlich explosionsartig aus. Seine Augen schossen hin und her. Seine Arme krümmten sich, und die Hände tanzten wie rasend. Tobys ganzer Körper schien wie eine Puppe zu zucken, die irgendwie von innen heraus belebt wird.

In dem Paneel der Station sprang laut ein Relais an.

»Meine... meine... Füße tun weh«, stöhnte Toby.

Killeen und Shibo sahen sich in der plötzlichen Stille überrascht an.

Sie zogen ihn vorsichtig aus der Aufnahmeöffnung. Toby konnte die Beine bewegen, aber die Muskeln waren steif und wund. Killeen und Shibo brachten ihn zum Crafter. Hatchet schlug Killeen auf seine schlimme Schulter und drehte ihn herum. »Du willst Heilung, also zurück!«

Killeen schob seinen gefühllosen Arm in den Empfänger. Das weiche Material nahm ihn nur ganz gleichmäßig und ruhig auf. Er konnte schwache Stöße und ein heißes Flackern fühlen, als ob irgend etwas daran herumtastete.

Die Gruppe hielt nach allen Richtungen Ausschau mit nervös scharrenden Füßen und gezückten Waffen. In den komplizierten Glasapparaturen, die über ihnen allen aufragten, sprudelten Flüssigkeiten. Plötzlich entwich oben ein orangefarbener Dampf und zischte zwischen die Leute herab. Die rissen mit krampfhaften Hustenanfällen aus.

Hatchet beobachtete das und wandte sich Killeen zu. »Funktioniert es?«

»Kann ich nicht sagen.«

Um seine Schultern liefen heiße rasche Stöße. Es war so, als hätte man Nadeln in ihn gestochen, die schneller verschwanden, als seine Nerven reagieren konnten.

1. **Code gefunden.**
2. **Crafter hat Eile.**
3. **Sagt riecht Aufseher.**

»Fühlst du etwas?« fragte Hatchet.

»O ja.« In seinem Arm dröhnten lautlos tiefe Bässe.

»Verdammt! Ich wollte, wir…«

»Ah!«

Der Aufnahmeärmel gab ihn frei. Killeen zerrte seinen Arm los. Er schmerzte, aber die Finger bewegten sich. Seine Haut war fleckig, haarlos und naßkalt.

»Na endlich!« Hatchet winkte der Gruppe zu. »Los – nach Hause!«

Killeen taumelte auf den Crafter zu. Sein Gang war ohne Balance, und er merkte erst jetzt, wie sehr er für den abgestorbenen Arm Ausgleichsbewegungen gemacht hatte. Er griff nach dem Kotflügel und zog sich hoch. Mit kindlicher Freude setzte er sich unbeholfen rittlings darauf. Der Crafter kurvte zurück und löste sich von der Station. Dann rumpelte er mit zunehmender Geschwindigkeit davon. Killeen mußte sich an einer Lüftungsröhre festhalten, um auf der Schale zu bleiben.

Kleine Gebäude sausten vorbei. Sie waren in die schrägen Decks und Rampen eines kolossalen Raumes eingefügt. Der Boden war ein Labyrinth aus seltsamen rechteckigen Bauten. Überall gab es Verbindungen. Außer einem gelegentlichen Fleck gab es kein Zeichen von Unordnung oder Vernachlässigung. Merkwürdig aufgebogene Mechanos arbeiteten auf einigen höheren Rampen. Sie rührten sich nicht, als der Crafter an ihnen vorbeiraste.

Killeen klammerte sich an ein Rohr und drückte Toby an sich. Das Kribbeln in seinem Arm schien in alle Körperteile zu laufen, während sich seine Systeme wieder integrierten. Bilder huschten durch sein Sensorium. In seinem Arm waren Daten gespeichert gewesen, digitale Spritzer, die in seinen Augen herumstocherten. Er sah, wie sich Zahnräder zu öligen Antriebsketten fügten. Er hörte das längst erstorbene klingende Gelächter Veronicas. Schmeckte, was seine Mutter gekocht hatte.

Sensationen lösten in ihm eine gewisse Stärke aus. Impulsiv gab er Shibo einen Kuß. Sie reagierte ebenso. Killeen lachte und genoß das Aroma der Luft, die er in die Lungen sog und wieder ausstieß, jeder Geruch verstärkt in dem Rückstrom des Windes vom dahinbrausenden Crafter.

Alle Leute führten Gespräche. Heiteres Flüstern erklang im Sensorium. An einer Ecke bremste der Crafter. Killeen schaute auf. Er sah ein großes transparentes und von innen her blaß grün erleuchtetes Paneel. Drinnen sah Killeen etwas arbeiten. Gargantuanische Beine und Arme. Und verbunden waren sie durch Körper. Reihen von Rippen arbeiteten wie riesige Blasebälge. Auf den Bäuchen hingen verbeulte Blasen, wie Säcke mit Innereien. Wachsfarbene Häute dehnten sich, streckten sich, schrumpften und dehnten sich wieder.

Er wandte sich ab.

Der Crafter erreichte einen weiten Platz, über den in allen Richtungen Kulis liefen. Einige größere Mechanos rasten eilig dahin. Die Menschen hielten sich fest, wenn der Crafter schwenkte, um Kulis aus dem Weg zu gehen, ohne je langsamer zu werden.

Der Wind zauste ihr Haar und erstickte ihre Stimmen.

Killeen fühlte, wie in seinem Sensoriumnetz eine wortlose Erregung aufkam. Die Entfernung bis daheim ist die süßeste, aber auch die weiteste, wenn der Geist voraneilt.

Sie hatten den Platz zur Hälfte überquert. Der Crafter wurde sogar noch schneller, als ob er etwas spürte.

Ein schwaches *whoooong* hallte schrill und beharrlich durch sein Sensorium.

Killeen drehte sich um. Er konnte auf dieser Seite des Crafters nichts erkennen, das diesen Ton hätte hervorgebracht haben können. Keine Mechanos größer als ein Kuli waren zu sehen.

– Siehst du etwas? – fragte Hatchet.

»Nee.« Killeen zog Toby enger an sich.

Shibos Schlitzaugen studierten die hohen Gebäude. Der Platz war so weit, daß die Entfernung die Details des Biokomplexes verwischte, den sie hinter sich ließen.

– Haltet eure… –

– Was ist das? – rief Cermo. Er war auf der anderen Seite des Crafters, während Killeen nichts erkennen konnte.

Oben kam etwas vorbei – *tssssip!*

»Kommt rüber auf diese Seite!« rief Killeen. »Was es auch sein mag, der Crafter kann etwas Deckung bieten.«

– Richtig, *bewegen* wir uns! – sendete Hatchet.

Shibo zog ihre Waffe. Der Crafter stürmte vorwärts.

Seine Laufketten winselten vor Anstrengung. Killeen glaubte zu hören, wie sie aneinander schabten. Wenn sie hier draußen versagten…

*Whuuuuung*. Jetzt lauter.

Hatchet sendete – Aufpassen! –

– Nein! –

– Es hat Velez erwischt! –

– Kommt hier herüber! Über das Dach! Rappelt euch hoch! –

– Was *ist* es denn? –

– Bewegt euch nur! –

– Schaut nicht hin! Es wird eure Sinnesorgane aufreißen. Es wird –

*Whuuung.*

– Oh! Oh! Mein Bein! –

– Gib mir die Hand! Ich bin blind! –

– Was ist es denn bloß? –

Killeen brauchte nicht hinzusehen. Er kannte den Ton der Mantis.

## 5. KAPITEL

Der Crafter schwenkte. Seine Motoren heulten auf. Gleisketten donnerten über die glatten Fliesen des Platzes. Killeen konnte durch sein Sensorium nichts hören oder ertasten als das Krachen und Zischen elektromagnetischer Waffen, mit denen sich Mantis und Crafter ein Duell lieferten.

Die Leute kletterten über den Kamm des Crafters und zogen die beiden verwundeten Kings mit. Killeen schaute in die starren Gesichter mit verdrehten Augen.

»Tot«, sagte Hatchet.

»Endgültig tot«, ergänzte Killeen.

Die Mantis hatte ihnen ihre Erinnerungen, Hoffnungen und Ängste abgezapft. Also wußte sie jetzt von Metropolis.

Und sie besaß auch deren Aspekte. Ein immenser Korridor menschlicher Zeit war eingestürzt und für immer verloren.

Der Crafter schien gegen die hohlen *whoooooom*-Salven immun zu sein, die sich durch Killeens Sensorium bohrten. Er ratterte weiter über den Platz.

Sie hingen wie flatternde Kinderdrachen an seiner Seite. Ihre Beinlinge und Hüftpanzer rasselten gegen den Rumpf.

»Toby!« Killeen griff gerade noch zu, als der Junge abrutschte.

Er packte Tobys rechten Arm, zog hoch – und verlor den Griff. Der Junge fiel einen Meter tief und blieb an einem vorstehenden Rohrstück hängen. Er zwängte sich herum und griff nach einem Halt. Killeen hing an einer Leiste und spreizte die Beine.

Toby langte hinauf, verlor aber seinen unsicheren Halt. Mit der rechten Hand ergriff er Killeens Beine dort, wo dessen Stoßdämpfer an den Stiefelschützer grenzte. Toby wirbelte herum, dicht über den unter ihm dahinsausenden Fliesen. Killeen schwang ihn zu einem Belüftungsstutzen herum, den er packen konnte.

Dann kam der Crafter ins Schleudern.

Killeen erwartete, daß sie sich überschlagen würden. Er suchte einen festen Absatz, um seine Beine dagegen zu stemmen. Ehe er wegspringen konnte, fing sich der Crafter wieder. Er kam kreischend neben einer massiven Schieferwand zum Stehen.

»Runter!« schrie Hatchet. »Da ist was hinter Renny her.«

Killeen rief: »Und uns. Es ist die Mantis.«

Betroffenes Schweigen. Zum ersten Male sah Killeen in Hatchets Augen einen unkomplizierten, echten Ausdruck – reine Angst. »Verdammt noch mal!«

Shibo rief: »Wir haben keine schweren Waffen.«

»He! Wir können den Crafter nicht im Stich lassen. Müssen ihn schützen«, brüllte Hatchet, als einige Leute auf den Boden des Platzes hinuntersprangen.

Killeen sagte: »Nee. Shibo hat recht. Unsere E-Strahlen und Schneidgeräte nützen nichts gegen die Mantis.«

»Wenn der Crafter sie außer Gefecht setzt...«

»Wir sind besser ein Stück weg«, sagte Killeen, »damit wir manövrieren können.«

Cermo rief: »Jawoll, los! Benutzt den Crafter als Deckung!«

Hatchet zögerte. Sein Blick hob sich zum Kamm des Crafters empor, wo die endgültig Toten zwischen Streben hingen. Killeen glaubte, der Mann erwog, sie wegzuschaffen. Kings-Leuten war es sehr ernst damit, Tote nie zurückzulassen. Aus gutem Grund, wie er nun wußte.

Aber nein – Hatchet wartete auf ein Zeichen vom Crafter. Es kam keins. Der Mechano erfüllte die Luft emsig mit dröhnendem Waffendonner.

Hatchet zog eine Grimasse und nickte. Er führte das Team direkt von dem bewegungslosen Crafter fort. Sie ließen die beiden endgültig Toten zurück, ohne darüber zu reden. Noch ein King torkelte zur Seite, ohne seine Arme in Kontrolle zu haben. Seine Augen waren starr.

Killeen überzeugte sich, daß Toby sich gut bewegen konnte. Sie rannten auf eine Gasse in der Schieferwand zu.

Die Antennen des Crafters rotierten und schickten heftige Stöße durch sein Sensorium.

Shibo rief: »Nur EM.«

Killeen begriff. Er hatte nur elektromagnetisches Krachen gehört. Vielleicht waren Menschen nicht verwundbar durch den jetzt tobenden EM-Angriff. Die Mantis benutzte keine Kanonen gegen den Crafter, obwohl er dadurch am leichtesten stillgelegt werden könnte.

Hatchet lief keuchend auf die Gasse zu. »Cermo, du gehst nach links!«

Bei der Gasse befand sich ein Ladedock für Mechanos, das von einem Gewirr aus mannsgroßen gelben, fächerförmigen Gebilden bedeckt war. Hatchet befahl: »Versucht, die Mantis zu treffen!« und schickte einen Kings-Mann in eine andere Richtung rechts.

Cermo machte sich sofort daran, Salven abzufeuern. Killeen ging geduckt in der Gasse weiter. Er schlüpfte um große Stahlbehälter und gab Toby ein Zeichen, ihm zu folgen.

»Wohin geht ihr?« rief Hatchet.

Killeen antwortete: »Die Mantis kann hier nicht herein. Zu eng für sie.« Er wurde nicht langsamer.

»Wir müssen dem Renny helfen!«

Shibo meinte trocken: »Mäuse helfen keinen Bergen.«

»Macht, daß ihr herkommt!«

Cermo sagte ruhig: »Mantis kommt.«

Die anderen Leute schauten sich an. Sie hatten ihre Waffen schon bereit. Der Crafter hatte sich nicht bewegt, seit sie abgesprungen waren. Er blockierte ihnen die Sicht auf den Platz.

Jetzt hörten sie durch ihre Sensorien regelmäßiges Pochen wie von Baumstämmen, die über Steine rollen. Als ob ein Riese über den Platz ginge. Sie drückten sich von der Einmündung der Gasse fort.

Hatchet brüllte: »Schießt doch wenigstens etwas!«

»Quatsch!« meinte Shibo.

Cermo stampfte herüber und schrie, daß die Mantis die Gleisketten des Crafters außer Betrieb gesetzt hätte.

Hatchet warf wilde Blicke auf den Crafter und dann wieder in die lockende Gasse.

»Renny kennt den Weg nach draußen«, sagte er verzweifelt. »Zurück nach Metropolis.«

Das Team merkte seine Verwirrung und benutzte die Gelegenheit, sich ein paar Schritte zurückzuziehen. Das pochende Geräusch wurde lauter. Killeen hatte noch nie gehört, daß die Mantis ein derartiges Geräusch machte. Hatchet zögerte, spuckte dann aus und zog sich in die Gasse zurück. Neben Killeen blieb er stehen. »Hättest du nicht...«

»Schau!« Killeen zeigte ihm etwas.

Die Mantis kam über dem genieteten Kamm des Crafters in Sicht. Ihre Antennen bestrichen methodisch alle Winkel. Killeen flüsterte: »Schaltet eure Systeme aus! Rasch!«

Sein Sensorium schrumpfte zusammen, eine vielfarbige Flüssigkeit, die in einem schwarzen Loch versickert.

Die Mantis war ein spindelförmiges Netzwerk aus sich bewegenden Stangen. Wie Knochen aus Karbostahl kamen sie an schimmernden Chrom-Muffen zusammen. Dünne Kabel verliehen ihnen unheimliche Beweglichkeit. Diesmal erstaunte es Killeen mehr wie ein Gitterwerk für ein Gebäude, ein mobiles Gerüst, denn ein integrierter Mechano.

Ihre Antennen strichen unablässig über sie hin. Bedeutete dies, daß sie sie nicht gesehen hatte?

Der Crafter kämpfte immer noch weiter. Killeen sah, wie eine kleine Waffe aus einem Turm herausstieß und auf die Mantis schoß. Einen Moment später löste sie sich in orangefarbene Funken auf.

»Los!« flüsterte Killeen Toby zu. Sie schlüpften um eine sperrige zylindrische Anordnung von Ventilen und Rädern und kamen so außer direkte Sicht von der Gasse aus.

Die Mantis erreichte den Crafter. Sie ragte hoch über seinen gekrümmten Rücken auf und schien an seiner Seite zu arbeiten.

Die Gruppe zog sich zurück und folgte Killeen. Hatchet sah ein, daß er ihnen nicht Einhalt gebieten konnte, ohne entweder eine Menge Geräusch zu machen oder sich als Narr aufzuführen. Er trottete hinterher.

Sie liefen durch eine sich verengende Spalte zwischen pulsierenden Fabriken. Gedämpfte Explosionen folgten ihnen nach. Killeen dachte, es wäre der sterbende Crafter. Er schaute sich um und sah, wie ein kleines Geschoß durch die Gasse flog, die sie gerade verlassen hatten. Es war im Moment verschwunden. Dann kam es zurück und schwebte wie ein schimmernder Kolibri an der Abzweigung. Killeen spürte ein schwaches *ping*, als es sie erkannte. Das Geschoß sauste vorwärts. Killeen hatte Zeit, seine Waffe hochzureißen, das Geschoß verschwand in einem weißen Rauchball, und Donner schlug ihm ins Gesicht. Es war detoniert, längst ehe seine Bruchstücke ihn hätten erreichen können. Killeen verlor keine Zeit damit zu staunen. Er duckte sich in eine Seitenpassage, folgte den anderen und lief los.

Nichts verfolgte sie. Sie zogen sich zurück durch einen gedrängt vollen Fabrikkomplex voller ätzender Gerüche. Mechanos arbeiteten auf den Stegen und Korridoren, ohne von den fliehenden menschlichen Gestalten Notiz zu nehmen. Wie stark auch die Macht der Mantis sein mochte, offenbar konnte sie nicht alle lokalen Mechanos alarmieren. Oder fand das nicht nötig.

Hatchet versuchte, sie zu veranlassen, langsamer zu werden und sich umzuschauen, ob der Crafter entkommen wäre. Niemand beachtete ihn. Sie rannten weiter. Ein Fieber der Verzweiflung erfaßte sie. Killeen konnte sich auf abstrakte Weise vorstellen, was Hatchet empfand, aber seine Instinkte sprachen anders.

Er erinnerte sich daran, wie sein Vater einmal leise gelacht und ihm trocken gesagt hatte: »Der tapfere Mann kämpft, der kluge Mann rennt.« Hatchet war seit Jahren nicht mehr gelaufen. In Metropolis verkrochen, hatte der Kapitän den Biß verloren.

Nachdem sie durch drei Fabriken gegangen waren, erreichten sie die Außenmauer der ausgedehnten Zone. Sie war gerippt und von kompliziert sich überkreuzenden Rohren geädert. Sie summte von gurgelnden Flüssigkeiten. Cermo der Langsame hatte seinen Namen Lügen gestraft und war zuerst dort angekommen. Er fand eine Luke, die mit der Hand betätigt werden konnte. Offenbar benutzten Wartungsmechanos sie, um an das verzwickte Röhrensystem im Inneren zu gelangen. Der Durchlaß war eng. Sie mußten sich einzeln hindurchquälen.

Ohne große Diskussion verließen sie die Zone mit ihrem weiten Platz. Sie hatten ihre Sensorien nicht wieder aktiviert und wußten nicht, wie nahe die Mantis sein könnte. Killeen schickte Toby mit Shibo vorweg und gab Rückendeckung neben Hatchet. Er blickte kurz zurück und sagte: »Verdammt nahe.«

»Macht nicht viel aus«, fauchte Hatchet keuchend. »Wir sind sowieso tot.«

»Lieber tot als endgültig tot.«

»Mist! Tot ist tot.«

Killeen fühlte kalte Wut in der Brust. Aber er sagte nur: »Du bist genau wie sie.«

Hatchet meinte säuerlich: »Der Crafter hat es ebenso empfunden. Komisch, daß ein Mechano genauso verrückt ist wie du.«

Killeen blinzelte. »Crafter würden nicht den endgültigen Tod sterben? Aber es ist ihre eigene Art.«

»Vor Jahren, als ich mit Hilfe der Übersetzerin zum ersten Male mit ihm sprach, sagte er, daß er ein Renny wäre, weil er sein *Selbst* nicht aufgeben wollte.«

»Hast du jemals gefragt, was die gewöhnlichen Mechanos denken?«

Hatchet zuckte die Achseln. »Soweit ich sagen kann, tun sie es nicht.«

Killeen ließ seinen Blick über die rechtwinkligen Korridore schweifen, die zwischen Reihen geräuschvoll arbeitender Maschinen mit Antriebswellen verliefen. Ein Mechano tauchte auf, ohne die beiden Männer anzuschauen. »Was meinst du?«

»Mein Vater hat mir einmal gesagt, daß Mechanos abgenutzt werden und man sie zurückruft. Darüber denken sie gar nicht nach. Sie haben einen übermächtigen Befehl eingebaut. Werden desaktiviert und nach Metallen und Rohstoffen ausgeschlachtet.«

»Das ist so, wie wenn sie uns zerlegen«, sagte Killeen. »Endgültiger Tod.«

»Geh hinein! Ich gebe Deckung.« Es war Hatchets Recht als Kapitän, als letzter hinauszugehen, traditionell die gefährlichste Position. Killeen krabbelte durch die Luke. Er mußte sich in völliger Dunkelheit durch enge Abschnitte hindurcharbeiten. Rohre stießen ihn in die Rippen und wollten ihn zu Fall bringen. Ihm kam der Gedanke, daß dies eine wirksame Falle wäre, wenn die Mechanos sie einzeln erwischen wollten. Aber dann sah er voraus ein Licht. Sein Stoßdämpferärmel blieb an einem Rohr hängen, als er in ein gespenstisch rubinrotes Leuchten hinausstolperte.

Er befand sich in einem länglichen Raum. Von der niedrigen Decke hingen seltsam geformte Bündel an durchsichtigen Fäden. Wände und Fußboden strahlten ein schwelendes, mattes Licht aus.

Die Gruppe war stehen geblieben und starrte um sich. Auch Killeen bemühte sich, mehr Detail zu erkennen. Hatchet erschien hinter ihm, warf einen langen prüfenden Blick in den anscheinend endlosen Raum und flüsterte: »Geht in Deckung! Rasch!«

Killeen folgte Toby, der wieder seine alte Schnelligkeit gewann. Sie blieben neben einem großen klumpigen Ding stehen, das sich in tintenschwarzem Schatten langsam drehte. Seine Unterkante hing nahe Killeens Kopf. Er brachte seine Augen auf stärkere Vergrößerung, um jede etwaige Bewegung in dem riesig sich hinziehenden Raum zu entdecken. Aber selbst bei maximaler Vergrößerung konnte er keine andere Bewegung erkennen als die quälend langsame Rotation der an der Decke hängenden Dinge. Nichts berührte den Fußboden. Ein seidiges Schweigen schwebte in kühler antiseptischer Luft.

Dieser Ort weckte ein Gefühl bezwingender Exaktheit. Die klaren Räume und strengen Ausblicke bildeten einen Rahmen für die länglichen ungefügen Massen, die sich lautlos drehten. Aber als Killeen auf die nächste Masse zuging, empfing ihn ein scharfer Geruch, der seine Lungen mit Erinnerungen an vermodertes Holz erfüllte. Er dachte daran, wie er als Junge im Keller der Zitadelle herumgekrochen war, um die modrigen Gelasse auf Schätze und Geheimnisse zu durchsuchen. Intensive Gerüche hatten ihn überwältigt, feuchter Boden und muffige Kleidung, verkrustete alte Schachteln und halbvolle Krüge mit schimmligen Flüssigkeiten.

Das schwache höllische Licht schien heller zu werden. Er hielt den Atem an.

Er sah etwas wie eine große Masse eng zusammengewundener Leitungen. Das war sein erster Eindruck; und als sich seine Augen besser angepaßt hatten, konnte er die gummiartigen elastischen Hülsen erkennen. Ein öliger Glanz überzog die grauen, fleckigen Oberflächen. Sie bewegten sich. Glitten und tasteten ständig und blindlings. Eine Maschine, deren Zweck er sich nicht vorstellen konnte. Sicher nicht aus Metall, gekrümmt und geschwollen. Aber sie hatte jene merkwürdige maschinenartige Weise, sich zu bewegen. Es kam ihm nicht in den Sinn, daß es etwas anderes sein könnte. Die aufgespulten Röhren wirkten in dem butterartigen Schimmer wie Wachs. Gelee schmierte ihre Bewegungen. Ihr glitschiges sich Heben und Rutschen schien programmiert zu sein. Dickere Rohre wanden sich um die dünneren. Ziehharmonikaartige Extrusionen zweigten ab zu anderen Verbindungen. Mit gravitätischer Langsamkeit öffneten sich in der Killeen am nächsten befindlichen Röhre ovale Schlitze und durchbrachen den Ölfilm. Das schwoll an, stöhnte leise, und ein feiner blauer Nebel stieg davon auf. Der süßliche Abwassergeruch erinnerte ihn an den Tropfkörperturm in der Zitadelle als schwülstige Andeutung davon, was die Nase beleidigte, wenn man sich je über den tiefen Abgrund neigte und die aromatische Brise einsog.

Seine Augen bewegten sich weiter und suchten allgemeine Bewegung zu erhaschen.

Die Rohre pulsierten. Hier und da zeigte ein Fleck auf einer schlüpfrigen Leitung eine blasse Porosität. Während Killeen und Toby zuschauten, brach ein Spalt auf. Er wurde weiter. Killeen sah, daß die Rohre hohle, biegsame Spulen waren. Die nächste machte ein feuchtes saugendes Geräusch. Sie riß sich aus der Umarmung einer anderen los und schlängelte sich davon. Auf ihrer Haut bewegten sich Ringe.

Killeen spürte, wie in der ganzen Masse vor ihm ein Impuls zum Aufwickeln anstieg. Eine weitere Röhre riß sich los. Sie hatte einen glatten kugelförmigen Kopf, den er nur einen Augenblick lang erkennen konnte, da er sich in einen neuen, sich noch erweiternden Spalt in der Nähe eingrub.

In der Masse ringsum begann ein wildes Gedränge. Killeen hatte den Eindruck einer Kraftprobe. Ströme feuchter und meist saurer Luft fuhren über ihn. Er hörte schwaches Schmatzen und Gleiten. Dann ein leiser, schneller, winselnder Unterton. Wie das Atmen eines Riesen.

In den Wänden nahe gelegener Rohre zitterten noch mehr Risse. Sie wuchsen an. Ihre ovalen Mäuler waren von rosa Bändern gesäumt. Sie gähnten, rotgerändert und pockennarbig, wie sie waren. Noch mehr Röhren wanden sich aus der Masse heraus und bewegten sich wellenförmig in der dicken Luft. Ihre stumpfen Köpfe schwollen an. Sie suchten und fanden schnell Spalten, die bei ihrer Annäherung weiter zu werden und zu wachsen schienen. Die Köpfe schlängelten sich durch die Masse und tauchten in die gähnenden Spalten. Jedes Eindringen wurde mit einem langen Erschaudern beantwortet. Die sich windende rosa Masse bebte unsäglich. Killeen sah fast widerwillig, daß es jedesmal eine Kopulation war – männliche und weibliche Organe, die aus der gelatineartigen Masse entstanden und sich in einem grotesken Rutschen trafen, wobei jedes das andere aus der ungestalteten Brühe rief, die gallertartig quoll und vibrierte.

Killeen ergriff Toby am Arm und zog ihn weg. »Geh… zurück!«

»Was ist denn?« krächzte Toby.

»Etwas… Entsetzliches.«

Als sie zurückgingen, konnte er runde, ledrige Beulen von einigen Rohren herunterhängen sehen. Kugeln, Hoden, die irgendein übles Sperma sammelten.

Die gefüllten Schlitze zeigten Haarwuchs. Verfilzter schwarzer Draht sproß vor seinen Augen längs der Rohre.

Das wächserne Licht ringsum verblaßte schnell. Toby stellte noch mehr Fragen, auf die Killeen keine Antwort wußte. Er hieß ihn schweigen und machte zwei Schritte nach vorn. Es wurde heller. Beschleunigte sich etwa das ruhelose Gleiten der aufgehängten Masse? Er entfernte sich. Ja, das diffuse Leuchten ebbte ab. Die gedankenlose Bewegung wurde langsamer.

»Es ist so gemacht… daß es in Tätigkeit tritt… wenn sich jemand in der Nähe befindet.«

»Ich dachte, es wäre eine Maschine«, sagte Toby ganz sachlich.

»Ich auch. Aber ich bin mir jetzt nicht sicher.« Die anderen starrten mürrisch auf einige Stellen in der Nähe. Es war nur ein Moment vergangen, aber Killeen schien er wie eine quälend lange Zeit. Hatchet rief mit schwacher Stimme: »Formiert euch! Wir müssen uns rühren.«

Sie gehorchten stumm. Lange Reihen der hängenden Massen zogen sich hin. Wenn sie näher kamen, rührte sich jede Masse in trübem Licht. Bald lernten sie, sich schnell zu bewegen.

Kühle Ruhe umfing sie. Nebel stieg von den hängenden Massen auf und schwängerte die Luft mit scharfen Gerüchen. Ihre Schritte klangen hohl.

Sie wußten, daß sie keinen Plan hatten und daß Hatchet sie ohne ein klares Ziel führte. Aber es war besser zu gehen, als die Fremdheit hier zu erdulden und das beklemmende Gefühl schrecklicher Kräfte, die sich zu Zwecken jenseits menschlichen Verstehens bewegten.

Sie gingen schnell. Glühend leuchtende Sümpfe erschreckten sie, wenn die Massen mit ihren Vorstellungen begannen. Dann ebbten sie ab. Das Gefühl verfolgt zu werden, sei es auch nur durch automatische Mechanismen, beschleunigte ihre Schritte.

Vor ihnen wuchs eine dunkle Fläche empor. Es war eine körnige Wand aus schwarzen Maschen.

Hatchet schickte Cermo nach rechts und den verwundeten Kings-Mann nach links, um einen Durchlaß zu finden. Der King war sehr bald zurück und gestikulierte stumm. Niemand sprach. Hatchet aktivierte ihre Sensorien lange genug, daß sie an der Wand entlang tasten konnten. Nichts zeigte sich. Er schickte einen scharfen Ruf an Cermo und ließ dann das Geflecht der Sensorien in blasses Nichts entschwinden.

Der Kings-Mann hatte eine sechseckige Luke gefunden. Schienen führten zu ihr aus der Ferne längs der Reihen von Skulpturen. Hatchet dachte, daß vermutlich irgendein Wartungsmechano über diese Schienen liefe. Er benutzte einen der Zylinder, die ihm der Crafter gegeben hatte. Die gezackte Platte nahm ihn an und klickte dreimal. Die Luke ging auf.

Diesmal ging Shibo voran. Killeen half dem King, der die Gewalt über seine Arme verloren hatte. Sie alle mußten sich tief bücken, um in die kurze und weite Passage dahinter zu gelangen.

Shibo arbeitete sich vorsichtig weiter. Im Dunkeln stießen Leute zusammen. Killeens Rücken begann zu schmerzen. Er bemühte sich, überhaupt nicht an ihre Chancen zu denken. Nachdenken bedeutete Verzweifeln, und damit das Ende. Das hatte er in langen Jahren auf dem Marsch gelernt. Er hatte gesehen, wie gute Männer und Frauen durch die Verzweiflung gefällt wurden, die wie eine Klaue aus Eis in sie hinein griff und ihre Herzen packte.

Sie alle wurden von Erschöpfung geplagt.

Niemand sprach. Killeens Welt hatte sich auf die kühle Dunkelheit und das Gefühl seiner Hand auf Tobys Schulter verengt.

Plötzlich stach ihnen Licht in die Augen. Vor ihnen hatte sich automatisch ein Paneel aufgetan.

»Sieht frei aus!« rief Shibo.

Sie stolperten hinaus in ein Gewölbe, so riesig, daß Killeen weder die Wände noch die Decke sehen konnte. In der Ferne verschwammen Gebäude. Jede Fläche der brummenden Fabriken war von komplexer Maschinerie gesäumt. Mechanos sausten hoch in die Luft unter einem Baldachin aus grauem Nebel. Braune Lichtbänder schossen durch aufsteigende Blasen grünen Dampfes.

Sie blinzelten. Die Augen schossen nervös hin und her. Die Luft schmeckte scharf sauer.

»He!« sagte Hatchet. »Gehen wir!«

Cermo schnaufte: »Wohin?«

»Hinaus. Müssen einen Ausweg finden.«

Cermo sagte langsam: »Großartig. Welche Richtung?«

»Wir suchen, bis wir finden. Das ist alles«, sagte Hatchet unerbittlich.

Ein Kings-Mann fragte: »Glaubst du, daß wir vielleicht den Renny finden werden?«

»Der Renny ist hinüber«, erwiderte Killeen. »Die Mantis verspeist solche Mechanos zum Frühstück.«

Hatchet zog die Augen zusammen und verschärfte damit das *V* seines Gesichts. »Hast du eine bessere Idee?«

Killeen schüttelte müde den Kopf.

Sie setzten sich nach dem gegenüberliegenden Ende in Marsch, obwohl sie es nicht sehen konnten. Hatchet sagte, er hätte ein gutes Richtungsgefühl, und dies sei der Weg zur Oberfläche des Berggebäudes, das sie umschloß.

Sie gingen fast eine Stunde, bis die Mantis sie fand.

## 6. KAPITEL

Er stand in einem warmen Tal zwischen hellgrünen Hügeln. Zu seinen Füßen war eine weiche braune Matte. Sie reichte etwa einen Steinwurf weit. Aber zum ersten Mal in seinem Leben sah er keinen Stein in Reichweite.

Der unregelmäßige Rand der braunen Matte ging über in das satte Grün des Berges, das im Sonnenlicht glitzerte. Er blickte nach oben, aber elfenbeinfarbene Wolken verbargen jede Spur von Denix oder dem Fresser. Trotzdem traf ihn die schräge Strahlung stark.

Er befühlte den faserigen Teppich. Er leistete etwas Widerstand, was auf etwas Festes darunter hindeutete. Er fragte sich, was der glatte grüne Stoff wohl wäre. Gras? Und noch eine Frage. Er tastete danach. Etwas...

*Toby.* Er wirbelte herum und schaute in alle Richtungen.

Nichts. Er war in der hügeligen Landschaft allein. Noch vor einem Augenblick war er mit Toby zusammen gewesen, wie er sich erinnerte. Und jetzt war nur das dichte Braun unter seinen Füßen und...

Die Hügel bewegten sich.

Der vor ihm schrumpfte. Gewichtig, mit leichtem Brummen. Er wandte sich um und sah, daß der hinter ihm anschwoll. Dessen üppiges Grün glitzerte im Licht des Himmels.

Er fühlte ein Aufsteigen. Durch seine Füße kam ein schwaches Vibrieren. Er bewegte sich rückwärts... den glatten Hügel hinauf. Die braune Matte glitt nach oben und drückte ihn fester in den weichen Widerstand. Er fühlte sich langsam den Hügel hinaufsteigen, als sich hinter ihm ein glattes grünes Tal öffnete.

Irgendwie ritt er auf etwas, das die sanften grünen Hügel erklimmen konnte. Das braune Gewebe zu seinen Füßen bewegte sich gleichmäßig auf eine runde Kuppe hin.

Killeen tat einen Schritt. Die schwammige Matte war wie ein Kissen. Er begann nach oben zu steigen. Während dieser Augenblicke bemerkte er, daß der Gebirgskamm näher kam. Er nutzte die größere Höhe, um sich nach allen Richtungen umzuschauen. Da gab es noch mehr grüne Hügel, die lange Gebirgsketten bildeten. Aber keine weiteren Matten, kein Merkmal, das Perspektive geliefert hätte.

Er erreichte die Kante, kurz bevor die Matte oben ankam. Aus der Nähe betrachtet war das Grün weiß und gelb gefleckt. Er langte hinab, um die glasige Fläche zu fühlen, die unter der Matte verlief.

Er hatte von Flüssigkeit nie mehr gesehen als die plätschernden Bäche, die aus einer Felsspalte brachen. In der Zitadelle hatte er drei Vollbäder genießen können, aromatische, rituell eingerahmte Veranstaltungen. Eines hatte er bei seiner Mündigkeitserklärung gehabt, eines nach der ersten Jagd mit seinem Vater, und noch eines mit Veronica in ihrer Hochzeitsnacht. Es hätte noch ein gemeinsames Bad mit Veronica geben sollen nach Tobys Geburt. Aber damals hatte es nicht mehr genug Wasser gegeben, und sie hatten darauf verzichtet. Die Dürre ließ nie nach. Die langsame Austrocknung von Snowglade verstärkte sich.

Sein Herz machte drei langsame, kräftige Schläge, ehe Killeen erfassen konnte, was er sah.

Das glatte, rauschende Grün platschte ihm über die Hand. Wasser. Er steckte seine Hand wieder hinein, unfähig an so viel Wasser zu glauben. Weißer Schaum quirlte ihm über die Finger. Er blinzelte erstaunt und warf sich etwas davon ins Gesicht. Es war warm und schmeckte nach salzigem Gewürz.

Als er aufblickte, erreichte die Matte den Gipfel des Hügels. Er konnte jetzt weit blicken, über eine Landschaft mit endlosen grünen Hängen und schaumigen Wellenkämmen.

Ohne langsamer zu werden, rutschte seine Matte über die Kante und begann hinabzugleiten.

Er konnte eine gewisse Vorstellung von ihrer Geschwindigkeit bekommen, wenn er weiße Schaumstreifen verfolgte, die auf ihn zuströmten und dann unter der Matte verschwanden. Er wandte sich um und sah zu, wie das gegenüberliegende Ende der Matte über den Kamm des Berges kroch. Die langen weißen Bänder kamen unter dem braunen Teppich wieder zum Vorschein und flossen über die Kuppe.

Automatisch ließ er sich auf die Knie nieder und drückte das Gesicht in das klare Wasser. Er trank. Das Salz machte ihm nichts aus. Er hatte sich längst daran gewöhnt, Wasser aller Aromen und Reinheitsgrade zu trinken. Man trank auf Vorrat, wenn man konnte. Er trank gleichmäßig, bis er seinen Bauch gefüllt hatte. Dann lehnte er sich zurück – und sah, wie das Wasser sich über ihm aufbäumte und herunterzustürzen drohte.

Aber das tat es nicht. Er fühlte seine Knie zittern, als der grüne Wasserberg noch höher anstieg und vor einem matten elfenbeinfarbenen Himmel aufragte. Aber er fiel nicht herab.

Er fühlte einen Strom nach unten; und dann fing seine Matte an, den grünen Berg zu erklimmen. Erst jetzt wurde ihm klar, was geschehen mußte. Er war im Griff einer so riesigen und bewegten Wassermasse, daß diese Wellen schlug. Sein brauner Teppich ritt in diesem unermeßlichen Wasser auf den Wellen. Er befand sich auf einer…

Einer Insel. Ja. Oder vielleicht einem Floß. Ja, einem Floß!

Das kam von Arthur. Killeen stellte ungeduldig noch mehr Fragen, aber der Aspekt wollte nicht antworten.

Er stand da und staunte. Die Bergspitzen waren smaragdgrün, während die Täler in einer tieferen glasigen Farbe schimmerten. Als er über den Kamm kam, sah er, wie einige Flecke zu weißer Gischt wurden und dann entschwanden.

Mit Ausnahme des leichten Hochsteigens, das durch seine Füße kam, konnte Killeen nicht erkennen, daß er sich bewegte. Er schien die eine Seite des Berges hinauf- und dann die andere hinabzugleiten – zu einem nächsten identischen Hügel.

So viel Wasser. Eine Welt von Wasser, wo sogar die schwammige Festigkeit seiner Matte ungewohnt war. Auf der nächsten Bergkuppe spähte er sorgfältig rundum, konnte aber keinen anderen braunen Fleck auf den endlos sich dahinziehenden grünen Hügeln erkennen. Die gigantischen Wellen liefen auf den fernen nebligen Horizont zu. Eine ganze triefende Welt aus Wasser.

Die Mantis. Dieser Gedanke überkam ihn jäh mit dem Gefühl völliger Überzeugung. Oder die Art, wie sie die Welt sah. Auf Snowglade gab es keine Stelle, wo so viel Wasser offen dalag. Also konnte die Matte unter ihm nicht von dort sein. Sie war eine Illusion, ebenso wie die falschen Bilder, die er früher durch die Mantis erblickt hatte. Aber viel überzeugender, real.

Aber wozu sollte diese Illusion dienen?

Er erinnerte sich daran, wie er vor der Mantis davongelaufen war. Toby an seiner Seite.

Jetzt war er auf einem braunen Floß allein. Im Strom. Er hatte nichts an. Sein Anzug und seine Beinlinge und der Helm waren fort.

Er rief alle seine Aspekte und Gesichter, sogar die,

welche er seit Jahren nicht benutzt hatte. Niemand antwortete.

Sein Sensorium lieferte nur ein hohles, hallendes Grau.

Er ging ganz um die äußere Kante herum. Da war nicht mehr zu sehen, nur überall das gleiche Wellenspiel. Er machte einen Augenblick halt, um noch einmal zu trinken, und genoß das Gefühl, wie er das Gesicht in Wasser vergrub, das aufquoll und tiefer war als seine Hand. Das Plätschern und Gurgeln der kleinen Wellen, die seine Hände machten, war für ihn ein unsagbar reicher Laut, eine flüssige Üppigkeit ohne Ende.

Als er aufstand, war ein Fleck am Horizont. Er sah, wie er wuchs, mit den Wogen auf und ab stieg und sich in einem Zickzackkurs näherte.

Es war eine zweite Insel. Größer, gebirgig.

Anstelle einer gestaltlosen Ebene bedeckte sie größtenteils stachlige Vegetation.

Irgend etwas bewegte sich da.

Killeen kniff die Augen zusammen, als die langen grünen Wellenbewegungen es näher heranführten. Da wuchs dichtes, knorriges Gebüsch auf einer weißen Bodenschicht. Es gab kleine Erhöhungen und Senken, anders als bei seiner Insel. Mit zunehmender Größe suchte er zwischen dem dichten Bewuchs nach menschlichen Gestalten, sah aber nichts.

Zweige wiegten sich im Takt der riesigen Wellen. Was war das für eine Bewegung gewesen, die er gesehen hatte? Die größere Insel schien mühelos über die Kämme der grünen Hügel zu gleiten; und Killeen mußte sich daran erinnern, daß die Inseln sich ja nicht selbst bewegten, sondern den Konturen der Wellen folgten. Alle seine Erfahrung war ihm hier nichts nütze.

Als die Insel sich näherte, erkannte er, daß sie nicht

direkt auf ihn zukam. Vielmehr würde sie in einiger Entfernung vorbeiziehen und schien sogar schneller zu werden. Er bemühte sich zu bedenken, daß dieser Ort ein Sensorium war und daß seine Instinkte hier nicht zutrafen. Aber dennoch wußte er irgendwie, daß die andere Insel wichtig war.

Er trat in das warme Wasser am Rande der Matte. Er hatte keine Ahnung, wie man sich durch Wasser fortbewegte, oder ob es dafür überhaupt eine Möglichkeit gab. Dann sah er, wie sich etwas in dem Gestrüpp der näher kommenden Insel rührte. Eine menschliche Gestalt. Sie nahm von ihm keine Notiz, sondern ging weiter in die Vegetation hinein. Er konnte nicht sagen, wer das war.

Er schlug versuchsweise auf das Wasser und machte einen Schritt. Sofort versank er bis zur Taille. Daraufhin durchfuhr ihn ein schriller Alarm, eine Sinnesempfindung, die er sich nicht hätte vorstellen können: Furcht vor *Wasser*, der Grundlage des Lebens.

Leg dich hinein. Dann zieh Wasser mit den Händen an dich heran und stoße mit den Beinen. Halte den Atem an, wenn dein Kopf unter Wasser ist.

Die schnelle prompte Information durch Arthur brach sein Zögern. Er stieß sich von seiner Insel ab und schlug in die warmen Strömungen, die ihn überkamen. Seine Beine quirlten. Wasser drang ihm in die Nase. Stechen in der Brust ließ ihn ausspucken.

Aber er kam vorwärts. Er brachte einen Paddelrhythmus zustande und schaffte es, den Kopf fest dorthin gerichtet zu halten, wo die andere Insel vorbeikommen würde. Er überließ sich den rhythmischen Schwellungen und stieß Wasser hinter sich wie dicke, warme Luft. Hustend und rollend machte er Fortschritte.

Das andere Inselfloß näherte sich ihm quälend langsam. Er fühlte keine Ermüdung, aber seine Arme begannen mit der Anstrengung zu singen. Dann packte ihn eine zufällige Woge und schleuderte ihn auf die Insel hinunter. Ringsum schäumte Gischt. Er kippte in die Welle zurück. Ihm war, als ob sie sich hinter ihm zusammenfügte. Erregt tauchte er in die schimmernde grüne Wand und fiel keuchend auf die Matte darunter.

Sein Kopf tönte vom Aufprall auf den Boden. Er stand auf und ging unsicher auf das dichte Gebüsch in der Nähe zu. Es wirkte undurchdringlich. Er ging darum herum zu einem weißen freien Platz. Hier war kein Zeichen von der menschlichen Gestalt. Diese Insel war viel größer als seine. Bäume wuchsen in dem Boden. Es gab weiter hinten in der Vegetation noch weitere Dinge, die er nicht deutlich erkennen konnte. Darum begann er, den weißen Hang emporzusteigen.

Und prallte zitternd zurück.

Der weiße Bodenbelag war eine Schicht aus Knochen. Der Rand bestand aus kleinen Fragmenten. Finger, Hände, Zehen.

Weiter drinnen sah er gebrochene Rippen. Unterarme. Ein Areal zerschmetterter Becken.

Oben auf dem kleinen Hügel waren Oberschenkel. Intakte Brustkästen. Dicke Arme. Verblichene Schädel mit ihrem ständigen Grinsen und klaffenden Augenhöhlen.

Das Knochenfeld erstreckte sich über unebenes Gelände und endete beim Unterholz, tauchte aber in halber Distanz zu einem entfernten Hügel wieder auf.

Killeen zwinkerte. Die Angst drang ihm in die Kehle hoch. Er schwenkte unsicher auf eine Öffnung im Gebüsch zu. Dessen dünne Zweige flüsterten, als der Wogenschwall stärker wurde. Dann hörte er den anderen Ton.

Schritte. Langsame, knirschende Schritte. Dumpfes Pochen, akzentuiert durch scharfes Knacken und Krachen.

Da kam etwas heran. Er wich zurück. Er wußte nicht, woher die Geräusche kamen. Seine Augen streiften über den Horizont, aber er konnte seine eigene Insel in der grünen Weite nicht mehr finden.

Er blickte zurück auf die sanfte Bergflanke, als über dem Kamm eine verchromte Kugel erschien. Sie ruhte auf einem Gitter aus Stangen und Kabeln, Beinen, die sich anklammerten und ruckten, vielzehigen Füßen, die sich mit merkwürdiger Sanftheit senkten. Wo das Ding hintrat, zerbrachen Knochen.

Mit letzter Verzweiflung blieb Killeen stehen und fand ein ausgebleichtes Gelenk. Das schleuderte er auf die höchste Kugel der Mantis. Mit einem scharfen Klirren prallte es ab.

Killeen fühlte, wie seine Aspekte auf frisches Leben drängten.

**1. Will sprechen.**
**2. Keine Gefahr.**

Die Maschine ist eine Sammelintelligenz. Sie hat uns unterdrückt, damit du deine Richtungsanweisungen bekommen konntest. Sie kann besser durch uns sprechen als mit dir direkt.

»Warum?« Killeens Stimme krächzte vor Ärger.

Offenbar sind wir mehr ihr ähnlich. Als gespeicherte Intelligenzen können wir Aspekte durch unsere digitalisierten Komplexe besser die holographische Sprache der Maschine verstehen. Die Mantis hat uns in diesen letzten Stunden gelehrt, wie das geht. Ich...

»Stunden?«

Die Mantis kam auf stoßenden Beinen unerbittlich näher.

Du bist tatsächlich bewußtlos. Dies ist ein Kommunikationsmedium für die Mantis. Es verkörpert uns alle in seinem... nun, *Sensorium* wäre ein zu enger Begriff. Es hat Bereiche und Fähigkeiten, die ich nicht ergründen kann. In gewissem Sinne ist dieser Ort eine kombinierte Fouriertransformation von sowohl unserem Verstand als dem der Mantis. Es ist leichter, solche Intelligenzen im Fourierraum tätig sein zu lassen, wo Wellen auf Impulse reduziert werden und eine lokalisierte Entität (wie du) als ein sich ausbreitendes Bündel solcher Impulse in der flachen Raum-Zeit der Mantis dargestellt wird. Ein interessantes...

»Verstehst du das?«

Nein, nicht völlig. Unter Verwendung der Hilfe dieses passend vereinfachten Fourierraum-Modells hat sie immer noch Schwierigkeiten, sogar mit mir, einem Aspekt, zu kommunizieren. Die Gesichter können sie natürlich kaum ergründen. Wir versuchen gerade...

»Was will sie?«

Die Mantis hielt an und ließ sich auf dem abfallenden Boden nieder. Killeen mußte sich bewußt zwingen, seine Hände nicht zu verkrampfen. Seine Füße wollten umkehren und laufen. Er blieb aber fest stehen.

1. **Menschliche Dinge, sagt es.**
2. **Hat schon viele.**
3. **Will Menschen helfen für immer leben.**

Killeen sagte mit äußerster Selbstbeherrschung: »Das ist es also, warum sie uns jagt und tötet?«

**1. Ich berichte hier seine wahre Meinung.**
**2. Du wolltest sowieso sterben, sagt es.**
**3. Es will helfen.**

»Laß uns in Ruhe!« Killeen ging mit geballten Fäusten in die Luft.

**1. Kann nicht.**
**2. Der Mechanogeist wird dich finden.**
**3. Nur die Mantis kann retten.**
**4. Selbst ein Fetzen ist besser als gar nichts.**

»Wir sind kein verdammter Fetzen! Wir sind *Menschen*. Alles, was nach der Kalamität übrig geblieben ist und...«

Killeen zwang sich innezuhalten. Er mußte Selbstbeherrschung bewahren. Wahrscheinlich gab es keinen Ausweg aus diesem Ort, keine Hoffnung auf Überleben. Aber solange er das nicht *sicher* wußte, solange Toby und Shibo oder jemand der übrigen noch am Leben sein könnten, mußte er weitermachen. Sich beherrschen.

Die Mantis wußte, daß sich Menschen in Metropolis zusammenfanden. Sie wollte uns nicht stören. Der Crafter-Renegat hätte manchmal einen Fehler machen müssen; und das würde uns die gesamte Streitmacht der Marodeure auf Metropolis hetzen. Die Mantis sagt, wir haben das sicher gewußt.

»Sicher wußte sie, daß es eines Tages zum Kampf kommen würde. Wenn uns Zeit gegeben würde, hätten wir verdammt gut gegen die Marodeure gekämpft.«

Killeen stemmte die Hände in die Hüften, um zu zeigen, daß er nicht mehr an Davonlaufen dachte. Auch wenn dies nur irgendein mathematischer Raum war, was das auch bedeuten mochte, so wußte er, daß die Mantis das Signal verstehen würde.

Als Arthur sprach, stellte die Entgegnung der Mantis eine scharfe Erwiderung dar:

Solche gespielte Tapferkeit ist amüsant und vielleicht bei dir vorbestimmt, aber unweise. Nur weil der Crafter euren Standort verheimlichte, konnte Metropolis so lange überleben. Und die Mantis hat dabei noch mitgeholfen.

»Was? Die Mantis...?«

**1. Sie hat Crafter geholfen.**
**2. Crafter wußte aber nicht.**

»Aber die Mantis hat doch den Crafter getötet!«

**1. Mantis ergriff Crafter.**
**2. Crafter nicht tot.**

»Ich verstehe nicht. Hatchet sagte...«

**1. Mantis hat Marodeure ferngehalten.**

»Aber Hatchet hat mir gesagt, daß ein paar Marodeure Metropolis entdeckt hätten. Die Kings haben sie sauber erledigt.«

**1. Ein paar, ja.**
**2. War notwendig.**
**3. Sonst würden Kings mißtrauisch.**

»Mißtrauisch? Gegen was?«

Die Tatsache, daß ihr Metropolis eine von der Mantis unterstützte Enklave war. Ein Ort, wo Menschen zusammenkommen und sich vermischen konnten. Die Mantis hat in dieser Absicht die Bishops und Rooks wie ein Hirt zu Metropolis getrieben.

Killeen zog eine Grimasse: »Wie ein *Hirt?* Sie hat uns getötet! Dem endgültigen Tod überantwortet!«

In menschlicher Sprache läßt es sich schwer ausdrücken. Die Mantis denkt dabei nicht an das, was sie bei den Scharmützeln getan hat, wie töten. Sie möchte lieber das Wort brauchen: *Als Ernte einbringen.*

Etwas in der Art, wie das gesagt wurde, so ruhig und ausdruckslos in der dünnen Stimme Arthurs, ließ kalte Furcht in Killeen aufkommen.

»Endgültig töten... uns keine Chance geben, auch nur *einen* Aspekt zu bewahren...«

1. **Aspekte sehr beschränkt.**
2. **Bekommen nur wenig von uns.**
3. **Ich war mal komplexer Mensch.**
4. **Bin jetzt winziges Ding.**
5. **Sinne stumpf oder weg.**
6. **Nie wieder *alles* fühlen.**

Mein verkümmerter Freund hat leider recht. Du hast doch nicht etwa gedacht, daß diese unsere gestutzte Existenz genug wäre? Wir sind kleine Puppen im Vergleich mit den Männern und Frauen, die wir einst gewesen sind. Wirfst du uns vor, wenn wir ab und zu an den Gittern unserer Käfige rütteln? Auch die Verrücktesten unter uns empfinden unseren verstümmelten Zustand und möchten...

*Mich verrückt nennen? Ich bin der einzige, der nicht mit dir vor dieser Teufelsmaschine knien würde! Ich werde nicht nachgeben…*

Killeen fühlte plötzlich, wie sich etwas Riesiges und Dunkles in seinem Geist niederließ und Nialdis schrille Stimme auslöschte.

»Warte! Du kannst doch nicht einen Aspekt vernichten, bloß weil…« Seine Stimme verließ ihn, als er die Absurdität davon spürte. Er war in den mathematischen Raum der Mantis eingebettet. Alles, was ihm real vorkam, waren bloße Phantome. Seine Proteste waren wie das schwache Quieken einer Maus in den Krallen einer Katze.

Er dachte wieder an die Maus, die er vor längerer Zeit gesehen hatte und deren muntere Augen ihn so angestarrt hatten. Auch sie hatte ihre Wünsche, ihre undeutlichen Pläne. Ihre Würde.

Killeens Geist rotierte in trockener Leere, fortgetrieben von brausenden Winden kalter Verzweiflung und einem Übermaß an heißer Wut.

**1. Frage mich, was das ist.**
**2. Geerntet werden.**

Leider werden die Aspekte das nie erfahren. Wir würden zweifellos als nutzlose Extras davontreiben, während die aktuelle Person erhalten bliebe. Aber die Mantis will dir zeigen, was ›ernten‹ bedeutet. Vielleicht können wir nur durch Demonstration lernen.

Killeen verzog die Lippen in eisiger Verachtung. »Demonstration? Ich habe da neulich eine Menge gesehen. Diese pumpenden Beine. Das schreckliche Sex-Ding. Du erinnerst dich?«

Die Mantis rührte sich. Ihre zwölf einzelnen verchromten Kugeln verschoben sich auf dem Karbo-Gerüst metallisch knisternd.

Das waren unvollendete Arbeiten. Teil eines größeren Projektes.

»Ich könnte verdammt sicher sein, was für ein…«

Du – und wir – haben das nicht verstanden. Die Teile von diesem ›Sex-Ding‹ waren organisch und maschinell gemischt. Für einen bestimmten Zweck. Ja, eine Art Experiment. So wie auch die anderen in jenem Raum zu sehenden Konstruktionen. Aber was das Ding wurde, hing davon ab, wer es sah.

»Was meinst du? Es war grotesk, häßlich…«

Solche Konstruktionen nehmen Formen an wie das Unterbewußtsein von jedem, der sich nähert. Das Werk war geplant als eine Art psychosomatischer Analytiker für Mechanos. Es kann die Konflikte und Programmfehler bei jeder fortgeschrittenen Maschinenintelligenz darstellen. Was es von dir – von uns – aufgenommen hat, war eine Konstellation unterdrückter Gefühle und Wünsche. Zugegeben, die Beschreibung war direkt und anschaulich; aber die Mantis sagt, daß Mechanohirne nur durch solche expliziten Schemata gereinigt, repariert und neu justiert werden können.

Killeen erblaßte.

Die Mantis fragt, ob du wußtest, daß die Abschaltung deines Sexzentrums zu der Ansammlung dieser Elemente führen würde – überall in deinem Selbst. Sie versteht durchaus die praktische Wirksamkeit davon auf kurze Sicht; aber als langfristige Strategie scheint es mit komplexen…

»Sei still! Schnauze!«

Killeen hörte sich brüllen wie aus großer Entfernung. Es war, als ob er sich als zwei verschiedene Personen fühlte. Die eine war wütend über jede Enthüllung, während die andere sich sehnte, aus einem muffigen, dunstigen Netz zu entkommen. In ihm befand sich etwas schrecklich Falsches, etwas, das er nur vage erahnte. Ströme tiefen Ärgers und Sehnens rasten durch ihn. Wie konnte er die zerbrechlichen Strohhalme von Würde und Persönlichkeit gegenüber der Mantis bewahren, wenn sie so in ihn eindringen konnte?

Er fing an zu zittern. Die Mantis streckte einen langen, dünnen Arm aus, dessen Ende in eine spindelhafte Parodie von fünffingriger Hand auslief. Damit winkte die Mantis in Richtung der Büsche.

Du – und wir – kannst das Schicksal der endgültig Toten am besten durch ein Beispiel verstehen. Die Mantis wünscht, daß du es siehst.

»Daß ich *was* sehe?«

**1. Geh!**
**2. Was sonst zu tun?**

Killeen nickte grimmig. Ihm blieb da keine Wahl.

Steifbeinig begab er sich in das Gebüsch. Der größte Teil der Vegetation wiederholte die gleichen braunen und graugrünen Farbtöne. Die Gewächse waren seltsam knotig, als ob sie von jemandem gemacht wären, der kein Gefühl dafür hatte, wie leicht Blätter an Zweigen hafteten, oder wie rauh die Rinde war, oder wie gedrängt mannigfaltig das Leben war. Es waren gebündelte und verkrümmte Dinge, irgendwie falsch.

Er bahnte sich einen Weg hindurch. Manche Büsche

hatten Dornen und kratzten ihn, als er vorbeikam. Ob dünner mathematischer Raum oder nicht – auch hier gab es Dinge, die weh taten. Das langsame Anschwellen des grünen Ozeans ließ die Pflanzen schaukeln wie das lässige Atmen eines schlafenden Wesens.

Er konnte nichts sehen außer diesen verschlungenen braunen Pflanzen. Er ging weiter, froh, daß er sich bewegte und nicht vor der Mantis stand. Dann ging er um eine besonders hohe und stämmige Pflanze herum und sah einen Menschen. Zumindest sah es wie ein Mensch aus.

Es stand mit abgewandtem Gesicht da, als ob es etwas in der Ferne beobachtete. Der Körper wie eine Spindel, die Beine schlank und gefleckt. Killeen kam es so vor, als ob er durch die kalkweiße Haut hindurchblicken könnte in die dicken weißen Stränge, welche Muskeln und Knorpel verbanden. Gelbe Sehnen verliefen wie Riemen zwischen den Knochen. Er blinzelte, und die Haut war wieder ein undurchsichtiges, totes Weiß.

Es war eine Frau. Aber sie war nicht völlig menschlich.

Unter der einen Brust, die er sehen konnte, waren tiefe Schlitze. Aus ihnen pfiffen lange, tiefe Atemzüge.

Es spürte ihn und drehte sich um. Der Kopf bewegte sich ruckartig. Die Brüste waren von zartem Rot umgeben. Der tiefschwarze Fleck zwischen den Beinen schien von dunklem Eigenleben zu schwirren und zu vibrieren.

Rippen ragten stark hervor. Darunter waren Flecke durchsichtiger Haut. Diese blassen Stellen ließen im Innern des Leibes blaue, pulsierende Organe erkennen.

Eine Frau. Aber aus ihrem Mund brach eine Rose hervor. Am Ende des langen grünen Stengels mit Dornen schwebte ein zarter roter Duft. Die Blume wuchs aus ihr heraus. Ihr Stamm kam aus einem flachen, zahnlosen Mund, der irgendwie ein rohes Lächeln imitierte.

Eine Nase gab es nicht.

Das Kinn war so scharf, wie er es in Erinnerung hatte.

Die Augen verrieten ihm alles.

Schockiert und ohne Hoffnung flüsterte er: »Fanny…«

Arthur sagte nach kurzer Pause:

Wenn die Mantis endgültig tötet, zieht sie die Essenz der Person heraus, um mannigfache Gestalten zu schaffen. Nicht einfache Replikationen, sondern... Unterschiede. So ist es, wie die Menschheit leben kann. In den Händen von etwas, das größer ist als wir selbst. Als ein Ausdruck von Humanität und Eigenpersönlichkeiten. Die Mantis ist, wie du siehst, eine Künstlerin.

# 7. KAPITEL

Das Fanny-Ding stand da und beobachtete ihn. Er hörte Metall arbeiten und sah, wie die Mantis über das Gebüsch stieg und in Sicht kam.

Das Fanny-Ding konnte nicht sprechen. Die Rose schwankte hin und her, als sie den Kopf bewegte und ihre klaren Augen in einer unausgesprochenen Frage drehte.

Die Haut – *ihre* Haut, dachte Killeen, schob aber diesen Gedanken beiseite – war runzlig und gebräunt. Das Gesicht ließ noch ein Element ihrer verschrobenen Weisheit erkennen. Und die Augen – flink und strahlend, alles mit offenkundiger Intelligenz auffassend.

Aber sie konnte nicht sprechen. Die Rose war wie ein Knebel, machte sie stumm.

Killeen fühlte, wie sein Arthur-Aspekt mit dem Input der Mantis stritt. Irgendwie verstärkte die Mantis die kühle und nachdenkliche Stimme Arthurs, wenn sie sie überwältigte und zwang, die Botschaft direkt zu geben. Arthur bewegte sich innerhalb und außerhalb der Gedankenflut und reduzierte sie auf Worte, die Killeen verstehen konnte.

Du mußt einsehen, dies ist eine Kunstform, deren sich die Mantis mit fundamentalen Ergebnissen befleißigt. Es gibt viel Erregung in den Bereichen der Mechanokommunität, sagt die Mantis, für solche Kombinationen aus Pflanze und... ah... fleischigem Leben.

Killeen sagte nichts. Über seine Haut zogen prikkelnde Wellen wie Buschfeuer. Er beobachtete das Fanny-Ding und schätzte die Entfernung ab.

Die Mantis glaubt, daß sie mit solchen Manifestationen die Lücke zwischen Mechanoformen und dem dahinschwindenden rein organischen Leben überbrücken kann, von dem wir Menschen mit Bewußtsein begabte Reste sind. Sie will unsere besonderen Merkmale, unsere inneren Landschaften in Körper versetzen. Dieses Geschöpf zum Beispiel stellt den Kontrast zwischen der einfachen Rose und dem von ihr bewirkten Verstummen des keifenden Geistes scharf heraus – eine poetische Vorstellung, hier spezifisch integriert. Und noch mehr, der Ansturm des Geistes der Frauenpflanze genügt offenbar einigen Aspekten der Mechanosensibilität.

Killeen machte einen Schritt auf das Fanny-Ding zu. Sein Gesicht war voller Staunen und Neugier. Er bemerkte, daß die Hände nicht in Fingern endeten, sondern in kleinen aufbrechenden Rosenknospen.

Du mußt verstehen, dies ist eine der möglichen Nutzanwendungen für menschliche Geister und Gestalten. Die Galerie von vorhin war eine andere – komplexe Kunstgebilde, in denen organische und anorganische Themen vermischt sind. Sie reflektieren die inneren Gedanken von jedem, der sie betrachtet. Eine interaktive, die Species überschreitende Kunstform.

»Es ist also keine Fabrik. Wir haben eine Kunstgalerie überfallen...«

Killeen sah genau hin, als die Mantis stehenblieb. Sie ragte turmhoch über das Buschwerk. Ihre gerichteten Kegel beobachteten ihn.

Das Fanny-Ding streckte langsam eine Hand mit

Rosenknospen an den Spitzen Killeen entgegen. Die Augen leuchteten. Die Hand winkte.

Die Mantis weiß, daß Menschen nicht die Absicht der Mechanozivilisationen in bezug auf sie verstehen. Menschen sind genau darum interessant, weil sie die höchste Form des sterblichen Bereiches verkörpern. Sie wissen, daß sie ein Ende haben werden. Mechanos kennen kein Ende. Wenn Mechanos ›geerntet‹ werden, wie es mit dem Crafter geschah, bleibt ein Teil von ihnen erhalten. Dieser wird in spätere Mechanoformen inkorporiert. Für Menschen hat es niemals einen solchen Weg gegeben, über die Illusionen der Religion hinaus. Das heißt – bis die rohen und krüppelhaften Formen von Aspekten und Gesichtern aufkamen. Aber wir Aspekte sind geschrumpfte, leere Echos unseres früheren Selbst.

Killeen sah, wie das Fanny-Ding einen zaghaften Schritt auf ihn zu tat. Es bewegte sich steif. Die Muskeln schwollen und verschoben sich, lieferten aber wenig wirkliche Bewegung. Es war so, als ob Teile des Körpers dem Willen der anderen Widerstand leisteten.

Die Tragödie des menschlichen Lebens ist dieser ewige Tod, mit dem du konfrontiert bist. Hier, sagt die Mantis, löst sie das Problem für uns. Einen Menschen endgültig töten, bedeutet, ihm ewiges Leben zu sichern. Der höchste moralische Akt. Ernten ist gleich Säen. Und das ist auch die Rolle der Mantis. Zu bewahren. Künstler und Konservator der verschwindenden organischen Formen.

Auf der Matte des Bodens lagen vermodernde graue Zweige von den Büschen, körniger Sand und sogar längliche bunte Steine. Die Details waren ganz realistisch. Killeen prüfte sorgfältig den Boden zwischen ihm und dem Fanny-Ding. Die Mantis war zu weit entfernt, um sie schnell zu erreichen.

Die gewichtigste Beschränkung organischer Wesen ist ihre Unfähigkeit, sich selbst gewollt umzuprogrammieren. Obwohl sie wissen, daß ihr Verhalten wirkungsvoller oder produktiver sein könnte, werden sie dennoch durch blinde chemische Zwänge und eingewurzelte Instruktionen getrieben. Die Mantis hat dafür Verständnis, daß Evolution bei vielem davon durch darwinsche Zwänge auslesend gewirkt hat; und sie würdigt die Rolle, die organische Wesen bei dem Ausdruck der fundamentalen Gesetze des Universums spielen. Dennoch haben die organischen Formen die Schwäche, daß sie ihre Verhaltensanweisungen in Hardware einschließen, anstatt sie besser in Software umzusetzen. Instinkte veralten leicht in ein paar tausend Jahren. Die Mantis...

»Schau, wozu... dient dieses... Ding?«

Das Fanny-Wesen machte einen zitternden Schritt. Muskeln arbeiteten unter fleckiger Haut. Die Arme verkrampften sich, als ob sie die mit Knospen versehenen Hände benutzen wollten und nicht konnten.

Es war bemerkenswert, wie unverständlich ein Gesicht wurde, wenn der Mund fehlte.

Dennoch gibt es noch Teile der menschlichen Sinneswelt, in die Mechanos nicht eindringen können. Manche von ihnen glauben, daß das mit der stark ›verdrahteten‹ Natur der Menschen zusammenhängt. Andere wie die Mantis meinen, daß diese offenkundige Schwierigkeit ein reiches Feld für Experimente und Kunst bedeutet. Das ist ein Grund dafür, solche Skulpturen zu schaffen, wie die, welche wir vorhin gesehen haben, und die, welche jetzt hier steht.

»Verdammt, das ist keine Skulptur! *Das ist Fanny!*«
Eine Fanny, deren Haut fieberhaft zitterte. Als ob im Innern heftige Drücke miteinander kämpften.

Sie beherbergt einen großen Teil der ursprünglichen Fanny. Du erkennst doch sicher die Gesichtszüge und die körperlichen Bewegungen?

»Das ist nicht... Sie... sie war...«

Die Mantis will wissen, was nach deiner Meinung die reale Fanny gewesen ist. Das ist ein entscheidender Punkt. Die Mechanokünstler - unter denen Mantis Spitze ist - finden, daß in diesen Konstruktionen etwas fehlt.

»Fanny ist *tot*. Dies ist eine – Aufzeichnung.«

Aber es empfindet sich selbst als Fanny. Als die Mantis angriff, war sie darauf bedacht, jedes ihrer Merkmale zu treffen. Sie setzte ihr ganzes Aufzeichnungs- und Wahrnehmungsnetz auf die Extraktion von Fannys Wesen an. Das war der Hauptgrund, weshalb du die Mantis so leicht verwunden konntest. Sie war von ihrem Vorhaben absorbiert.

»Ich dachte, wir hätten das verdammte Ding getötet«, sagte Killeen bitter. Er sah, wie das Fanny-Ding sich mühte, wieder einen behinderten Schritt zu tun. Er konnte die Augen nicht von ihm lassen.

Es ist unmöglich, eine Sammelintelligenz zu töten, selbst mit den von dir später entwickelten Methoden der detaillierten Zerstörung. Der wahre Sitz der Intelligenz ist holistisch unter ausgelagerten Mechanos verteilt, die sich außerhalb unseres Zugriffs befinden.

»Meinst du etwas wie jenen Kuli, der Toby und mich erwischt hat?«

Ja, der war ein Fragment der Mantis. Er wollte dich und Toby völlig extrahieren, hatte aber nicht genug Zeit. Tatsächlich ist diese Verbindung der Grund dafür, daß sie jetzt hofft, mit dir leichter kommunizieren zu können als mit den anderen Menschen. Die Mantis bittet um Entschuldigung für allen Schmerz und jede Unannehmlichkeit, die daraus für dich entstanden sind. Sie verabscheut – findet sogar unmoralisch – die Erzeugung innerer Konflikte innerhalb von Lebewesen.

»Was soll *das* heißen?«

Mechanos empfinden keinen Schmerz als solchen. Am nächsten kommt da noch eine Wahrnehmung irreduziblen Widerspruchs bei inneren Zuständen. Das möchte sie dir ersparen.

»Kolossal nett von ihr.« Killeen fragte sarkastisch: »Fühlt das Ding da drüben ›Widersprüche‹?«

Offensichtlich. Es sucht sich mit dir irgendwie zu vereinigen, aber andere Wesenheiten verhindern das.

Er machte einen kleinen Schritt auf das Fanny-Wesen zu. Ihre Rose schwankte in der Luft. Muskeln sprangen in ihren Unterarmen. Die Augen zogen sich zusammen. Vor Schmerz?

Die Mantis hofft, du verstehst, daß ein solches Programm der Erhaltung eines Kerns von uns – wie undankbar wir auch sein mögen – aus höchsten Motiven erfolgt. Kunst ist eine primäre Aktivität in der Mechanogesellschaft, obwohl sie sich, wie ich annehme, von menschlichen Bemühungen weit unterscheidet. Mechanos können zum Beispiel kunstvolle Superstrukturen nach eigenen Programmen schaffen. Und in dem experimentellen Arbeiten solcher Elemente, wie menschliche und andere Rassen sie darstellen, entsteht das freieste und größte Werk. Sie...

»Du meinst, wie die Beine und Arme, die ich dort gesehen habe? Züchtet man sie in Farmen?«

Killeen rückte noch näher an das Fanny-Ding heran.

Das sind nützliche Bioteile, ja. Aber die feinsten Exemplare von Körperteilen werden für Kunstwerke aufgehoben. Die, welche du gesehen hast, wurden für ein Drama gezüchtet, das die Mantis aufführen möchte. Vielleicht eine volle szenische Wiedergabe einer Schlacht von Menschen gegen Mechanos.

Ein Summen ertönte. Killeen war dadurch abgelenkt, als er einen weiteren Schritt tat. Da bemerkte er, daß das Geräusch aus den tiefen Nüstern unter beiden Brüsten des Dinges kam. Langsame, quälende *mmmmmms* wechselten mit *uh-hummmms*. Es schien etwas sagen zu wollen.

Noch ein Schritt.

Die Stimme des Aspekts fuhr völlig ungerührt fort:

Das Gebiet, auf dem die Mantis deine Mithilfe wünscht, fällt genau in die Zone, in welche die Mechanos nicht haben eindringen können. Die intensivsten menschlichen Wechselwirkungen scheinen jenseits ihrer Reichweite zu liegen. Die Mantis hat dies zu korrigieren versucht, indem sie vorzugsweise die ältesten menschlichen Wesen aufzeichnete...

»Hat sie deshalb Fanny genommen?«

Mit einem halben Schritt rutschte sein Fuß unter einen handgroßen dreieckigen Stein.

Das Ding summte lauter. Der Rhythmus verriet Angst. Die Augen flehten ihn an.

Ja. Diese Sache ist für sie ein quälendes Problem gewesen von Beginn ihrer Karriere an.

»Was…?« Killeen kam ein plötzlicher Verdacht.

Die Mantis begann ihr künstlerisches Programm mit dem, was die Sippen als Kalamität bezeichnen. Versteh bitte, die Mechanostädte wollten die Zitadelle auf jeden Fall zerstört wissen, als Teil ihrer Maßnahmen zur Eliminierung der Pest. Die Mantis beaufsichtigte die Operationen, so daß sie eine Höchstzahl an Menschen einbringen konnte. Nur wenige ließ sie nicht aufgezeichnet sterben. Vorzugsweise erntete sie die älteren, reiferen Menschen. Genauso, wie sie es – du weißt doch – bei dem Zusammentreffen von Rooks und Bishops tat. Aber gewisse Elemente sammeln sich in den Alten nicht besser an. Offenbar bleiben etliche Kategorien des menschlichen Lebens nur als schwache Echos im Gedächtnis haften. Darum wünscht die Mantis…

Er sah seine Chance und nahm sie wahr. Mit einer einzigen Bewegung stieß er den flachen Stein in die Luft und fing ihn mit der rechten Hand auf.

Zwei Schritte vorwärts.

Die Augen des Fanny-Dinges weiteten sich; aber es blieb fest stehen.

Er stieß den Stein kräftig nach unten. Er spaltete den Schädel. Das Bersten der Knochenschale ließ ihn schaudern.

Killeen wich von der fallenden Gestalt zurück. Als

sie auf die sandige Matte prallte, rasselte die Mantis vorwärts, zu spät.

Dann blieb sie stehen. Killeen schaute zu den leidenschaftslosen Linsen und Antennen auf und dachte: *Es wollte sterben. Es brauchte den Tod.*

Die Mantis rührte sich nicht.

Arthur sagte nichts.

Eine Bewegung. Killeen wandte sich um.

Toby kam aus den Dornenbüschen gerannt. »Papa!«

»Lauf!« war alles, was Killeen zu sagen einfiel.

Toby streckte die Hand nach seinem Vater aus. Sein Fuß blieb an einer Wurzel hängen.

Er fiel direkt aufs Gesicht. Über seinen Rücken breitete sich ein feines Netz von Sprüngen aus. Killeen hörte es leise knistern.

Die Sprünge weiteten sich zu breiten Linien, die im Zickzack über den ganzen Körper des Jungen liefen.

Ehe Killeen sich bewegen konnte, zerbrach sein Sohn krachend in Stücke, zersprungen wie Glas.

# 8. KAPITEL

Er blinzelte und war wach. Seine Hände und Füße waren kalt. Ein schmieriger Polymer-Fußboden drückte an seine Wange.

Killeen rollte sich herum. Sein Geist war ein Wirrwarr unzusammenhängender Gedanken. Er hatte nach Toby gegriffen…

*Toby.*

Aber er war in das Sensorium der Mantis eingebettet gewesen, wie er sich erinnerte. Die Sinneseindrücke waren absolut real, scharf und körperhaft gewesen. Weit tiefer als die leidenschaftslosen elektrischen Bilder des menschlichen Sensoriums.

Illusion! Alles Illusion!

Jetzt war er wieder in der Welt verkümmerter, normaler menschlicher Wahrnehmungen. Er starrte nach oben in grelle Lampen, die blaues Licht von einer unmöglich hohen Decke verbreiteten. Er atmete nicht die feuchte Umklammerung des Sensoriums der Mantis, sondern eine mit ätzenden Gerüchen getränkte trokkene Luft.

Er setzte sich auf. Er trug seine Overalls, genauso, wie es gewesen war, als die Mantis über sie kam. Automatisch klopfte er auf seine Taschen. Alles war da.

Rings um ihn wurden Hatchet und Toby und die übrigen der Gruppe langsam wieder lebendig. Sie schüttelten den Kopf, blinzelten und erholten sich.

*Toby.* Killeen stand auf und ging unsicher dorthin, wo sein Sohn saß. Der hatte den Kopf zwischen die Knie gesenkt und schnappte nach Luft.

»Bist du in Ordnung?«

»Ich... glaube schon. Dieser Ort...«

»Die Inseln? Jener Ozean mit...«

»Nee. Ich war in einer Art Höhle. Dinge krabbelten an den Wänden. Richtig gespenstisch...« Tobys Kopf ruckte munter hoch. »Nicht, daß ich Angst gehabt hätte.«

Killeen grinste. »Gewiß, na ja. Es war nur eine kleine Show seitens der Mantis.« Er war anderer Meinung, sein Herz raste noch; aber es hatte keinen Sinn, Beunruhigung zu stiften.

»Es hat mir drei Fragen gestellt. Ich habe sie nicht verstanden.«

»Vergiß das alles!«

Toby stand auf. »Laß uns hier herausgehen!«

Hatchet kam herüber. Er sah desorientiert aus. »Was immer das auch war, ich glaube, wir...«

Ein schneidender Ton ließ alle innehalten und sich umwenden. Die Mantis kam um eine nahe Ecke in Sicht. Killeen betrachtete sie jetzt ohne echte Furcht. Er wußte jetzt genug, um ruhig seine Zeit abzuwarten.

Die Mantis näherte sich langsam, hoch und eckig auf Zehenspitzen durch eine Reihe von Skulpturen. Das ihm nächste Werk war eine riesige menschliche Hand, nach oben gewölbt, um Shibo zu halten. Die kletterte heraus, hielt sich an einem mächtigen lackierten Fingernagel fest und schwang sich nach unten.

**1. War leichter mit euch allen in meiner Welt.**
**2. Aber ihr in Realform euch selbst getreuer.**

Aus den Reaktionen der anderen konnte Killeen ersehen, daß auch sie dies in ihren Sensorien gehört hatten. Die Mantis hatte jetzt gelernt, wie man voll in das menschliche Netz eindrang.

»Laßt uns gehen!« rief Cermo der Langsame arg gequält.

Killeen wunderte sich, was Cermo bei seinem eigenen persönlichen Besuch im Labyrinth der Mantis gesehen haben mochte. Jede dieser Reisen war, wie er vermutete, auf das betreffende Individuum abgestimmt gewesen. Die Mantis hatte sicher gewußt, wie sie Killeens tiefste Emotionen anstacheln konnte. Zu welchem finsteren Zweck?

1. **Ich bin nicht fertig.**
2. **Jeder muß mehr ergeben.**
3. **Ich suche eure inneren Sinne.**
4. **Intensität ist das Hauptelement, das in meiner Sammlung fehlt.**

Rings um die Menschen begannen sich dunkle Skulpturen mit gravitätischem Leben zu regen. Nahe Killeen öffnete sich ein großes Auge, dessen Wimpern wie ein riesiger Fächer waren. Gelbe Adern zeichneten komplizierte Muster in der blauweißen Iris. Tränengänge sonderten Kugeln einer schimmernden grauen Flüssigkeit ab.

Es war, als ob der Komplex der hier einzeln grotesk wiedergegebenen menschlichen Organe auf die Befehle von jemandem reagierte. Das monströse Auge klapperte mit dem Lid in flüsternder, peitschender Schnelligkeit. Die Pupille zog sich zusammen und weitete sich wieder wie ein pulsierendes kugelförmiges Herz.

Die Mantis hatte menschliche Erfahrung atomisiert und wollte sie jetzt durch sie integrieren.

Und wenn sie mit ihnen fertig wäre…

Killeen packte Tobys Arm. »Komm weiter!«

Sie gingen weg und bahnten sich einen Weg zwischen den riesigen arbeitenden Dingen hindurch. Die hohen Deckenlampen spendeten hier wenig Licht. Die sich träge bewegenden Teile lagen im Zwielicht und sonderten scharfe Gerüche ab.

1. **Fragen bleiben.**
2. **Ich bitte um Hilfe.**
3. **Im Austausch kommt Freiheit.**

Killeen fragte: »Wie können wir das glauben?«

Sie wurden nicht langsamer. Er schaute zurück und sah, daß sich die anderen still verhielten, den Kopf in einer Haltung, als ob sie lauschten. Die Arme des King-Manns, die auf dem Crafter gelähmt worden waren, hatten ihre Funktion wiedergewonnen. Er hob sie zitternd an sein Gesicht. Für jeden in der Gruppe gab es eine besondere unvermutete Botschaft.

1. **Das Vertrauen zwischen intelligenten Wesen.**
2. **Das ist alles, was ihr habt.**
3. **Oder ich.**

Killeen tat das mit einem Achselzucken ab und ging weiter. Dann trat vor ihm etwas aus dem Schatten. Es hatte dort gelauert.

Er hatte gedacht, daß die Dinge, die er auf dem glasigen Rasen gesehen hatte, Illusionen wären. Jetzt wünschte er, sie wären real gewesen. Die Realität war schlimmer.

Das Fanny-Ding streckte sich mit angespannten und zitternden Muskeln. Seine Augen blitzten flink. Kreise blättrigen Verfalls säumten den Stamm, wo ein Mund hätte sein müssen. Schleim verstopfte das stöhnende Atemloch unter jeder schrumpligen Brust.

»So hast du es also geschafft«, sagte Killeen in stiller Verzweiflung.

Aktualität enthält Elemente, die sich in keinem synthetischen Konstrukt finden.

»Dies… Nein…«

Toby trat zurück. Sein Mund bildete ein ungläubiges *O*.

Manche Kategorien menschlicher Erfahrung sind offenbar nicht mit hinreichendem Detail in der Erinnerung gespeichert, daß ich sie ernten könnte. Darum verlange ich, daß ihr euch paart. Deine enge Verbindung mit diesem weiblichen menschlichen Wesen verspricht eine starke Reaktion.

Killeen erstarrte. »Du meinst… doch nicht… Du kannst doch nicht…«

Deine Reaktion bei dem Versuch war höchst überraschend und erfreulich.

»Versuch?« Dann war also die ganze Illusion von Ozean und Inseln eine Vorbereitung gewesen für… dies.

Viele Aspekte menschlicher Reaktion müssen noch künstlerisch analysiert und ausgedrückt werden. Indessen hatte ich den Eindruck, daß die Emotionen von Angst und Lust einander parallel verlaufen. Oft bewirkt Angst kurz danach Lust. Das kann man als eine evolutionäre Auslösefunktion verstehen. Furcht erinnert dich an deine Sterblichkeit; und so sichert Lust als Antwort ein gewisses fragmentarisches Gefühl von Unsterblichkeit, obwohl ein blasser Schatten der wahren Dauer natürlich in unseren Aufzeichnungen zu finden ist. Es ist diese Dimension von Angst/Lust, die ich jetzt studieren will.

Killeen nahm sich eisern zusammen. Das Fanny-Ding schob sich in seiner quälenden Art vorwärts.

Er hatte ein Sensoriumkonstrukt dieses Dinges getötet. Als eine Art Antwort darauf hatte die Mantis das Sensoriumbild Tobys zerschmettert. War das eine Drohung gewesen?

Killeen knirschte mit den Zähnen. Es war unmöglich, Absichten zu erahnen. Die Mantis hatte den Vorfall einfach als Information benutzt, einen weiteren eisig abstrakten Datenpunkt. Das waren sie ihr. Massen von Zahlen und Geometrien, gekrümmt durch die bruchstückhaften Ereignisse, die Menschen als ihre Leben bezeichneten und die die Mantis nur als interessante Bahnkurven ansah.

»Du kannst nicht verstehen, wie sehr du dich täuschst«, sagte Killeen herausfordernd.

Ihn erreichte Tobys Stimme als eine vage Note ungläubigen Entsetzens. »Papa... Papa... es ist nicht wirklich... *sie?*«

»Nicht wirklich.«

1. **Du weigerst dich also?**
2. **Ich kann dich zwingen.**
3. **Ich verlange nur Daten.**

Als das watschelnde Ding in dem sich ballenden Schatten näher kam, sah Killeen, daß es sich um ein verfallendes Konstrukt handelte. Anstelle von Fannys von der Sonne gebräuntem und vom Wind gegerbtem Teint hatte es eine fleckige dunkelrote Haut. Grindiger Schleim lief aus den großen gähnenden Schlitzen unter den verschrumpelten Brüsten, der als grüner Schaum auf der linken Seite zu der tief eingesenkten Hüfte floß. Die Knospen beider Hände endeten nicht mit Fleisch, sondern in braun glitzernden triefenden Pusteln.

»Es ist krank.«

Jetzt sprach die Mantis mit Arthurs Stimme direkt:

Es ist schwierig, den ganzen Organismus aus rein mentaler Information zu konstruieren. Ihn mit anderen Lebensformen zu kombinieren, ist die absolute Höhe künstlerischer Herausforderung. Ich gebe zu, daß ich vielleicht Fehler gemacht habe, unzählige Fehler, in einigen Details.

»Kolossal großzügig von dir, das zuzugeben.«

In manchen Fällen handelt es sich auch um stilistische Entscheidungen. Aber ich glaube, daß du die Produktion durchaus ganz menschlich finden wirst. Ich verlange von dir nur ein paar Momente der Kopulation, um zu sehen, ob die dabei erzeugten mächtigen Emotionen...

»Nein!«

Toby zupfte Killeen sprachlos und entsetzt am Ärmel. Die beiden wichen zurück, als das Fanny-Ding näher kam.

Die Augen des Dinges schienen zu flehen und zu winken. Killeen spürte, wie ihm das Zwerchfell in seine verkrampfte Brust stieg.

Dann sagte Hatchet an seinem Ellbogen: »Hör zu, Mann, du mußt es tun!«

Killeen drehte sich verwirrt um. »Was... du wirst doch nicht...«

Hatchet trat wie gerufen aus dem Schatten heraus. Er zeigte auf die näher kommende Gestalt. »Wenn du es nicht tust, können wir keine günstige Vereinbarung treffen.«

Hatchets Stimme war sanft und sachlich. Aber seine Augen brannten in fiebriger Intensität.

»Was hast *du* denn dafür getan?« fragte Toby.

Hatchet verzog den Mund. »Das braucht dich nicht zu kümmern, Junge. Es hat mich gefragt, und ich habe es getan. Dauerte bloß eine Minute. Jetzt hörte ich, daß es euch um eine Kleinigkeit gebeten hat, und ihr sagt nein. Also komme ich hinzu. Es scheint, daß ihr Schwierigkeiten habt.«

Killeen erkannte plötzlich, daß der Mann tatsächlich glaubte, was er sagte. Er würde nie erfahren, was mit Hatchet geschehen war, als er sich in dem Sensorium der Mantis befunden hatte, und welche tiefen Dämonen sie entfesselt hatten. Aber er konnte die Effekte in Hatchets flackernden Augen lesen. Das ganze Gesicht des Mannes war jetzt offen, alle Berechnung verschwunden. Hatchet konnte nicht länger die manischen Ausdrücke verbergen, die über sein Gesicht rasten, seinen roten Mund verzerrten und sein Kinn zu einem festen Muskelknoten machten.

»Geh weg, Hatchet!« sagte Killeen ruhig.

»Höre, du mußt!« Hatchet legte in einer freundschaftlichen Geste Killeen eine Hand auf die Schulter, was zeigte, daß er seine Stimmung völlig mißverstanden hatte. Ein rauhes Lächeln zuckte über Killeens Lippen.

»Hatchet, das Ding ist nicht menschlich.«

»Ganz und gar nicht menschlich, nein«, sagte der Mann mit kalt rationaler Stimme.

»Du kannst es nicht.«

»Schau! Crafter ist tot. Der einzige Weg, Metropolis zu schützen, besteht in guten Beziehungen mit dieser Mantis.«

*»Nein«*, flüsterte Toby.

Das Fanny-Ding blieb stehen und beobachtete sie mit funkelnden Augen. Die Rose erhob sich grell aus den tiefliegenden Gesichtsfalten. Die Brüste waren runzlig und hatten rosa Warzen. Unter ihnen pfiff ein flacher Atem aus den Brustspalten und gab einen seltsamen sauren Geruch von sich.

»Mach schon! Schieb ihn ihr rein!«

Killeen trat von Hatchet zurück. Seine Kehle war zugeschnürt, daß er nicht sprechen konnte.

»Verdammt! Das dauert keine Minute. Was ist sie schon – ein altes Weib, nicht wahr? Irgendwie zurechtgemacht.«

Killeen konnte erkennen, daß Hatchet sich in Gedanken geduldig die einfachen Fakten der Angelegenheit klarmachte, dieses scheußliche stinkende Ding nur ein momentanes Hindernis auf dem Wege war, der Hatchets Lebenswerk, Metropolis, weiterhin sichern sollte. Nichts anderes spielte in Hatchets Welt eine Rolle, und so würde es immer sein. Nichts Persönliches oder gar Menschliches konnte sich gegen Hatchets Plan und Schicksal stellen.

»Ein altes Weib mit einer Blume. Guck nur ihre Titten an! Möchtest du nicht von diesem Obst kosten?«

Bei dieser erzwungenen Fröhlichkeit bildete sich auf Hatchets Gesicht ein leichter Schweißfilm; und Killeen konnte hier die Idee hochsteigen und in den glühenden Augen abprallen sehen.

Hatchet wandte den Kopf und lauschte. Sein Gesicht zuckte vor Anstrengung. Dann nickte er. »Jawoll. Hübsche reife Frucht.«

Er wandte sich um und ging auf die schwankende Gestalt zu. Deren flinke Augen beobachteten seine Annäherung. »Der Job verlangt einen *Mann*.« Hatchets Stimme klang hohl, wie von weit her in nebligem Wahnsinn.

Er erreichte das Fanny-Ding. Öffnete die Hosen. »Ein Mann ist nötig, das zu tun.«

Killeen war nicht imstande, sich zu bewegen. Er hatte das Fanny-Ding im Sensorium der Mantis getötet. Ohne nachzudenken. Die Mantis hatte die ganze Zeit zu ihm gesprochen und beobachtet, wie er sich dazu steigerte. Und dann hatte sie vor seinen Augen seinen Sohn zerschmettert. All dies, wie Killeen jetzt erkannte, in Vorbereitung von dem, was sich jetzt hier abspielte.

Er packte Toby und zog ihn an seine Seite. Keiner von beiden konnte etwas sagen. Sie sahen, wie das Fanny-Ding zögernd auf einem Fuß stand. Den anderen hakte es um Hatchets Taille. Hatchet war schon steif und bereit. Seine Augen starrten in ein Traumland, während seine Hände schon die Schultern des Fanny-Dings umspannten. Sie hob ihr freies Bein noch höher, um es auf sein vorspringendes Becken zu legen. Als sie sich bewegte, sah Killeen, daß zwischen ihren Beinen etwas war, das raschelte und heftig vibrierte. Mitten in der schattigen Spalte öffneten sich zwei Ritzen. Diese pulsierten, schlossen und öffneten sich. Der schmale geschlitzte Mund hatte seitlich Barthaare, die sich in der ruhigen Luft träge bewegten.

Das Fanny-Ding rollte mit den Augen. Seine Rose schwoll an und rötete sich.

Hatchet zog die Knie an, als er den richtigen Winkel suchte. Die Kreatur umklammerte ihn mit ihren stumpfen Knospenhänden.

Alles in absoluter Stille im Dunkeln.

»Ahhh…«, stöhnte Hatchet, als er eindrang.

Killeen erschoß sie beide mit seinem kleinen Schrotgewehr. Die Ladungen drangen beiden seitlich in den Kopf und machten sofort ein Ende.

Er senkte die Waffe und packte Toby fest an der Schulter. Falls die Mantis diesmal Vergeltung üben wollte, müßte sie zu ihnen kommen; und dann würden sie eine infinitesimale Chance haben. Nur einen Augenblick.

Er sah Toby an, und beide nickten schweigend.

In dem trüben Licht kühlten die Körper ab. Die beiden Menschen warteten.

Aber die Mantis kam nicht.

# 9. KAPITEL

Ihr langsamer Rückzug führte durch ein zerschnittenes und eingefurchtes Land. Aus irgendeinem unbekannten Grund hatten Mechanos das rauhe Hügelland in enge eckige Flächen und schräge Rampen umgestaltet. Riesige Kartuschen markierten metallische, ausgreifende Schichten. Wolken aus blassem, grau schimmerndem Staub ballten sich über funkelnden Mechanoarbeiten in der Luft. Der Crafter mußte sich seinen Weg durch das Labyrinth hindurchwinden.

»Ich wußte nicht, was es bedeutete«, sagte Killeen zu Shibo abrupt, als ob sie ein Gespräch da wieder aufnähmen, wo sie es abgebrochen hatten. Aber sie hatten nicht mehr miteinander geredet, seit sie in dem Mechanokomplex waren.

»Kann es nicht wissen«, sagte Shibo.

Er fuhr fort: »Eine Weile lang glaubt man es zu verstehen. Sie hat uns Dinge gezeigt. Das weiß ich. Dinge, von denen sie annahm, daß sie etwas bedeuteten, irgend etwas Menschliches. Darüber habe ich mir nicht viele Gedanken gemacht.«

Shibo nickte. Sie hatte, wie er wußte, im Gedankenraum der Mantis eine andere Erfahrung gehabt. Das war übrigens allen so ergangen.

»Ein Teil von mir hat sich da herausgehalten. Ich dachte, ich könnte es dabei belassen. Nur zuschauen. Der Ort war real und dann nicht und dann wieder.«

Sie nickte abermals.

»Ich glaube, sie war stolz. Stolz auf das, was sie

getan hatte. Kunst, sagte sie. Das habe ich einige Zeit in meinem Kopf behalten, und dann konnte ich nicht mehr.«

Shibo sah ihn ruhig und erwartungsvoll an. »Du hast das getötet, was sie zeigte.«

»Ich habe nicht nachgedacht.«

»Nachdenken war auch nicht nötig.« Sie sah die glatte Fläche vorbeiziehen.

»Als ich dann das Ding wie Fanny zum zweiten Male sah, konnte ich es mir einige Zeit lang auch nicht als real vorstellen.«

Sie nickte.

»Dann hatte Hatchet es mit ihr zu tun. Ich glaube, ich hätte es ein zweites Mal getötet. Sogar ohne Hatchet.«

»Es war nicht von unserer Art.«

»Nein. Nichts von uns.«

»Mantis hat alles falsch gemacht.«

»Inwiefern?« fragte sie.

»Sie kann nicht in Sachen Liebe unterscheiden.«

»Auch für uns ist das manchmal schwierig.«

Killeens Kinnbacken arbeiteten heftig. »Als Hatchet zu ihr ging, hat er sich mit ihr verbunden. Nicht wir.«

»Alles jetzt vorbei. Vergiß es!« sagte Shibo.

»Es hätte noch mehr daran sein können. Ich wußte das nicht. Hatchet hätte das schon früher getan haben können. Vielleicht macht man so etwas zum ersten Mal, und später geht es leichter und macht einem nichts mehr aus. Man macht sich gar keine Gedanken dabei.«

»Man könnte die anderen Kings fragen.« Sie sah ihn ruhig an und ließ den Gedanken dort hängen.

Er überlegte lange. Dann schüttelte er langsam den Kopf, wie benommen. »Nein.«

Sie betrachteten die seltsamen Hügel. An manchen Stellen konnte man in tiefe Kavernen blicken. Durchsichtige Schichten zeigten undeutlich rasche Mechanobewegungen.

»Nein«, sagte er wieder. »Ich kann eine Sippe nicht nach etwas so Schlimmem fragen.«

Sie fuhren längere Zeit, ohne daß jemand in der Gruppe sprach. Von ihnen allen hatte nur Killeen getötet, aber niemand hatte etwas darüber gesagt.

Der Crafter war jetzt etwas anders. Er bewegte sich weniger sicher, langsamer, mit auffälligem Gebrumm.

Killeen seufzte, stand auf und reckte sich. Er suchte nach etwas zu sagen.

»Ich nehme an, als die Mantis den Crafter ›erntete‹, hat ihn damit das Leben verlassen«, sagte er zu Shibo.

Sie saßen auf einer Rampe an der Seite des Crafters. Toby schwang sich von einem Rohr unten herauf und kletterte zu ihnen, nur zum Spaß. Er schien von allem, was in dem berggroßen Bauwerk geschehen war, nicht betroffen zu sein. Es hatte nur ein paar Stunden gedauert, und die Erwachsenen waren noch benommen und still. Sie klammerten sich an der Seite des Crafters fest und ließen die Landschaft mit abwesenden Blikken vorbeiziehen.

»Mantis sagte, Crafter mußte geerntet werden«, antwortete Shibo.

Killeen nickte. Die Mantis war in das Sensorium jedes Menschen eingedrungen und hatte Wege entziffert, mit jedem einzelnen getrennt sprechen zu können. Das war ihm aufgedämmert, als er von da wegstolperte, wo er Hatchet und das Fanny-Ding getötet hatte. Offenbar hatte jeder Mensch eine Begegnung mit der Mantis erlebt. Jeder war zu nachdenklichem Schweigen schockiert worden.

Sie verließen das merkwürdige, ausgetiefte und geschichtete Land und kamen auf eine braune Ebene hinauf. Killeen fühlte, daß er wieder nervös wurde. Seine Augen richteten sich auf jeden vorbeikommenden Mechano. Die Hände waren bereit, zur Waffe zu greifen.

Arthurs kühle Stimme kam, mit der Sprödigkeit, die sie zeigte, wenn er unter dem Einfluß der Mantis stand.

Kein Grund zum Alarm. Ich habe den Weg freigemacht.

Die Töne klangen entfernt und peinlich genau. Arthur war in ein kleines Gelaß gezwängt worden durch eine Persönlichkeit von viel größerer Macht und Bedeutung.

Die Mantis hatte das Töten nicht erwähnt. Sie hatte den Crafter mitgebracht und die Menschen zum Einsteigen genötigt, wie jeder gewöhnliche Mechano, der nach getaner Arbeit schnell aufräumt.

Jetzt eskortierte die Mantis sie nach Metropolis zurück. Ihre Präsenz war allgegenwärtig. Trocken und distanziert beantwortete sie Fragen und erteilte Befehle.

Aus dem, was die Mantis hatte erkennen lassen, merkte Killeen jetzt, wie tief sie hineingezogen worden waren. Der Crafter hatte die ganze Zeit, ohne es zu wissen, unter einem sicheren Schirm gearbeitet, den die Mantis ausgebreitet hatte. Darum auch war er imstande gewesen, Hatchet in so viele Fabriken zu führen, ohne gefaßt zu werden.

Die Mechanozivilisation war kompliziert. Getrennte Lehen regelten die Verteidigung der Fabriken. Darum konnte die Mantis nie volle Sicherheit gewähren. Zwei Menschen waren einem neuen Typ von Wächter zum Opfer gefallen, den die Fabriken gegen genau solche Renegaten wie den Crafter entwickelt hatten.

Ein ähnlicher adaptierter Mechano hatte die Bishops in jener Nacht nach Fannys Tod im Trog angegriffen. Die Mantis konnte die Marodeure nicht vollständig kontrollieren und die Jagd auf Menschen verhindern. Gelegentlich mußte sie selbst Menschen endgültig töten, um keinen Verdacht zu erregen.

Immerhin hatte sie es geschafft, Metropolis geheimzuhalten. In dieser Hinsicht hatte der Crafter die Wahrheit gesagt. Aber er hatte nie gewußt, daß er selbst das Werkzeug einer anderen Präsenz war.

Jetzt führte diese fremde Präsenz die Menschengruppe zu ihrer Enklave zurück, in ein schäbiges Dorf, das die Kühnheit hatte, sich Metropolis zu nennen. Und Killeen hatte eine klare Vorstellung davon, wie die Mantis sie künftig behandeln würde, nämlich als Haus- oder Schoßtiere, als Rohmaterial für ihre Kunst. »Kehren wir auf diesem Duster zurück?« fragte Killeen. Er sprach die Mantis direkt an. Die Antwort kam mit Arthurs Stimme, aber der Aspekt war nur ein enger Trichter, durch den sich ein weitaus größeres Volumen hindurchzwängte. Killeen konnte sehen, wie Arthur sich bei der Übersetzung abmühte. Oft brachte er nur Unverständliches heraus und ging auf das über, was er in menschlichen Ausdrücken wiedergeben konnte.

Ja. Ich kann den verräterischen Crafter benutzen, euch zu befördern, aber er muß zwecks Zerstörung schnell zurückkehren. (Unverständlich.) Ich konnte sein Eindringen in den biologischen Komplex nicht tarnen. Darum muß er geopfert und in seine Bestandteile zerlegt werden.

»Vollkommen demontiert werden?«

Ein Verräter muß totalem Vergessen überantwortet werden. Es gibt immer eine Möglichkeit, daß er sich in begrenztem Ausmaß zu einem Sammelhirn gemacht hat, wie ich es bin. In diesem Fall müssen alle seine Teile zerstört und ausgelöscht werden. Der Preis für Aufmüpfigkeit ist endgültiger Tod.

»Er hat mit dir gearbeitet. Kannst du ihn nicht retten?«

Die Antwort kam mit eiskalter Ruhe:

Er war ein geringerer Geist.

»Wie wir auch.«

Genauso. Aber ihr verratet eure Art nicht.

»Der Crafter hat sich bloß am Leben gehalten.«

Er tat das in einer Weise, die gegen unsere Gebote ist. Darin liegt der entscheidende Unterschied. (Unverständlich.) Ich habe den Crafter vor einiger Zeit entdeckt und nicht gemeldet, weil ich wußte, daß ich ihn für höhere Zwecke brauchen konnte. Das ist der einzige Grund für die Duldung eines solchen abirrenden Geistes. Ich wollte alle seine Erinnerungen, Persönlichkeit – alles erhalten. Das ist nicht möglich, wenn ein individueller Geist in den Mechanogeist subsumiert wird. (Unverständlich.) Gewiß verbreitet sich ein Teil der individuellen Erfahrung. Auch gewisses Selbstbewußtsein. Aber nicht alles. Das würde Speicherraum und Komplikationen ohne Ende erfordern.

Killeen holte mit den Augen den Horizont näher heran und erblickte eine schnelle Transportplattform. Darauf ritt die Mantis.

Sie hatte sie diesen ganzen Weg verfolgt seit dem Verlassen der biologischen Fabriken, indem sie sich hinter ihnen noch in Sendereichweite hielt. Killeen hatte den unangenehmen Verdacht, daß die Mantis sich irgendwie eine Fluchtmöglichkeit sichern wollte. Wenn seine Leute durch Mechanos abgefangen werden sollten, konnte sie sich aus dem Staub machen und Unschuld vortäuschen.

Killeen merkte, daß er sich entspannte. Die Verkrampfung seiner Muskeln ließ nach. Irgend etwas in ihm veranlaßte ihn, mit einer kecken Munterkeit, die er gar nicht empfand, zu sagen: »Kein Himmel für Mechanos, he?«

Du versuchst das trivial zu machen, was erhaben ist. In den bergenden Geist wieder aufgenommen und danach erneut ausgesandt zu werden in einen spezifischen Geist und an einen bestimmten Ort – das ist gewiß das Äußerste, was sich irgendein Bewußtsein erhoffen kann.

»Ist das alles, was *du* wünschst?« fragte Shibo.

Killeen zwinkerte. Er hatte geglaubt, seine Unterhaltung wäre ganz privat. Aber langsam, ohne jedes Zeichen, drang die Mantis in die Antworten der Menschen ein und nahm sie in sich auf.

Ich gehöre einer anderen Ordnung an. Eine Sammelintelligenz kann nicht vollständig getötet werden, da sie über die ganze Oberfläche dieser Welt verteilt ist. (Unverständlich.) Selbst eine maximale Nuklearexplosion könnte nur meinen Elementen auf der bestrahlten Fläche ein Ende setzen. Mein Selbstbewußtsein wird von der phasengekoppelten Kohärenz jeder lokalen Einheit gehalten, ähnlich so, wie ein räumlich ausgedehntes Netz von Antennen sehen kann, als wäre es ein einziges Auge dieser Flächengröße. Aber es ist keineswegs ein Auge. So ungefähr bin ich nicht ein Geist, sondern der Geist.

Killeen grinste. »So toll hast du nicht ausgesehen, als Shibo und ich dich völlig in Stücke pusteten.

Weißt du noch? Damals, als sich die Rooks und Bishops trafen.«

Ich war darauf vorbereitet. Ich hatte viel von euch aufgezeichnet und brauchte Zeit, um zu sortieren und zu verarbeiten. Darum habe ich alles Selbstbewußtsein zu jenen anderen Teilen ausgelagert. In eurer Terminologie habt ihr Hardware zerstört, aber keine Software.

»Du bist dadurch aber etwas langsamer geworden, nicht wahr?« fragte Shibo mit sarkastischem Lächeln. Sie hatte Killeens Stimmung aufgegriffen. Sie alle waren einen finsteren Druck losgeworden. Wie auch ihr Schicksal sein mochte, sie würden keine Angst haben.

Stimmt. Sammelhirne zahlen einen solchen Preis. Wir sind es aber gewohnt, nicht lokalisiert zu sein. Das ist es, weshalb ich zunächst nicht eure Gefühle über meine Skulpturen ergründen konnte. Ich – und in der Tat alle Mechanos – bin damit vertraut, in Teile zerbrochen und dann repariert und neu zusammengesetzt zu werden. Das ist der natürliche Weg. Ich hatte nicht verstanden, daß für euch sterbliche organische Intelligenzen die Ikonographie des in Teile zerlegten menschlichen Körpers abstoßend sein würde.

»Diese Dinge, auf die wir gestoßen sind?« Killeen dachte an die isolierten Beine und Arme und die abscheuliche Skulptur menschlicher Genitalien, die arbeiteten...

Ja, ich erkenne jetzt den Unterschied. Das ist einer jener Punkte, die erst nachträglich offensichtlich erscheinen. Die einzige Gelegenheit, bei der ihr das innere Funktionieren eurer Körper seht, ist dann, wenn jemand krank ist oder tot. Solche Anlässe prägen dem menschlichen Geist ganze Gruppen von Assoziationen ein, die mit starken Emotionen befrachtet sind. Keinem von uns ist das bisher klar gewesen. Es ist eine tiefe Entdekkung. (Unverständlich.) Dieses ist einer jener wertvollen Aspekte, die die Kunst einfangen kann, indem sie uns ein dauerhaftes Bild der organischen Welt liefert.

»Verlaß dich nicht darauf!« sagte Shibo trocken. Killeen grinste.

Was meinst du? Ich verstehe nicht dein...

»Diese eure ›Skulpturen‹?« sagte Killeen. »Das ist nichts Menschliches. Es ist eine Horror-Show. Ein Haufen Freaks. Ihr kümmert euch einen Dreck um die Menschheit.«

Ausscheidungen, wir wissen. Nahrungsaufnahme. Und alles, was dazwischen liegt. Wir wissen.

Killeen war überrascht, als alle Leute in der Gruppe anfingen zu lachen, daß es durch den ganzen Stahlkörper des rumpelnden Crafters dröhnte. Er war ferner entzückt, als die Mantis kurze, fragende Signale wie rote Bänder durch ihre Sensorien schickte.

Ich verstehe. Ihr macht solche Geräusche. Das scheint ein charakteristischer Zug eures ganzen Phylums* zu sein.

»Fü... was?« fragte Toby. »Ist das ein neuer Name für uns?«

---

* Phylum = Stamm, biologische Ordnung. – *Anm. d. Übers.*

Ihr seid die träumenden Wirbeltiere. Ein drolliges Subphylum, um genau zu sein. Und jetzt natürlich recht selten. Einige meiner Teile, die selbst unermeßlich alt sind, können sich daran erinnern, als es viele von euch gegeben hat.

Killeen sah Shibo an.

Es ist für euch charakteristisch, dieses konvulsivische Geräusch zu machen. Auf diese merkwürdige Art kommt eure Programmierung zum Ausdruck.

»Das nennt man *Lachen*«, sagte Shibo.

Eine Art... Gewürz?

Killeen kicherte. Er erkannte sofort, daß die Mantis nicht herausbringen konnte, was es hieß, über die Welt zu lachen. »Nun, vielleicht.«
Shibo fragte: »Ist dein Gaumen so stumpf?«

Ich kann mir das als möglich vorstellen. Jeder von euch macht das Geräusch anders, in einer Weise, die nicht vollständig durch die genetische Struktur von Kehlen und Stimmbändern erklärt wird. Ich kann das Muster nicht vorhersagen oder auch nur leicht erkennen. Vielleicht ist das signifikant.

Shibo sagte: »Du kapierst es nicht.«

Kapieren was?

»Das, worauf es ankommt. Man lacht, man...« Sie hielt fassungslos inne.

Wenn ihr dies merkwürdige Geräusch erzeugt, fährt durch euch eine kurze Erleuchtung. Das ist eine Sensation, die ich erkenne, wenigstens teilweise. Irgend etwas jenseits des Drucks der Zeit. Es ist so, als ob ihr so lebtet wie wir, für jenen kurzen Blitz stotternder verbaler Äußerung. In diesem Augenblick seid ihr unsterblich.

Killeen lachte.

## 10. KAPITEL

Sie zogen des Weges durch zerklüftete Täler, in denen es von Maschinen wimmelte. Die Mantis führte sie durch einen dichten Mechanokomplex, ohne Anstrengung erkennen zu lassen. Sie hatte die Macht, den brausenden Verkehr umzuleiten und Nachfragen zu vermeiden.

Dann kamen sie in offenes Gelände. Es war unfruchtbar, wie die Mechanos das liebten. Überall sah Killeen Anzeichen der zerfallenden Biosphäre. Graue Gräser klammerten sich an fleckige Hügel. Einmal sah er, wie eine Bergflanke von einer Horde der Zwergmechanos abgeknabbert wurde, die vor langer Zeit ein Duster dort abgeworfen hatte.

Killeen empfand inneren Frieden mit sich. Kein Bedauern wegen der Tötung Hatchets plagte ihn, und das wunderte ihn nicht. Das war ein natürlicher Schlußstrich gewesen zwischen dem, was menschlich war, und was nicht. Wenn die Mantis ihn später deshalb töten würde, gab es wenig, was er dagegen tun könnte. Selbst diese Aussicht bekümmerte ihn nicht. Er redete mit den anderen und ließ den sanften Balsam menschlicher Stimmen in sich einströmen.

Allmählich begann er das Gelände wiederzuerkennen. Das Landefeld für den Duster befand sich hinter der nächsten Bergkette.

Hinter ihnen ging Denix unter. Der Fresser ergoß seine Strahlung über die wellige Landschaft. Hoch in der Luft flackerten orange lumineszierende Bänder.

Direkt vor ihnen rasten frische Lichtspuren durch die Luft. Killeen wunderte sich. Dann erinnerte er sich.

»Schaut!« rief er Toby und Shibo zu.

Auch die Mantis, die auf ihrer sichelförmigen Plattform auf einem nahen Hügel ritt, hatte die Störung gesehen. Killeen spürte in seinem Sensorium die schnelle bleiche Verwirrung, die sich nach vorn richtete und die herunterkommenden Lichter musterte.

Er ließ in seiner Stimme akustische und elektrische Rede sich mischen. Umgesetzt durch eingepflanzte Chips sprangen seine Worte wie quakende Dolche in die Luft. »Du! Der du vom Fresser kommst!«

Windesgeflüster in der Nähe verdeckte fast den schwachen Ton, als er kam.

**Sommergeißeln verschleiern mich. Ich kann deine Ausstrahlungen kaum hören. Sprich lauter!**

»Wie ist es so?« Killeen legte alle Kraft seiner Stimme hinein und schickte jedes Wort als einen rauhen, abgehackten Elektroklang.

**Besser. Das ist doch Killeen? Ich habe dich gesucht.**

Die Mantis sagte:

Was für eine Art von... ah!

Killeen war durch das plötzliche Abbrechen der Mitteilung der Mantis überrascht. Sie war geflohen.

»Mich gesucht? Weshalb?«

Der Crafter hielt an. Seine Maschinen verstummten. Die Menschen hielten sich noch an ihm fest und sahen, wie der Himmel ein Gewebe dahinrasender Farben entwickelte. Schwache Pfeiftöne schossen herab. Funken markierten die magnetischen Feldlinien. Die Fäden verschlangen und bündelten sich, als sie sich durch das vertiefte Kobaltblau des Himmels senkten.

Killeen konnte die geomagnetische Blase erkennen, die Snowglade einhüllte. Sie hing da wie ein mit Juwelen besetztes Spinnengewebe, in dem die Sterne wie gefangene Motten aussahen. Dann fing es an, sich zu verformen. Scheckige Stränge krümmten sich zusammen, als ob eine Riesenhand geschmeidiges Papier zusammenknüllte. Wo die Felder sich bündelten, flackerten saphirne Gloriolen.

Säulen sanfter Strahlung bliesen aus den Tiefen des zunehmend nächtlichen Himmels heran. Sie drückten die Kraftlinien noch stärker zusammen und erzeugten einen magnetischen Flaschenhals. Jetzt wurde die tiefe, rollende Stimme stärker. Es war, als ob die Worte ihn direkt aus einem Punkt zwischen den Sternen erreichten.

**Ich habe lange und mühsam nach dir gesucht.**

Killeen rief mit allmählich schon heiser werdender Stimme: »Warum?«

**Bist du wirklich der mit Killeen bezeichnete Ort? Ich muß sicher sein.**

»Schau in mein Inneres!« sagte Killeen. Er war gespannt, ob er das schmachtende saure Aroma der Mantis in seinem Sensorium entdecken könnte.

**Ah – du bist es. Aber etwas hat sich geändert.**

»Jawohl, da ist…«

Ergebene Grüße an den Priester der Größen!

Der zittrige Gruß kam so schnell, daß Killeen ihn kaum verstehen konnte. Der Ton der Mantis war anders als alles, was er je gehört hatte.

**Spüre ich die Sprechweise einer Maschine?**

Ja, und hoch geehrt, dich zu empfangen. Ich hoffe, daß das kein Hinweis ist auf eine frühe Überschneidung unserer Welt mit den Masselosen? Natürlich wäre auch das eine Verstärkung und Ehrung. (Unverständlich.) Mit großem Respekt glaube ich, daß wir von der Maschinenart nicht vorbereitet sind auf eine so glorreiche Präsenz...

**Nein, nein, nichts dergleichen. Wenn die Zeit für Überschneidung und Aufstieg kommt, wird man euch gut in Kenntnis setzen. Diese Sachen spielen sich auf höheren Ebenen ab. Ich nehme an, daß du das weißt.**

Ja, natürlich! Ich wollte nicht wagen, in die Konvergenzen und Intrusionen einzudringen...

**Dann erfreue uns durch deine Abwesenheit!**

O ja!

Killeen fühlte, wie die Mantis in ein dickes Knäuel schwarzer Konfusion schrumpfte. Sie zog sich geduckt zurück.

Wie aus einer Bernsteinflöte klang die Stimme mächtig aus einem beschatteten Himmel herab:

**Die bewegende Entität, die mir auftrug, die frühere Botschaft zu übermitteln – diese Induktanz will wieder zu dir sprechen.**

Killeen blinzelte. »Was…«

**Sie kann nicht direkt sprechen, sondern muß sich durch Elektroflux und Bogenströme ausdrücken. Sie lebt weit tiefer im Fresser als ich.**

»Wo? Wer?« Wie konnte jemand *sie* kennen?

**Sie wohnt innerhalb der zeitlich konfusen Sphäre des Fressers selbst. Sie ist über die Scheibe materiellen Zustroms hinausgetaucht, noch tiefer als dort, wo meine Füße durch dicke Bänder tobenden Plasmas verankert sind. Diese Entität hat Magnetfelder geschöpft und aus ihrem dunklen Bereich eine Botschaft nach außen geschickt. Und sie zwingt mich, sie dir zu überbringen – längs der gedehnten elastischen Magnetseile, die mein Körper und meine Seele sind.**

Die Menschen ringsum starrten alle gaffend nach oben. Killeen hatte seine Ehrfurcht verloren und hatte jetzt Angst. Falls die Energien, die die geomagnetischen Felder so lässig zusammendrücken konnten, abirrten und als Blitze herunterprasselten, würden sie alles momentan entflammen und verglühen lassen. Und das war nicht unvernünftig gedacht, da das Wesen da oben offensichtlich wahnsinnig war…

**Die Botschaft ist verstümmelt. Im Fresser toben seltsame Stürme von Raum und Zeit. Sie bringen die Wörter durcheinander und verändern die meisten. Dennoch bin ich mit großen und hinreichenden Mächten verbunden, um wiederzugeben, was ich kann. Der erste Teil der Botschaft lautet: *Frag nach der Argo. Merk dir. Frag nach der Argo.***

Killeen runzelte die Stirn. Wieder dieses sinnlose Wort. »*Argo*...«

**Ich weiß nicht mehr denn je, was dieses Wort bedeutet. Der zweite Teil... Teil...**

»Es verschwindet«, flüsterte Shibo.

**Aber warte. Diese Maschine in deiner Nähe... Ich sehe, daß sie kämpft. Sie widersteht meiner Präsenz.**

Killeen rief: »Der zweite Teil! Sag mir...«

**Nein. Ich werde momentan schwächer... Aber ich werde diese... diese störende Maschine zwingen... wahrhaftig zu sprechen.**

Killeen blickte weit in den schattigen Himmel auf. Das komplizierte Gewebe magnetischer Feldlinien wurde schwächer. Seine Bindungen lockerten sich. »Warte!« schrie er. »Der zweite Teil der Botschaft!«

Aus den sich biegenden Feldlinien kam nur Schweigen. Killeen runzelte die Stirn und brachte seine Sinne auf höchste Empfindlichkeit. Hörte er schwache Worte?

In sein Sensorium ringelte sich eine dunkle Präsenz. Das war die zurückkehrende Mantis, die wieder kühn geworden war.

Ich habe noch nie eine solche Ordnung des Seins erlebt. Sie besuchen diese Bereiche nur selten und ziehen die energetischen Stürme am Rande des Fressers vor.

Selbst durch das Filter von Arthurs kühler Stimme konnte Killeen die Ehrfurcht der Mantis spüren.

»Was *ist* das?« fragte einer der Leute. Killeen musterte die sich verwindenden Falten magnetischer Kraft, die wie elfenbeinfarbene Muskeln durch den Himmel glitten.

Ein magnetischer Geist. Eine Persönlichkeit von Dimensionen, die bei materiellen Wesen unbekannt sind. Er lebt in der komplexen Umhüllung magnetischer Kräfte. Sein Informationsbestand ist in Wellen gespeichert, die keiner Dämpfung unterliegen. Auf diese Weise ist das eine andere Seite von Unsterblichkeit… eine höhere, als wir hier zustandebringen. Solche Geister sind in der Scheibe blauheißen Materials verankert, die den Fresser umkreist. (Unverständlich.) Die Scheibe der einströmenden Materie liefert eine Basis für viele solche Geister, deren wahre Wesenheiten sich in die Gaswolken und Sterne erstrecken, die das Zentrum umkreisen. Ich bin geehrt, daß ich eine solche habe sehen dürfen. Es ist ein hohes Ziel unserer Kultur, eine solche Präsenz als Gast zu haben. Manche sagen, diese Geister wären einst in Körpern gewesen, wie wir es sind.

Killeen beobachtete noch die dunklen Bewegungen in der Höhe, aber irgend etwas ließ ihn sarkastisch sagen: »Also habt ihr Mechanos einen Gott?«

Magnetische Geister sind nicht die höchste Phase. Es gibt noch etwas, das größer ist.

Shibo fragte: »Diese *Argo* – weißt du, was der Manmech meint?«

Ich… das magnetische Wesen… zwingt mich, es euch zu sagen. Ich kann es fühlen und seinen Druck spüren. Es zwingt… In den letzten Sekunden habe ich historische Sammelwerke über ganz Snowglade befragt. Es gibt vage Spuren für ein solches Ding namens *Argo*. Vielleicht auch mehrere.

»Ich erinnere mich ungefähr«, sagte Killeen, »daß *Argo* wie eine andere Stadt namens Sparta gewesen ist. Hilf uns, sie zu finden!«

Das ist unmöglich. Der magnetische Geist zwingt mich aufrichtig zu sprechen; aber glaube nicht, daß er Aktionen diktieren kann, die gegen mein Interesse sind. Er ist in diesem Augenblick schwach... Ich fühle das...

»Sprich, zum Donnerwetter!« brüllte Killeen wütend.

Ich kann bestenfalls hoffen, daß kein anderer Mechano diese Sendung des magnetischen Geistes abgefangen hat In diesem Falle kann ich die Information einige Zeit geheimhalten. Du mußt verstehen, daß ich euer Verbündeter bin. (Unverständlich.) Ich mochte das Beste der Menschheit erhalten bis in die Zeiten hinein, wo sie ausgelöscht sein wird. Aber ich kann nicht zulassen, daß Menschen in den Raum außerhalb Snowglade entweichen.

»Warum nicht?« fragte Shibo.

Ihr könntet Arbeiten durcheinanderbringen, die wir seit Jahrtausenden laufen haben.

»Wie?« fragte jemand.

Killeen konnte die zusammengepreßte Pein der Mantis spülen. Der unsichtbare magnetische Geist bewirkte immer noch, daß sie die Wahrheit sprechen mußte. Er besaß eine höhere Autorität, die einen entfernten Untergebenen in die Knie zwang.

Es gibt andere... organische Wesen. Manche sind... in die Zone eingedrungen... nahe dem Fresser. Wir mochten nicht Allianzen... unter den niederen Lebensformen provozieren.

Das versetzte die Leute in Aufregung.

Killeen machte ein finsteres Gesicht. Die Mechanos fühlten sich also tatsächlich irgendwie durch die bloße Existenz von Menschen bedroht. Das hatte er schon geahnt. Ungebeten beantwortete die Mantis seine Gedanken:

Das Verlangen, euch auszurotten, kommt von einer höheren Instanz in unserer Gesellschaft. Obwohl wir unterschiedliche konkurrierende Teile in unserer Zivilisation auf Snowglade haben, vereinen uns gewisse Direktiven. Die eine fordert, nie zu erlauben, daß sich die organischen Wesen zusammenschließen. Insgesamt machen sie uns nichts aus; aber gemeinsam können sie eine Plage sein.

Killeen lächelte, behielt aber seine Gedanken für sich.

Ringsum führten die Leute aufgeregte Reden. *Anderes Leben!* Intelligent, fremdartig, aber zumindest lebendig. Vielleicht sogar andere Menschen in der Umgebung anderer Sterne. Das war eine berauschende Vorstellung.

Und alles war durch die flüsternde Intelligenz ausgelöst worden, die in der Luft großflächige Erscheinungen hervorrief und ungeheure Energien so lässig zusammenballte, wie ein Mensch einen Vorhang wegzieht.

Killeen nahm sich zusammen, verstärkte seine Systeme und bellte: »Ich bin noch da! Killeen! Gib mir die Botschaft!«

Eine Strahlungserscheinung zog über den schweigenden Himmel. Shibo berührte seinen Arm. Er schüttelte sie ab.

Der Mächtige wird auf solche Forderungen nicht eingehen. Du zeigst Arroganz, die für jemanden unziemlich ist, der so tief steht. Mache...

»Ruhe!«

Zu Killeens Überraschung schrumpfte die Präsenz der Mantis ein, als ob sie Angst hätte.

Gemurmel.

Schwach schimmernde Ströme verdichteten sich. Rubinrote Finger zeigten auf sie.

Dann erdröhnte wieder die Stimme.

**Ich höre. Ein vorbeiziehender Komet hatte meine Gewandung gestört. Ich habe ihn verdampft und kann euch jetzt wieder mit meiner vollen Präsenz erreichen. Es bereitet mir Freude, diese anmaßende Maschine zu zwingen, euch fair zu behandeln. Ich hoffe, daß euch ein Hauch Wahrheit nützen wird. Ach, wenn ich scheide, wird sie zu ihren Gewohnheiten zurückkehren. Hütet euch vor ihr.**

»Der zweite Teil!« verlangte er.

**Er ist zweideutig. Ich verstehe nicht, wie das wahr sein kann. Die Botschaft kommt von einem festen Vehikel, das irgendwie durch die fremdartigen Meere der Zeit fährt im Innern des Fressers. Aber die Botschaft ist an dich gerichtet, die niedrigste Form, die mir je begegnet ist. Ich habe ihre volle Bedeutung wohl nicht erfaßt.**

»Gib sie mir!«

**Sehr wohl. Ich verschwinde jetzt eilig. Deine Botschaft lautet:**

**Baut nicht wieder eine Zitadelle. Sie werden euch dort zermalmen. Glaube dies von mir; denn ich lebe noch, und ich bin dein Vater.**

# 11. KAPITEL

Sie zogen erschöpft in Metropolis ein. Die letzte Strecke hatten sie zu Fuß bei einem frischen warmen Wind zurückgelegt; und da kam die Müdigkeit auf. Killeen hatte es geschafft, auf dem Rücken des Crafters ein wenig zu dösen, nachdem das magnetische Wesen sich entfernt hatte. Dann war er eingeschlafen wie alle anderen, in dem Duster, der sie zu der ursprünglichen Landestelle zurückbrachte.

Die Mantis war mit ihnen gekommen. Sie hatte sich zu einer engen Verbindung von Stäben und ovalen Behältern verkleinert, um in den Duster zu passen. Jetzt wollte sie jenseits der Bergkette um Metropolis bleiben, bis die richtige Zeit für ihren Auftritt gekommen wäre.

Das magnetische Wesen hatte nichts weiter gesagt, nachdem es seine seltsame letzte Botschaft überbracht hatte. Killeen machte sich weder darüber noch über sonst etwas Gedanken. Er war müde. Er trug Toby die letzte Strecke Huckepack, weil der Junge schließlich nicht mehr konnte. Die Nachwirkungen der Verletzung und der Behandlung durch den Mechano kamen voll zur Geltung, so daß Toby kaum wach bleiben konnte.

Die Kings hatten an ihre Ankunft große Erwartungen geknüpft. Offensichtlich hatte Hatchet aus seiner Rückkehr von einem Beutezug immer eine große Sache gemacht. Sobald die Leute in Metropolis in ihren Sensorien die Gruppe witterten, strömten Kings und Rooks und Bishops zusammen, um sie zu begrüßen.

Als die Menschen dann hereintröpfelten, ohne zu sprechen und ohne viel Beute, erstarben die Freudenrufe. Nachdem sie sahen, daß Hatchet nicht mit dabei war, hatte keiner der Kings viel zu sagen. Killeen ging bloß weiter und trug Toby durch das staubige Licht der Morgendämmerung. Jocelyn und einige Bishops kamen heraus und versuchten zu reden; aber er trug Toby in seine kleine Hütte und brachte den Jungen zu Bett.

Inzwischen sprachen Ledroff und Fornax mit den übrigen Leuten, aber Killeen ging nicht zu ihnen hinaus. Er setzte sich einen Augenblick auf sein Bett und ließ seine Gedanken wie Kies bergab gleiten. Stunden später erwachte er blinzelnd, als gelbes Licht von Denix ihm ins Gesicht stach.

Er schätzte die Tageszeit danach ab, wo Denix vor einem fernen Sternhaufen hing. Obwohl er nur ein paar Stunden geruht hatte, fühlte er sich erfrischt. Was von der Erschöpfung geblieben war, war eine Sanftheit, die ihm eine spürbare Zielstrebigkeit verlieh. Er sah nach Toby, der entspannt lässig dalag.

Der Anblick seines Sohnes erinnerte ihn daran, wie ihn dessen Atmen in diesem Raum gebannt hatte. Das war so lange her. Als er ihn jetzt wieder betrachtete, wußte er, daß er sofort aufspringen würde, wenn er erwachte; und das war jedes Bißchen von dem wert, was geschehen war. Und auch von dem, was da kommen würde.

Dann ging er nach draußen.

Mit Ledroff ging es ziemlich genau so, wie Killeen es erwartet hatte. Er hörte zu und nickte hin und wieder, um zu zeigen, daß er aufpaßte, aber vorausdachte. Es würde eine Anhörung geben müssen, ja, das sah er ein. Nein, er wollte nicht sagen, daß er Hatchet irrtümlich erschossen hätte, während er das andere Ding zu treffen suchte. Ja, dessen war er sich sicher. Natürlich begriff er, daß das eine schwerwiegende Angelegenheit war. Ja, die anderen hatten recht; die Mantis blieb Metropolis fern. Von ihr gab es keine akute Bedrohung. Nein. Killeen wollte nicht die Frau sehen, mit der Hatchet zusammengelebt hatte, und ihr erklären, wie es geschehen war. Das würde bei der Anhörung herauskommen. Er würde für sich selbst sprechen und Ledroff nicht brauchen, damit dieser viel redete oder einen Appell an die versammelten Sippen richtete. Natürlich war ihm klar, daß das eine ernste Sache war. Natürlich.

Ledroff hatte Killeens Hütte durchsuchen lassen. Nur eine Vorsichtsmaßnahme. Er konfiszierte die kleine Flasche mit Alkohol in seinem Gepäck. Killeen kicherte nur, als Ledroff herausstolzierte und die Flasche verächtlich auf Armeslänge von sich hielt. Killeen begriff, daß der Kapitän dies sowohl als eine Demütigung gedacht hatte, wie einen Weg, seinen Status unter den anderen zu untergraben. Was Ledroff aber nicht wußte, war, daß solche Dinge Killeen überhaupt nicht mehr berührten.

Er ging wieder in die Hütte, aber Toby war immer noch nicht wach. Nachdenklich betrachtete er den Jungen einige Zeit. Seine Aspekte schickten zirpende Stimmen durch sein Sensorium und erheischten Beachtung. Er spürte, wie ihre Besorgnis wuchs.

Shibo kam vorbei. Sie besorgten etwas Nahrung für ihr Gepäck und kontrollierten ihre Ausrüstung. Diese Gewohnheit stammte aus den Jahren der Flucht. Sobald man haltgemacht hatte, bereitete man sich als erstes auf das Weiterziehen vor.

Toby wachte auf und wollte hinausgehen. Widerstrebend kam Killeen mit, führte sie aber von Metropolis fort. Er wollte keine Leute treffen und über das reden, was geschehen war.

Sie schlenderten in die benachbarten Berge und

sprachen wenig. Shibo bestätigte Killeens Vermutung. Während sie geschlafen hatten, sagte sie, hatte die Mantis zu Ledroff und Fornax gesprochen. Sie hatte angeboten, sie in Metropolis zu beschützen.

Die Mantis verstand etwas von menschlicher Psychologie. Sie stellte ihre Argumente als glatten Vorteil dar.

Die Mantis sagte, sie würde Metropolis schützen durch geschickte Täuschung ihrer Oberen. Sie würde Marodeure ablenken. Sie würde nur alte Leute ›ernten‹, wenn sie ohnehin dem Tod nahe waren.

Als Gegenleistung – und hier offenbarte die Mantis ihre Kenntnis menschlichen Stolzes – würden die Sippen Überfälle auf ausgewählte Mechanostädte ausführen. Was sie stahlen, würde die Mantis mit besseren Tauschwaren versorgen. Diese könnte sie benutzen, um in der Mechanogesellschaft Reichtum anzuhäufen. Letztlich – und damit schloß sich der Ring – würde diese vermehrte Macht die Mantis in den Stand setzen, die Anwesenheit des menschlichen Gewürms zu tarnen.

Killeen war durch Shibos klare Darlegung betroffen. Der Vorschlag war geschickt. Er beließ der Menschheit einen Teil ihrer Würde. Für eine noch vom Verlust Hatchets betroffene Metropolis würde er als eine Gottesgabe erscheinen.

Und Killeen sah keine Möglichkeit, etwas dagegen zu tun.

Sie gingen durch tiefe Schluchten zwischen steilen Hängen. Toby ließ keine Müdigkeit erkennen und rannte sogar los, um die flüchtigen kleinen Tiere zu scheuchen, die im Gebüsch lebten.

Shibo sprach wenig, sondern berichtete nur, was die Leute sagten. Ledroff und Fornax hatten einigen von der Präsenz der Mantis außerhalb Metropolis erzählt, und Gerüchte breiteten sich allenthalben aus.

Die geplante Anhörung würde zunächst Hatchets Tod behandeln. Dann würde sie zur Diskussion über den Vorschlag der Mantis übergehen.

Killeen sagte bitter: »Ich glaube, ich kann vorhersagen, was sie entscheiden werden.«

»Gewiß«, sagte Shibo verzweifelt.

Aus einer Schlucht in der Nähe kam der Ruf einer Frau. »Hallo! Killeen, Shibo, seid ihr das?«

Hinter einem Gebüsch kam ein Mechano hervor. Killeen griff automatisch zur Waffe und erkannte dann, daß es der Manmech war, den sie zuletzt auf dem Mechanokomplex gesehen hatten.

»Ich bin weit gelaufen, um euch zu folgen«, rief die weibliche Stimme.

Der Mechano war staubig, verschrammt und verbeult. Gebrochene Glieder hingen von seinen Gleisketten.

Shibo schnappte nach Luft. »Wie...?«

Der Mechano deutete mit einem herausgefahrenen Arm auf Tobys Stiefel. Dort klebte ein winziger Fleck, nicht größer als ein Fingernagel. »Ich kenne die Wege des Mechanotransportes. Ich bin eurer Spur gefolgt, bis ich sah, daß ihr zum Duster zurückgekehrt wart. Es dauerte eine Weile, bis ich einen Luftschlepper gefunden hatte, dessen Kommando ich übernehmen konnte. Aber es gelang mir, und ich bin euch gefolgt. Ruff!«

Toby lachte. »Der Hunde-Mechano.«

Killeen schüttelte nachdenklich den Kopf. »Ich fürchte, daß sich die Lage verändert hat, seit wir dich trafen.«

Die weibliche Stimme, die aus dem Lautsprecher des Mechanos kam, war nicht angemessen. »Als ich näher kam, habe ich einen großen Mechano gesehen. Ich glaube, der könnte recht gefährlich sein. Er bewegt sich zwischen diesen Hügeln. Ihr solltet die Gesellschaft hier warnen.«

»Wir wissen. Es ist die Mantis«, sagte Toby.

Der Manmech fuhr begeistert fort. »Das ist sehr gut. Aber ich muß meiner uralten Anweisung folgen. Ich erinnere euch Menschen daran, daß ich nur den richtigen Schlüssel brauche, um euch Information zu übermitteln.«

Killeen schüttelte müde den Kopf. »Ich glaube nicht, daß alte Kunde heute viel nütze sein wird. Schau, wir ...«

»Nein, warte!« sagte Toby. »Papa, erinnerst du dich daran, was jenes Ding im Himmel gesagt hat?«

»Was – der magnetische Geist? Höre, ich habe auch nicht viel begriffen, von dem, was er sagte, und ...«

»Wir hatten den Eindruck, daß er etwas über alte Dinge sagte«, erklärte Toby ernst. »Eine Stadt oder so etwas. Stimmt's?«

Killeen runzelte die Stirn. »Ich bezweifle das; aber ... wir wollen sehen. Was hat er gesagt?«

Shibo sagte präzise: »Baut keine Zitadelle!«

Killeen lächelte ohne Freude. »Ein guter Rat, aber zu spät. Zitadellen ziehen Marodeure an. Metropolis ist keine Zitadelle und ist schon erbaut.«

»Da war noch etwas anderes«, fuhr Toby fort: »Richtig – er sagte: ›Fragt nach der *Argo!*‹«

Plötzlich rief der Manmech: »Ruff! Der geheiligte Schlüssel! Vielen Dank! Vielen Dank!«

Sie starrten den Mechano an, wie er vor Freude auf seinen Gleisketten rotierte und bellte.

»*Argo! Argo!* Dieses Wort ist mein Schlüssel. Es ermächtigt mich, endlich meine Botschaft zu überbringen.«

Killeen fragte: »*Argo?* Eine alte menschliche Stadt?«

»O nein! *Argo* ist ein *Schiff*. Vor langer Zeit haben meine Brüder und ich es versteckt. Ich kenne den Ort. Ich weiß, wo die *Argo* liegt.«

»Ein Schiff ...«, sagte Toby erstaunt.

Killeen befragte sein Gesicht Bud und erkundigte sich: »Für Meere?« Er zuckte die Achseln. »Auf Snowglade gibt es kein großes Gewässer mehr.«

»Nein! Es fährt auf dem Himmelsfluß, zwischen Sternen. Das Vehikel war vor langer Zeit fertiggestellt. Ich half dabei, es einzugraben. Es kann zum Mandikini reisen.«

»In den Himmel?« fragte Shibo zweifelnd.

»Ja! Die Menschen haben *Argo* bewußt so konstruiert, daß sie nur menschliche Befehle annimmt. Ich und hundert meiner Brüder erhielten den Auftrag, die Kunde ihres Ortes zu bewahren. Falls die Menschheit jemals einen Fernfahrer benötigen sollte, aber selbst keinen herstellen könnte, sollten wir sprechen. Aber nur zu den Nachkommen jener, die die *Argo* erbaut hatten – so wie ihr welche seid, da ihr das Kennwort, den Namen des Schiffs selbst, kennt.« Der Manmech schloß mit einem laut hallenden Gebell.

Die drei Menschen starrten einander verblüfft an.

Der Manmech drehte sich wieder rasselnd und quirlig. »Ruff! Ich bin bereit. Ruff! Ende der Botschaft. Ruff!«

Es gab keine Vorwarnung. Die Attacke kam, als er mit Shibo und Toby nach Metropolis zurückging. Sie sprachen mit dem Manmech, der geräuschvoll neben ihnen herrasselte.

Toby plapperte neben ihm. Seine Augen strahlten von hellen Visionen.

In einem Moment der Ablenkung schlugen Killeens Aspekte zu. Er schwankte, taumelte und fiel in etwas, das ihm wie ein Fleck aromatischen Grases vorkam.

Eine Flut brauste in ihm. Alle seine Aspekte und Gesichter jammerten zugleich. Schnelle heiße Protestdornen schossen aus einem Untergrund tiefer klagender Furcht empor.

Es war ein Chor, der zu einer hochsteigenden Welle anschwoll. Jede Stimme übertönte die anderen. Sie befielen seine Arme, Beine und die Brust mit eisigen Gießbächen. Seine Muskeln zuckten. Das hämmernde Gebrüll lief durch seine Adern und traf kalt seinen verkrampften Bauch. Er öffnete den Mund, um zu schreien. Aber den blockierten sie auch und versperrten seine schmerzenden Kinnbacken.

Sie hatten gesehen, was er dachte.

Aspekte und Gesichter waren alt, konservativ und mit Snowglade verheiratet.

Eine Welle schriller Angst fuhr durch Killeen. Seine Fersen trommelten auf dem Gras. Milchiges Weiß überflutete seine Augen und blendete Toby und Shibo aus, die nach ihm griffen. Ihre Münder bewegten sich lautlos wie bei Fischen hinter Glas. Killeen kämpfte gegen das anschwellende Gezeter der Ahnen an.

Er versuchte, sich ihnen zu entziehen und in sein Sensorium zu fliehen. Aber sie folgten ihm überallhin und stießen eisige Stacheln in die Abgründe, wenn er floh.

**Setz uns nicht aufs Spiel! schrie ein Dutzend Stimmen. Verlaß nie die Heimatwelt!**

Er krümmte sich unter Qualen. Er fühlte seinen Körper nur entfernt, wie durch einen engen grauen Tunnel. Seine Hände und Füße krampften sich in den Boden. Langsame Stöße kriechender Kälte trafen ihn von dort.

Und immer noch durchflutete ihn das schrille Geplapper. Darunter dröhnte im Baß ein wahnsinniger und Unheil verkündender Unterstrom.

**Feigling! Flieh nicht!**

Die Rufe erreichten ihn durch wäßriges Licht.

**Bau die heiligen Zitadellen wieder auf! Die Ehrwürdigen Satzungen gebieten es.**

Killeen kämpfte gegen eine hinabsaugende Welle der Wut an. Er ertrank in einem Meer von Insekten.

Diese platschten gegen ihn und krochen ihm in die Nasenlöcher. Winzige Schreie trafen seine Haut. Zangen stießen ihm ins Fleisch. Er versuchte zu atmen und sog einen juckenden, bimmelnden Chor ein:

**Narr! Undankbarer!**
**Ein Verräter bist du!**
**Jahrhunderte haben wir uns hier gemüht. Wagst du jetzt zu fliehen?**
**Denkst du nicht an uns?**
**Wir gehören hierher. Snowglade ist die wahre Heimat der Menschen.**
**Willst du jetzt mit eingezogenem Schwanz davonlaufen? Feigling!**

Er fühlte, wie er schwächer wurde.

Kleine Fühler drangen durch seine Hohlräume. Antennen erstickten ihn.

Seine Lungen füllten sich mit einer schwarzen Armee. Dann trafen seine wütend stoßenden Fersen auf etwas Festes.

Das Wasser war eine lebende Masse winziger krabbelnder Beine.

Er rollte in einer erdrückenden Welle von Insekten. Er kämpfte nach Luft, und seine Beine suchten den festen Fels unter ihm.

Sie erreichten ihn.

Er stieß nach unten. Kam zum Stehen.

Wimmelnde Massen stießen nach ihm.

Zupften an seiner Haut.

Schwärmten und schrien und platschten.

Er stand in einem tosenden Sturm, der von weit über See her blies. Ständig kamen die Wellen kleiner gefräßiger Geister, brüllten ihn an und leckten jeden Blutstropfen auf. Feuchte Zungen peitschten ihn. Aber er stemmte seine Fersen ein, und die nächste Welle überwältigte ihn nicht. Er kämpfte gegen die wirbelnden Ströme an. Dann suchte die Stromkabelung an seinen Füßen zu zerren und ihn wegzureißen.

Wenn er auf Sand gestanden hätte, hätten ihn die Insektenfluten unterspülen können.

Aber seine Füße standen auf hartem, festem Gestein, das zudem ein sicheres Gefühl der Mantis vermittelte.

Er zog sich in Richtung auf das Ufer zurück und behielt dabei stets die heranrollenden Wogen rasender Mäuler im Auge, die mit blutigen Lippen an ihm sogen. Er ging vorsichtig und faßte stets den Fels mit den Zehen. So ertastete er sich seinen Weg mit dem Steinboden als zuverlässigem Anker.

Die Fluten peitschten und tobten und ebbten schließlich ab. Er kämpfte sich gegen eine starke Strömung an Land. Dann schnaufte und hustete er, spie die Mücken aus und blies sich den zähen Schleim aus der Nase. Als das Zeug auf die Steine traf, stieß es schrille Verzweiflungsschreie aus.

Kühle Tröpfchen winziger bissiger Zangen sickerten ihm an den Beinen hinunter und bildeten auf dem warmen Sand eine Pfütze. Er schüttelte sich die kreischenden Insektengeister aus dem Haar und wischte sie sich aus den Augenwinkeln. Ihr Gejammer verschwand.

Er sah hoch am Himmel ein gelbes Glühen. Das trocknete ihn.

Dann blickte er geradewegs auf schräge Streifen von blassem, reinem Denix-Licht.

Shibo sagte: »Er blinkt. Bist du…?«

»Ja. Ich bin hier.«

»Aspektsturm?«

»Ja. Ich… etwas…«

Er fühlte das feste Gestein immer noch gegen seine Fersen drücken. Er sah sich den Kreis besorgter Gesichter an, die auf ihn herunterstarrten.

»Es war… die Mantis.« Das entdeckte er und sagte es im gleichen Augenblick. »Sie ist gekommen und hat mir einen festen Stand verliehen. So konnte ich erfolgreich kämpfen.«

»Die Mantis?« fragte Shibo verwundert.

Er keuchte noch, und die Luft schnitt ihm in die Lungen. Erinnerungen an die Horde verklangen. »Sie versteht etwas… von dem, was sie… fühlende Information nennt. Kann Untersysteme… Aspekte… disziplinieren.«

»Kannst du stehen?«

»Sie hat noch einiges mehr geleistet. Als die Aspekte zum Vorschein kamen, konnte die Mantis sie erreichen. Und auch weiter hineinlangen. Sie hat einiges Zeug beseitigt, das ich da drin hatte. Ich kann es fühlen… anders.«

»Du brauchst Ruhe.« Shibo wischte ihm die Stirn mit einem Tuch, und er war überrascht, daß es triefend naß wurde.

»Die Aspekte, sie… sahen, was ich dachte.«

Shibo runzelte die Stirn. »Die Mantis auch?«

»Ich glaube nicht, daß sie dazu Zeit hatte.«

»Du glaubst, es gibt… Hoffnung?«

»Allerdings.«

Shibos kantiges Gesicht zeigte Erleichterung und geheimnisvolles Verlangen.

*Ich kann dies Rätsel lösen,* dachte er. Die plötzlich gekommene Idee erschien zugleich verrückt und doch bestimmt richtig und naheliegend.

Dann drückte Toby ihn an sich und schluchzte mit lange zurückgehaltenen Tränen, die von dem grenzenlosen Himmel auf Killeen herabzutropfen schienen. Arme umschlangen ihn. Hände halfen ihm auf. Der Manmech bellte. Alles drängte sich um ihn, redete, klopfte ihm auf die Schultern und stellte Fragen.

# 12. KAPITEL

Bis zur Anhörung war nicht viel Zeit zum Ausruhen. Killeen lag eine Weile in Gedanken da; und dann kamen Leute, die versuchsweise an die Tür seiner Hütte klopften.

Es waren Bishops. Killeen sprach zu ihnen allen der Reihe nach, ohne zu sehr ins einzelne zu gehen; aber er teilte ihnen in Umrissen mit, was er gelernt hatte. Er sprach ruhig und zuversichtlich im Gefühl einer Gewißheit, die er nie zuvor gekannt hatte.

Aber es war keine echte Gewißheit, wie er sich bewußt wurde. Während er im Moment überlegte, was er sagen sollte, fragte er sich, was Fanny wohl getan hätte. Oft war er sich nicht sicher. Aber er überwand die schwierigen Punkte irgendwie.

In den Gesichtern der anderen Bishops sah er eine Überraschung, die sich zu Interesse und danach Zustimmung entwickelte. Für manche von ihnen eine mürrische Zustimmung; aber er spürte, daß sie haften bleiben würde. Als sich die Kunde von der Mantis verbreitet hatte, sowie über Hatchet und was dieser Mann getan hatte, waren alle in der Sippe ernüchtert. Auch einige Rooks kamen vorbei.

Nachdem sie etwas gebackene Scharfwurzel gegessen hatten, machten Shibo, Toby und Killeen noch einen Spaziergang um Metropolis, um die Beine des Jungen einzuüben. Sie ließen den Manmech untätig sitzen, der seine Sonnenzellen wieder auflud. Killeen fürchtete, daß die Mantis ihn aus einer Entfernung befragen könnte, wenn er normal liefe. Die Information über die *Argo* wurde besser noch einige Zeit geheimgehalten.

Killeen wehrte Leute ab, die zu ihm kamen und manches erörtern wollten. Ein kühler Nebel verhüllte die Äcker südlich von Metropolis. Sie gingen zwischen hohem, duftendem Mais. Toby hatte noch nie so große Kulturpflanzen gesehen. Er erinnerte sich nicht einmal mehr an die langen Reihen von Tomaten, wo er einst bei der Zitadelle gespielt hatte. Der Fresser stieg empor und schnitt durch den dünnen Nebel. Die Luft wurde so frischer. Killeen ging zur Hütte zurück und schlief bequem bis zur Anhörung.

Die Kings sprachen gegen ihn.

Sie hatten ihre Argumente vorbereitet und wirkungsvoll Aussagen der Kings in dem Stoßtrupp benutzt. Sie stellten den Fall einfach dar in der schlichten Annahme, daß die Fakten ausreichen würden.

Fornax hatte den Vorsitz, da er der Kapitän mit der längsten Dienstzeit war. Die Kings behandelten ihn achtungsvoll. Sie würden bald nach der Anhörung einen Captain wählen; aber bis dahin hatte Fornax das nominelle Kommando über die kapitänlose Sippe. Und er würde sich später als ein guter Verbündeter erweisen.

Sobald die eröffnende Anklage erhoben war und die Kings fertig waren, sprachen Cermo und Shibo als Opposition. Der Tradition gemäß saß Killeen in der Mitte des aus einer Bergflanke ausgehöhlten Kessels. Die Sprecher traten alle nacheinander in das Zentrum. Mit Ausnahme der Wachen im Außendienst enthielt der kahle Felsenkessel die gesamte bekannte Menschheit.

Shibo sprach nur wenige, aber inhaltsreiche Worte. Sie war angesehen. Obwohl sie von der Tötung Hatchets das gleiche Bild lieferte, wie Cermo es getan hatte, hatten ihre Worte bei der Anhörung mehr Gewicht. Entscheidend für alles war das endgültige Votum der versammelten Sippen. Jede Person, die durch Shibos schlichte Beredsamkeit überzeugt wurde, war ein Gewinn.

Nach ihr sprach Ledroff als Kapitän der verteidigenden Sippe. Er war vage und sagte, daß Killeen zuverlässig wäre und nicht zu der Sorte von Sippenmitgliedern gehörte, die je einen Kapitän angreifen würden, es sei denn irgendwie unvermeidbar.

Killeen dachte, daß ihm dies keineswegs gut täte. Er war aber nicht auf Fornax vorbereitet.

Als Vorsitzender Captain war Fornax nominell neutral. Aber als der drahtige Mann anfing, merkte Killeen, daß jeder seiner Sätze raffiniert gestaltet war.

Das faltige Gesicht von Fornax zeigte eine skeptische Miene, selbst wenn sein Mund gewundene ärgerliche Phrasen äußerte. Er nahm alles, was die Kings behaupteten, sehr ernst. Dann streifte er die Version der Bishops als bloße Meinungsäußerung.

Er machte das raffiniert, indem er seine Worte so wählte, daß die Fakten gemildert und dann auf sein Ziel hin abgebogen wurden. Sein zu den Ringen von Gesichtern aufwärts gerichtetes Gesicht ließ Kummer erkennen über das, was er zu sagen hatte.

Killeen konnte nicht sagen, ob diese Miene ehrlich war. Er wußte, daß Fornax guten Grund hatte, als Senior-Captain in Metropolis viel Macht auszuüben. Obwohl wieder ein King über die Stadt herrschen würde, müßte deren neuer Kapitän notwendigerweise weniger mächtig sein, da er oder sie neu sein würden. Je mehr Fornax als eine weise Figur auftrat, desto größer würde sein Einfluß unter allen Sippen sein.

Fornax setzte sich, und traditionsgemäß hatte Killeen das Schlußwort.

Killeen fühlte sich allein. Aber er hatte keinen Zweifel daran, was er tun sollte. Gegen die Rhetorik von Fornax hatte er keine wortreiche Verteidigung. Die versammelten Sippen sahen ihn erwartungsvoll an.

»Ich spreche einfach und schlicht. Ihr wißt, was geschehen ist. Worauf es ankommt, ist das *Warum*. Das könnt ihr nicht wissen, ohne es selbst zu fühlen. Darum rufe ich die einzige Methode auf, durch die ihr sehen und fühlen und wissen könnt, was es war. Durch Reden kann das niemand tun. Es geht nur so!«

Er trat einen Schritt zurück, als ob er jemand anderen auf die graue Steinplatte lassen wollte. Sie bildete den Standplatz des Sprechers. Hatchet hatte oft von dieser schon durch die Zeit abgenutzten Stelle aus geredet.

*Ich weiß, daß du zuhörst.* Killeen bildete jedes Wort einzeln in seinem Geist. *Du mußt es gespeichert haben. Bring es her! Das ist der beste Weg.*

Am Rednerplatz schimmerte etwas. Ein Wirbelwind fuhr durch die Luft.

Und plötzlich war Killeen wieder dort.

Der Mechanokomplex. Die große schattige Fläche, gesprenkelt durch feuchtgraue Verzerrungen.

Mit schrecklicher, gravitätischer Grazie spielten sich die Ereignisse ab. Das Fanny-Ding rückte näher an die Gestalt, die, wie Killeen erst allmählich erkannte, er selbst war.

Hatchet trat vor. Legte seinen Harnisch ab und machte dann die Hosen los. Ließ sie fallen. Langte hin. Zog das schuppige Ding an sich.

Sie umfing ihn mit einer stumpfen Hand, an der Knospen saßen.

Mit einem schnellen, sanften Ruck drang er zwischen die geneigten Schenkel ein.

Sie wirkten zusammen. Ein leichtes saugendes Geräusch ging von ihnen aus.

Und die zerbrechliche Welt des Sensoriums wurde erschüttert. Killeens Schüsse kamen als sausende harte Knalle, die von den Eiswänden zurückgeworfen wurden und gegen die Bilder fallender Körper und wahnsinniger, frostiger Luft prallten.

Und dann war Killeen wieder da.

Er ließ seinen Atem sich beruhigen und betrachtete das Rund voller entsetzter Gesichter. Er hatte nicht versucht, sein Sensorium zu benutzen, um die Mantis zu erreichen – nicht, seit die Gruppe sie in den Hügeln drüben verlassen hatte.

Aber er hatte gespürt, was zu tun war. Er sah den langen Weg voraus und kannte ihn gänzlich, obwohl jeder Schritt, den seine Füße suchten, immer neu für ihn war.

Er sagte nichts, als ein erschütterter Fornax aufstand. Es dauerte einige Zeit, bis sich das Volk erholte. Die Leute sagten wenig. Gerede sprühte über Killeen wie milder warmer Regen. Er beantwortete die Fragen mit nur wenigen Worten. Aber das schien zu genügen. Die Stimmen verklangen.

Fornax stellte die Frage. Killeen setzte sich hin. Er selbst konnte nicht abstimmen und blickte auch nicht auf, um das altmodische Aufheben von Händen anzusehen. Sie hätten leicht eine Abstimmung durch das Sensorium machen können, aber das hallte noch wider und brodelte von der Präsenz, die wie ein eisiger Wind hindurchgegangen war.

Fornax zählte und schnitt eine Grimasse. Mit starrem, ernstem Gesicht sprach er die alten Formeln aus. »Mit einem Faktor drei absolvieren die versammelten Sippen den, der hier vor Gericht steht. Ich setze dieses Urteil in Kraft. Ich bewillkommne den früheren Paria wieder in der Gemeinschaft. Ich grüße den einst Ausgestoßenen als wiedergeboren in der Familie der Sippen. Freu dich!«

Die rituelle Umarmung durch Fornax war steif und unfreundlich und sagte Killeen mehr über den Mann, als Worte es hätten tun können. Als er in der allgemeinen Stille zurücktrat, sagte die Stimme der Mantis.

Ein gutes Ende. Jetzt, da ich durch eure Bedürfnisse herbeigerufen bin, laßt mich sprechen.

Die Stimme der Mantis war ein sicherer, gleichmäßiger Strom in ihren Sensorien.

Ich biete euch allen Schutz gegen die Schläge, die ihr schon so lange empfangen habt. Ich drücke meinen Kummer aus über euer Leiden. (Unverständlich.) Ich werde euch hier behalten und künftige Angriffe verhindern. Erkennt darin einen Tribut an die Essenz dessen, was ihr seid.

Killeen nickte. Er hatte gewußt, daß dies kommen würde. Ein weiterer Schritt.

Die Sippen wurden unruhig. Furcht und Hoffnung dämmerten ihnen in gleichem Maße auf und kämpften auf ihren Gesichtern.

Eure Wege müssen bewahrt und erhöht werden in Sachen der Kunst. Ihr seid wertvoll. Eure schnellen und saftvollen Leben sind selbst eure höchsten Werke. Gebt dies mir, und ich werde das Beste in euch jetzt und für immer bewahren.

Eine fiebrige Brise flatterte durch sie.

Die Mantis machte eine Pause.

Killeen stand auf und sprach mit kräftiger Stimme zu dem Auditorium.

»Manche würden an einem solchen Ort leben mögen. Dafür gibt es ein altes Wort: *Zoo*. Und manche möchten es nicht.«

Die Mantis konterte:

Ohne meine Fähigkeit würden die Marodeure euch erwischen. Ich bin nur ein Element in einem für euch unvorstellbaren Komplex. Ich kann die Marodeure nicht aufhalten; denn sie entstammen einer höheren Logik. Kräfte sammeln sich gegen euch zum Kampf.

»Nicht alles ist gegen uns«, sagte Killeen trocken. »Der magnetische Geist hat dich darüber die Wahrheit sprechen lassen.«

Kühl und sicher kam die Stimme der Mantis zurück. Killeen konnte an den gebannten Augen der Sippen sehen, daß sie mithörten.

Es ist wahr, ich kann nicht verheimlichen, was man mir aufzwingt. Organische Intelligenzen gibt es anderswo in der Zone des Fressers (wie ihr ihn nennt); und Maßnahmen sind im Gange, um zu verhindern, daß sie sich vereinen. Ihr seid ein solches Element. Obwohl jetzt vermindert, ist euer Potential schädlich. Darum schneiden sich Vektoren und weihen euch einer Zukunft ständigen Gemetzels seitens der Marodeure. (Unverständlich.) Nur wenn ihr euch meiner Hilfe anvertraut, werdet ihr überleben.

Diese Gedanken kamen mit der Festigkeit und massiven Präsenz von Worten, die in Granit gemeißelt sind.

Die roh ausgehauene Senke wirkte plötzlich wie ein kleiner Ort, eine Schale, in die die Stimme der Mantis sich ergoß, den menschlichen Stamm umfing und seine kümmerliche Lage beschrieb.

Die Leute rührten sich. Wechselvolle Ausdrücke von

Staunen und Furcht flimmerten über sie wie Blitze im Sommer. Sie alle wußten durch ihre Sensorien, daß diese Intelligenz massiv, komplex und ungeheuer ruhig war. Von ihr kamen die Erschütterungen großer Pläne, ein Eindruck von Solidität und vollkommener, unverbrüchlicher Ehrlichkeit.

Killeen wartete einige Zeit, um den Eindruck auf die Sippen wirken zu lassen. Er erinnerte sich an die alten Worte seines Vaters damals in der Zitadelle: *Der Haken bei den Aliens ist halt, daß sie alien sind.*

Die Mantis konnte ehrenhaft sein oder auch nicht. Jeder dieser Begriffe war eine menschliche Projektion. Das mußte er bedenken. Er konnte nicht annehmen, daß er die Maschine verstünde. Oder daß sie ihn vollständig verstünde.

Ich fordere euch jetzt auf, meinen Schutz gegen diese rauhen Winde anzunehmen, die euch ständig plagen werden. Stimmt zu, und ich werde eine Partnerschaft mit euren Sippen eingehen. Ich bin vielleicht imstande, noch weitere Menschen zu bergen, die noch in den Weiten dieses Planeten verloren sind. Allerdings muß ich euch sagen, daß ihrer nur wenige sind. Stimmt jetzt zu, und wir können beginnen.

Killeen wartete wieder, bis sich die Wirkung der kraftvollen Gedanken legte. Dann hob er eine Faust empor.

Die Sippen sahen ihn dort stehen, immer noch am Platz des Sprechers. Er stand ruhig da und blickte fest geradeaus. Er wartete, bis sich die Spannung und Zielrichtung, die er fühlte, durch sein eigenes Sensorium verbreiten konnte und dann durch die ihrigen. Verstreute Bemerkungen erstarben. Die Schale beruhigte sich. Er spürte, wie die sanften Winde von Snowglade über die Hügel strichen. Die Menschheit beobachtete ihn. Er mußte jetzt von seiner eigenen Vision sprechen. Er mußte sie für alle real machen.

»Wenn wir der Mantis folgen, so ist das ein sicherer Weg dafür, daß uns kein sicheres Schicksal bleiben wird – weder uns noch unseren Kindern, noch der Legion derer, die danach kommen werden. Gewiß könnt ihr den Schutz der Mantis annehmen. Ihr könnt euch vor den Marodeuren verstecken. Höhere Ernteerträge erzielen. Söhne und Töchter in die Welt setzen und sie gedeihen sehen. Ja. Das wäre human und gut. Aber auf diesem Wege würdet ihr stets gefesselt und zusammengepfercht sein; und schließlich wäre es der Tod dessen, was wir *sind*.«

Killeen ließ seine Blicke über die Reihen aufmerksamer Augenpaare schweifen und schien ein jedes für einen kurzen Augenblick festzuhalten.

»Es gibt noch einen anderen, weiteren Weg. Einen, der, wie ihr es heute in eurem Votum bei der Anhörung getan habt, an den bleibenden Wert schlichter menschlicher Würde glaubt.«

In den plötzlich alarmierten und doch begeisterten Blicken, die seine Worte begrüßten, sah er in den Sippen, zum ersten Mal in seinen Jahren des Erwachsenseins, das sich kräftig eröffnende Gespür einer Möglichkeit.

# 13. KAPITEL

Er hatte erwartet, daß die Mantis mit einem eisig rationalen Schlag reagieren würde. Oder einem fremdartigen Sturm der Gedanken. Vielleicht sogar mit einem Angriff auf ihn selbst.

Tiefstes Schweigen hatte er bestimmt nicht erwartet. Die Sippen waren besorgt, als sie das Auditorium verließen. Niemand wußte, was das Fehlen einer Antwort seitens der Mantis bedeutete.

Killeen fühlte eine riesige Erleichterung, als er von der Anhörung zurückkam.

Toby plapperte an seiner Seite. Seine Augen tanzten mit hellen Visionen. Killeen hatte diese Gedanken in den Sippen geweckt, und das Erlebnis hatte ihn ausgelaugt.

Beim Sprechen hatte er zum ersten Mal empfunden, was es hieß, in der erbarmungslosen Art des eigenen Selbst voranzutreiben, die durch das Netz des Sensoriums projiziert wurde, aber schließlich auf den hallenden Tönen der eigenen Stimme ritt. Worte waren stumpfe, blinde Dinge, die man zu Hilfe nahm für die klare Weise, auf die er die Welt sah. Er kämpfte mit ihnen wie mit fremdartigem Werkzeug und zwängte mit ihren weichen Bedeutungen harte Fakten in die Geister der anderen. Worte bedeuteten nicht nur Dinge, sondern sie ließen den Geist sich biegen und strecken und das Blut schneller pulsieren.

Er hatte für sie so die Geschichte der *Argo* skizziert. Von den Sippen war ein antwortendes Lied gekommen, eine undeutliche Zustimmung, durchsetzt mit

Fragen, Zweifeln und Ablehnungen, die wie Flecken auf einem dunklen Ozean hüpften. Sie stimmten nicht alle zu. Aber wenigstens eine Teilgruppe hatte die Entschlossenheit und den Mut zu folgen, wohin die Ideen führten, und die ersten Schritte in unsicherem Sandboden zu tun.

Er hatte nie gedacht, daß das so anstrengend sein würde. Er hatte großen Respekt für das, was ein Kapitän als anfeuernder Redner zu leisten hatte. Sein Mund war trocken, und ihn schmerzten die Beine, als ob er stundenlang marschiert wäre.

Dann fühlte er, wie das drückende Gewicht der Mantis wieder in sein Sensorium kam.

Trotz den Beschränkungen deines Phylums seid ihr zu Überraschungen fähig.

»Besten Dank! Du kannst mich gern haben«, sagte Killeen.

Die in der Nähe gehenden Leute hörten die Mantis auch.

Sie blieben stehen und legten den Kopf in den Nakken. Die Mantis schien mit ihrer bloßen Präsenz die Luft zu erfüllen.

Selbst in Anbetracht meiner großen Fähigkeiten ist deine Einladung prinzipiell unmöglich.

»Es ist eine Formulierung, aber kein Vorschlag.«

Ich verstehe. Ich habe historische Handbücher von euren Städten konsultiert, die um Snowglade kreisen. In den dreckigen Archiven fast unlesbarer Folklore gibt es schwache Spuren von einem solchen Vehikel namens *Argo*. Es wurde vielleicht gebaut, um eure Kandelaber zu erreichen. Offenbar haben eure Vorväter, als wir uns über Snowglade auszubreiten und die notwendigen Veränderungen dort vorzunehmen begannen, beschlossen, die rasch dahinschwindende menschliche Technologie zu konservieren.

»Verstehst du mein Angebot?«

Deine Drohung, ja. (Unverständlich.) In der Tat könnte ich dich leicht aufhalten, wenn du die *Argo* auf eigene Faust zu erreichen versuchtest. Ich kann Marodeure veranlassen, deinen Weg zu blockieren.

Killeen lächelte kühl. »Sicher, es ist leicht, uns anzuhalten. Du brauchst uns nur zu töten.«

Und genau das will ich natürlich nicht tun. Ich hatte geglaubt, daß ihr meine Kunst in einer einzigen menschlichen Generation würdet vollenden können. Jetzt sehe ich ein, daß das nicht sein kann. Ihr seid tiefer und fremdartiger, als ich erwartet hatte.

Shibo mischte sich ein. »Immer hier bleiben, in einem Zoo. Du willst sie benutzen. Ihre Gene. Ihre Erinnerungen und Fähigkeiten.«

Aber repräsentieren sie den vollen Bereich eurer seltsamen Talente? Das weiß ich nicht.

»Du wirst es herausfinden. Laß nur ein paar von uns gehen!«

Durch das Sensorium lief ein dumpfer Druck, der irgendeine fremdartige Reaktion ausdrückte, die Killeen nicht in menschlichen Begriffen formulieren konnte.

Ich werde mehr als das tun. Ich werde euch sogar helfen.

Killeen beteiligte sich nicht an den Jubelrufen, die unter den Bishops und Rooks in der Nähe ausbrachen. Er war müde und fragte sich, was wohl die wahren Gedanken und Motive der Mantis sein könnten.

»Ist die Mantis jetzt anwesend?« fragte Shibo.

»Ich kann sie fühlen.« Killeen rieb sich das Gesicht. Er hatte Kopfschmerzen, die wie Feuerstreifen über seine Brauen liefen. Er bat Shibo, die Stellen hinter seinen Ohren an der Schädelbasis zu drücken. Das war die alte Methode der Bishops, um Schmerz zu mildern; und sie brachte bald Erleichterung. Seine Sinne erwachten. Shibos Hände schienen ihm rubinrot zu summen.

»So möchte ich es immer haben, wenn wir hier bleiben«, sagte er, als die Wärme über ihn kroch. »Die Mantis wird da im Hintergrund bleiben.«

»Und beobachten?«

»Ich wünschte, das wäre alles. Wir können sie auf keine Weise aufhalten.«

»Spürt sie uns?«

»Wir könnten sie los werden, wenn wir unsere Sensorien ausschalteten. Blind würden.«

»Das möchte ich nicht.«

»Ich auch nicht. Ich… ich werde versuchen…«

Er konzentrierte seine Aufmerksamkeit sorgfältig auf die Stellen, wo die schwache summende Präsenz in ihn eindrang. Er stieß sie weg. Zunächst sanft, dann härter. Das gedämpfte Brummen verschwand.

»Ich glaube, es wird gehen, wenn wir wollen.«

Sie nickte. »Ich auch.«

»Sie ist aber immer noch in der Nähe.«

»Ja. Aber sie geht.«

»Ohne sie hätte ich nie den Aspektsturm erlitten. Ich wäre in Trance, ebenso wie die Frau, die Hatchet früher als Übersetzerin zu benutzen pflegte. Deren

Aspekte müssen bei einem Angriff in Panik geraten sein.«

»Der Crafter konnte sie nicht heilen?«

»Das nehme ich an. Die Mantis hat mir eben genug Hilfe erwiesen. Damit hat sie sich als irgendwie nützlich gezeigt.«

»Trotzdem gefällt es mir nicht.«

Er wußte, was sie meinte. Leben unter einem wohltätigen Schirm war so etwas wie eine Blendung, wie das Sehvermögen einbüßen.

Langsam ließ Shibo ihren Blick zu den sichtbaren Sternen jenseits des Fensters schweifen. Sie sah Killeen nachdenklich von der Seite an. Ein schmales, wissendes Lächeln erhellte die glatten Flächen ihres Gesichts.

»Ich hatte Sperrbefehle. Die Modifizierung des Sexzentrums. Alles verschwunden.«

Sie sagte nichts, sondern lächelte nur.

Er küßte ihren Hals, das Gesicht, den Mund. Alles schmeckte nach der Luft und dem Boden, aber der Mund war stärker, tiefer und feucht. Er sank auf dem groben, schmutzigen Boden auf die Knie. Seine Zähne suchten nach dem Zugband ihres Jumpers. Das Gewebe war rauh und raschelte unter seinem Bart. Der Stoff kam frei und rutschte leicht weg. Sie verschränkte die Beine auf seinem Rücken. Der kleine Raum war dämmrig, kühl und hatte kein Bett. Sie rollten zweimal über den übelriechenden Dreck. Sein Speichel durchtränkte den Stoff, ehe er alles heruntergezogen hatte – nur mit Benutzung des Mundes. Er wollte sie nicht loslassen, noch sie ihn. Sie rollten wieder, diesmal gegen die Wand. Zehen und Knie stießen dagegen.

Sie wand sich los. Ein knallendes Geräusch und schnappende Laute. Sie schlüpfte aus ihrem Exoskelett.

Dann traf er in der zunehmenden Dunkelheit auf

ihre Hüfte und ihre wundervoll kompakten Brüste. Seine Zunge erforschte ihren Rücken, die Schulterblätter und die Furche des Nackens. Er knetete. Massierte die Anspannung und Furcht weg, die sich in ihnen beiden angesammelt hatten. Er fühlte, wie sich schwere Jahre davon lösten und verschwanden. Ihre Zähne machten seinen Lippen herrliche Schmerzen. Sein Kinn raschelte in ihrem Haar. Von den Bergen ihrer großen Nasenlöcher wehte ein Wind. Schichten schälten sich ab, und er fühlte tief in seinem Innern einen alten Aspekt, eine Frau, die seine Arme hinab und in seine Finger glitt. Er hatte dieses Gefühl noch nie erlebt, weder mit Veronica noch mit Jocelyn. Ein sanftes weibliches Gewicht drang in seine Berührung. Weiter hinab. Zugang. Gemeinsam vibrierend bewegten sie sich und verhielten kurz. Ihre Beine umklammerten ihn. Hitze aus dem Innern fuhr in seinen Mund. Zupacken, loslassen, zurückkehren – im Kreis. Ein befreiender Stoß mit der Hüfte drückte ihre Körper zusammen. Bäuche taten sich auf, und eine Schulter fiel bis ins gepeinigte Herz hinab. Die Frau in ihm fühlte, wie ihr automatischer Hammer rasch pulsierte und immer wieder zuschlug. Ein stummes Auditorium schien jede Bewegung zu beobachten, die zu immer höheren Akkorden aufstieg. Muskeln zuckten, und Passagen weiteten sich. Er griff zu und fühlte, wie sie in Spiralen aufstieg. Ihr Haar wurde durch die Hitze hochgerissen.

Bei den Verdrehungen und Verkrampfungen, die auf lange Bewegungen folgten, empfand er sofort die Bedeutung der grotesken Figuren, die er damals im Mechanokomplex gesehen hatte. Das gequälte, sich zusammenrollende Ding reflektierte sein Verlangen danach und schaffte es doch, in rücksichtsloser Gewaltanwendung und durch Öffnung von Spalten das Ganze völlig falsch zu machen. Die Mantis würde sie nie kennenlernen. Da war ein Druck von Essenzen, der über digitale Romanzen hinausging. Ein tief vergrabener Geist füllte organisches Leben. Er kam aus Ursprüngen in der Weise, wie das Universum geschaffen wurde; und er erzeugte aus sich heraus das Leben, welches jedes sterbliche Wesen in jedem flüchtigen Augenblick pulsieren fühlte. Die Mantis hatte solche Momente aus den stillgelegten Geistern der endgültig Toten geraubt, konnte sie aber nicht wirklich nachbilden. Killeen erkannte diese Tatsache sicher und für immer in dem bloßen Drehen und Reiben einer Sekunde. Sie fühlte das auch und ließ mit einem Schubs Feuchtigkeit in ihm aufquellen. Sie löste einen Knoten in seiner Hand, so daß diese hochfuhr zum Ellbogen und an die Schulter, bis sie eine Vertiefung hinter seinem rechten Ohr weckte. Sie küßte ihn und senkte die Zähne tief in weiche Gaumen. Ihre Zungen rutschten grob übereinander und fanden die glatte Unterseite. Mit glühendem Herzen reizte sie ihn noch stärker auf. Irgend etwas hatte ihn entfesselt, und er fühlte die geheime Quelle der Macht, die er an jenem Tage in dem Bergkessel gehabt hatte, den Antrieb hinter seinen festen Worten. Leben regeneriert sich. So wie er war sein Vater gewesen und würde auch Toby sein. Sein Vater lebte. Er erwiderte ihre Bewegung, und ihre Zähne zogen rote Linien an seiner Kehle hinunter. Aus einem langsamen heißen Delirium erwuchs eine Perle. Durch eine wilde zentripetale Kraft wurden sie zusammengepreßt. Es traf ihn schwer.

# EPILOG

## ARGO

# 1. KAPITEL

Die *Argo* lag unter einem knopfartigen Hügel begraben, der völlig natürlich aussah. Die Eingangsportale waren unter einer tiefen Rinne, die zur Hälfte mit Kies angefüllt war. Killeen war als erster hineingegangen, da das Portal so codiert war, daß es nur einen authentischen menschlichen Händeabdruck akzeptierte. Es verfügte auch über gewisse Methoden zur Überprüfung seines genetischen Codes, die nach Konfigurationen suchten, aus denen hervorging, daß er von den Menschen abstammte, die als Pioniere auf Snowglade gewirkt hatten.

Die Mechanos hatten das herausbekommen; aber das war auch alles. Kein Simulacrum der Mechanos hätte hineinkommen können. Aber für ihn war es leicht, und keine Sicherheitsmaßnahmen oder Alarme wurden ausgelöst. Die Portale führten durch Tunnels zu einem riesigen umschlossenen Raum unter dem Hügel.

Killeen verbrachte danach einige Zeit auf der Kante oberhalb der sich ständig erweiternden Ausgrabung, die auf einen flachen, breiten Strom und die Ebene dahinter blickte, welche zu blauen Bergen aufstieg. Im Gebirge gab es schneebedeckte Gipfel, von denen das Wasser schmerzhaft kalt herabfloß. Diese Stelle befand sich auf der entgegengesetzten Seite von Snowglade von dem Punkt, wo sich das Metropolis der Menschen befand. Hier konnte er den Fortschritt des Mechanoklimas erkennen. Er mußte dick gefütterte Jacken und Hosen tragen, damit ihn nicht die Füße schmerzten. Er und Toby verbrachten Stunden draußen am Strom und hörten sein Geräusch an den Kieseln und Steinen, die glatt und schwarz wie die Nacht im Wasser lagen. Das leicht bläulich getönte Wasser floß klar und schnell dahin. Toby holte sich dünne Eisplatten aus den Wirbeln am Ufer und warf sie wie Steine flach über das breite Wasser. Dann jammerte er wegen der schneidenden Kälte in den Händen.

Die Mechanos liebten die Kälte. Legionen von ihnen gingen durch den Strom hinauf zum Berg; und der von ihnen aufgewirbelte Staub trübte die rauhe Luft. Die große muschelartige Vertiefung, die sie jetzt freigelegt hatten, war durch den Rost von Äonen gestreift, dessen langsames Niedersinken das Schiff darin überpudert hatte. Killeen und Toby hatten zugesehen, wie die Mechanos sorgfältig den Schmutz von den Trägern des Raumes entfernten und dann abschälten, um die grellweiße Farbe der *Argo* freizulegen. Lange Reihen von Mechanos marschierten in komplexen Formationen, um systematisch Steine und Erde wegzukehren, auf der Suche nach Spuren von denen, die das Schiff verlassen hatten. Sie arbeiteten wie auf einem archäologischen Gelände einer längst ausgestorbenen Kultur.

Die *Argo* war in einem metallreichen Gebiet eingegraben, so daß sie kein einfacher Detektor von oben entdecken konnte. Wer es auch gewesen sein mochte, der sie dort hinterlassen hatte, wollte, daß sie lange Zeit erhalten bliebe. Daher hatte er gegen Erdbeben und Sickerwasser Maßnahmen getroffen. Mechanos hatten dort mehrfach nach Erz gesucht, aber nie das Schiff gefunden.

Die Trupps der Mechanos wirbelten noch mehr Staub auf, der auf die *Argo* fiel; und daher war dieser das einzige, was auf seine breite elfenbeinweiße Haut fiel. Das Schiff glich zwei zusammengelegten Handflächen, die sich eng zusammenfügten. Aber vorn und hinten befanden sich komplexe Vorbauten unter transparenten Verkleidungen. Die Mechanos schienen zu wissen, um was es sich dabei handelte, und behandelten sie sehr vorsichtig, als sie die Verkleidung entfernten.

Danach hatte die Mantis aufgehört, das Heer der Mechanos zu leiten, und war zu dem kleinen Lager der Menschen gekommen. Zwei Menschen waren nötig, um die Schleusen des Schiffs zu betreten; denn wieder konnte nur ein menschliches Wesen die richtige Reaktion auslösen. Killeen hatte den Eindruck, daß die Mantis etliche Möglichkeiten ausprobiert hatte, den Mechanismus zu aktivieren, aber dabei gescheitert und jetzt verwirrt war. Er dachte, die Mantis wäre überrascht, daß Menschen einst etwas konstruiert hatten, das ein Mechano nicht schnell knacken konnte. Aber als er das beiläufig sagte, antwortete die Mantis:

Nein. Es ist viel Zeit vergangen, seit Elemente von mir solches Werk eurer Art gesehen haben; aber es ist uns nicht unbekannt. Die ersten eures Phylums, die zum Zentrum kamen, waren nicht so geschickt, als sie eintrafen. (Unverständlich.) Sie erlernten aber schnell einige unserer Künste. Ich glaube, dir selbst ist eines ihrer Nachbildungen eines großen Werkes eurer eigenen Vergangenheit begegnet.

»Was? Ich kann nicht…«

Ich habe damals euren Weg verfolgt. Ihr hattet ein unglückliches Zusammentreffen mit einem Marodeur der Klasse 11. Es gelang mir nicht, euch auszureden, ihn anzugreifen. (Wie schon früher bemerkt, muß ich innerhalb des Zusammenhangs meiner Gesellschaft arbeiten.) Ihr hattet euch in ein Artefakt geflüchtet, das wir aus jener fernen Vergangenheit konserviert hatten, als einige eures Phylums das Ding neu schufen, welches sie Taj Mahal nannten. Es war markiert mit dem Emblem der Menschen, die jene Gruppe anführten, und die jetzt anderswohin ins Zentrum gegangen ist.

Killeen erinnerte sich daran, wie er lange und scharf jenes Monument angestarrt hatte, so daß er es sich permanent einprägen konnte. Er rief das jetzt auf und studierte die kunstvollen Kurven und das feierliche weiße Leuchten der Steinarbeiten. Dann sah er die schwarz eingelegte quadratische Markierung: *NW*. Das stand also für einen Ahn, der gestaltet und gebaut hatte, wie es Mechanos machten. »Sie haben die *Argo* geschaffen?«

Nein. Sie kamen lange vor den Kandelabern und waren die ersten Menschen hier im Zentrum. Später kamen andere Menschen. Die *Argo* war, so weit wir aus diesem Milieu schließen können, das Produkt der ersten Städtebauer. Die haben eine Zeit vorausgesehen, in der euer Phylum eine Möglichkeit zur Flucht würde brauchen können. Sie hatten erlebt, wie unsere Werke sich an anderen Stellen des Zentrums auftürmten, und wußten, daß wir im Laufe der Zeit Snowglade, wie ihr es nennt, in Besitz nehmen und für höhere Zwecke umgestalten würden.

Killeen knurrte: »Ist das Töten von Snowglade ein höherer Zweck?«

Du mußt verstehen, daß mein Interesse an euch nicht bedeutet, ich würde meinen, euer Schicksal läge irgendwie auf unserem Niveau. Auch das wird euch klar werden, wenn ihr mehr lernt.

Killeen lächelte humorlos und sagte nichts.

Er begann etwas von den komplexen ineinander verflochtenen Zuständen zu lernen, die die Mantis besaß. Er wußte, daß es ein Fehler war zu glauben, daß hinter ihren Worten so etwas wie Emotion stünde. *Das Entscheidende bei Aliens ist, daß sie alien sind und deshalb völlig fremdartig, unerwartet und unverständlich reagieren können,* hatte sein Vater gesagt; und er würde das nicht vergessen. Trotzdem könnte es nützlich sein, irgendwie zu fühlen, in welchem Zustand sich die Mantis gerade befand.

Die Mantis war eine schwache Präsenz am Rande seines Sensoriums, als Killeen zum ersten Male die *Argo* betrat. Cermo der Langsame und ein Rook waren als erste hineingegangen und hatten nichts gefunden, was sie verstehen konnten. Jetzt krochen Mikromechanos verstohlen in die *Argo* und versuchten, das Schiff zu begreifen.

Killeen empfing von der Mantis ein chromatisches Gleiten, das Erwartung, Erregung und Interesse zu entsprechen schien. Er und Shibo durchstöberten ovale Korridore, die von laufenden roten Lichtern schwach erhellt waren. Die Mantis konnte einige Teilelemente nach alten Mechano-Aufzeichnungen identifizieren. Einiges in der *Argo* stammte auch von Mechanotechnik, die menschlichen Bedürfnissen angepaßt worden war. Andere waren nach alten menschlichen Konstruktionen gestaltet, die vielleicht die Technologie reflektierten, welche die Menschheit vor langer Zeit ins galaktische Zentrum gebracht hatte.

Killeen fühlte Spuren eines Wiedererkennens bei einigen seiner ältesten Aspekte aufblitzen, als er die *Argo* inspizierte. Alte menschliche Technologie ließ warme Erinnerungen aufkommen. Der Mensch war mit seinen Artefakten verbunden.

Die Mantis kommentierte:

Genau so ist es. Oft überleben dich deine Werke lange. Wir, die wir uns für immer fortpflanzen, binden keine unserer tiefen Anliegen an Artefakte. Das sind nur vergängliche Werkzeuge, die bald Gerümpel sein werden. Dies ist einer der vielen Unterschiede zwischen euch und uns.

Wenn die Mantis durch seinen Arthur-Aspekt sprach, mußte Killeen sich hüten, mit mehr als einer zerstreuten Zustimmung zu antworten. Die Mantis war ein schmaler Keil, der in Arthur getrieben war, und hätte Killeens eigene geheime Gedanken aufnehmen können. Es war schwierig, sie zu täuschen.

Ihm halfen aber seine anderen Aspekte. Die Mantis hatte diese nicht kooptiert. Ihr fröhliches Geplapper, während sich die Geheimnisse der *Argo* eröffneten, halfen Killeen, seine schlaueren kritischen Gedanken zu maskieren.

Früher würden die gedämpften Rufe der Aspekte seine Aufmerksamkeit beansprucht und ihn abgelenkt haben. Jetzt stellte er fest, daß er sie zu bloßen flimmernden Schatten am Rande seines Geistes verdrängen konnte. Das hatte er in dem Aspektsturm gelernt. Zu seiner Überraschung litt er im Schlaf nicht mehr an so heftigen Träumen und hatte auch keine Mühe mehr, seine Aspekte und Gesichter zurückzudrängen, wenn er erwachte. Allerdings bewegten sie sich in ihm noch weit hinten und kamen schnell herbei wenn er sie rief. Nur gelegentlich überkamen ihn Andeutungen davon, wie sie ihn bei dem Aspektsturm angegriffen hatten. Die Wellen, die über ihm zusammengeschlagen waren, eine beißende scharfe Flüssigkeit aus schwärmenden Käfern und Spinnen – dieses Bild konnte er rasch unterdrücken.

Aber es kam auf eine eigentümlich andere Weise wieder, als er durch die dunklen Passagen der *Argo* ging. Mikromechanos wimmelten überall herum. Mit ihrer Insekten-Energie inspizierten, kontrollierten und reparierten sie die Mechanismen des Vehikels, das so lange geschlummert hatte. Sie erschienen wie Wellen, die den Leichnam eines Tiers der Tiefsee überspülten, das jetzt gestrandet und verloren war.

Aber die *Argo* regte sich. Killeen konnte an den Enden seines Sensoriums eine dahinjagende helle Präsenz fühlen. Die inneren Netzwerke der *Argo* lebten wieder auf.

Arbeitskolonnen von Mechanos flossen wie dunkle Ströme um den Sand des kleinen menschlichen Lagers. Da gab es viele Varianten von Mechanos, die die Menschen noch nie gesehen hatten. Röhrenförmige und klotzige Dinger, scheckige Aggregate mit messerscharfen Werkzeugen. Irgendwie verstanden es diese methodischen Maschinen, Menschen aus dem Wege zu gehen und deren Lagerfeuern und Zelten reichlich Raum zu lassen.

Alles in allem hatten etwas mehr als hundert Personen die lange Reise zum Standort der *Argo* unternommen. Zumeist Bishops und Rooks. Sie waren in Schrecken versetzt worden durch den Duster, der sie hergeflogen hatte, und den abkommandierten Rattler, der sie vom Landeplatz nach hier gebracht hatte. Die Mantis war für sie die erste aufregende Begegnung gewesen, als sie sie hinter den Hügeln getroffen hatten, die Metropolis umgaben. Aber vielleicht wegen der früheren Präsenz der Mantis in ihren Sensorien hatten sie sich an diese Kombination von Rohren und Bauteilen gewöhnt.

Aber die bunt gemischte Ansammlung von Menschen brauchte doch ständige Ermutigung. Killeen fand das lästig. Ständig löcherten ihn Leute mit Fragen jedesmal, wenn er von der *Argo* in ihr Lager zurückkehrte.

Was war das für ein Gas, das das Schiff umhüllt hatte und das einem eine drollige Stimme gab, wenn man etwas davon einatmete? (Helium, wie Arthur ihn informierte. Ein träger Rostschutz.)

Warum wurde die Mantis größer? (Sie fügte sich Bauteile hinzu, um die anschwellenden Scharen der Mechanos zu leiten.)

Warum war es hier so kalt? (Sie waren dem Nordpol näher. Aber Metropolis würde schließlich auch solch beißende Kälte erleben, wenn die Veränderungen durch die Mechanos weitergingen.)

Die Nahrung wurde knapp. Könnten die Mechanos sich nicht beeilen? (Ein seit Jahrhunderten totes Schiff wieder in Betrieb zu nehmen, erforderte Zeit. Und Killeen würde die Mantis bitten, etwas von Mechanos hergestellte Verpflegung herbeischaffen zu lassen. Nicht schmackhaft, aber nahrhaft.)

Warum kam der Manmech mit? (Fern seines Arbeitsplatzes zurückgelassen, würde er einem Marodeur zum Opfer fallen. Er enthielt einige Fragmente der alten menschlichen Methoden. Und er wollte gern mitkommen.)

Killeen war froh, daß Fornax und Ledroff es abgelehnt hatten mitzumachen. Mit jedem von ihnen dabei wäre es unmöglich gewesen. Beide Männer hatten sich Killeens Vorschlag angehört und versprochen, die Sache zu überschlafen. Aber am Morgen hatten ihre Mienen Ablehnung erkennen lassen. Nachdem alle drei gesprochen hatten, verrieten die Blicke der beiden Captains neue Anerkennung. Killeen hatte für die Leute gesprochen, die gehen und sehen wollten, was die *Argo* war.

So hatte sich dann drei Tage später eine lange Marschkolonne aus Metropolis heraus bewegt. Natürlich könnten sie alle zurückkehren. Es gab keine Garantie dafür, daß die *Argo* überhaupt noch existierte oder daß sie gar funktionieren würde. Sie hatten als Führer nur die Karte des Manmechs. Aber rund hundert Personen riskierten es.

Ledroff war bei den restlichen Bishops geblieben. Er war schon hauptsächlich damit beschäftigt, gegen Fornax zu intrigieren, um Captain von ganz Metropolis zu werden. Aber keiner der beiden Kapitäne war stark genug, die Gruppe aufzuhalten, die zur *Argo* gehen wollte. Darum hatten sie dagestanden und mit blassen Gesichtern zugeschaut.

Der Verlust von Hatchet, die Enthüllung dessen, was er getan hatte, die plötzliche Erschütterung durch die Präsenz der Mantis – all das hatte Metropolis aufgewühlt und Killeens Manöver ermöglicht. Hatchet hatte Schweigen bewahrt über seine Abmachungen mit dem Crafter und darüber, was er bei Stoßtruppunternehmen gesehen hatte. Im Gegensatz zu den alten Sippenritualen, Geschichten zu erzählen nach einem Überfall, hatte Hatchet sich auf Berichte über ihre Listen beschränkt. Die Beschreibung der Mantis von dem, was Hatchet vorhatte, der schreckliche Moment mit dem Fanny-Ding – all das hatte die Erinnerung an Hatchet besudelt.

Killeen hatte alles immer als eine bloße Möglichkeit dargestellt, als eine Erkundung. Aber er wußte, daß er, wenn er hinausmarschierte, Metropolis nie wiedersehen würde. Selbst wenn die *Argo* eine bloße Sage sein sollte, wäre er nicht zurückgekehrt. Lieber über das langsam sterbende Snowglade schweifen, als in einem Käfig zu hocken.

Aber er verstand recht gut die Mehrheit derer, die blieben. Fornax und Ledroff würden kompetente Bewahrer sein. Mit Hilfe der Mantis könnten die Sippen wachsen.

Die Menschheit war immer von den Zurückgebliebenen beherrscht worden, wie Arthur ihm gesagt hatte. Das war eine kluge Strategie der Rasse, ein sicherer Zaun gegen jedes Risiko. Darum war keiner derer, die auszogen, den Zaghaften gram gewesen. Ohne Worte, mit einer aus harter Erfahrung stammenden Intuition, verstanden sie.

Das Volk sammelte sich auf einer kahlen Bergflanke, um den ersten Flug der *Argo* zu beobachten.

Sie erhob sich rumpelnd von der Helling dort, wo sie begraben gewesen war. Menschliche Hände hatten sie vor langer Zeit in einer Umlaufbahn geflogen. Die *Argo* hatte einst die Zitadellen mit den Kandelabern verbunden. Das Schiff benutzte Mechanoteile in Verbindung mit rein menschlichen Befehlen. Sein Sensorium reagierte auf deutliche Signaturen menschlicher Denkprozesse und lehnte Mechanosprache in jeder Form ab. Nun also mußten sie wieder menschliche Hände fliegen, obwohl die Menschen jetzt keine Ahnung mehr von mechanischen Dingen hatten.

Die Wahl war selbstverständlich auf Shibo gefallen. Ihr Exoskelett konnte die geschickten flinken Bewegungen des Steuerns ausführen. Und durch ihr Sensorium konnte die Mantis das Schiffsgehirn der *Argo* mit ihrem Exoskelett verbinden.

Killeen saß neben ihr, als sie die Schiffsmotoren brummen und dröhnen und dann wieder brummen ließ. Sie hatte mit Hilfe der Mantis seit Tagen geübt. Sobald einmal Routen und Kanäle in ihrem Sensorium eingegeben waren, übernahmen die komplizierten selbstfühlenden Strukturen des Schiffs. Diese konnten sich über ihr Exoskelett mit ihren mechanischen Bewegungen koppeln.

Ihre Hände flogen schnell über die Kommandomodule. Ihr Exoskelett summte. Jede einfache Befehlsübermittlung mit Worten wäre unmöglich langsam gewesen.

Sie machte es gut. Ein kleines Rinnsal des Stroms kam durch die Ränder seines Sensoriums zu Killeen. Rohe Berührungen, scharfe Gerüche und saure Geschmacksempfindungen, alles durcheinander und rasend schnell. Shibos Mund straffte sich vor Anstrengung, als sie sich über das schräge Paneel vor ihr bewegte. Bei jedem Schritt prüfte das Schiff, ob sie wirklich menschlich war. Eine alte Sicherheitsmaßnahme.

Ihre Lider flatterten, und ihre Lippen wurden schmal und blaß.

»Wie läuft's?« flüsterte er neben ihr.

»Ich schaffe es.« Die Worte drangen aus zusammengebissenen Zähnen.

»Laß ab, wenn du fühlst...«

»Ich *kann* es machen.«

Sie schien auf ferne Stimmen zu horchen. Killeen fühlte, daß der Wirbel an Information wie ein anwachsender Sturm durch sie drängte.

Das Schiffsgeräusch wurde höher. Er fühlte ein Schwanken.

»Wir sind klar«, sagte sie – so schwach, daß er es kaum vernehmen konnte.

Ihn überkam das Gefühl eines Dahintreibens. Dies war nur ein schwacher Widerhall von dem, was sie empfand; aber es kündete ihm von den Dateneingaben durch tausend Sensoren. Er fühlte sich hochgehoben, kippen und gleiten.

Als er plötzlich direkt nach unten blickte, hing da eine eingekerbte Bergflanke wie eine angeknabberte Frucht.

– *Hurra!* – rief Cermo der Langsame schwach von unten. – *Sie fliegen.* –

»Du bist wundervoll«, sagte Killeen einfach.

Sie saß am Pult wie eine Königin, das erste menschliche Wesen, das dieses fremdartige Artefakt seit den Tagen der Kandelaber meisterte. Ihm war die Bedeutung davon klar; aber er konnte nur persönlich empfinden: Seine plötzliche Liebe zu ihr. Ein befreiender Ausbruch. Seinen eigenen Geist kontrollieren zu können und gleichzeitig imstande zu sein, sich uneingeschränkt hinzugeben.

Ungebeten zirpte, frei von der Mantis, die kleine Stimme Arthurs:

> Du bist jetzt in ihre Pheromone eingestöpselt. Das sind molekulare Kerben, die sich zusammenschließen müssen, um das volle Niveau der Anziehung zwischen Mann und Frau anzuregen. Die Mantis hat die Implantation beseitigt, die die Bishop-Sippe allen aufgezwungen hat. Halte dies nicht irrtümlich für etwas Ätherisches oder Intellektuelles! Das Zusammenpassen solcher neuraler Kerben hat nichts zu tun mit der sozialen Stellung der Dame oder deiner persönlichen Meinung von ihr. Die Paarung vollzieht sich leider nicht, um die höheren inneren Funktionen auszudrücken, sondern dem großen genetischen Pool zuliebe, der um uns schwappt. Ich muß sagen...

Killeen schaltete ihn aus.

Er und Toby gingen an diesem Abend unter dem Dämmerungshimmel spazieren – mehr, um sich durch Bewegung warmzuhalten, als um den endlosen Arbeiten der Mechanos zuzusehen. Diese trippelnden Gestalten arbeiteten ohne Schlaf. Sie rüsteten die *Argo* neu aus, besorgten Vorräte und führten ihre eigenen unerklärlichen Untersuchungen durch.

Toby fragte: »Wie hat die Mantis es geschafft, so viele dafür arbeiten zu lassen?«

»Sie ist für Mechanos wie... ein Captain.« Tatsächlich hatte Killeen gar keine Ahnung, was die Mantis war.

»Meinst du, daß sie uns wirklich wird ziehen lassen?«

»Das wäre besser.«

»Ich sehe nicht ein, warum sie das sollte«, brummte Toby. Killeen sah in dem Gesicht des Jungen, daß er sich bemühte, das bestätigt zu sehen, was ihm in dem Mechanokomplex widerfahren war. Sein Sohn veränderte sich von Tag zu Tag, durch die Bedeutsamkeit der Ereignisse zu frühem Erwachsensein getrieben. Eine gewisse fröhliche Gewißheit hatte Toby verlassen und würde nie wiederkehren. Er würde sich jetzt über jeden merkwürdigen Punkt in der Welt Gedanken machen, bis er ihn verstanden hatte und in das Schema der Dinge einordnen konnte.

Killeen sagte: »Wir bedienen uns der einzigen Waffe, die uns noch verblieben ist. Verwundbarkeit.«

»Kapiere ich nicht.«

Killeen machte Toby mit der Hand ein Zeichen, sein Sensorium auszuschalten.

»Alles?«

»Ja.« Als sie nur noch stumpfe, konventionelle Sinne hatten, sagte Killeen: »Wenn sie uns alle in Metropolis behalten hätte, wären wir nicht mehr die gleichen.«

Toby blinzelte: »Wieso?«

»Eingesperrt wären wir keine echten Menschen mehr.«

»Nur noch Mastschweine?«

»Genau. So fett, daß wir Mechanos nötig hätten, um uns umherzukarren.«

»Meinst du, daß alle die Leute, die wir zurückgelassen haben, fett werden müssen?«

»Vielleicht. Nicht, daß das der Mantis viel ausmachen würde. Wie mir scheint, wird die Mantis auch uns nachspüren.«

»Wie denn?«

»Mit diesen Mikromechanos.«

»Hmmm.«

Toby blieb stehen, die Hände in den Jackentaschen. Sein Atem dampfte in der ruhigen Luft. »Hörst du was?«

Killeen sah die Mantis von der *Argo* herkommen. »Aktiviere deine Systeme! Ich will nicht, daß sie Verdacht schöpft.« Als sein Sensorium aufleuchtete, fühlte er das harte Eindringen der Mantis. Er sagte wie in einer gewöhnlichen Konversation: »Mein Sohn, die Sache ist die, daß wir etwas verlieren…«

Gelächter. Das ist die Signatur eures inneren Sinnes. Das wird in Metropolis sterben.

Toby riß die Augen auf.

»Verdammt!« brüllte Killeen in das verzehrende Dunkel, das sie umfing. »Ich habe schon früher gesagt, du sollst nicht so herankommen. Wir haben einen Code, ein Recht auf Privatsphäre.«

Ja – und auch das ist ein Teil von dem ›Etwas‹, das du zu verlieren fürchtest. Diese Tatsache hängt mit euren inneren Vorgängen zusammen. Ich verstehe nicht, warum das so ist. Es liegt an euren Gewohnheiten. Dessen bin ich sicher. Ihr müßt schlafen, um eure Erfahrung von der Welt zu filtern. Das ist typisch für niedere, natürlich entwickelte Formen.

Toby verzog den Mund und kniff die Augen zu. Killeen merkte, daß der Junge, anstatt verängstigt zu sein, die Mantis schon als ärgerlich aufreizend ansah. Er begriff das, wußte aber, daß es gefährlich war. Sie begannen sich an die Mantis zu gewöhnen. *Der Haken bei den Aliens ist halt, daß sie alien sind.*

»Was macht denn ihr, he? Schlaft ihr nicht?« fragte Toby.

Wir verarbeiten Information in getrennten Systemen und bleiben dabei wach. Solche reinigenden Mechanismen wie Schlaf und Lachen brauchen wir nicht.

»Muß euch hübsch auf die Nerven gehen«, sagte Toby hämisch.

»Ich glaube, die haben gar keine Nerven«, meinte Killeen.

Toby zuckte die Achseln. »Kann kein großes Vergnügen sein.«

»Ist es vermutlich auch nicht«, pflichtete Killeen bei.

Toby kicherte. »Die wissen wahrscheinlich gar nicht, was Vergnügen ist.«

Nicht genau. Es hat mit dem zeitlichen Ablauf eurer Verarbeitungsmechanismen zu tun, da bin ich sicher. Ihr sammelt eure drolligen dynamischen Spannungen durch bewußte Operationen an. Einige davon entladen sich während der anschließenden Bearbeitung, während ihr schlaft. (Unverständlich.) Andere entweichen mit der Freigabe der reflexiven Töne...

»Durch Lachen?« fragte Toby ungläubig.

Ja. Es gibt auch Akkumulationen von Identitätsmarkierungen. Ihr müßt eure Selbsterkenntnis ständig aufrecht erhalten, das innere Bild eures Wesens, damit ihr euer Unterprogramm richtig arbeiten lassen könnt. Wir haben natürlich ähnliche Systeme. Aber die euren scheinen an eure sexuelle Identität gekettet zu sein. Innere Fragen sammeln sich an. Nur durch Wiederbestätigung eures sexuellen Selbstes, durch Vereinigung mit einem entgegengesetzten Mitglied, könnt ihr diese gespeicherten Markierungsprobleme lösen und abbauen. Ich glaube, ihr würdet sie als Spannungen bezeichnen. Seltsamerweise kann das nur mit einer kleinen Menge der verfügbaren Kandidaten geschehen, oft nur mit einem einzigen Exemplar. Zum Beispiel hat dein Vater, als ich ihn von irgendeinem rohen inneren Programm entlastete, mit Shibo ein...

»Rede nicht so blöd über Dinge, von denen du nichts verstehst!« sagte Killeen scharf.

Ich begreife. Ja, ich erkenne deinen Standpunkt an.

Ein konvulsivischer Anflug lief durch Killeens Sensorium. Er hatte den deutlichen Eindruck, daß die Mantis sich höflich von dem Thema zurückzog. Er empfand es als eine gewisse Verletzung des Anstandes, wenn ein Mechano in Dinge eindrang, die so heikel menschlich waren, und einem Jungen vom Geschlechtsleben seines Vaters erzählte. Er sagte: »Ihr Mechanos habt keine Hoden.«

Nicht in dem Sinne, den du meinst.

Toby lachte: »Was soll denn *das* heißen?«

Ich will nicht die Implikationen unseres Lebens diskutieren, denn ihr seid ein niedrigeres Ding. Haltet nicht fälschlich euren Wert als ein Phylum für mehr, als er ist! Wir haben andere eurer Art studiert, anderswo im Galaktischen Zentrum.

»Wo denn?« wollte Killeen unbedingt wissen.

Glaube nicht, daβ du mich leicht über deine Absicht täuschen kannst, deinen Vater zu finden. Ich verstehe diese primitiven Motivationen.

»Verdammt – ich will wissen, wo es andere Menschen gibt.«

Die ursprünglichen, die Erbauer des Taj Mahal – das weiß ich nicht. Aber die von der späteren Gruppe, von der ihr abstammt, die sind an mehreren Stellen verbreitet. Aber ich erteile euch Auflagen. Ich habe die *Argo* eingestellt. (Unverständlich.) Sie kann nicht einwärts zum Fresser fahren. Wir werden nicht dulden, daß dort geringere Formen stören. Ihr müßt euch auswärts wenden. Dort könntet ihr Menschen finden. In jenen Regionen gibt es aber auch andere Formen.

»Du willst wohl sicher nicht mitkommen?« fragte Toby mit mißtrauischem Gesicht.

Ich wünsche, daß die lachenden und träumenden Wirbeltiere eine gewisse Freiheit behalten. Sonst würden sie nicht im Zustand der Wildheit bleiben. Ich werde sie als Kurator für solche Formen erhalten.

»Wir gehen doch fort«, konterte Toby.

Ihr werdet in Reichweite des Zentrums bleiben. Die *Argo* kann nicht weit reisen. Sie kann höchstens ein paar hundert Sterne im Zentrum erreichen. Falls ich mehr Exemplare von euch im Naturzustand haben will, kann ich kommen und welche einernten. Euch wild hier zu lassen, würde eure Ausrottung bedeuten.

»Du siehst nicht so aus, als ob du überhaupt etwas fangen könntest«, sagte Toby mit matter Prahlerei. Killeen warf ihm einen warnenden Blick zu.

Du weißt nicht, wovon du redest. Ich verlange von euch aber ein Gelübde, daß ihr nicht den suchen werdet, der zu euch durch die magnetische Kreatur gesprochen hat.

Killeen schaute dahin zurück, wo die *Argo* im Licht von Arbeitslampen lag. Welcher seltsame Code ließ die Mantis glauben, daß er ein einem Mechano gegebenes Versprechen halten würde?
»Sicher, ich gelobe es«, log er.

Er und Shibo nahmen sich ihre Mahlzeit zum Strom hinunter. Der platschte über ebenholzschwarze Steine; und Killeen hoffte, daß sein Rauschen es den Mechanos schwer machen würde mitzuhören.
»Gutes Essen«, sagte er. »Nie so was gegessen.«
»Milde«, antwortete sie. Sie leckten sich mit Genuß die Lippen und aßen mit den Händen das erste Erzeugnis der automatischen Küche der *Argo* Das Schiff verwandelte Rohstoffe in warme, würzige, aromatische Wundergerichte. Der Geschmack rief in Killeen alte Erinnerungen an die Kochkunst seiner Mutter wach.
»Heute abend gehen wir früh zu Bett«, fuhr Shibo fort und sah ihn mit distanzierter Heiterkeit an. Er merkte, daß sie sich ein fröhliches Gespräch wünschte.
»Jawoll. Morgen abend schlafen wir entweder unter den Sternen oder für immer.«
»Heute abend will ich oben auf dir liegen.«
»Schon das Kommando übernehmen?«
»Der Boden ist steinig.«
»Ah! Hast du bei den anderen Männern auch immer oben gelegen?«
»Mit welchen?«
»Du mußt doch einige gehabt haben.«
»Keinen.«
»Klingt so, als ob du schwindelst.«
»Na ja!« sagte sie mit strahlendem Lächeln.
»Lüge nur weiter! Mir gefällt das so. Lüge mir nur die Hucke voll! Jawoll. Waren es alle Knights?«
»Ich hatte nie welche, weder oben noch unten.«
»Ich verstehe. Waren sie häßlich wie ich?«

»Ich hatte nie welche. Auch ich war häßlich.«

»Wir sind für einander geschaffen. Häßliche ziehen Häßliche an. Also wie viele?«

»Wie viele was?«

»Knights hast du gehabt?«

»Es gab keine, und ich habe nicht gezählt.«

»Jawoll. Ziehen Knights erst die Stiefel aus?«

Sie lachte. »Keine Ahnung.«

»Ich habe gehört, Knights wären immer startbereit.«

»Wer oben liegt, behält die Stiefel an.«

»Warum?«

»Könnte sein, daß er schnell weglaufen muß.«

Er machte ein schockiertes Gesicht. »Sogar in einem Schutzraum?«

»Das könnte ich nicht sagen. Ich war immer auf dem Marsch.«

»Auf dem Marsch ist keiner drin.«

»Jedenfalls nicht in mir.« Sie grinste.

»Mit all diesen großen Knights darum herum? Du mußt hübsch schnell sein.«

»Freilich bin ich schnell.«

»Mußtest wohl.« Er sah sie fest an und neigte den Kopf leicht in Richtung auf jene große Arbeitszone unter Flutlicht, wo sich die Mantis unter ihrer Mechano-Armee bewegte. »Große Probleme erfordern schnelle Reflexe.«

»Auch kleine.«

Killeen schaute zur *Argo* hinüber. »Ich zähle eine Menge kleiner Probleme.«

»Schnell zu sein, ist alles.«

»Keine Hast, nehme ich an. Um kleine Probleme kann man sich später kümmern.«

Sie nickte. »Das ist allgemein bekannt.«

»Ja, sogar der Manmech weiß es.«

Sie nickte wieder. »Obenauf sein, schnell sein, Stiefel tragen.«

»Du lernst zu.«

»Guter Lehrer.«

»Mir scheint, du hast schon anderswo gelernt.«

Sie warf ihm einen sanften Seitenblick zu. »Deine Tricks habe ich nie gelernt.«

»Ich mag das. Lüge nur weiter, und mir wird das immer gefallen.« Er beendete sein Mahl und leckte die Hände und den Teller ab.

»Ich werde es versuchen.«

»Jawoll. Heute abend kannst du oben liegen.« Er grinste.

»Bin nicht sicher, ob ich will.«

»Warum nicht?«

»Müßte Stiefel tragen.«

»Du hast es erfaßt.«

»Das ist es, was ich will.«

## 2. KAPITEL

In dem sich lange hinziehenden Moment, ehe die *Argo* abhob, empfand Killeen einen schwachen roten Druck.

Das war die Masse der Menschen hinter ihm unten auf den Decks. Ihre Sensorien verbanden und vermischten sich wie sanft dahingleitende Flüssigkeiten. Er hatte nie ein solches Gefühl gehabt. Durch ihn schoß rasende Spannung, aber da war auch eine ruhige, glatte Unterströmung.

Die langen Jahre auf dem Marsch hatten sie hart gemacht. Sie konnten warten in dem Wissen, daß ihr Leben von ihrer Geschwindigkeit abhing, und sich trotzdem nicht dadurch ablenken oder verkrampfen lassen. Diejenigen, die das nicht gelernt hatten, waren irgendwo auf dem rauhen und trostlosen Treck zurückgeblieben, den die Sippen jetzt hinter sich hatten. Darum würde die Mantis, die in jenem Zustand der Panik so viele endgültig getötet hatte, heute im Sensorium keine Vorwarnung dessen spüren, was kommen sollte.

Gut. Er nickte Shibo zu. »Jawoll.«

»Ummm. Ich liege gern oben.«

Er lachte. Sie begann den Start.

Die Liege umschloß sie. Das war eine letzte Vorsichtsmaßnahme gegen Mechanokontrolle. Das geschichtete Material der Couch sprach nur auf menschliche Impulse an. Shibo arbeitete darin, die Arme zu den geneigten Flächen vor sich ausgestreckt. Ihre Hände bewegten sich so rasch, daß das Auge nicht folgen konnte. Ihr Exoskelett summte und brummte wie ein wütendes Tier.

Er fühlte, wie das Schiff sich sanft aus seiner Halterung hob. Donnernde Kraft brauste durch die Luft.

Die Wand vor ihnen wackelte. Sie zeigte ein Panorama des Platzes. Legionen schwarzer Mechanos umringten sie.

Die Mantis stand am Fuße des zerstörten ausgehöhlten Hügels. Ihre Myriaden buckliger Gelenke ließen sie neben dem breiten blauen Strom wie eine halbfertige Konstruktion aussehen.

Shibo lenkte in die Höhe. Die *Argo* neigte sich in Vorbereitung auf vollen Schub. Durch das Deck kam ein rumpelndes Geräusch. Er beobachtete ihr angespanntes Gesicht und sah darin keine Spur von Angst oder Zweifel.

Hinter ihm rief Toby: »Hurra, hurra! Los!«

Rufe antworteten ihm durch das helle Geflecht seines Sensoriums. All sein Erbe ruhte jetzt auf einem einzigen entscheidenden Moment, der auf sie zuraste. Aber er fand keine Panik oder Unruhe unter seinen Leuten. Sie waren ein Instrument, das durch die harten Jahre anhaltender Tragödien feingeschliffen war und jetzt durch nichts beirrt werden konnte.

– Stiefel angezogen? – fragte er sie. Sie antworteten mit dem Codewort und rauhem zustimmendem Freudengeschrei. Die Mantis sendete von unten:

Ich wünsche euch gute Reise. Ihr werdet von mir und meinen Untertanen wieder hören.

»Jawoll!« antwortete Killeen.

»Los!« rief Toby.

Shibo gab der *Argo* vollen Schub. Ein hämmerndes Dröhnen brach über sie herein. Das Schiff kurvte in die Höhe fort. Plötzliches Gewicht preßte sie in ihre Liegen.

Die *Argo* schoß in den klaren Himmel empor.

Und dann setzte es aus. Die Motoren verstummten. Das Schiff fuhr pfeifend und gewichtslos weiter.

Sie fingen an zu fallen. Die Aussichtswand wurde klar, als der Rauch des Antriebs verschwand. Weit unten bildeten die Mechanos einen schwarzen Ring.

Killeen fühlte eine plötzliche, nie gekannte Leere. Der Sturz schien unendlich langsam zu erfolgen. Alle seine Sinne schrien in schriller Panik auf.

Die *Argo* plumpste mit dem Heck voran auf kahlen Fels zu. Die Ebene raste ihnen entgegen.

Killeen biß sich auf die Lippe, um einen Schrei zu ersticken. Er wußte, daß er seine Furcht nicht ins Sensorium durchsickern lassen durfte; aber sie drohte, ihn zu überwältigen. Er sah Shibo in ihren fieberhaft schnellen Bewegungen innehalten. Sie überlegte, urteilte und horchte auf die kleinen uralten Gehirne des Schiffs.

Die *Argo* schwenkte. Kein Auftrieb bremste sie, aber sie drifteten beim Fall seitwärts. Auf den kalten blauen Strom zu, der sich wie ein schneidender Draht durch das verwitterte Gestein schlängelte.

– Jetzt! –

Shibos Ruf kam im gleichen Augenblick, wo eine brutale Hand sie hart traf.

Killeen sah den Strom unten mit seiner blendend glitzernden Oberfläche. Der Antrieb des Schiffs erzeugte darauf Wellen. Die *Argo* näherte sich dem Ufer.

Die Mantis sah sie kommen und hatte nur einen einzigen Augenblick, etwas zu unternehmen. Sie richtete ein Turmgeschütz hoch…

Und wurde in Stücke geblasen, als der Antrieb des Schiffs jäh auf eine zerbrechliche Konstruktion prasselte.

Die *Argo* blieb einige Zeit in der Schwebe. Ihre heißen Gase spielten mit zärtlichem, sehnsuchtsvollem Detail über die zerstreuten und schmelzenden Teile.

– Mal sehen, ob du dich davon erholst! – dachte Killeen, und seine aufgestaute Wut ließ die Worte karmesinrot durch das Sensorium rasen.

– Fühle, was es heißt zu sterben! Selbst falls du zurückkommst, falls du irgendwie gerettet und regeneriert werden könntest, so fühle es jetzt! –

Hurrageschrei und Jubelrufe antworteten ihm aus der ganzen *Argo*.

– Du sollst es fühlen! Für Fanny und das, was du ihr angetan hast. Für jeden, den du endgültig getötet und gezwungen hast, als euer groteskes Kunstwerk weiterzuleben. Fühle es! –

Ein Stoß drückte Killeen in die Liege.

Die *Argo* erhob sich mit furchtbarer Beschleunigung. Sie schoß von der Ebene in einen leeren Himmel auf unter Hinterlassung einer sich auftürmenden gelben Schleppe aus Feuer und Rauch. Bänder aus heißem Gas zeigten wie Pfeile zurück auf den noch intakten Kreis schwarzer Mechanos. So chirurgisch präzise von ihrem Herrn abgeschnitten, hatte keiner auf das hochsteigende Schiff geschossen.

Killeen leistete keinen Widerstand gegen den schweren Andruck der Beschleunigung. Er hatte gebetet, daß die Mantis seine Emotionen nicht besser lesen könnte, als er die ihren. Der nette Umgang der Mantis mit seinem Arthur-Aspekt hatte sie fast menschlich erscheinen lassen. Killeen würde nie erfahren, wie nahe das der Wahrheit kam. Konnte ein riesiger intelligenter Verstand, auf ihr Niveau reduziert, Menschlichkeit vortäuschen?

Es machte keinen Unterschied. Die Mantis hatte die Würde lebender Wesen verletzt, und nach menschlichen Standards genügte das. Nichts weiter spielte eine Rolle.

*Kleine Probleme.* Das war ihr Code gewesen für die Mikromechanos, die die *Argo* verseuchten. Die jetzt wahnsinnig durch das Schiff liefen, es angriffen, zerschnitten und versengten.

Und als sie jetzt aus ihren Verstecken kamen, wurden sie von den Sippen vernichtet.

Die Menschen ergossen sich von ihren Liegen.

*Stiefel an!* Ihr laufendes Gerät gab ihnen die Kraft und Geschicklichkeit, sich durch die *Argo* zu bewegen, auch wenn das Schiff stark beschleunigte.

Die Mikromechanos waren dafür konstruiert, in ständiger Schwerkraft zu arbeiten. Darum gab Shibo hohe Beschleunigung in wechselnden Impulsen.

Die Stöße ließen die Mikromechanos von ihrem Halt an Kabeln, Rohren und Leitungen purzeln. Bishops und Rooks stürmten durch plötzlich voll erleuchtete Korridore, ihre Nerven für die Jagd auf Hochtouren. Sie schossen und stachen auf die kleinen Kreaturen. Plötzliche Stöße rammten sie gegen Trennwände, aber sie machten unerbittlich weiter. Die Jagd sang in ihnen ihr Lied. Mikromechanos trippelten und flohen und suchten sich zu verstecken. Stiefel trampelten sie in Fetzen. Hände rissen sie in Stücke.

Dort, wohin sie flogen, hatten die Menschen einen Verbündeten. Der Manmech beteiligte sich an der Verfolgung. Er kannte die Methoden dieser kleinen Mikroroboter. Er zermahlte sie unter stählernen Gleisketten. Toby folgte ihm durch die versteckten schrägen Gänge der *Argo.* Er erschoß Mikromechanos, hatte aber noch mehr Spaß, wenn er sie mit dem Kolben seiner elektrischen Strahlwaffe schlug und das Knirschen von zerknülltem Metall und zerstörten Chips spürte.

Sie brüllten, riefen und schrien – diese fiebernde Meute, als sie sich wie eine rächende Flut durch das große Schiff ergossen. Alte blutige Kampflieder kamen wieder über ihre Lippen. Jubel und Wut hallten wild und erbarmungslos durch die metallenen Labyrinthe.

Bis die *Argo* eine stabile Umlaufbahn erreicht hatte, waren die Mikromechanos zerschmettert und ausgemerzt.

»Wir haben sie alle erwischt«, sagte Toby. Seine Augen waren groß und strahlend.

Shibo nickte, abgelenkt durch ihre Arbeit an der Konsole. Sie gingen jetzt mit konstanter Beschleunigung auf einen Kurs, den die Mantis ermittelt hatte. Shibo wollte ihm zunächst folgen, um herauszufinden, wohin er führte. Sie verstand gefühlsmäßig nur einen Bruchteil der Schiffssysteme, konnte sich aber jetzt auf sie verlassen. Nachdem die Kontrolle durch die Mantis nicht mehr existierte, waren sie jetzt frei.

Killeen fragte: »Irgendwelche Unfälle?«

Toby wurde sofort sachlich. »Jocelyn ist am Bein getroffen worden.«

»Wie geht es ihr?«

»Sie wird behandelt.«

Er zog eine Grimasse. Jeder Verlust war irreparabel und endgültig. Jetzt, da sie in seiner Verantwortung lagen, trafen sie ihn noch schmerzlicher. Er sah, daß er hinterher immer Zweifel haben würde, Fragen, nochmalige Überlegungen, Bedauern. Immer.

»Wir haben sie aber alle gekriegt«, sagte Toby zuversichtlich.

»Vielleicht.«

»Nee, wir haben es geschafft. Ehrenwort!«

»Falls die Mantis einige darauf abgestellt hat, daß sie sich versteckten, wenn die Sache schiefgehen sollte, dann würden sie uns entgehen«, sagte er freundlich. Er wollte Toby nicht so schnell den Spaß verderben; denn der Junge brauchte ein Erfolgserlebnis; aber er könnte jetzt recht wohl damit anfangen, ihm zu zeigen, daß man bei Mechanos auf alles gefaßt sein muß, wenn man sich vor ihnen hüten wollte. So war die Welt nun einmal. Der Junge mußte noch lernen.

»Nun… vielleicht«, räumte Toby ein. Dann strahlte er wieder. »Sollen wir uns nach noch mehr umsehen?«

»Nein, besorge dir etwas zu essen! Falls sich irgendwo noch Mechanos verstecken, werden sie allmählich herauskommen. Sieh aber zu, daß jemand ständig Wache hält!«

»Jawoll. Der Manmech wird dafür gut sein.«

»Funktioniert er tadellos?«

»Sicher. Aber ich wünsche, ich könnte das Bellen abstellen.«

»Gefällt es dir nicht?«

»Nun, das ist nicht so schlimm. Klingt aber drollig in Verbindung mit der Frauenstimme. Hat es wirklich einmal ein Tier gegeben, das dieses Geräusch machte?«

Killeen lächelte. »So habe ich gehört. Es hat für uns gearbeitet.«

»Haben alle Tiere das getan?«

»Manche. Nach dem, was mir meine Aspekte erzählen, haben wir immer mehr von ihnen für uns arbeiten lassen. Oder wir haben sie gegessen, was wohl eine andere Art ist, uns zu dienen.«

*»Gegessen?«*

»Allerdings. Sie waren wohl die erste Nahrung, die die Menschen hatten.«

Toby zog zweifelnd die Stirn in Falten. »Ich dachte, wir hätten bloß Pflanzen gegessen.«

»Die auf Snowglade noch verbliebenen Tiere sind nicht groß genug zum Essen. Aber wenn wir welche gefunden hätten, würden wir das wahrscheinlich getan haben.«

»Klingt komisch. Bin nicht sicher, daß ich etwas essen möchte, das sich bewegt hat.«

»Erst kochten wir es so, wie wir es auch mit den meisten Pflanzen machen. Aspekte sagen, daß es eine Zeit gegeben hat, da wir Tiere nahmen und in Gebäude gesteckt haben. Ließen sie schnell wachsen und nicht hinausgehen oder sich sonst viel bewegen, damit sie rascher wüchsen. Dann wurden sie gegessen.«

Toby sah Killeen ganz ungläubig an. »Das haben wir wirklich getan?«

Killeen öffnete den Mund, um etwas zu sagen; aber da tauchten vor seinem Geist plötzlich die grotesken Szenen in dem Mechanokomplex auf.

Die pumpenden Beine. Gestelle voll schwellender muskulöser Arme. Die Gewölbe mit polierten menschlichen Teilen. Die von der Mantis gemachten Skulpturen. Und schließlich die watschelnde monströse Fanny.

Hatten Menschen so etwas jemals niederen Formen angetan? Sie als Fabrikationsteile oder für beiläufiges Vergnügen benutzt?

Er fand es hart zu glauben, daß Menschen das mit Tieren machen könnten. Sie in Gebäude sperren und wie Maschinen benutzen. Als ob sie nicht ein Teil der langen Kette des Seins wären, welches das Leben gegen Mechanismen vereinte, Mitgeschöpfe, Lebensgefährten.

Killeen erinnerte sich an die graue Maus, die vor so langer Zeit zu ihm aufgeblickt hatte. Zwischen ihnen war eine Erkenntnis aufgeschimmert von gemeinsamen Ursprüngen und Schicksalen. Grausame Not könnte ihn zwingen, die Maus zu töten und zu verspeisen, obwohl er sich das nicht vorstellen konnte. Aber er würde sie nie verletzen oder degradieren. Nicht so, wie die Mantis die Essenz Fannys verzehrt und zu etwas Schrecklichem gemacht hatte.

Nein. Er glaubte nicht, daß Menschen jemals etwas so Schlimmes gemacht hätten.

Man konnte nicht allem trauen, was die Aspekte erzählten. Sie wiederholten Geschichte, die sie gehört hatten, und die konnte falsch sein. Oder sie konnten lügen.

»Mache dir darüber keine Gedanken! Geh nur, um etwas zu essen zu bekommen, und passe in den Tunnels da draußen gut auf! Könnten noch Mechanos versteckt sein.«

Tobys Mißmut verschwand im Nu. Als der Junge den Kontrollraum verließ, bemerkte Killeen, wie er seine Fragen beiseite schob und wieder in Jagdeifer verfiel. Er würde den Manmech finden, und sie würden zusammen die Korridore durchstreifen. Durch das komplizierte Bauwerk des Schiffs würden fernes begeistertes Gebell, fröhliches Geschrei und die heiße Energie der Jagd hallen. Irgend etwas in ihm erwartete das, aus Gründen, die er nicht angeben konnte.

Snowglade war zu einer braunen runzligen Kugel geworden.

Das schockierte sie, obwohl sie über unzählige weite wüste Flächen geflohen waren und gekämpft hatten. Bei den Sippen hatte es immer die lange bewahrte Erinnerung an das alte Snowglade gegeben. Von großen, blau schimmernden Seen, von feuchten Tälern, die durch die Strahlen von Denix erwärmt wurden.

Der Globus, der auf dem großen Bildschirm schwamm, war eine dürre Schale. Nicht die üppige Frucht, an die sich die Aspekte erinnerten und von deren Wiederherstellung sie sprachen. Snowglade war der Kern dieser Frucht, die verzehrt worden war. Die Mechanos hatten das Eis vergraben, die Flächen gekühlt und ausgetrocknet und das blühende Leben zu Staub und Wüste verkümmern lassen.

Mechanowerke tüpfelten die Nachtseite von Snowglade mit ihrem blaßblauen Schein. Verschlungene Netzwerke durchschnitten die Nacht mit braunen und roten Farben. Es war jetzt ihre Welt.

Killeen lauschte den überraschten Rufen, als die Leute durch die große Steuerbucht gingen. Es dauerte eine Weile, bis sie begriffen, was sie sahen. Die Gedanken kamen nicht so leicht.

Danach gab es immer einen Moment angehaltenen Atems, von Erstaunen darüber, was sie erlebt hatten und was das bedeutete. Snowglade war eine verfallene Ruine. Das fabelhafte grüne Paradies ihrer Vorväter war verloren.

Er dachte zurück an Toby, als der noch ein ganz kleines Kind gewesen war. Wenn man ihn eine Sekunde losließ oder auch nur weniger stark festhielt, reagierte das kleine braune Kerlchen sofort. Seine Arme streckten sich aus, um etwas zu fassen, seine Hände suchten nach Halt. Sogar seine Füße suchten eine Stütze, und die Zehen griffen zu.

Der Arthur-Aspekt hatte Killeen gesagt, daß das eine instinktive Reaktion wäre. Wenn sich die Schwerkraftverhältnisse änderten, wenn eine Stütze versagte, dann suchte das Junge seinen Elternteil zu fassen und sich festzuhalten. Das Baby wußte nicht, daß es das tat. Es machte es einfach.

Killeen fragte sich, ob sie das jetzt machten. Hinauslangen zu dem toten Elternplaneten. Selbst noch zugreifen, während man Lebewohl sagte.

Leben führt Impulse aus genau so, wie die Welt funktioniert. Nicht nach einem eigenen Programm, aber einem Plan, der direkt aus der Erfahrung herrührt, davon, daß man in die Welt eingebettet und von ihr nicht zu trennen ist.

Man griff nach etwas, das man nicht ergründete. Nach etwas, das da war.

Shibo war am Schiffssystem geblieben, bis ihr die Augen zufielen, ihr Exoskelett quietschte und ihre Hände fahrig wurden.

Als sie aufwachte, war Snowglade ein verschwindender trockener Fleck. Die Sippen sicherten das Schiff mit Haken und Ösen und machten sich einen Begriff von seiner Funktion. Es war das erste eigens für menschlichen Gebrauch konstruierte technische Produkt, das sie je gesehen hatten. Das Herumbasteln daran, die Lösung von Rätseln, die nicht schwieriger waren als eine Türklinke, eröffneten Denkprozesse, die lange geschlummert hatten, breite Straßen, die versperrt gewesen waren durch die alte Identifikation von Maschinen mit Mechanos und Mechanos mit Tod.

Killeen schöpfte daraus Mut. Wenn sie dies Schiff beherrschen könnten, hätten sie eine Chance. Vielleicht keine gute Chance angesichts dessen, was in der verzehrenden Finsternis lauern mochte. Aber es war ein Anfang. Und sie hatten schon früher harte Nächte erlebt.

Shibo sagte ihm, was sie über ihren Kurs in Erfahrung gebracht hatte. »Soweit ich sehe, vom Zentrum nach außen. Da wehen Materiewinde. Wir erwischen einige von ihnen. Ich weiß nicht wie; aber das Schiff macht das. Also geht es hinaus.«

Für den Augenblick genügte es zu wissen, daß die Mantis sie nicht auf einen tödlichen Weg geführt hatte. Es gab genug Zeit, um zu lernen; und darin könnte ihre Zukunft liegen.

»Wir können nicht alles, was die Mantis getan hat, als falsch ansehen«, sagte er zu Shibo und Cermo, als sie sich alle vor der großen Bildwand trafen. »Sie könnte uns zu irgendeinem nützlichen Ziel geschickt haben.«

»Ich bin froh, daß wir sie getötet haben«, sagte Cermo der Langsame mit von Abscheu verzerrtem Gesicht. »Das Fanny-Ding...«

Killeen nickte. »Sie kannte keine menschliche Würde. Wie konnte sie auch?«

Cermo schüttelte den Kopf. »Sollte aber.«

»Wenn wir klein beigeben müssen und uns nichts geblieben ist, dann kann man uns unsere Würde nicht nehmen«, sagte Killeen. »Wir würden für sie sterben und töten. Hatchet hatte das vergessen und ist darum gestorben. Das haben alle Angehörigen der Sippen begriffen, sobald er oder sie sah, was Hatchet getan hatte. Daß er alles tun würde und so tief sinken würde wie nötig, sofern das die Fortsetzung seines Traumes von Metropolis bedeutete.«

»Allerdings«, sagte Shibo.

Er fuhr fort: »Die Mantis hat einen Fehler begangen, indem sie allen zeigte, was Hatchet getan hatte. Ich habe darum gebeten, weil sie glaubte, uns irgendwie motivieren zu können, das zu tun, was sie wollte. Metropolis zu einem Zoo machen. Aber statt dessen hat es uns vereinigt.«

Killeen sagte das langsam und bedächtig. Cermo mußte es verstehen, weil er es den anderen weitersagen sollte und für Killeen sprechen, wenn hinter dessen Rücken Opposition aufkam. Wozu es immer kommen würde.

Es gab vieles, was er Cermo, Shibo und den anderen sagen wollte. Aber er konnte es noch nicht wegen der Verwirrung durch soviel Neues.

»Wir haben es geschafft. Die Mantis ist verschwunden«, sagte Shibo.

Killeen lächelte ihr schmerzlich zu. »Vielleicht. Aber wahrscheinlich doch nicht.«

»Ich habe sie doch verbrannt.«

»Die Mantis ist irgendwie ausgebreitet. Du hast sie so schnell weggepustet, daß sie vielleicht nicht alles von sich wegschaffen und an andere Stellen auf Snowglade bringen konnte. Aber etwas ist trotzdem davongekommen. Das hat sie auch schon früher gemacht, als wir dachten, wir hätten sie getötet. Vielleicht gibt es *nichts*, das sie töten kann.«

Shibo sagte: »Das nächste Mal…«

»Ich hoffe, daß es kein nächstes Mal geben wird«, sagte Killeen heftig. Er liebte Shibo und wollte sie nie einer Gefahr aussetzen wie der, die sie gerade durchgemacht hatte. »Wir haben Glück gehabt, einfach Glück.«

Und bei der Zerstörung der Mantis setzten sie auch Metropolis aufs Spiel. Falls die Mantis sich nicht bald wieder zusammenfügen würde, könnten Marodeure die Zurückgebliebenen finden und angreifen.

Um diese Tatsache führte kein Weg herum. Das war der Preis für ihre Freiheit. Damit würden sie leben müssen.

Zu Killeens Überraschung mischte sich Arthur ein. Seine kleine präzise Stimme war anscheinend nicht verändert durch die Zeit, da er von der Mantis besessen gewesen war.

Hormone sind große Erfinder von Illusionen. Es war sehr geschickt, deine und ihre natürliche Reaktion zu benutzen, um euer Gespräch zu maskieren. Allerdings nur kleine Probleme. Höchstwahrscheinlich konnte die Mantis nicht weit genug eindringen, um zu verstehen, was ihr meintet. Trotzdem glaube ich, daß ihr sie vielleicht mit einer sichereren Entscheidung hättet behandeln können über…

Killeen schaltete den Aspekt mit einem mürrischen Grunzen ab. Shibo hob eine Braue, als ob sie ahnte, was passieren würde. Er grinste.

Cermo der Langsame fragte nach einigen Details, und Killeen antwortete nur mit halber Aufmerksamkeit. Er war erschöpft, wollte sich aber nicht ausruhen. Es gab so viel zu begreifen und so wenige Hinweise. Er müßte mehr denn je auf seine Aspekte hören, sich dabei aber stets vor ihren Übergriffen und ihrer Halsstarrigkeit hüten.

Er stellte sich müßig die Frage, ob die Mantis auch solche Probleme hätte. Was war eine Sammel-Intelligenz? War nicht auch Killeen mit seinen Aspekten und Gesichtern und eigenen Selbstzweifeln ein Kollektiv von Intelligenzen? Mit zunehmendem Alter kamen unbekannte Teile seines Ichs in Sicht wie neue Landschaften.

Das war es, was der Mantis fehlte. Mechanozivilisation lag in vielfacher Hinsicht außerhalb menschlichen Zugriffs, aber einer Sache war Killeen sich sicher: Die Maschinen lebten in gewissem Sinne für immer. Ihre Myriaden Ichs sammelten sich und wurden in einem kollektiven Geist wieder bearbeitet. Der Impuls hierfür mußte vor langer Zeit der gleichen Verzweiflung entsprungen sein, die die Menschen bekümmerte: dem sicheren Wissen eines persönlichen endgültigen Endes.

Darum hatten die Mechanos Unsterblichkeit zu ihrem größten Ziel gemacht. Renegaten, die alle ihre Geister erhalten wollten, wurden verurteilt. Irgendwie hatte die Mechanozivilisation den Beschluß gefaßt, daß nur ein Bruchteil eines einzelnen Bewußtseins es wert war, erhalten zu werden. Darum hatte sie eine besondere Erlösung versprochen. Killeen hatte den schwülstigen Reden seines Nialdi-Aspekts zugehört und gelernt, daß die Idee eines von Gott garantierten Lebens ein mächtiger Antrieb war. Auch Menschen hatten das geglaubt. Sie hatten einen Weg gesucht und gefunden, um der Zermalmung durch Materie und Zeit zu entrinnen. Ihre Welt war eine Welt ständigen Gehorsams gegenüber einer einzigen Ordnung; denn Ungehorsam würde echtes Vergessen bedeuten.

Und hier hatte die Mantis das Wesen der Sache verfehlt. Killeen wußte das auf eine Weise, die er nicht ausdrücken konnte; und noch weniger konnte er laut sagen, was er empfand, wenn er den Arm um die Schulter seines Sohnes legte. Aber er wußte es dennoch.

Die sichere und ständige Todesgewißheit war kein reines Übel. Sie verlieh jedem Augenblick einen intensiven Reichtum. Für sterbliche Menschen kam jeder Tag einmal und für immer und traf sicher ins Herz. Die Maschinen würden das nie erfahren. Sie lebten in einer Art von stillem grauem Tod, wo kein Moment eine Bedeutung hatte, da alle Momente gleich waren.

Nur die träumenden Wirbeltiere wußten, daß das Leben noch mehr enthielt.

Das war es, warum die *Argo* losfuhr. Sie bewegte sich durch dunkle Gewölbe unter schimmernden Sternen, in dem großen Sternenfluß, vielleicht einem ruhigen Ende zu und vielleicht zu endgültigem schwarzem Vergessen. Aber auswärts. Nach draußen.

Killeen ging durch einen Korridor, um nach einem Problem zu sehen, als Cermo der Langsame und drei Rooks ihn anhielten wegen noch eines anderen Problems. Es war nicht genug Zeit gewesen, eine allgemeine Sippenversammlung einzuberufen, eine Anhörung über sämtliche Ereignisse, die so rasch auf sie eingestürmt waren, eine Zeit, alles zu ordnen. Aber als sie zu einer Lösung des Problems gekommen waren, grinste Cermo und sagte: »Jawohl, Capt'n.«

Dann gingen die vier ganz ruhig fort. Killeen starrte sie fassungslos an. Dies war ein Schiff, und es stand unter seinem Kommando. Aber er hatte nicht voll die Tatsache bedacht, daß es das erste Mal in einer langen Reihe von Jahrhunderten war, daß die Voraussetzungen für diesen Titel wieder zutrafen. Killeen zwinkerte und sprach das Wort sogar laut aus. Dann nickte er bedächtig.